D1874023

MIRA®

Alle Rechte, einschließlich das des vollständigen oder auszugsweisen Nachdrucks in jeglicher Form, sind vorbehalten.

Der Preis dieses Bandes versteht sich einschließlich der gesetzlichen Mehrwertsteuer.

*Umwelthinweis:*
Dieses Buch wurde auf chlor- und säurefreiem Papier gedruckt.

Nora Roberts

# *The Sound of Love*

MIRA® TASCHENBUCH
Band 25647
1. Auflage: Februar 2013

MIRA® TASCHENBÜCHER
erscheinen in der Harlequin Enterprises GmbH,
Valentinskamp 24, 20354 Hamburg
Geschäftsführer: Thomas Beckmann

Copyright © 2013 by MIRA Taschenbuch
in der Harlequin Enterprises GmbH

Titel der nordamerikanischen Originalausgaben:

Unfinished Business
Copyright © 1992 by Nora Roberts
erschienen bei: Silhouette Books, Toronto

Night Moves
Copyright © 1985 by Nora Roberts
erschienen bei: Harlequin Books, Toronto

Published by arrangement with
HARLEQUIN ENTERPRISES II B.V./S.àr.l

Konzeption/Reihengestaltung: fredebold&partner gmbh, Köln
Umschlaggestaltung: pecher und soiron, Köln
Redaktion: Mareike Müller
Titelabbildung: iStock
Autorenfoto: © by Harlequin Enterprise S.A., Schweiz
Satz: GGP Media GmbH, Pößneck
Druck und Bindearbeiten: CPI – Ebner & Spiegel, Ulm
Printed in Germany
Dieses Buch wurde auf FSC®-zertifiziertem Papier gedruckt.
ISBN 978-3-86278-502-5

www.mira-taschenbuch.de

Werden Sie Fan von MIRA Taschenbuch auf Facebook!

*Nora Roberts*

# Die Sehnsucht der Pianistin

Roman

Aus dem Amerikanischen von
Elisabeth Schwarz

MIRA®

## 1. KAPITEL

*Was tue ich hier?*

Immer wieder stellte Vanessa sich diese Frage, während sie die Main Street hinunterfuhr. Das verschlafene Städtchen Hyattown in Maryland hatte sich in den letzten zwölf Jahren kaum verändert. Es schmiegte sich noch immer in die Ausläufer der Blue Ridge Mountains, umgeben von Ackerland und dichten Wäldern. Apfelplantagen und Kuhweiden drängten sich bis an die Grenzen des kleinen Ortes heran, in dem es weder Ampeln noch hohe Bürogebäude noch Verkehrslärm gab.

Solide alte Häuser, wohin man sah, mit nicht eingezäunten Gärten, wo Kinder spielten und Wäsche auf der Leine flatterte. Es war noch alles genauso, wie sie es verlassen hatte. Vanessa war erleichtert und ein wenig verwundert. Die Bürgersteige waren noch immer holprig und rissig, unterwandert von den Wurzeln der mächtigen Eichen, die gerade ihr erstes Grün aufgesetzt hatten. Die Forsythien zeigten ihr flammendes Gelb, und auch die Knospen der Azaleen standen kurz davor aufzubrechen. Die Krokusse, diese freundlichen Vorboten des Frühlings, wurden überragt von Narzissen und frühen Tulpen. Überall machten die Leute sich an diesem Samstagnachmittag in ihren Vorgärten zu schaffen, wie Vanessa es seit ihrer Kindheit gewöhnt war.

Manche schauten auf, möglicherweise überrascht, einen fremden Wagen vorbeifahren zu sehen. Gelegentlich winkte jemand – nicht, weil er sie erkannt hätte, sondern aus reiner Gewohnheit, um sich dann wieder seiner Hobbygärtnerei zuzuwenden. Vanessa hatte das Wagenfenster geöffnet. Es roch nach frisch gemähtem Gras, nach Hyazinthen und umgegrabener Erde. Sie hörte das Brummen der Rasenmäher, das Bellen eines Hundes und das Rufen und Lachen der spielenden Kinder.

Vor dem Bankgebäude standen zwei alte Männer in Gummistiefeln und Arbeitsoveralls und hielten einen Schwatz. Ein paar Jungen ächzten auf ihren Fahrrädern die ansteigende Straße hinauf, vermutlich zu „Lester's Store", wo sie eine Cola trinken oder sich mit Süßigkeiten eindecken wollten. Wie oft hatte sie den gleichen Weg mit dem gleichen Ziel gemacht! Das muss vor hundert Jahren gewesen sein, dachte sie und spürte, wie sich ihr Magen schon wieder zusammenzog.

Was tue ich hier, überlegte sie wieder und griff nach dem Pillendöschen in ihrer Handtasche. Im Gegensatz zu der Stadt hatte sie sich verändert. Manchmal erkannte sie sich selbst kaum wieder.

Sie wollte daran glauben, das Richtige zu tun. Zurückzukommen. Zurück, aber nicht nach Hause, dachte sie wehmütig. War dies denn ihr Zuhause? Wollte sie, dass es das war?

Mit kaum sechzehn hatte sie Hyattown verlassen. Ihr Vater hatte sie mitgenommen auf eine Odyssee – endlose Übungsstunden, Auftritte und immer wieder neue Städte. New York, Chicago, Los Angeles, London, Paris, Bonn, Madrid … Es war aufregend gewesen, eine endlose Fülle von Eindrücken. Und über allem hatte immer die Musik gestanden.

Mit zwanzig war sie auf Drängen ihres Vaters und mithilfe ihres Talents die jüngste Konzertpianistin des Landes. Bereits mit achtzehn hatte sie den anspruchsvollen „Van-Clyburn"-Wettbewerb gewonnen, wobei ihre Konkurrenten teilweise zehn Jahre älter gewesen waren. Sie hatte für königliche Hoheiten gespielt und mit Präsidenten diniert. Sie hatte sich mit ihrem zielstrebigen Erklimmen der Karriereleiter den Ruf einer brillanten und temperamentvollen Künstlerin erworben. Sie war die attraktive, leidenschaftliche, ihrer Kunst verschriebene Vanessa Saxton.

Und nun, mit achtundzwanzig Jahren, kehrte sie zurück zum Haus ihrer Kindheit und zu der Mutter, die sie zwölf Jahre nicht gesehen hatte.

Vanessa fuhr an den Straßenrand. An das brennende Gefühl in ihrem Magen war sie so gewöhnt, dass sie es kaum noch zur

Kenntnis nahm. Das Haus, in dem sie aufgewachsen war, hatte sich genauso wenig verändert wie die gesamte Stadt. Die alten Backsteine wirkten derb und unverwüstlich, und die Fensterläden waren frisch gestrichen. Entlang der Mauer standen üppige Pfingstrosenstauden, die aber erst frühestens in einem Monat blühen würden, wohingegen die Azaleen bereits in Knospe standen.

Bewegungslos saß Vanessa da, die Hände fest um das Steuer gekrampft, und kämpfte den verzweifelten Wunsch nieder, einfach weiterzufahren. Fort von hier. Sie hatte schon zu vielen spontanen Regungen nachgegeben. Sie hatte das Mercedes-Cabrio gekauft, hatte Dutzende von Angeboten abgelehnt und war nach ihrem letzten Auftritt in Chicago einfach losgefahren. Seitdem sie erwachsen war, war ihr Tagesablauf immer minutiös geplant worden. Alles war sorgfältig überlegt und organisiert gewesen. Obwohl von Natur aus eher impulsiv, hatte sie lernen müssen, wie wichtig Ordnung im Leben war. Herzukommen, alte Wunden wieder aufzureißen und Erinnerungen aufzufrischen, gehörte nicht zu dieser Ordnung.

Aber wenn sie jetzt fortlief, würde sie nie Antworten auf ihre Fragen bekommen. Vanessa gab sich einen Ruck, stieg aus dem Wagen und holte ihr Gepäck aus dem Kofferraum. Wenn es ihr nicht gefiel, brauchte sie ja nicht zu bleiben. Sie war ein freier Mensch. Sie war eine erwachsene, weit gereiste und finanziell abgesicherte Frau. Ihr Zuhause konnte sie sich aussuchen, wo immer es ihr passte. Seitdem ihr Vater vor sechs Monaten gestorben war, hatte sie keine Wurzeln mehr.

Dennoch war sie hierher gekommen. Und hier musste sie sein – zumindest bis sie die Antworten auf ihre Fragen gefunden hatte.

Vanessa überquerte den Bürgersteig und ging die fünf Steinstufen zum Haus hinauf. Sie hielt sich bewusst gerade, obwohl ihr Herz wie ein Schmiedehammer klopfte. Ihr Vater hatte nie zugelassen, dass sie die Schultern hängen ließ. Ihre äußere Erscheinung war genauso wichtig wie ihr Vortrag. Mit erhobenem

Kinn und gestrafften Schultern ging sie direkt auf das Haus zu.

Als die Haustür sich öffnete und ihre Mutter auf die Veranda heraustrat, blieb Vanessa wie angewurzelt stehen.

Erinnerungen schossen ihr durch den Kopf. Sie sah sich selbst an ihrem ersten Schultag, als sie stolz die Treppe hinaufgelaufen war und ihre Mutter dort an der Tür hatte stehen sehen. Sie sah sich schluchzend auf das Haus zuhinken, als sie von ihrem Fahrrad gefallen war und ihre Mutter die Schrammen säuberte und den Schmerz wegküsste. Sie sah sich wie auf Wolken über den Weg schweben, als sie ihren ersten Kuss bekommen hatte, und das wissende Lächeln in den Augen ihrer Mutter, die jedoch keine Fragen gestellt hatte, obwohl es ihr sichtlich schwergefallen war.

Und dann dieses allerletzte Mal. Damals allerdings war sie nicht gekommen, sondern gegangen, und ihre Mutter hatte auch nicht winkend auf der Veranda gestanden.

„Vanessa!"

Loretta Saxton stand in der Tür und flocht nervös die Finger ineinander. In ihrem dunkelbraunen Haar zeigten sich noch keine grauen Strähnen. Es war kürzer, als Vanessa es in Erinnerung hatte, und umrahmte ein noch fast faltenloses Gesicht. Es war etwas runder und auch weicher als damals. Trotzdem wirkte sie irgendwie kleiner. Nicht eingeschrumpft, aber irgendwie kompakter, lebendiger, jünger. Einen Augenblick lang musste Vanessa an ihren Vater denken. Er war mager gewesen, zu mager, blass und alt.

Loretta wollte ihrer Tochter entgegenlaufen, aber sie konnte es nicht. Die junge Frau, die dort auf dem Gartenweg stand, war nicht das Mädchen, das sie verloren und nach dem sie sich so gesehnt hatte. Sie sieht mir ähnlich, dachte Loretta und kämpfte mit den Tränen. Stärker, selbstsicherer, aber trotzdem ist sie mir ähnlich.

Vanessa wappnete sich, wie sie es so oft vor einem Auftritt hatte tun müssen, und ging weiter auf das Haus zu, die knarrenden Holzstufen hinauf, bis sie vor ihrer Mutter stand. Sie waren fast gleich groß, und das überraschte sie beide. Ihre Augen hatten das gleiche überschattete Grün, ihre Blicke tauchten ineinander.

Sie standen dicht voreinander, aber es gab keine Umarmung. „Ich freue mich, dass ich kommen durfte“, sagte Vanessa steif und hasste sich selbst dafür.

Loretta räusperte sich. „Du bist hier immer willkommen“, sagte sie mühsam beherrscht. „Das mit deinem Vater tut mir leid.“

„Danke. Du siehst gut aus.“

„Ich …“ Was sollte sie sagen? Was in aller Welt konnte sie sagen, um zwölf verlorene Jahre zu überbrücken? „Herrschte dichter Verkehr unterwegs?“

„Nein, nicht nachdem ich aus Washington heraus war. Es war eine angenehme Fahrt.“

„Trotzdem wirst du müde sein. Komm herein und setz dich.“

Sie hat die Einrichtung verändert, dachte Vanessa, als sie ihrer Mutter ins Haus folgte. Die Zimmer wirkten heller und luftiger. Das beeindruckende Haus, an das sie sich erinnerte, war gemütlich geworden. Dunkle, unpersönliche Farben waren warmen Pastelltönen gewichen. Auf dem hellen Kiefernboden lagen farbige Webteppiche. Vanessa entdeckte liebevoll restaurierte Antiquitäten, und überall duftete es nach frischen Blumen. Es war eindeutig das Heim einer Frau, einer Frau von Geschmack und Format.

„Vielleicht möchtest du erst hinaufgehen und auspacken?“ Loretta blieb an der Treppe stehen und hielt sich am Pfosten fest. „Oder hast du vielleicht Hunger?“

„Nein, danke.“

Loretta nickte und ging die Treppe hinauf. „Ich dachte, du möchtest vielleicht dein altes Zimmer.“ Sie presste die Lippen zusammen, als sie den Treppenabsatz erreichten. „Ich habe es ein bisschen umgeräumt.“

„Das sehe ich.“ Vanessa mühte sich um einen gleichmütigen Ton.

„Aber du hast immer noch den Blick über den hinteren Garten."

„Das ist sicher hübsch."

Loretta öffnete eine Tür, und Vanessa folgte ihr ins Zimmer.

Es gab keine aufgeputzten Puppen mehr und auch keine Kuscheltiere. Die Poster waren von den Wänden verschwunden und auch die sorgsam gerahmten Urkunden. Verschwunden war das schmale Bett, in dem Vanessa einst geträumt hatte, und das Pult, an dem sie sich mit französischen Verben und Geometrie abgequält hatte. Es war kein Mädchenzimmer mehr, es wirkte jetzt wie ein Gästezimmer.

Die Wände waren hell, und vor den Fenstern bauschten sich hübsche Gardinen. An der Wand stand ein breites Bett mit einer pastellfarbenen Tagesdecke und vielen farbenfrohen Kissen. Auf einem eleganten Queen-Anne-Sekretär stand eine Vase mit Freesien, und eine Potpourri-Schale verströmte einen angenehmen Duft.

Befangen ging Loretta durchs Zimmer, zupfte an der Tagesdecke und wischte ein imaginäres Staubkorn von der Frisierkommode. „Ich hoffe, es wird dir hier gefallen. Wenn du etwas brauchst, musst du es mir nur sagen."

Vanessa hatte das Gefühl, in ein vornehmes Hotelzimmer einzuziehen. „Es ist sehr geschmackvoll", sagte sie. „Es wird mir hier gefallen. Danke."

„Gut." Loretta verflocht erneut die Finger. Wie gern sie Vanessa berührt hätte! Wie sie sich danach sehnte! „Soll ich dir beim Auspacken helfen?"

„Nein", wehrte Vanessa rasch ab. Aber dann rang sie sich ein Lächeln ab. „Ich komme schon zurecht."

„Also gut. Das Bad ist gleich nebenan."

„Ich erinnere mich."

Loretta unterbrach sich und schaute hilflos aus dem Fenster. „Ja ... natürlich. Ich bin unten, wenn du irgendetwas brauchst." Sie überwand ihre Scheu und legte die Hände um Vanessas Gesicht. „Willkommen daheim." Dann ging sie rasch hinaus und schloss die Tür hinter sich.

Vanessa setzte sich aufs Bett. Ihr Magen zog sich krampfhaft zusammen. Sie presste die Hände darauf und sah sich in dem Zimmer um, das einst ihr gehört hatte. Wie war es möglich, dass die Stadt so unverändert wirkte, während ihr Zimmer ganz anders geworden war? Vielleicht traf das auch auf die Menschen zu. Nach außen hin wirkten sie vertraut, aber im Innern waren sie Fremde geworden.

Wie sie selbst.

Wie verschieden war sie von dem Mädchen, das einst hier gelebt hatte. Würde sie sich selbst wiedererkennen? Würde sie das überhaupt wollen?

Sie trat vor den Spiegel in der Ecke. Gesicht und Figur waren wie immer. Vor jedem Konzert hatte sie ihre äußere Erscheinung einer sorgfältigen Prüfung unterzogen, bevor sie die Bühne betrat. Das erwartete man von ihr. Ihr Haar hatte elegant frisiert zu sein – zurückgenommen oder hochgesteckt, niemals lose herabfallend –, ihr Gesicht dezent geschminkt und ihr Kleid von unauffälliger Eleganz. Das war das Image der Vanessa Saxton. Jetzt war ihr Haar ein wenig windzerzaust, aber nun sah sie ja auch niemand. Ihr Haar war von dem gleichen satten Braun wie das ihrer Mutter, nur etwas länger. In der Sonne leuchtete es manchmal feurig auf, und im Mondschein schimmerte es weich. Um die Augen wirkte sie ein wenig müde, aber das war kein Wunder. Sie hatte am Morgen sorgfältig Make-up aufgelegt, sodass noch eine Spur Rouge auf den Wangen und ein Hauch Lippenstift auf ihrem Mund war. Sie trug ein pinkfarbenes Kleid mit engem Jäckchen und weitem Rock. In der Taille war es ein bisschen locker, aber ihr Appetit war auch nicht der beste gewesen.

Aber all das war nur ein Teil ihres Images – die selbstbewusste, gelassene und sichere Erwachsene. Sie wünschte, die Zeit zurückdrehen und sich selbst noch einmal als Sechzehnjährige sehen zu können, voller Hoffnung, trotz der Probleme, die das Familienleben überschatteten. Und voller schöner Träume und Musik.

Seufzend wandte sie sich ab, um auszupacken.

Als Kind war ihr Zimmer ihr Reich und ihre Zuflucht gewesen. Aber sie war kein Kind mehr. War sie nicht nach Hause gekommen, um das Band zu ihrer Mutter neu zu knüpfen? Das war kaum möglich, wenn sie in ihrem Zimmer saß und einsam vor sich hin brütete.

Als Vanessa hinunterging, hörte sie leise Musik aus der Küche. Ihre Mutter hatte schon immer lieber Pop als klassische Musik gehört, worüber Vanessas Vater stets ungehalten war. Vanessa erkannte einen alten Presley-Song, weich und ein wenig schmalzig. Sie folgte der Musik und blieb in der Tür zum ehemaligen Musikzimmer stehen.

Der große alte Flügel, der früher den ganzen Raum beherrscht hatte, war fort, ebenso wie der mächtige alte Schrank mit der umfangreichen Plattensammlung. Jetzt standen hier zierliche kleine Stühle mit gestickten Kissen. In einer Ecke entdeckte sie einen wunderschönen alten Servierwagen und darauf eine üppige Grünpflanze. An den Wänden hingen gerahmte Aquarelle, und vor den beiden Fenstern lud ein geschwungenes viktorianisches Sofa zum Sitzen ein.

Den Mittelpunkt aber bildete ein kostbares Rosenholzklavier. Wie magisch angezogen ging Vanessa darauf zu. Spielerisch schlug sie die ersten Akkorde einer Chopin-Etüde an. Am Anschlag der Tasten merkte sie, dass das Klavier brandneu war. Hatte ihre Mutter es gekauft, nachdem sie den Brief ihrer Tochter bekommen hatte? War dies eine Geste, ein Versuch, die Kluft von zwölf Jahren zu überbrücken?

So einfach würde es aber nicht sein. Vanessa rieb sich über die Augen, denn sie spürte einen beginnenden Kopfschmerz. Sie wussten beide, dass es vieles zu überwinden galt.

Sie wandte sich ab und ging in die Küche.

Loretta hatte einen Salat gemacht und füllte ihn gerade in eine blassgrüne Schüssel. Vanessa erinnerte sich, dass ihre Mutter sich schon immer gern mit schönen Dingen umgeben hatte.

Das sah man auch jetzt an den hübschen Spitzensets auf dem Tisch, der blassrosa Zuckerdose und der Sammlung von Glasfiguren in einer offenen Vitrine. Loretta hatte das Fenster geöffnet, und eine leichte Frühlingsbrise spielte mit den blitzsauberen Gardinen über der Spüle.

Als Loretta sich umdrehte, sah Vanessa, dass ihre Augen gerötet waren. Aber sie lächelte, und ihre Stimme war klar. „Ich weiß, du sagtest, du seist nicht hungrig, aber ich dachte, vielleicht magst du ein Schüsselchen Salat und Eistee."

Vanessa lächelte mühsam. „Danke. Das Haus ist sehr schön. Es kommt mir irgendwie größer vor. Ich dachte immer, alles wirkt kleiner, wenn man älter wird."

Loretta stellte das Radio ab. Vanessa bedauerte es, denn jetzt waren sie mit dem einsetzenden Schweigen allein. „Hier gab es früher zu viele dunkle Farben", sagte Loretta. „Und zu viele schwere Möbel. Manchmal hatte ich das Gefühl, darunter begraben zu sein." Sie unterbrach sich verwirrt. „Ich habe ein paar Stücke aufgehoben, vor allem die, die deiner Großmutter gehörten. Sie stehen auf dem Dachboden. Ich nahm an, du möchtest sie vielleicht eines Tages haben."

„Schon möglich", sagte Vanessa beiläufig. Sie setzte sich, während ihre Mutter den bunten Salat servierte. „Was hast du mit dem Flügel gemacht?"

„Verkauft." Loretta griff nach der Teekanne. „Vor Jahren schon. Wozu sollte ich ihn behalten, wenn doch niemand darauf spielte? Außerdem habe ich ihn immer gehasst." Sie zuckte zusammen und stellte die Teekanne hin. „Tut mir leid."

„Keine Ursache. Ich verstehe es ja."

„Nein, das glaube ich nicht." Loretta sah sie offen an. „Ich glaube, das kannst du nicht."

Vanessa war noch nicht bereit für eine Aussprache. Schweigend nahm sie die Gabel.

„Ich hoffe, das neue Klavier gefällt dir. Ich verstehe nicht viel von Musikinstrumenten."

„Es ist wunderschön."

„Der Mann, von dem ich es gekauft habe, hat mir versichert, dass es das Nonplusultra ist. Ich weiß, dass du üben musst. Deshalb dachte ich ... Wie dem auch sei, wenn es dir nicht gefällt, brauchst du nur ...“

„Es ist ausgezeichnet.“ Sie aßen schweigend, bis Vanessa das Gespräch wieder aufnahm. „Die Stadt sieht genauso aus wie früher“, begann sie in höflichem Plauderton. „Wohnt Mrs Gaynor noch immer an der Ecke?“

„Ja, sicher.“ Erleichtert nahm Loretta den Faden auf. „Sie ist jetzt fast achtzig und geht jeden Tag zur Post, egal ob es regnet oder nicht. Die Breckenridges sind weggezogen, das muss jetzt etwa fünf Jahre her sein. Ihr Haus hat eine nette Familie gekauft. Sie haben drei Kinder. Das jüngste kommt dieses Jahr in die Schule. Das ist vielleicht ein aufgeweckter kleiner Bursche! Erinnerst du dich noch an Rick, den Jungen der Hawbakers? Du hast für ihn den Babysitter gespielt.“

„Ich erinnere mich, einen Dollar pro Stunde bekommen zu haben, um von einem kleinen Monster mit Raffzähnen und einer Steinschleuder fast in den Wahnsinn getrieben zu werden.“

„Das ist er.“ Loretta lachte. An dieses Lachen hatte Vanessa sich all die Jahre gut erinnern können. „Er ist jetzt auf dem College, sogar mit einem Stipendium.“

„Kaum zu glauben.“

„Als er letzte Weihnachten zu Hause war, hat er mich besucht. Er hat auch nach dir gefragt.“ Loretta spielte mit ihrer Gabel. „Joanie lebt immer noch hier.“

„Joanie Tucker?“

„Jetzt heißt sie Joanie Knight“, sagte Loretta. „Vor drei Jahren hat sie den jungen Jack Knight geheiratet. Sie haben ein goldiges Baby.“

„Joanie“, murmelte Vanessa. Joanie Tucker, die von klein auf ihre beste Freundin gewesen war. Sie war für sie Vertraute, Verbündete und Klagemauer gewesen. „Sie hat ein Kind?“

„Ein kleines Mädchen, Lara. Sie haben eine Farm außerhalb der Stadt. Ich weiß, dass sie dich gern sehen würde.“

„Ja." Zum ersten Mal an diesem Tag kam Leben in Vanessa. „Ja, ich möchte sie auch sehen. Geht es ihren Eltern gut?"

„Emily ist vor fast acht Jahren gestorben."

„Oh!" Spontan legte Vanessa die Hand auf die Hand ihrer Mutter. Emily Tucker war für ihre Mutter eine genauso enge Freundin gewesen wie Joanie für sie selbst. „Das tut mir aber leid."

Loretta blickte auf ihre Hände nieder, und ihre Augen füllten sich mit Tränen. „Ich vermisse sie immer noch."

„Sie war die netteste Frau, die ich je gekannt habe. Ich wünschte, ich hätte …" Aber ihre Reue kam zu spät. „Und Dr. Tucker? Geht es ihm gut?"

„Adam ist okay." Loretta blinzelte die Tränen fort und unterdrückte den aufsteigenden Schmerz, als Vanessa ihre Hand wegnahm. „Es hat ihn hart getroffen, aber mithilfe seiner Familie und seiner Arbeit ist er darüber hinweggekommen. Er wird sich ebenfalls freuen, dich wiederzusehen, Vanessa."

„Hat er die Praxis noch immer im Haus?"

„Natürlich. Aber du isst ja gar nichts. Möchtest du etwas anderes?"

„Nein, es schmeckt gut." Pflichtschuldig nahm Vanessa eine Gabel Salat.

„Möchtest du nichts über Brady hören?"

„Nein." Vanessa nahm den nächsten Happen. „Eigentlich nicht."

In diesem Augenblick erinnerte sie Loretta an die Tochter, die sie vor Jahren verloren hatte – der angedeutete Schmollmund und die steile Falte zwischen den Brauen. Es wärmte ihr Herz, und sie fühlte sich ihr auf einmal viel näher als der höflichen Fremden. „Brady Tucker ist in die Fußstapfen seines Vaters getreten."

Vanessa verschluckte sich fast. „Er ist Arzt?"

„Stimmt. Er hatte eine sehr gute, bedeutende Stellung in einem Krankenhaus in New York. Stationschef, glaube ich."

„Ich dachte, Brady würde entweder als Profi bei den ‚Orioles‘ oder im Knast enden.“

Loretta lachte wieder. „So ging es uns allen. Aber er ist ein sehr respektabler junger Mann geworden. Ich gebe allerdings zu, er hat immer besser ausgesehen, als ihm gut tat.“

„Und anderen“, murmelte Vanessa, und ihre Mutter lächelte verständnisvoll.

„Diese großen, dunklen, gut aussehenden Burschen sind meist unwiderstehlich, besonders wenn sie auch noch solche Schwerenöter sind.“

„Das ist wohl die Untertreibung des Jahrhunderts.“

„Na ja, etwas wirklich Schlimmes hat er eigentlich nie angestellt“, wandte Loretta ein. „Auch wenn er Emily und Adam so manches Kopfzerbrechen bereitet hat.“ Sie lachte. „Aber um seine Schwester hat er sich immer rührend gekümmert. Schon dafür mochte ich ihn. Und in dich war er ganz vernarrt.“

Vanessa schnaubte verächtlich. „Brady Tucker war in alles vernarrt, was Röcke trug.“

„Er war noch jung.“ Ihr wart alle noch jung, dachte Loretta und sah die attraktive, beherrschte Fremde an, die ihre Tochter war. „Von Emily weiß ich, dass er wochenlang wie ein geprügelter Hund herumgeschlichen ist, nachdem du … nachdem du mit deinem Vater nach Europa gegangen warst.“

„Das ist lange her“, beendete Vanessa das Thema und stand auf.

„Ich kümmere mich um das Geschirr.“ Loretta stellte rasch die Teller zusammen. „Es ist dein erster Tag daheim. Vielleicht hast du Lust, das Klavier auszuprobieren. Es würde mir Freude machen, dich wieder spielen zu hören.“

„Gut.“ Vanessa wandte sich zur Tür.

„Vanessa?“

„Ja?“

Würde sie sie je wieder „Mom“ nennen? „Ich möchte, dass du weißt, wie stolz ich auf dich bin.“

„Wirklich?“

„Ja.“ Loretta sah ihre Tochter an und wünschte den Mut

zu haben, ihr die geöffneten Arme entgegenzustrecken. „Ich wünschte nur, du würdest glücklicher aussehen."

„Ich bin durchaus glücklich."

„Wenn du es nicht wärst, würdest du es mir dann sagen?"

„Ich weiß es nicht. Eigentlich kennen wir uns gar nicht mehr."

Das war zumindest aufrichtig. Es tat weh, aber es war aufrichtig. „Ich hoffe, du bleibst lange genug, damit wir uns wieder kennenlernen."

„Ich bin hier, weil ich Antworten brauche. Aber noch bin ich nicht so weit, Fragen zu stellen."

„Lass dir Zeit, Vanessa, und glaube mir, wenn ich sage, dass ich immer nur das Beste für dich gewollt habe."

„Mein Vater hat stets das Gleiche gesagt", gab Vanessa leise zurück. „Ist es nicht komisch, dass ich jetzt als Erwachsene keine Ahnung habe, was das bedeutet?"

Sie ging hinüber ins Musikzimmer. Sie spürte einen bohrenden Schmerz direkt unter dem Brustbein. Rein gewohnheitsmäßig nahm sie eine Pille aus dem Döschen in ihrer Rocktasche, bevor sie sich ans Klavier setzte.

Vanessa begann mit Beethovens Mondscheinsonate. Sie spielte ohne Noten, und die Musik kam tief aus ihrem Herzen und besänftigte sie. Sie erinnerte sich, dass sie dieses Stück wie so viele andere hier in diesem Zimmer gespielt hatte, Stunde um Stunde, Tag für Tag. Weil es ihr Freude machte, ja, aber sehr oft auch, weil man es von ihr erwartete, sogar verlangte.

Ihre Gefühle gegenüber der Musik waren immer ein wenig gespalten gewesen. Sie liebte sie leidenschaftlich. Es drängte sie, das ihr gegebene Talent optimal zu nutzen, aber gleichzeitig war sie immer von dem brennenden Wunsch beseelt gewesen, ihrem Vater zu gefallen und seinen hohen Ansprüchen zu genügen.

Er hatte nie verstanden, dass die Musik für sie Liebe war und nicht Berufung. Sie war Trost für sie gewesen, ein Mittel, sich auszudrücken, aber niemals ein Ziel ihres Ehrgeizes. Als sie gelegentlich versucht hatte, es ihm zu erklären, war er so zornig und ungeduldig geworden, dass sie es aufgegeben hatte. Sie, die für ihr leidenschaftliches Temperament bekannt war, war in Gegenwart ihres Vaters ein gehemmtes Kind gewesen. Ihr ganzes Leben lang hatte sie es nie geschafft, sich ihm zu widersetzen.

Vanessa wechselte zu Bach über, schloss die Augen und ließ sich treiben. Sie spielte über eine Stunde, verloren in der Schönheit, der Sanftheit und der Genialität dieser Musik. Das war es, was ihr Vater nie verstanden hatte, dass es ihr genügte, zu ihrem eigenen Vergnügen zu spielen. Und dass sie es hasste, ihr Leben lang gehasst hatte, auf der Bühne im Rampenlicht zu sitzen und für Tausende zu spielen.

Als sie die aufsteigende Erregung spürte, begann sie ein schnelles, lebhaftes Stück von Mozart, in das sie all ihre Gefühle legen konnte. Als der letzte Akkord verklang, empfand sie eine tiefe Befriedigung.

Der gedämpfte Applaus hinter ihr ließ sie herumfahren. Obwohl die Sonne ihr in die Augen schien und es zwölf Jahre her war, erkannte sie ihn sofort.

„Unglaublich." Brady Tucker stand auf und trat zu ihr. Seine hohe, drahtige Gestalt verdeckte die Sonne für einen Augenblick und umgab ihn gleichsam mit einer goldenen Gloriole. „Absolut unglaublich." Lächelnd streckte er ihr die Hand hin. „Willkommen daheim, Vanessa."

Sie stand auf. „Brady", sagte sie und stieß ihm mit aller Kraft die Faust in den Magen.

Er taumelte rückwärts auf einen Stuhl und stieß pfeifend die Luft aus. Das Geräusch war Musik in Vanessas Ohren. Anklagend sah er zu ihr auf. „Freut mich auch, dich wiederzusehen."

„Was, zum Teufel, willst du hier?"

„Deine Mutter hat mich hereingelassen." Nachdem er ein paar Mal probeweise tief durchgeatmet hatte, stand er auf. Vanessa musste den Kopf zurücklegen, um ihn ansehen zu können. Er hatte noch immer diese unglaublich blauen Augen in einem Gesicht, dem die vergangenen Jahre in keiner Weise geschadet hatten. „Ich wollte dich nicht beim Spielen stören. Deshalb habe ich mich einfach hingesetzt. Ich konnte ja nicht wissen, dass du dermaßen über mich herfallen würdest."

„Damit hättest du rechnen müssen." Es freute sie, ihn überrumpelt und damit zumindest einen kleinen Teil des Schmerzes zurückgezahlt zu haben, den er ihr zugefügt hatte. Seine Stimme war noch immer die gleiche, tief und verführerisch. Allein dafür hätte sie ihm am liebsten noch einen Hieb versetzt. „Mutter hat nichts davon gesagt, dass du in der Stadt bist."

„Ich bin aber hier. Schon fast ein Jahr." Den umwerfenden Schmollmund hat sie immer noch, dachte er und wusste, dass das für sein Seelenheil nicht gut sein würde. „Darf ich mir die Bemerkung erlauben, dass du fantastisch aussiehst, oder begebe ich mich damit wieder in Gefahr?"

Sich auch in heiklen Situationen in der Gewalt zu haben war eines der Dinge, die sie im Laufe der Jahre gelernt hatte. Vanessa setzte sich und strich umständlich ihren Rock glatt. „Tu dir keinen Zwang an."

„Also gut. Du siehst fantastisch aus. Vielleicht ein bisschen zu dünn."

Das Schmollen wurde noch ausgeprägter. „Ist das Ihre ärztliche Diagnose, Dr. Tucker?"

„Offen gestanden, ja." Er nahm die Gelegenheit wahr, sich neben sie auf den Klavierschemel zu setzen. Ihr dezenter Duft erinnerte ihn an eine laue Mondnacht. Er fühlte sich zu ihr hingezogen, und das störte ihn. Obwohl sie neben ihm saß, wusste er doch, dass sie für ihn unerreichbar war.

„Du siehst auch gut aus", sagte sie und wünschte, dass es nicht wahr wäre. Er war noch immer so schlank und athletisch wie in seiner Jugend. Sein Gesicht war zwar nicht mehr so glatt, dafür aber umso männlicher. Sein dunkles Haar war noch immer dicht, und seine Wimpern waren so lang wie eh und je. Und seine Hände waren noch immer so sehnig und kraftvoll wie damals, als sie sie zum ersten Mal berührt hatten. Aber das war in einem anderen Leben gewesen.

„Meine Mutter erzählte mir, dass du eine gute Position in New York hast."

„Das war einmal." Er kam sich vor wie ein Schuljunge, nein, eher noch unsicherer. Vor zwölf Jahren hatte er genau gewusst, wie er sie behandeln musste. Zumindest war er davon überzeugt gewesen. „Ich bin zurückgekommen, um meinem Vater in der Praxis zu helfen. Er möchte sich in einem oder zwei Jahren zur Ruhe setzen."

„Das kann ich mir gar nicht vorstellen. Du zurück in Hyattown und Doc Tucker als Pensionär!"

„Die Zeiten ändern sich nun mal."

„Ja, das stimmt." Sie konnte nicht neben ihm sitzen. Das ist ja albern, dachte sie, stand aber trotzdem auf. „Es fällt mir sehr schwer, mir dich als Arzt vorzustellen."

„Das habe ich auch gedacht, als ich mich durchs Studium rackerte."

Neugierig musterte Vanessa ihn. Er trug Jeans, ein Sweatshirt und Joggingschuhe – dasselbe Outfit wie auf der Highschool. „Du siehst gar nicht aus wie ein Arzt."

„Soll ich dir mein Stethoskop zeigen?"

„Nicht nötig." Sie schob die Hände in die Rocktaschen. „Wie ich höre, hat Joanie geheiratet."

„Ja, und ausgerechnet Jack Knight. Erinnerst du dich an ihn?"

„Ich glaube nicht."

„In der Highschool war er eine Klasse über mir. Ein Footballstar. War ein paar Jahre Profi, doch dann haben sie ihm das Knie zusammengetreten."

„Ist das vielleicht eine medizinische Ausdrucksweise?"

„Kommt der Sache aber am nächsten." Er grinste ihr zu. Die kleine Ecke an seinem Vorderzahn war noch immer abgesplittert, was sie schon als junges Mädchen so attraktiv gefunden hatte. „Joanie wird ganz aus dem Häuschen sein, dich wiederzusehen, Vanessa."

„Ich freue mich auch darauf."

„Ich habe nachher noch ein paar Patienten, werde aber so gegen sechs Uhr fertig sein. Wollen wir dann zusammen essen und anschließend hinaus auf die Farm fahren?"

„Ich glaube nicht."

„Warum nicht?"

„Weil du mich bei unserer letzten Verabredung zum Dinner – und zum Abschlussball – versetzt hast."

Er schob die Hände in die Hosentaschen. „Du bist aber nachtragend."

„Ja."

„Ich war achtzehn, Vanessa, und ich hatte einen triftigen Grund."

„Der jetzt wohl kaum noch eine Rolle spielt." Sie spürte wieder das Brennen im Magen. „Tatsache ist, dass ich nicht dort weitermachen will, wo wir vor Jahren aufgehört haben."

Nachdenklich sah er sie an. „Das war auch nicht meine Absicht."

„Dann ist es ja gut." Zum Teufel mit ihm. „Wir leben beide unser eigenes Leben, Brady, und dabei wollen wir es belassen."

Er nickte langsam. „Du hast dich mehr verändert, als ich dachte."

„Ja, das habe ich." Sie ging zur Tür, blieb stehen und sah über die Schulter zurück. „Das haben wir beide. Ich denke, du findest allein wieder hinaus."

„Ja", murmelte er, nachdem sie schon gegangen war. Er kannte den Weg zur Haustür. Womit er nicht gerechnet hatte, war die Tatsache, dass sie mit ihrem schmollenden Blick bei ihm noch immer das Unterste zuoberst kehren konnte.

## 2. KAPITEL

Die Farm der Knights lag inmitten sanfter Hügel und brauner und grüner Felder. Das Getreide zeigte schon zarte grüne Spitzen. Eine graue Scheune stand hinter drei quadratischen Koppeln. Im Hof gackerten und scharrten die Hühner, und auf einer Weide grasten gefleckte Kühe, die zu träge waren, sich um den herannahenden Wagen zu kümmern. Ganz anders eine Schar Gänse, die, von dem plötzlichen Motorengeräusch aufgeschreckt, schnatternd am Bachufer entlanglief.

Ein holpriger Kiesweg führte zum Farmhaus. Vanessa fuhr ihn bis zum Ende und hielt dann an. Aus der Ferne hörte sie das Tuckern eines Traktors und das fröhliche Bellen eines Hundes.

Sicher war es dumm, jetzt nervös zu sein, aber sie konnte nicht anders. Hier in diesem geräumigen, dreistöckigen Farmhaus mit den hohen Schornsteinen und der breiten Veranda lebte ihre älteste und beste Freundin. Jemand, mit dem sie jeden Gedanken, jedes Gefühl, jeden Wunsch und jede Enttäuschung geteilt hatte.

Doch damals waren sie Kinder gewesen, junge Mädchen auf der Schwelle zum Erwachsenwerden, wo man ganz aus dem Gefühl heraus lebt. Sie hatten keine Zeit gehabt, sich allmählich auseinanderzuleben. Ihre Freundschaft war rasch und endgültig beendet worden, und seitdem hatten sie beide viel erlebt – zu viel. Es war sicher naiv und übertrieben zu glauben, dass diese Freundschaftsbande erneuert werden könnten.

Daran dachte Vanessa und wappnete sich mit Gleichmut, während sie die Holzstufen zur Vorderveranda hinaufstieg.

Die Tür flog auf. Der Anblick der Frau, die heraustrat, löste in Vanessa eine Flut von Erinnerungen aus. Ganz anders als vor dem Haus ihrer Mutter, empfand Vanessa in diesem Augenblick weder Verwirrung noch Kummer.

Joanie sieht ja noch immer aus wie damals, dachte sie verdutzt. Ihre Freundin war von kräftigem Wuchs und hatte noch immer all die reizvollen Rundungen, um die Vanessa sie in ihrer Jugend so beneidet hatte. Das kurz geschnittene Haar lockte sich um ein anziehend hübsches Gesicht. Dunkles Haar und blaue Augen, wie ihr Bruder, aber ihre Züge waren weicher, und besonders ihr verwegener Kussmund hatte die Jungen früher ganz wild gemacht.

Vanessa suchte nach Worten, aber im gleichen Augenblick stieß Joanie einen begeisterten Jauchzer aus. Sie fielen sich in die Arme und drückten und herzten sich. Lachen, Tränen und abgehackte Wortfetzen ließen die Jahre in nichts zusammenschmelzen.

„Ich kann noch gar nicht glauben, dass du hier bist."

„Du hast mir gefehlt. Du siehst ... es tut mir so leid."

„Als ich hörte, dass du ..." Kopfschüttelnd strahlte Joanie die Freundin an. „Es tut so gut, dich wiederzusehen, Vanessa."

„Ich hatte fast Angst, herzukommen." Vanessa wischte sich mit dem Handrücken über die Wange.

„Warum?"

„Ich dachte, du würdest schrecklich höflich sein, mir eine Tasse Tee anbieten und verzweifelt nach einem Gesprächsstoff suchen."

Joanie holte ein zerknülltes Taschentuch aus der Tasche und putzte sich die Nase. „Und ich dachte, du würdest im Nerz und mit Brillanten behängt hier aufkreuzen und pflichtschuldigst die Honneurs machen."

Vanessa lachte unsicher. „Mein Nerz ist ziemlich eingemottet."

Joanie griff nach ihrer Hand und zog sie ins Haus.

„Komm herein. Eine Tasse Tee könnte ja trotzdem nicht schaden."

Die Diele war hell und blitzsauber. Joanie führte Vanessa in ein hübsch eingerichtetes, gemütliches Wohnzimmer. An den überall herumliegenden Spielsachen sah man gleich, dass ein Kind im Haus lebte. Unwillkürlich bückte Vanessa sich und hob eine bunte Rassel auf.

„Du hast ein kleines Mädchen."

„Lara." Joanie strahlte. „Sie ist ein Schatz. Sie wird bald von ihrem Nachmittagsschläfchen aufwachen. Ich kann es gar nicht abwarten, sie dir zu zeigen."

„Man kann es sich kaum vorstellen", sagte Vanessa staunend. „Du und Mutter."

„Ich habe mich schon daran gewöhnt." Sie setzten sich aufs Sofa, und Joanie ergriff Vanessas Hand. „Ich kann es immer noch nicht glauben, dass du da bist. Vanessa Saxton, die berühmte Konzertpianistin, die weit gereiste Musikkoryphäe."

Vanessa stöhnte auf. „Oh, bitte nicht. Die habe ich in Washington zurückgelassen."

„Ach, lass mich doch ein bisschen schwärmen." Joanie lächelte noch immer, aber ihre Augen, die denen ihres Bruders so ähnlich waren, sahen Vanessa forschend an. „Wir sind so stolz auf dich, die ganze Stadt. Immer wenn du in der Presse oder im Fernsehen warst, haben sie tagelang von nichts anderem geredet. Du bist Hyattowns Bindeglied zur großen weiten Welt."

„Ein schwaches Glied", seufzte Vanessa. Dann lächelte sie. „Eure Farm, Joanie – sie ist wunderschön."

„Kannst du es glauben? Ich habe immer davon geträumt, in einem Wolkenkratzer in New York zu leben, Dinnerpartys zu organisieren und mich nach Feierabend um ein Taxi zu prügeln."

„Dies hier ist besser." Vanessa lehnte sich in die Kissen zurück. „Viel besser."

Joanie streifte die Schuhe ab und zog die Füße hoch. „Für mich allemal. Erinnerst du dich an Jack?"

„Ich glaube nicht. Ich kann mich nicht erinnern, dass du jemals über einen Jack gesprochen hast."

„Auf der Highschool kannte ich ihn noch nicht. Er war mehrere Klassen über uns. Ich habe ihn nur ab und zu auf dem Flur gesehen. Er hatte Schultern wie ein Schrank und einen fürchterlichen Bürstenschnitt." Sie lachte und kuschelte sich auf dem Sofa zurecht. „Aber dann, vor vier Jahren, musste ich Dad in der Praxis aushelfen, weil Milly krank war. Erinnerst du dich noch an Milly?“

„Oh ja.“ Vanessa konnte sich noch gut an Adam Tuckers resolute Sprechstundenhilfe erinnern.

„Wir hatten also gerade Wochenendnotdienst, und wer marschierte herein? Jack Knight in voller Größe. Er hatte eine Kehlkopfentzündung.“ Sie lachte. „Also erklärte mir dieses charmante Riesenbaby umständlich und weitschweifig, dass er zwar keinen Termin habe, den Arzt aber trotzdem sprechen müsse. Ich quetschte ihn also zwischen einen Windpockenpatienten und eine Mittelohrentzündung. Dad untersuchte ihn und gab ihm ein Rezept. Ein paar Stunden später kam er mit einem Veilchenstrauß zurück. Darin steckte ein Briefchen, mit dem er mich ins Kino einlud. Wie konnte ich da widerstehen?“

Vanessa lachte. „Du hattest schon immer einen Hang zur Romantik.“

Joanie verdrehte die Augen. „Das kann man wohl sagen. Bevor ich wusste, wie mir geschah, rannte ich auf der Suche nach einem Brautkleid durch die Läden und lernte alles über Düngemittel. Es waren die schönsten vier Jahre meines Lebens.“ Sie schüttelte den Kopf. „Aber jetzt erzähl mir etwas von dir. Ich will alles hören.“

Vanessa zuckte die Schultern. „Mein Leben besteht aus Üben, Spielen und Reisen.“

„Rom, Madrid, London …“, schwärmte Joanie.

„Herumsitzen auf Flughäfen und in Hotelzimmern“, holte Vanessa sie auf den Boden zurück. „Es ist nicht alles Gold, was glänzt.“

„Du hast recht. Cocktailpartys mit berühmten Schauspielern, Konzerte für die Königin von England und Mondscheinflirts mit Millionären müssen auf die Dauer ziemlich langweilig werden, oder?“ Joanie zwinkerte ihr zu.

„Mondscheinflirts?“ Vanessa lachte. „Ich kann mich nicht an dergleichen erinnern.“

„Jetzt mach mir nicht meine Illusionen kaputt, Vanessa.“ Joanie strich ihr liebevoll über den Arm. Das war eine typische Angewohnheit der Tuckers, die Menschen, die sie mochten, zu berühren. Vanessa hatte es vermisst. „Seit Jahren stelle ich mir dich als Paradiesvogel unter Paradiesvögeln vor, der gefeierte Liebling des Jetsets."

„Zum Teil war es auch so, aber hauptsächlich habe ich am Klavier und in Flugzeugen gesessen."

„Das hat dich zumindest in Form gehalten." Joanie spürte, dass Vanessa das Thema nicht weiter vertiefen wollte. „Ich wette, du trägst immer noch Kleidergröße 36."

„Schmale Knochen."

„Warte nur, bis Brady dich in die Finger kriegt." Vanessa hob das Kinn. „Ich habe ihn übrigens gestern getroffen."

„Wirklich? Und diese Ratte hat mich nicht angerufen." Neugierig sah Joanie sie an. „Wie war es?"

„Ich habe ihn in den Magen geboxt."

„Du." Joanie schnappte nach Luft. „Warum?"

„Weil er mich damals beim Abschlussball versetzt hat."

„Weil ..." Joanie brach ab, denn Vanessa war aufgesprungen und ging erregt im Zimmer auf und ab.

„Noch nie in meinem Leben war ich so wütend. Es ist mir egal, ob es sich jetzt dumm anhört. Dieser Abend damals war mir so wichtig. Ich dachte, es würde der wundervollste, romantischste Abend meines Lebens werden. Du weißt doch noch, wie lange wir nach einem passenden Kleid gesucht haben."

„Ja", murmelte Joanie, „ich weiß."

„Wochenlang hatte ich mich auf den Abend gefreut. Ich hatte gerade den Führerschein gemacht und bin bis nach Frederick gefahren, um zum Friseur zu gehen. Ich hatte mir einen Blütenzweig hinters Ohr gesteckt. Oh ja, ich weiß, er war unzuverlässig und leichtfertig. Das hat mein Vater mir oft genug gesagt. Allerdings hätte ich nie gedacht, dass er mich so gemein versetzen würde."

„Aber Vanessa ..."

„Zwei Tage lang habe ich das Haus nicht verlassen. Ich war

ganz krank vor Enttäuschung. Und dann noch meine Eltern, die sich ständig in den Haaren lagen. Es war … oh, es war grässlich! Dann nahm mein Vater mich mit nach Europa, und das war's dann auch."

Nachdenklich biss Joanie sich auf die Lippe. Sie hätte die Sache aufklären können, aber das war wohl etwas, das Brady selbst tun musste. „Vielleicht steckte etwas ganz anderes dahinter", war alles, was sie sagte.

Vanessa hatte sich wieder beruhigt und setzte sich. „Es spielt auch keine Rolle mehr. Schließlich ist es schon eine Ewigkeit her." Dann lächelte sie. „Übrigens, ich glaube, ich habe mich abreagiert, als ich ihn in den Magen boxte."

Joanie grinste in schwesterlicher Schadenfreude. „Das hätte ich gern gesehen."

„Es ist kaum zu glauben, dass er Arzt ist."

„Ich denke, das hat ihn selbst am meisten überrascht."

„Komisch, dass er nie geheiratet hat …" Sie runzelte die Stirn. „Oder so."

„Auf das ‚oder so' wollen wir mal nicht näher eingehen", sagte Joanie augenzwinkernd. „Aber geheiratet hat er nicht. Es gibt allerdings eine ganze Reihe Frauen in der Stadt, die seit seiner Rückkehr chronische Gebrechen entwickeln."

„Das kann ich mir vorstellen."

„Wie dem auch sei, mein Vater ist im siebten Himmel. Hast du ihn schon gesehen?"

„Nein, ich wollte zuerst zu dir." Sie nahm Joanies Hände. „Das mit deiner Mutter tut mir so leid. Ich habe es erst gestern erfahren."

„Am Anfang war es ziemlich hart. Dad war so verloren. Ich glaube, das waren wir alle." Sie erwiderte Vanessas Händedruck. „Ich weiß, dass du deinen Vater verloren hast, und verstehe gut, wie schlimm das für dich gewesen sein muss."

„Er war schon lange krank gewesen, aber ich wusste nicht, wie ernst es war, bis … nun ja, bis es fast vorbei war." Ihr Magen meldete sich wieder, und sie rieb automatisch mit der Hand darüber. „Es hat mir ein wenig darüber hinweggeholfen, die restlichen Engagements zu erfüllen, weil ich wusste, dass ihm das sehr wichtig gewesen wäre."

„Ich weiß." Joanie wollte noch etwas sagen, als es in der Sprechanlage auf dem Tisch knackte. Man hörte einen leisen Jammerlaut, dann ein Gurgeln und dann ein kindliches Gebrabbel. „Sie ist aufgewacht und bereit, sich auf den Kriegspfad zu begeben." Lächelnd sprang Joanie auf. „Ich bin gleich wieder da."

Allein gelassen stand Vanessa auf und begann durchs Zimmer zu wandern. Es war mit so vielen persönlichen, anheimelnden Dingen angefüllt. Bücher über Landwirtschaft und Kindererziehung, Hochzeits- und Babyfotos. Sie entdeckte eine alte Porzellanvase, die sie schon als Kind im Haushalt der Tuckers gesehen hatte. Durchs Fenster konnte sie die Scheune sehen und die Kühe, die in der Mittagssonne dösten.

Wie im Roman, dachte sie. Wie in den Träumen ihrer Kindheit.

„Vanessa?"

Sie wandte sich um und erblickte Joanie im Türrahmen, ein pausbäckiges, dunkelhaariges Baby auf dem Arm.

„Oh, Joanie, ist die Kleine goldig!"

„Ja." Joanie küsste Lara aufs Köpfchen. „Das ist sie. Willst du sie mal halten?"

„Und ob ich will." Vanessa kam durchs Zimmer und nahm das Baby auf den Arm. Nach einem langen, argwöhnischen Blick lächelte Lara und strampelte mit den Beinchen. „Bist du süß", murmelte Vanessa zärtlich. Dann hob sie die Kleine über ihren Kopf und drehte sich mit ihr. Lara jauchzte begeistert.

„Sie mag dich." Joanie nickte zufrieden. „Ich habe ihr immer erzählt, dass sie ihre Patentante bald kennenlernen wird."

„Ihre Patentante?" Verwirrt setzte Vanessa das Kind auf ihrer Hüfte ab.

„Natürlich." Joanie fuhr Lara übers Haar. „Ich habe dir gleich nach ihrer Geburt geschrieben. Mir war klar, dass du es bis zu ihrer Taufe nicht schaffen würdest. Deshalb haben wir eine Vertretung für dich bestellt. Aber ich wollte, dass du und Brady ihre Pateneltern werdet." Als Joanie Vanessas verblüfften Gesichtsausdruck sah, runzelte sie die Stirn. „Hast du den Brief etwa nicht bekommen?"

„Nein." Vanessa drückte die Wange an das kleine Kindergesicht. „Nein", wiederholte sie. „Bis meine Mutter es mir gestern sagte, wusste ich ja nicht einmal, dass du verheiratet bist."

„Aber die Einladung zur Hochzeit." Joanie zuckte die Schultern. „Wahrscheinlich ist sie verloren gegangen. Du warst ja immer unterwegs."

„Ja." Lächelnd ließ Vanessa zu, dass Lara ihr die Haare zerzauste. „Wenn ich gewusst hätte ... Ich hätte bestimmt eine Möglichkeit gefunden, herzukommen."

„Na ja, jetzt bist du ja hier."

„Ja." Vanessa liebkoste Laras Nacken. „Jetzt bin ich hier. Oh, wie ich dich beneide, Joanie."

„Mich?"

„Dieses herzige Kind, dieses Haus, der Blick in deinen Augen, wenn du von Jack sprichst ... Ich habe das Gefühl, zwölf Jahre verträumt zu haben, während du dir eine Familie und ein Heim geschaffen hast."

„Wir haben uns beide etwas geschaffen", sagte Joanie. „Es ist nur völlig verschieden. Du hast so viel Talent, Vanessa. Schon als Kind habe ich dich rückhaltlos bewundert. Ich wollte so gern spielen wie du." Sie lachte und schlang die Arme um Vanessa und das Kind. „Obwohl du so geduldig warst, ist es dir kaum gelungen, mir auch nur die einfachsten Kinderlieder beizubringen."

„Du warst zwar wild entschlossen, aber hoffnungslos unbegabt. Ach, ich bin so froh, dass du immer noch meine Freundin bist."

„Hör auf, sonst muss ich wieder weinen." Schnüffelnd schüttelte Joanie den Kopf. „Pass auf, du spielst jetzt ein bisschen mit Lara, und ich gehe und hole inzwischen etwas Limo für uns. Dann können wir in Ruhe darüber tratschen, wie fett Julie Newton geworden ist."

„Ist sie das?"

„Und wie viele Haare Tommy McDonald schon verloren hat." Joanie hakte Vanessa unter. „Nein, besser noch, du kommst mit mir in die Küche. Dann kann ich dir alles von Jean Baumgartners drittem Ehemann erzählen."

„Dem dritten?"

„Vorläufig."

Sie musste über so vieles nachdenken, nicht nur über die komischen Geschichten, die Joanie ihr erzählt hatte.

Versonnen schlenderte Vanessa durch den dämmrigen Garten. Sie musste über ihr Leben nachdenken und darüber, was sie damit machen wollte. Wohin sie gehörte und wohin sie gehören wollte.

Mehr als zehn Jahre lang hatte sie keine Wahl gehabt. Oder besser, sie hatte nicht den Mut gehabt, eigene Wünsche zu äußern. Sie hatte getan, was ihr Vater wollte. Er und die Musik waren die einzigen Konstanten in ihrem Leben gewesen. Sein Ehrgeiz war viel größer gewesen als ihrer, und sie hatte ihn nicht enttäuschen wollen. Du hast es nicht gewagt, meldete sich eine kleine Stimme in ihrem Innern, aber sie ignorierte sie.

Sie verdankte ihm alles. Er hatte sein Leben ihrer Karriere gewidmet. Während ihre Mutter sich vor der Verantwortung gedrückt hatte, hatte ihr Vater sie erzogen, unterrichtet und geformt. Er hatte genauso viel gearbeitet wie sie. Selbst als er schon todkrank war, hatte er sich zusammengerissen und ihre Karriere gefördert. Nichts war ihm entgangen. Sein kritisches Ohr hatte nicht eine einzige falsche Note überhört. Er hatte sie zum Gipfel ihrer Karriere gebracht, und es hatte ihm genügt, sich in ihrem Schatten mit ihr zu freuen.

Das war gewiss nicht leicht für ihn gewesen. Seine eigene Karriere als Konzertpianist war stecken geblieben, noch bevor er dreißig war. Er hatte nie den Gipfel erreicht, den er so sehnsüchtig erstrebte. Für ihn war die Musik alles gewesen, und so hatte er wenigstens in seiner einzigen Tochter seinen eigenen Ehrgeiz verwirklichen können.

Nun stand sie an einem Wendepunkt ihres Lebens. Sie spielte mit dem Gedanken, alles aufzugeben, was für ihn so erstrebenswert war und wofür er gearbeitet hatte. Nie hätte er ihren Wunsch verstanden, eine glänzende Karriere aufzugeben, ebenso wenig wie er nie verstanden oder toleriert hatte, dass ihr vor jedem Auftritt vor Angst ganz elend war. Daran konnte sie sich noch in allen Einzelheiten erinnern. Der Knoten in ihrem Magen, die Übelkeit, die sie jedes Mal niederkämpfen musste, und der hämmernde Kopfschmerz, wenn sie in den Kulissen stand.

Lampenfieber, hatte ihr Vater gesagt. Sie würde es schon irgendwann ablegen. Aber diesen Wunsch hatte sie ihm nie erfüllen können.

Trotzdem wusste sie genau, dass sie wieder auf die Bühne gehen konnte. Sie konnte es ertragen. Wenn sie wollte, konnte sie ihre Karriere noch weiter ausbauen. Wenn sie nur gewusst hätte, ob es wirklich das war, was sie wollte.

Vielleicht brauchte sie nur ein wenig Ruhe. Sie setzte sich in die Hollywoodschaukel und begann leise zu schwingen. Ein paar Wochen oder Monate Ruhe. Vielleicht sehnte sie sich dann wieder nach dem Leben, das sie geführt hatte. Aber im Augenblick hatte sie keinen anderen Wunsch, als das dämmrige Zwielicht zu genießen.

Von der Schaukel aus sah sie die Lichter im Haus und in den Nachbarhäusern. Sie hatte mit ihrer Mutter in der Küche zu Abend gegessen – oder hatte es zumindest versucht. Es schien sie zu kränken, dass Vanessa nur wie ein Vögelchen am Essen gepickt hatte. Wie sollte sie ihr erklären, dass im Augenblick alles so schwierig war? Dieses unangenehme Ziehen in ihrem Magen wollte einfach nicht aufhören.

Ein bisschen Ruhe, dachte Vanessa, und es wird vergehen. Es lag nur daran, dass sie im Augenblick so untätig war. Sie hatte weder heute noch gestern genug geübt. Auch wenn sie beschlossen hatte, vorübergehend nicht aufzutreten, gab es keinen Grund, ihre täglichen Übungen zu vernachlässigen.

Morgen, dachte sie und schloss die Augen. Morgen war immer noch früh genug, um mit der Arbeit zu beginnen. Das Wiegen der Schaukel lullte sie ein, und sie zog ihre Jacke fester um sich. Sie hatte ganz vergessen, wie rasch es hier abkühlte, wenn die Sonne erst einmal hinter den Bergen verschwunden war.

Sie hörte Motorengeräusch vor dem Haus und dann das Klappen einer Autotür. Irgendwo rief eine Mutter ihr Kind herein. Hinter einem Fenster ging das Licht an. Ein Baby weinte. Vanessa lächelte und wünschte, sie könnte das alte Zelt hervorholen, in dem sie und Joanie immer gespielt hatten, und es im Garten aufbauen. Dort könnte sie schlafen und auf die Geräusche der Stadt lauschen.

Sie drehte sich um, als sie einen Hund bellen hörte, und dann sah sie das leuchtende Fell eines mächtigen Golden Retriever. Er sprang in langen Sätzen über den Rasen und das Beet, wo ihre Mutter bereits die Stiefmütterchen und Ringelblumen gesetzt hatte. Mit heraushängender Zunge umkreiste er die Schaukel. Bevor Vanessa noch entscheiden konnte, ob sie sich fürchten oder amüsieren sollte, legte er ihr die Vorderpfoten auf den Schoß und grinste sie freundlich an.

„Hallo, du!“ Sie kraulte ihn hinter den Ohren. „Wo kommst du denn her?“

„Von zwei Häuserblocks weiter, und das im Schweinsgalopp.“ Keuchend tauchte Brady aus dem Schatten auf. „Ich habe den Fehler gemacht, ihn heute mit in die Praxis zu nehmen. Als ich ihn wieder in den Wagen bringen wollte, ist er mir ausgebüxt.“ Er blieb vor der Schaukel stehen. „Kriege ich wieder eins aufs Dach, oder darf ich mich setzen?“

Vanessa streichelte noch immer den Hund. „Ich glaube, du bist vorläufig sicher.“

„Damit muss ich mich wohl begnügen.“ Er setzte sich auf die Schaukel und streckte die Beine aus. Sofort versuchte der

Hund, auf seinen Schoß zu klettern. „Du brauchst jetzt gar nicht um gut Wetter zu bitten", schalt Brady und schubste ihn hinunter.

„Ein schöner Hund."

„Du darfst ihm nicht schmeicheln. Er ist schon eingebildet."

„Man sagt, Hund und Herrchen werden sich im Laufe der Zeit immer ähnlicher", bemerkte sie trocken. „Wie heißt er?"

„Kong. Er war der Größte in seinem Wurf." Als Kong seinen Namen hörte, bellte er zweimal. Dann rannte er los, um die Schatten zu jagen. „Ich habe ihn verwöhnt, als er noch ein Welpe war, und jetzt muss ich dafür büßen." Er legte den Arm auf die Rückenlehne der Schaukel und spielte mit Vanessas Haarspitzen. „Joanie erzählte mir, dass du heute draußen auf der Farm warst."

„Ja." Vanessa stieß seine Hand fort. „Joanie sieht fabelhaft aus, und so glücklich."

„Sie ist glücklich." Unbeirrt nahm er ihre Hand und begann mit ihren Fingern zu spielen. Es war eine altvertraute Geste. „Du musstest ja auch unser Patenkind endlich kennenlernen."

„Ja." Vanessa entzog ihm ihre Hand. „Lara ist zum Fressen süß."

„Oh ja." Er fasste wieder nach ihrem Haar. „Sie sieht mir ähnlich."

Vanessa lachte befangen. „Eingebildet wie eh und je. Wirst du endlich deine Finger von mir lassen?"

„Das konnte ich noch nie." Er seufzte, rückte jedoch ein Stückchen von ihr weg. „Wir haben oft hier gesessen, erinnerst du dich?"

„Ja."

„Ich glaube, bei unserem ersten Kuss haben wir auch hier gesessen. Genau wie jetzt."

„Nein." Sie verschränkte die Arme vor der Brust. „Du hast recht. Das erste Mal war drüben im Park. Du hast mir zugeschaut, wie ich Körbe werfen übte."

Vanessa schnippte ein imaginäres Staubkörnchen von ihrem

Knie. „Ich kam zufällig vorbei."

„Du kamst, weil ich immer ohne Hemd trainierte und du meine nackte, schweißglänzende Brust sehen wolltest."

Sie lachte wegwerfend, aber was er sagte, war wahr. Sie sah ihn an. Sein Gesicht lag im Schatten, und er lächelte entspannt. Sie erinnerte sich, dass er sich schon immer gut entspannen konnte. Und schon immer hatte er sie zum Lachen bringen können.

„Na ja, so toll war das nun auch wieder nicht – ich meine, deine schweißglänzende Brust."

„Ich habe etwas zugelegt", sagte er leichthin. „Und ich trainiere immer noch." Diesmal schien sie gar nicht zu bemerken, dass er ihr Haar streichelte. „Ich erinnere mich an den Tag. Es war Ende des Sommers, vor meinem letzten Schuljahr. Innerhalb von drei Monaten hatte sich eine kichernde kleine Nervensäge in die anbetungswürdige ‚Sexy Saxton' verwandelt, eine Fee mit wallender Mähne und fantastischen Beinen, die sie auch großzügig zur Schau stellte. Du warst eine Wucht und hast mir ganz schön den Mund wässrig gemacht."

„Dabei hast du die Augen immer nur nach Julie Newton verdreht."

„Nein, ich habe immer nur so getan, während ich in Wirklichkeit hinter dir her war. Und dann kamst du an jenem Tag zufällig vorbei. Du warst in Lesters Laden gewesen, denn du hattest eine Flasche Limo dabei. Ich habe das Bild noch genau vor Augen."

Vanessa hob die Brauen. „Hast du aber ein gutes Gedächtnis."

„Na hör mal, das war ein Wendepunkt in unserem Leben. Du sagtest: ‚Hallo, Brady, du siehst schrecklich erhitzt aus. Willst du einen Schluck?'" Er grinste. „Ich habe fast in meinen Basketball gebissen. Und dann hast du mit mir geflirtet."

„Habe ich nicht."

„Du hast mit den Wimpern geklimpert."

Vanessa unterdrückte ein Kichern. „Ich habe niemals mit

den Wimpern geklimpert."
„Und ob du das hast." Er seufzte wehmütig. „Es war phänomenal."
„Wenn ich mich recht erinnere, hast du fürchterlich angegeben. Du hast dich produziert wie ein echter Macho, Körbe geworfen und alles Mögliche veranstaltet. Und dann hast du mich gepackt."
„Daran erinnere ich mich. Es hat dir gefallen."
„Du hast gestunken wie ein Wiedehopf."
„Mag sein. Trotzdem war es mein schönster erster Kuss."
Und meiner auch, dachte Vanessa. Ihr war nicht bewusst, dass sie sich an seine Schulter lehnte. Sie lächelte selbstvergessen. „Wir waren so jung, und alles war so unkompliziert."
„Manche Dinge brauchen auch nicht kompliziert zu sein", sagte er, war sich seiner Sache dabei aber gar nicht so sicher. „Sind wir wieder Freunde?"
„Meinetwegen."
„Ich konnte dich noch gar nicht fragen, wie lange du bleibst."
„Das weiß ich noch nicht."
„Dein Terminkalender ist sicher vollgepackt."
„Ich habe mir ein paar Monate freigenommen. Vielleicht gehe ich für ein paar Wochen nach Paris."
Er nahm wieder ihre Hand und drehte sie um. Ihre Hände hatten ihn schon immer fasziniert, diese langen, schmalen Finger, die weichen Handflächen und die kurz gefeilten Nägel. Sie trug keine Ringe. Einmal hatte er ihr einen geschenkt. Er hatte das ganze Geld, das er den Sommer über mit Rasenmähen verdient hatte, für einen Goldring mit einem winzig kleinen Brillanten ausgegeben. Sie hatte ihn begeistert geküsst, als er ihn ihr gab, und geschworen, ihn nie wieder abzulegen.
Kindheitsversprechen werden von Erwachsenen achtlos gebrochen. Es war ein dummer Wunsch, den Ring wieder an ihrem Finger zu sehen.
„Weißt du, vor ein paar Jahren habe ich dich in der Carnegie Hall spielen sehen. Es war überwältigend. Du warst überwäl-

tigend." Zu ihrer und seiner eigenen Überraschung zog er ihre Finger an die Lippen. Dann ließ er sie hastig los. „Ich hoffte, dich zu treffen, aber wahrscheinlich hattest du keine Zeit."

Vanessa spürte den Druck seiner Lippen noch immer bis in die Zehenspitzen. „Wenn du angerufen hättest, dann hätte ich es schon einrichten können."

„Ich habe angerufen." Sein Blick suchte ihren. „Doch damals ist mir erst richtig aufgegangen, wie berühmt du geworden warst. Es ist mir nicht gelungen, bis zu dir durchzudringen."

„Das tut mir leid, wirklich."

„Ist nicht so schlimm."

„Doch, ich hätte dich gern wiedergesehen. Manchmal war mir dieses ständige Abgeschirmtwerden selbst zu viel."

„Mag sein." Er legte ihr die Hand unters Kinn. Sie war noch schöner, als er sie in Erinnerung hatte, und noch zerbrechlicher. Wenn er sie damals in New York getroffen hätte, unter weniger romantischen Umständen als jetzt, hätte er sich dann auch so zu ihr hingezogen gefühlt? Vielleicht wollte er es gar nicht wissen.

Jetzt hatte er sie nur um ihre Freundschaft gebeten, und er gab sich Mühe, nicht mehr zu wollen. „Du siehst sehr müde aus, Vanessa. Auch deine Gesichtsfarbe könnte besser sein."

„Es war ein hektisches Jahr."

„Schläfst du gut?"

Sie schob seine Hand fort. „Spiel jetzt bloß nicht Onkel Doktor mit mir, Brady."

„Im Augenblick könnte ich mir gar nichts Schöneres vorstellen. Aber es ist mir Ernst, Vanessa. Du bist abgearbeitet."

„Nur ein bisschen müde. Darum mache ich ja auch eine Pause."

Das stellte ihn jedoch überhaupt nicht zufrieden. „Warum kommst du nicht zu einer Untersuchung in die Praxis?"

„Ist das deine neue Masche? Früher hieß es immer: ‚Fahren wir hinunter zu Molly's Hole.'"

„Dazu kommen wir später. Dad kann dich ja untersuchen."

„Ich brauche keinen Arzt." Kong kam zurück, und sie streichelte ihn. „Ich bin niemals krank. In fast zehn Jahren habe ich nicht einmal ein Konzert aus Krankheitsgründen absagen müssen." Ihr Magen meldete sich wieder, und sie drückte ihr Gesicht in Kongs Fell. „Ich gebe zu, dass es mir nicht leichtgefallen ist, herzukommen. Aber damit werde ich schon fertig."

Eigensinnig wie immer, dachte er. Vielleicht war es am besten, wenn er sie in den nächsten paar Tagen einfach im Auge behielt – auf berufliche Art natürlich. „Trotzdem würde Dad sich über deinen Besuch freuen, privat, meine ich."

„Ich schaue demnächst mal bei ihm vorbei." Sie wandte den Kopf, und er sah das vertraute Glimmen in ihren Augen. „Joanie sagt, du hast mit deinen weiblichen Patienten alle Hände voll zu tun, und das Gleiche dürfte auch auf deinen Vater zutreffen, wenn er immer noch so attraktiv ist."

„Er hatte ein paar ... ganz interessante Angebote. Aber das hat sich gegeben, seit er deine Mutter hat."

Vanessa fuhr geschockt hoch. „Meine Mutter? Und dein Vater?"

„Es ist die heißeste Romanze der Stadt." Er strich ihr das Haar hinters Ohr. „Bis jetzt."

„Meine Mutter", wiederholte sie.

„Sie ist eine attraktive Frau im besten Alter, Vanessa. Warum sollte sie wie eine Nonne leben?"

Vanessa presste die Hand auf den Magen und stand auf. „Ich gehe jetzt hinein."

„Was ist los?"

„Nichts. Ich gehe nur hinein. Mir ist kalt."

Er nahm sie bei den Schultern – eine Geste, die auch eine Flut von Erinnerungen auslöste. „Lass sie doch in Frieden", sagte er eindringlich. „Gott weiß, sie ist gestraft genug."

„Davon verstehst du nichts."

„Mehr, als du glaubst." Er schüttelte sie ungeduldig. „Lass es sein, Vanessa. Diese alten Geschichten machen dich ganz kaputt."

„Für dich ist es leicht", stieß sie bitter hervor. „Für dich war es immer leicht. Du hattest eine glückliche Familie, wusstest immer, dass sie dich liebten. Egal, was du tatest, dich hat niemand weggeschickt."

„Sie hat dich nicht weggeschickt, Vanessa."

„Sie ließ mich gehen", sagte Vanessa tonlos. „Wo liegt da der Unterschied?"

„Warum fragst du sie nicht?"

Kopfschüttelnd machte sie sich frei. „Vor zwölf Jahren hörte ich auf, ihr kleines Mädchen zu sein. Damals hörte vieles für mich auf." Sie drehte sich um und ging ins Haus.

## 3. KAPITEL

In dieser Nacht hatte Vanessa nur stundenweise geschlafen. Sie hatte Schmerzen gehabt, aber daran war sie gewöhnt. Sie unterdrückte sie mit Medikamenten, aber vor allem durch ihren starken Willen.

Sie war drauf und dran gewesen, hinüber ins Zimmer ihrer Mutter zu gehen, hatte sich dann aber doch nicht dazu durchringen können. Sie hatte kein Recht, ihrer Mutter die Beziehung zu einem anderen Mann vorzuwerfen. Trotzdem tat sie es. In all den Jahren, die Vanessa mit ihrem Vater verbracht hatte, hatte er sich nie einer anderen Frau zugewandt. Und falls, dann so diskret, dass sie es nicht gemerkt hatte.

Und was macht es schon aus, fragte sie sich, als sie sich am Morgen anzog. Sie hatten ja auch früher immer ihr eigenes Leben geführt, obwohl sie im selben Haus wohnten.

Aber es machte etwas aus. Es machte etwas aus, dass ihre Mutter all die Jahre in diesem Haus gelebt hatte, ohne irgendeinen Kontakt zu ihrem einzigen Kind zu suchen. Dass sie ein neues Leben begonnen hatte, in dem es keinen Platz für ihre Tochter gab.

Es ist Zeit, dachte Vanessa. Höchste Zeit sie zu fragen, warum.

Als sie die Treppe herunterkam, stieg ihr der Duft von Kaffee und frischem Brot in die Nase. Sie entdeckte ihre Mutter in der Küche an der Spüle. Loretta trug ein hübsches blaues Kleid und Perlen in den Ohren und um den Hals. Das Radio spielte leise, und sie summte vor sich hin, auch noch, als sie sich umdrehte und ihre Tochter erblickte.

„Oh, du bist schon auf?“ Loretta lächelte und hoffte, dass es natürlich wirkte. „Ich wusste nicht, ob ich dich heute Morgen noch sehen würde, bevor ich gehe.“

„Bevor du gehst?“

„Ich muss zur Arbeit. Da sind ein paar Brötchen, und der Kaffee ist noch heiß.“

„Zur Arbeit?“, wiederholte Vanessa. „Wo?“

„Im Laden.“ Um ihre fahrigen Hände zu beschäftigen, schenkte sie Vanessa eine Tasse Kaffee ein. „Im Antiquitätenladen. Ich habe ihn vor rund sechs Jahren gekauft. Er gehörte früher den Hopkins, wenn du dich erinnerst. Ich habe für sie gearbeitet, nachdem ... ein paar Jahre lang. Als sie in den Ruhestand gingen, habe ich das Geschäft übernommen.“

Ungläubig schüttelte Vanessa den Kopf. „Du führst ein Antiquitätengeschäft?“

„Nur ein kleines.“ Loretta stellte den Kaffee auf den Tisch. Sobald ihre Hände leer waren, begannen sie an der Perlenkette zu zupfen. „Ich nenne ihn ‚Lorettas Stübchen‘. Das findest du sicher albern, aber der Laden läuft ganz gut. Ich habe ihn für ein paar Tage geschlossen ... Wenn du willst, kann ich es auch noch ein paar Tage dabei belassen.“ Nachdenklich sah Vanessa ihre Mutter an. Sie versuchte sich vorzustellen, wie sie wohl mit einem Geschäft zurechtkam. Da gab es Inventuren, Buchhaltung und dergleichen mehr. Und Antiquitäten? Hatte sie sich je dafür interessiert? „Nein.“ Die Unterredung musste offenbar noch warten. „Geh ruhig ins Geschäft.“

„Wenn du magst, kannst du ja später einmal herüberkommen und dich umsehen.“ Loretta nestelte an einem Knopf. „Es ist nur ein kleiner Laden, aber ich habe viele interessante Stücke da.“

„Mal sehen.“

„Bist du denn sicher, dass du hier allein zurechtkommst?“

„Ich bin schon ziemlich lange allein gewesen.“

Loretta senkte den Blick. „Ja, natürlich. Normalerweise komme ich gegen halb sieben nach Hause.“

„In Ordnung. Dann sehen wir uns heute Abend.“ Vanessa ging zur Spüle und drehte den Wasserhahn auf. Sie brauchte ein Glas Wasser, kalt und klar.

„Vanessa?“

„Ja?“

„Ich weiß, ich muss viele Jahre wiedergutmachen.“ Loretta

stand im Türrahmen. „Ich hoffe, du gibst mir eine Chance."

„Das möchte ich." Mit einer hilflosen Geste öffnete sie die Hände. „Ich weiß nur nicht, wo wir anfangen sollen."

„Ich auch nicht." Loretta lächelte zögernd, aber schon ein wenig entspannter. „Na, vielleicht war das ja schon ein Anfang. Ich hab dich lieb, und ich wäre glücklich, wenn du es glauben könntest." Sie wandte sich rasch um und ging.

„Oh Mom", sagte Vanessa in das leere Zimmer. „Ich weiß nicht, was ich tun soll."

„Mrs Driscoll." Brady klopfte der dreiundachtzigjährigen Dame auf das knochige Knie. „Sie haben das Herz einer zwanzigjährigen Sportlerin."

Sie kicherte, wie er es erwartet hatte. „Es ist nicht mein Herz, das mir Sorgen macht, Brady. Es sind die Knochen. Die tun teuflisch weh."

„Vielleicht sollten Sie mal einen Ihrer Urenkel im Garten Unkraut jäten lassen."

„Seit sechzig Jahren mache ich das selber …"

„Und würden es am liebsten auch noch weitere sechzig tun", fiel er ihr ins Wort und schob das Blutdruckmessgerät beiseite. „Niemand weit und breit hat bessere Tomaten als Sie, aber wenn Sie es nicht ein bisschen langsamer angehen lassen, dann tun Ihre Knochen eben weh." Er nahm ihre Hände. Sie wirkten drahtig und waren noch nicht von Arthritis befallen. Aber in ihren Schultern und Knien steckte die Krankheit, und Brady konnte wenig dagegen tun.

Er beendete seine Untersuchung und hörte geduldig zu, wie sie von ihrer Familie erzählte. Sie war in der Mittelstufe seine Lehrerin gewesen, und schon damals war sie ihm steinalt vorgekommen. Nach rund fünfundzwanzig Jahren war die altersbedingte Kluft zwischen ihnen ein wenig schmaler geworden, aber er wusste, dass sie ihn noch immer für den kleinen Tunichtgut hielt, der das Goldfischglas umwarf, nur um zu sehen, wie der Fisch über den Boden hüpfte.

„Ich sah Sie vor ein paar Tagen aus dem Postamt kommen, Mrs Driscoll." Er machte eine Eintragung auf ihrem Krankenblatt. „Sie haben Ihren Stock gar nicht benutzt."

Sie schnaubte empört. „Krückstöcke sind was für alte Leute."

Er hob eine Braue. „Als Arzt muss ich Ihnen sagen, dass Sie alt sind, Mrs Driscoll."

Sie lachte gackernd und drohte ihm mit dem Finger. „Du hattest schon immer ein vorlautes Mundwerk, Brady Tucker."

„Ja, aber jetzt habe ich außerdem meine Approbation als Arzt." Er nahm ihre Hand und half ihr vom Untersuchungstisch. „Und ich möchte, dass Sie diesen Stock benutzen – und wenn es nur wäre, um John Hardesty eins überzuziehen, wenn er mit Ihnen flirten will."

„Der alte Bock", schmunzelte sie. „Aber ich würde auch wie eine alte Ziege aussehen, wenn ich an einem Stock herumhumpelte."

„Gehört Eitelkeit etwa nicht zu den sieben Todsünden?"

„Wozu erst sündigen, wenn es keine Todsünde ist? Mach, dass du rauskommst, Junge, damit ich mich anziehen kann."

„Zu Befehl, Ma'am." Kopfschüttelnd ging er hinaus. Sie würde niemals dazu zu bewegen sein, den Stock zu benutzen. Sie gehörte zu den wenigen Patienten, denen er keinen Respekt einflößte.

Nach weiteren zwei Stunden Praxisroutine fuhr er in der Mittagspause ins Washington County Hospital, um bei zwei Patienten Visite zu machen. Ein Apfel und ein paar Cracker halfen ihm über den Nachmittag. Einige Patienten erwähnten, dass Vanessa Saxton wieder in der Stadt sei, wobei sie vieldeutig grinsten und zwinkerten. Von dem einen oder anderen bekam er auch einen wohlmeinenden Puff mit dem Ellbogen.

Typisch Kleinstadt, dachte er, als er zwischen zwei Patienten fünf Minuten ausspannte. Die Leute wussten alles über jeden, und sie hatten ein gutes Gedächtnis. Vanessa und er hatten vor zwölf Jahren ein kurzes Techtelmechtel gehabt, aber es war, als hätte man es in Stein gemeißelt und nicht nur in einen der Parkbäume geritzt.

Er hatte sie schon fast vergessen gehabt, außer wenn sie in der Presse erwähnt wurde, oder wenn er sich eine ihrer Platten anhörte, die er grundsätzlich kaufte … aus alter Freundschaft sozusagen. Manchmal hatte ihn auch eine Frau mit einer bestimmten Bewegung oder Geste an sie erinnert.

Aber das waren nichts weiter als Jugenderinnerungen. Sie waren damals kaum mehr als Kinder gewesen, die es nicht erwarten konnten, erwachsen zu werden. Alles, was sich zwischen ihnen abgespielt hatte, war schön und unschuldig gewesen. Lange Küsse im Mondschein, leidenschaftliche Versprechungen und ein paar verbotene Zärtlichkeiten.

Die Erinnerung daran sollte eigentlich nicht wehtun, dennoch presste er unwillkürlich die Hand in die Herzgegend.

Damals hatten sie die Sache sehr ernst genommen, weil Vanessas Vater strikt dagegen war. Je entschiedener Julius Saxton gegen ihre aufblühende Verliebtheit anging, desto näher waren sie einander gekommen. Eine typische Reaktion bei jungen Leuten, dachte Brady. Und er hatte den zornigen jungen Mann perfekt gespielt. Er hatte Drohungen ausgestoßen und Versprechungen gemacht, wie sie nur ein Achtzehnjähriger fertigbrachte.

Wenn alles normal verlaufen wäre, hätten sie sich wahrscheinlich nach ein paar Wochen schon wieder vergessen.

Oder nicht? Er verzog die Mundwinkel. Nie zuvor war er so verliebt gewesen wie damals in Vanessa. Damals, in dieser verrückten Zeit, als er gerade achtzehn geworden war und alles und jedes für möglich hielt.

Sie hatten nie miteinander geschlafen, was er bitter bereut hatte, nachdem sie aus seinem Leben verschwunden war. Im Nachhinein sah er ein, dass es so am besten gewesen war. Sonst wäre es ihnen jetzt als Erwachsenen viel schwerer gefallen, einfach nur Freunde zu sein.

Und das war es, was er wollte, wie er sich immer wieder versicherte. Er hatte nicht die Absicht, ihretwegen wieder den

Kopf zu verlieren. Zugegeben, für einen Augenblick hatte ihm das Herz bis in den Hals geschlagen, als er sie dort am Klavier sitzen sah. Aber das war eine ganz normale Reaktion. Immerhin war sie eine schöne Frau und einmal sein Mädchen gewesen. Und wenn er sich gestern Abend in der Schaukel in der Dämmerung nach ihr gesehnt hatte, so war das auch nur allzu menschlich. Aber deshalb war er trotzdem kein Narr.

Vanessa Saxton war nicht mehr sein Mädchen, und als Frau wollte er sie auch nicht.

„Dr. Tucker!“ Eine der Sprechstundenhilfen steckte den Kopf durch die Tür. „Ihr nächster Patient wartet.“

„Komme gleich.“

„Ach ja, und Ihr Vater bittet Sie, bei ihm reinzuschauen, bevor Sie gehen.“

„Danke.“ Brady ging ins Untersuchungszimmer und fragte sich, ob Vanessa wohl heute Abend wieder in der Schaukel sitzen würde.

Vanessa klopfte an die Tür des Tucker-Hauses und wartete. Sie hatte dieses Haus mit der geweißten Veranda und den vielen Blumenkästen schon immer gemocht. Jetzt waren Geranien darin, die schon üppig blühten.

Zwei Schaukelstühle standen auf der Veranda. Sie wusste, dass Dr. Tucker an Sommerabenden gern hier draußen saß. Die Passanten blieben dann stehen, um einen Schwatz zu halten oder eine lange Liste von Symptomen und Beschwerden herunterzubeten.

Und jedes Jahr am Memorial Day gaben die Tuckers eine Gartenparty, zu der die ganze Stadt erschien, um Hamburger und Kartoffelsalat zu essen, unter dem großen Walnussbaum zu sitzen oder Krocket zu spielen.

Dr. Tucker war ein großzügiger Mann, sowohl was seine Zeit betraf als auch seine ärztliche Kunst. Vanessa konnte sich noch gut an sein tiefes, warmes Lachen erinnern und an seine ruhigen, sanften Hände bei der Untersuchung.

Aber was sollte sie ihm jetzt sagen, diesem Mann, der ihr in ihrer Kindheit wie ein mächtiger Baum vorgekommen war? Der sie getröstet hatte, wenn sie über die bröckelnde Ehe ihrer Eltern verzweifelt war. Diesem Mann, der jetzt eine Beziehung zu ihrer Mutter unterhielt.

Dr. Tucker öffnete selbst. Er war so groß, wie sie ihn in Erinnerung hatte. Er hatte den gleichen athletischen Körperbau wie Brady. Obwohl das dunkle Haar inzwischen stark angegraut war, wirkte er kaum älter. Um seine dunkelblauen Augen waren feine Linien, die sich noch vertieften, als er lächelte.

Verunsichert wollte Vanessa ihm die Hand reichen, aber bevor sie noch etwas sagen konnte, schlang er die Arme um sie, und sie kam sich vor wie in der Umarmung eines Bären. Er roch nach Rasierwasser und Pfefferminz, und es trieb ihr fast die Tränen in die Augen. Nicht einmal das hatte sich verändert.

„Die kleine Vanessa", hörte sie seine tiefe Stimme. „Wie schön, dich wieder zu Hause zu haben."

„Ja, es ist gut, wieder hier zu sein." Fest an ihn gedrückt glaubte sie sogar, was sie sagte. „Ich habe Sie vermisst", stieß sie spontan hervor.

„Lass dich anschauen." Er hielt sie auf Armeslänge von sich ab. „Junge, Junge …", murmelte er. „Emily hat schon immer gesagt, dass aus dir mal eine Schönheit wird."

„Ach, Dr. Tucker, es tut mir so leid um Ihre Frau."

„So ging es uns allen." Er rieb kurz ihre Arme. „Sie hat deine Karriere in der Presse genau verfolgt. Weißt du, es war ihr Herzenswunsch, dich zur Schwiegertochter zu kriegen. Immer wieder hat sie gesagt: ‚Adam, das ist genau die richtige Frau für Brady. Sie wird ihn zur Vernunft bringen.'"

„Sieht aus, als hätte er das ganz allein besorgt."

„Zumindest teilweise." Er legte ihr den Arm um die Schultern und führte sie hinein. „Wie wär's mit einer Tasse Tee und einem Stück Kuchen?"

„Hört sich verlockend an."

Vanessa setzte sich an den Küchentisch, während er den Tee

machte. Das Haus hatte sich auch innen nicht verändert. Es war noch immer blitzsauber, und überall standen Emilys Porzellanfigürchen herum.

„Mrs Leary macht noch immer den besten Kuchen der Stadt." Er schnitt dicke Scheiben von dem Schokoladenkuchen ab.

„Und bezahlt Sie immer noch in Naturalien."

„Die sind mit Gold nicht aufzuwiegen." Mit einem zufriedenen Seufzer ließ er sich ihr gegenüber nieder. „Ich brauche dir nicht zu sagen, wie stolz wir alle auf dich sind." Vanessa schüttelte den Kopf. „Ich wünschte, ich wäre früher zurückgekommen. Ich wusste nicht einmal, dass Joanie verheiratet ist. Und dann das Baby." Sie hob die Teetasse. Zum ersten Mal seit ihrer Rückkehr fühlte sie sich rundum wohl. „Lara ist ein Schatz."

„Und ein kluges Kind." Er zwinkerte ihr zu. „Vielleicht bin ich nicht ganz objektiv, aber ich habe noch nie ein klügeres Kind gesehen. Obwohl schon eine ganze Menge durch meine Hände gegangen sind."

„Ich hoffe, ich werde sie oft sehen, solange ich hier bin. Sie alle."

„Und wir hoffen, dass du möglichst lange bleibst."

„Ich weiß noch nicht." Sie senkte den Blick auf ihre Teetasse. „Ich habe noch nicht wirklich darüber nachgedacht."

„Deine Mutter hat seit Wochen von nichts anderem mehr geredet."

Vanessa biss von dem Kuchen ab. „Es scheint ihr gut zu gehen."

„Das tut es auch. Loretta ist eine starke Frau. Das musste sie auch sein."

Vanessa hob den Blick. Sie sprach vorsichtig. „Ich weiß, dass sie ein Antiquitätengeschäft führt. Ich kann sie mir gar nicht als Geschäftsfrau vorstellen."

„So ging es ihr anfangs auch, aber sie macht ihre Sache gut. Wie ich hörte, hast du deinen Vater vor ein paar Monaten verloren."

„Er hatte Krebs. Es war sehr schlimm für ihn."

„Und für dich."

Sie hob die Schultern. „Ich konnte sehr wenig tun … Er ließ sich ja nicht helfen. Er gab ganz einfach nicht zu, dass er krank war. Er hasste jede Art von Schwäche."

„Ich weiß." Er legte seine Hand auf ihre. „Ich hoffe, du verurteilst die beiden nicht mehr so sehr."

Vanessa hatte ihn verstanden. „Ich hasse meine Mutter nicht", sagte sie seufzend. „Ich kenne sie nur einfach nicht."

Das war eine gute Antwort, eine, die er akzeptierte. „Ich kenne sie gut. Sie hatte ein schweres Leben, Vanessa. Jeden Fehler, den sie gemacht hat, hat sie tausendfach bezahlen müssen. Sie liebt dich. Sie hat dich immer geliebt."

„Warum hat sie mich dann gehen lassen?"

Er empfand tiefes Mitgefühl. „Das ist eine Frage, die du ihr selbst stellen und die sie selbst beantworten muss."

Seufzend lehnte Vanessa sich zurück. „Immer habe ich mich an Ihrer Schulter ausgeweint."

„Dafür sind Schultern da. Ich hatte eigentlich immer das Gefühl, zwei Töchter zu haben."

„Die hatten Sie auch." Vanessa kämpfte mit den Tränen. „Dr. Tucker, lieben Sie meine Mutter?"

„Ja. Erschreckt dich das?"

„Das sollte es eigentlich nicht."

„Aber?"

„Es ist irgendwie schwierig für mich. In meiner Erinnerung gab es immer nur Sie und Ihre Frau. Sie waren ein fester Pol in meinem Leben. Meine Eltern … so unglücklich sie miteinander waren, so waren sie doch in meiner Erinnerung …"

„Auch ein fester Pol in deinem Leben", sagte er ruhig.

„Ja." Vanessa entspannte sich ein wenig. Sie war dankbar, dass er sie verstand. „Ich weiß, dass es unvernünftig ist, aber …"

„Mein liebes Kind", unterbrach er sie. „Es gibt so vieles im Leben, das uns unfair erscheint. Ich hatte achtundzwanzig Jahre mit Emily und hatte gehofft, dass es noch einmal so viele werden würden. Es sollte nicht sein. Während unserer Ehe habe ich nur sie geliebt. Wir hatten das Glück, uns zu Menschen zu entwickeln, die sich auch nach Jahren noch lieben konnten. Als sie starb, starb mit ihr ein Teil meines Lebens. Deine Mutter war Emilys engste und liebste Freundin, und als solche habe auch ich Loretta jahrelang gesehen. Dann wurde sie meine engste und liebste Freundin. Ich glaube, Emily hätte sich gefreut."

„Sie bringen es fertig, dass ich mir wie ein Kind vorkomme."

„In den Augen der Eltern bleiben die Kinder immer Kinder." Er schaute auf ihren Teller. „Hast du deine Vorliebe für Süßes verloren?"

„Nein." Sie lachte. „Aber meinen Appetit."

„Ich möchte mich nicht unbeliebt machen, Vanessa, doch du bist wirklich zu mager. Loretta erwähnte schon, dass du nicht gut isst. Und auch nicht gut schläfst."

Vanessa hob die Brauen. Ihr war entgangen, dass ihre Mutter das bemerkt hatte. „Ich denke, ich bin sehr überarbeitet. Die letzten Jahre waren ziemlich hektisch."

„Wann hast du dich zum letzten Mal untersuchen lassen?"

Sie lachte auf. „Jetzt hören Sie sich wie Brady an. Mir geht es gut, Dr. Tucker. Konzerttourneen machen einen zäh. Es sind nur die Nerven."

Er nickte, aber im Stillen nahm er sich vor, ein Auge auf sie zu haben. „Ich hoffe, du wirst bald einmal für mich spielen."

„Ich spiele gerade das neue Klavier ein. Da fällt mir ein, ich müsste eigentlich gehen. Ich übe in letzter Zeit viel zu wenig."

Als sie aufstand, kam Brady durch die Verbindungstür. Es störte ihn ein wenig, Vanessa zu sehen. Schlimm genug, dass sie ihm schon den ganzen Tag nicht aus dem Kopf gegangen war. Und jetzt war sie auch noch in seiner Küche. Er nickte ihr zu und warf dann einen Blick auf den Kuchen.

„Auf Mrs Leary ist Verlass." Er lächelte seinem Vater zu. „Lässt du mir etwas übrig?"

„Immerhin ist sie meine Patientin."

„Er hortet immer die besten Sachen", klärte Brady Vanessa auf. „Du wolltest mich sehen, bevor ich gehe?", wandte er sich dann wieder an seinen Vater.

„Ich sollte mir doch die Crampton-Akte ansehen." Adam wies auf einen Hefter auf der Arbeitsplatte. „Ich habe ein paar Notizen gemacht."

„Danke."

„Ich habe noch einiges zu erledigen." Er nahm Vanessa bei den Schultern und gab ihr einen hörbaren Kuss. „Komm bald wieder."

„Das verspreche ich." Sie war schon immer gern zu den Tuckers gegangen.

„Die Gartenparty ist in zwei Wochen. Ich erwarte, dich dort zu sehen."

„Ich würde sie auf keinen Fall verpassen."

„Brady", sagte er, schon im Gehen. „Benimm dich anständig, solange das Mädchen da ist."

Brady grinste, als die Tür hinter seinem Vater ins Schloss fiel. „Wahrscheinlich denkt er, ich versuche, dich auf den Autorücksitz zu zerren."

„Wie du es vor Jahren getan hast."

„Hmm." Die Erinnerung machte ihn verlegen. „Noch Kaffee da?"

„Tee", sagte sie. „Mit Zitrone."

Er ging zum Kühlschrank und nahm eine Tüte Milch heraus. „Nett, dass du ihn besucht hast. Er hat einen Narren an dir gefressen."

„Das beruht auf Gegenseitigkeit."

„Wirst du diesen Kuchen essen?"

„Nein, ich wollte gerade gehen."

Er setzte sich und machte sich über den Kuchen her. „Weshalb diese Eile?", fragte er kauend.

„Ich bin nicht in Eile. Ich wollte nur …"

„Setz dich." Er leerte das Glas Milch mit einem Zug.

„Wie ich sehe, ist dein Appetit gut wie immer."

„Gesunde Lebensweise."

Sie sollte jetzt wirklich gehen, aber er wirkte so entspannt, wie er da am Tisch saß und sich den Kuchen schmecken ließ. Freunde, hatte er gesagt. Vielleicht konnten sie wirklich Freunde sein. Sie lehnte sich an die Arbeitsplatte.

„Wo ist der Hund?"

„Zu Hause. Dad hat ihn gestern erwischt, als er die Tulpenzwiebeln ausgrub. Deshalb wurde er verbannt."

„Wohnst du denn nicht mehr hier?"

„Nein." Er schaute auf, und es gab ihm einen Stich. Sie lehnte an der Arbeitsplatte, direkt vor dem Fenster, und das Licht schimmerte auf ihrem Haar. Ein leises Lächeln spielte um ihren vollen, sensiblen Mund. Der strenge Schnitt ihrer Hose und der Bluse ließ sie noch weicher und weiblicher wirken. „Ich ... hmm ..." Er griff nach der Milch. „Ich habe mir draußen vor der Stadt ein Stück Land gekauft. Es geht nur langsam voran mit dem Haus, aber ein Dach hat es schon."

„Du baust dein eigenes Haus?"

„Das ist wohl ein bisschen übertrieben. Ich kann mich zu selten hier freimachen, um öfter als hier und da ein paar Stunden mit anzufassen. Ansonsten habe ich ein paar Burschen engagiert, die es mir zusammenzimmern." Er sah sie an. „Vielleicht willst du es dir einmal ansehen."

„Ja, vielleicht."

„Wie wär's mit jetzt gleich?" Er stand auf und stellte sein Geschirr in die Spülmaschine.

„Ach, weißt du ... ich muss nach Hause ..."

„Wozu?"

„Um zu üben."

Er drehte sich um, und ihre Schultern berührten sich. „Üben kannst du später."

Es war eine Herausforderung, und sie wussten es beide. Beide wollten sie beweisen, dass sie zusammen sein konnten, ohne alte Gefühle zu wecken.

„Also gut. Aber ich fahre hinter dir her. Dann brauchst du mich nicht wieder zurückzubringen."

„Einverstanden." Er nahm ihren Arm, und sie gingen hinaus.

Als sie vor Jahren die Stadt verließ, hatte er einen gebrauchten Chevrolet gefahren. Jetzt besaß er einen sportlichen Geländewagen mit Allradantrieb. Als sie drei Meilen vor der Stadt zu der steilen, engen Straße kamen, wusste Vanessa, warum.

Im Winter wird dieser Weg unpassierbar sein, dachte sie, während ihr Mercedes über den holprigen Weg polterte. Der Wald wirkte dicht, obwohl die Blätter erst anfingen zu sprießen. Plötzlich blieb sie fast in einer tiefen Furche stecken. Grober Kies knirschte unter ihren Rädern, als sie um die letzte Biegung kam und hinter Brady anhielt.

Der Hund sprang ihnen bellend und schwanzwedelnd entgegen. Die Außenmauern des Hauses standen bereits. Wie sie feststellen konnte, gab Brady sich nicht mit Kleinigkeiten zufrieden. Es war ein großes, weiträumiges, zweistöckiges Haus. Die bereits vorhandenen Fenster waren hoch und nach oben hin abgerundet. Von den oberen Giebelfenstern würde man einen wunderbaren Ausblick auf die Berge haben.

Der Boden, der überall mit Bauschutt bedeckt war, fiel zu einem kleinen Bach ab. Bei Regen musste dies alles ein wüstes Schlammloch sein, aber wenn erst einmal alles gepflastert und angelegt war, würde es sich in ein wahres Schmuckstück verwandeln.

„Es ist fantastisch", sagte sie und warf das Haar zurück. „Was für ein wunderschöner Platz."

„Das fand ich auch." Er packte Kong am Halsband, bevor er sie anspringen konnte.

„Lass ihn nur." Lachend beugte sie sich nieder und streichelte ihn. „Hallo, alter Freund. Guter Junge. Hier hast du aber viel Platz zum Toben, oder?"

„Zwölf Morgen." Als er sie mit dem Hund spielen sah, spürte er wieder dieses seltsame Ziehen in der Herzgegend. „Ich werde das Land zum größten Teil so lassen, wie es ist."

„Das freut mich." Sie drehte sich um ihre eigene Achse. „Es wäre schrecklich, wenn du Bäume fällen würdest. Ich hatte schon fast vergessen, wie schön es hier ist und wie ruhig."

„Komm.“ Er nahm sie bei der Hand. „Ich führe dich herum.“

„Wie lange hast du diesen Bauplatz schon?“

„Fast ein Jahr.“ Sie gingen über eine kleine Holzbrücke, die über den Bach führte. „Pass auf, wo du hintrittst. Hier ist noch nichts gemacht worden.“ Er warf einen Blick auf ihre eleganten italienischen Schuhe. „Komm.“ Er hob sie hoch. Sie spürte die Muskeln seiner Arme und er das feste Fleisch ihrer langen Beine.

„Du brauchst mich nicht ...“

Hastig setzte er sie vor dem Haus wieder ab. „Noch immer Fräulein Rührmichnichtan?“

„Worauf du wetten kannst.“

Drinnen sah Vanessa Estrich und Trockenmauern. Überall lagen Werkzeuge, Sägeböcke und stapelweise Bauholz. An der Nordwand war bereits ein mächtiger Steinkamin eingebaut. Eine provisorische Treppe führte hinauf in den ersten Stock. Es roch durchdringend nach Sägemehl.

„Dies ist das Wohnzimmer“, erklärte Brady. „Hier wollte ich viel Licht haben. Und die Küche ist dort drüben.“

Er wies in einen hellen Raum, der vom Wohnzimmer abzweigte. Ein Erkerfenster über der Spüle bot den Ausblick auf die Wälder. Die Arbeitsplatte war noch nicht fertig, aber es gab schon einen Herd und einen Kühlschrank.

„Wir machen hier einen Bogendurchgang, der zu den Fenstern passt“, fuhr Brady fort. „Ein weiterer Bogen wird dann ins Esszimmer führen.“

Durch drei Oberlichter schaute Vanessa hinauf in den Himmel. „Du baust aber ziemlich aufwendig.“

„Ich will es ja auch nur ein Mal tun.“ Er nahm wieder ihre Hand und führte sie weiter. „Und dies hier wird die gemütliche Sitzecke. Stereoanlage, Bücherregale und so.“ Er kniff die Augen zusammen und schien den Raum fertig vor sich zu sehen. Sonderbarerweise ging es ihr genauso. „Erinnerst du dich noch an Josh McKenna?“

„Ja. Er war dein Kumpan bei allen Unternehmungen, nicht wahr?“

„Jetzt ist er Teilhaber in einer Baufirma. Er macht diese Einbauten alle selbst.“

„Josh?“ Sie ließ die Hand über ein Regal gleiten. Die Ausführung war meisterhaft.

„Die Küchenschränke hat er auch entworfen. Sie werden etwas ganz Besonderes sein. Lass uns jetzt hinaufgehen. Die Treppe ist zwar schmal, aber sie hält.“

Trotz seiner Versicherung hielt Vanessa sich an der Mauer fest, während sie hinaufstieg. Hier gab es noch mehr Oberlichter, noch mehr Bögen. Neben dem Schlafzimmer lag das riesengroße Bad mit einer im Boden eingelassenen Wanne. Während es im Schlafzimmer nur eine Matratze und eine Frisierkommode gab, war das Bad bisher der einzige vollständig eingerichtete Raum. Vanessa trat vom Estrich auf den Fliesenboden.

Brady hatte kühle Pastellfarben gewählt, die hier und da von einem kräftigen Marineblau unterbrochen wurden. Die große Wanne war von einem gefliesten Sims umgeben, und die Wand war ebenfalls von drei Fenstern unterbrochen. Vanessa stellte sich vor, in der Badewanne zu liegen und in den herrlichen Wald hinauszuschauen.

„Du hast aber wirklich alle Register gezogen“, sagte sie.

„Als ich beschloss, zurückzukommen, wollte ich es auch richtig tun.“ Sie gingen den Flur hinunter. „Auf dieser Etage gibt es noch zwei Schlafzimmer und ein Bad. Der Balkon wird um das ganze Haus gehen.“ Er führte sie über eine zweite provisorische Treppe hinauf in den Giebel. „Hier oben werde ich mein Arbeitszimmer einrichten.“

Vanessa fand den Raum märchenhaft schön. Er war rund und überall von Bogenfenstern unterbrochen. Aus allen Fenstern sah man die Wälder und die Berge im Hintergrund.

„Hier möchte ich leben“, sagte sie versonnen. „Ich würde mich wie Rapunzel fühlen.“

„Dein Haar ist aber nicht blond.“ Er griff nach einer Strähne.

„Ich bin froh, dass du es nicht abgeschnitten hast. Von diesem Haar habe ich geträumt." Er sah sie an. „Und von dir. Noch Jahre, nachdem du fortgegangen warst, habe ich von dir geträumt. Du bist mir nie aus dem Kopf gegangen."

Hastig wandte Vanessa sich ab und trat an ein Fenster. „Wann wird das Haus fertig?"

„Als Termin haben wir uns den September gesetzt." Er schaute auf ihren Rücken. Er hatte nicht an Vanessa gedacht, als er das Haus geplant und die Hölzer, die Fliesen und die Farben ausgesucht hatte. Wieso hatte er jetzt den Eindruck, als wenn das Haus nur auf sie gewartet hätte? „Vanessa?"

„Ja?", antwortete sie mit dem Rücken zu ihm. Sie spürte wieder diesen Knoten im Magen. Als er schwieg, zwang sie sich, ihn anzusehen. „Dies ist ein wunderschönes Haus, Brady. Ich bin froh, dass du es mir gezeigt hast. Und ich hoffe, ich werde es auch einmal sehen, wenn es fertig ist."

Er würde sie nicht fragen, ob sie in Hyattown bleiben wollte. Er wollte es gar nicht wissen. Es durfte für ihn nicht von Bedeutung werden. Aber er wusste, dass es zwischen ihnen noch etwas zu erledigen gab, und dass er das unbedingt erledigen musste. Langsam ging er auf sie zu. Er sah den wachsamen Ausdruck, der in ihre Augen trat, als wolle sie vor ihm fliehen.

„Bitte nicht", sagte sie, als er nach ihren Armen fasste.

„Es wird mir genauso wehtun wie dir."

Leicht berührte er mit den Lippen ihren Mund, wie probeweise. Als er spürte, wie sie erschauerte, wurde ihm heiß. Er küsste sie noch einmal, diesmal eine Spur länger. Er hörte sie aufstöhnen. Seine Hände glitten an ihren Armen empor und legten sich um ihr Gesicht. Und dann küsste er sie, heftig, fordernd und leidenschaftlich.

Es tat weh. Sie spürte den Schmerz im ganzen Körper. Aber sie empfand auch Vergnügen dabei, ein Vergnügen, auf das sie viel zu lange verzichtet hatte. Begierig zog sie ihn fester an sich und spürte, wie das Blut heiß durch ihre Adern pulste.

Diesmal war es kein Junge, den sie küsste. Diesmal war es

ein Mann, ein starker, leidenschaftlicher Mann, der sie viel zu gut kannte.

Als ihre Lippen sich für ihn öffneten, wusste sie, wie er schmecken würde. Als ihre Finger sich in seine Schultern gruben, wusste sie, wie seine Muskeln sich anfühlen würden. Vanessa hatte das Gefühl, zwischen Vergangenheit und Gegenwart hin und her gerissen zu werden …

Sie war genauso, wie er sie in Erinnerung hatte. Nein, noch besser. Trotzdem wirkte sie in diesem Augenblick fast noch unschuldiger als damals, obwohl er ihre unterdrückte Leidenschaft spürte. Ihr Körper bebte, obwohl er sich instinktiv gegen ihn, Brady, wehrte.

Die längst vergessen geglaubten Träume kamen zurück und mit ihnen das Verlangen, die Enttäuschung und die Hoffnungen seiner Jugend.

Sie war es, nach der er sich immer gesehnt hatte. Und doch war es nie geschehen.

Ein Zittern überlief ihn. Er hob den Kopf und schob sie auf Armeslänge von sich. Ihre Wangen brannten, und ihre Augen hatten diesen dunklen, verschleierten Ausdruck, der ihn schon früher fasziniert hatte. Ihre Lippen waren leicht geöffnet.

Seine Gefühle für sie waren noch immer dieselben, und er hätte sie dafür umbringen können. Zwölf Jahre hatten nichts daran geändert, dass ein einziger Blick von ihr ihn so völlig aus dem Gleichgewicht brachte.

„Das hatte ich befürchtet“, murmelte er. Er musste einen kühlen Kopf bewahren, musste nachdenken. „Du hast mich schon immer total verrückt gemacht, Vanessa.“

„Das ist ja Wahnsinn.“ Atemlos trat sie zurück. „Wir sind doch keine Kinder mehr.“

Er stieß die Hände in die Hosentaschen. „Eben.“

Unsicher fuhr sie sich mit der Hand durchs Haar. „Brady, das war schon vor Jahren vorbei.“

„Offenbar nicht. Könnte sein, dass wir uns immer noch gegenseitig in den Knochen stecken.“

„Auf mich trifft das jedenfalls nicht zu“, log sie. „Ich habe kein Interesse daran, wieder mit dir auf den Autorücksitz zu klettern.“

„Könnte aber nett werden“, meinte er grinsend. „Allerdings hatte ich eine bequemere Umgebung im Sinn.“

„Wie auch immer, meine Antwort ist Nein.“

Sie ging zur Treppe, und er griff nach ihrem Arm. „Als du das letzte Mal Nein sagtest, warst du sechzehn.“ Langsam, obwohl er vor Ungeduld vibrierte, drehte er ihren Kopf zu sich herum. „Und ich muss sogar zugeben, dass du damals recht hattest. Aber die Zeiten haben sich nun mal geändert. Jetzt sind wir erwachsen.“

Ihr Herz klopfte wild. Das war seine Schuld. „Erwachsen zu sein bedeutet doch nicht, dass ich mit dir ins Bett springen muss.“

„Es bedeutet aber, dass ich versuchen werde, deine Meinung zu ändern.“

„Du bist nach wie vor ein selbstgefälliger Macho, Brady.“

„Und du beschimpfst mich immer noch gerade dann, wenn du weißt, dass ich recht habe.“ Er küsste sie kurz und hart auf den Mund. „Ich begehre dich noch immer, Vanessa, und ich schwöre dir, diesmal kriege ich dich.“

In seinen Augen erkannte sie, dass er die Wahrheit sagte, und riss sich los. Auch sie spürte es ja. „Geh zum Teufel!“

Sie drehte sich rasch um und rannte die Treppe hinunter.

Vom Fenster aus sah er, wie sie über die Brücke zu ihrem Wagen lief. Selbst auf die Entfernung hörte er, mit welcher Wucht sie die Autotür zuschlug. Er musste grinsen. Sie war schon immer sehr temperamentvoll gewesen, und er war froh, dass sich daran nichts geändert hatte.

## *4. KAPITEL*

Vanessa hieb auf die Tasten ein. Sie spielte Tschaikowsky, das erste Klavierkonzert. Ihre Interpretation des romantischen Themas war heftig und leidenschaftlich. Sie spielte absichtlich mit dieser Heftigkeit, wie um sich von einem inneren Druck zu befreien.

Er hatte kein Recht, alles wieder aufzurühren und sie zu zwingen, sich Gefühlen zu stellen, die sie vergessen wollte. Gefühle, die sie vergessen hatte. Im Gegenteil, er hatte ihr bewiesen, dass sie jetzt als Frau diese Gefühle noch viel tiefer und intensiver empfand.

Er bedeutete ihr doch gar nichts. Er war für sie nicht mehr als ein alter Bekannter, ein Freund aus Kindertagen. Er sollte sie nicht noch einmal verletzen. Nie, nie wieder würde sie einem Menschen gestatten, so viel Macht über sie zu haben, wie Brady einst gehabt hatte.

Das Gefühl würde vorbeigehen, weil sie es so wollte. Wenn es eins gab, das sie in all den Jahren harter Arbeit gelernt hatte, dann, dass sie für ihre Gefühle ganz allein verantwortlich war.

Sie hörte zu spielen auf und ließ die Hände auf die Tasten sinken. Die Musik hatte sie zwar nicht froh machen können, aber zumindest hatte sie ihren ganzen Frust abgeladen.

„Vanessa? Geht's dir gut?"

Sie drehte sich um und erblickte ihre Mutter an der Tür. „Ich wusste gar nicht, dass du zu Hause bist."

„Ich kam, während du spieltest." Loretta trat einen Schritt ins Zimmer hinein. Sie wirkte besorgt. „Bist du in Ordnung?"

„Ja, mir geht es gut." Vanessa strich sich das Haar zurück. Im Gegensatz zu ihrer Mutter, die noch immer das hübsche Kleid trug, das sie am Morgen angehabt hatte, und wie aus dem Ei gepellt wirkte, fühlte sie selbst sich erhitzt, schmutzig und verletzlich. Automatisch straffte sie die Schultern. „Tut mir leid. Ich fürchte, ich habe die Zeit völlig vergessen."

„Das macht doch nichts." Loretta musste sich zwingen, ihrer Tochter nicht übers Haar zu streichen. „Mrs Driscoll war heute bei mir im Laden. Sie erwähnte, dass sie dich in Adam Tuckers Haus gehen sah."

„Wie ich sehe, hat sie noch immer ihre scharfsichtigen Adleraugen."

„Und eine große Nase." Loretta lächelte schüchtern. „Dann hast du Adam also besucht?"

„Ja." Vanessa drehte sich auf dem Klavierhocker um, blieb jedoch sitzen. „Er sieht fabelhaft aus, fast unverändert. Wir haben in der Küche eine Tasse Tee getrunken."

„Freut mich, dass du ihn besucht hast. Er hat dich immer so gemocht."

„Ich weiß." Sie atmete tief ein. „Warum hast du mir nicht gesagt, dass ihr befreundet seid?"

Loretta zupfte verlegen an ihrer Perlenkette. „Ich wusste nicht so recht, wie ich das Gespräch darauf bringen sollte. Wie ich es dir erklären sollte. Ich dachte, du würdest vielleicht ... du würdest ihn vielleicht nicht besuchen wollen, wenn du wüsstest, dass wir ..." Sie stockte, weil sie nicht wusste, wie sie sich ausdrücken sollte.

Vanessa hob die Brauen. „Vielleicht hast du gedacht, es geht mich nichts an."

„Nein. Ach, Vanessa ..."

„Na ja, eigentlich geht es mich ja wirklich nichts an." Vanessa zog sich wieder in ihr Schneckenhaus zurück. „Du bist schließlich schon lange von meinem Vater geschieden, und es steht dir frei, dir deinen Umgang selbst auszusuchen", sagte sie.

Loretta versteifte sich etwas, als sie die Missbilligung in der Stimme ihrer Tochter hörte. Es gab viele Dinge, die sie bedauerte und für die sie sich schämte, aber ihre Beziehung zu Adam Tucker gehörte nicht dazu.

„Da hast du völlig recht", sagte sie kühl. „Ich fühle mich keineswegs schuldbewusst wegen Adam. Wir sind beide freie und erwachsene Menschen." Sie hob das Kinn, eine Angewohnheit, die Vanessa von ihr geerbt hatte. „Am Anfang kam es mir vielleicht etwas sonderbar vor, wegen Emily. Aber Emily war tot, und wir waren beide allein, Adam und ich. Vielleicht sind wir uns auch deshalb nähergekommen, weil wir beide so an Emily gehangen haben. Ich bin stolz darauf, dass er mich liebt." Ihre Wangen röteten sich. „In den vergangenen Jahren hat er mir etwas gegeben, das ich nie zuvor von einem anderen Mann bekommen habe: Verständnis."

Sie drehte sich um und eilte die Treppe hinauf. Als Vanessa ins Zimmer kam, stand sie vor der Frisierkommode und nahm ihre Perlenkette ab.

„Entschuldige bitte, ich wollte nicht grob sein."

Loretta warf die Perlen auf die Holzplatte. „Ich will nicht, dass du dich entschuldigst wie eine höfliche Fremde, Vanessa. Du bist meine Tochter. Mir wäre es lieber, du schreist mich an oder schlägst Türen oder rennst in dein Zimmer, wie du es früher getan hast."

„Ich war auch drauf und dran." Vanessa trat ins Zimmer und fuhr mit der Hand über die Lehne eines kleinen zierlichen Polstersessels. Auch der war neu, und irgendwie passte er zu der Frau, die ihre Mutter war. Ruhiger und ein bisschen beschämt, wählte sie ihre Worte sehr sorgfältig. „Ich nehme dir deine Beziehung zu Dr. Tucker nicht übel. Wirklich nicht. Ich bin nur überrascht, und was ich vorhin sagte, stimmt: Es geht mich nichts an."

„Vanessa ..."

„Nein, bitte." Vanessa hob die Hand. „Als ich jetzt zum ersten Mal wieder durch die Stadt fuhr, hatte ich den Eindruck, es hätte sich nichts verändert. Aber ich habe mich geirrt. Es ist nicht einfach, das zu akzeptieren. Es ist auch nicht einfach zu begreifen, dass es dir so leicht fällt, mit allem fertig zu werden."

„Ja, fertig geworden bin ich", sagte Loretta. „Leicht war es allerdings nicht."

Anklagend sah Vanessa sie an. „Warum hast du mich gehen lassen?"

„Ich hatte keine Wahl", sagte Loretta einfach. „Damals

glaubte ich auch, dass es so für dich am besten sei. Dass du es so wolltest."

„Dass ich es wollte?" Der Zorn, den sie unterdrücken wollte, brach als Bitterkeit aus ihr heraus. „Bin ich denn je gefragt worden, was ich wollte?"

„Ich habe es versucht. In jedem Brief, den ich dir schrieb, bat ich dich, mir zu sagen, ob du glücklich bist oder ob du lieber wieder nach Hause kommen willst. Als du die Briefe ungeöffnet zurückschicktest, hatte ich meine Antwort."

Vanessa erbleichte. „Du hast mir doch nie geschrieben."

„Jahrelang habe ich dir geschrieben und gehofft, dass du – wenn auch nur aus Mitleid – wenigstens einen meiner Briefe öffnen würdest."

„Es gab keine Briefe", sagte Vanessa mühsam.

Wortlos ging Loretta zu einer Truhe am Fußende ihres Bettes. Sie nahm ein Kistchen heraus und öffnete den Deckel. „Ich habe sie alle aufgehoben", sagte sie.

Vanessa schaute hinein und entdeckte Dutzende von Briefen, adressiert an Hotels in ganz Europa und den Staaten. Ihr Magen revoltierte, und sie setzte sich auf die Bettkante.

„Du hast sie nie gesehen, nicht wahr?", fragte Loretta leise. Vanessa konnte nur den Kopf schütteln. „Nicht einmal Briefe hat er mir gegönnt." Aufseufzend schloss Loretta den Kasten und räumte ihn wieder fort.

„Warum?", fragte Vanessa heiser. „Warum hat er mir deine Briefe vorenthalten?"

„Vielleicht fürchtete er, damit deine Karriere zu stören." Nach einem kurzen Zögern berührte Loretta die Schulter ihrer Tochter. „Er hatte unrecht. Ich hätte dich nie daran gehindert, nach etwas zu streben, was du dir wünschtest und das du so sehr verdientest. Auf seine Art hat er dich beschützt und mich bestraft."

„Wofür?"

Loretta wandte sich um und trat ans Fenster.

„Verdammt, ich habe ein Recht, es zu wissen." Wütend

sprang Vanessa auf und presste im nächsten Augenblick keuchend die Hand auf den Magen.

„Vanessa?“ Sanft drückte Loretta sie auf das Bett zurück. „Was ist los?“

„Es ist nichts.“ Vanessa biss die Zähne zusammen. Es machte sie wütend, dass der Schmerz in ihrem Magen stärker war als ihre Selbstbeherrschung. „Nur ein kleiner Krampf.“

„Ich rufe Adam an.“

„Nein.“ Vanessa griff nach ihrem Arm. Ihre schmalen Finger waren stark und fest. „Ich brauche keinen Arzt. Es ist nur der Stress.“ Sie presste die Faust auf ihren Magen und versuchte den Schmerz zu überwinden. „Ich bin nur zu schnell aufgestanden.“

„Trotzdem kann es nicht schaden, wenn er kurz einen Blick auf dich wirft.“ Loretta legte ihr behutsam den Arm um die Schultern. „Vanessa, du bist zu dünn.“

„Ich habe ein schweres Jahr hinter mir“, gab Vanessa zurück. „Deshalb habe ich mir ja auch ein paar Monate freigenommen.“

„Ja, aber …“

„Ich weiß, wie es mir geht. Ich bin okay.“

Bei Vanessas abweisendem Ton nahm Loretta den Arm von ihren Schultern. „Also gut. Schließlich bist du ja kein Kind mehr.“

„Nein.“ Sie faltete die Hände im Schoß, als Loretta aufstand. „Ich möchte eine Antwort. Wofür hat mein Vater dich bestraft?“

Loretta schien sich zu wappnen, und ihre Stimme war ruhig, als sie sagte: „Dafür, dass ich ihn mit einem anderen Mann betrogen habe.“

Einen Augenblick starrte Vanessa sie sprachlos an. Da stand ihre Mutter mit blassem, aber gefasstem Gesicht und gestand einen Ehebruch ein! „Du hattest eine Affäre?“, fragte Vanessa schließlich.

„Ja.“ Einen Augenblick verspürte Loretta Scham, doch an dieses Gefühl hatte sie sich im Laufe der Jahre gewöhnt. „Es gab da jemanden ... Es spielt keine Rolle mehr, wer er war. Ich war fast ein Jahr lang mit ihm befreundet, bevor ihr nach Europa gegangen seid."

„Ich verstehe."

Loretta stieß ein freudloses Lachen aus. „Oh, ich bin sicher, dass du das tust. Deshalb will ich auch gar nicht erst versuchen, dir Entschuldigungen oder Erklärungen anzubieten. Ich habe mein Ehegelübde gebrochen und musste dafür zwölf Jahre lang büßen."

Vanessa hob den Kopf, hin und her gerissen zwischen Verständnis und Abwehr. „Hast du ihn denn geliebt?"

„Ich brauchte ihn. Das ist ein großer Unterschied."

„Du hast nicht wieder geheiratet."

„Nein. Nach einer Ehe stand uns damals beiden nicht der Sinn."

„Dann war es nur reiner Sex?" Vanessa presste die Hände an die Schläfen. „Nur dafür hast du deinen Mann betrogen?"

Eine Flut von Emotionen spiegelte sich auf Lorettas Gesicht, aber dann fasste sie sich wieder. „So könnte man es ausdrücken. Jetzt, da du eine Frau bist, kannst du es vielleicht verstehen, auch wenn du es nicht vergeben kannst."

„Ich verstehe gar nichts." Vanessa stand auf. Es war kindisch, über etwas zu weinen, das längst vorüber und vorbei war. „Ich muss nachdenken. Ich fahre ein bisschen hinaus."

Allein gelassen setzte Loretta sich auf die Bettkante und ließ ihren Tränen freien Lauf.

Ziellos fuhr Vanessa stundenlang durch die Gegend.

Die Gedanken überschlugen sich in ihrem Kopf. Immer wieder fragte sie sich, ob sie Verständnis für diese Treulosigkeit gehabt hätte, wenn es sich um eine andere Frau gehandelt hätte. Hätte sie die Sache dann mit einem Achselzucken abtun können, weil eine solche Affäre nun einmal menschlich war? Sie war nicht sicher. Außerdem war es nicht irgendeine Frau, sondern ihre Mutter.

Es war schon spät, als sie merkte, dass sie in die Straße einbog, die zu Bradys Haus führte. Sie wusste nicht, warum sie ausgerechnet hierher gekommen war, aber sie brauchte jemanden, mit dem sie reden konnte, der ihr zuhörte.

Die Fenster waren erleuchtet. Sie hörte den Hund bellen, als der Wagen sich dem Haus näherte. Langsam ging sie den Weg zurück, auf dem sie vor Brady geflohen war und vor ihren eigenen Gefühlen. Bevor sie klopfen konnte, war Brady schon an der Tür. Er sah sie durch die Glasscheibe an, bevor er aufmachte.

„Hallo."

„Ich bin ein bisschen herumgefahren." Sie kam sich vor wie eine komplette Idiotin und machte einen Schritt rückwärts. „Tut mir leid, es ist schon spät."

„Komm herein, Vanessa." Er nahm ihre Hand. Der Hund schnüffelte an ihren Hosen und wedelte mit dem Schwanz. „Willst du einen Drink?"

„Nein." Sie hatte keine Ahnung, was sie wollte. Sie sah sich um und war sich der Tatsache bewusst, dass sie ihn störte. An einer der Wände stand eine Trittleiter, und ein Kofferradio spielte mit voller Lautstärke. Harte Rockmusik hallte in dem kahlen Raum. Vanessa bemerkte eine weiße Staubschicht auf Bradys Händen und Unterarmen und sogar auf seinem Haar. „Du hast zu tun."

„Ich schmirgle nur die Wände ab." Er drehte die Musik ab. Die plötzliche Stille machte sie befangen. „Das wirkt erstaunlich beruhigend auf die Nerven." Er griff nach einem Stück Sandpapier. „Willst du es mal versuchen?"

Sie brachte ein mildes Lächeln zustande. „Vielleicht später."

Er ging an den Kühlschrank, holte eine Flasche Bier heraus und hielt sie hoch. „Wirklich nicht?"

„Nein danke, ich muss noch fahren und kann auch wirklich nicht lange bleiben."

Er öffnete die Flasche und nahm einen langen Schluck. Das kalte Bier spülte den Staub aus seiner Kehle, samt dem Knoten, der sich gebildet hatte, als er sie auf die Tür zukommen sah. „Ich hoffe, du bist nicht mehr böse auf mich."

„Ich weiß nicht." Vanessa schlang die Arme um ihren Körper und trat ans Fenster. Sie hoffte den Mond zu sehen, aber er versteckte sich hinter einer Wolkenbank. „Ich weiß überhaupt nicht mehr, was ich denken soll."

Er kannte diesen Blick, diese Schulterhaltung und diesen Ton in ihrer Stimme. So hatte sie vor Jahren reagiert, wenn ihre Eltern wieder einmal Streit hatten. „Warum sprichst du dich nicht aus?"

Sie hatte gewusst, dass er das sagen würde. Und er würde ihr zuhören. Das hatte er immer getan. „Ich hätte nicht herkommen sollen", sagte sie seufzend. „Es ist wie ein Rückfall in alte Gewohnheiten."

„Als wenn man in ein paar bequeme Schuhe schlüpft", meinte er, obwohl ihm der Gedanke im Grunde gegen den Strich ging. „Komm, willst du dich nicht setzen? Ich könnte einen Sägebock abstauben oder eine Dose Trockenmörtel umdrehen."

„Nein. Ich kann jetzt nicht sitzen." Sie schaute weiter aus dem Fenster, sah aber nur ihr eigenes blasses Spiegelbild in der Scheibe. „Meine Mutter hat mir erzählt, dass sie eine Affäre hatte, bevor mein Vater mit mir nach Europa ging." Als er nicht antwortete, drehte sie sich um und sah ihn an. „Du hast davon gewusst?"

„Damals noch nicht." Er sah den Schmerz und den Kummer in ihrem Gesicht, trat zu ihr und strich ihr übers Haar. „Kurz nach eurer Abreise kam es heraus." Er zuckte die Schultern. „Kleinstadtgeschwätz."

„Mein Vater wusste es", sagte Vanessa. „Zumindest habe ich meine Mutter so verstanden. Wahrscheinlich war das der Grund, weshalb er mich mitnahm und warum sie nicht mit uns kam."

„Ich weiß nicht, was zwischen deinen Eltern vorgefallen war, Vanessa. Da musst du schon Loretta selbst fragen."

„Ich weiß nicht, was ich zu ihr sagen und was ich sie fragen soll." Sie wandte sich wieder ab. „In all den Jahren hat mein Vater kein Wort darüber verloren."

Das überraschte ihn nicht, aber er bezweifelte die Uneigennützigkeit von Julius' Motiven. „Was hat sie dir noch gesagt?"

„Was gäbe es da noch zu sagen?"

Brady schwieg einen Augenblick. „Hast du sie gefragt, warum?"

„Das brauchte ich nicht." Vanessa fröstelte und rieb ihre Arme. „Sie gab zu, den Mann nicht einmal geliebt zu haben. Alles war rein körperlich. Nur Sex."

Er betrachtete sinnend sein Bier. „Na ja, dann muss man sie wohl auf die Straße schleifen und steinigen."

„Das ist kein Witz." Vanessa fuhr herum. „Sie hat ihren Mann betrogen. Sie hat ihn betrogen, während sie zusammenlebten, während sie vorgab, ein Teil der Familie zu sein."

„Das mag ja alles stimmen, aber wenn man bedenkt, was für eine Art Frau Loretta ist, muss sie triftige Gründe dafür gehabt haben." Sein Blick lag ruhig auf ihr. „Es überrascht mich, dass du nicht von selbst darauf gekommen bist."

„Wie kannst du Ehebruch rechtfertigen?"

„Das tue ich nicht. Doch nichts im Leben ist nur schwarz und nur weiß. Ich denke, wenn du den Schock erst einmal überwunden hast, wirst du sie nach den Grauzonen fragen."

„Wie würdest du dich fühlen, wenn es sich um deine Eltern handelte?"

„Lausig." Er stellte das Bier ab. „Brauchst du eine Schulter zum Weinen?"

Sie spürte, wie ihr die Tränen in die Augen stiegen. „Ja", stieß sie hervor und schmiegte sich dankbar in seine Arme.

Er drückte sie sanft an sich, und seine Hände strichen leicht über ihren Rücken. Er wusste, dass sie ihn jetzt brauchte. Sie brauchte ihn als Freund. Und das konnte er ihr nicht verweigern, so widersprüchlich seine Gefühle auch sein mochten. Er ließ die Lippen über ihr Haar gleiten, bezaubert von dem Duft, der Wärme und der satten Farbe. Sie hielt sich an ihm fest und drückte den Kopf in seine Halsbeuge.

Es passt immer noch, dachte er unwillkürlich. Wir passen immer noch perfekt zusammen.

Er wirkte so verlässlich. Vanessa fragte sich, wie aus einem so leichtfertigen Jungen ein so vertrauenerweckender, verlässlicher Mann werden konnte. Er gab ihr genau das, was sie brauchte, ohne dass sie ihn darum bitten musste. Nicht mehr und nicht weniger.

Sie schloss die Augen. Wie leicht, wie erschreckend leicht wäre es, sich aufs Neue in ihn zu verlieben.

„Fühlst du dich schon besser?"

Besser? Sie wusste es nicht. Aber fühlen, ja, das tat sie, und sehr intensiv. Mit jeder Faser ihres Körpers spürte sie das Streicheln seiner Hände auf ihrem Rücken und den ruhigen Schlag seines Herzens.

Sie hob den Kopf und suchte seinen Blick. Sie sah Verständnis in seinen Augen und eine Kraft, die er in den Jahren erworben haben musste, die sie im Ausland verbracht hatte.

„Ich weiß immer noch nicht genau, ob du dich verändert hast oder derselbe geblieben bist."

„Sowohl als auch." Ihr Duft war betäubend. „Ich bin froh, dass du zu mir herausgekommen bist."

„Dabei wollte ich das erst gar nicht." Sie seufzte tief. „Ich wollte nicht wieder in deine Nähe kommen. Als ich das letzte Mal hier war, war ich wütend auf dich, weil du Erinnerungen heraufbeschworen hast. Dabei kam mir zum Bewusstsein, dass ich dich nie wirklich vergessen hatte."

Er wusste, wenn sie ihn noch länger so ansah, würde er vergessen, dass sie auf der Suche nach einem Freund hergekommen war. „Vanessa … du solltest wirklich versuchen, diese Sache mit deiner Mutter aus der Welt zu schaffen. Soll ich dich heimfahren?"

„Ich will heute Nacht nicht nach Hause", hörte sie sich laut und deutlich sagen. Und dann fügte sie noch hinzu: „Lass mich hier bei dir bleiben."

Der süße Schmerz, den er empfunden hatte, als er sie in den Armen hielt, wurde plötzlich scharf und stechend. Mit einer langsamen, aber entschlossenen Bewegung legte er ihr die Hände auf die Schultern und trat zurück.

„Das ist keine gute Idee", sagte er und sah, wie ihre Lippen den ihm nur zu gut bekannten Schmollmund formten.

„Vor ein paar Stunden warst du noch ganz anderer Meinung." Verärgert stieß sie seine Hände von ihren Schultern und wandte sich ab. „Ich sehe schon, immer noch viel Gerede und nichts dahinter."

Er packte sie und drehte sie zu sich um, aber als er in ihre Augen sah, verflog sein Zorn wieder. „Du weißt immer noch ganz genau, auf welchen Knopf du drücken musst, nicht wahr?"

Sie warf den Kopf zurück. „Ganz im Gegensatz zu dir."

Er legte die Hand um ihren Hals. „Du kleines Biest. Es würde dir recht geschehen, wenn ich dich nach oben schleifte und über dich herfiele, dass dir Hören und Sehen vergeht."

Vanessa spürte Erregung in sich aufsteigen. Wie würde es sein? Hatte sie sich das nicht gefragt, seitdem sie ihn wieder gesehen hatte? Vielleicht war jetzt der richtige Augenblick, alle Vorsicht über Bord zu werfen.

„Das wagst du nicht", forderte sie ihn heraus.

Verlangen stieg in ihm auf, als sie ihn so ansah – den Kopf zurückgeworfen, die Augen verschleiert und die Lippen weich und lockend. Er wusste, wie es sein würde. Zur Hölle mit ihr! Was hatte es ihn für Mühe gekostet, nicht daran zu denken und es sich nicht auszumalen. Sicherheitshalber trat er einen Schritt zurück.

„Treib es nicht zu weit, Vanessa."

„Wenn du mich nicht willst, warum ..."

„Du weißt genau, dass ich dich will", fiel er ihr heftig ins Wort. „Du weißt verdammt gut, dass ich dich immer gewollt habe. In deiner Gegenwart komme ich mir wieder vor wie ein Pennäler." Als sie einen Schritt auf ihn zu machte, hob er die Hand. „Bleib mir vom Leibe." Er schnappte seine Bierflasche und nahm einen langen, gierigen Zug. „Du kannst das Bett haben“, sagte er mühsam beherrscht. „Ich bleibe mit meinem Schlafsack hier unten.“

„Warum?“

„Weil es der falsche Zeitpunkt ist.“ Er leerte die Bierflasche und warf sie in eine Abfalltonne. „Wenn wir es einmal tun werden, dann tun wir es richtig. Heute bist du verärgert, aufgeregt und unglücklich. Du bist wütend auf deine Mutter. Wenn ich jetzt deinen Zustand ausnutze, wirst du mich eines Tages dafür hassen.“

Vanessa senkte den Blick auf ihre Hände. Das Schlimme war, er hatte völlig recht. „Der Zeitpunkt war für uns nie der Richtige, oder?“

„Er wird kommen.“ Er legte die Hände um ihr Gesicht. „Verlass dich darauf. Und jetzt geh nach oben.“ Er ließ die Hände sinken. „So edel zu sein verdirbt mir ziemlich die Laune.“

Sie nickte und ging zur Treppe. Dort blieb sie noch einmal stehen und drehte sich um. „Brady, es ist wirklich schade, dass du so ein feiner Kerl bist.“

Er rieb seinen verspannten Nacken. „Das finde ich auch.“

Sie lächelte. „Nein, nicht wegen heute Abend. Damit hast du völlig recht. Schade ist es nur, weil es mich daran erinnert, wie verrückt ich nach dir war. Und warum.“

Mit gemischten Gefühlen sah er sie die Treppe hinaufgehen. „Vielen Dank“, murmelte er vor sich hin. „Genau das brauchte ich, um mit Sicherheit heute Nacht kein Auge zuzutun.“

Vanessa lag in Bradys Bett, eingewickelt in Bradys Laken. Der Hund hatte sich am Fußende zum Schlafen eingerollt. Sie hörte sein leises Schnarchen, während sie ins Dunkel starrte.

Wäre sie tatsächlich mit Brady ins Bett gegangen? Ein Teil von ihr sehnte sich danach. Der Teil, der all die Jahre darauf gewartet hatte, wieder so zu empfinden, wie nur er sie empfinden ließ.

Und dennoch, als sie sich ihm vorhin angeboten hatte, war es leichtfertig, unbesonnen und im Grunde gegen ihre eigene

Überzeugung geschehen.

Vor ein paar Stunden war sie wütend und verletzt vor ihm geflohen, weil er mit ihr schlafen wollte. Wieso war sie in ihrer innerlichen Zerrissenheit jetzt zu ihm zurückgekommen und hatte haargenau das Gleiche von ihm verlangt?

Es ergab überhaupt keinen Sinn.

Ruhelos wälzte sie sich im Bett hin und her. Er hatte sie schon immer verwirrt. Schon früher hatte bei ihm ihr gesunder Menschenverstand versagt. Nun lag sie allein und frustriert in seinem Bett und versuchte zu schlafen, aber im Grunde war sie ihm dankbar dafür, dass er sie besser verstand als sie sich selbst.

In all den Jahren, die sie fort gewesen war, und in all den Städten, die sie bereist hatte, war es keinem Mann gelungen, die Schranken niederzureißen, hinter denen sie ihre Gefühle verbarg.

Nur Brady. Aber was, in aller Welt, sollte sie nun machen?

Wenn sie die Dinge so beließ, wie sie jetzt waren, dann würde sie Hyattown vermutlich ohne Schmerzen wieder verlassen können, wenn die Zeit gekommen war. Wenn er für sie nur ein Freund war – ein zugegeben zeitweise etwas enervierender Freund –, konnte sie ihre Karriere wieder aufnehmen, sobald sie dazu bereit war. Aber wenn er ihr Liebhaber wurde, ihr erster und einziger Liebhaber, würde die Erinnerung daran sie vielleicht ihr ganzes Leben lang verfolgen.

Und dann war da noch etwas. Sie wollte ihm nicht wehtun. Auch wenn er sie manchmal wütend machte oder gar verletzte, sie wollte ihm keinen Schmerz zufügen.

Sie wusste, wie es war, mit einem solchen Schmerz zu leben. Mit einem Schmerz, der an einem fraß und nagte, weil man wusste, dass man nicht geliebt wurde.

Sie wollte Brady nicht antun, was man ihr angetan hatte.

Es war freundlich von ihm gewesen, ihr in seinem Hause für ein paar Stunden Asyl zu gewähren. Diese Freundlichkeit wollte sie ihrerseits damit vergelten, den gebotenen Abstand zu wahren.

Nein, dachte sie grimmig. Sie würde nicht seine Geliebte werden. Oder die Geliebte eines anderen Mannes. Sie hatte das Beispiel ihrer Mutter vor Augen. Als ihre Mutter sich einen Liebhaber nahm, hatte sie drei Leben ruiniert. Vanessa wusste, dass ihr Vater nie glücklich gewesen war. Ehrgeizig, ja. Besessen von der Karriere seiner Tochter. Und bitter. Oh, wie verbittert war er gewesen. Er hatte seiner Frau nie verziehen. Warum sonst hätte er die Briefe unterschlagen sollen, die sie an ihre Tochter geschickt hatte? Warum sonst hatte er niemals wieder ihren Namen ausgesprochen?

Vanessa spürte das Brennen in ihrem Magen und rollte sich fest zusammen. Irgendwie musste sie damit fertigwerden, was ihre Mutter getan und was sie nicht getan hatte.

Sie schloss die Augen und lauschte auf den Ruf einer Eule im Wald und auf das entfernte Donnergrollen in den Bergen.

Sie erwachte im Morgengrauen vom Regen, der auf das Dach prasselte. Es war wie eine monotone Melodie. Obwohl sie sich müde und zerschlagen fühlte, setzte sie sich im Bett auf, umschlang die Knie mit den Armen und blinzelte ins Dämmerlicht.

Der Hund war fort, aber die Stelle am Fußende war noch warm von seinem Körper. Für sie wurde es nun auch Zeit zu gehen.

Die große Wanne war eine Versuchung, aber Vanessa widerstand ihr und begnügte sich mit einer Dusche. Zehn Minuten später ging sie leise nach unten.

Brady lag in seinem zerwühlten Schlafsack flach auf dem Bauch, das Gesicht in ein lächerlich kleines Kissen gedrückt. Sein Hund saß geduldig neben ihm. Die beiden gaben ein Bild ab, das Vanessas Herz zum Schmelzen brachte.

Kong wedelte freundlich mit dem Schwanz, und sie legte warnend den Finger an die Lippen. Aber Kong verstand sich offenbar nicht auf Zeichensprache, denn er bellte fröhlich auf und leckte dann quer über Bradys Gesicht.

Fluchend schob Brady ihn fort. „Mach, dass du rauskommst, verdammt noch mal! Siehst du denn nicht, dass ich halb tot bin?"

Unbeirrt ließ Kong sich auf ihm nieder.

„Komm her, mein Junge." Vanessa ging zur Tür und öffnete sie. Erfreut darüber, dass jemand Verständnis für seine Nöte hatte, sprang Kong hinaus in den Regen. Als Vanessa sich umdrehte, hatte Brady sich in seinem Schlafsack aufgesetzt. Müde blinzelnd sah er sie an.

„Wie kommt es eigentlich, dass du so verdammt gut aussiehst?"

Dasselbe hätte sie ihn fragen können. Er hatte tatsächlich ein bisschen zugenommen. Seine nackte Brust wirkte wie ein Fels, und seine Schultern waren muskulös und kräftig. Als Vanessa ein leichtes Kribbeln spürte, konzentrierte sie sich hastig auf sein markantes Gesicht.

Wie kam es nur, dass er mit seinem Stoppelbart und diesem griesgrämigen Gesichtsausdruck womöglich noch attraktiver aussah?

„Hoffentlich macht es dir nichts aus, dass ich deine Dusche benutzt habe." Er brummte nur, und sie lächelte unsicher. Wenn sie sich jetzt schon so befangen fühlte, wie hätte sie sich dann erst gefühlt, wenn sie zusammen geschlafen hätten! „Ich danke dir, dass du mich heute Nacht beherbergt hast, Brady. Darf ich mich dafür revanchieren, indem ich Kaffee mache?"

„Wie schnell würde das gehen?"

„Schneller als beim Zimmerservice." Sie schlüpfte an ihm vorbei in die Küche. „Ich hatte in den Hotels immer eine Reise-Kaffeemaschine dabei." Sie fand eine Glaskanne und einen Plastikfilter. „Aber ich fürchte, hiermit komme ich nicht zurecht."

„Tu Wasser in den Kessel. Ich zeige dir dann schon, wie es geht."

Dankbar für die Beschäftigung, drehte sie den Wasserhahn auf. „Es tut mir alles leid", sagte sie. „Ich weiß, ich habe dich gestern Abend überfallen, und du warst sehr ..." Sie wandte sich um und stockte. Er stand jetzt neben seinem Schlafsack und zerrte gerade die Jeans über seine Hüften. Ihr Mund wurde trocken.

„Dämlich", vollendete er. Er zog den Reißverschluss hinauf. „Idiotisch."

„Verständnisvoll", korrigierte sie. Er kam auf sie zu, und sie stieß an die halb fertige Arbeitsplatte, als sie unwillkürlich einen Schritt zurücktrat.

„Reden wir nicht mehr davon", sagte er. „Und das meine ich auch so. Ich hatte eine ganze schlaflose Nacht lang Zeit, es zu bereuen."

Sie hob die Hand an seine Wange, ließ sie aber schnell wieder sinken, als sie sah, wie seine Augen sich verdunkelten. „Du hättest mich heimschicken sollen. Ich habe mich kindisch benommen. Sicher hat meine Mutter sich Sorgen gemacht."

„Ich habe sie angerufen, nachdem du hinaufgegangen warst."

Vanessa senkte den Blick. „Das war sehr nett von dir."

Er wollte ihre Dankbarkeit nicht, und auch nicht ihr Schuldbewusstsein. Ungehalten griff er nach einer Filtertüte und gab sie ihr. „Die steckst du in den Filter, und den stellst du dann auf die Glaskanne. Sechs Löffel Kaffeemehl in den Filter und dann heißes Wasser darüber. Kapiert?"

„Ja." Er hatte keinen Grund, so ruppig zu werden. Sie versuchte doch nur, sich bei ihm zu bedanken.

„Großartig. Ich bin gleich zurück."

Unwillig stemmte sie die Hände in die Hüften, während er nach oben ging. Ein aufregender Mann, dachte sie. Eben noch nett und verständnisvoll, und im nächsten Augenblick kurz angebunden und grob. Sie drehte sich um und starrte stirnrunzelnd auf den Wasserkessel. Aber war das nicht genau die Kombination, die sie immer fasziniert hatte?

Entschlossen begann sie, das Kaffeemehl abzumessen. Sie liebte das köstliche Aroma gemahlenen Kaffees und wünschte, sie hätte mit dem Kaffeetrinken nicht aufhören müssen. Aber sie vertrug nun einmal das Koffein nicht mehr.

Als Brady zurückkam, goss sie gerade kochendes Wasser in den Filter. Sein Haar war feucht, und ein frischer Seifenduft umgab ihn. Da sie entschlossen war, freundlich zu sein, lächelte sie ihm zu. „Du hast in Rekordzeit geduscht."

„Das habe ich im Krankenhaus gelernt." Genüsslich sog er den Kaffeeduft ein, aber gleichzeitig drang ihm dabei der Duft ihres frisch gewaschenen Haares in die Nase. „Ich gehe Kong füttern", sagte er übergangslos und verschwand.

Als er zurückkam, war der Kaffee fast durchgelaufen. „Ich erinnere mich, dass ihr so ein Ding auch zu Hause hattet."

„Meine Mutter hat den Kaffee immer so gefiltert. Es gibt nichts Besseres."

„Brady, ich habe dir noch gar nicht gesagt, wie leid es mir um deine Mutter tut. Ich weiß, wie nahe ihr euch standet."

„Sie hat immer fest daran geglaubt, dass aus mir am Ende doch noch etwas wird. Das war gar nicht so einfach, aber sie hat es getan. Ich glaube, nur Mütter können das."

Verlegen wandte Vanessa sich ab. „Der Kaffee ist fertig." Als er nach zwei Tassen griff, schüttelte sie den Kopf. „Nein, danke, nicht für mich. Ich habe das Kaffeetrinken aufgegeben."

„Als Arzt kann ich diesen Entschluss nur loben." Er schenkte sich ein. „Als Mensch dagegen muss ich fragen, wie du ohne Kaffee funktionieren kannst."

Sie lächelte. „Ich komme morgens etwas langsamer in Gang, das ist alles. Jetzt muss ich aber gehen."

Er legte die Hand auf die Arbeitsplatte und versperrte ihr den Weg. Wassertropfen hingen in seinem Haar, und seine Augen wirkten sehr klar. „Du hast nicht gut geschlafen."

„Damit wären wir schon zwei."

Er nahm einen Schluck Kaffee, wobei er sie nicht aus den Augen ließ. Die Müdigkeit in ihrem Gesicht verriet mehr als nur eine schlaflose Nacht. „Ich möchte, dass du mir einen Gefallen tust."

„Wenn ich kann."

„Geh nach Hause, zieh dir die Decke über den Kopf und schlaf bis Mittag."

Sie verzog die Lippen. „Vielleicht tue ich genau das."

„Wenn diese Schatten unter deinen Augen in zwei Tagen nicht weg sind, hetze ich meinen Vater auf dich."

„Großmaul."

„Wart's ab." Er stellte die Kaffeetasse hin und stemmte auch die andere Hand auf die Arbeitsplatte. Nun war Vanessa praktisch gefangen. „Wenn ich mich recht erinnere, hast du mir gestern Abend mangelnde Aktivität vorgeworfen."

„Ich wollte dich nur herausfordern."

„Das ist dir gelungen." Er beugte sich so weit vor, dass ihre Hüften sich berührten.

„Brady, ich habe jetzt weder Zeit noch Lust, mich mit dir anzulegen. Ich muss gehen."

„Na schön, okay. Gib mir wenigstens einen Abschiedskuss."

Sie hob das Kinn. „Ich will aber nicht."

„Und ob du willst", flüsterte er, den Mund dicht an ihren Lippen. „Du hast nur Angst."

„Ich hatte noch nie Angst vor dir."

„Nein." Er lächelte aufreizend. „Aber du hast gelernt, Angst vor dir selbst zu haben."

„Das ist ja lächerlich."

„Dann beweise es."

Innerlich kochend beugte sie sich vor, in der Absicht, ihm einen kurzen, unverbindlichen Kuss zu geben. Doch schon im nächsten Augenblick schlug ihr das Herz bis zum Hals. Er übte keinen Druck auf sie aus, nur sanfte, zärtliche Verführung. Seine Lippen waren warm und lebendig, seine Zunge keck und zielbewusst.

Aufseufzend ließ Vanessa die Hände an seiner nackten Brust hinauf zu seinen Schultern gleiten. Seine Haut war feucht und kühl.

Sanft und genussvoll knabberte er an ihren Lippen. Unter Aufbietung seiner ganzen Selbstbeherrschung ließ er die Hände auf der Arbeitsplatte liegen. Er wusste, wenn er sie jetzt berührte, war es um ihn geschehen.

Irgendwann würde sie zu ihm kommen. Das hatte er sich im Verlauf der vergangenen Nacht geschworen. Sie würde kommen und nicht wegen einer sentimentalen Erinnerung oder aus Kummer. Sie würde kommen, weil sie ihn brauchte.

Langsam hob er den Kopf und trat zurück. „Ich möchte dich heute Abend sehen, Vanessa."

„Ich weiß noch nicht." Ihr war schwindlig, und sie fasste sich an den Kopf.

„Dann denk darüber nach." Er nahm seine Kaffeetasse und war überrascht, dass der Henkel unter seinem festen Griff nicht zerbrach. „Ruf mich an, wenn du dich entschlossen hast."

Ihre Verwirrung wich dem aufsteigenden Ärger. „Spiel keine Spielchen mit mir."

„Was tust du denn die ganze Zeit?"

„Ich versuche nur zu überleben." Sie griff nach ihrer Tasche und lief hinaus in den Regen.

## 5. KAPITEL

Als Vanessa vor dem Haus hielt, erschien ihr der Gedanke an ihr Bett höchst verlockend. Wenn sie die Jalousien herunterließ, leise Musik anmachte und sich entspannte, würde sie vielleicht den Schlaf finden, den sie in der vergangenen Nacht nicht gefunden hatte. Wenn sie dann ausgeruht war, fiel ihr vielleicht auch ein, was sie zu ihrer Mutter sagen sollte.

Möglicherweise würden ein paar Stunden Schlaf ihr auch dabei helfen, ihre Gefühle für Brady zu analysieren.

Ein Versuch war die Mühe wert.

Sie stieg aus und trat auf den Bürgersteig. Als sie hinter sich ihren Namen hörte, drehte sie sich um. Mrs Driscoll hinkte auf sie zu, wobei sie ihre Tasche und einen Packen Post an ihre Brust drückte. Mit der anderen Hand umklammerte sie einen riesigen schwarzen Regenschirm. Lächelnd ging Vanessa ihr entgegen.

„Mrs Driscoll! Freut mich wirklich sehr, Sie wiederzusehen."

Die alte Dame musterte sie mit ihren scharfen kleinen Augen. „Wie ich hörte, bist du wieder da, Vanessa. Du bist viel zu dünn."

Lachend beugte sich Vanessa vor, um die faltige Wange zu küssen. Ihre alte Lehrerin roch noch immer nach Lavendel. „Sie sehen großartig aus."

„Pass lieber auf dich selbst auf." Sie schnüffelte. „Der vorwitzige Brady will mir einreden, dass ich einen Stock brauche. Er hält sich für einen Arzt. Hier, halt mal." Resolut drückte sie Vanessa den Regenschirm in die Hand. Sie öffnete ihre Tasche, um die Post hineinzustopfen, wobei sie Mühe hatte, nicht das Gleichgewicht zu verlieren. Bei dem Regen schmerzten ihre Knochen noch mehr, aber sie war ihr Leben lang gern im Regen spazieren gegangen. „Wurde auch Zeit, dass du wieder nach Hause kommst. Bleibst du hier?"

„Nun, ich habe noch nicht …“

„Und dass du dich ein bisschen um deine Mutter kümmerst“, fiel sie Vanessa herrisch ins Wort. „Ich habe dich spielen gehört, als ich gestern vorbeiging, aber ich hatte keine Zeit, hereinzukommen.“

Vanessa kämpfte mit dem schweren Schirm und mit ihren guten Manieren. „Möchten Sie hereinkommen und eine Tasse Tee mit mir trinken?“

„Keine Zeit. Du spielst immer noch wirklich hübsch, Vanessa.“

„Danke.“

Als Mrs Driscoll ihren Schirm nahm, hoffte Vanessa, sie hätte es überstanden. Aber sie hätte es besser wissen müssen. „Ich habe eine Großnichte. Sie nimmt Klavierstunden in Hagerstown. Ist sehr schwierig für ihre Ma, sie immer so weit fahren zu müssen. Da du jetzt wieder da bist, könntest du eigentlich die Stunden übernehmen.“

„Oh, aber ich …“

„Sie nimmt bereits fast ein Jahr Klavierstunden, einmal die Woche. Zu Weihnachten hat sie ‚Jingle Bells‘ schon richtig gut gespielt. Auch ein paar andere Lieder kann sie schon.“

„Das freut mich“, brachte Vanessa hervor. Sie war inzwischen ganz nass und der Verzweiflung nahe. „Da sie bereits einen Klavierlehrer hat, möchte ich mich nicht einmischen.“

„Sie wohnt gar nicht weit von hier und könnte zu Fuß herkommen. Dann hätte ihre Ma etwas mehr Zeit. Lucy – das ist meine Nichte, die Tochter meines jüngeren Bruders – erwartet nächsten Monat ihr Drittes. Sie hoffen, dass es ein Junge wird, wo sie doch schon zwei Mädchen haben. Scheint in dieser Familie mehr Mädchen zu geben.“

„Aha …“

„Ist nicht leicht für sie, immer nach Hagerstown zu fahren.“

„Das kann ich mir denken, aber …“

„Du wirst doch einmal in der Woche eine Stunde Zeit haben, oder?“

Verzweifelt fuhr sich Vanessa durch das nasse Haar. „Wahrscheinlich, allerdings …"

Violet Driscoll wusste genau, wann sie Oberwasser hatte. „Wie wäre es mit heute? Ihr Schulbus kommt kurz nach halb vier. Sie könnte um vier hier sein."

Vanessa war fest entschlossen zu bleiben. „Mrs Driscoll, ich würde Ihnen riesig gern aushelfen, aber ich habe noch nie im Leben eine einzige Klavierstunde gegeben."

Mrs Driscoll blinzelte überrascht. „Du weißt doch, wie man auf dem Ding spielt, oder?"

„Ja, schon, aber …"

„Dann solltest du auch in der Lage sein, es anderen zu zeigen. Es sei denn, sie sind wie Dory – das ist meine älteste Tochter. Habe ihr nie beibringen können, wie man häkelt. Hat zwei linke Hände. Annie hat gute Hände. Das ist meine Großnichte. Und ganz schön clever ist sie auch. Du wirst keine Mühe mit ihr haben."

„Das glaube ich gern. Es ist nur, dass …"

„Du kriegst zehn Dollar pro Stunde." Ein schlaues Lächeln glitt über Mrs Driscolls faltiges Gesicht, während Vanessa sich das Hirn zermarterte, was sie noch für eine Entschuldigung vorbringen könnte. „Du warst immer fix in der Schule, Vanessa. Fix und ordentlich. Hast mir nie Sorgen gemacht wie Brady, dieser Nichtsnutz. Hab ihn trotzdem gemocht. Ich sorge dafür, dass Annie um vier Uhr hier ist."

Sie humpelte unter ihrem riesigen Regenschirm davon und ließ Vanessa mit dem Gefühl zurück, von einer antiken, aber sehr stabilen Dampfwalze überrollt worden zu sein.

Klavierstunden, dachte sie und stöhnte innerlich auf. Wie war das nur passiert? Sie sah den Regenschirm um die Ecke verschwinden. Es war genauso passiert wie damals, als sie „freiwillig" die Tafel nach der Stunde abgewischt hatte.

Sie strich sich das nasse Haar aus der Stirn und ging ins Haus. Es war leer und still, aber die Idee, ins Bett zu gehen, hatte sie längst aufgegeben. Wenn sie mit einer angehenden Klaviervirtuosin Tonleitern üben sollte, dann musste sie sich vorbereiten. Das würde sie zumindest ablenken.

Im Musikzimmer ging sie zu dem hübschen neuen Schrank. Sie konnte nur hoffen, dass ihre Mutter ein paar ihrer alten Übungsbücher aufgehoben hatte. Die erste Schublade enthielt Notenhefte, die für das erste Jahr zu schwer waren. Aber ihr selbst zuckte es in den Fingern, als sie die Hefte durchblätterte.

In der untersten Schublade fand sie, was sie suchte. Da lagen sie, mit Eselsohren verziert, aber sauber gebündelt. Alle ihre Übungsbücher. In einem Anflug von Sentimentalität setzte sie sich mit gekreuzten Beinen hin und begann darin zu stöbern.

Wie gut sie sich an ihre ersten Klavierstunden erinnerte! Fingerübungen, Tonleitern und dann die ersten einfachen Melodien. Sie fühlte wieder diese überwältigende Freude, die sie damals empfunden hatte, als sie begriff, dass sie die Macht hatte, diese gedruckten Noten in Musik zu verwandeln.

Seit damals waren mehr als zwanzig Jahre vergangen. Ihr Vater war ihr Lehrer gewesen, und obwohl er sehr streng war, hatte er in ihr eine willige Schülerin gefunden. Wie stolz sie gewesen war, als er sie zum ersten Mal gelobt hatte! Diese seltenen Worte des Lobes hatten sie immer wieder angespornt.

Aufseufzend kramte sie weiter in der Schublade. Wenn die kleine Annie schon ein Jahr lang Klavier spielte, musste sie über das Anfängerbuch bereits hinaus sein. Plötzlich stieß Vanessa auf das dicke Sammelalbum, das ihre Mutter vor vielen Jahren begonnen hatte. Lächelnd schlug sie es auf.

Da waren Fotos von ihr am Klavier. Sie trug Rattenschwänze und weiße Söckchen. Sie blätterte weiter und fand Fotos von ihrem ersten öffentlichen Vortrag und ihre ersten Zeugnisse. Hier fand sie auch die Urkunden, die früher über ihrem Bett gehangen hatten, die Zeitungsausschnitte, als sie ihren ersten regionalen Wettbewerb gewonnen hatte, und den Bericht von ihrem ersten überregionalen Wettkampf.

Wie aufgeregt sie gewesen war. Ihre Hände waren schweißnass gewesen, in ihren Ohren hatte es gedröhnt, und ihr Magen war ein dicker Knoten gewesen. Sie hatte ihren Vater gebeten, sich von der Teilnahme zurückziehen zu dürfen, aber er hatte nicht auf sie gehört. Und dann hatte sie auch gewonnen.

Zu ihrer Überraschung gab es noch weitere Zeitungsausschnitte. Hier ein Artikel aus der „London Times", als sie schon ein ganzes Jahr von Hyattown fort war. Und dort ein Foto von ihr in Fort Worth, nachdem sie den „Van-Clyburn"-Preis gewonnen hatte.

Es gab Dutzende, nein, Hunderte von Fotos, Zeitungsausschnitten und Klatschspalten, von denen sie einige nicht einmal selbst kannte. Es schien, als sei hier alles sorgfältig gesammelt worden, was je über sie gedruckt worden war.

Erst die Briefe und dann dieses Album. Was sollte sie davon halten? Die Mutter, von der sie glaubte, dass sie sie vergessen hatte, hatte ihr regelmäßig geschrieben, obwohl sie keine Antwort bekam. Sie hatte jeden Schritt ihrer Karriere verfolgt, obwohl sie keinen Anteil daran haben durfte. Und schließlich hatte sie ihrer Tochter auch noch ihr Haus geöffnet, ohne eine Frage zu stellen.

Das alles erklärte jedoch immer noch nicht, warum Loretta sie so einfach hatte gehen lassen.

„Ich hatte keine Wahl."

Sie erinnerte sich an die Worte ihrer Mutter. Was hatte sie damit gemeint? Dass die Liebesaffäre ihre Ehe zerstört hatte, war nicht weiter verwunderlich. So etwas hätte ihr Vater nie geduldet. Aber warum hatte sie auch das Verhältnis zu ihrer Tochter zerstört?

Sie musste es wissen, und sie würde es erfahren. Vanessa erhob sich und ließ die Bücher und Hefte auf dem Teppich liegen. Sie würde es noch heute erfahren.

Der Regen hatte aufgehört, und blasses Sonnenlicht kämpfte sich durch die Wolken. Das Zwitschern der Vögel wetteiferte mit den Geräuschen eines Zeichentrickfilms, die aus dem Fenster eines Nachbarhauses drangen. Obwohl der Laden ihrer Mutter nur ein paar Häuserblocks entfernt lag, fuhr Vanessa mit dem Wagen hin. Normalerweise hätte sie den Spaziergang genossen, aber sie wollte nicht von irgendwelchen Bekannten aufgehalten werden. Das alte zweistöckige Haus lag am Stadtrand. Das Schild mit der Aufschrift „Lorettas Stübchen“ bildete einen anmutigen Bogen über der Eingangstür.

Im Garten stand ein altmodischer Schlitten, dessen Metallteile auf Hochglanz poliert waren. Ein altes verkratztes Whiskyfass war mit Petunien bepflanzt, deren rot-weiße Blütenblätter vor Regen troffen. Zu beiden Seiten des Eingangs standen üppig bepflanzte Blumenkübel, und ein mit Bändern geschmückter Kranz aus Weinlaub hing über der Tür. Als Vanessa die Tür öffnete, erklang ein Glockenspiel.

„Das dürfte ungefähr achtzehnhundertsechzig sein“, hörte sie ihre Mutter sagen. „Eines meiner schönsten Stücke. Es wurde von einem Mann restauriert, der sehr viel für mich arbeitet, und Sie können sich selbst davon überzeugen, wie gut er seinen Job versteht. Die Politur wirkt fast wie Glas.“

Vanessa beachtete das Gespräch aus dem Nebenzimmer nicht weiter. Obwohl sie enttäuscht war, einen Kunden bei ihrer Mutter zu finden, war der Laden selbst wie eine Offenbarung. Es war kein staubiger, vollgestopfter Trödelladen. In kostbaren Glasvitrinen standen kleine Statuen, Porzellan, Parfumflakons und schlanke Pokale. Überall glänzte und schimmerte blank poliertes Holz, Messing und Kristall. Obwohl jeder Fleck genutzt wurde, wirkte es mehr wie ein gemütliches Zimmer als wie ein Geschäft. Und über allem schwebte der leichte Duft eines Rosen-Gewürz-Potpourris.

„Sie werden mit dieser Garnitur sicher sehr zufrieden sein“, sagte Loretta, während sie in den Hauptraum zurückkamen. „Sollte sich herausstellen, dass sie nicht in Ihr Haus passt, nehme ich sie jederzeit wieder zurück. Oh, Vanessa!“, rief sie überrascht. „Meine Tochter“, sagte sie dann zu dem Kunden gewandt. „Vanessa, das ist Mr Peterson aus Montgomery County.“

Der Mann wirkte außerordentlich zufrieden. „Meine Frau

und ich haben gerade ein altes Farmhaus gekauft. Vor ein paar Wochen haben wir uns hier diese Esszimmergarnitur angeschaut, und seitdem redet meine Frau von nichts anderem mehr. Ich will sie damit überraschen."

„Ich bin sicher, sie ist begeistert."

Vanessa sah zu, wie ihre Mutter seine Kreditkarte nahm und die Rechnung fertig machte.

„Sie haben hier einen fantastischen Laden, Mrs Saxton", fuhr er fort. „Wenn Sie in unsere Gegend kämen, könnten Sie sich vor Kundschaft kaum noch retten."

„Mir gefällt es hier." Sie gab ihm die Rechnung. „Ich bin hier aufgewachsen."

„Hübsche Stadt." Er steckte die Rechnung ein. „Ich garantiere Ihnen, dass Sie nach unserer ersten Dinnerparty jede Menge neuer Kunden bekommen."

„Und ich garantiere Ihnen, dass ich sie nicht vor die Tür setze." Sie lächelte ihm zu. „Werden Sie denn Hilfe brauchen, wenn Sie die Garnitur am Samstag abholen?"

„Nein, ich bringe ein paar Freunde mit." Er schüttelte ihr die Hand. „Vielen Dank, Mrs Saxton."

„Viel Freude mit den Möbeln."

„Die werden wir haben." Lächelnd wandte er sich Vanessa zu. „War nett, Sie kennengelernt zu haben. Sie haben eine großartige Mutter."

„Danke."

„Nun, dann will ich mich mal auf den Weg machen." Kurz vor der Tür blieb er stehen. „Vanessa Saxton?", sagte er und drehte sich um. „Die Konzertpianistin? Ich werde verrückt! Ich habe Sie noch letzte Woche in Washington spielen sehen. Sie waren absolut fantastisch."

„Freut mich, dass es Ihnen gefallen hat."

„Dabei war ich erst ziemlich skeptisch", gab er zu. „Meine Frau ist es, die die klassische Musik so liebt. Ich hatte eigentlich vor, mir ein Nickerchen zu genehmigen, aber dann … Mann oh Mann, Sie haben mir die Musik nur so um die Ohren geschlagen."

Vanessa musste lachen. „Danke, ich nehme das als Kompliment.“

„Das sollen Sie auch. Normalerweise kann ich Mozart nicht von Muzak unterscheiden, aber diesmal war ich … ich war einfach hin und weg. Meine Frau fällt tot um, wenn ich ihr sage, dass ich Ihnen begegnet bin.“ Er zog einen ledergebundenen Terminkalender hervor. „Würden Sie mir ein Autogramm für sie geben? Sie heißt Melissa.“

„Mit Vergnügen.“

„Wer hätte erwartet, jemanden wie Sie in so einem verschlafenen Nest zu finden?“ Kopfschüttelnd nahm er seinen Terminkalender wieder entgegen.

„Ich bin hier aufgewachsen.“

„Dann wird meine Frau demnächst sicher auch hier aufkreuzen.“ Er hob die Hand. „Nochmals vielen Dank, Mrs Saxton.“

„Keine Ursache. Fahren Sie vorsichtig.“ Als er, begleitet vom Klang des Glockenspiels, gegangen war, lachte Loretta ein wenig verlegen. „Das ist vielleicht komisch, wenn man sein eigenes Kind Autogramme geben sieht.“

„Das war das erste Autogramm in meiner Heimatstadt.“ Vanessa atmete tief ein. „Der Laden ist wunderschön. Du musst hart gearbeitet haben.“

„Es macht mir Spaß. Tut mir leid, dass ich heute Morgen nicht zu Hause war, aber ich erwartete eine Lieferung.“

„Ist schon okay.“

Loretta nahm ein Staubtuch in die Hand, legte es dann jedoch wieder weg. „Möchtest du den Rest des Ladens sehen?“

„Ja, sehr gern.“

Loretta ging in den angrenzenden Raum voran. „Dies ist die Garnitur, die dein Bewunderer gekauft hat.“ Sie ließ die Fingerspitzen über den schimmernden Mahagonitisch gleiten. „Es ist ein Ausziehtisch, an dem zwölf Personen bequem Platz finden. An den Stühlen sind herrliche Schnitzereien. Das Büffet und die Anrichte gehören auch dazu.“

„Wirklich sehr schön.“

„Ich habe die Garnitur vor ein paar Monaten auf einer Auktion gekauft. Sie war über hundert Jahre in der Familie. Eigentlich traurig." Sie berührte einen Knauf an der Anrichte. „Darum bin ich auch so froh, wenn ich so etwas an Leute verkaufe, die ein Gefühl dafür haben."

Sie ging zu einer geschnitzten Glasvitrine und öffnete die Tür. „Dieses blaue Glas fand ich auf einem Flohmarkt und das weinrote da auf einer Auktion. Ich habe zu viel dafür bezahlt, aber ich konnte einfach nicht widerstehen. Diese Salzstreuer kommen aus Frankreich, und ich werde wohl auf einen Sammler warten müssen, um sie an den Mann zu bringen."

„Wieso weißt du darüber so gut Bescheid?", fragte Vanessa.

„Ich habe eine Menge gelernt, als ich anfing, hier zu arbeiten. Dann habe ich auch viel gelesen, andere Antiquitätenläden durchstöbert und Auktionen besucht." Sie schloss die Vitrine und lachte leise. „Und aus Fehlern habe ich auch eine Menge gelernt. Ich habe mir ein paar kostspielige Fehler geleistet, dafür aber auch ein paar schöne Schnäppchen gemacht."

„Du hast so viele schöne Dinge hier. Oh, sieh nur dies hier." Fast andächtig griff Vanessa nach einer Limoges-Spieldose. Sie war rund fünfzehn Zentimeter hoch und stellte ein lächelndes junges Mädchen mit blauer Haube und blau kariertem Kleid dar. „Ist das hübsch!"

„Ich versuche immer, ein paar Limoges-Stücke zu ergattern, egal ob sie antik sind oder nicht."

„Ich habe selbst eine kleine Sammlung. Es ist schwierig, mit so zerbrechlichen Dingen zu reisen, aber sie machen so ein langweiliges Hotelzimmer gleich viel gemütlicher."

„Ich würde dir die Spieldose gern schenken."

„Oh nein, das geht doch nicht."

„Bitte", sagte Loretta, bevor Vanessa die Dose wieder hinstellen konnte. „Ich habe ein paar Geburtstage verpasst. Du würdest mir eine große Freude machen, wenn du die Dose annimmst."

Vanessa schaute auf. Vielleicht hatten sie soeben die erste

Hürde genommen. „Vielen Dank. Ich werde sie in Ehren halten."

„Ich hole dir ein Kästchen dafür. Oh, da ist jemand an der Tür. Um diese Zeit kommen oft Leute, die einfach nur stöbern wollen. Wenn du willst, kannst du dich inzwischen oben umsehen."

Vanessa hielt die kleine Dose behutsam in den Händen. „Nein, ich warte lieber auf dich."

Loretta streifte sie mit einem erfreuten Blick, bevor sie ging, um ihren Kunden zu begrüßen. Als Vanessa Dr. Tuckers Stimme erkannte, folgte sie ihrer Mutter nach einem kurzen Zögern.

„Hallo, Vanessa! Wolltest du sehen, wie deine Mutter arbeitet?"

„Ja."

Er hatte ihr den Arm um die Schultern gelegt, und Lorettas Wangen waren rosig überhaucht. Er hat sie gerade geküsst, dachte Vanessa und versuchte ihre Gefühle zu analysieren. „Der Laden gefällt mir ausnehmend gut."

„Hält sie zumindest von der Straße fern. Na ja, von jetzt an werde ich das selbst tun."

„Adam!"

„Sag bloß nicht, dass du das Kind noch nicht eingeweiht hast." Er drückte sie kurz an sich. „Du meine Güte, Loretta, du hattest doch den ganzen Morgen Zeit dafür."

„Wieso eingeweiht?", fragte Vanessa.

Ohne Umschweife kam Dr. Tucker auf den Punkt. „Es hat mich zwei Jahre gekostet, ihren Widerstand niederzuringen. Aber jetzt hat sie mir endlich ihr Jawort gegeben."

„Ihr Jawort?", wiederholte Vanessa.

„Du bist doch hoffentlich nicht auch so begriffsstutzig wie deine Mutter." Er drückte Loretta einen Kuss aufs Haar und grinste wie ein Schuljunge. „Wir heiraten."

„Oh", hauchte Vanessa perplex. „Oh."

„Ist das alles, was du dazu zu sagen hast?", fragte er. „Wie wär's mit einem Glückwunsch und einem Kuss?"

„Gratuliere“, sagte Vanessa mechanisch, trat zu ihm und streifte mit den Lippen seine Wange.

„Ich sprach von einem Kuss.“ Er schlang den anderen Arm um sie und drückte sie auch. Vanessa ertappte sich dabei, dass sie seine Umarmung erwiderte.

„Ich hoffe, Sie werden glücklich“, sagte sie schüchtern und stellte überrascht fest, dass sie es ehrlich meinte.

„Natürlich werde ich das. Ich kriege zwei Schönheiten für den Preis für eine.“

„Ein toller Handel“, bemerkte Vanessa lächelnd. „Wann ist denn der große Tag?“

„Sobald ich sie auf einen Termin festnageln kann.“ Ihm war nicht entgangen, dass zwischen Loretta und Vanessa kein Wort gefallen war und sie sich auch nicht umarmt hatten. „Joanie lädt uns alle heute Abend zum Essen ein, um die Sache zu feiern.“

„Ich werde kommen.“

Er grinste spitzbübisch. „Nach der Klavierstunde?“

Vanessa verdrehte die Augen. „Die Flüsterpropaganda funktioniert offensichtlich.“

„Klavierstunde?“, wiederholte Loretta.

„Annie Crampton, Violet Driscolls Großnichte.“ Er lachte auf, als er sah, wie Vanessa die Nase krauste.

„Violet hat Vanessa heute Morgen überrumpelt.“

Loretta lächelte. „Wann findet die Klavierstunde denn statt?“

„Um vier. Gegen Mrs Driscoll kommt doch kein Mensch an.“

„Ich könnte mit Annies Mutter sprechen, wenn du willst“, bot Loretta an.

„Nein, ist schon gut. Es ist ja nur einmal die Woche, solange ich hier bin. Aber jetzt muss ich gehen.“ Es war offenbar wieder nicht der rechte Zeitpunkt für Fragen und Forderungen. „Ich muss so etwas wie ein Übungsprogramm aufstellen. Nochmals vielen Dank für die Spieldose.“

„Aber ich habe sie ja noch gar nicht eingepackt.“

„Nicht nötig. Wir sehen uns dann bei Joanie, Dr. Tucker."

„Eigentlich könntest du jetzt Adam zu mir sagen, wo ich doch bald zur Familie gehöre."

„Ja. Ja, ich denke, Sie haben recht." Es war viel leichter, als sie gedacht hatte, die Wange ihrer Mutter zu küssen. „Du hast großes Glück."

„Ich weiß." Loretta fasste nach Adams Hand.

Als das Glockenspiel hinter Vanessa klingelte, zog Adam ein Taschentuch heraus.

„Tut mir leid", schnüffelte Loretta.

„Weißt du Loretta, es steht dir zu, ein paar Tränen zu vergießen. Ich habe dir doch gleich gesagt, dass sie herkommen würde."

„Sie hat allen Grund, mich zu hassen."

„Du bist zu streng mit dir, Loretta. Das erlaube ich nicht."

Loretta schüttelte nur den Kopf und zerknüllte das Taschentuch. „Oh, es ist so schwer, im Leben alles richtig zu machen, Adam. Man macht so viele Fehler. Ich würde alles in der Welt geben, um bei ihr noch eine Chance zu haben."

„Du brauchst ihr nur etwas Zeit zu geben." Er hob ihr Kinn und küsste sie. „Lass ihr ein wenig Zeit."

Vanessa hörte Annies monotonem Geklimper zu. Sie mochte vielleicht gute Hände haben, aber sie machte keinen guten Gebrauch davon.

Sie war ein misslauniges, mageres Mädchen mit glanzlosem Haar und eckigen Knien, aber ihre Hände waren trotz ihrer zwölf Jahre schon recht groß. Ihre Finger wirkten nicht elegant, sondern so stämmig wie kleine Äste.

Ein gewisses Potenzial mag durchaus vorhanden sein, dachte Vanessa, während sie ihrer Schülerin aufmunternd zulächelte.

„Wie viele Stunden in der Woche übst du, Annie?", fragte sie, als das Kind seinen Vortrag beendet hatte.

„Weiß nicht."

„Machst du jeden Tag deine Fingerübungen?"

„Weiß nicht."

Vanessa biss sich auf die Lippen. Sie hatte bereits festgestellt, dass dies Annies Standardantwort auf jede Frage war. „Du hast nun seit fast einem Jahr regelmäßig Klavierstunden."

„Weiß n..."

Vanessa hob die Hand. „Machen wir es uns doch einfacher. Was weißt du denn?"

Annie zuckte die Schultern und schlenkerte mit den Füßen. Vanessa setzte sich neben sie. „Annie, antworte mir jetzt ganz ehrlich. Möchtest du gern Klavierstunden haben?"

Annie verhakte ihre Füße. „Ich glaube, ja."

„Ist es, weil deine Mutter es wünscht?"

„Ich wollte es selbst." Übellaunig starrte Annie auf die Tasten. „Ich dachte, es würde mir gefallen."

„Aber das tut es nicht?"

„Manchmal schon, aber ich darf ja immer nur Kinderlieder spielen."

„Hm." Verständnisvoll strich Vanessa ihr übers Haar. „Und was möchtest du spielen?"

„Sachen, die Madonna singt. Gute Sachen, wissen Sie? So was, das man im Radio hört." Sie streifte Vanessa mit einem Blick. „Meine andere Lehrerin sagt, das ist keine richtige Musik."

„Jede Musik ist richtige Musik. Lass uns einen Handel abschließen."

Argwohn blitzte in Annies blassen Augen auf. „Was für einen Handel?"

„Du machst jeden Tag eine Stunde lang deine Fingerübungen und spielst, was ich mit dir durchgenommen habe." Ohne Annies Maulen zu beachten, fuhr sie fort: „Dann kaufe ich ein paar Noten von Madonnas Songs und bringe dir bei, wie man sie spielt."

Annie öffnete überrascht den Mund. „Ehrlich?"

„Ehrlich. Aber nur, wenn du jeden Tag übst, sodass ich

nächste Woche merke, dass du dich verbessert hast."

„Einverstanden." Zum ersten Mal in fast einer Stunde lächelte Annie, dass ihre Zahnspange nur so blitzte. „Oh, wenn ich das Mary Ellen erzähle! Sie ist meine beste Freundin."

„Bis dahin hast du noch fünfzehn Minuten Zeit." Vanessa erhob sich, höchst zufrieden mit ihrem Erfolg. „Also, spiel noch einmal das letzte Stück."

Konzentriert begann Annie zu spielen. Erstaunlich, was man mit einem kleinen Anreiz alles bewirken kann, dachte Vanessa. Vielleicht würde es am Ende sogar Spaß machen, das Mädchen zu unterrichten. Im Übrigen hatte sie durchaus auch selbst eine Schwäche für Popmusik.

Später, in ihrem Zimmer, strich Vanessa leicht mit dem Finger über die Spieldose, die ihre Mutter ihr geschenkt hatte. Die Dinge entwickelten sich schneller, als sie erwartet hatte. Ihre Mutter war nicht die Frau, für die sie sie gehalten hatte. Sie war viel menschlicher. Ihr Heim war noch immer ihr Heim, und ihre Freunde waren noch ihre Freunde.

Und Brady war immer noch Brady.

Sie wollte mit ihm zusammen sein. Sie wollte, dass sein Name mit ihrem in Verbindung gebracht wurde, wie es früher gewesen war. Mit sechzehn war ihr alles so sicher erschienen, aber heute, als Erwachsene, fürchtete sie, einen Fehler zu machen, verletzt zu werden und zu verlieren.

Man konnte nicht einfach dort weitermachen, wo man vor langer Zeit aufgehört hatte. Und sie konnte auch keinen neuen Anfang machen, solange sie die Vergangenheit nicht bewältigt hatte.

Sie ließ sich viel Zeit, als sie sich für das Essen bei Joanie zurechtmachte. Es war ein festlicher Anlass, und dem wollte sie Genüge tun. Ihr dunkelblaues Kleid war schmal geschnitten und hatte auf einer Schulter eine kleine, farbige Stickerei. Vanessa trug ihr Haar offen und legte zum Kleid passende Saphirohrringe an.

Bevor sie ihren Schmuckkasten schloss, nahm sie einen Ring mit einem winzigen Brillantsplitter heraus. Sie steckte ihn an den Finger. Mit einem leisen Lächeln stellte Vanessa fest, dass er immer noch passte. Dann zog sie ihn kopfschüttelnd wieder ab. Genau diese Art Sentimentalität durfte sie sich nicht leisten, schon gar nicht, wenn sie den Abend in Bradys Gesellschaft verbrachte.

Sie wollten ja nur noch Freunde sein. Nur Freunde. Wie lange hatte sie sich den Luxus einer Freundschaft nicht mehr leisten können. Und wenn sie sich noch immer zu ihm hingezogen fühlte – nun denn, das machte die Sache nur noch reizvoller. Aber mehr kam nicht infrage. Sie würde ihren Seelenfrieden – oder seinen – nicht aufs Spiel setzen.

Mit einer unterdrückten Verwünschung presste sie die Hand auf den Magen und nahm ein Pillendöschen aus der Schublade. Der Abend mag zwar festlich sein, dachte sie, während sie eine Pille schluckte, aber anstrengend wird er auch.

Es war an der Zeit, dass sie lernte, mit dem Stress besser umzugehen. Es ging einfach nicht an, dass ihr Körper jedes Mal revoltierte, wenn sie mit etwas Unerfreulichem oder Lästigem konfrontiert wurde. Sie war ein erwachsener Mensch und hatte Disziplin gelernt. Wenn sie auch lernte, mit ihren Emotionen fertigzuwerden, würde sich das bestimmt auf ihr körperliches Befinden auswirken.

Nach einem Blick auf die Uhr ging sie die Treppe hinunter. Vanessa Saxton kam zu einem Auftritt niemals zu spät.

Brady, der am Fuß der Treppe wartete, stieß einen anerkennenden Pfiff aus. „Du bist immer noch Sexy Saxton."

Das hat mir gerade noch gefehlt, dachte sie und fühlte, wie ihr Magen sich verkrampfte. Musste er eigentlich so umwerfend aussehen? „Du hast dich ja richtig fein gemacht", stellte sie fest.

Er schaute an seinem grauen Tweedanzug hinab. „Sieht so aus."

„Ich habe dich noch nie in einem Anzug gesehen", sagte sie,

weil ihr nichts anderes einfiel. Eine Stufe über ihm blieb sie stehen, Auge in Auge mit ihm. „Warum bist du nicht schon bei Joanie?"

„Weil ich die Absicht habe, dich zu begleiten."

„Was für ein ausgemachter Blödsinn. Ich habe meinen eigenen …"

„Pst." Er nahm sie bei den Schultern, zog sie an sich und küsste sie. „Du schmeckst mit jedem Mal besser."

Ihr Herz machte einen Satz. „Hör zu, Brady, wir müssen ein paar Grundregeln aufstellen."

„Ich hasse Regeln." Er küsste sie noch einmal. Diesmal dauerte es etwas länger. „Es ist mir ein ganz besonderes Vergnügen, demnächst mit dir verwandt zu sein." Er grinste jungenhaft. „Schwesterchen."

„Du benimmst dich aber nicht gerade brüderlich", gab sie abweisend zurück.

„Herumkommandieren werde ich dich später. Wie findest du die ganze Sache?"

„Ich habe deinen Vater schon immer gemocht."

„Und?"

„Und ich hoffe, ich bin nicht so engherzig, meiner Mutter ihr Glück zu missgönnen."

„Nicht schlecht für den Anfang." Er runzelte die Stirn, als sie die Finger an die Schläfen drückte. „Kopfschmerzen?"

Hastig ließ sie die Hände fallen. „Nur ein bisschen. Nicht der Rede wert."

„Hast du etwas genommen?"

„Nein, es geht vorbei. Wollen wir gehen?"

„Okay." Er griff nach ihrer Hand und zog sie zur Tür. „Ich habe mir überlegt … wollen wir auf dem Heimweg in Molly's Hole vorbeischauen?"

Sie musste lachen. „Kannst du eigentlich an nichts anderes denken?"

Er öffnete die Wagentür für sie. „Heißt das ‚Ja'?"

Sie legte den Kopf zurück und streifte ihn mit einem koketten Blick. „Das heißt, ich werde es mir überlegen."

„Kleines Biest", murmelte er, während er die Tür schloss.

Zehn Minuten später stürzte Joanie aus der Haustür, um sie zu begrüßen. „Ist das nicht fantastisch?", jubelte sie. „Ich halte es im Kopf nicht aus!" Sie packte Vanessa und schwang sie herum. „Jetzt werden wir richtige Schwestern. Ich freue mich ja so!" Begeistert drückte sie Vanessa an sich.

„Und wer küsst mich?", meldete sich Brady. „Willst du mich denn gar nicht begrüßen?"

„Oh, hallo, Brady." Auf seinen indignierten Blick hin lachte sie auf und warf sich in seine Arme. „Mann, hast du dich aber landfein gemacht."

„Das habe ich heute schon mal gehört. Außerdem wollte Dad es so haben."

„Hat man so was schon gesehen!" Sie schaute von einem zum anderen.

„Und beide so elegant. Vanessa, wo hast du dieses traumhafte Kleid her?" Bevor Vanessa antworten konnte, fuhr sie fort: „Was täte ich nicht alles, damit meine Hüften in so etwas passen. Nun steht doch nicht hier draußen herum. Kommt herein. Wir haben tonnenweise Essen, Champagner und so."

„Eine tolle Hausfrau, nicht?", bemerkte Brady, als Joanie hineinlief und lauthals nach ihrem Mann rief.

Bezüglich des Essens hatte Joanie nicht übertrieben. Es gab einen großen glasierten Schinken mit einem Berg Kartoffelpüree, eine Gemüseplatte und lockere hausgemachte Brötchen. Aus der Küche drang der köstliche Duft eines abkühlenden Apfelkuchens. Die festliche Atmosphäre wurde durch Kerzen und schimmernde Kristallgläser noch unterstrichen.

Die Unterhaltung war laut und fröhlich und wurde herzhaft von Lara begleitet, die mit dem Löffel auf die Tischplatte ihres Hochstuhls hämmerte.

Vanessa hörte ihre Mutter lachen, freier und ausgelassener, als sie sich erinnern konnte. Und sie sah wunderschön aus, wenn sie Adam zulächelte oder sich zu Lara hinabbeugte, um sie zu streicheln. Das ist Glück, dachte Vanessa. Das wahre Glück. Selbst wenn sie sich noch so anstrengte, sie konnte sich nicht erinnern, das Gesicht ihrer Mutter jemals so glücklich gesehen zu haben.

Vanessa pickte nur an ihrem Essen und hoffte, dass ihr fehlender Appetit niemandem auffiel. Als sie sah, dass Brady sie beobachtete, zwang sie sich zu einem weiteren Bissen, nahm einen Schluck Champagner und lachte über einen von Jacks Scherzen.

„Ich finde, der Anlass verlangt nach einem Toast." Brady erhob sich. Als Lara aufquietschte, warf er ihr einen tadelnden Blick zu. „Du wartest gefälligst, bis du an der Reihe bist", sagte er streng und hob sein Glas. „Auf meinen Vater, der viel cleverer ist, als ich ihm zugetraut habe, und auf seine bezaubernde Braut, die wegzusehen pflegte, wenn ich in den Garten schlich, um ihre Tochter zu treffen." Unter allgemeinem Gelächter klangen die Gläser aneinander.

Vanessa trank den perlenden, kühlen Champagner und hoffte inständig, später nicht dafür bestraft zu werden.

„Möchte noch jemand Dessert?", fragte Joanie, und alles stöhnte auf. „Na schön, wir können ja später darauf zurückkommen. Jack, du hilfst mir beim Abräumen. Und du rührst keinen Finger", sagte sie, als Loretta aufstand und die Teller zusammenstellte. „Der Ehrengast hat mit dem Geschirr rein gar nichts zu schaffen."

„Dummes Zeug …"

„Das ist mein Ernst."

„Also schön, dann kümmere ich mich um Lara."

„Einverstanden. Ihr könnt sie verwöhnen, bis wir mit dem Geschirr fertig sind. Du auch nicht", wandte sie sich an Vanessa, die ebenfalls mit Hand anlegen wollte. „Ich werde dich doch nicht arbeiten lassen, wenn du zum ersten Mal bei mir zum Essen bist."

„Den Kommandoton hat sie immer am Leibe", bemerkte Brady, als seine Schwester in der Küche verschwand. „Kommst du mit ins Wohnzimmer? Wir können eine Platte auflegen."

„Nein, ich würde viel lieber etwas frische Luft schnappen."

„Gut. Es gibt nichts, was ich lieber täte, als mit einer schönen Frau im dämmrigen Zwielicht spazieren zu gehen." Breit grinsend streckte er ihr die Hand entgegen.

# 6. KAPITEL

Der Abend war warm, und es roch nach Regen. Der Flieder duftete betäubend. Im Westen sank die Sonne wie ein roter Feuerball hinter die Berge, und die Kühe standen träge auf der Weide. Brady und Vanessa wanderten ums Haus.

„Wie ich höre, hast du eine Schülerin."

„Mrs Driscoll kommt offenbar herum."

„Ich hörte es von John Cory, während ich ihm eine Tetanus-Spritze gab. Er hat es von Bill Crampton. Das ist der Bruder von Annies Vater. Er hat eine Autoreparatur. Bei ihm hängen alle Männer der Stadt herum und beklagen sich über ihr schweres Los und ihre Frauen."

Trotz ihrer Magenschmerzen musste Vanessa lachen. „Wie beruhigend zu wissen, dass es in der Gerüchteküche noch immer brodelt."

„Und wie ist die Stunde verlaufen?"

„Annie hat … ein gewisses Talent."

„Wie fühlt man sich denn so als Lehrerin?"

„Komisch. Ich habe versprochen ihr beizubringen, wie man Rock spielt."

„Du?"

Vanessa hob die Nase. „Musik ist Musik", dozierte sie gespreizt.

„Da hast du recht." Er legte die Fingerspitze hinter ihr Ohrläppchen, sodass sich das Licht der sinkenden Sonne in dem Saphir brach. Und damit er sie berühren konnte. „Ich sehe es schon vor mir: Vanessa Saxton am Keyboard mit einer Heavy-Metal-Band." Er überlegte einen Augenblick. „Was meinst du, wirst du auch so ein Metallkorsett tragen, oder wie immer die Dinger heißen?"

„Nein. Und wenn du nur mitgekommen bist, um dich über mich lustig zu machen, kann ich auch allein weitergehen."

„Mimose." Er legte den Arm um ihre Schultern. Es freute

ihn, den Duft seines Shampoos noch immer in ihren Haaren zu riechen. Im Stillen fragte er sich, ob einer der Männer, mit denen sie gelegentlich in der Presse abgebildet war, wohl auch so für sie empfunden hatte.

„Ich mag Jack", sagte sie übergangslos.

„Ich auch." Sie gingen an einer dichten Geißblatthecke entlang.

„Joanie wirkt so glücklich hier auf der Farm mit ihrer Familie. Ich habe oft an sie gedacht."

„Hast du auch an mich gedacht, nachdem du so eine Berühmtheit geworden warst?"

Sie ließ den Blick über die Felder schweifen. „Ich glaube schon."

„Ich habe immer gehofft, du würdest mir mal schreiben."

Zu oft, dachte sie. Viel zu oft. „Die Zeit ist nur so verflogen, Brady. Am Anfang war ich zu verletzt und wütend, auf dich und meine Mutter. Es hat Jahre gedauert, bis ich dir vergeben konnte, dass du mich am Abend des Abschlussballs hast sitzen lassen."

„Das habe ich gar nicht." Mit einem gemurmelten Fluch stieß er die Hände in die Hosentaschen. „Hör zu, es ist albern und längst vorbei, aber ich habe es satt, den Sündenbock zu spielen."

„Wovon redest du?"

„Ich habe dich nicht sitzen lassen, verdammt noch mal. Ich hatte mir den ersten Smoking meines Lebens geliehen und Ansteckblumen für dich gekauft. Rosa und gelbe Rosen." Nachdem es heraus war, kam er sich vor wie ein kompletter Narr. „Ich schätze, ich war an dem Abend genauso aufgeregt wie du."

„Und warum habe ich dann zweieinhalb Stunden in meinem neuen Kleid im Zimmer gesessen und auf dich gewartet?"

Langsam ließ er die Luft aus den Lungen. „Ich bin an dem Abend verhaftet worden."

„Was?"

„Es war ein Irrtum", sagte er vorsichtig. „Aber bis ich alles aufgeklärt hatte, war es zu spät. Die Anklage, die man gegen mich vorbrachte, war ziemlich dünn, immerhin war ich damals nicht gerade ein Chorknabe."

„Was hat man dir denn vorgeworfen?"

„Vergewaltigung." Als er ihren entgeisterten Blick sah, zuckte er die Schultern. „Ich war über achtzehn, du nicht."

Es dauerte fast eine ganze Minute, bevor sie begriff. „Aber das ist doch Wahnsinn! Wir haben niemals …"

„Stimmt", nickte er. Zu meinem großen Bedauern, fügte er im Stillen hinzu.

Vanessa fuhr sich mit beiden Händen durchs Haar. „Brady, das ist ja einfach nicht zu fassen. Selbst wenn es gestimmt hätte, so hätte es doch nichts mit Vergewaltigung zu tun gehabt. Du warst nur zwei Jahre älter als ich, und wir waren ineinander verliebt."

„Genau das war das Problem."

Der Schmerz im Magen wurde stärker, und sie presste die Hand darauf. „Es tut mir leid, Brady, so leid. Wie schrecklich musst du dich gefühlt haben. Und erst deine Eltern! Oh Gott, was für eine fürchterliche Geschichte. Aber wer, in aller Welt, hat dich angezeigt? Wer sollte so etwas …" Sie las die Antwort in seinem Gesicht. „Oh nein!", stöhnte sie auf und wandte sich ab. „Oh mein Gott!"

„Er war sich seiner Sache absolut sicher, und er war genauso sicher, dass ich dein Leben ruinieren würde." Und vielleicht ist da sogar etwas dran, dachte Brady. „Er sorgte erst mal dafür, dass ich eingelocht wurde, und dann, dass es nicht mehr vorkommen konnte."

„Er hätte mich fragen müssen", flüsterte sie. „Ein einziges Mal in meinem Leben hätte er mich doch fragen können", fügte sie hinzu.

Sie erschauerte in der kühlen Abendluft. „Es ist meine Schuld."

„Dummes Zeug."

„Nein", widersprach sie. „Es ist meine Schuld. Weil ich ihm meine Gefühle nie klarmachen konnte. Das betrifft sowohl dich als auch alles andere." Sie atmete tief durch, bevor sie Brady wieder ansah. „Was kann ich sagen, um das wiedergutzumachen, was er dir angetan hat?"

„Du brauchst nichts zu sagen." Er legte ihr die Hände auf die Schultern und hätte sie an sich gezogen, wenn sie sich nicht so steif gemacht hätte. Stattdessen massierte er geduldig und mit kundigen Händen ihren verkrampften Nacken. „Du warst genauso unschuldig wie ich, Vanessa. Wir konnten die Sache nicht ins Reine bringen, denn in den ersten Tagen war ich zu wütend, um es zu versuchen, und du warst zu wütend, um mich zu fragen. Und dann warst du auf einmal fort."

Sie spürte, wie ihr die Tränen in die Augen traten. Sie sah ihn vor sich – jung, rebellisch und zornig. Und sehr verunsichert. „Ich weiß nicht, was ich sagen soll. Du musst tausend Ängste ausgestanden haben."

„Ein bisschen schon", gab er zu. „Allerdings gab es keine formelle Anklage. Ich wurde nur für ein Verhör festgehalten. Erinnerst du dich noch an den alten Sheriff Grody? Er war ein brutaler, spitzbäuchiger Kerl und konnte mich auf den Tod nicht ausstehen. Er hat die Gelegenheit genutzt, mir ordentlich eins auszuwischen. Jemand anderes hätte die Sache vielleicht anders angepackt."

Wozu sollte er ihr erzählen, wie er voll Angst und Schrecken und hilfloser Wut dort in der Zelle saß und darauf wartete, telefonieren zu dürfen, während der Sheriff und Saxton im Nebenraum verhandelten.

„An jenem Abend ist noch etwas anderes passiert, etwas, das mich mit dem Schicksal ein wenig ausgesöhnt hat. Mein Vater hat sich vor mich gestellt. Ich hätte nie gedacht, dass er so rückhaltlos für mich eintreten würde. Keine Fragen, keine Zweifel – er hat mir völlig vertraut. Ich glaube, das hat mein Leben irgendwie verändert."

„Mein Vater", sagte Vanessa bitter. „Er wusste, wie viel mir dieser Abend bedeutete, wie viel du mir bedeutet hast. Mein Leben lang habe ich getan, was er wollte – nur nicht, was dich betraf. Er hat dafür gesorgt, dass er auch da seinen Willen bekam."

„Seitdem ist viel Zeit vergangen, Vanessa."

„Ich glaube nicht, dass ich …" Sie brach ab und stieß einen unterdrückten Schmerzenslaut aus.

„Was ist, Vanessa?" Erschrocken sah er sie an.

„Nichts. Es ist nur …" Aber die nächste Schmerzwelle war schon da und riss sie fast von den Beinen. Brady hob sie einfach hoch und wandte sich zum Haus zurück.

„Nein, lass mich. Mir geht es gut. Es war nur ein leichtes Stechen."

„Atme tief und langsam durch."

„Verdammt, ich sagte dir doch, dass es nichts ist." Gepeinigt warf sie den Kopf zurück, weil der Schmerz in ihrem Magen immer schlimmer wurde. „Mach nicht so einen Aufstand", stieß sie mühsam hervor.

„Wenn du das hast, was ich glaube, werde ich einen noch viel größeren Aufstand machen."

Er ging mit ihr durch die leere Küche und trug sie über die Hintertreppe nach oben. Als er sie auf Joanies Bett legte, war er froh, dass sie wenigstens aufgehört hatte, sich zu wehren. Er machte die Lampe an und sah, dass sie totenblass und ihre Haut ganz feucht war.

„Versuch dich zu entspannen, Vanessa."

„Ich bin okay." Aber das Brennen in ihrem Magen hatte nicht aufgehört. „Es ist nur der Stress, vielleicht auch eine kleine Verdauungsstörung."

„Das werden wir herausfinden." Er setzte sich neben sie auf die Bettkante. „Sag mir, wenn ich dir wehtue." Behutsam drückte er auf ihren Unterbauch. „Vanessa, hast du irgendwann eine Blinddarmoperation gehabt?"

„Nein."

„Irgendeine Art Unterleibsoperation?"

„Nein, nichts."

Er fuhr mit seiner Untersuchung fort, ohne den Blick von ihrem Gesicht zu wenden. Als er direkt unter ihrem Brustbein drückte, sah er den Schmerz in ihren Augen, noch bevor sie aufschrie. Er griff beruhigend nach ihrer Hand, aber seine Miene war grimmig.

„Vanessa, wie lange hast du diese Schmerzen schon?"

Sie schämte sich, aufgeschrien zu haben. „Jeder hat mal Schmerzen."

„Beantworte meine Frage."

„Ich weiß nicht."

Er gab sich Mühe, nicht ungeduldig zu werden. „Wie fühlt es sich jetzt an?"

„Gut. Ich brauche nur …"

„Lüg mich nicht an." Er war auf sich selbst mindestens ebenso wütend wie auf sie. Vom ersten Augenblick an hatte er ihr angesehen, dass es ihr nicht gut ging. „Spürst du ein gewisses Brennen?"

Vanessa gab nach. Ihr blieb ja doch keine Wahl. „Ein bisschen."

Brady überlegte. Das Essen war jetzt ungefähr eine Stunde her. Die Zeit stimmte. „Ist dir das schon mal passiert, nachdem du Alkohol getrunken hattest?"

„Ich trinke keinen mehr."

„Wegen dieser Reaktion?"

Vanessa schloss die Augen. Warum ging er nicht endlich und ließ sie allein? „Wahrscheinlich."

„Spürst du einen nagenden Schmerz hier direkt unter dem Brustbein?"

„Manchmal."

„Und im Magen?"

„Da fühlt es sich eher bohrend an."

„So, als wenn man Hunger hat?"

„Ja." Es beunruhigte sie, wie genau er ihren Schmerz beschreiben konnte. „Aber es geht auch wieder vorbei."

„Was nimmst du dagegen?"

„Ach, Tabletten, die man frei kaufen kann." Jetzt reichte es ihr. „Brady, dass du Arzt geworden bist, ist dir offenbar zu

Kopf gestiegen. Du machst viel Lärm um nichts. Ich nehme ein paar Pillen gegen Magensäure und bin wieder okay."

„So kann man aber ein Magengeschwür nicht behandeln."

„Ich habe kein Magengeschwür. Das ist doch absurd. Ich bin noch nie krank gewesen."

„Hör zu, du gehst für ein paar Tage ins Krankenhaus, damit wir ein paar Tests machen und dich röntgen können."

„Ich gehe nicht ins Krankenhaus." Allein die Vorstellung rief ihr die letzten schrecklichen Tage ihres Vaters ins Gedächtnis zurück. „Du bist nicht mein Arzt."

Er unterdrückte einen Fluch. „Du bleibst hier, und ich meine genau hier." Damit verließ er das Zimmer.

Vanessa gehorchte, aber nur weil sie nicht sicher war, ob sie überhaupt stehen konnte. Warum musste ihr das ausgerechnet jetzt passieren? Sie hatte schon öfter solche Anfälle gehabt, war jedoch immer damit fertig geworden. Und das würde sie auch jetzt. Als sie sich vorsichtig aufrichten wollte, kam Brady mit seinem Vater zurück.

„Na, was ist hier los?", fragte Adam.

„Brady übertreibt mal wieder." Sie lächelte gequält und hätte die Beine über den Bettrand geschwungen, wenn Brady sie nicht daran gehindert hätte.

„Sie hat sich vor Schmerzen gekrümmt, als wir vorhin draußen waren. Sie hat ein Brennen im Magen und ist zudem unter dem Brustbein äußerst druckempfindlich."

Adam setzte sich auf die Bettkante und untersuchte sie ebenfalls. Er stellte die gleichen Fragen wie Brady, und sein Gesicht wurde immer ernster.

„Jetzt sag mir mal, wie ein junges Ding wie du an ein Magengeschwür kommt."

„Ich habe kein Magengeschwür."

„Zwei Ärzte haben unabhängig voneinander dieselbe Diagnose gestellt."

„Dann irrt ihr euch eben beide." Vanessa versuchte sich aufzurichten, aber Adam drückte sie auf das Kissen zurück.

„Wir werden natürlich noch Röntgenaufnahmen und Tests machen."

„Ich gehe nicht ins Krankenhaus." Vanessa kämpfte um ihre Selbstbeherrschung. „Magengeschwüre sind was für Manager und Börsenmakler. Ich bin Musikerin und kein verbissenes Arbeitstier."

„Ich werde dir sagen, was du bist", fuhr Brady auf. „Du bist eine Frau, die sich viel zu viel zugemutet hat. Du gehst ins Krankenhaus, und wenn ich dich an den Haaren hinschleifen muss."

„Immer mit der Ruhe, Dr. Tucker", sagte Adam beschwichtigend. „Vanessa, musst du dich manchmal übergeben?"

„Nein, natürlich nicht. Es ist nur ein bisschen Stress …"

„Ein bisschen Magengeschwür", erklärte er fest. „Aber vielleicht können wir das auch medikamentös in den Griff kriegen, wenn du absolut nicht ins Krankenhaus willst."

„Will ich nicht. Und ich brauche auch keine Medikamente und schon gar nicht zwei Ärzte."

„Ganz schön aufmüpfig, die Dame", bemerkte Adam. „Entweder Medikamente oder Krankenhaus, mein Fräulein. Vergiss nicht, dass ich schon dein Arzt war, als du noch in den Windeln lagst. Ich denke, wir kommen mit einer ambulanten Behandlung zurecht", sagte er dann zu Brady. „Solange sie während der Zeit auf stark gewürzte Speisen und Alkohol verzichtet."

„Mir wären die Tests lieber."

„Mir auch, aber was soll ich machen. Hör zu, Vanessa, ich schreibe dir ein Rezept aus, und du fährst heute noch zur Apotheke in Boonsboro."

„Ich bin nicht krank", beharrte sie schmollend.

„Dann tu es deinem zukünftigen Stiefvater zuliebe. Ich gehe jetzt hinunter und schreibe das Rezept. Kommst du mit, Brady?"

Draußen sagte Adam zu seinem Sohn: „Wenn die Medikamente in drei bis vier Tagen keine Wirkung zeigen, werden wir sie unter Druck setzen, damit sie die Tests machen lässt. Bis dahin lassen wir sie in Ruhe."

„Mich interessiert der Grund für das Magengeschwür.“ Wütend starrte Brady auf die geschlossene Schlafzimmertür.

„Mich auch, irgendwann wird sie es dir schon sagen. Lass ihr nur ein wenig Zeit. Ich spreche inzwischen mit Loretta. Das wird Vanessa zwar nicht recht sein, aber ich tue es trotzdem. Achte du darauf, dass sie noch heute Abend ihre erste Dosis nimmt.“

„Mache ich. Ich kümmere mich um sie.“

„Das wolltest du ja schon immer.“ Adam legte die Hand auf Bradys Schulter. „Sei aber vorsichtig. Wenn du es übertreibst, weicht sie zurück. In der Beziehung ist sie wie ihre Mutter.“ Er zögerte. „Bist du noch immer in sie verliebt?“

„Ich weiß es nicht. Diesmal lasse ich sie allerdings nicht wieder gehen, bevor ich es weiß.“

„Wenn man etwas zu fest hält, schlüpft es einem leicht durch die Finger. Vergiss das nie, Junge.“ Er drückte Bradys Schulter.

Als Brady ins Schlafzimmer zurückkam, saß Vanessa auf der Bettkante. Sie war verwirrt, beschämt und wütend.

„Komm“, sagte er knapp und unpersönlich. „Wir schaffen es gerade noch zur Apotheke, bevor sie schließt.“

„Ich will deine verdammten Pillen nicht.“

Brady schob die Hände in die Taschen, weil er Vanessa am liebsten geschüttelt hätte. „Soll ich dich hinuntertragen, oder willst du selbst gehen?“

Am liebsten hätte sie geweint. Sie erhob sich steif. „Danke, ich gehe selbst.“

„Gut. Wir nehmen wieder die Hintertreppe.“

Sie wollte ihm nicht dankbar sein, weil er ihr die vielen Erklärungen und Mitleidsbekundungen ersparte. Mit erhobenem Kinn ging sie an ihm vorbei.

Er sagte kein Wort, bis er die Wagentür zuschlug.

„Man sollte dich übers Knie legen.“ Der Motor heulte auf, und Kies spritzte unter den Reifen hervor.

„Ich wünschte, du ließest mich in Ruhe.“

„Das tue ich auch“, stieß er wütend hervor. Er fuhr los, und allmählich beruhigte er sich wieder. „Hast du noch Schmerzen?“

„Nein.“

„Lüg nicht, Vanessa. Wenn du in mir schon keinen Freund sehen kannst, dann wenigstens den Arzt.“

Am liebsten hätte er sie an sich gezogen und ihren Kopf an seine Schulter gebettet. Als sie die Nachbarstadt erreichten, verringerte er die Geschwindigkeit. Er schwieg, bis er vor der Apotheke anhielt. „Du kannst im Wagen warten. Bin gleich wieder da.“

Vanessa saß im Auto und sah Brady nach. Ein Magengeschwür, dachte sie. Das war doch nicht möglich. Sie war schließlich kein Arbeitsfanatiker. Aber wie um sie eines Besseren zu belehren, meldeten die Schmerzen sich gerade jetzt wieder.

Sie wollte nur noch nach Hause und schlafen. Vergessen. Morgen würde alles wieder gut sein. Hatte sie sich das nicht schon seit Monaten immer wieder selbst gesagt?

Als Brady zurückkam, legte er ihr eine kleine weiße Tragetasche in den Schoß, bevor er den Motor anließ. Er sagte nichts, während sie sich mit geschlossenen Augen in den Sitz zurücklegte. Das gab ihm Zeit, nachzudenken.

Es hatte keinen Sinn, mit ihr zu streiten, und noch weniger, sich über sie zu ärgern. Aber es verletzte ihn, dass sie ihm nicht genug vertraut hatte, um ihm von ihren Problemen zu erzählen. Dass sie sich selbst nicht genug getraut hatte, ihn um Hilfe zu bitten.

Er würde dafür sorgen, dass sie die Hilfe jetzt bekam, ob sie es wollte oder nicht. Als Arzt würde er dasselbe auch für eine Fremde tun. Wie viel mehr würde er dann für die einzige Frau tun, die er je geliebt hatte.

Geliebt hatte. Das gehörte der Vergangenheit an. Und weil er sie einmal mit all der stürmischen Leidenschaft der Jugend geliebt hatte, würde er sie jetzt mit ihren Problemen nicht alleinlassen. Vor Lorettas Haus blieb er stehen, ging um den Wagen herum und öffnete Vanessa die Tür. Sie stieg aus und begann die Ansprache, die sie sich während der Fahrt sorgfältig zurechtgelegt hatte.

„Es tut mir leid, wenn ich mich kindisch und undankbar benommen habe. Ich weiß, dass ihr mir nur helfen wollt, und ich werde auch meine Medizin nehmen."

„Worauf du dich verlassen kannst." Er nahm ihren Arm mit der Absicht einzulenken.

„Du brauchst nicht mitzukommen."

„Ich will aber. Ich passe auf, dass du deine erste Dosis nimmst, und dann bringe ich dich ins Bett."

„Brady, ich bin kein Invalide."

„Das stimmt. Und wenn es nach mir geht, wirst du auch keiner werden."

Er stieß die Tür auf – sie war nie verschlossen – und zog sie sofort mit sich die Treppe hinauf. Im Bad füllte er ein Glas mit Wasser und reichte es ihr. Dann öffnete er das Pillendöschen und schüttelte eine Pille heraus.

„Schluck sie."

Sie sah ihn böse an. Dann gehorchte sie. „Wirst du mir einen Hausbesuch berechnen?"

„Der erste läuft unter Freundschaftsdienst." Er zog sie ins Schlafzimmer. „Jetzt zieh dich aus."

Obwohl ihr Magen rebellierte, warf sie den Kopf zurück. „Solltest du nicht einen weißen Kittel und ein Stethoskop tragen, wenn du so etwas sagst?"

Er würdigte sie keiner Antwort. Er wandte sich um, zog eine Schublade heraus und suchte so lange, bis er ein Nachthemd fand. Aha, sie trug Seide im Bett. Natürlich. Nachdem er das Nachthemd aufs Bett geworfen hatte, drehte er sie um und zog den Reißverschluss ihres Kleides herunter.

„Wenn ich dich aus privaten Gründen ausziehe, werde ich es dich wissen lassen."

„Vergiss es!" Schockiert griff sie nach dem Kleid, doch es fiel zu ihren Füßen auf den Boden. Er zog ihr das Nachthemd über den Kopf.

„Wenn ich an den Zustand deines Magens denke, kann ich meine animalische Lust bezwingen."

„Das ist ja widerlich."

„Genau. Was ist mit den Strümpfen?"

Beschämt und wütend schob sie ihn weg und zog ihre Strümpfe selbst aus. Brady biss die Zähne zusammen. So gut er die weibliche Anatomie auch kannte, nichts hatte ihn auf den Anblick vorbereitet, wie Vanessa im gedämpften Lampenlicht langsam ihre Seidenstrümpfe herabrollte.

Du bist Arzt, rief er sich ins Gedächtnis zurück und zitierte in Gedanken die erste Zeile des hippokratischen Eides.

„Und jetzt ins Bett." Er hob die Decke, und Vanessa legte sich hin. Dann deckte er sie behutsam bis zum Kinn zu. Plötzlich sah sie wieder aus wie sechzehn. Er riss sich zusammen und stellte das Pillendöschen auf ihren Nachttisch. „Halte dich genau an die Vorschriften."

„Ich kann ja lesen."

„Trinken verboten." Er war Arzt und sie seine Patientin. Eine bezaubernde Patientin mit sündig weißer Haut und großen grünen Augen. „Wir halten nichts von strengen Diätvorschriften. Richte dich einfach nach dem gesunden Menschenverstand. Kein stark gewürztes Essen. Vermutlich wird es dir bald wieder besser gehen, und mit ein bisschen Glück hast du in ein paar Tagen vielleicht schon vergessen, dass du ein Magengeschwür hattest."

„Ich habe auch keins."

„Vanessa." Seufzend strich er ihr das Haar aus der Stirn. „Möchtest du noch etwas?"

„Nein." Sie griff nach seiner Hand. „Kannst du … musst du schon gehen?"

Er küsste ihre Fingerspitzen. „Nicht sofort."

Zufrieden legte sie sich zurück. „Als wir Teenager waren, durfte ich dich nie mit heraufnehmen."

„Ach nein. Und was war an dem Abend, als ich durchs Fenster kletterte?"

„Und wir auf dem Fußboden saßen und bis vier Uhr morgens geredet haben. Wenn mein Vater das gewusst hätte, dann hätte er …“ Sie brach ab.

„Darüber brauchen wir uns jetzt keine Sorgen mehr zu machen.“

„Darum geht es auch gar nicht. Ich frage mich nur, warum das alles so war. Ich liebte dich, Brady. Es war ganz unschuldig und sehr süß. Warum musste er das alles zerstören?“

„Du warst für höhere Dinge bestimmt, Vanessa. Das wusste er. Ich war im Weg.“

„Hättest du mich gebeten zu bleiben?“ Sie hatte nicht gedacht, dass sie das fragen würde, aber sie hatte es immer wissen wollen. „Wenn du seine Pläne, mich mit nach Europa zu nehmen, gekannt hättest, hättest du mich dann gebeten zu bleiben?“

„Ja. Ich war achtzehn und egoistisch. Und wenn du geblieben wärst, wärst du nicht das geworden, was du bist. Und ich wäre nicht das, was ich bin.“

„Du hast mich ja noch gar nicht gefragt, ob ich wirklich geblieben wäre.“

„Ich weiß, dass du geblieben wärst.“

Sie seufzte. „Ich glaube, so kann man nur einmal lieben. Vielleicht ist es am besten, man bringt das hinter sich, solange man jung ist.“

„Vielleicht.“

Müde schloss sie die Augen. „Ich habe immer geträumt, du würdest kommen und mich holen. Besonders vor einer Vorstellung, wenn ich in den Kulissen stand. Ich habe es gehasst.“

Er runzelte die Stirn. „Was hast du gehasst?“

„Die Lichter, die Menschen, die Bühne. Ich habe mir so sehnlich gewünscht, du würdest kommen, und wir würden zusammen fortgehen. Dann begriff ich, dass du nicht kommen würdest, und ich hörte auf, es mir zu wünschen. Ich bin so müde, Brady.“

Wieder küsste er ihre Finger. „Schlaf jetzt.“

„Ich bin es müde, allein zu sein“, murmelte sie, bevor sie einschlief. Er blieb sitzen, sah sie an und versuchte seine Gefühle zu ordnen. Was war Vergangenheit und was Gegenwart? Hier lag das Problem. Je länger er mit ihr zusammen war, desto mehr verwischte sich die Grenze zwischen Vergangenheit und Gegenwart.

Nur eins war klar: Er hatte niemals aufgehört, sie zu lieben.

Er küsste sie flüchtig auf die Lippen. Dann löschte er die Nachttischlampe und ging.

## 7. KAPITEL

Eingewickelt in ihren kuscheligen blauen Bademantel, mit zerzaustem Haar und grimmigem Gesicht ging Vanessa langsam die Treppe hinunter. Sie hatte die Medikamente, die Adam Tucker ihr verschrieben hatte, notgedrungen genommen und fühlte sich nun besser. Es ärgerte sie, das zugeben zu müssen, aber deshalb war sie noch lange nicht bereit zuzugeben, dass sie sie auch gebraucht hatte.

Es ärgerte sie auch, dass es Brady gewesen war, der sie ins Bett gebracht und ihre erste Einnahme überwacht hatte. Am Anfang ging es ja noch, denn da hatten sie sich angefaucht, aber dann war sie schwach geworden und hatte ihn zum Bleiben aufgefordert. Und er war so lieb gewesen! Sie hatte Brady noch nie widerstehen können, wenn er lieb zu ihr war.

Der Morgen passte genau zu ihrer Stimmung. Aus dichten grauen Wolken fiel dichter grauer Regen. Der Tag war wie geschaffen, um allein im Haus zu sitzen und zu brüten. Eigentlich etwas, worauf man sich direkt freuen konnte – Regen, emotionaler Tiefpunkt und Selbstmitleid ohne Ende. Zumindest die Einsamkeit war eine positive Abwechslung. Seit Joanies Dinnerparty hatte sie kaum Gelegenheit gehabt, allein zu sein.

Ihre Mutter führte sich auf wie eine Glucke und erfand laufend Gründe, um täglich ein paar Mal nach Hause zu kommen. Trotz Vanessas Protest schaute Dr. Tucker zweimal am Tag vorbei. Selbst Joanie war auf einen Tratsch gekommen, mit einem Armvoll Flieder und einem großen Topf Hühnersuppe. Die Nachbarn steckten von Zeit zu Zeit die Köpfe herein, um sich nach ihr zu erkundigen. In Hyattown gab es keine Geheimnisse. Vanessa konnte sicher sein, dass alle zweihundertdreiunddreißig Einwohner ihre Genesung mit guten Wünschen oder Ratschlägen verfolgten.

Außer einem.

Dabei war es ihr doch völlig egal, dass Brady keine Zeit für einen Besuch gefunden hatte. Ärgerlich zerrte sie am Gürtel ihres Bademantels. Sie war heilfroh, dass Brady durch Abwesenheit glänzte, wie sie sich immer wieder versicherte. Das Letzte, wonach sie verlangte, war, dass Brady Tucker – der Albert Schweitzer von Hyattown – um sie herumwuselte. Sie wollte ihn nicht sehen, und brauchen tat sie ihn schon gar nicht.

Vanessa hasste es, sich zum Narren zu machen, und genau das hatte sie getan, als sie ausgerechnet in Joanies Garten umgekippt war. Zu allem Übel hatte Brady sie dann auch noch ins Bett gebracht und wie eine wehleidige Patientin behandelt.

Ein Magengeschwür. Lächerlich! Sie war stark, fähig und selbstbewusst – keine Kandidatin für ein Magengeschwür. Unbewusst presste sie die Hand auf ihren Magen.

Der nagende Schmerz, der sie nun schon so lange peinigte, war fast verschwunden und hatte sie nicht mehr Nacht für Nacht wach gehalten. Tatsächlich hatte sie in den letzten zwei Nächten wie ein Baby durchgeschlafen.

Reiner Zufall. Sie hatte lediglich Ruhe gebraucht, Ruhe und ein bisschen Abgeschiedenheit. Der vollgepackte Terminkalender der vergangenen Jahre konnte auch den stärksten Mann umwerfen.

Deshalb würde sie sich noch einen, vielleicht auch zwei Monate dessen gönnen, was man in Hyattown Frieden und Erholung nannte, bevor sie sich wieder um ihre Karriere kümmerte.

An der Küchentür blieb sie überrascht stehen. Sie hatte nicht erwartet, Loretta dort vorzufinden. Im Gegenteil, sie hatte absichtlich gewartet, bis sie hörte, wie die Haustür sich öffnete und dann ins Schloss fiel.

„Guten Morgen." Loretta, adrett wie immer, strahlte sie an.

„Ich dachte, du wärst schon fort."

„Nein, ich bin schnell hinüber in Lesters Laden gelaufen und habe eine Zeitung geholt." Sie wies auf die Zeitung, die sauber gefaltet neben dem Gedeck auf dem Küchentisch lag. „Ich dachte, es interessiert dich vielleicht, was in der Welt vorgeht."

„Vielen Dank." Gereizt blieb Vanessa im Türrahmen stehen. Es ärgerte sie, dass es sie noch immer aus dem Konzept brachte, wenn Loretta eine freundlich-mütterliche Geste machte. Vanessa war ihr zwar dankbar dafür, aber irgendwie war es die Dankbarkeit eines Gastes gegenüber der Großzügigkeit der Gastgeberin. Und deswegen fühlte sie sich schuldig und herzlos. „Du hättest dir nicht die Mühe machen sollen."

„Keine Mühe. Setz dich doch, Liebes. Ich mache dir einen Tee. Mrs Hawbaker hat mir etwas Kamille aus ihrem Kräutergarten herübergeschickt."

„Wirklich, du brauchst nicht …" Vanessa brach ab, denn es klopfte an der Hintertür. „Ich gehe schon."

Sie öffnete die Tür, wobei sie sich eindringlich versicherte, dass sie gar nicht wünschte, es möge Brady sein. Es war ihr herzlich egal, ob es Brady war. Und sie war auch nicht ein bisschen enttäuscht, als der Besucher sich als weibliches Wesen entpuppte.

„Vanessa!" Eine brünette Frau, die sich unter ihren tropfenden Regenschirm duckte, lächelte Vanessa zu. „Wahrscheinlich erinnerst du dich nicht mehr an mich. Ich bin Nancy Snooks, früher Nancy McKenna, Josh McKennas Schwester."

„Nancy! Nun, ich …"

„Nancy, komm herein." Loretta eilte zur Tür. „Mein Gott, das gießt ja wie aus Kannen."

„Dieses Jahr brauchen wir uns wegen einer Dürre bestimmt keine Sorgen zu machen." Nancy blieb auf der Schwelle stehen und trat von einem Fuß auf den anderen. „Ich habe gehört, dass Vanessa zurück ist und Klavierstunden gibt. Mein Sohn Scott ist jetzt acht."

Vanessa sah das Unheil kommen und versuchte es abzublocken. „Ach, eigentlich …"

„Annie Crampton ist hellauf begeistert von dir", sagte Nancy hastig. „Ihre Mutter ist meine Cousine zweiten Grades, weißt du. Als ich darüber mit Bill sprach – Bill ist mein Mann –, waren wir der Meinung, dass Klavierstunden genau das Richtige für Scott wären. Montags gleich nach der Schule würde uns am besten passen, wenn du da nicht schon einen anderen Schüler hast."

„Nein, weil …“

„Prima. Tante Violet sagt, du berechnest Annie zehn Dollar die Stunde. Stimmt das?“

„Ja, aber …“

„Das ist für uns erschwinglich. Ich arbeite halbtags. Scott wird um Punkt vier hier sein. Schön, dass du wieder da bist, Vanessa. Jetzt muss ich aber los, sonst komme ich zu spät zur Arbeit.“

„Fahr vorsichtig bei diesem Regen“, warf Loretta ein.

„Mache ich. Ach, und herzlichen Glückwunsch noch mal. Doc Tucker ist ein großartiger Mann.“

„Das ist er.“ Loretta unterdrückte ein Lachen, während sie die Tür hinter Nancy schloss. „Nette Frau“, bemerkte sie. „Kommt nach ihrer Tante Violet.“

„Ganz offensichtlich.“

„Ich sollte dich eigentlich warnen.“ Loretta stellte eine Tasse Tee auf den Tisch. „Scott Snooks ist die reine Pest.“

„Das habe ich mir gleich gedacht.“ Müde setzte sich Vanessa an den Tisch und stützte den Kopf in die Hände. „Wenn ich schon richtig wach gewesen wäre, hätte sie mich nicht so überfahren können.“

„Natürlich nicht. Soll ich dir Rühreier braten?“

„Du brauchst mir kein Frühstück zu machen“, murmelte Vanessa mit gesenktem Kopf.

„Macht gar keine Mühe.“ Summend gab Loretta Eier in eine Schüssel. Zwölf Jahre lang hatte sie niemanden mehr bemuttern können. Es war ihr ein Bedürfnis, ihre Tochter ein wenig zu verwöhnen.

Vanessa betrachtete nachdenklich ihre Teetasse. „Ich will dich nicht aufhalten. Musst du nicht den Laden öffnen?“

„Der Vorteil, einen eigenen Laden zu haben, liegt darin, dass man sein eigener Chef ist.“ Sie fügte ein wenig Salz und Pfeffer hinzu. „Und du brauchst ein gutes Frühstück. Adam sagt zwar, du bist auf dem Wege der Besserung, aber er will, dass du zehn Pfund zunimmst.“

„Zehn?“ Vanessa verschluckte sich fast an ihrem Tee. „Ich brauche keine …“ Wieder klopfte es.

„Jetzt gehe ich“, erklärte Loretta. „Sollte es wieder ein Klavierstundenanwärter sein, verscheuche ich ihn.“

Aber diesmal war es Brady, der triefend auf der Schwelle stand. Lächelnd schaute er zu Vanessa herüber, während ihm das Wasser aus dem dunklen Haar tropfte. Vanessas anfängliche Freude verwandelte sich sofort in Unmut, als er den Mund öffnete.

„Morgen, Loretta.“ Er blinzelte Vanessa zu. „Hallo, meine Schöne.“

Vanessa antwortete mit einem unverständlichen Murmeln.

„Brady, was für eine nette Überraschung!“ Loretta bot ihm die Wange zum Kuss und schloss dann die Tür hinter ihm. „Hast du schon gefrühstückt?“, fragte sie auf dem Weg zur Arbeitsplatte.

„Nein, Ma'am.“ Er schnüffelte genüsslich. „Sind das etwa Rühreier?“

„In einer Minute sind es welche. Setz dich hin, dann kriegst du auch etwas ab.“

Das ließ er sich nicht zweimal sagen. Er strich sich das triefende Haar aus dem Gesicht und setzte sich zu Vanessa an den Tisch. Mit einem strahlenden Lächeln kaschierte er die gründliche Musterung, der er sie unterzog. Die fehlenden Schatten unter ihren Augen befriedigten ihn ebenso wie der rebellische Ausdruck in ihnen.

„Wunderschöner Tag heute“, sagte er.

Vanessa hob den Blick zu den Fenstern, gegen die der Regen prasselte. „Wie recht du doch hast.“

Ohne sich von ihrer schroffen Antwort beirren zu lassen, drehte er sich auf dem Stuhl um, um mit Loretta ein wenig zu plaudern, während sie das Rührei zubereitete.

Zwei Tage lang lässt er sich nicht blicken, dachte Vanessa grimmig, und jetzt spielt er sich auf wie der Kaiser von China. Er hatte sie nicht einmal nach ihrem Befinden gefragt. Nicht, dass sie sich das etwa wünschte, aber immerhin war er Arzt, und von ihm stammte auch diese lächerliche Diagnose.

„Ach, Loretta." Brady lief das Wasser im Mund zusammen, als Loretta ihm das duftende Gericht vorsetzte. „Mein Vater ist ein glücklicher Mann."

„Offenbar ist die Kochkunst für die Tuckers das wichtigste Kriterium bei der Auswahl ihrer Frauen", bemerkte Vanessa spitz.

Brady lächelte nur lässig. „Schaden kann es jedenfalls nicht, oder?"

Vanessa spürte, wie Ärger in ihr hochstieg. Nicht etwa, weil sie nicht kochen konnte! Es war nur diese engstirnige Macho-Haltung, die sie so wütend machte. Bevor ihr noch eine passende Antwort einfiel, stellte Loretta auch ihr einen Teller hin.

„So viel kann ich nicht essen."

„Aber ich", sagte Brady rasch. „Ich esse schon auf, was du übrig lässt."

„Nachdem ihr beide versorgt seid, gehe ich jetzt wohl besser den Laden öffnen. Vanessa, es ist noch von der Hühnersuppe da, die Joanie gestern gebracht hat. Du kannst sie dir zum Mittag heißmachen. Wenn der Regen anhält, bin ich wahrscheinlich früh wieder da. Viel Glück mit Scott."

„Scott?", fragte Brady, als Loretta gegangen war.

Vanessa stützte die Ellbogen auf den Tisch. „Frag mich nicht."

Brady stand auf und schenkte sich Kaffee nach. „Ich wollte mit dir über die Hochzeit sprechen."

„Die Hochzeit?" Begriffsstutzig sah sie ihn an. „Ach, die Hochzeit. Ja, was ist damit?"

„Dad hat nicht lockergelassen und Loretta herumgekriegt, dass die Sache am Memorial Day über die Bühne geht."

„Memorial Day? Aber das ist doch schon nächste Woche!"

„Warum sollen sie noch warten? Auf diese Weise können sie die alljährliche Gartenparty in eine Art Hochzeitsempfang umfunktionieren."

„Ich verstehe." So bald schon, dachte Vanessa und geriet fast in Panik. Sie hatte sich doch noch kaum daran gewöhnt, wieder bei ihrer Mutter zu sein und im selben Haus mit ihr zu wohnen. Und jetzt ... Aber das hatte nicht sie zu entscheiden. „Ich nehme an, sie werden in das Haus deines Vaters ziehen."

„Das denke ich auch. Ich glaube, sie haben mit dem Gedanken gespielt, dieses Haus eventuell zu vermieten. Würde dich das stören?"

Vanessa bestrich eine Scheibe Toast mit Butter. Woher sollte sie das denn wissen? Sie hatte noch keine Zeit gehabt herauszufinden, ob dies ihr Heim war oder nicht. „Nein, ich glaube nicht. Schließlich können sie ja nicht gleichzeitig in zwei Häusern wohnen. Das leuchtet mir schon ein."

Brady verstand Vanessas Zwiespalt. „Eigentlich kann ich mir gar nicht vorstellen, dass Loretta sich von diesem Haus trennt. Es ist seit vielen Jahren im Besitz eurer Familie."

„Ich habe mich oft gefragt, warum sie es überhaupt behalten hat."

„Sie ist hier aufgewachsen, genau wie du." Er griff nach seiner Kaffeetasse. „Warum fragst du sie nicht, was sie damit vorhat?"

„Kann ich ja machen." Unbehaglich hob sie die Schultern. „Aber das hat keine Eile."

Da Brady sie kannte, ließ er es dabei bewenden. „Worüber ich eigentlich mit dir sprechen wollte, ist das Hochzeitsgeschenk. Ein Toaster oder Kaffeeservice dürften ja wohl fehl am Platz sein."

Nachdenklich betrachtete Vanessa ihren Teller. „Damit könntest du recht haben."

„Ich hätte da eine Idee. Mit Joanie habe ich schon gesprochen. Was hältst du davon, wenn wir zusammenlegen und ihnen eine Hochzeitsreise spendieren? Zwei, drei Wochen in Cancún – eine Suite mit Aussicht auf die Karibik, tropische Nächte und so weiter. Keiner von beiden war je in Mexiko. Ich glaube, sie würden sich wahnsinnig freuen."

Vanessa war von der Idee hellauf begeistert. Typisch für Brady, sich so etwas auszudenken. „Ihr wollt sie damit überraschen?"

„Ich glaube, das kriegen wir hin. Dad hat versucht, seine Termine so hinzubiegen, dass er sich eine Woche freinehmen kann. Ich könnte das sabotieren, damit er denkt, es bleiben ihm nur ein paar Tage. Wir machen inzwischen die Reservierung und besorgen die Tickets. Allerdings müssen wir auch noch heimlich die Koffer für sie packen."

Von seinem Unternehmungsgeist angesteckt, lächelte Vanessa. „Wenn dein Vater augenblicklich seinen Kopf genauso in den Wolken hat wie meine Mutter, gelingt uns das bestimmt. Wir schenken ihnen die Tickets beim Hochzeitsempfang und schieben sie dann in eine Prunkkarosse. Gibt es hier irgendwo einen Autoverleih, der große Limousinen für besondere Anlässe hat?"

„Daran habe ich noch gar nicht gedacht. Es gibt einen in Frederick." Er machte sich eine Notiz.

„Bestell die Hochzeitssuite für sie", sagte Vanessa. Als er grinsend aufschaute, zuckte sie die Schultern. „Wenn wir es schon tun, dann auch richtig."

„Einverstanden. Eine Limousine, die Hochzeitssuite, zwei Tickets erster Klasse. Sonst noch was?"

„Champagner. Eine Flasche im Wagen und eine zweite in ihrer Suite, wenn sie ankommen. Und Blumen. Mom liebt Gardenien." Sie unterbrach sich, während Brady sich Notizen machte. Sie hatte Loretta „Mom" genannt! Ganz spontan, als wäre es das Natürlichste von der Welt. „Sie ... früher hat sie jedenfalls Gardenien gemocht."

„Ausgezeichnet." Er steckte den Notizblock ein. „Du hast mir ja gar nichts übrig gelassen."

Verblüfft folgte sie seinem Blick auf ihren leeren Teller. „Ich ... ich glaube, ich war hungriger, als ich dachte."

„Ein gutes Zeichen. Hast du noch Schmerzen?"

„Nein." Verlegen stand sie auf, um ihren Teller zur Spüle zu bringen. „Außerdem habe ich dir bereits gesagt, dass du nicht mein Arzt bist.“

„Hm.“ Als sie sich umdrehte, stand er direkt hinter ihr. „Nehmen wir doch einfach an, ich vertrete Doc Tucker heute bei seinem Hausbesuch. Nur eine kleine Untersuchung.“ Bevor sie ihn daran hindern konnte, drückte er sanft mit der Hand auf ihren Magen. „Tut das weh?“

„Nein. Ich habe dir doch …“

Er drückte fest unter ihrem Brustbein. Sie zuckte zusammen. „Immer noch empfindlich?“

„Ein bisschen.“

Er nickte. Als er diese Stelle vor zwei Tagen gedrückt hatte, war der Schmerz fast unerträglich gewesen. „Du machst dich. Noch ein paar Tage, und du kannst wieder Steaks mit Teufelssoße essen.“

„Wieso kümmert sich eigentlich alle Welt um das, was ich esse?“

„Weil du vorher nicht genug gegessen hast. Kein Wunder bei einem Magengeschwür.“

„Ich habe keins.“ Aber sie spürte noch immer die Stelle, wo er gedrückt hatte – allerdings auch noch aus einem anderen Grund. „Würdest du mir jetzt bitte aus dem Weg gehen?“

„Erst musst du Wegezoll entrichten.“ Bevor sie protestieren konnte, presste er seine Lippen auf ihre, fest und besitzergreifend. Er umschlang sie und murmelte ihren Namen, bis sie sich fest an ihn klammerte, um nicht die Balance zu verlieren. Sie hatte das Gefühl, plötzlich keinen Boden mehr unter den Füßen zu haben. Sie spürte nur seine Schenkel an ihren, seine Finger in ihrem Haar und seinen Mund hungrig und ungeduldig auf ihren Lippen.

Sie roch nach Morgen und nach Regen. Er fragte sich, wie es wohl sein würde, sie im diffusen Licht der Dämmerung zu lieben. Und er fragte sich, wie lange er wohl noch darauf warten musste.

Er hob den Kopf, ohne die Hand aus ihrem Haar zu nehmen,

und blickte sie an. Im verschleierten Grün ihrer Augen sah er sich selbst, verlor sich in ihnen. Sanft und mit so viel Zärtlichkeit, dass ihr wild pochendes Herz sich beruhigte, küsste er sie noch einmal.

Sie presste sich an ihn. Die Beine drohten unter ihr nachzugeben. Sie hob ihm das Gesicht entgegen, und ihre fordernden Lippen fanden sich mit dem gleichen Verlangen.

„Vanessa …"

„Sag nichts … noch nicht." Sie schmiegte das Gesicht an seinen Hals. Sie musste über alles nachdenken, aber im Augenblick – nur für einen Augenblick – wollte sie sich ihren Gefühlen hingeben.

Vanessas Lippen spürten das Klopfen des Pulses an seinem Hals. Sein Körper war stark und fest. Allmählich ließ der Druck seiner Arme nach, und sie spürte, wie er ihr sacht durchs Haar strich. Jetzt drang auch das Prasseln des Regens an den Fensterscheiben wieder in ihr Bewusstsein.

Aber die Sehnsucht und das Verlangen in ihr wollten nicht weichen, und auch nicht die Verwirrung in ihrem Innern.

„Ich weiß nicht, was ich tun soll", sagte sie schließlich. „Ich konnte noch keinen klaren Gedanken fassen, seitdem wir uns wiedergesehen haben."

Ihr leises Geständnis entfachte neue Erregung in ihm. Seine Hände glitten zu ihren Schultern und griffen fester zu, als es seine Absicht war. „Ich will dich, Vanessa, und du willst mich auch. Wir sind keine Teenager mehr."

Sie trat zurück, so weit seine Arme es erlaubten. „Es ist nicht leicht für mich."

„Nein. Ich glaube, das will ich auch gar nicht. Wenn es dir um Versprechen geht …"

„Nein", unterbrach sie ihn hastig. „Ich will nichts, das ich nicht zurückgeben könnte."

Brady war bereit gewesen, Versprechen zu geben … so viel sie wollte. Er schluckte sie hinunter und rief sich in Erinnerung, dass er schon immer zu ungeduldig gewesen war, was Vanessa betraf. „Wann bist du dann bereit?“

„Ich weiß es nicht.“ Sie legte ihre Hände auf seine, drückte sie kurz und trat zurück. „Ach, Brady, ich komme mir vor wie in einem schlechten Theaterstück.“

„Es ist aber die Wirklichkeit, Vanessa.“ Er musste sich zusammenreißen, um nicht wieder nach ihr zu greifen. Dann fielen ihm jedoch die Worte seines Vaters wieder ein, und er hielt sich zurück. „Hier geht es um dich und mich.“

Sie sah ihn an – die blauen Augen mit den dunklen Wimpern, das feuchte, zerzauste Haar, die störrische Kinnlinie und den so unglaublich verführerischen Mund. Es war so leicht, sich zu erinnern, weshalb sie ihn geliebt hatte … und weshalb sie es vielleicht noch immer tat.

„Ich will gar nicht vorgeben, dass ich mir nicht wünsche, mit dir zusammen zu sein. Gleichzeitig aber drängt es mich, fortzulaufen, so schnell ich kann.“ Sie seufzte tief auf. „Und dabei hoffe ich inständig, du kommst mir nach und holst mich ein. Ich verstehe vollkommen, dass du mich für launenhaft halten musst, weil ich mich ja auch so benehme. Das liegt daran, dass ich nicht erwartet hatte, dich hier vorzufinden, und dass all diese alten Gefühle wieder aufbrechen würden. Und genau da liegt das Problem. Ich weiß nicht, inwieweit meine Gefühle echt oder nur Erinnerung sind.“

„Wir haben uns verändert, Vanessa.“

„Ja.“ Sie war jetzt ganz ruhig. „Mit sechzehn wäre ich überall mit dir hingegangen, Brady. Ich wollte, dass wir für immer zusammenbleiben und eine Familie gründen.“

„Und jetzt?“, fragte er behutsam.

„Jetzt wissen wir beide, dass die Dinge nicht so einfach sind. Wir sind sehr verschieden, Brady, führen unterschiedliche Leben und haben unterschiedliche Träume.“ Mit einer hilflosen Geste hob sie die Hände. „Ich weiß nicht, ob es klug wäre, eine Beziehung mit dir zu beginnen – eine intime Beziehung –, bis ich meine Probleme gelöst habe.“

„Es ist mehr als eine körperliche Beziehung, Vanessa. Es war schon immer mehr."

Sie nickte. „Umso mehr Grund, nicht unüberlegt zu handeln. Ich weiß noch nicht, was ich mit meinem Leben machen werde, mit meiner Musik. Eine Affäre mit dir würde alles für uns beide noch viel schwerer machen, wenn ich wieder fortgehe."

Er spürte einen schmerzhaften Stich. Wenn Vanessa wieder fortging, würde es ihm das Herz brechen. Noch einmal würde er es nicht durchstehen. „Falls du damit sagen willst, ich soll meine Gefühle abstellen und einfach meiner Wege gehen, dann nimm zur Kenntnis, dass ich das nicht kann." Mit einer raschen Bewegung zog er sie wieder an sich. „Und du kannst das auch nicht."

Die Erregung schoss wie Feuer durch Vanessas Adern. Seine Augen erinnerten sie an den Jungen, den sie gekannt und geliebt hatte. Sie hatte ihm nie widerstehen können.

„Ich bitte dich nur, mir Zeit zu geben, um mit mir selbst ins Reine zu kommen." Sie riss sich los. „Ich muss die Entscheidung selbst treffen, Brady. Du sollst mich weder unter Druck setzen noch bedrohen oder verführen. Glaub mir, das haben schon andere vor dir versucht."

Das hätte sie nicht sagen sollen. In seinen Augen blitzte es auf. „Ich bin nicht einer deiner aalglatten, wohlerzogenen Liebhaber, Vanessa. Ich wende auch keinen Druck an. Wenn die Zeit kommt, nehme ich mir einfach, was ich will."

Herausgefordert warf sie den Kopf zurück. „Du wirst dir nichts nehmen, was ich nicht freiwillig gebe. Kein Mann darf das. Am liebsten würde ich dir diese aalglatten, wohlerzogenen Liebhaber ins Gesicht werfen." Sie gab ihm einen Stoß und ging an ihm vorbei zum Herd. „Stattdessen will ich dir die Wahrheit sagen. Es hat nie einen Liebhaber gegeben, weil ich keinen wollte." Sie lehnte sich an den Herd und musterte ihn arrogant und spöttisch. „Und wenn ich beschließe, auch dich nicht zu wollen, dann wirst du dich damit abfinden müssen."

Keine Liebhaber! Es hatte keine gegeben. Nur ganz allmählich begriff er den Sinn ihrer Worte. Brady machte einen Schritt auf sie zu, blieb dann aber stehen. Er durfte sich jetzt keine Blöße geben. Mit steifen Beinen ging er zur Tür und riss sie auf. In diesem Augenblick jedoch begriff er, dass ein Rückzug genau das war, was sie beabsichtigt hatte.

Also musste er etwas Unerwartetes tun.

„Hast du Lust, heute Abend mit mir ins Kino zu gehen?"

Vanessa hätte nicht überraschter sein können, wenn er ihr einen Flug zum Mond vorgeschlagen hätte. „Was?"

„Ins Kino. Willst du mit ins Kino?"

„Warum?"

„Weil ich Heißhunger auf Popcorn habe", knurrte er. „Willst du nun oder nicht?"

„Ich … ja", hörte sie sich sagen.

„Ich hole dich ab." Er warf die Tür hinter sich zu.

Das Leben war ein Puzzlespiel, und Vanessa hatte alle Hände voll damit zu tun, die passenden Teile zusammenzufügen. Seit einer Woche steckte sie bis über beide Ohren in den Vorbereitungen für die Hochzeit und die Gartenparty. Kraut- und Kartoffelsalat, langstielige Rosen und Fotografen. Vanessa war absolut sicher, dass es ein Fehler gewesen war, ein Stadtfest wie die Gartenparty mit einer so intimen Familienfeier zu verbinden. Das konnte nie gut gehen.

All die Vorbereitungen nahmen sie derart in Anspruch, dass sie gar nicht bemerkte, dass sie sich so gut fühlte wie seit Jahren nicht mehr. Die Hochzeitsreise musste heimlich vorbereitet werden, Blumen mussten bestellt und arrangiert, hundert Hamburger mussten vorbereitet werden.

Sie ging fast jeden Abend mit Brady aus, ins Kino, zum Essen, in ein Konzert. Er benahm sich so locker und kameradschaftlich, dass sie sich allmählich fragte, ob sie die Leidenschaft und die Wut in der dämmrigen Küche nur geträumt hatte.

Aber jeden Abend, wenn er sie vor der Haustür zum Abschied küsste, begriff sie, dass er ihr Zeit zum Nachdenken lassen wollte. Gleichzeitig schien er aber auch dafür Sorge tragen zu wollen, dass sie genug Stoff zum Nachdenken hatte.

Am Abend vor der Hochzeit blieb sie zu Hause. Aber sie dachte die ganze Zeit an ihn, selbst als sie mit Loretta und Joanie in der Küche stand und letzte Vorbereitungen traf.

„Ich finde immer noch, dass die Männer uns ruhig dabei helfen könnten“, maulte Joanie, während sie einen Hamburger mit den Händen flach klopfte.

„Sie würden uns nur im Weg stehen“, widersprach Loretta. „Außerdem bin ich viel zu nervös, um Adam jetzt um mich zu haben.“

Joanie lachte. „Dabei hältst du dich noch prima. Dad ist reif für den Psychiater. Als er heute auf die Farm kam, hat er mich dreimal um eine Tasse Kaffee gebeten, während er die ganze Zeit eine in der Hand hielt.“

Loretta kicherte. „Der Gedanke tut mir richtig gut.“ Zum x-ten Mal schaute sie auf die Küchenuhr. Acht Uhr, dachte sie. In vierzehn Stunden bin ich verheiratet. „Ich hoffe, es wird nicht regnen.“

Vanessa, die als Küchenneuling zum Stapeln der Hamburger zwischen Wachspapier angestellt war, schaute von ihrer Beschäftigung auf. „Die Wettervorhersage verspricht einen sonnigen, warmen Tag.“

„Ach ja.“ Loretta lächelte zerfahren. „Das sagtest du schon, oder?“

„Nur fünfzig- oder sechzigmal.“

Mit gerunzelter Stirn schaute Loretta aus dem Fenster. „Na ja, wenn es regnet, könnten wir die Sache auch ins Haus verlegen. Aber es wäre eine Schande, wenn die Gartenparty ins Wasser fiele. Adam freut sich immer so darauf.“

„Es wird nicht wagen zu regnen“, erklärte Joanie. Dann ritt sie der Teufel. „Ein Jammer, dass ihr eure Hochzeitsreise verschieben müsst“, seufzte sie mit Unschuldsblick.

„Ach Gott, ja.“ Achselzuckend machte Loretta sich wieder ans Werk. Sie wollte ihre Enttäuschung nicht so zeigen. „Adam hat einfach zu viele Termine. Daran muss ich mich als zukünftige Arztfrau wohl gewöhnen." Sie presste die Hand auf den Magen. „Ist das Regen? Habe ich Regentropfen gehört?"

„Nein", sagten Vanessa und Joanie einstimmig.

Loretta lachte verlegen und wusch sich die Hände. „Ich höre schon Gespenster. Ich bin schon die ganze Woche völlig verdreht. Gerade heute Morgen konnte ich meine blaue Seidenbluse nicht finden, und meine neue Leinenhose habe ich auch irgendwo verlegt. Ich kann auch meine neuen Sandalen und mein kleines Schwarzes nicht finden. Kann mir gar nicht vorstellen, wo ich das hingetan habe."

Vanessa warf Joanie einen warnenden Blick zu, bevor die Freundin anfing zu kichern. „Das wird schon alles wieder auftauchen."

„Was? Ach so, ja, natürlich. Seid ihr sicher, dass es nicht regnet?"

In heller Verzweiflung stemmte Vanessa die Hände in die Hüften. „Mom, um Himmels willen, das ist kein Regen. Es wird auch keinen Regen geben. Geh und nimm ein heißes Bad." Als Lorettas Augen sich mit Tränen füllten, sagte Vanessa hastig: „Tut mir leid, ich wollte dich nicht anblaffen."

„Du hast mich ‚Mom' genannt", sagte Loretta mit erstickter Stimme. „Ich dachte, das würdest du nie wieder tun." Aufschluchzend lief sie aus der Küche.

„Verdammt." Vanessa legte die Hände auf die Arbeitsplatte. „Jetzt habe ich mich die ganze Woche so im Zaum gehalten, und ausgerechnet am Vorabend der Hochzeit mache ich alles kaputt."

„Du hast gar nichts kaputt gemacht." Joanie legte ihr die Hand auf die Schulter. „Ich will nicht sagen, dass es mich nichts angeht, denn wir sind Freundinnen und ab morgen sogar miteinander verwandt. Seit deiner Rückkehr habe ich beobachtet, wie ihr euch aus dem Weg geht, du und Loretta. Und ich habe den Ausdruck in ihren Augen gesehen, wenn sie dich anschaut und du es nicht merkst."

„Ich weiß nicht, ob ich ihr das geben kann, was sie sich wünscht."

„Da täuschst du dich", sagte Joanie ruhig. „Du kannst es. Auf gewisse Weise hast du es schon getan. Geh doch einfach hinauf und sieh nach ihr. Ich rufe Brady an, damit er mit dem Wagen kommt und wir dieses ganze Zeug einladen und hinüber zu Dad bringen können."

„Also gut."

Langsam ging Vanessa die Treppe hinauf und legte sich zurecht, was sie sagen wollte. Aber als sie Loretta auf dem Bett sitzen sah, hatte sie alles vergessen.

„Entschuldige." Loretta trocknete sich die Augen. „Ich fürchte, ich bin heute Abend etwas überreizt."

„Das ist dein gutes Recht." Vanessa zögerte auf der Schwelle. „Möchtest du lieber allein sein?"

„Nein." Loretta streckte die Hand aus. „Willst du dich einen Augenblick zu mir setzen?"

Vanessa nickte und hockte sich neben sie auf die Bettkante.

„Aus irgendeinem Grund musste ich daran denken, wie du als kleines Mädchen warst", begann Loretta. „Du warst so süß. Ich weiß, alle Mütter sagen das, aber du warst es wirklich. So hübsch und lebendig und dann dieses schöne, dichte Haar." Sie berührte zärtlich Vanessas Haar. „Manchmal habe ich nur dagesessen und dir beim Schlafen zugesehen. Ich konnte gar nicht glauben, dass du mir gehörst. Solange ich mich erinnern kann, habe ich mir immer ein Heim und Kinder gewünscht. Oh, ich wollte ein ganzes Haus voller Kinder. Das war mein einziger Ehrgeiz." Sie schaute auf das zerknüllte Taschentuch. „Als ich dich bekam, war das der glücklichste Tag meines Lebens. Du wirst das verstehen, wenn du erst selbst ein Baby hast."

„Ich weiß, dass du mich geliebt hast." Vanessa wählte ihre Worte sehr vorsichtig. „Darum war ja auch alles so schwierig. Aber ich glaube, jetzt ist nicht der richtige Zeitpunkt, um darüber zu sprechen."

„Vielleicht nicht." Loretta wusste nicht, ob der Zeitpunkt für eine umfassende Erklärung überhaupt einmal kommen würde. Diese Erklärung könnte ihr die Tochter wieder entfremden, nachdem sie gerade begonnen hatte, ihr Herz zu öffnen. „Ich möchte nur, dass du Folgendes weißt: Ich verstehe, dass du versuchst zu vergeben, und das ohne Erklärung. Das bedeutet mir sehr viel.“ Sie griff nach der Hand ihrer Tochter. „Heute liebe ich dich eher noch mehr als damals, als man dich in meine Arme legte. Ich werde dich immer lieben, egal wohin du gehst oder was du tust.“

„Ich liebe dich auch.“ Vanessa drückte die Hand ihrer Mutter flüchtig an ihre Wange. „Das habe ich immer getan.“ Und das hatte auch am meisten wehgetan. Sie stand auf und lächelte mühsam. „Ich glaube, du solltest jetzt schlafen gehen. Du willst doch morgen gut aussehen.“

„Ja. Gute Nacht, Vanessa.“

„Gute Nacht.“ Leise und behutsam schloss sie die Tür hinter sich.

## 8. KAPITEL

Vanessa hörte das Geräusch an der Fensterscheibe und blinzelte schläfrig. Regen? Sie versuchte sich daran zu erinnern, weshalb es so wichtig war, dass es heute nicht regnete.

Die Hochzeit! Im nächsten Augenblick saß sie kerzengerade im Bett. Die Sonne stand am Himmel, und ihre Strahlen drangen durch die halb offenen Vorhänge. Aber da war wieder das Geräusch, und dann ein Klappern.

Das war kein Regen. Sie sprang aus dem Bett. Es waren Kieselsteine. Sie lief zum Fenster und riss es auf.

Und da war Brady. Breitbeinig stand er im Trainingsanzug im Garten, den Kopf zurückgelegt und die Hand voller Kieselsteine.

„Wird aber auch Zeit", flüsterte er, als er sie sah. „Seit zehn Minuten werfe ich Steinchen an dein Fenster."

Vanessa legte den Ellbogen aufs Fensterbrett und stützte das Kinn in die Handfläche. „Warum?"

„Um dich aufzuwecken."

„Schon mal was vom Telefon gehört?"

„Ich wollte deine Mutter nicht wecken."

Sie gähnte. „Wie spät ist es denn?"

„Bereits nach sechs." Als er sah, dass Kong in den Ringelblumen scharrte, pfiff er den Hund herbei. Jetzt standen beide unten und schauten zu ihr herauf. „Kommst du jetzt endlich?"

Sie lächelte spitzbübisch. „Mir gefällt der Anblick von hier oben."

„Du hast genau zehn Minuten, bevor ich herausfinde, ob ich noch an einer Regenrinne hinaufklettern kann."

„Dann habe ich ja keine Wahl." Lachend schloss sie das Fenster. Ein paar Minuten später schlich sie in ihren ältesten Jeans und einem ausgebeulten Pullover aus der Hintertür. Jeder Gedanke an ein romantisches Abenteuer verflog, als sie Joanie, Jack und Lara erblickte.

„Was geht hier vor?“, fragte sie.

„Wir schmücken.“ Brady drückte ihr einen Pappkarton in die Hand. „Krepppapier, Luftballons, Hochzeitsglöckchen und all das Zeug. Wir dachten, wir machen hier alles schön und feierlich für die Hochzeitszeremonie und lassen nur die Gartenparty anschließend drüben bei Dad steigen.“

„Immer neue Überraschungen.“ Sie machten sich an die Arbeit. Flüsternd und mit unterdrücktem Gelächter stritten sie darüber, wie man eine Rolle Krepppapier am besten über einen Ahornbaum drapierte. Bradys Vorstellung von „schön und feierlich“ schloss auch ein halbes Dutzend Hochzeitsglöckchen in den Zweigen und einen Haufen Luftballons mit ein.

„Es ist ein Hochzeitsempfang, kein Zirkus“, meinte Vanessa kopfschüttelnd. Brady war in die alte Platane geklettert und schmückte sie frohgemut mit Krepppapier.

„Es ist eine Feier“, gab er zurück. „Erinnert mich daran, wie wir jedes Mal zu Halloween Mr Taggerts Weide eingewickelt haben. Gib mir noch etwas Rosa.“

Wider besseres Wissen gehorchte Vanessa. „Sieht aus wie das Erstlingswerk eines Fünfjährigen.“

„Künstlerische Freiheit.“

Vanessa brummelte etwas und wandte sich ab. Sie sah, dass Jack auf das Dach geklettert war und dort eine Leine mit Luftballons anbrachte. Während Lara auf einer Decke saß und spielte, befestigte Joanie gerade die letzten Hochzeitsglocken an der Weinlaube. Das Resultat ihrer gemeinsamen Bemühungen war nicht unbedingt „schön und feierlich“ und sicher nicht künstlerisch wertvoll, aber es war höchst beeindruckend.

„Ihr seid ja verrückt“, sagte Vanessa entschieden, als Brady aus dem Baum sprang und locker neben ihr landete. „Was kommt als Nächstes? Eine Drehorgel und ein Schlangenbeschwörer?“

Brady griff in den Karton und holte noch zwei Rollen weißes und rosa Krepppapier heraus. „Drehorgeln haben wir nicht gekriegt, aber hiervon haben wir noch etwas.“

Vanessa überlegte einen Augenblick. Dann lächelte sie übermütig. „Gib her." Mit den Rollen in der Hand lief sie zum Haus. „Komm mit!" Sie winkte Brady heran. „Mach eine Hühnerleiter."

„Eine was?"

„Ich muss auf deine Schultern steigen." Als sie schließlich oben war, sagte sie: „Jetzt gib mir beide Rollen." Sie verdrehte die Enden der Rollen miteinander. „Du hast hübsche Knie", bemerkte Brady und streifte ein Knie mit den Lippen.

„Halt still." Vanessa befestigte die Enden der Papierrollen am Dachvorsprung. „Geh jetzt langsam zurück. Ich drehe inzwischen weiter."

„Wohin soll ich gehen?"

„Zurück in den Garten, zu dem Monstrum, das du aus dem Ahornbaum gemacht hast."

Sie auf den Schultern balancierend, ging er zurück, wobei er vorsichtig über die Schulter schaute, damit er nicht auf den Hund, seine Nichte oder in ein Mauseloch trat. „Was machst du da?"

„Ich schmücke." Während Vanessa das Papier entrollte, verschlang sie die beiden Bahnen miteinander. „Pass auf, dass du nicht an den Baum stößt." Als sie den Baum erreichten, beugte Vanessa sich vor. „Ich muss diesen Zweig erreichen. So, jetzt habe ich ihn."

„Und was jetzt?"

„Jetzt rollen wir noch eine Girlande vom Baum zur anderen Seite des Hauses. Halt dich gerade", befahl sie und beugte sich vor, um ihn anzusehen. „Du machst das absolut zirkusreif."

Als das Werk vollendet und die letzte Rolle Krepppapier verbraucht war, stemmte Vanessa die Hände in die Hüften und betrachtete das Ergebnis. „Hübsch", entschied sie. „Sehr hübsch – außer der Stümperei, die du mit dem Ahornbaum gemacht hast."

„Der Baum ist ein Kunstwerk", beschied er sie. „Ein Kunstwerk von symbolischer Bedeutung."

„Er sieht genauso aus wie Mr Taggerts Weide zu Halloween“, erkannte auch Joanie. Sie hob Lara auf und setzte sich das Baby auf die Hüfte. „Wenn er auch nur einen Blick darauf wirft, weiß er genau, wer ihm jedes Jahr das Toilettenpapier um den Baum gewickelt hat.“ Sie lächelte zu Vanessa hinauf, die noch auf Bradys Schultern saß. „Machen wir, dass wir wegkommen. Es sind nur noch zwei Stunden bis zum Countdown.“ Sie tippte Brady mit dem Zeigefinger auf die Brust. „Du kümmerst dich um Dad, bis wir zurückkommen.“

„Er wird schon nicht weglaufen.“

„Darum geht es mir auch nicht, aber er ist so nervös, dass er sich womöglich die Schnürsenkel zusammenbindet.“

„Oder er vergisst die Schuhe überhaupt“, warf Jack ein und nahm Joanies Arm. „Vielleicht zieht er die Schuhe ja auch an und vergisst stattdessen seine Hose. Und wenn du noch lange hier herumstehst, anstatt nach Hause zu fahren und dich umzuziehen, schaffst du es nicht rechtzeitig, um noch an ihm herumzunörgeln.“

„Ich nörgle nie“, erklärte Joanie, während Jack sie zum Wagen zog. „Und Brady, vergiss nicht, mit Mrs Leary wegen des Kuchens zu sprechen. Ach, und …“ Der Rest war nicht mehr verständlich, weil Jack ihr die Hand vor den Mund hielt.

„Und ich Dummkopf habe mir immer die Ohren zugehalten“, brummelte Brady. Er hob den Kopf und schaute zu Vanessa auf. „Sag mal, möchtest du nach Hause reiten?“

„Sicher.“

Er trabte los. „Hast du zugenommen?“ Ihm war nicht entgangen, dass sie ihre Jeans sehr reizvoll ausfüllte.

„Auf Befehl meines Arztes.“ Sie zauste sein Haar. „Pass auf, wo du hintrittst.“

„Meine Frage war rein professionell. Vielleicht sollte ich dich doch einmal gründlich untersuchen.“ Er drehte den Kopf und grinste sie an.

„Pass auf die …“ Sie duckte sich rasch, sodass die Wäscheleine nur noch leicht ihr Haar streifte. „Musste das sein?“

„Ja, weil ich jetzt dein Haar riechen kann." Er küsste sie rasch, bevor sie sich wieder aufrichten konnte. „Machst du mir Frühstück?"

„Nein."

„Kaffee?"

Sie hangelte sich an seinem Rücken herab. „Nein."

„Instantkaffee?"

„Nein." Lachend sprang sie auf den Boden. „Ich werde eine ausgiebige heiße Dusche nehmen und mich dann eine Stunde lang aufhübschen und im Spiegel bewundern."

Er zog sie an sich, obwohl der Hund versuchte, sich zwischen sie zu drängen. „Du siehst auch jetzt schon hübsch aus."

„Das ist aber noch verbesserungsfähig."

„Wir werden ja sehen." Er hob ihr Kinn. „Kommst du heute Abend nach der Gartenparty mit zu mir, damit wir zusammen Farbmuster aussuchen können?"

Sie gab ihm einen kurzen, spontanen Kuss. „Wir werden ja sehen", äffte sie ihn nach und verschwand im Haus.

Lorettas Nervosität schien auf ihre Tochter übergesprungen zu sein. Während die Braut sich ruhig und gefasst für ihre Hochzeit ankleidete, schob Vanessa die Blumenarrangements hin und her, schaute immer wieder nach der Champagnerflasche, die für den ersten Toast bereitstand, und lief von Fenster zu Fenster, um nach dem Fotografen Ausschau zu halten.

„Er müsste schon seit zehn Minuten hier sein", sagte sie, als sie Loretta herunterkommen hörte. „Ich wusste gleich, dass es ein Fehler war, den Schwager von Mrs Driscolls Enkel zu engagieren. Ich verstehe gar nicht, wieso …" Sie brach ab, als sie ihre Mutter sah. „Oh, du siehst wunderbar aus."

Loretta trug ein blassgrünes Seidenkleid mit naturfarbener Spitze am Ausschnitt. Es war einfach geschnitten, wirkte jedoch sehr schön und geschmackvoll. Einer plötzlichen Eingebung folgend hatte Loretta einen dazu passenden Florentiner Hut gekauft, unter dessen breiter Krempe sich ihr Haar lockte.

„Findest du es nicht übertrieben?“ Unsicher griff sie sich an den Hut. „Es ist schließlich nur eine kleine Hochzeit.“

„Es ist perfekt, wirklich. Du hast nie besser ausgesehen.“

„Ich fühle mich auch großartig.“ Loretta strahlte, wie es einer Braut zukam. „Ich weiß gar nicht, was gestern Abend mit mir los war. Heute fühle ich mich einfach fantastisch. Ich bin so glücklich.“ Hastig schüttelte sie den Kopf. „Ich will nicht weinen. Ich habe mir so viel Mühe mit dem Make-up gegeben.“

„Du wirst auch nicht weinen“, sagte Vanessa energisch. „Der Fotograf – oh, Gott sei Dank, da kommt er ja endlich. Ich werde … ach, Moment noch, hast du alles?“

„Alles?“

„Ja, du weißt doch, etwas Altes und etwas Neues.“

„Das habe ich ganz vergessen.“ Es war zwar nur ein Aberglaube, aber Loretta überlegte krampfhaft. „Das Kleid ist neu, und diese Perlen gehörten meiner Mutter und vorher ihrer Mutter. Also sind sie alt.“

„Das ist schon mal gut. Und was ist mit etwas Blauem?“

Lorettas Wangen röteten sich. „Ja, unter dem Kleid. Ich habe … mein Hemdhöschen hat vorn ein schmales blaues Band. Wahrscheinlich findest du es albern, dass ich mir Reizwäsche gekauft habe.“

„Nein, ganz und gar nicht.“ Vanessa berührte den Arm ihrer Mutter und spürte den plötzlichen Impuls, sie zu umarmen. Aber sie trat zurück. „Und jetzt noch etwas Geborgtes.“

„Nun, ich …“

„Hier.“ Vanessa öffnete den Verschluss ihres schmalen Goldarmbandes. „Nimm das. Dann bist du bestens gerüstet.“ Wieder spähte sie aus dem Fenster. „Oh, da kommen Doc Tucker und die anderen.“ Lachend winkte sie ihnen zu. „Sie wirken wie eine Prozession. Geh ins Musikzimmer, während ich sie in Empfang nehme.“

„Vanessa.“ Loretta hielt noch immer das Armband in der Hand. „Ich danke dir.“

Vanessa wartete, bis ihre Mutter außer Sichtweite war, bevor sie die Tür öffnete. Bei den Tuckers herrschte helle Aufregung. Joanie und Brady stritten darüber, wie man Ansteckblumen richtig platziert. Jack beschwerte sich darüber, dass seine Frau seine Fliege so fest gebunden habe, dass er kaum atmen, geschweige denn sprechen könne. Adam trat unruhig hin und her, bis Vanessa sie alle hinaus in den Garten bugsierte.

„Du hast ja den Hund mitgebracht.“ Kopfschüttelnd betrachtete sie Kong, an dessen Halsband eine rote Nelke prangte.

„Er gehört schließlich zur Familie“, verteidigte Brady ihn bestimmt. „Ich kann doch seine Gefühle nicht verletzen.“

„Und wie wäre es mit einer Leine?“

„Willst du ihn beleidigen?“

„Er schnüffelt an Reverend Taylors Schuhen herum.“

„Hoffen wir, dass er mit den Schuhen nichts Schlimmeres anstellt.“ Vanessa unterdrückte ein Kichern.

„Du hattest übrigens recht.“

„Womit?“

„Dein Aussehen war tatsächlich verbesserungsfähig“, lautete die Antwort.

Vanessa trug ein blaues Sommerkleid mit eng anliegendem, weit ausgeschnittenem Oberteil. Die Goldkette und die Ohrringe passten zu dem Armband, das sie Loretta geliehen hatte.

„Deins auch.“ Ganz automatisch hob sie die Hand und strich eine Falte aus seiner dunkelblauen Krawatte. „Ich denke, wir haben alle unser Allerbestes gegeben.“

„Da fehlt doch noch etwas.“

Vanessa schaute sich suchend um. Die Blumenkörbe standen an ihrem Platz. Joanie schnippte ein Staubkörnchen von dem Revers ihres Vaters, während Reverend Taylor sich um Lara bemühte und versuchte, Kong aus dem Weg zu gehen. Die Glöckchen schaukelten in der leichten Sommerbrise.

„Was denn?“

„Die Braut.“

„Oh Gott, die habe ich ja ganz vergessen. Ich hole sie gleich.“ Vanessa rannte ins Haus. Sie fand Loretta im Musikzimmer, wo sie auf dem Klavierschemel saß. „Bist du bereit?“

Loretta atmete tief durch. „Ja.“ Sie erhob sich und ging zu der Tür, die in den Garten führte. Dort blieb sie stehen und fasste nach Vanessas Hand. Zusammen gingen sie über den Rasen. Mit jedem Schritt wurde Adams Lächeln breiter, und Lorettas Hand hörte auf zu zittern. Vor dem Pfarrer blieben sie stehen. Vanessa ließ die Hand ihrer Mutter los, trat zurück und nahm Bradys Hand.

„Geliebte im Herrn ...“, begann der Pfarrer.

Selbstvergessen schaute Vanessa zu, wie ihre Mutter unter dem Ahornbaum, umgeben von bunten Kreppdekorationen, in den Stand der Ehe trat.

„Sie dürfen die Braut jetzt küssen“, sagte der Pfarrer. Laute Hochrufe erschallten aus den Nachbargärten, wo die Leute sich versammelt hatten und zuschauten. Kameras klickten, als Adam Loretta an sich zog und ihr einen langen, ausführlichen Kuss gab, der weitere Hochrufe und Pfiffe auslöste.

„Gut gemacht“, lobte Brady und umarmte seinen Vater.

Aufgewühlt drückte Vanessa ihre Mutter an sich. „Viel Glück, Mrs Tucker.“

„Ach, Vanessa.“

„Keine Tränen jetzt. Denk an dein Make-up. Wir müssen erst noch die Fotos machen.“

Jauchzend umarmte Joanie sie alle beide. „Oh, ich freue mich so!“ Sie nahm Lara von Jacks Arm. „Gib deiner Oma einen Kuss.“

„Oma“, flüsterte Loretta und drückte das kleine Mädchen gerührt an sich. „Oma.“

Brady legte den Arm um Vanessas Schultern. „Wie fühlst du dich, Tante Vanessa?“

„Beeindruckt.“ Sie lachte zu ihm auf, während der Schwager von Mrs Driscolls Enkel herumhastete und Fotos machte. „Komm, lass uns jetzt den Champagner einschenken.“

Zwei Stunden später war Vanessa im Garten der Tuckers damit beschäftigt, ein Tablett Hamburger auf dem Grill zu verteilen.

„Ich denke, dein Vater macht hier immer die Honneurs", sagte sie zu Brady.

„Dieses Amt hat er heute mir übertragen." Brady hatte das Jackett ausgezogen, die Hemdsärmel aufgekrempelt und die Krawatte abgelegt. Rauchwolken stiegen vom Grill auf, während das Fleisch brutzelte. Mit gekonntem Schwung drehte er blitzschnell einen Hamburger um.

„Das machst du aber gut."

„Dann solltest du mich erst mal mit dem Skalpell sehen."

„Danke, kein Bedarf." Sie trat zur Seite, um nicht von zwei vorbeiflitzenden Jungen umgerannt zu werden. „Die Party ist genauso, wie ich sie in Erinnerung habe. Eng, laut – das reinste Chaos."

Die Gäste tummelten sich im Garten, im Haus und sogar bis draußen auf den Bürgersteigen. Manche saßen an langen Holztischen oder im Gras. Die älteren Herrschaften saßen im Schatten und wedelten die Fliegen fort, während sie in Erinnerungen schwelgten. Die Jungen vergnügten sich im Sonnenschein.

Jemand hatte eine tragbare Stereoanlage mitgebracht. Aus dem hinteren Teil des Gartens klang Musik, wo sich eine Gruppe junger Leute zum Flirten zusammengefunden hatte.

„Bei denen waren wir vor ein paar Jahren auch", sagte Brady.

„Willst du etwa damit sagen, dass du inzwischen zu alt bist, um es in der Nähe eines Lautsprechers auszuhalten?"

„Nein, aber die halten mich für zu alt. Jetzt bin ich Dr. Tucker – im Gegensatz zu meinem Vater, der ‚Doc Tucker' ist. Und das macht mich automatisch zum Erwachsenen."

Er machte einen Hotdog fertig. „Es ist schon ein Kreuz, erwachsen zu werden."

„Erwachsen und würdig", fügte sie hinzu, während er das Würstchen in ein Brötchen schob und Senf darauf spritzte.

„Und ein Beispiel für die jüngere Generation. Sag ‚A'", befahl er und schob ihr den Hotdog in den Mund.

Vanessa kaute und schluckte den Bissen hinunter. „Und sich immer vorschriftsmäßig zu benehmen."

„Ja. Du hast Senf am Mund.“ Er packte ihre Hand, bevor sie sich den Mund abwischen konnte. „Ich kümmere mich darum.“ Er beugte sich herab und fuhr mit der Zungenspitze über ihren Mundwinkel. „Hmm, schmeckt gut.“ Er begann an ihrer Unterlippe zu knabbern.

„Vorsicht, deine Hamburger verbrennen.“

„Sei still. Ich gebe der jungen Generation gerade ein Beispiel.“ Er erstickte ihr Kichern mit seinen Lippen. Sein Kuss war lang, gekonnt und ausführlich, bis Vanessa ihre Umwelt völlig vergaß. Und Brady auch.

Als er sie schließlich losließ, hob sie verwirrt die Hand an den Kopf und versuchte sich rasch wieder zu sammeln.

„Wie in alten Zeiten!“, rief jemand.

„Besser“, erklärte Brady und hätte sie wieder an sich gezogen, wenn ihm nicht jemand auf die Schulter getippt hätte.

„Lass das Mädchen in Ruhe und benimm dich, Brady Tucker.“

Mit tadelndem Kopfschütteln betrachtete Mrs Driscoll die beiden. „Hier gibt es Leute, die Hunger haben. Wenn du mit deinem Mädchen schmusen willst, dann musst du noch ein bisschen warten.“

„Zu Befehl, Ma'am.“

„Hat noch nie einen Funken Verstand gehabt.“ Sie blinzelte Vanessa zu und zog sich wieder in den Schatten zurück. „Aber gut aussehen, das tut er.“

„Recht hat sie.“ Vanessa warf ihr Haar zurück.

„Dass ich gut aussehe?“

„Nein, dass du noch nie einen Funken Verstand hattest.“

„He!“, rief er ihr nach. „Wohin willst du?“

Ohne stehen zu bleiben, warf Vanessa ihm einen herausfordernden Blick über die Schulter zu.

Es ist wirklich wie in alten Zeiten, dachte sie, während sie mit Schulfreunden plauderte und den Kindern zusah. Die Gesichter waren älter geworden, Babys waren geboren worden, aber die Party war genauso, wie sie immer gewesen war – der Duft nach gutem Essen, das Gelächter und das Plärren der kleinen Kinder, die in den Schlaf gewiegt wurden. Man debattierte darüber, ob die „Orioles“ dieses Jahr den Siegerwimpel erringen würden. Man besprach Sommerpläne und gab Gärtnertipps weiter.

Als Brady wieder auftauchte, saß Vanessa mit Lara im Gras. „Was machst du?“

„Ich spiele mit meiner Nichte.“ Vanessa und die Kleine lächelten zu Brady auf.

Der Anblick gab ihm einen Stich. Es war ein reizendes Bild, wie sie da in der Sonne saß, den Kopf des Kindes auf ihrer Schulter, und zu ihm auflächelte. Er hatte das Gefühl, sein ganzes Leben lang auf einen Augenblick wie diesen gewartet zu haben. Aber das Kind sollte Vanessa und ihm gehören.

„Stimmt etwas nicht?“, fragte sie.

„Nein.“ Er atmete tief ein. „Warum?“

„Du hast mich so komisch angesehen.“

Er setzte sich neben sie und berührte ihr Haar. „Ich liebe dich immer noch, Vanessa, und ich weiß einfach nicht, was ich dagegen tun soll.“

Verstört sah sie ihn an. Die widersprüchlichsten Gefühle tobten in ihrem Innern, aber sie konnte sie nicht in Worte fassen. Brady war kein Junge mehr. Er war ein Mann, und was er gesagt hatte, war mit Bedacht geschehen. Jetzt wartete er auf ihre Reaktion, positiv oder negativ, doch sie konnte überhaupt nicht reagieren.

Lara quietschte und strampelte auf ihrem Schoß. „Brady, ich …“

„Da seid ihr ja.“ Joanie ließ sich neben ihnen im Gras nieder. „Oje“, sagte sie, als sie die Spannung spürte. „Tut mir leid. Ich fürchte, ich bin zum falschen Zeitpunkt gekommen.“

„Verschwinde, Joanie“, knurrte Brady. „So weit du kannst.“

„Ich wäre schon weg, zumal du mich so nett gebeten hast, aber der Wagen ist da. Die Leute versammeln sich bereits vor dem Haus und starren ihn an. Ich denke, es ist an der Zeit, die Frischvermählten zu verabschieden.“

„Du hast recht.“ Fast erleichtert stand Vanessa auf. „Sie dürfen ihren Flieger nicht verpassen.“ Es kostete sie eine gewisse Anstrengung, Brady anzusehen. „Hast du die Tickets?“

„Ja.“ Bevor sie zurücktreten konnte, umfasste er ihr Kinn. „Wir haben noch eine offene Rechnung miteinander, Vanessa.“

„Ich weiß.“ Sie war froh, dass ihre Stimme so ruhig klang. „Wie Joanie schon sagte, es ist der falsche Zeitpunkt.“ Sie hastete davon.

„Was soll dieses Gefasel von einer Limousine?“, fragte Adam, während Joanie ihm die Hemdsärmel herunterrollte. „Ist jemand gestorben?“

„Quatsch.“ Joanie schloss seine Manschette. „Ihr geht auf eine kleine Reise, du und deine Angetraute.“

„Eine Reise?“, wiederholte Loretta, als Vanessa ihr ihre Tasche gab.

„Wenn Frischvermählte eine Reise machen“, erklärte Brady, „so nennt man das Flitterwochen.“

„Aber ich habe doch die ganze nächste Woche Termine.“

„Nein, hast du nicht.“ Brady und Jack nahmen Adam und Vanessa und Joanie Loretta in die Mitte. So führten sie das verblüffte Brautpaar vor das Haus.

„Du meine Güte!“, stieß Loretta atemlos hervor, als sie die blitzende weiße Staatskarosse erblickte.

„Eure Maschine geht um sechs.“ Brady zog einen Umschlag aus der Tasche und reichte ihn seinem Vater. „Vaya con Dios.“

„Was soll das?“, fragte Adam. Vanessa bemerkte, dass bereits alte Schuhe und Dosen an der Stoßstange des Wagens festgebunden waren. „Mein Terminkalender …“

„Ist leer.“ Brady klopfte Adam auf den Rücken. „Bis in ein paar Wochen.“

„Ein paar Wochen?“, fragte Adam verblüfft. „Wo, zum Teufel, fliegen wir denn hin?“

„South of the border …“, begann Joanie zu trällern und gab ihrem Vater einen schmatzenden Kuss. „Trink aber das Wasser nicht.“

„Mexiko?“ Loretta riss die Augen auf. „Fliegen wir etwa nach Mexiko? Aber wie sollen wir … der Laden … wir haben auch gar kein Gepäck.“

„Der Laden ist geschlossen“, erklärte Vanessa. „Und dein Gepäck ist im Kofferraum.“ Sie küsste Loretta auf beide Wangen. „Schöne Ferien.“

„Im Kofferraum?“ Ein Lächeln erhellte Lorettas Gesicht. „Meine blaue Seidenbluse.“

„Unter anderem.“

„Das habt ihr getan?“ Trotz des Fotografen begann Loretta zu weinen. „Ihr alle.“

„Wir bekennen uns schuldig.“ Brady umarmte sie. „Wiedersehen, Mom.“

„Hinterhältige Bande.“ Adam holte sein Taschentuch hervor. „Tja, Loretta, es sieht so aus, als hätten wir nun doch noch unsere Hochzeitsreise.“

„Nicht, wenn ihr den Flieger verpasst.“ Joanie, allmählich nervös geworden, schob sie auf den Wagen zu. „Sitzt nicht zu lange in der Sonne. Sie ist dort unten viel intensiver. Ach, und was immer ihr kauft, handelt zuerst ein bisschen. Geld könnt ihr im Hotel wechseln. Ich habe ein Wörterbuch eingepackt. Und wenn ihr …“

„Sag Auf Wiedersehen, Joanie“, fiel Jack ihr ins Wort.

„Ach, verflixt!“ Sie rieb sich über die feuchten Augen. „Auf Wiedersehen. Mach winke winke, Lara.“

„Oh, Adam, Gardenien!“ Lorettas Tränen flossen wieder.

Fast die ganze Stadt rief und winkte der Limousine nach, als sie majestätisch losfuhr, begleitet von dem scheppernden Gepolter der Dosen und einer Eskorte rennender Kinder.

„Da gehen sie hin“, schluchzte Joanie und barg das Gesicht an Jacks Schulter. Begütigend klopfte er ihr auf den Rücken.

„Schon gut, Liebling. Die Kinder gehen eben irgendwann aus dem Haus“, scherzte er. „Komm, ich hole dir etwas Kartoffelsalat.“ Er grinste Brady zu, während er sie mit sich fortzog.

Vanessa musste sich räuspern. „Das war vielleicht ein Abschied!“

„Ich muss mit dir reden. Wir können zu dir fahren oder wir fahren zu mir.“

„Ich denke, wir sollten warten, bis …“

„Wir haben schon zu lange gewartet.“

Mit aufsteigender Panik sah Vanessa sich um. Wo waren denn all die anderen geblieben? „Die Party … du hast Gäste.“

„Niemand wird uns vermissen.“ Er legte ihr die Hand auf den Arm und wandte sich dann zu seinem Wagen.

„Dr. Tucker! Dr. Tucker!“ Annie Crampton kam um die Hausecke gerannt. „Kommen Sie schnell! Mit meinem Großvater ist etwas.“

Brady reagierte wie der Blitz. Als Vanessa den Garten erreichte, kniete er bereits neben dem alten Mann und öffnete seinen Kragen. „Schmerzen“, stieß Annies Großvater gepresst hervor. „In der Brust … kann nicht atmen.“

„Hier ist Dads Tasche“, sagte Joanie und reichte sie ihm. „Der Krankenwagen ist schon unterwegs.“

Brady nickte nur. „Ganz ruhig, Mr Benson.“ Er nahm eine Ampulle und eine Spritze aus der Tasche. „Sie müssen jetzt ganz ruhig bleiben.“ Während er die Spritze aufzog, sprach er weiter beruhigend auf den alten Mann ein. „Joanie, hol sein Krankenblatt“, sagte er leise.

Vanessa fühlte sich hilflos und überflüssig. Sie legte den Arm um Annies Schultern und zog sie fort. „Komm mit, Annie.“

„Wird Großvater sterben?“

„Dr. Tucker kümmert sich um ihn. Er ist ein sehr guter Arzt.“

„Meine Mom geht auch zu ihm.“ Sie schluchzte auf und rieb sich die Augen. „Dr. Tucker wird das Baby holen. Aber Großvater ist schon so alt. Er ist einfach umgefallen. Er hat plötzlich ganz komisch ausgesehen und ist umgefallen.“

„Dr. Tucker war ja rechtzeitig da.“ Sie streichelte Annie über das Haar. „Wenn dein Großpapa schon krank werden musste, dann am besten gleich hier. Wenn es ihm wieder besser geht, kannst du ihm dein neues Lied vorspielen."

„Das von Madonna?"

„Genau das." Sie hörte die Sirene des Krankenwagens. „Sie kommen und bringen ihn ins Krankenhaus."

„Wird Dr. Tucker mitfahren?"

„Ganz sicher." Vanessa sah, dass die Sanitäter mit der Trage kamen. Brady gab ihnen ein paar kurze Instruktionen. Dann legte er Annies Mutter die Hände auf die Schultern und sprach ruhig auf sie ein, während sie vertrauensvoll zu ihm aufblickte. Als Brady den Sanitätern folgte, drückte Vanessa Annie noch einmal an sich. „Geh doch ein bisschen hinüber zu deiner Mutter. Sie braucht dich jetzt." Wie gut Vanessa das verstand. Sie erinnerte sich an die Angst und Verzweiflung, als man ihren eigenen Vater weggebracht hatte. Sie wandte sich um und eilte Brady nach.

„Brady!" Sie wusste, dass sie ihn jetzt nicht aufhalten durfte. Als er sich umdrehte, erkannte sie Sorge, Konzentration und Ungeduld in seinen Augen. „Bitte lass mich wissen, wie ... was passiert."

Er nickte und stieg in den Krankenwagen zu seinem Patienten.

Es war fast Mitternacht, als Brady vor seinem Haus hielt. Eine schmale bleiche Mondsichel stand am sternenübersäten Himmel. Einen Augenblick blieb Brady im Wagen sitzen, um sich zu entspannen. Er hatte die Scheibe heruntergedreht und hörte den Wind durch die Bäume seufzen.

Die Erschöpfung eines Achtzehnstundentages hatte ihn auf dem Heimweg schließlich eingeholt. Er war froh, dass Jack ihm den Wagen zum Krankenhaus gebracht hatte, sonst hätte er sich womöglich dort auf dem Sofa ausgestreckt. Jetzt sehnte sich sein müder Körper nach einem heißen Bad und einem kalten Bier.

Im Erdgeschoss brannte Licht. Wie gut, dass er vergessen hatte, es abzuschalten. In ein leeres Haus zurückzukommen war noch deprimierender, wenn es dunkel war. Er hatte auf dem Heimweg einen Umweg gemacht, um bei Vanessa vorbeizufahren, aber sie hatte das Licht schon gelöscht.

Wahrscheinlich war es so am besten. Er war müde und gereizt, keine gute Basis für ein vernünftiges Gespräch. Vielleicht war es sogar von Vorteil, wenn sie ein bisschen Zeit hatte, über seine Liebeserklärung nachzudenken.

Vielleicht aber auch nicht. Er zögerte vor der Haustür, die Hand am Türknauf. Was war nur los mit ihm? Er war immer ein Mann von Entscheidungen gewesen. Als er beschlossen hatte, Arzt zu werden, hatte er sich mit Feuereifer aufs Studium gestürzt. Als er beschloss, seine Stellung in New York aufzugeben, um in Hyattown Allgemeinmedizin zu praktizieren, hatte er es ohne einen Blick zurück getan.

Das alles waren lebenswichtige Entscheidungen gewesen. Warum, zum Teufel, konnte er sich jetzt nicht entscheiden, da es um Vanessa ging?

Am besten, er fuhr in die Stadt zurück. Wenn sie auf sein Klingeln nicht reagierte, würde er diese verflixte Regenrinne hinaufklettern und durchs Fenster steigen. Er würde noch heute reinen Tisch machen, egal wie.

In diesem Augenblick ging die Haustür auf. „Brady. Willst du nicht hereinkommen?"

Wie angewurzelt stand er da und starrte Vanessa an. Mit einer hilflosen Geste fuhr er sich durchs Haar. War es ein Wunder, dass er im Zusammenhang mit dieser Frau zu keiner Entscheidung kommen konnte? Sie war immer für eine Überraschung gut. Kong kam bellend heraus und sprang an ihm hoch.

„Jack und Joanie haben uns hergebracht."

Verlegen drehte Vanessa am Türknauf. „Ich hoffe, du hast nichts dagegen."

„Nein." Von Kong eifrig umkreist, trat er ein.

„Ich habe ein paar Reste vom Büffet mitgebracht, weil ich nicht wusste, ob du Gelegenheit zum Essen finden würdest."

„Habe ich auch nicht."

„Mr Benson?“

„Stabilisiert. Es stand auf der Kippe, aber er ist sehr zäh.“

„Bin ich froh! Annie hatte solche Angst.“ Sie verflocht die Finger miteinander und steckte dann die Hände in ihre Rocktaschen. „Du bist sicher erschöpft und hungrig. Im Kühlschrank ist jede Menge Essen. Die Küche finde ich übrigens ganz toll.“ Sie machte eine umfassende Geste. „Die neuen Schränke, die Arbeitsplatte – alles.“

„Es macht sich.“ Er stand immer noch am selben Fleck. „Wie lange bist du schon hier?“

„Ach, nur ein paar Stunden.“ Fünf, genau genommen. „Ich habe ein bisschen gelesen.“

„Warum?“

„Na, um mir die Zeit zu vertreiben.“

„Warum bist du hier, Vanessa?“

Sie bückte sich und streichelte den Hund. „Diese offene Rechnung, die wir noch haben. Es war ein langer Tag, und ich hatte viel Zeit, um nachzudenken.“

„Und?“

Warum hob er sie nicht einfach hoch und trug sie nach oben? „Über das, was du heute Nachmittag gesagt hast.“

„Dass ich dich liebe?“

Sie räusperte sich. „Ja, das. Ich weiß nicht, was ich fühle – wie ich fühle. Und ich bin auch nicht sicher, wie du fühlst.“

„Das habe ich dir gesagt.“

„Ja, aber es ist durchaus möglich, dass du glaubst, so zu fühlen, weil du früher so gefühlt hast. Weil es sich einfach anbietet, da weiterzumachen, wo wir vor zwölf Jahren aufgehört haben. Es wäre vertraut und bequem.“

„Den Teufel wäre es! Ich habe nicht einen bequemen Augenblick gehabt, seit ich dich neulich wieder am Klavier sitzen sah.“

„Dann zumindest vertraut.“ Sie zupfte an ihrer Kette. „Aber ich habe mich verändert, Brady. Ich bin nicht mehr dieselbe wie damals. Wir können die vergangenen Jahre nicht einfach wegwischen. Egal, wie sehr wir uns zueinander hingezogen fühlen, es könnte ein Fehler sein, es noch weiter zu treiben."

Er trat auf sie zu, bis er dicht vor ihr stand. Er war bereit, einen Fehler zu machen, mehr als bereit. „Hast du hier auf mich gewartet, um mir das zu sagen?"

Sie befeuchtete ihre Lippen. „Zum Teil."

„Dann werde jetzt ich dir etwas sagen."

„Ich möchte zuerst zu Ende sprechen." Sie hielt seinem Blick stand. „Ich bin heute Abend hierhergekommen, weil es mir nie gelungen ist, dich völlig aus meiner Erinnerung zu verbannen oder aus meinem …" Herzen, wollte sie sagen, aber sie konnte es nicht. „Meinen Gefühlen", sagte sie stattdessen. „Ich habe immer an dich denken müssen. Äußere Umstände, auf die wir keinen Einfluss hatten, haben verhindert, dass wir zusammen aufwuchsen, um selbst zu entscheiden, ob wir uns trennen oder zusammenbleiben. Ich bin heute Abend hergekommen, weil ich begriffen habe, dass ich das, worum man uns gebracht hat, haben will. Ich will dich." Sie legte die Arme um ihn. „Ist das klar genug?"

„Ja." Er küsste sie sanft. „Das ist klar genug." Sie lächelte zu ihm auf. „Liebe mich, Brady. Ich habe es immer gewollt."

Hand in Hand gingen sie nun zusammen die Treppe hinauf.

## 9. KAPITEL

Während Vanessa auf Brady gewartet hatte, war sie schon oben gewesen, hatte das Deckbett glatt gestrichen und die Kissen aufgeschüttelt. Sie hatte sich im Zimmer umgeschaut und sich gefragt, wie es wohl sein würde, es zusammen mit ihm zu betreten.

Er machte die wunderschöne antike Lampe an, die auf einer Kiste neben dem Bett stand. Der Fußboden war noch im Rohzustand und die Wände waren untapeziert. Trotzdem war es das schönste Zimmer, das sie je gesehen hatte.

Er wünschte, er hätte ihr Kerzen und Rosen bieten können und ein großes breites Bett mit Satinlaken. Aber alles, was er ihr geben konnte, war er selbst.

Plötzlich war er so nervös wie ein Primaner beim ersten Rendezvous. „Das Ambiente hier ist ein bisschen dürftig."

„Es ist perfekt", widersprach sie.

Er nahm ihre Hände und hob sie an die Lippen. „Ich werde dir nicht wehtun, Vanessa."

„Ich weiß." Sie küsste seine Hände. „Es hört sich vielleicht dumm an, aber ich weiß nicht, was ich jetzt tun soll."

Er senkte den Kopf, und seine Lippen fanden ihre, behutsam noch und verhalten. „Du wirst es schnell begreifen", flüsterte er.

Sie ließ die Hände an seinem Rücken hinaufgleiten. „Ich glaube auch." Mit sicherem Instinkt bog sie den Kopf zurück und bot ihm den Mund.

Ihre Lippen öffneten sich für ihn. Sie hörte ihn leise aufstöhnen. Ein Wonneschauer überlief sie, als seine Hände an ihrem Körper herabstrichen und sie seine Daumen seitlich an ihren Brüsten spürte. Seine Hände legten sich um ihre Hüften, glitten hinab bis zu ihren Schenkeln und dann wieder aufwärts.

Mit aufsteigendem Verlangen presste sie sich an ihn. Als seine Zähne leicht über ihren Hals und ihre nackte Schulter glitten, murmelte sie seinen Namen. Sie seufzte vor Lust. Willig und voll Verlangen überließ sie sich ihm und ihren Gefühlen.

Ihr abgrundtiefes Vertrauen überwältigte ihn. Trotz aller Leidenschaft war sie unschuldig. Ihr Körper mochte der einer Frau sein, aber sie war noch immer so unberührt wie das Mädchen, das er einst geliebt und verloren hatte. Er nahm sich vor, das keinen Augenblick zu vergessen. Er würde sein Verlangen im Zaum halten. Dieses Mal sollte für sie sein, nur für sie.

Sanftheit und Zärtlichkeit waren genauso ein Teil seines Naturells wie sein Draufgängertum. Heute würde er ihr nur die sanfte Seite zeigen. Ohne Hast streifte er ihr das Kleid über die Schultern und über die Hüften hinab. Dann küsste er sie und murmelte zärtliche Worte in ihr Ohr, während die Berührungen seiner Hände sie erbeben ließen.

Sie trug ein Hemdhöschen aus hauchdünner weißer Spitze, bei dessen Anblick ihm der Atem stockte. Er hielt sie auf Armeslänge von sich und betrachtete sie hingerissen.

„Du bringst mich um den Verstand", sagte er.

Mit zitternden Händen begann sie, die Knöpfe seines Hemdes zu öffnen. Vanessa spürte, wie ihre Erregung immer heftiger wurde. Trotzdem löste sie den Blick nicht von seinen Augen, während sie ihm das Hemd von den Schultern streifte und zu Boden fallen ließ. Mit wild klopfendem Herzen schlang sie die Arme um seinen Nacken.

„Berühr mich", flüsterte sie kaum hörbar und legte den Kopf zurück.

Sein Kuss war hart und fordernd, aber er zwang seine Hände, sanft zu bleiben, obwohl Vanessa, die wieder forschend und verlangend an seinem Körper herabstrich, seine Erregung ins Unerträgliche steigerte. Als er sie aufs Bett legte, schloss sie für einen Moment seufzend die Augen. Dann öffnete sie sie wieder, und er sah, dass sie vor Verlangen ganz dunkel waren.

Er löste ihre Strumpfhalter. Vanessa erbebte vor Lust, als er langsam die hauchdünnen Strümpfe über ihre Beine herabrollte und dabei die entblößte Haut mit den Lippen liebkoste. Seine kundigen, zärtlichen Hände glitten über sie hin und entfachten ein Feuer in ihr, das sie zu verbrennen drohte.

Mit unendlicher Geduld entführte er Vanessa in schwindelnde Höhen, die sie nie gekannt hatte. Ihr erhitzter Körper steigerte sich in ein Verlangen, das dem seinen in nichts nachstand. Es machte ihn fast verrückt, sie anzusehen. Die rückhaltlose Hingabe und Leidenschaft zu sehen, die sich in ihrem Gesicht und ihren Augen widerspiegelte.

Verlangen. Leidenschaft. Lust. Das Feuer sprang von ihm auf sie über, und sie gab es ihm zurück. Vertraut. Oh ja, sie erkannten einander wieder. Und dennoch war es neu und einzigartig – ein unbeschreiblich schönes Erlebnis.

Er genoss es in vollen Zügen, wie ihre Haut unter seinen Händen glühte, wie ihr Körper sich unter seiner Berührung spannte und bog. Das gedämpfte Lampenlicht tauchte sie in einen warmen Schimmer, als er ihr das Spitzenhemdchen abstreifte.

Brady wusste, dass er sich nicht mehr lange würde beherrschen können. Er steigerte die Intensität seiner Liebkosungen. Als er spürte, dass er sich nicht mehr zurückhalten konnte, ließ er die Hand an ihrem Körper abwärts gleiten und tauchte sie in ein Flammenmeer der Erotik.

Vanessa schrie auf, besiegt und hilflos ihren entfesselten Gefühlen ausgeliefert. Während Schauer der Lust ihren Körper ein ums andere Mal erbeben ließen, kam er zu ihr, langsam und sanft. Immer wieder raunte er ihren Namen. Das Blut dröhnte in seinen Ohren, als auch er seine Erfüllung fand.

Vanessa verlor ihre Unschuld ohne Schmerzen in einem Meer von Seligkeit. Die Zärtlichkeit hatte über das drängende Verlangen gesiegt.

Sie lag in Bradys Bett, eingehüllt in Bradys Laken. Ein Spatz kündete draußen den Morgen an. Im Laufe der Nacht war der Hund hereingeschlichen und hatte den ihm zustehenden Platz am Fußende des Bettes eingenommen. Schläfrig öffnete Vanessa die Augen.

Bradys Gesicht war unmittelbar vor ihrem, und sie musste ein wenig abrücken und blinzeln, um seine Züge erkennen zu können. Er schlief tief, den Arm über ihrer Hüfte, und atmete langsam und gleichmäßig. So völlig entspannt ähnelte er viel mehr dem Jungen, den sie gekannt hatte, als dem Mann, den sie gerade kennenlernte.

Sie liebte. Kein Zweifel, sie liebte! Ihr Herz wollte schier bersten vor Glück. Aber liebte sie den Jungen oder den Mann?

Sacht strich sie ihm das Haar aus der Stirn. Ganz sicher war sie nur, dass sie glücklich war. Und für den Augenblick war das genug. Mehr als genug. Sie dehnte sich genüsslich. In der vergangenen Nacht hatte er ihr gezeigt, wie wunderbar die Liebe sein konnte, wenn zwei Menschen echt und tief füreinander empfanden. Und wie erregend es sein konnte, wenn das Verlangen gestillt wurde. Was immer auch morgen oder in einem Jahr geschehen mochte, nie würde sie vergessen, was sie zusammen erlebt hatten.

Behutsam, um ihn nicht zu wecken, hauchte sie einen Kuss auf seine Lippen. Selbst dieser winzige Kuss erregte sie schon. Zögernd, neugierig ließ sie die Fingerspitzen über seine Schultern und seinen Rücken wandern, und ihre Erregung wuchs und wurde drängender.

Brady träumte einen wunderschönen Traum. Es war früh am Morgen. Er lag unter einer warmen Decke und Vanessa neben ihm im Bett. Ihr Körper schmiegte sich an seinen, rieb sich ein wenig an ihm, und ihr Verlangen erwachte. Ihre schmalen, begabten Hände streichelten über seine Haut, und ihr weicher Schmollmund liebkoste seine Lippen. Als er nach ihr griff, seufzte sie und kam seinen Händen entgegen.

Wo immer er sie berührte, war sie warm und weich. Ihre Arme umschlangen ihn und zogen ihn an sich. Als sie seinen Namen sagte, einmal, dann noch einmal, drangen die Worte durch den dichten Vorhang seiner Träume. Er öffnete die Augen und sah sie an.

Es war kein Traum. Sie lächelte ihm zu. In ihren verschleierten grünen Augen las er Verlangen und wilde Leidenschaft, und er spürte ihren weichen Körper an seinem.

„Guten Morgen", sagte sie leise. „Ich war nicht sicher, ob du …"

Er verschloss ihr den Mund mit den Lippen. Traum und Wirklichkeit verschmolzen miteinander, als er zu ihr kam.

Die Sonne stand schon am Himmel, als Vanessa erschöpft auf ihn niedersank. Ihr Kopf lag auf seiner Brust, sie spürte den Schlag seines Herzens.

„Was wolltest du sagen?"

„Hm." Vanessa hielt es nicht der Mühe wert, die Augen zu öffnen. „Wollte ich etwas sagen?"

„Du warst nicht sicher, ob ich was?"

Sie überlegte angestrengt. „Ach, ich war nicht sicher, ob du heute Morgen vielleicht irgendwelche Termine hast."

Er kämmte mit den Fingern durch ihr Haar. „Es ist doch Sonntag. Die Praxis ist geschlossen. Aber ich muss ins Krankenhaus, um nach Mr Benson und ein paar anderen Patienten zu sehen. Was ist mit dir?"

„Nichts Besonderes. Ich müsste ein paar Klavierstunden vorbereiten, nachdem ich jetzt zehn Schüler habe."

„Zehn?" Seine Stimme klang eher amüsiert als überrascht. Vanessa kreuzte die Arme über seiner Brust und legte das Kinn darauf. „Gestern auf der Party haben sie mich überrollt."

„Zehn Schüler!" Er zog eine Grimasse. „Das ist eine beachtliche Aufgabe. Heißt das, dass du dich wieder in Hyattown niederlassen willst?"

„Zumindest für den Sommer. Ich weiß noch nicht, ob ich vielleicht eine Herbsttournee mache."

So blieb ihm also der Sommer, um sie zu überzeugen. „Was ist heute mit dem Dinner?"

Sie kniff die Augen zusammen. „Wir haben noch nicht einmal gefrühstückt."

„Ich meine doch heute Abend. Wir könnten mit all den Resten von gestern ein Picknick machen, nur du und ich."

Nur du und ich. „Das könnte mir gefallen."

„Gut. Und was hältst du davon, wenn wir den Tag jetzt richtig beginnen?"

Sie kicherte und presste die Lippen auf seine Brust. „Ich dachte, das hätten wir schon."

„Ich meinte damit, du könntest mir eigentlich den Rücken schrubben." Lachend richtete er sich auf und zog sie aus dem Bett.

Vanessa stellte fest, dass es ihr gar nichts ausmachte, allein im Haus zu sein. Nachdem Brady sie zu Hause abgesetzt hatte, zog sie Jeans und ein kurzärmeliges Sweatshirt an. Sie wollte den Tag am Klavier verbringen, Stunden vorbereiten, üben und – falls ihre Stimmung anhielt – ein bisschen komponieren.

Während der Tourneen war ihr zum Komponieren nie genug Zeit geblieben, aber jetzt hatte sie den ganzen Sommer. Selbst wenn zehn Stunden pro Woche für Klavierunterricht draufgingen und noch mal so viele für die Vorbereitung, blieb ihr trotzdem noch genug Zeit, um sich ihrer ersten Liebe zu widmen.

Meiner ersten Liebe, dachte sie lächelnd. Nein, das war nicht das Komponieren. Ihre erste Liebe war Brady. Ihr erster Geliebter. Und es war mehr als wahrscheinlich, dass er auch ihr letzter sein würde.

Er liebte sie. Zumindest glaubte er das, denn sonst hätte er die Worte nie ausgesprochen. Und sie auch nicht. Aber sie musste wissen, was für sie selbst am besten war, für ihn und für alle anderen, bevor sie das Risiko einging, diese drei Worte auszusprechen.

Wenn sie sie erst einmal gesagt hatte, würde er sie nicht mehr gehen lassen. Wie sehr er sich im Laufe der Jahre auch verändert hatte und wie verantwortungsvoll er geworden war, in ihm steckte immer noch genug von jenem wilden, entschlossenen Jungen, um sie über die Schulter zu werfen und in seine Höhle zu schleppen. Diese Vorstellung hatte zwar durchaus ihren Reiz, aber trotzdem würde ein solches Vorgehen nicht ihrem Naturell entsprechen.

Die Vergangenheit war vorbei. Sie hatten Fehler gemacht, und sie würde die Zukunft auf keinen Fall aufs Spiel setzen.

Doch sie wollte jetzt nicht an morgen denken. Noch nicht. Jetzt wollte sie sich nur an der Gegenwart freuen.

Als sie gerade ins Musikzimmer gehen wollte, läutete das Telefon. Vanessa überlegte einen Augenblick, ob sie es läuten lassen sollte – eine Gewohnheit, die sie in den Hotels angenommen hatte, wenn sie ungestört bleiben wollte. Beim fünften Läuten gab sie nach und nahm den Hörer ab.

„Hallo?"

„Vanessa, sind Sie es?"

„Ja. Frank?" Sie erkannte die Stimme des ebenso ergebenen wie nervösen Assistenten ihres Vaters.

„Ja, ich bin's."

Im Geiste sah Vanessa, wie er sich hektisch mit der Hand über die Halbglatze fuhr. „Wie geht es Ihnen, Frank?"

„Gut. Gut. Ach ja, und wie geht es Ihnen?"

„Danke, mir geht es auch gut." Sie musste unwillkürlich lächeln. Sie mochte Frank Margani, obwohl sie wusste, dass ihr Vater ihn nur behalten hatte, weil er klaglos bereit war, eine Achtzigstundenwoche hinzunehmen. „Was macht Ihr neuer Protegé?"

„Protegé? Oh, Sie meinen Francesco. Er ist brillant, wirklich brillant. Ziemlich launenhaft natürlich. Schmeißt mit Gegenständen, aber dafür ist er nun mal ein Künstler. Er wird bei dem Wohltätigkeitskonzert in Cordina spielen."

„Bei Prinzessin Gabriellas Wohltätigkeitskonzert für behinderte Kinder?"

„Ja."

„Ich bin sicher, er wird großartig sein."

„Oh ja, natürlich, kein Zweifel. Aber sehen Sie, die Prinzessin ... Sie ist schrecklich enttäuscht, dass Sie nicht spielen wollen. Sie hat mich gebeten ...", man hörte ihn deutlich schlucken, „... Sie zu überreden, sich die Sache noch einmal zu überlegen."

„Frank …“

„Sie würden natürlich im Palast wohnen. Ein fantastisches Anwesen.“

„Ja, ich weiß. Frank, ich habe mich noch nicht entschlossen, ob ich überhaupt wieder spielen will.“

„Das kann doch nicht Ihr Ernst sein, Vanessa. Mit Ihrem Talent …“

„Ja, mein Talent“, fiel sie ihm ungeduldig ins Wort. „Wird es nicht langsam Zeit, dass ich selbst darüber entscheiden kann?“

Er schwieg einen Augenblick. „Ich weiß, dass Ihr Vater oft zu streng mit Ihnen war, aber das war er nur, weil er Ihr großes Talent über alles stellte.“

„Das brauchen Sie mir nicht zu erklären, Frank.“

„Nein … nein, natürlich nicht.“

Vanessa seufzte tief. Es war unfair, ihren Frust an dem armen Frank Margani auszulassen, wie ihr Vater es immer getan hatte. „Ich verstehe ja Ihre Lage, Frank, aber ich habe Prinzessin Gabriella schon abgesagt. Ich habe ihr mein Bedauern ausgedrückt und eine Spende beigelegt.“

„Ich weiß. Darum hat sie mich ja angerufen. Sie konnte Sie nicht erreichen. Sicher, offiziell bin ich nicht Ihr Manager, aber die Prinzessin wusste von unserer Verbindung, und …“

„Falls ich wieder auf Tournee gehe, Frank, möchte ich Sie als Manager.“

„Mit Vergnügen, Vanessa.“ Seine Stimme hellte sich hörbar auf. „Ich verstehe auch, dass Sie etwas Zeit für sich brauchen. Die letzten Jahre waren wirklich eine Ochsentour. Aber dieses Wohltätigkeitskonzert ist wichtig.“ Er räusperte sich. „Und die Prinzessin ist ziemlich stur.“

Vanessa lächelte zaghaft. „Ja, ich weiß.“

„Es wäre doch nur eine Vorstellung.“ Margani spürte Vanessas Zögern. „Nicht einmal ein ganzes Konzert. Sie könnten selbst auswählen, was Sie spielen wollen. Man hofft zwar, dass Sie zwei Stücke spielen, aber selbst wenn Sie es bei einem bewenden lassen, würde das schon einen enormen Unterschied machen. Ihr Name auf dem Programm würde so viel ausmachen. Und der Anlass ist es doch wirklich wert."

„Wann ist das Konzert?"

„Nächsten Monat."

Vanessa rollte die Augen. „Wir haben ja praktisch schon nächsten Monat, Frank."

„Der dritte Samstag im Juni."

„Drei Wochen." Vanessa atmete hörbar aus. „Also gut, ich tue es. Für Sie und für Prinzessin Gabriella."

„Vanessa, ich kann Ihnen gar nicht sagen, wie sehr …"

„Bitte nicht", fiel sie ihm ins Wort und machte es mit einem kleinen Lachen wieder gut. „Es ist ja nur ein Abend."

„Sie können in Cordina bleiben, so lange Sie wollen, Vanessa."

„Ein Abend", wiederholte sie. „Schicken Sie mir die Unterlagen. Und grüßen Sie Ihre Hoheit."

„Das will ich gern tun. Sie wird begeistert sein. Alle werden begeistert sein. Vielen Dank, Vanessa."

„Schon gut, Frank. Bis in drei Wochen."

Sie legte auf und blieb einen Augenblick reglos stehen. Komisch, aber der Gedanke an die Vorstellung machte ihr überhaupt keine Angst. Dabei war es nicht etwa irgendeine Vorstellung. Das Theater in Cordina war etwas ganz Besonderes.

Was würde geschehen, wenn sie in den Kulissen wieder Lampenfieber bekam? Sie würde es schon irgendwie überstehen. Das hatte sie ja immer. Vielleicht war es Schicksal, dass der Anruf gerade jetzt gekommen war, wo alles bei ihr in der Schwebe hing.

Sie würde ihre Entscheidung bald treffen müssen, und sie hoffte, es würde die richtige sein.

Als Brady kam, saß sie am Klavier. Er hörte die Musik durch die offenen Fenster. Die Luft war erfüllt vom Summen der Bienen, dem Brummen eines Rasenmähers und dem Zauber dieser romantischen, ungewöhnlichen Musik. Er sah eine Frau mit einem kleinen Kind auf dem Bürgersteig stehen und genüsslich zuhören.

Vanessa hatte die Tür für ihn offen gelassen. Er brauchte sie nur aufzustoßen. Leise ging er hinein.

Sie sah ihn nicht. Ihre Augen waren halb geschlossen, und auf ihrem Gesicht lag ein heimliches Lächeln. Es war, als würden die Bilder in ihren Gedanken durch ihre Finger in die Tasten fließen.

Die Musik war langsam, verträumt und von verhaltener Leidenschaft. Er spürte, wie seine Kehle eng wurde.

Als sie geendet hatte, öffnete sie die Augen und sah ihn an. Irgendwie hatte sie gewusst, dass er da sein würde, wenn die letzte Note verklungen war.

„Hallo."

Brady war sich seiner Stimme nicht sicher. Er trat zu ihr und hob ihre Hände. „Es liegt ein Zauber darin. Es ist wie ein Wunder."

„Es sind nur Musikerhände", sagte sie. „Zaubern können deine. Sie heilen."

„Draußen auf dem Bürgersteig stand eine Frau mit ihrem kleinen Jungen. Sie hat deinem Spiel zugehört, und auf ihren Wangen waren Tränen."

„Ein größeres Kompliment kann man nicht bekommen. Hat dir das Stück gefallen?"

„Sehr. Wie heißt es?"

„Das weiß ich noch nicht. Ich arbeite schon eine ganze Weile daran, aber erst heute war ich zum ersten Mal richtig zufrieden."

„Du hast es geschrieben?" Er schaute auf das handgeschriebene Notenblatt. „Ich wusste gar nicht, dass du komponierst."

„Ich hoffe, endlich häufiger dazu zu kommen." Sie zog ihn auf den Klavierschemel neben sich.

„Willst du mir keinen Begrüßungskuss geben?"

„Wenn nicht noch mehr." Seine Lippen legten sich weich und fest auf ihre. „Seit wann komponierst du schon?"

„Seit mehreren Jahren – das heißt, wenn ich mir die Zeit dafür stehlen konnte. Zwischen all den Reisen, Proben und Vorstellungen blieb nicht viel Zeit übrig."

„Aber du hast noch nie etwas veröffentlicht."

„Es ist ja nichts richtig fertig. Ich ..." Sie unterbrach sich und wandte den Kopf. „Woher weißt du das?"

„Ich habe alles, was es von dir auf Platten gibt." Auf ihr Lächeln hin fuhr er fort: „Aber glaub ja nicht, dass ich sie spiele." Er keuchte auf, als ihr Ellbogen seine Rippen traf. „Ist das der Ausdruck deines künstlerischen Temperaments?"

„Du bist ein Kunstbanause."

„Dann erzähl diesem Banausen doch etwas über deine Kompositionen."

„Was gibt es da zu erzählen?"

„Macht es dir Spaß?"

„Mehr als alles andere."

Er spielte mit ihren Fingern. „Warum hast du dann noch nichts zu Ende gebracht?" Er spürte, wie sie sich verspannte.

„Das habe ich dir doch gesagt. Ich hatte keine Zeit. Auf Tournee zu gehen ist nicht nur Champagner und Kaviar, weißt du?"

„Komm." Er stand auf und zog sie mit sich.

„Wohin?"

„Auf eine bequeme Couch. Setz dich hin." Er drückte sie auf die Couch nieder und legte die Hände auf ihre Schultern. Sein Blick lag dunkel und forschend auf ihrem Gesicht. „Und jetzt sprich mit mir."

„Worüber?"

„Ich wollte warten, bis du dich wieder erholt hast." Er spürte, wie sie sich versteifte, und schüttelte den Kopf. „Nicht, Vanessa. Als dein Freund, als Arzt und als der Mann, der dich liebt, möchte ich wissen, was dich krank gemacht hat. Ich will sichergehen, dass es nicht wieder passiert."

„Wie du schon sagtest, ich bin wieder gesund."

„Magengeschwüre können erneut auftreten."

„Ich hatte kein Magengeschwür."

„Vergiss es. Du kannst reden, was du willst, aber Tatsache bleibt Tatsache. Ich will, dass du mir sagst, was in den letzten

Jahren vor sich gegangen ist."

„Ich habe gespielt, war auf Tourneen." Verwirrt schüttelte sie den Kopf. „Wie sind wir nur vom Komponieren auf so was gekommen?"

„Weil das eine zum anderen führt, Vanessa. Magengeschwüre sind oft nervlich bedingt, durch Ärger und Frust, den man in sich hineinfrisst."

„Ich bin nicht frustriert." Sie schob das Kinn vor. „Und du solltest von allen am besten wissen, dass ich nichts in mich hineinfresse. Frag, wen du willst, Brady, meine Temperamentsausbrüche sind auf drei Kontinenten bekannt."

Er nickte langsam. „Das bezweifle ich nicht. Aber ich kann mich nicht erinnern, dass du deinem Vater jemals widersprochen hättest."

Sie verstummte. Brady hatte die Wahrheit gesagt.

„Wolltest du komponieren oder auftreten?"

„Man kann beides tun. Es ist eine Frage der Disziplin und der Prioritäten."

„Und wo setzt du deine Priorität?"

Unbehaglich rutschte sie auf der Couch hin und her. „Es liegt doch auf der Hand, dass es die Konzerte waren."

„Du hast neulich einmal zu mir gesagt, dass du es hasst."

„Dass ich was hasse?"

„Das sollst du mir sagen."

Sie stand auf und ging im Zimmer auf und ab. Eigentlich war es gar nicht mehr von Bedeutung, aber er saß da und sah sie wartend an. Vanessa wusste aus Erfahrung, dass er nicht aufhören würde, in sie zu dringen, bis er dahinter kam, was sie zu verbergen suchte.

„Also gut. Die Vorstellungen haben mir nie Spaß gemacht."

„Du wolltest nicht spielen?"

„Nein, das heißt, ich wollte keine Vorstellungen geben. Ich muss spielen, genau wie ich atmen muss, aber …" Sie schwieg und kam sich vor wie eine Närrin. „Es ist nur Lampenfieber", stieß sie heftig hervor. „Es ist dumm und albern, doch ich habe dieses Lampenfieber nie abschütteln können."

„Das ist weder dumm noch albern." Er erhob sich und kam auf sie zu. „Wenn du nicht spielen wolltest, warum hast du es dann getan? Ach ja, natürlich", sagte er dann, bevor sie antworten konnte.

„Es war ihm so wichtig." Sie setzte sich auf die Armlehne seines Sessels, stand dann jedoch unruhig wieder auf. „Er hat es nicht verstanden. Er hat sein ganzes Leben meiner Karriere gewidmet. Die Vorstellung, dass ich nicht auftreten wollte, dass ich Angst hatte ..."

„Dass es dich krank machte!"

„Ich war niemals krank. Ich habe nicht eine Vorstellung versäumt."

„Nein, du hast auf Kosten deiner Gesundheit gespielt. Verdammt, Vanessa, er hatte kein Recht dazu."

„Er war mein Vater. Ich weiß, er war ein schwieriger Mann, aber ich verdanke ihm alles."

Er war ein egoistischer Hundesohn, dachte Brady, aber er schwieg. „Hast du je an eine psychiatrische Behandlung gedacht?"

Vanessa hob die Hände. „Er hat es vorgeschlagen. Schwäche war ihm zuwider. Ich glaube, das war seine Schwäche." Für einen Augenblick schloss sie die Lider. „Du musst ihn verstehen, Brady. Er war ein Mann, der die Dinge, die ihm nicht passten, einfach nicht wahrhaben wollte. Sie existierten nicht für ihn." Wie meine Mutter, dachte sie traurig. „Ich konnte ihm nie begreiflich machen, dass das bei mir schon fast eine Phobie war."

„Erklär es mir."

„Jedes Mal, wenn ich zum Theater fuhr, sagte ich mir, dass es diesmal nicht passieren würde. Diesmal würde ich keine Angst haben. Aber dann stand ich in den Kulissen und war ganz krank vor Angst. Meine Haut wurde feucht, und mir war sterbenselend vor Übelkeit. Wenn ich dann erst mal am Klavier saß und spielte, war alles fast vergessen. Hinterher ging es mir gut. Deshalb sagte ich mir immer wieder, dass es beim nächsten Mal ..."

Sie zuckte mit den Schultern.

Er verstand sie nur zu gut. Und es schmerzte ihn, dass sie – oder ein anderer Mensch – Jahr um Jahr so leiden musste. „Ist dir je der Gedanke gekommen, dass er sein Leben durch dich lebte?“

„Ja“, sagte sie dumpf. „Aber er war alles, was ich noch hatte. Und ob richtig oder falsch, ich war alles, was er hatte. Im letzten Jahr, als er schon so krank war, hat er nie erlaubt, dass ich aufhöre und mich um ihn kümmere. Am Schluss hatte er fürchterliche Schmerzen, weil er nie auf die Ärzte gehört hatte. Du bist Arzt. Du weißt, wie schrecklich Krebs im Endstadium sein kann. Diese letzten Wochen im Krankenhaus waren grauenvoll. Sie konnten nichts mehr für ihn tun. Ich gab weiter Vorstellungen, weil er darauf bestand, und flog dann, wann immer ich konnte, nach Genf, um ihn zu besuchen. Als er starb, war ich nicht da. Ich war in Madrid. Dort bekam ich Standing Ovations.“

„Kannst du dir deshalb einen Vorwurf machen?“

„Nein, aber ich kann trauern.“ Ihre Augen wurden feucht.

„Was wirst du jetzt tun?“

Sie schaute auf ihre Hände nieder, spreizte die Finger und ballte sie zu Fäusten. „Als ich nach Hyattown zurückkam, war ich müde. Ich war fix und fertig, Brady. Ich brauchte Zeit, um zu verstehen, was ich fühlte, was ich mir wünschte und was ich mit meinem Leben machen wollte.“ Sie trat zu ihm und hob die Hände an sein Gesicht. „Ich wollte mich nicht an dich binden, weil ich wusste, dass du eine große Komplikation in mein Leben bringen würdest.“ Sie deutete ein Lächeln an. „Und ich hatte recht. Aber als ich heute Morgen in deinem Bett aufwachte, war ich glücklich. Das will ich nicht verlieren.“

Er umspannte ihre Handgelenke. „Ich liebe dich, Vanessa.“

„Dann gib mir Zeit, um mit mir selbst zurande zu kommen.“ Sie schmiegte sich sanft in seine Arme. „Sei nur da.“

Er drückte die Lippen auf ihr Haar. „Ich gehe nirgendwo hin.“

## *10. KAPITEL*

„Das war der letzte Patient, Dr. Tucker." Abwesend schaute Brady von seinem Schreibtisch auf. „Was?"

„Das war der letzte Patient", wiederholte die Sprechstundenhilfe. Sie hatte sich bereits ihre Tasche über die Schulter gehängt und in Gedanken schon die Füße hochgelegt. „Soll ich abschließen?"

„Ja, danke. Bis morgen." Mit halbem Ohr hörte er das Klicken der Schlösser und das Quietschen der Schubladen. Ein Zwölfstundentag war fast zu Ende, der vierte Zwölfstundentag dieser Woche. Hyattown war weit weg von New York, aber was die Freizeit betraf, hatte Brady herausfinden müssen, dass man als praktischer Arzt in einer Kleinstadt genauso eingespannt war wie als Oberarzt in einem großen Krankenhaus. Außer dem normalen Patientenaufkommen, den Krankenhausvisiten und dem Papierkrieg hatte ein Ausbruch von Windpocken und Angina ihn seit einer Woche ans Stethoskop gefesselt.

Die halbe Stadt krächzte oder kratzte sich. Seit der Hochzeit seines Vaters war das Wartezimmer brechend voll gewesen. Als einziger Arzt in der Gegend musste er sowohl die Praxis versorgen als auch Hausbesuche machen. Zum Essen war er kaum gekommen. Schade, dass sie in der Praxis für die Kinder keine Dauerlutscher mehr bereithielten, sondern Luftballons und Plastikautos.

Er konnte sich durchaus ein paar Tage lang von Mikrowellenmahlzeiten ernähren, und auch der fehlende Schlaf war erträglich. Aber er konnte nicht ohne Vanessa auskommen. Er hatte sie seit dem Wochenende kaum gesehen – dem Wochenende, das sie fast ausschließlich im Bett verbracht hatten. Seitdem hatte er drei Verabredungen absagen müssen. So manche Frau hätte ihm daraufhin den Laufpass gegeben.

Vielleicht war es ganz gut, wenn sie das alles von vornherein wusste. Mit einem Arzt verheiratet zu sein war eine Art Glücksspiel. Abgesagte Dinnerpartys, verschobene Ferien, unterbrochener Nachtschlaf. Brady klappte das vor ihm liegende Krankenblatt zu und rieb sich die müden Augen. Sie würde ihn heiraten, dafür würde er schon sorgen ... sobald er sich mal wieder eine Stunde freimachen konnte.

Er nahm die Ansichtskarte, die auf seinem Schreibtisch lag. Sie zeigte die Abbildung eines feurigen Sonnenuntergangs hinter Palmen. Auf der Rückseite standen ein paar hingekritzelte Worte von seinem Vater.

Ich hoffe, du machst dir ein paar schöne Tage, Dad, dachte Brady, während er die Karte betrachtete. Wenn du zurückkommst, wirst du teuer dafür bezahlen müssen.

Ob Vanessa sich auch eine Hochzeitsreise in die Tropen wünschte? Mexiko, die Bahamas, Hawaii – heiße, faule Tage und heiße, leidenschaftliche Nächte. Aber er wollte nichts überstürzen. Ohne Hochzeit gab es keine Hochzeitsreise. Und eine Hochzeit war auch erst dann möglich, wenn man die Frau seines Herzens davon überzeugt hatte, dass sie nicht ohne einen leben konnte.

Er hatte sich fest vorgenommen, Vanessa Zeit zu lassen. Sie sollte all die Romantik haben, die sie damals verpasst hatten. Lange Spaziergänge im Mondschein, Abendessen mit Champagner, Ausfahrten und ruhige Gespräche. Aber die alte Ungeduld zerrte an ihm. Wenn sie jetzt verheiratet wären, könnte er seine müden Knochen heimschleppen. Sie würde da sein. Vielleicht spielte sie Klavier oder lag zusammengerollt mit einem Buch im Bett. Im Nebenzimmer lag vielleicht ein Kind und schlief. Oder zwei.

Nicht so hastig, rief er sich zur Ordnung. Aber bis zu ihrem Wiedersehen hatte er gar nicht gewusst, wie sehr er sich ein Heim und eine Familie wünschte. Die Frau, die er liebte, und ihre gemeinsamen Kinder, Weihnachtsabende und Sonntagnachmittage.

Er lehnte sich zurück und schloss die Augen. Er konnte sich alles genau vorstellen, aber tief im Innern wusste er, dass seine Vision so manche Frage unbeantwortet und viele Probleme ungelöst ließ. Sie waren keine Kinder mehr, die von Träumen leben konnten. Aber er war zu müde, um logisch zu denken, und seine Sehnsucht war zu groß, um vernünftig zu sein.

Vanessa stand an der Tür und betrachtete ihn mit einer Mischung aus Überraschung und Staunen. Dies war Brady, ihr Brady, aber hier wirkte er so anders, so professionell in seinem weißen Arztkittel und mit den gerahmten Diplomen an der Wand.

Dies war nicht mehr der junge Himmelsstürmer, der sich über alle Konventionen hinwegsetzte. Dies war ein verantwortungsbewusster Mann, der das Vertrauen einer ganzen Stadt besaß. Er hatte seinen Weg gemacht.

Und sie? Brady hatte seine Wahl getroffen und seinen Platz im Leben gefunden. Sie dagegen war noch immer auf der Suche. Aber wie sehr sie auch schwankte, sie fühlte sich immer zu ihm hingezogen. Wo immer sie war, sie sehnte sich zu ihm zurück.

Mit einem leisen Lächeln trat sie ein. „Sie haben noch eine Patientin, Dr. Tucker."

„Was?" Er riss die Augen weit auf. Ganz verwirrt starrte er sie an.

Ohne weitere Umstände stellte sie einen Korb auf den Schreibtisch. „Hallo."

„Hallo", grüßte auch er prompt, noch immer ganz perplex.

Sie sah sich im Raum um. „Ich hätte mich fast nicht hereingetraut", sagte sie. „Als ich in der Tür stand, wirktest du so … einschüchternd."

„Einschüchternd?"

„Wie ein richtiger Arzt", sagte sie lachend. „Einer von der Sorte, die einen piesacken und unleserliche Rezepte ausstellen."

„Ich kann den weißen Kittel ja ausziehen."

„Nein, ich glaube, er gefällt mir sogar. Solange du nicht mit einer Spritze kommst. Ich habe draußen deine Sprechstundenhilfe getroffen. Sie sagte, dass du für heute fertig bist."

„Gerade eben." Der Rest des Papierkrams musste eben warten. „Was ist in dem Korb?"

„Das Abendessen … sozusagen. Herr Doktor, da Sie sich zu keinem Hausbesuch aufraffen konnten, musste ich eben in die Praxis kommen."

Die Müdigkeit wich aus seinem Gesicht, während er sie ansah. Ihr Mund war ungeschminkt, und auf der Nase entdeckte er ein paar Sommersprossen. „Setzen Sie sich, Ma'am, und schildern Sie mir Ihr Problem."

Umständlich kam Vanessa seiner Aufforderung nach. „Wissen Sie, Herr Doktor, ich fühle mich irgendwie benommen. Und zerstreut. Ich ertappe mich dabei, dass ich plötzlich nicht mehr weiß, was ich tun wollte, und einfach in die Luft starre."

„Hm."

„Und dann diese Schmerzen. Hier." Sie legte die Hand aufs Herz.

„Aha. Weitere Symptome?"

„Ein ständiges Herzklopfen, und nachts …", sie sog an ihrer Unterlippe, „… habe ich diese Träume."

„Wirklich?" Er kam um den Schreibtisch herum und setzte sich auf die Tischkante. „Was für Träume?"

„Sehr intime Träume", sagte sie verlegen.

„Ich bin Arzt."

„Das sagen Sie!" Sie sah ihn herausfordernd an. „Sie haben nicht mal verlangt, dass ich mich ausziehe."

„Ich bekenne mich schuldig." Er stand auf und nahm ihre Hand. „Kommen Sie mit."

„Wohin?"

„Ihr Fall erfordert eine gründliche Untersuchung."

„Brady …"

„Für Sie Dr. Brady." Er machte das Licht im Untersuchungszimmer an. „Und jetzt zu diesem Schmerz."

Sie musterte ihn argwöhnisch. „Du hast dich offenbar an deinem Wundspiritus vergriffen."

Er fasste sie um die Hüften, hob sie hoch und setzte sie auf den Untersuchungstisch. „Entspann dich, Süße. Man nennt mich nicht umsonst Dr. Samthand." Er nahm seinen Augenspiegel heraus und ließ das Licht in ihre Augen fallen. „Ja, sie sind tatsächlich grün."

„Na, das beruhigt mich aber."

Er legte das Instrument beiseite. „Okay. Zieh die Bluse aus, damit ich deine Reflexe testen kann."

„Na ja ..." Sie fuhr sich mit der Zunge über die Lippen. „Wo ich schon mal hier bin." Langsam öffnete sie die Knöpfe. Darunter trug sie hellblaue Seide. „Ich brauche doch nicht eins von diesen Papierdingern anzuziehen, oder?"

Er hielt den Atem an, als sie die Bluse auszog. „Ich denke, darauf können wir verzichten. Dein Gesundheitszustand erscheint mir außerordentlich stabil."

„Aber ich habe doch diese Schmerzen." Sie nahm seine Hand und drückte sie an ihre Brust. „Gerade jetzt rast mein Herz wie toll. Fühlst du es?"

„Hm, ja." Er genoss die Berührung von Seide und glatter Haut. „Ich fürchte, es ist ansteckend."

„Mir ist so heiß", murmelte sie. „Und meine Beine sind ganz schwach."

„Entschieden ansteckend." Er streifte mit der Fingerspitze einen schmalen Seidenträger von ihrer Schulter. „Vielleicht musst du in Quarantäne."

„Aber doch hoffentlich mit dir."

Er hakte ihre Hose auf. „So dachte ich es mir."

Als sie mit den Zehen ihre Sandalen abstreifte, fragte sie atemlos: „Hast du eine Diagnose?"

Er zog ihr die Hose über die Hüften herab. „Sieht mir ganz nach Rock-Entzündung und Boogie-Woogie-Grippe aus."

Verblüfft sah sie ihn an. „Was?"

„Zu viel Mozart."

„Ach so." Sie legte die Arme um seine Schultern. Ihr war, als wären Jahre vergangen, seit sie ihn das letzte Mal so gehalten hatte. Als seine Lippen die kleine Höhlung neben ihrem Schlüsselbein fanden, lächelte sie. „Können Sie mir helfen, Herr Doktor?"

„Ich bin gerade dabei."

Seine Lippen fanden ihre. Es war wie heimkommen. Ihr Seufzer verschmolz mit seinem, als sie sich an ihn schmiegte. Sie küssten sich hingebungsvoll. Welche Krankheit auch immer sie geplagt hatte, er war genau die richtige Medizin.

„Es geht mir schon besser." Sie knabberte an seiner Lippe.

„Vanessa?"

Sie öffnete die Augen und lächelte ihm zu, während ihre Finger durch sein Haar glitten. Das Licht schimmerte in ihren Augen. Wieder sah er sich selbst darin, gefangen in dem geheimnisvollen Grün. Aber diesmal nicht verloren.

Alles, was er sich gewünscht und wovon er geträumt hatte, war hier. Jähes Verlangen durchzuckte ihn. Mit einem unterdrückten Stöhnen presste er die Lippen wieder auf ihren Mund.

Diesmal ließ er sich nicht so viel Zeit. Es überraschte Vanessa, aber es erschreckte sie nicht. Er war ihr Freund, ihr Geliebter, ihr Ein und Alles. Sie spürte seine ungestillte Leidenschaft und sein heißes Verlangen, das auf sie übersprang.

Sie wollte noch mehr. Sie genoss es, so wild begehrt zu werden. Mit zitternden Fingern zerrte sie an seinem Laborkittel. Das Verlangen durchpulste sie wie eine Droge. Als sein Kittel zu Boden fiel, schob sie ihm das T-Shirt hoch. Sie wollte seine Haut unter ihren Händen und Lippen spüren.

Was er ihr bisher von der Liebe gezeigt hatte, war süß und zärtlich gewesen. Jetzt sehnte sie sich nach dem Feuer, der alles verschlingenden Leidenschaft. Als Brady ihre Bereitschaft spürte, ließ er alle Selbstbeherrschung fahren. Er drückte sie auf den Untersuchungstisch nieder, streifte ihr mit einem Griff das Hemdhöschen ab und riss damit die letzte Barriere nieder, die sie noch trennte. Der Anblick ihres schlanken, geschmeidigen Körpers ließ ihn erbeben. Er wollte sie berühren, streicheln, lieben …

Aber ihr Verlangen stand dem seinen in nichts nach. Sie zog ihn neben sich und glitt mit einer fließenden Bewegung über ihn. Wie im Fieber strichen ihre Lippen über ihn hin, von seinem Mund über seinen Hals hinab zu seiner Brust. Seine Hände griffen gierig nach ihr, während ihr suchender Mund ihn fast um den Verstand brachte.

Er schmeckte heiß, verlockend und männlich. Ihr wurde ganz schwindlig. Sein Körper war so fest, hart und muskulös. Ihre gierigen Hände fuhren über seine schweißfeuchte Haut, als spiele sie eine Appassionata.

Vanessa glaubte, das Herz müsse ihr zerspringen. Ein Taumel erfasste sie, und sie bebte am ganzen Körper. Trotzdem spürte sie eine nie gekannte Kraft in sich. Sie hatte nicht gewusst, dass sie so viel geben konnte.

Sein Herz hämmerte dumpf unter ihren Fingerspitzen. Sie hörte ihn stoßweise atmen, erkannte ihre eigene Leidenschaft in seinen Augen und schmeckte sie, als sie ihre Lippen auf seine presste. Für mich, dachte sie. Nur für mich.

Seine Finger gruben sich in ihre Hüften. Mit jedem Atemzug sog er ihren Duft ein, der ihn berauschte und wie ein Narkotikum auf ihn wirkte. Ihr seidiges Haar hing wie ein Vorhang herab, hinter dem es nur ihn und sie gab. In ihren Augen schimmerte ein wissendes Lächeln. Jede ihrer Bewegungen war Lockung und Verführung.

„Vanessa", stöhnte er auf. Er musste sie haben … jetzt.

Vanessa bog sich hoch und nahm ihn in sich auf. Für einen Augenblick blieb die Welt stehen, und mit ihr stockte sein Atem, seine Gedanken, sein Leben. Er sah nur sie, ihr herabfallendes Haar, ihren Körper, der in dem kalten Licht schimmerte, und ihr Gesicht, in dem sich die Macht widerspiegelte, die sie gerade erst entdeckt hatte.

Und dann ließen sie sich mitreißen vom Strom der Leidenschaft.

Dies war die Liebe in ihrer ganzen Herrlichkeit, und Vanessa gab sich ihr rückhaltlos hin. Es war ein Wunder, reines Entzücken. Keine Symphonie war je so mitreißend gewesen, kein Prélude so leidenschaftlich. Sie erschauerte vor Wonne, und doch verlangte es sie nach mehr.

Ihr Herzschlag hämmerte in ihren Ohren. Als sie nach seinen Händen griff, schlang er die Finger in ihre. So hielten sie einander fest, als sie gemeinsam in den Strudel der Ekstase tauchten.

In seliger Ermattung ließ sie sich auf ihn niedersinken. Ihr Herzschlag raste noch immer. Als sie die Lippen auf seinen Hals presste, spürte sie, dass auch sein Herz sich noch nicht beruhigt hatte.

Ich habe es getan, dachte Vanessa, noch ganz benommen. Sie hatte die Initiative ergriffen und ihnen beiden Leidenschaft und Lust gegeben. Sie hatte nicht einmal nachdenken müssen. Sie hatte nur ihrem Instinkt nachgegeben. Der Gedanke machte sie stolz und glücklich. Im Bewusstsein dieser neuen Macht stützte sie sich auf den Ellbogen und lächelte auf ihn nieder.

Seine Augen waren geschlossen, und sein Gesicht wirkte so völlig entspannt, als würde er gleich einschlafen. Sein Herzschlag beruhigte sich allmählich. Trotz ihrer Erfüllung spürte Vanessa, dass das Verlangen sich wieder in ihr regte.

„Doktor“, flüsterte sie und knabberte an seinem Ohr.

„Hm?“

„Es geht mir schon viel besser.“

„Das ist gut.“ Er atmete tief ein. „Schließlich bin ich ja auch für deine Gesundheit verantwortlich.“

„Freut mich, das zu hören.“ Probeweise fuhr sie ihm mit der Fingerspitze über die Brust und spürte auch prompt, wie seine Muskeln sich spannten. „Weil ich nämlich glaube, dass ich noch mehr Behandlungen brauche.“ Sie ließ die Zungenspitze über seinen Hals gleiten. „Der Schmerz ist immer noch nicht ganz weg.“

„Dann nimm zwei Aspirin und ruf mich in einer Stunde an.“

Sie lachte. Es war ein leises, gurrendes Lachen, das sein Blut in Wallung brachte. „Das ist ja vielleicht eine Pflichtauffassung.“ Langsam und aufreizend liebkosten ihre Lippen sein Gesicht. „Hmm, schmeckst du gut.“ Sie küsste ihn ausführlich.

„Vanessa.“ Unter ihren Liebkosungen hätte er gut und gern einschlafen können, aber als ihre Hand weiter hinabglitt, regte sich auch in ihm der Funke wieder. Er öffnete die Augen und sah, dass sie lächelte wie eine zufriedene Katze neben dem Sahnetopf. „Du spielst mit dem Feuer“, sagte er warnend.

„Ja“, hauchte sie und küsste ihn wieder. „Mit Erfolg?“

Er beantwortete ihre Frage zu ihrer beiderseitigen Zufriedenheit.

„Vanessa“, stöhnte er, als er wieder atmen konnte. „Ich werde diesen Tisch in Gold fassen lassen.“

„Ich glaube, ich bin geheilt.“ Vanessa strich sich das Haar aus dem Gesicht und stand auf. „Zumindest für den Augenblick.“

Ächzend schwang auch Brady die Beine herab. „Warte nur, bis du meine Rechnung bekommst.“

„Ich freue mich schon darauf.“ Sie reichte ihm seine Hose und schlüpfte in ihren Teddy. Sie wusste nicht, wie er es sah, aber für sie würde das Untersuchungszimmer für alle Ewigkeit etwas Besonderes sein. „Wenn ich mir vorstelle, dass ich nur vorbeigekommen bin, um dir ein paar Schinkenbrötchen zu bringen.“

„Schinken? Sagtest du mit Schinken?“

„Und mit Käse.“

Das Wasser lief ihm im Mund zusammen. „Damit wäre die Rechnung beglichen.“

„Darf ich das so verstehen, dass du Hunger hast?“

„Ich habe seit dem Frühstück nichts mehr gegessen. Die Windpocken“, fügte er erklärend hinzu, während sie sich anzog. „Wenn jemand mir ein Schinkenbrot anbietet, küsse ich ihm die Füße.“

Vanessa bewegte ihre Zehen. „Hört sich gut an. Ich hole den Korb.“

„Moment.“ Er fasste ihren Arm. „Wenn wir hier bleiben, trifft meine Sprechstundenhilfe der Schlag, wenn sie morgen früh kommt.“

„Okay.“ Sie hob sein T-Shirt auf. „Gehen wir zu mir.“ Sie rieb ihre Wange an der weichen Baumwolle, bevor sie ihm das Hemd reichte. „Dann können wir im Bett essen.“

„Großartig."

Eine Stunde später lagen sie auf Vanessas Bett, und Brady schenkte gerade den letzten Tropfen Chardonnay ein. Vanessa hatte alle Kerzen, die sie im Haus finden konnte, im Schlafzimmer aufgestellt und angezündet. Aus dem Radio kam leise Musik – Chopin.

„Das war das schönste Picknick seit damals, als ich das Biwak der Pfadfinderinnen überfallen habe. Da war ich gerade dreizehn."

„Ich hörte davon." Sie hatte nie zu den Pfadfinderinnen gehen dürfen. „Du warst schon immer etwas verdorben."

„He, ich habe Betty Jean Baumgartner nackt gesehen! Na ja, fast nackt", schränkte er ein. „Sie hatte noch einen BH und Höschen an, aber für einen Dreizehnjährigen ist das ganz schön erotisch."

„Durch und durch verdorben."

„Das waren nur die Hormone." Er nippte an seinem Wein. „Dein Glück, dass ich noch immer eine Menge davon habe." Zufrieden seufzend lehnte er sich zurück. „Auch wenn sie allmählich in die Jahre kommen."

Vanessa beugte sich vor und drückte einen Kuss auf sein Knie. „Ich habe dich vermisst, Brady."

„Ich dich auch. Tut mir leid, dass diese Woche so vollgepackt war."

„Das verstehe ich doch."

Er griff in ihr Haar und wickelte sich eine Strähne um den Finger. „Das hoffe ich. Allein die Praxisstunden haben sich diese Woche verdoppelt."

„Ich weiß. Die Windpocken. Zwei meiner Schüler haben sie auch. Außerdem hörte ich, dass du ein Baby entbunden – ein Junge, achteinhalb Pfund schwer –, ein Paar Mandeln herausgenommen, einen Riss in Jacks Arm genäht und einen gebrochenen Finger gerichtet hast. Und das alles noch zusätzlich."

„Woher weißt du das?"

„Ich habe meine Quellen." Sie berührte seine Wange. „Du

musst müde sein."

„Das war ich, bevor du kamst. Wie dem auch sei, alles wird leichter, wenn Dad wieder da ist. Hast du auch eine Ansichtskarte bekommen?"

„Ja, heute." Sie lehnte sich mit ihrem Weinglas in der Hand in die Kissen zurück. „Palmen und Sand, Mariachi-Musik und Sonnenuntergänge", schwärmte sie. „Hört sich an, als hätten sie einen Traumurlaub."

„Ich hoffe es für sie, zumal ich vorhabe, mit ihnen zu tauschen, wenn sie zurückkommen."

„Zu tauschen?"

„Ich will mit dir wegfahren, Vanessa." Er nahm ihre Hand und küsste sie. „Wohin du willst."

„Wegfahren?", fragte sie erschrocken. „Warum?"

„Weil ich mit dir allein sein will, ganz allein. Dazu hatten wir nie Gelegenheit."

Vanessa schluckte. „Wir sind doch jetzt allein."

Er stellte sein Weinglas ab und dann ihres. „Vanessa, ich möchte dich heiraten."

Das kam eigentlich nicht überraschend. Sie hatte es gewusst, nachdem er das Wort „Liebe" gebraucht hatte. Der Gedanke jagte ihr auch keine Angst ein, obwohl sie das befürchtet hatte, aber trotzdem spürte sie eine tiefe Verwirrung.

Sie hatten schon früher vom Heiraten gesprochen, als sie fast noch Kinder waren und ihnen die Ehe wie ein wunderbarer Traum erschien. Doch jetzt wusste sie es besser. Eine Ehe bedeutete Arbeit, Verpflichtung und gemeinsame Ansichten. „Brady, ich ..."

„So hatte ich es mir eigentlich nicht vorgestellt", fiel er ihr ins Wort. „Ich wollte es ganz traditionell machen, mit einem Ring und einer hübschen, poetischen Ansprache. Jetzt habe ich keinen Ring, und alles, was ich dir sagen kann, ist, dass ich dich liebe. Ich habe dich immer geliebt und werde es immer tun."

„Brady." Sie drückte seine Hand an ihre Wange. Etwas Poetischeres hätte er gar nicht sagen können. „Ich würde so gern

‚Ja' sagen. Bis zu diesem Augenblick wusste ich gar nicht, wie gern."

„Dann sag es."

Ihre Augen waren feucht, als sie ihn ansah. „Ich kann nicht. Es ist noch zu früh." Sie hob die Hand. „Ich weiß schon, was du sagen willst. Dass wir uns schon ein Leben lang kennen. Das stimmt auch, aber in gewisser Weise war dies eine völlig neue Begegnung."

„Es hat nie eine andere für mich gegeben", sagte er langsam. „Du warst wie ein Geist, der mich verfolgte, wo immer ich war, und der sich verflüchtigte, wenn ich ihn berühren wollte."

Vanessa war den Tränen nahe. „Mein Leben ist völlig aus dem Lot, seit ich wieder zurückgekommen bin. Ich dachte, ich würde dich nie wiedersehen. Und wenn, dann würde es mir nichts ausmachen. Aber es macht mir etwas aus, und das macht alles so wahnsinnig schwierig."

„Müsste es nicht alles leichter machen?"

„Ich wünschte, es wäre so. Ich kann dich nicht heiraten, Brady, bevor ich mich nicht selbst erkenne, wenn ich in den Spiegel schaue."

„Ich weiß nicht, wovon du überhaupt sprichst."

„Nein, das kannst du auch nicht." Sie fuhr sich mit den Fingern durchs Haar. „Ich verstehe es ja selbst kaum. Ich weiß nur, dass ich dir nicht das geben kann, was du dir wünschst. Vielleicht werde ich das auch nie können."

„Aber wir passen doch gut zusammen, Vanessa." Er kämpfte um seine Selbstbeherrschung. „Verdammt, das weißt du genau."

„Ja." Sie tat ihm weh, und das konnte sie kaum ertragen. „Brady, da ist so vieles in mir, das ich selbst nicht verstehe. Zu viele Fragen, auf die ich keine Antworten habe."

„Meine Gefühle werden sich nicht ändern."

„Das hoffe ich."

Brady atmete tief durch, um sich zur Ruhe zu zwingen. „Diesmal wirst du mir nicht wieder fortlaufen, Vanessa. Wenn du es tust, komme ich dir nach. Und wenn du versuchst, dich wegzuschleichen, werde ich zur Stelle sein."

Vanessa versteifte sich. „Das hört sich an wie eine Drohung."

„Das ist es auch."

„Ich mag keine Drohungen, Brady." Aufgebracht warf sie das Haar zurück. „Daran solltest du dich noch erinnern."

„Und du solltest dich daran erinnern, dass ich auf dem Gebiet ein Meister bin." Er zog sie hart an sich. „Du gehörst mir, Vanessa. Früher oder später wird das auch in deinen Kopf gehen."

Starkes Verlangen durchzuckte sie, wie es immer war, wenn sie dieses gefährliche Glitzern in seinen Augen sah. Aber sie hob das Kinn. „Zuerst einmal gehöre ich mir, Brady, und das musst du in deinen Kopf kriegen. Vielleicht wäre das dann ein Anfang."

„Wir haben schon einen Anfang." Sein Mund, der sich auf ihren presste, verriet Ärger, Enttäuschung und Verlangen. „Das kannst du nicht abstreiten."

„Dann muss das fürs Erste genügen." Ihr Blick war ernst. „Ich bin hier mit dir, und in diesem Augenblick gibt es nichts anderes für mich." Sie umschlang ihn mit beiden Armen. „Lass es vorerst genügen."

Aber es war nicht genug. Selbst als er sie mit verzehrender Leidenschaft liebte, wusste er, dass es nicht genug war.

## *11. KAPITEL*

Nett. Wirklich nett, dachte Vanessa, als Annie einen ihrer geliebten Madonna-Songs herunterspielte. Das Mädchen hatte sich eindeutig verbessert.

Auch ihre eigene Einstellung hatte sich verändert. Sie hatte nicht geahnt, dass es ihr so viel Freude machen würde, jungen Menschen die Musik näherzubringen. Hinzu kam, dass die Klavierstunden ihr halfen, nicht dauernd an Brady zu denken.

„Gut gemacht, Annie."

„Ich habe es ganz durchgespielt!" Das ungläubige Staunen auf Annies Gesicht war die wenigen Patzer wert, die ihr unterlaufen waren. „Ich kann es noch mal spielen."

„Nächste Woche, Annie." Vanessa hörte die Haustür ins Schloss fallen. „Und ich erwarte, dass du bis nächste Woche tüchtig übst. Hallo, Joanie."

„Ich habe die Musik gehört." Joanie setzte Lara auf ihre andere Hüfte. „Annie Crampton, hast du das etwa gespielt?"

Annie strahlte. „Ich habe es ganz durchgespielt. Miss Saxton sagt, dass ich es gut gemacht habe."

„Das hast du auch. Ich bin beeindruckt."

„Ich übe ja auch immer. Meine Mom sagt, dass ich in den letzten drei Wochen mehr gelernt habe als in drei Monaten in der Musikschule." Sie sammelte ihre Bücher ein. „Es macht mir auch viel mehr Spaß. Bis nächste Woche, Miss Saxton."

„Ich war wirklich beeindruckt", sagte Joanie, als Annie gegangen war.

„Sie hat Talent." Vanessa streckte die Arme aus. „Hallo, Lara."

„Vielleicht kannst du ihr auch eines Tages Klavierstunden geben."

„Vielleicht." Vanessa herzte das Baby.

„Und was machen die anderen Schüler? Wie viele hast du inzwischen eigentlich?"

„Zwölf. Das ist mein absolutes Limit." Sie rieb ihre Nase an

Laras kleinem Stupsnäschen. „Alles in allem geht es ganz gut. Ich habe mir angewöhnt, die Hände meiner Schüler zu inspizieren, bevor sie sich ans Klavier setzen, nachdem Scott Snooks mir irgendein undefinierbares Zeug auf die Tasten geschmiert hat."

„Wie hat es denn ausgesehen?"

„Grün." Sie lachte und ließ Lara hüpfen.

„Wenn es dir gelingt, Scott Snooks etwas anderes beizubringen als Mord und Totschlag, dann bist du ein wahrer Wundertäter."

„Eine echte Herausforderung." Und es begann ihr sogar Spaß zu machen. „Wenn du Zeit hast, kann ich rasch einen Kaffee kochen."

„Das perfekte Hausmütterchen." Joanie schmunzelte. „Nein, wirklich, ich habe nur ein paar Minuten. Kommt nicht auch gleich der nächste Schüler?"

„Den ersparen mir die Windpocken." Mit Lara auf dem Arm ging Vanessa ins Wohnzimmer. „Weshalb diese Eile?"

„Ich wollte dich nur fragen, ob du etwas aus der Stadt brauchst. Ich will Dad und Loretta empfangen, wenn sie in ein paar Stunden zurückkommen. Bis dahin muss ich aber noch tausend Besorgungen machen." Sie ließ sich in einen Stuhl fallen. „Den ganzen Morgen habe ich damit verbracht, hinter Lara herzuräumen, während sie auf eigene Faust das Haus auf den Kopf stellte. Wenn ich mir vorstelle, dass ich ganz aus dem Häuschen war, als sie ihre ersten Schritte machte …"

„Ich könnte ein paar Platten gebrauchen." Behutsam löste Vanessa Laras Finger von ihrer Kette. „Ich habe eine Idee. Ich schreibe dir ein paar Titel auf, und zum Dank fürs Mitbringen spiele ich für Lara den Babysitter."

Joanies Augen wurden rund. „Entschuldige, aber sagtest du ‚Babysitter'?"

„Ja. Mit anderen Worten, du kannst Lara ein paar Stunden bei mir lassen."

„Ein paar Stunden", wiederholte Joanie andächtig. „Heißt

das, ich kann allein einkaufen gehen? Ganz für mich allein?"

„Na ja, wenn du lieber nicht …"

Mit einem Jauchzer sprang Joanie auf und umarmte Vanessa und Lara. „Lara-Baby, ich liebe dich! Bis später!"

„Joanie, warte." Lachend packte Vanessa sie am Arm. „Ich habe dir die Titel ja noch gar nicht aufgeschrieben."

„Ach ja, richtig. Ich fürchte, dein Angebot hat mich umgehauen." Sie blies sich eine Haarsträhne aus den Augen. „Wie lange bin ich schon nicht mehr allein einkaufen gewesen." Sie runzelte die Stirn. „Ich bin eine Rabenmutter. Ich bin froh, Lara bei dir lassen zu können. Nein, nicht froh. Überglücklich. Im siebten Himmel! Ach, ich bin eine richtige Rabenmutter."

„Nein, du bist ein verrücktes Huhn, aber eine wunderbare Mutter."

Joanie beruhigte sich wieder. „Du hast ja recht. Allerdings ist die Vorstellung, einmal ohne diesen kleinen Quälgeist einkaufen zu gehen … Bist du sicher, dass du mit ihr zurechtkommst?"

„Wir werden uns prächtig amüsieren."

„Dein Wort in Gottes Ohr." Prüfend schaute Joanie sich im Wohnzimmer um. „Vielleicht solltest du vorher ein paar Sachen etwas höher stellen. Oder festnageln. Sonst siehst du die nie wieder."

„Wir kommen schon klar." Sie setzte Lara auf den Teppich und gab ihr ein Modemagazin zum Anschauen … und Zerreißen. „Siehst du?"

„Nun denn. Ich habe sie gefüttert, bevor wir das Haus verließen, und in ihrer Windeltasche ist ein Fläschchen Apfelsaft für den Notfall. Kannst du eine Windel wechseln?"

„Ich habe schon mal zugesehen. So schwer wird es doch nicht sein."

„Also gut, wenn du sonst nichts anderes zu tun hast …"

„Mein Abend ist frei. Wenn die Neuvermählten nach Hause kommen, brauche ich nur um den nächsten Häuserblock zu gehen."

„Ich nehme an, Brady wird vorbeikommen."

„Weiß ich nicht."

Joanie beobachtete Lara, die sich hochgerappelt hatte und mit unsicheren Schritten einem niedrigen Tischchen zustrebte. „Dann war es also doch keine Einbildung."

„Was?"

„Dass es in der letzten Woche zwischen euch Spannungen gegeben hat."

„Ich denke, du bist in Eile, Joanie."

„Bin ich auch, aber dies interessiert mich. Wann immer ich Brady in letzter Zeit gesehen habe, war er entweder vergrätzt oder zerstreut. Sag jetzt bloß nicht, es wäre bloßes Wunschdenken von mir, dass es zwischen euch wieder gefunkt hat."

„Er hat mir einen Heiratsantrag gemacht."

„Er ... juchhu! Das ist ein Ding!" Joanie fiel Vanessa um den Hals, und Lara begann, quietschend auf den Tisch einzuhämmern. „Siehst du, Lara ist auch meiner Meinung."

„Ich habe ‚Nein' gesagt."

„Was?" Völlig entgeistert trat Joanie zurück. „Du hast ‚Nein' gesagt?"

Vanessa wandte sich ab, um die namenlose Enttäuschung in Joanies Gesicht nicht sehen zu müssen. „Es ist einfach noch zu früh, Joanie. Ich bin erst ein paar Wochen wieder hier, und es ist so viel passiert in der Zeit. Meine Mutter und dein Vater ..."

Sie ging zu Lara und nahm eine Vase aus ihrer Reichweite. „Als ich zurückkam, wusste ich nicht einmal, wie lange ich bleiben wollte. Eine Woche oder vielleicht einen Monat. Ich hatte die Absicht, im nächsten Frühling auf Tournee zu gehen."

„Aber deswegen kannst du doch ein Privatleben haben, wenn du willst."

„Ich weiß ja nicht, was ich will." Hilflos schaute sie Joanie an. „Die Ehe ist ... ich weiß nicht einmal genau, was sie eigentlich ist. Wie könnte ich dann Brady heiraten?"

„Aber du liebst ihn doch."

„Ja, ich glaube schon." Sie hob die Hände. „Ich will nicht den gleichen Fehler machen wie meine Eltern. Ich muss sicher sein, dass wir beide das Gleiche wollen."

„Und was willst du?"

„Genau das muss ich noch herausfinden."

„Dann solltest du dich aber lieber beeilen. Wie ich meinen Bruder kenne, wird er dir nicht allzu viel Zeit lassen."

„Ich werde mir so viel Zeit nehmen, wie ich brauche." Bevor Joanie noch etwas sagen konnte, schüttelte sie den Kopf. „Du solltest jetzt lieber gehen, wenn du zurück sein willst, bevor Adam und meine Mutter kommen."

„Ach ja, du hast recht. Ich hole noch eben die Windeltasche." An der Tür blieb sie stehen. „Wir sind zwar schon Stiefschwestern, aber ich rechne fest damit, dass wir auch Schwägerinnen werden."

Brady wusste, dass er sich nur neuen Kummer einhandeln würde, als er auf Vanessas Haustür zuging. Während der letzten Woche hatte er versucht, Abstand zu halten. Wenn die Frau, die man liebte, einem einen Korb gab, war das nicht besonders schmeichelhaft.

Er wollte so gern glauben, dass es nur Trotz bei ihr war und dass sein Fernbleiben sie vielleicht umstimmen würde. Aber ganz im Geheimen fürchtete er doch, dass es tiefer ging. Sie war offenbar fest entschlossen, und was immer er unternahm, es machte keinen Unterschied. Trotzdem, er musste sie sehen.

Er klopfte an den hölzernen Rahmen der Fliegentür, doch nichts rührte sich. Das überraschte ihn kaum, denn von drinnen kam ein ohrenbetäubender Lärm. Vielleicht hat sie einen Wutanfall, dachte er hoffnungsvoll. Vielleicht sogar darüber, dass sie ihrem Glück den Rücken gekehrt hat.

Die Vorstellung gefiel ihm. Frohgemut stieß er die Fliegentür auf und trat ins Haus.

Was immer er erwartet haben mochte, auf dieses Bild war er nicht gefasst: Seine Nichte saß in der Küche auf dem Boden und hämmerte fröhlich auf Töpfe und Pfannen ein, während Vanessa mehlbestäubt an der Arbeitsplatte stand. Als Lara ihn erblickte, hob sie einen Deckel aus rostfreiem Stahl und schlug ihn scheppernd auf den Boden.

„Hallo."

Vanessa schaute auf. Ihr Herz machte bei seinem Anblick einen Satz, aber sie lächelte nicht. Er auch nicht.

„Oh, ich habe dich gar nicht kommen hören."

„Das überrascht mich nicht." Er hob Lara auf und schwang sie durch die Luft. „Was machst du denn?"

„Ich spiele den Babysitter." Sie rieb sich noch mehr Mehl auf die Nase. „Joanie musste in die Stadt. Deshalb habe ich angeboten, Lara für ein paar Stunden zu hüten."

„Ein harter Job, was?"

Vanessa durfte gar nicht daran denken, was für ein Chaos Lara im Wohnzimmer hinterlassen hatte. „Es gefällt ihr hier."

Er setzte die Kleine wieder auf den Boden und gab ihr einen Klaps auf den Po. Sofort wandte Lara sich ein paar Konservendosen zu, die sie vor sich aufgestellt hatte. „Warte nur, bis sie es raus hat, wie man die Etiketten abreißt. Hast du was zu trinken?"

„Im Kühlschrank ist eine Dose Limo." Sie wandte sich wieder zur Arbeitsplatte um und begann eine Stange Sellerie zu hacken. „Hol sie dir selbst. Ich habe alle Hände voll zu tun."

„Das sehe ich." Er öffnete den Kühlschrank. „Was machst du denn da?"

„Nur Mist!" Sie knallte das Messer auf die Arbeitsplatte. „Ich hatte die Absicht, für Mutter und Adam zur Begrüßung etwas zu kochen. Joanie hat schon so viel getan. Ich wollte versuchen … Aber ich schaffe es einfach nicht. In meinem ganzen Leben habe ich noch keine Mahlzeit gekocht." Verzweifelt fuhr sie sich mit der Hand durchs Haar. „Ich bin eine erwachsene Frau, aber wenn es keine Fertigkost und keinen Zimmerservice gäbe, müsste ich verhungern."

„Du machst hervorragende Schinkenbrötchen."

„Mir ist nicht nach Scherzen zumute, Brady."

„Du nimmst das alles viel zu ernst."

„Wie stellst du dir das vor, wenn ich beispielsweise die Frau eines Arztes wäre?“

Verblüfft sah er sie an. „Wieso?“

„Stell dir vor, er kommt abends nach einem langen Arbeitstag nach Hause. Würde ich ihm dann nicht etwas zu essen vorsetzen wollen, damit wir uns zusammen an den Tisch setzen und über den vergangenen Tag reden könnten? Wäre das nicht etwas, das er von mir erwarten würde?“

„Warum fragst du ihn nicht einfach?“

„Verdammt, Brady, siehst du es denn nicht ein? Es würde nicht funktionieren.“

„Ich sehe nur, dass du ein paar Probleme hast, einen …“ Er beugte sich vor und warf einen Blick auf das Durcheinander auf der Arbeitsplatte. „Was ist das eigentlich?“

„Es sollte ein Thunfischauflauf werden.“

„Na schön, dann hast du also Probleme, einen Thunfischauflauf zu machen. Was mich betrifft, so hoffe ich, dass du es auch nie lernst.“

„Darum geht es nicht.“

Er wischte ihr zärtlich einen Mehlfleck von der Wange. „Worum geht es dann?“

„Dies ist ja nur ein Beispiel, noch dazu ein dummes. Aber wenn ich nicht mal so eine Lappalie schaffe …“ Sie nahm eine Zwiebel und warf sie wütend auf die Arbeitsplatte. „Wie soll ich dann mit schwierigeren Sachen fertig werden?“

„Glaubst du, ich will dich heiraten, nur damit ich jeden Abend ein warmes Essen kriege?“

„Nein, aber glaubst du, ich heirate dich, um mich anschließend unfähig und nutzlos zu fühlen?“

„Nur weil du nicht weißt, was du mit einer dämlichen Dose Thunfisch anfangen sollst?“ Fassungslos sah er sie an.

„Weil ich nicht weiß, wie man einen Haushalt führt.“ Vanessa versuchte ihre Stimme zu dämpfen. Vielleicht war Lara noch zu klein, um den Streit mitzubekommen, aber Vanessa hatte in ihrer Kindheit und Jugend zu viel davon erlebt. „Und so sehr ich dich auch liebe, ich weiß nicht einmal, ob ich es überhaupt lernen will. Es gibt nur eines, das ich beherrsche, Brady, und das ist meine Musik."

„Niemand verlangt von dir, sie aufzugeben, Vanessa."

„Wenn ich wieder auf Tournee gehe, wenn ich wochenlang fort bin, was für eine Art Ehe wäre das, Brady? Stippvisiten zwischen zwei Auftritten."

„Ich weiß es nicht." Er schaute auf seine Nichte hinab, die gerade Konservendosen in Kochtöpfe stellte. „Ich wusste nicht, dass du ernsthaft planst, wieder auf Tournee zu gehen."

„Ich muss zumindest darüber nachdenken. Immerhin war es bisher der Hauptinhalt meines Lebens." Vanessa hatte sich etwas beruhigt und widmete sich wieder dem Gemüseschneiden. „Ich bin Pianistin, Brady, so wie du Arzt bist. Meine Musik rettet zwar kein Leben, macht es aber reicher."

Er fuhr sich durchs Haar. „Ich weiß sehr wohl, dass deine Arbeit wichtig ist. Ich bewundere sie, und ich bewundere dich. Ich sehe nur nicht ein, dass dein Talent uns im Wege stehen muss."

„Das ist es ja nicht allein", sagte sie leise.

Er drehte sie zu sich um. „Ich will dich heiraten, Vanessa. Ich möchte Kinder mit dir haben und ihnen ein Heim schaffen. Wir können das hier tun, wo wir beide hingehören, wenn du mir vertraust."

„Zuerst einmal muss ich mir selbst trauen." Sie atmete tief ein. „Und nächste Woche fliege ich nach Cordina."

Er ließ sie los. „Cordina?"

„Zu Prinzessin Gabriellas Wohltätigkeitskonzert."

„Ich habe davon gehört."

„Ich habe meine Teilnahme zugesagt."

„Ich verstehe." Um sich zu beschäftigen, öffnete er den Schrank und nahm ein Glas heraus. „Und wann hast du zugesagt?"

„Vor fast zwei Wochen."

Seine Finger spannten sich um das Glas. „Und kein Wort davon erwähnt."

„Nein." Sie wischte sich die Hände ab. „Angesichts der Umstände wusste ich nicht, wie du darauf reagieren würdest."

„Wolltest du damit warten, bis du zum Flughafen fährst, oder wolltest du mir eine Karte aus Cordina schreiben? Verdammt, Vanessa." Am liebsten hätte er das Glas an die Wand geworfen. „Was für ein teuflisches Spiel hast du mit mir gespielt? Hast du aus reiner Langeweile eine alte Jugendliebe wieder aufgewärmt?"

Sie erbleichte, aber ihre Stimme klang fest. „Du weißt genau, dass es nicht so ist."

„Ich weiß nur, dass du wieder fortgehst."

„Es ist doch nur eine einzige Vorstellung."

„Und dann?"

Sie wandte den Kopf und sah aus dem Fenster. „Ich weiß noch nicht. Frank, mein Agent, möchte gern eine Tournee organisieren. Hinzu kommen noch ein paar Galas, um die man mich gebeten hat."

„Ein paar Galas", wiederholte er. „Du bist mit einem Magengeschwür hier angekommen, weil du es kaum über dich gebracht hast, auf die Bühne zu gehen, und weil du dich zu oft dazu gezwungen hast. Und jetzt redest du davon, das Gleiche wieder zu tun. Ich kann das nicht verstehen."

„Das ist etwas, womit ich selbst fertig werden muss."

„Dein Vater ..."

„Ist tot", fiel sie ihm ins Wort. „Er kann mich nicht mehr zwingen, auf die Bühne zu gehen. Und ich hoffe, du versuchst nicht, mich davon abzuhalten." Sie atmete tief durch, aber es half nicht. „Ich glaube nicht, dass ich mich übernommen habe. Ich habe getan, was ich tun musste, und jetzt will ich selbst entscheiden können, was ich in Zukunft tue."

Hinter Bradys Stirn arbeitete es. „Du hast beschlossen, zur Bühne zurückzugehen, ohne mit mir darüber zu sprechen."

„Stimmt. Es mag sich egoistisch anhören, Brady, aber das ist etwas, das ich ganz allein entscheiden muss. Mir ist auch klar, dass es unfair wäre, dich zu bitten, auf mich zu warten. Deshalb tue ich es auch nicht." Sie schloss die Augen einen Moment. Dann öffnete sie sie wieder. „Was immer auch geschieht, ich möchte, dass du Folgendes weißt: Die letzten Wochen mit dir haben alles für mich bedeutet."

„Zur Hölle damit!" Das hörte sich zu sehr nach Abschied an. Er riss sie hart an sich. „Du kannst nach Cordina gehen, du kannst sonst wohin gehen, aber du wirst mich nicht vergessen. Du wirst dies nicht vergessen."

In seinem Kuss lag glühender Zorn ... und Verzweiflung. Vanessa nahm beides hin, denn auch sie fühlte sich innerlich ganz zerrissen. „Brady." Sie legte die Hände um sein Gesicht und drückte ihre Stirn an seine. „Es muss mehr sein als dies. Für uns beide."

„Es ist mehr." Er bog ihren Kopf zurück. „Das weißt du genau."

„Ich habe mir heute ein Versprechen gegeben. Ich will mir die Zeit nehmen, über mein Leben nachzudenken, über jeden Augenblick, der mir wichtig erscheint. Wenn ich das getan habe, werde ich die richtige Entscheidung treffen. Dann wird es keine Zweifel und Ausflüchte mehr geben. Aber für den Augenblick musst du mich gehen lassen."

„Ich habe dich schon einmal gehen lassen." Sie schüttelte den Kopf, aber er fasste sie fester. „Du hörst mir jetzt zu. Wenn du jetzt und so gehst, werde ich nicht den Rest meines Lebens damit verbringen, dir nachzutrauern. Ich will verdammt sein, wenn ich zulasse, dass du mir noch einmal das Herz brichst."

In diesem Augenblick platzte Joanie herein.

„Na, ihr seid mir vielleicht zwei Babysitter." Lachend hob sie Lara auf und drückte sie an sich. „Man sollte es nicht glauben, aber ich habe dieses kleine Monster tatsächlich vermisst. Tut mir leid, dass es so lange gedauert hat." Sie warf einen Blick auf die Unordnung am Fußboden. „Sieht aus, als hätte sie euch gut beschäftigt."

„Sie war ganz zufrieden", sagte Vanessa, die sich von Brady losgemacht hatte. „Sie hat eine halbe Schachtel Cracker aufgegessen."

„Aha, darum ist sie so schwer. Hallo, Brady, das trifft sich ja gut.“ Auf sein unwirsches Knurren rollte sie die Augen himmelwärts. „Ich meine ja nur, es ist gut, dass du da bist. Schau mal, wen ich draußen getroffen habe.“ Sie wies auf Adam und Loretta, die Arm in Arm hereinkamen. „Sehen sie nicht fabelhaft aus?“

„Willkommen daheim“, sagte Vanessa lächelnd, blieb jedoch stehen. „War's schön?“

„Traumhaft schön.“ Loretta stellte einen riesigen Korb auf den Tisch. Vanessa sah das stille Glück, das aus ihren Augen leuchtete. „Ich glaube, das war das schönste Plätzchen auf der ganzen Welt. Weißer Sand, wohin man sah, und das Wasser glasklar. Wir haben sogar geschnorchelt.“

„In meinem Leben habe ich noch nicht so viele Fische gesehen“, warf Adam ein und stellte noch einen Korb auf den Tisch.

„Ha!“ Loretta streifte ihn mit einem sprechenden Blick. „Er hat unter Wasser nur nach den vielen langen Beinen geschaut. Dort am Strand sind Frauen herumgelaufen, die hatten fast gar nichts an.“ Sie schmunzelte. „Die Männer allerdings auch nicht. Nach den ersten zwei Tagen habe ich es aufgegeben, wegzuschauen.“

„Bereits nach den ersten zwei Stunden“, korrigierte Adam.

Sie lachte nur und kramte in ihrem Korb. „Schau, Lara, wir haben dir eine Handpuppe mitgebracht.“ Sie ließ die bunte Puppe an den Fäden tanzen.

„Unter anderem“, bemerkte Adam. „Wartet nur, bis ihr die Fotos seht. Ich habe mir sogar eine Unterwasserkamera geborgt und die … hm … Fische aufgenommen.“

„Es wird Wochen dauern, bis wir alles ausgepackt haben. Ich darf gar nicht daran denken.“ Seufzend setzte Loretta sich an den Tisch. „Ach, und der ganze Silberschmuck. Ich fürchte, ich bin in einen kleinen Kaufrausch verfallen.“

„In einen großen“, kommentierte Adam augenzwinkernd.

„Ihr dürft euch beide etwas davon aussuchen“, sagte sie zu Vanessa und Joanie. „Das heißt, wenn ich ihn erst mal gefunden habe. Brady, ist das Limo?“

„Auf Anhieb richtig geraten.“ Er schenkte ihr ein Glas ein. „Auf eure Rückkehr.“

„Warte nur, bis du deinen Sombrero siehst.“

„Meinen Sombrero?“

„Er ist rot und silbern – und fast drei Meter im Durchmesser.“ Sie zwinkerte Adam zu. „Ich konnte es ihm nicht ausreden. Ach, ist das schön, wieder zu Hause zu sein.“ Sie schaute auf die Arbeitsplatte. „Was ist denn das?“

„Ich wollte …“ Vanessa warf einen hilflosen Blick auf das von ihr angerichtete Chaos. „Ich habe versucht, euch etwas zu kochen. Ich … ich dachte, du hast sicher keine Lust, gleich am ersten Abend in der Küche zu stehen.“

„Gutes, ehrliches amerikanisches Essen!“ Adam verdrehte genüsslich die Augen. „Das ist genau das, was ich jetzt brauche.“

„Ich bin aber noch nicht …“

Joanie begriff sofort und trat an die Arbeitsplatte. „Sieht aus, als hättest du gerade erst angefangen. Komm, ich helfe dir ein bisschen.“

Vanessa trat einen Schritt zurück und stieß mit Brady zusammen. „Ich bin gleich wieder da.“

Sie lief hinaus und rannte kopflos die Treppe hinauf. In ihrem Zimmer ließ sie sich auf ihr Bett fallen. Verlor sie jetzt allmählich den Verstand? Anders war es doch wohl nicht zu erklären, dass ein verpatztes Essen sie an den Rand eines Nervenzusammenbruchs brachte.

„Vanessa.“ Loretta stand an der Tür. „Darf ich einen Augenblick hereinkommen?“

„Ich wollte gerade wieder herunterkommen. Ich habe nur …“ Sie wollte aufstehen, setzte sich dann aber wieder hin. „Tut mir leid. Ich will euch nicht den ersten Abend verderben.“

„Das hast du auch nicht. Das kannst du gar nicht.“ Loretta schloss die Tür, ging zu Vanessa und setzte sich neben sie. „Ich habe dir deine Verärgerung angesehen, als wir hereinkamen. Ich

dachte, es wäre wegen … meinetwegen."
„Nein, ganz und gar nicht."
„Willst du darüber sprechen?"
Vanessa zögerte so lange, dass Loretta schon fürchtete, sie würde überhaupt nicht sprechen.
„Es ist wegen Brady. Nein, wegen mir. Er will, dass ich ihn heirate, aber ich kann nicht. Es gibt so viele Gründe dagegen, doch er begreift es nicht. Will es nicht begreifen. Ich kann nicht kochen oder Wäsche waschen oder irgendetwas von den Dingen, die Joanie mit links erledigt."
„Joanie ist ein liebes Ding", sagte Loretta ruhig. „Aber sie ist völlig anders als du."
„Ich bin anders", sagte Vanessa bitter. „Anders als Joanie, als du, als irgendjemand sonst."
Vorsichtig berührte Loretta ihr Haar. „Es ist weder abnorm noch verwerflich, wenn man nicht kochen kann."
„Ich weiß." Vanessa kam sich idiotisch vor. „Es ist einfach nur … Ich wollte euch etwas bieten, und jetzt stehe ich da wie ein Schaf."
„Ich habe dir nie beigebracht, wie man kocht oder einen Haushalt führt. Zum Teil deshalb, weil du so viel üben musstest und keine Zeit hattest, aber zum Teil und vielleicht hauptsächlich deshalb, weil ich es gar nicht wollte. Ich wollte den Haushalt ganz allein für mich haben. Ich hatte ja sonst nichts, was mich ausfüllte." Sie seufzte und strich leicht über Vanessas Arm. „Im Grunde geht es doch gar nicht um Kochen und Wäsche waschen, oder?"
„Nein, ich fühle mich von Brady unter Druck gesetzt. Ehe … das hört sich so schön an, aber …"
„Aber du bist in einem Haus aufgewachsen, wo das nicht so war." Loretta nahm Vanessas Hand. „Es ist schon seltsam, wie blind man sein kann. Als du klein warst, war ich fest davon überzeugt, dass du gar nicht mitkriegst, was zwischen deinem Vater und mir vorging. Das war natürlich ein Irrtum."
„Das ging nur euch etwas an."

„Nein, das ging uns alle drei an“, widersprach Loretta. „Hör zu, Vanessa, Adam und ich haben in Mexiko über all das gesprochen. Er wollte, dass ich dir die ganze Wahrheit sage. Erst war ich dagegen, inzwischen sehe ich ein, dass er recht hat.“

„Aber unten warten sie.“

„Wir haben es schon viel zu lange aufgeschoben.“ Unruhig stand sie auf und trat ans Fenster. „Ich war sehr jung, als ich deinen Vater heiratete. Achtzehn Jahre.“ Sie schüttelte den Kopf. „Gott, ist das lange her. Damals war ich natürlich ein ganz anderer Mensch. Er hat mir völlig den Kopf verdreht. Er war fast dreißig und war gerade von einer Tournee zurückgekommen. Paris, London, New York … ich fand es schrecklich aufregend.“

„Seine Karriere ging dem Ende zu“, sagte Vanessa ruhig. „Er hat nie davon gesprochen, aber ich habe darüber gelesen. Und es gab natürlich viele ‚Freunde‘, die sich mit Wonne darüber den Mund zerrissen.“

„Er war ein brillanter Musiker, das kann ihm niemand nehmen.“ Loretta wandte sich um. In ihren Augen lag eine tiefe Traurigkeit. „Leider hat er es sich selbst genommen. Als er auf der Karriereleiter nicht die Höhe erklimmen konnte, die er sich vorgestellt hatte, hat er die Flinte ins Korn geworfen. Als er zurückkam, war er vergrämt, mürrisch und ungeduldig.

Ich war ein sehr einfaches Mädchen, Vanessa, und hatte ein einfaches Leben geführt. Vielleicht war es gerade das, was ihn anfangs reizte. Und mich reizte seine Weltgewandtheit. Ich war ganz überwältigt von ihm. Wir machten einen großen Fehler – alle beide. Ich wurde schwanger.“

Sprachlos vor Entsetzen starrte Vanessa ihre Mutter an. „Mit mir?“ Mühsam stand sie auf. „Du hast meinetwegen heiraten müssen?“

„Wir haben geheiratet, weil jeder in dem anderen nur das sah, was er sehen wollte. Das Ergebnis warst du. Als du empfangen wurdest, glaubten wir beide fest daran, uns zu lieben. Vielleicht war es sogar Liebe, auf eine gewisse Art.“

„Du warst schwanger", sagte Vanessa tonlos. „Da hat man keine Wahl."

„Man hat immer eine Wahl. Du warst kein Missgeschick, Vanessa, und auch keine Ausrede. Du warst der beste Teil von uns, und das wussten wir beide. Es gab keine Szenen oder Vorwürfe. Ich war selig, sein Kind zu tragen, und er war ebenfalls glücklich. Das erste Jahr unserer Ehe war gut, wirklich gut."

„Ich weiß gar nicht, was ich sagen soll", murmelte Vanessa erschüttert.

„Du warst das Beste, was mir je widerfahren ist, Vanessa. Und deinem Vater. Das Tragische ist nur, dass wir das Schlimmste waren, was uns gegenseitig widerfahren konnte. Dafür warst aber nicht du verantwortlich. Was immer anschließend auch geschehen ist, dich zu haben machte alles erträglicher."

„Was ist anschließend geschehen?"

„Meine Eltern starben, und wir zogen in dieses Haus. Es war das Haus, in dem ich aufgewachsen war, das mir gehörte. Lange Zeit habe ich nicht begriffen, wie sehr ihn das störte. Ich glaube, er war sich selbst nicht darüber im Klaren. Du warst damals drei. Dein Vater war rastlos. Er hasste es, hier auf dem Land zu leben, aber wagte es auch nicht, eine neue Karriere zu starten, weil er Angst hatte zu versagen. Er begann dich zu unterrichten und verwendete von nun an seine ganze Energie darauf, aus dir den Weltstar zu machen, der er nicht werden konnte."

Sie drehte sich wieder zum Fenster. „Ich habe ihn nicht daran gehindert. Ich habe es nicht einmal versucht. Du wirktest so glücklich am Klavier. Je vielversprechender du dich entwickeltest, desto bitterer wurde er. Nicht gegen dich, sondern wegen seiner Situation und natürlich gegen mich. Und ich wurde auch bitter gegen ihn. Du warst das Einzige, was wir beide jemals zusammen gut gemacht hatten, und das Einzige, das wir beide lieben konnten. Aber es genügte nicht, dass wir auch einander liebten. Kannst du das verstehen?"

„Warum seid ihr zusammengeblieben?"

„Ich weiß es nicht genau. Gewöhnung, Angst, ein kleiner

Hoffnungsfunke, dass wir vielleicht doch wieder zueinanderfinden … Aber im Endeffekt haben wir uns nur noch gestritten. Ich weiß, wie sehr dich das später belastet hat. Als du älter wurdest, bist du oft aus dem Haus gelaufen, um unseren Streitereien zu entgehen. Wir haben bei dir versagt, Vanessa, alle beide. Und obwohl er Dinge getan hat, die egoistisch und unverzeihlich waren, habe ich noch mehr versagt, denn ich habe sie geduldet. Anstatt es besser zu machen, habe ich nach einem Ausweg gesucht … und ihn bei einem anderen Mann gefunden."

Loretta fand den Mut, ihre Tochter wieder anzusehen. „Es gibt keine Entschuldigung dafür. Dein Vater und ich waren zwar nicht mehr intim miteinander, genau genommen kaum höflich, aber es hätte trotzdem andere Alternativen für mich gegeben. Ich habe an Scheidung gedacht, das erfordert jedoch Mut, und ich war ein Feigling. Plötzlich gab es jemanden, der gut zu mir war, der mich attraktiv und begehrenswert fand. Und weil es zudem verboten war, war es doppelt aufregend."

Vanessa spürte, wie ihre Augen brannten. „Du warst einsam, nicht wahr?"

„Oh Gott, ja, das war ich", sagte Loretta erstickt. Sie presste die Lippen zusammen. „Aber das ist keine Entschuldigung für …"

„Ich brauche keine Entschuldigungen. Ich will verstehen, wie du dich fühltest."

„Verloren", flüsterte Loretta. „Und leer. Ich hatte das Gefühl, mein Leben sei vorbei. Ich wollte einen Menschen, der mich brauchte, der mich hielt. Der etwas Nettes zu mir sagte, auch wenn es gelogen war." Sie schüttelte den Kopf, und als sie weitersprach, war ihre Stimme wieder fest. „Es war falsch, Vanessa, genauso falsch wie unsere überstürzte Ehe." Sie kam zum Bett zurück und nahm Vanessas Hand. „Ich will, dass es bei dir anders ist. Es wird anders sein. Aber dir etwas zu versagen, das gut für dich wäre, ist genauso falsch, wie blind in eine unpassende Beziehung hineinzustolpern."

„Und woran erkenne ich, was richtig ist?"

„Das kommt von ganz allein." Sie lächelte. „Ich habe fast mein ganzes Leben gebraucht, um das zu begreifen. Erst bei Adam ist es mir klar geworden."

„War es …" Vanessa fürchtete sich, die Frage auszusprechen. „War es Adam, mit dem du …?"

„Damals? Oh Gott, nein. Niemals hätte er Emily betrogen. Er liebte sie. Es war ein anderer Mann. Er war noch nicht lange in der Stadt. Ich glaube, das hat es mir irgendwie leichter gemacht. Er war ein Fremder, der mich nicht kannte. Als ich unsere Verbindung löste, ist er wieder fortgegangen."

„Du hast sie gelöst? Warum?"

Loretta schloss gequält die Augen. Jetzt kam das Schlimmste. „Es war der Abend deines Abschlussballs. Ich war bei dir oben gewesen, erinnerst du dich? Du warst so verzweifelt."

„Er hat Brady einsperren lassen."

„Ich weiß. Aber ich schwöre dir, damals wusste ich es nicht. Ich bin dann schließlich gegangen, weil du allein sein wolltest. Ich dachte die ganze Zeit darüber nach, was für fromme Worte ich Brady Tucker an den Kopf werfen wollte, sobald ich ihn in die Finger kriegte. Ich war noch immer furchtbar wütend, als dein Vater nach Hause kam. Er war noch viel wütender. Er war fuchsteufelswild. Und da kam alles heraus. Er war wütend darüber, dass der Sheriff Brady wieder freigelassen hatte, weil Adam einen Riesenaufstand gemacht hatte."

Sie ließ Vanessa los und presste die Hand auf die Augen. „Ich war entsetzt. Ich wusste zwar, dass er Brady nie leiden konnte, aber er war ja prinzipiell gegen alles und jeden, der die Pläne stören könnte, die er mit dir hatte. Aber dies … dies überschritt die Grenzen bei Weitem. Die Tuckers waren unsere Freunde. Jeder, der Augen im Kopf hatte, konnte sehen, dass ihr ineinander verliebt wart, du und Brady. Ich gebe zu, dass ich mir auch Sorgen gemacht habe, ob du vielleicht mit ihm schläfst, aber dann haben wir darüber gesprochen, und du wirktest sehr vernünftig. Wie dem auch sei, dein Vater wütete wie ein Berserker, und ich war so außer mir über sein brutales Vorgehen, dass ich die Kontrolle verlor. Ich sagte ihm auf den Kopf zu, was ich seit Wochen zu verbergen suchte – dass ich schwanger war."

„Schwanger?", wiederholte Vanessa. „Du … oh Gott."

„Ich dachte, er würde die Beherrschung verlieren, aber er war plötzlich ganz ruhig. Eiskalt." Es hatte keinen Sinn, ihrer Tochter zu sagen, mit was für Namen er sie bedacht hatte. „Er erklärte, dass ein weiteres Zusammenleben nicht mehr infrage käme. Er würde die Scheidung einreichen, und er würde dich mitnehmen. Je mehr ich ihn bat, anflehte und drohte, desto ruhiger wurde er. Er würde dich mitnehmen, weil nur er in der Lage sei, dir die richtige Erziehung zu geben. Ich wäre … nun, es war klar, wofür er mich hielt. Er hatte bereits Tickets nach Paris, zwei Tickets. Ich hatte nichts davon gewusst. Es stellte sich heraus, dass er auf jeden Fall mit dir fortgegangen wäre. Was mich beträfe, so hätte ich mich zu fügen, weil er mich sonst vor Gericht zerren und mir einen Prozess machen würde, den ich auf jeden Fall verlieren würde, wenn es sich herausstellte, dass ich mit dem Bastard eines anderen Mannes schwanger war." Loretta begann lautlos zu weinen. „Wenn ich nicht einverstanden wäre, wollte er warten, bis das Kind geboren war und mir dann das Sorgerecht entziehen lassen. Er schwor, dass er es sich zur Lebensaufgabe machen würde, mir auch noch dieses Kind wegzunehmen. Und dann hätte ich gar nichts mehr."

„Aber du … er konnte doch nicht …"

„Ich war unerfahren in solchen Dingen, Vanessa. Ich wusste nicht, was er alles konnte. Ich wusste nur, dass ich am Ende nicht nur ein, sondern vielleicht sogar beide Kinder verlieren würde. Du solltest nach Paris gehen, all diese wunderbaren Dinge sehen und auf berühmten Bühnen spielen. Du solltest jemand werden." Die Tränen liefen ihr über die Wangen. „Gott ist mein Zeuge, Vanessa, ich weiß nicht, ob ich dich gehen ließ, weil ich glaubte, dass es dein Wunsch war, oder weil ich nur Angst hatte, etwas dagegen zu unternehmen."

„Das ist jetzt nicht mehr wichtig." Vanessa stand auf und trat zu ihrer Mutter. „Es spielt keine Rolle mehr."

„Ich wusste, dass du mich hassen würdest …“

„Nein, das tue ich nicht.“ Sie legte die Arme um ihre Mutter und drückte sie an sich. „Das könnte ich gar nicht. Und das Baby?“, fragte sie leise. „Was ist dann geschehen?“

Der alte Schmerz war wieder da, scharf und stechend. „Ich hatte eine Fehlgeburt, als ich im dritten Monat war. Du siehst, ich habe euch doch beide verloren. Ich durfte all die Kinder nicht haben, von denen ich geträumt hatte.“

„Oh Mom.“ Vanessa drückte ihre Mutter fest an sich und ließ ihren eigenen Tränen freien Lauf. „Es tut mir leid. Es tut mir so leid. Es muss furchtbar für dich gewesen sein.“

Loretta drückte ihre Wange an das Gesicht ihrer Tochter. „Es ist kein Tag vergangen, an dem ich nicht an dich gedacht und dich vermisst hätte. Wenn ich alles noch einmal tun könnte …“

Vanessa schüttelte den Kopf. „Nein, wir können die Vergangenheit nicht zurückholen. Wir müssen von vorn beginnen“, sagte sie.

## 12. KAPITEL

Vanessa saß in ihrer Garderobe, umgeben von Blumen und deren berauschendem Duft. Aber sie beachtete sie kaum. Sie hatte so sehr gehofft, dass eines der üppigen Gebinde vielleicht von Brady geschickt worden wäre.

Aber sie hätte es besser wissen müssen.

Er hatte sie nicht zum Flugplatz gebracht. Er hatte auch nicht angerufen, um ihr Glück zu wünschen oder ihr zu sagen, dass sie ihm fehlen würde. Das war nicht sein Stil. Wenn Brady Tucker sauer war, dann war er sauer. Er machte auch keine Annäherungsversuche. Er war einfach sauer.

Und das war sein Recht, wie sie zugeben musste.

Schließlich war sie es, die ihn verlassen hatte. Sie war zu ihm gegangen, hatte sich ihm hingegeben, hatte ihn mit aller Leidenschaft und Hingabe geliebt, die eine Frau einem Mann entgegenbringen konnte. Aber sie hatte die Worte nicht ausgesprochen, und damit hatte sie sich ihm verweigert.

Weil sie Angst hatte. Sie hatte Angst gehabt, einen schrecklichen, nicht wieder gutzumachenden Fehler zu begehen. Er würde nie verstehen, dass dies genauso um seinetwillen geschah wie um ihretwillen.

Sie verstand jetzt so vieles besser, nachdem ihre Mutter mit ihr gesprochen hatte. Fehler konnten aus den redlichsten Motiven heraus gemacht werden. Es war zu spät, ihren Vater zu fragen, um seine Gefühle und Beweggründe zu verstehen.

Sie konnte nur hoffen, dass es für sie selbst nicht auch zu spät war. Was war aus jenen Kindern geworden, die bis über beide Ohren ineinander verliebt gewesen waren? Brady hatte sein Leben, seinen Beruf und seine Antworten. Er hatte seine Familie, seine Freunde, sein Heim. Aus dem wilden, leichtsinnigen Jungen war ein zielstrebiger, integrer und vernünftiger Mann geworden.

Und sie? Vanessa schaute auf ihre Hände hinab. Sie hatte ihre Musik. Sie war alles, was ihr je allein gehört hatte.

Ja, sie verstand die Fehler ihrer Eltern nun besser, als es ihr lieb war. Sie hatten sie geliebt, beide auf ihre Weise, aber dadurch waren sie noch keine Familie geworden. Und es hatte auch keinen von ihnen glücklich gemacht.

Während Brady seine Wurzeln in den fruchtbaren Boden seiner Heimatstadt grub, saß sie allein in einer mit Blumen gefüllten Garderobe und wartete auf ihren Auftritt.

Es klopfte.

„Herein."

„Vanessa!" Prinzessin Gabriella, gekleidet in blaue Seide, trat ein.

„Hoheit." Vanessa wollte aufstehen, doch Gabriella gebot ihr mit einer freundlichen Geste, sitzen zu bleiben.

„Ich hoffe, ich störe Sie nicht."

„Natürlich nicht. Möchten Sie ein Glas Wein?"

„Wenn Sie welchen haben." Obwohl ihre Füße nach diesem aufreibenden Tag höllisch brannten, gestattete die Prinzessin sich nur einen kleinen Seufzer, als sie sich auf einem Stuhl niederließ. Sie war von königlicher Geburt und dazu erzogen worden, nicht zu klagen. „Der Tag war so hektisch, dass ich noch gar nicht dazu gekommen bin, Sie zu begrüßen und mich davon zu überzeugen, dass Sie sich wohlfühlen."

„In Ihrem Palast muss man sich einfach wohlfühlen, Hoheit."

„Gabriella, bitte." Sie nahm das Weinglas. „Wir sind schließlich allein." Sie überlegte einen Augenblick, ob sie die Schuhe abstreifen sollte, ließ es dann aber. „Ich wollte Ihnen noch einmal dafür danken, dass Sie eingewilligt haben, heute Abend zu spielen. Es war mir so wichtig."

„Es ist mir immer ein Vergnügen, in Cordina zu spielen, und es ist mir eine Ehre, dass Sie mich aufgefordert haben."

Gabriella lachte auf und nippte an ihrem Glas. „Sie waren sauer, weil ich Sie im Urlaub belästigt habe." Sie warf ihr kastanienrotes Haar zurück. „Und dafür habe ich sogar Verständnis. Aber sehen Sie, ich habe gelernt, hart zu bleiben … gegen mich und andere."

Vanessa musste lächeln. Hoheit oder nicht, Prinzessin Gabriella war ungemein nett und natürlich. „Also gut, sagen wir, ich war geschmeichelt und sauer. Ich hoffe sehr, das Wohltätigkeitskonzert wird ein großer Erfolg."

„Wird es", sagte Gabriella überzeugt. „Eve – Sie kennen meine Schwägerin?"

„Ja, ich bin ihr schon mehrmals begegnet."

„Sie ist Amerikanerin und dementsprechend rührig. Sie war mir eine große Hilfe."

„Ihr Mann ist ebenfalls Amerikaner, nicht wahr?"

Gabriellas Augen leuchteten auf. „Ja. Und er ist genauso rührig. Dieses Jahr haben wir auch unsere Kinder etwas eingespannt. Deshalb ist alles noch ein bisschen hektischer als sonst. Mein Bruder Alexander war ein paar Wochen verreist, aber zum Glück ist er rechtzeitig zurückgekommen, um sich nützlich zu machen."

„Ui, Sie spannen Ihre Familie ja tüchtig ein, Gabriella."

„Das ist auch richtig so … weil ich sie nämlich alle liebe." Sie sah den Schatten, der über Vanessas Gesicht fiel, und nahm sich vor, sie zu fragen, ob etwas sie bedrücke. „Hannah lässt sich entschuldigen, weil sie vor Ihrem Auftritt nicht mehr in Ihre Garderobe gekommen ist. Aber Bennett stellt sich so schrecklich mit ihr an."

„Da Ihre Schwägerin hochschwanger ist, hat Ihr Bruder dazu auch allen Grund."

„Dabei war Hannah so neugierig auf Sie." Gabriella schmunzelte. „Immerhin ist Ihr Name in den Klatschspalten mehrfach mit dem meines Bruders aufgetaucht, bevor er verheiratet war."

Und mit dem der Hälfte der weiblichen Bevölkerung, dachte Vanessa, ließ sich aber nichts anmerken. „Seine Hoheit war ein sehr charmanter Begleiter."

„Er war ein Schwerenöter."

„Gezähmt von der schönen Lady Hannah."

„Nicht gezähmt, allenfalls ein bisschen gezügelt." Sie stellte ihr Glas ab. „Ich war enttäuscht, als Ihr Agent uns sagte, dass

Sie nur einen Tag in Cordina bleiben wollen. Es ist so lange her, seit Sie uns das letzte Mal besucht haben."

„Ich fühle mich sehr wohl bei Ihnen." Vanessa spielte mit den Blütenblättern einer weißen Rose. „Ich erinnere mich so gern an das letzte Mal, an den herrlichen Tag, den ich mit Ihnen und Ihrer Familie auf Ihrem Landsitz verbringen durfte."

„Sie sind uns jederzeit herzlich willkommen, wenn Ihr Terminkalender es erlaubt." Von Natur aus mitfühlend, streckte sie die Hand aus. „Geht es Ihnen wirklich gut?"

„Ja, danke, es geht mir gut."

„Sie sehen hinreißend aus, Vanessa, nicht zuletzt wegen dieses traurigen Ausdrucks in Ihren Augen. Ich kenne diesen Blick. Daran ist meistens ein Mann schuld. Auf dem Gebiet sind die Männer ganz groß." Sie legte die Hand auf Vanessas Finger. „Kann ich Ihnen helfen?"

„Ich weiß nicht." Vanessa hob den Blick zu Gabriellas sanften, geduldigen Augen. „Gabriella, darf ich Sie fragen, was für Sie das Wichtigste im Leben ist?"

„Meine Familie."

„Ja." Vanessa lächelte. „Es war so eine romantische Liebesgeschichte … wie Sie Ihrem Mann begegneten und sich in ihn verliebten."

„Je mehr Zeit vergeht, desto romantischer wird sie … und desto weniger traumatisch."

„Er war früher Polizist, nicht wahr?"

„So was Ähnliches."

„Wenn Sie Ihre gesellschaftliche Stellung, Ihr Geburtsrecht hätten aufgeben müssen, um ihn zu heiraten, hätten Sie es getan?"

„Ja. Aber es wäre mir schwergefallen. Erwartet dieser Mann von Ihnen, dass Sie etwas aufgeben, das Ihnen wichtig ist?"

„Nein, er erwartet überhaupt nichts von mir … und doch erwartet er alles."

Gabriella lächelte wieder. „Darin sind die Männer ja auch ganz groß."

„Ich habe Dinge über meine Vergangenheit und meine Familie erfahren, die mir sehr zu schaffen machen. Ich bin nicht sicher, ob ich diesem Mann das geben kann, was er von mir erwartet. Ich habe Angst, am Ende ihn und mich selbst bei diesem Handel zu betrügen."

Gabriella schwieg einen Augenblick. „Sie kennen meine Geschichte. Sie ging ja durch alle Zeitungen. Nachdem ich gekidnappt worden war und mein Gedächtnis verloren hatte, schaute ich in das Gesicht meines Vaters und erkannte ihn nicht. Ich schaute meinen Bruder an und sah einen Fremden. So schlimm es für mich auch war, für sie war es noch schlimmer. Aber ich musste mich wieder finden, und das ist nicht leicht. Ich bin nicht besonders geduldig und zurückhaltend."

Vanessa lächelte unwillkürlich. „Man erzählt sich so allerlei."

Lachend griff Gabriella nach ihrem Glas und trank einen Schluck. „Schließlich fand ich mein Gedächtnis wieder. Ich erkannte auch meine Familie, seltsamerweise war alles anders. Es ist nicht leicht zu erklären, aber als ich sie wieder erkannte, als ich sie wieder liebte, sah ich sie mit ganz anderen Augen. Ihre Fehler und Schwächen, an denen ich mich früher oft gerieben hatte, waren nicht mehr von Bedeutung."

„Wollen Sie damit sagen, dass Sie die Vergangenheit vergessen hatten?"

Sie schüttelte den Kopf, dass ihre Brillantohrringe klimperten. „Oh nein, nicht vergessen. Man kann die Vergangenheit nicht vergessen. Aber ich sah sie nun mit anderen Augen. Und plötzlich fiel es mir auch gar nicht mehr schwer, mich zu verlieben."

„Ihr Mann hat großes Glück gehabt."

„Ja, das sage ich ihm gelegentlich." Sie erhob sich. „Ich glaube, ich lasse Sie jetzt lieber allein, damit Sie sich bereit machen können."

„Danke."

An der Tür blieb Gabriella noch einmal stehen. „Wenn ich das nächste Mal in Amerika bin … vielleicht laden Sie mich dann einmal ein.“

„Mit dem größten Vergnügen.“

„Werde ich dann diesen Mann kennenlernen?“

„Ja.“ Vanessa lachte froh. „Ich denke, das werden Sie.“

Als sich die Tür hinter Gabriella schloss, blieb Vanessa noch eine Weile sitzen. Langsam wandte sie den Kopf, bis sie sich im Spiegel sehen konnte. Sie sah dunkelgrüne Augen, einen sorgfältig geschminkten Mund und eine Mähne rotbraunen Haares. Sie sah eine Musikerin ... und eine Frau.

„Vanessa Saxton“, murmelte sie und lächelte leise. Plötzlich wusste sie, weshalb sie da war, weshalb sie gleich auf die Bühne gehen würde. Und weshalb sie anschließend nach Hause fliegen würde.

Nach Hause.

Es war viel zu heiß, um Basketball zu spielen, ganz besonders für einen dreißigjährigen Spinner. Das sagte sich Brady unentwegt, während er ein ums andere Mal den Ball durch den Korb warf.

Obwohl die Kinder Sommerferien hatten, hatte er den Sportplatz ganz für sich allein. Offensichtlich hatten Kinder mehr Verstand als ein liebeskranker Doktor.

Obwohl das Thermometer in schwindelnde Höhen geklettert war und die Luftfeuchtigkeit ihm nicht nachstand, hielt Brady es immer noch für besser, draußen in der Sonne zu schwitzen, als allein im Haus zu brüten.

Warum, zum Teufel, hatte er sich eigentlich freigenommen?

Er brauchte seine Arbeit. Er brauchte etwas, um seine Stunden zu füllen.

Er brauchte Vanessa.

Nein, das war etwas, worüber er hinwegkommen musste. Er dribbelte auf den Korb zu und warf. Der Ball rutschte über den Rand und fiel dann durch.

Brady hatte Bilder von Vanessa gesehen. Sie waren im Fernsehen gekommen und durch alle Zeitungen gegangen. Die ganze Stadt sprach seit zwei Tagen von nichts anderem.

Er wünschte, er hätte sich die Bilder nicht angeschaut. Vanessa in diesem schillernden weißen Kleid und dem glänzenden Haar, das ihr über den Rücken fiel. Ihre wunderbaren Hände, die über die Tasten glitten, sie streichelten und ihnen unglaublich schöne Musik entlockten. Ihre Musik. Es war die Komposition, die sie damals gespielt hatte, als sie auf ihn wartete.

Ihre Komposition. Sie hatte sie beendet.

So wie sie ihre Beziehung zu ihm beendet hatte.

Wie konnte er auch erwarten, dass sie in so ein verschlafenes Nest zurückkam? Zurück zu ihrer Jugendliebe. Hoheiten jubelten ihr zu, und sie verkehrte in königlichen Palästen. Alles, was er ihr hier bieten konnte, war ein Haus in den Wäldern und ein schlecht erzogener Hund.

Aber niemand würde sie je so lieben wie er. Wie er sie schon sein ganzes Leben lang geliebt hatte. Und sollte er sie je wieder in die Finger kriegen, dann würde sie das zu hören bekommen. Die Ohren würden ihr so klingen, dass sie anschließend einen Ohrenarzt brauchen würde.

„Halt's Maul!“, fuhr er Kong an, der ihn bellend umkreiste. Brady keuchte, während er mit dem Ball auf den Korb zulief. Er war außer Atem, außer Form. Der Ball sprang von der Korbkante ab und fiel zu Boden. Und Pech hatte er obendrein auch noch.

Er drehte sich um, erwischte den Ball noch – und blieb wie vom Donner gerührt stehen.

Da stand sie vor ihm, in winzigen Shorts und einer frechen Bluse, die sie unter der Brust verknotet hatte. Sie hatte eine Flasche Limo in der Hand und ein laszives Lächeln im Gesicht.

Er wischte sich den Schweiß aus den Augen. Die Hitze, seine miserable Laune und der Umstand, dass er zwei Nächte nicht geschlafen hatte, konnten durchaus zu Halluzinationen führen. Blieb ihm denn gar nichts erspart?

„Hallo, Brady.“ Obwohl ihr Herz wie ein Schmiedehammer pochte, gelang es ihr, ihre Stimme kühl und ein bisschen arrogant klingen zu lassen. „Du bist schrecklich erhitzt.“ Ohne den Blick von ihm zu wenden, nahm sie einen langen Schluck aus der Flasche, fuhr sich mit der Zunge über die Oberlippe und hielt ihm dann die Flasche hin. „Willst du einen Schluck?“

Hatte er jetzt endgültig den Verstand verloren? Er war nicht mehr achtzehn. Aber er konnte sie riechen, ihren unverwechselbaren Duft spüren, und er spürte den harten Gummi des Balles in seinen Handflächen und den Schweiß, der ihm über Brust und Rücken lief. Vanessa beugte sich nieder, um den Hund zu streicheln. Dabei warf sie das Haar zurück und streifte ihn mit einem herausfordernd lächelnden Blick.

„Netter Hund.“

„Was, zum Teufel, tust du hier?“

„Ich gehe spazieren.“ Sie richtete sich wieder auf, setzte die Flasche an die Lippen und leerte sie. Dann warf sie sie in einen Abfallkorb. „Du warst schon besser im Basketball“, sagte sie beiläufig. Dann machte sie ihren Schmollmund. „Willst du mich denn gar nicht packen?“

„Nein.“ Denn er war sich nicht sicher, ob er sie küssen oder schütteln würde.

„Oh.“ Vanessa spürte, wie ihre Zuversicht dahinschmolz. „Heißt das, du willst mich nicht mehr?“

„Zum Teufel mit dir, Vanessa!“

Sie wandte sich ab, damit er ihre aufsteigenden Tränen nicht sah. Dies war nicht der Augenblick für Tränen. Oder für Stolz. Ihr kleines Spielchen, mit dem sie an seine nostalgische Ader rühren wollte, war offensichtlich ein Fehler gewesen. „Du hast das Recht, böse zu sein.“

„Böse?“ Er warf den Ball weg, dem Kong begeistert nachsetzte. „Das ist wohl die Untertreibung des Jahrhunderts. Was für ein Spiel spielst du jetzt wieder mit mir?“

„Es ist kein Spiel.“ Sie sah ihn aus feucht schimmernden Augen an. „Es war nie ein Spiel. Ich liebe dich, Brady.“

Er wusste nicht, was er davon halten sollte. „Du hast dir verdammt viel Zeit gelassen, um mir das zu sagen.“

„Ich habe mir so viel Zeit gelassen, wie ich brauchte. Es tut mir leid, wenn ich dir wehgetan habe." Ihre Kehle war so eng, dass sie kaum atmen konnte. „Wenn du mir etwas zu sagen hast … ich werde zu Hause sein."

Er packte ihren Arm. „Geh nicht einfach wieder weg. Geh nie wieder so weg."

„Ich will mich nicht mit dir streiten."

„Ach nein? Du kommst einfach so daher und raubst mir meine Ruhe. Du erwartest von mir, dass ich die Dinge so weiterlaufen lasse. Dass ich in allem, was ich möchte und brauche, zurückstecke. Dass ich dich immer wieder ziehen lasse, wenn es dir passt, ohne ein Versprechen, ohne Zukunft. Aber das will ich nicht. Von jetzt an heißt es alles oder nichts, Vanessa."

„Hör mir doch zu …"

„Den Teufel werde ich." Er riss sie an sich, brutal und rücksichtslos. In seinem Kuss lag keine Zärtlichkeit. Er war wie eine Bestrafung. Vanessa wehrte sich gegen die gewaltsame Umarmung, aber seine Muskeln waren wie Stahl. Die Heftigkeit und Maßlosigkeit seines Ausbruchs faszinierte und erschreckte sie gleichermaßen.

Als er sie schließlich losließ, rang sie nach Atem. Sie hätte ihn geschlagen, wenn sie nicht die dumpfe Verzweiflung in seinen Augen gesehen hätte.

„Geh fort, Vanessa", sagte er gepresst. „Lass mich in Ruhe."

„Brady."

„Geh fort!", fuhr er sie an, die Augen dunkel vor Zorn. „Ich habe mich gar nicht so sehr verändert, wie du glaubst."

„Ich auch nicht." Sie baute sich vor ihm auf. „Wenn du mit deinem blöden Macho-Gehabe fertig bist, habe ich dir etwas zu sagen."

„Nur zu. Ich gehe inzwischen in den Schatten." Er wandte sich ab, schnappte sich im Vorbeigehen sein Handtuch und rubbelte sich den Kopf ab.

Sie stürmte ihm nach. „Du bist noch genauso unmöglich wie früher, Brady Tucker."

Er streifte sie mit einem verachtungsvollen Blick und ließ sich im Schatten einer Eiche nieder. „Und?"

„Und deshalb wundert es mich, dass ich mich überhaupt in dich verliebt habe. Noch dazu zweimal." Sie atmete tief ein. Dies lief nicht so, wie sie es sich erhofft hatte. Sie musste es noch einmal versuchen. „Es tut mir leid, dass ich dir meinen Standpunkt vor meiner Abreise nicht richtig erklären konnte."

„Du hast es sehr gut erklärt. Du willst keine Hausfrau sein."

Sie biss sich auf die Lippe. „Ich glaube, ich sagte, dass ich nicht weiß, wie man einen Haushalt führt, und dass ich nicht sicher bin, ob ich es überhaupt lernen möchte. Das leuchtende Beispiel für mich war meine Mutter, und sie war verdammt unglücklich. Ich fühlte mich verunsichert und unfähig."

„Wegen eines Thunfischauflaufs?"

„Nein, verdammt, nicht deswegen. Weil ich nicht wusste, ob ich es fertigbringe, die Aufgaben einer Frau, einer Hausfrau und Mutter und die einer Musikerin unter einen Hut zu bringen. Ich war mir über die einzelnen Definitionen einfach noch nicht im Klaren. Im Grunde war ich überhaupt noch nichts von allem."

„Du warst eine Frau und Musikerin."

„Ich war meines Vaters Tochter. Bevor ich nach Hyattown zurückkam, bin ich nie etwas anderes gewesen." Erregt ließ sie sich neben ihm ins Gras fallen. „Ich trat auf Befehl auf, Brady. Ich spielte die Musik, die er auswählte, ging, wohin er mich schickte. Und ich fühlte, wie er wollte, dass ich fühlte."

Sie seufzte tief auf und ließ den Blick in die Ferne schweifen. „Ich kann ihm daraus nicht mal einen Vorwurf machen. Das will ich auch gar nicht. Du hattest recht, als du sagtest, dass ich nie gegen ihn aufbegehrt habe. Das war mein Fehler. Wenn ich es getan hätte, wäre vieles vielleicht anders verlaufen, aber das werde ich nie wissen."

„Vanessa ..."

„Nein, lass mich zu Ende reden, bitte. Ich habe mich so intensiv damit beschäftigt." Sie spürte, dass er noch immer zornig war, doch sie sah einen kleinen Hoffnungsschimmer darin, dass er ihre Hand nicht wegschob, als sie sie auf seine legte. „Meine Rückkehr nach Hyattown war das Erste, was ich seit zwölf Jahren ganz allein unternommen hatte, aber im Grunde hatte ich nicht einmal dabei eine Wahl. Ich musste zurückkommen. Es war noch so vieles unerledigt.“ Sie sah ihn an und lächelte. „Ich hatte nicht erwartet, dass auch du dazugehörst, und als es sich dann herausstellte, hat es alles noch mehr kompliziert.“

Gedankenverloren riss sie einen Grashalm ab. „Oh ja, ich wollte dich. Selbst wenn ich wütend auf dich war, wollte ich dich. Ich glaube, gerade darin lag das Problem. Ich konnte nicht klar denken, wenn du in der Nähe warst. Ich glaube, das konnte ich nie. Als du dann vom Heiraten sprachst, wurde mir klar, dass es nicht genügt, einfach nur zu wollen. Einfach nur zu nehmen.“

„Du hast nicht nur genommen.“

„Ich hoffe nicht. Ich wollte dir nicht wehtun. Kann sein, ich wollte dich zu sehr schonen. Ich wusste, dass du es missbilligen würdest, dass ich in Cordina auftreten wollte.“

Er war jetzt wieder ruhig. „Ich würde nie von dir verlangen, deine Musik aufzugeben, Vanessa. Oder deine Karriere.“

„Nein, das weiß ich.“ Sie stand auf und trat hinaus in die Sonne. Er folgte ihr. „Aber ich hatte Angst, dass ich dir zuliebe alles aufgeben würde. Und wenn ich das täte, wäre ich nicht mehr ich, Brady.“

„Ich liebe dich so, wie du bist, Vanessa.“ Er legte ihr die Hände auf die Schultern. „Der Rest sind nur Bagatellen.“

„Nein.“ Sie sah ihn an, und in ihrem Blick lag eine leidenschaftliche Intensität. „Erst als ich wieder fort war, wurde mir klar, worauf ich verzichte und wohin ich steure. Mein Leben lang wurde mir befohlen, was ich zu tun hatte. Entscheidungen wurden für mich getroffen. Ich hatte nie eine Wahl. Aber diesmal habe ich entschieden. Ich habe beschlossen, nach Cordina zu gehen. Ich habe beschlossen, aufzutreten. Als ich dann in den Kulissen stand, wartete ich auf die Angst. Ich wartete darauf, dass mein Magen sich zusammenzog, dass mir der Schweiß ausbrach. Aber nichts geschah." Wieder traten ihr die Tränen in die Augen. „Ich fühlte mich wunderbar, ganz wunderbar. Ich wollte hinaus auf die Bühne ins Rampenlicht. Ich wollte spielen, und die ganze Welt sollte zuhören. Ich wollte es. Das hat alles verändert."

„Das freut mich für dich." Er strich ihr über die Arme. „Das freut mich wirklich. Ich habe mir Sorgen gemacht."

„Ich ging wie auf Wolken, und tief in meinem Herzen weiß ich, dass ich noch nie in meinem Leben besser gespielt habe. Ich fühlte eine solche ... Freiheit. Ich wusste, ich kann jederzeit wieder auf die Bühne gehen und spielen."

„Das freut mich wirklich", wiederholte er. „Der Gedanke, dass du wieder einem solchen Stress ausgesetzt bist, hat mich gequält. Ich würde nie zulassen, dass du dich wieder krankmachst, Vanessa. Trotzdem war es mein Ernst, als ich sagte, dass ich dir deine Karriere nicht verbauen will."

„Schön, dass du das sagst."

„Ach, Vanessa, ich will doch nur sicher sein, dass du anschließend immer zu mir zurückkommst. Ich weiß, ein Haus in den Wäldern ist nichts im Vergleich zu Paris oder London, aber du sollst mir sagen, dass du am Ende jeder Tournee zu mir zurückkommst, dass wir ein gemeinsames Leben und eine Familie haben können, wenn du hier bist. Ich will, dass du mich bittest, dich zu begleiten, wann immer ich kann."

„Das würde ich", sagte sie. „Aber ..."

In seinen Augen blitzte es wieder zornig auf. „Diesmal kein ‚Aber'."

„Aber", wiederholte sie und sah ihn herausfordernd an. „Aber ich gehe nicht wieder auf Tournee."

„Du hast doch gerade gesagt ..."

„Ich sagte, ich könnte auftreten. Und das werde ich auch tun. Hier und da, bei besonderen Anlässen und wenn es mir in den Zeitplan passt." Lachend griff sie nach seinen Händen. „Zu wissen, dass ich auftreten kann, wann immer ich will, bedeutet mir alles. Es gibt mir so viel Selbstvertrauen. Ich habe endlich das Gefühl, der Mensch zu sein, der ich immer sein wollte. Bevor ich in Cordina auf die Bühne ging, schaute ich in den Spiegel. Ich wusste, wer ich war, und es gefiel mir. Deshalb hatte ich auch keine Angst, als ich ins Rampenlicht trat. Ich war erfüllt von tiefer Glückseligkeit.“

Er sah es in ihren Augen. „Aber du bist zurückgekommen.“

„Weil ich es wollte.“ Sie drückte seine Hände. „Ich musste zurückkommen. Ich werde auch in Zukunft gelegentlich Konzerte geben, Brady, vor allem jedoch will ich komponieren. Und ich werde weiter unterrichten. Beides kann ich hier tun, vor allem dann, wenn ein gewisser Jemand bereit ist, in seinem Haus ein Aufnahmestudio einzurichten.“

Er drückte ihre Hand an die Lippen. „Ich glaube, das lässt sich machen.“

„Ich will auch meine Mutter richtig kennenlernen. Und ich will kochen lernen.“ Aus ihren Augen strahlte ein warmes Licht. „Es war meine Entscheidung, zurückzukommen, zu dir. Das Einzige, was ich nicht selbst entschieden habe, ist, dich zu lieben.“ Lächelnd legte sie die Hände um sein Gesicht. „Das ist einfach passiert. Aber ich glaube, ich kann damit leben. Ich liebe dich wirklich, Brady, noch mehr als gestern.“

Sie küsste ihn voll Zärtlichkeit. Ja, noch mehr als gestern, dachte sie. Diese Liebe war noch reicher und tiefer.

„Frag mich noch einmal“, flüsterte sie.

Er schob sie ein Stück von sich ab. „Was soll ich dich fragen?“

„Brady, du bist gemein.“

Er drückte die Lippen in ihr Haar. „Vor ein paar Minuten hätte ich dich noch umbringen können.“

„Ich weiß.“ Sie seufzte zufrieden. „Ich konnte dich schon immer um den Finger wickeln.“

„Hm.“ Hoffentlich würde sie das auch noch die nächsten fünfzig oder sechzig Jahre tun. „Ich liebe dich, Vanessa.“

„Ich liebe dich auch. Jetzt frag mich.“

Wieder schob er sie von sich. „Diesmal will ich es richtig tun. Wir haben kein Dämmerlicht und keine Musik."

„Wir können in den Schatten gehen, und ich kann ein Lied summen."

„Du hast es aber eilig, was?" Er küsste sie lachend. „Außerdem habe ich auch keinen Ring."

„Aber ich." Sie war gut gerüstet gekommen. Sie griff in die Tasche und zog einen Ring mit einem winzigen Brillanten heraus. Sie sah die Überraschung auf Bradys Gesicht, als er ihn erkannte.

„Du hast ihn aufgehoben", murmelte er überwältigt. Eine tiefe Zärtlichkeit durchströmte ihn.

„Immer." Sie legte ihn auf ihre Handfläche. „Willst du es jetzt noch einmal versuchen?"

Mit unsicherer Hand nahm er den Ring. Er sah sie an. In ihren Augen lag ein Versprechen, das die Ewigkeit einschloss.

„Willst du mich heiraten, Vanessa?"

„Ja." Strahlend blinzelte sie die Tränen fort. „Oh ja, Brady."

Er steckte ihr den Ring an den Finger. Er passte noch immer.

– ENDE –

*Nora Roberts*

# Schatten über dem Paradies

Roman

Aus dem Amerikanischen von
M. R. Heinze

MIRA®

## 1. KAPITEL

Was machst du bloß an einem solchen Ort, zum Teufel?"

Maggie, auf allen vieren, blickte nicht hoch. „C.J., du redest immer das Gleiche."

C.J. zog den Saum seines Kaschmirpullovers zurecht. Er war ein Mann, der das Sorgen zu einer Kunst erhoben hatte, und er sorgte sich um Maggie. Jemand musste es tun. Frustriert blickte er auf das dunkelbraune Haar hinunter, das sie auf dem Kopf zu einem unordentlichen Knoten geschlungen hatte. Ihr Hals war schlank, schimmerte wie Porzellan, die Schultern waren jetzt leicht nach vorn gerundet, als sie ihr Gewicht auf die Unterarme verlagerte. Sie war zart gebaut und besaß jene Zerbrechlichkeit, die C.J. stets an die Ladies der englischen Aristokratie im neunzehnten Jahrhundert erinnerte. Obwohl diese Ladies vielleicht ebenfalls einen endlosen Vorrat an Stärke und Ausdauer unter zierlichem Knochenbau und Porzellanhaut besessen hatten.

Maggie trug ein T-Shirt und Jeans, beides ausgewaschen und jetzt leicht feucht von Schweiß. Als er ihre zartgliedrigen, eleganten Hände betrachtete und feststellte, dass sie schmutzig waren, erschauderte er. Er wusste, welche Magie diesen Händen innewohnte.

Eine Phase, dachte er. Sie macht lediglich eine Phase durch. In zwei Ehen und mehreren Affären war C.J. zu der gesicherten Erkenntnis gelangt, dass Frauen von Zeit zu Zeit von sonderbaren Launen und Stimmungen befallen wurden. Ihm wiederum fiel es zu, Maggie sanft in die reale Welt zurückzuführen.

Während er seinen Blick über nichts als Bäume und Felsen und einsame Wildnis gleiten ließ, fragte er sich flüchtig, ob es wohl Bären in diesen Wäldern gab. In der realen Welt wurden solche Wesen in Zoos gehalten. Ohne seine angespannte Ausschau nach verdächtigen Bewegungen zu unterbrechen, versuchte er es noch einmal.

„Maggie, wie lange willst du denn noch so weitermachen?"

„Wie weitermachen, C.J.?" Ihre Stimme war leise und heiser, als wäre sie soeben aufgewacht. Es war eine Stimme, die in den meisten Männern den Wunsch erzeugte, Maggie soeben geweckt zu haben.

Diese Frau war einfach schrecklich. C.J. strich sich mit den Fingern einer Hand durch seine sorgfältig gestylten und geföhnten Haare. Was machte sie bloß dreitausend Meilen von L.A. entfernt? Warum verschwendete sie sich selbst an diese Schmutzarbeit? Er besaß ihr gegenüber eine Verantwortung – und, verdammt noch mal, auch sich selbst gegenüber. C.J. stieß einen langen Atemzug aus, eine alte Gewohnheit, sobald er auf Opposition stieß. Allerdings waren Verhandlungen sein Beruf. Es lag an ihm, Maggie durch Zureden wieder zur Vernunft zu bringen.

Er verlagerte sein Gewicht von einem Fuß auf den anderen, wobei er sorgfältig darauf achtete, seine polierten Halbschuhe nicht mit dem Schmutz in Berührung zu bringen. „Kleines, ich liebe dich. Das weißt du. Komm nach Hause!"

Diesmal drehte Maggie ihren Kopf und blickte mit einem Lächeln zu ihm auf, das jeden Zentimeter ihres Gesichts mit einbezog – den Mund, der fast schon zu großzügig war, das etwas spitz zulaufende Kinn, die betonten Wangenknochen. Ihre Augen, groß und rund und eine Schattierung dunkler als ihr Haar, sorgten für den endgültigen lebendigen Funken. Es war kein atemberaubendes Gesicht. Das sagte man sich, während man noch nach dem Grund suchte, weshalb es einem den Atem raubte. Selbst jetzt, ohne Make-up und mit Erde auf einer Wange, nahm einen das Gesicht gefangen. Maggie Fitzgerald nahm einen gefangen, weil sie genau so war, wie sie wirkte. Interessant. Interessiert.

Sie ließ sich nach hinten auf die Fersen sinken, blies sich eine Haarsträhne aus den Augen und sah zu dem Mann hoch, der finster auf sie herunterblickte. Sie verspürte ein wenig Zuneigung und ein wenig Belustigung. Beides Gefühle, die ihr stets leicht zuflogen. „C.J., ich liebe dich auch. Und jetzt hör auf, dich wie ein altes Klageweib aufzuführen."

„Du gehörst nicht hierher", setzte er an, mehr genervt als beleidigt. „Du solltest nicht auf Händen und Knien herumwühlen ..."

„Mir gefällt es", antwortete sie schlicht.

Es war dieser schlichte Tonfall, der ihm verriet, dass er ein echtes Problem hatte. Hätte sie geschrien und getobt, wäre er nahezu sicher gewesen, dass er sie zur Umkehr bewegen könnte. Doch wenn sie auf eine so ruhige Weise starrsinnig war, konnte man ihre Meinung genauso leicht ändern, wie man den Mount Everest bestieg. Es war gefährlich und ermüdend. Und weil er ein kluger Mann war, änderte C.J. seine Taktik.

„Maggie, ich verstehe nur zu gut, wieso du für eine Weile von allem wegkommen und dich ein wenig ausruhen willst. Niemand hat das mehr verdient als du." Das klingt gut, dachte er. Weil es wahr ist. „Warum gönnst du dir nicht einfach zwei Wochen in Cancún oder machst einen Einkaufsbummel durch Paris?"

„Mmh." Maggie rutschte auf den Knien und zupfte die Blütenblätter der Stiefmütterchen zurecht, die sie einpflanzte. Maggie fand, dass sie ein wenig mitgenommen aussahen. „Gibst du mir bitte die Gießkanne?"

„Du hörst mir nicht zu."

„Doch, das tue ich." Sie reckte sich und nahm sich selbst die Gießkanne. „Ich war schon in Cancún, und ich habe so viele Kleider, dass ich die Hälfte davon in L.A. eingelagert habe."

Ohne Pause versuchte C.J. die nächste Methode. „Es geht nicht nur um mich", begann er erneut und sah zu, wie sie die Stiefmütterchen begoss. „Jeder, der dich kennt und von dieser Geschichte hier gehört hat, denkt, du hättest ..."

„Eine Schraube locker?", warf Maggie ein. Zu viel Wasser, befand sie, als die übersättigten Blumen die Köpfe hängen ließen. Sie musste noch eine Menge über die Grundlagen des Landlebens lernen. „C.J., anstatt an mir herumzunörgeln und zu versuchen, mich zu etwas zu überreden, das ich nicht tun will, könntest du zu mir hier herunterkommen und mir helfen."

„Helfen?" Seine Stimme klang so betroffen, als hätte sie vorgeschlagen, er solle besten Scotch mit Leitungswasser verdünnen. Maggie lachte leise.

„Gib mir diese Steige mit Petunien." Sie rammte den kleinen Spaten wieder in den Boden und kämpfte gegen den steinigen Untergrund. „Gärtnern würde dir gut tun. Es würde dich wieder mit der Natur in Berührung bringen."

„Ich habe nicht die Absicht, die Natur zu berühren."

Diesmal lachte sie und wandte ihr Gesicht dem Himmel zu. Nein, ein chlorierter Pool – solarbeheizt – war wohl das Äußerste, was C.J. als Natur an sich herankommen lassen würde. Bis vor ein paar Monaten war sie selbst auch nicht viel näher herangekommen. Auf jeden Fall hatte sie es nie versucht. Aber jetzt hatte sie etwas gefunden – etwas, wonach sie nicht einmal gesucht hatte. Wäre sie nicht an die Ostküste gekommen, um an der Partitur für ein neues Musical mitzuarbeiten, und hätte sie nicht nach den langen, kräftezehrenden Sitzungen diese impulsive Spazierfahrt nach Süden unternommen, wäre sie nie in die verschlafene Kleinstadt geraten, die in den Blue Ridge Mountains versteckt lag.

Ob wir je wirklich wissen, wohin wir gehören, dachte Maggie, wenn wir nicht das Glück haben, unseren ganz persönlichen Flecken Erde durch Zufall zu entdecken? Sie wusste nur, dass sie ohne Ziel losgefahren und nach Hause gekommen war.

Vielleicht hatte das Schicksal sie nach Morganville geführt, eine Ansammlung von Häusern in den Hügeln, die sich einer Bevölkerungszahl von 142 rühmte. Außerhalb der eigentlichen Stadt lagen Farmen und isolierte Häuser in den Bergen. Falls das Schicksal sie nach Morganville geführt hatte, musste es auch das Schicksal gewesen sein, das sie zu dem Schild brachte, das anzeigte, ein Haus und zwölf Morgen Land seien zu verkaufen. Es hatte keinen Moment der Unentschlossenheit gegeben, kein Handeln um den Preis, keine Zweifel in letzter Minute. Maggie hatte die Kaufbedingungen erfüllt und innerhalb von dreißig Tagen die Besitzurkunde in Händen gehalten.

Als sie zu dem zweistöckigen Holzhaus mit den noch immer schief hängenden Fensterläden blickte, konnte Maggie sich gut vorstellen, dass ihre Freunde und Kollegen sich um ihren Geisteszustand sorgten. Sie hatte ihre mit italienischem Marmor ausgekleidete Eingangshalle und ihren mosaikgekachelten Pool gegen rostige Angeln und Steine ausgetauscht. Und sie hatte es ohne einen einzigen Blick zurück getan.

Maggie drückte die Erde um die Petunien an und ließ sich nach hinten sinken. Die Petunien sahen etwas lebendiger aus als die Stiefmütterchen. Vielleicht bekam sie allmählich den Dreh. „Was denkst du?“

„Ich denke, du solltest nach L.A. zurückkommen und die Partitur beenden.“

„Ich meinte die Blumen.“ Sie putzte im Aufstehen ihre Jeans ab. „Ich mache die Musik auf jeden Fall fertig – hier.“

„Maggie, wie kannst du hier arbeiten?“, explodierte C.J. Er breitete beide Arme in einer Geste aus, die Maggie immer für ihre bühnenreife Schwülstigkeit bewundert hatte. „Wie kannst du hier leben? Diese Gegend ist nicht einmal zivilisiert.“

„Warum? Weil es nicht an jeder Ecke einen Fitness-Club oder eine Boutique gibt?“ Um ihre Worte abzumildern, schob sie eine Hand unter C.J.’s Arm. „Komm, atme tief durch. Die frische Luft wird dir nicht schaden.“

„Smog wird unterschätzt“, murmelte er. Beruflich gesehen war C.J. ihr Agent, doch persönlich betrachtete er sich als ihr Freund, vielleicht ihr bester Freund seit Jerrys Tod. Der Gedanke daran ließ ihn seinen Ton wieder wechseln. Jetzt war er sanft. „Maggie, ich weiß, du hast schwere Zeiten hinter dir. Vielleicht wirst du im Moment mit den Erinnerungen in L.A. nicht fertig, aber du kannst dich nicht selbst begraben.“

„Ich begrabe mich nicht selbst.“ Sie legte ihre Hände auf seinen Unterarm. „Und ich habe Jerry vor fast zwei Jahren begraben. Das ist ein anderer Teil meines Lebens, C.J., der nichts mit dem hier zu tun hat. Hier ist mein Zuhause. Ich kann es nicht anders erklären. Das ist jetzt mein Berg, und ich bin hier glücklicher und mehr daheim, als ich es in Los Angeles jemals war."

Er wusste, dass er mit dem Kopf gegen die Wand rannte, beschloss jedoch, noch einen Versuch zu unternehmen. „Maggie." Er legte einen Arm um ihre Schultern. „Sieh dir das an." Er ließ einen Moment der Stille eintreten, während sie beide das Haus auf der Anhöhe über ihnen betrachteten. Er bemerkte, dass auf der Veranda mehrere Bretter fehlten und dass überall die Farbe abblätterte. Maggie sah, wie die Sonne von den Fensterscheiben in Regenbogenfarben reflektiert wurde. „Du kannst doch nicht im Ernst hier leben wollen."

„Etwas Farbe, ein paar Nägel." Sie zuckte nur die Schultern. Schon vor Langem hatte sie gelernt, dass man die offensichtlichen Probleme am besten ignorierte, während es die Probleme waren, die im Verborgenen schwelten, um die man sich kümmern musste. „Es bietet so viele Möglichkeiten, C.J."

„Deren größte es ist, dass es dir auf den Kopf fällt."

„Ich habe das Dach letzte Woche in Ordnung bringen lassen – von einem ortsansässigen Mann."

„Maggie, ich kann mich nicht dazu bringen zu glauben, dass es hier irgendwelche ortsansässigen Männer oder Frauen gibt. Zumindest nicht in einem Umkreis von zehn Meilen. Diese Gegend dürfte nur für Elfen und Gnome geeignet sein."

„Na, vielleicht war er ja ein Gnom." Ihr Sinn für Spaß trieb sie, als sie ihre Rückenmuskeln streckte. „Er war etwa einssechzig, stämmig wie ein Bulle, und sein Name war Bog."

„Maggie …"

„Er war eine große Hilfe", fuhr sie fort. „Er und sein Junge kommen wieder und kümmern sich um die Veranda und einige andere größere Reparaturen."

„Na schön, dann hämmert und sägt ein Gnom für dich. Was ist damit?" Er deutete auf das umliegende Land. Es war steinig, uneben und mit Unkraut und Dickicht bewachsen. Nicht einmal ein unverbesserlicher Optimist hätte irgendeine Fläche als Rasen betrachten können. Ein massiger Baum neigte sich gefährlich dem Haus zu, während dornige Schlingpflanzen und wild wachsende Blumen um Lebensraum rangen. Es roch durchdringend nach Erde und Pflanzen.

„Wie das Schloss von Dornröschen", murmelte Maggie. „Irgendwie wird es mir leidtun, etwas wegzuhacken, aber Mr Bog übernimmt auch das."

„Erledigt er auch Ausgrabungsarbeiten?"

Maggie neigte den Kopf und hob die Augenbrauen. Jeden über vierzig hätte sie jetzt an ihre Mutter erinnert. „Er hat mir einen Landschaftsgärtner empfohlen. Mr Bog hat mir versichert, dass Cliff Delaney der beste Mann im County sei. Er kommt heute Nachmittag vorbei und sieht sich alles an."

„Wenn er ein kluger Mann ist, wird er einen Blick auf diese Ablaufrinne werfen, die du eine Straße nennst und die hierher führt, und weiterfahren."

„Du hast es aber mit deinem gemieteten Mercedes bis hier herauf geschafft." Sie drehte sich um, schlang die Arme um seinen Nacken und gab ihm einen Kuss. „Glaube nicht, dass ich es nicht zu schätzen weiß, dass du dir Sorgen machst und hergekommen bist." Sie zerzauste sein Haar, womit sonst niemand durchgekommen wäre. „Vertrau meinem Urteil, C.J. Ich weiß wirklich, was ich tue. Meine berufliche Arbeit kann hier nur besser werden."

„Das bleibt abzuwarten", murmelte er und hob seine Hand an ihre Wange. Sie ist noch jung genug für alberne Träume, dachte er. Noch süß genug, um auch an sie zu glauben. „Ich mache mir nicht um deine Arbeit Sorgen."

„Ich weiß." Ihre Stimme wurde zusammen mit ihren Augen und ihrem Mund sanfter. Sie war keine Frau, die ihre Emotionen lenkte, sondern die von ihren Emotionen gelenkt wurde. „Ich brauche den Frieden hier. Zum ersten Mal in meinem Leben bin ich von dem Karussell abgesprungen. Ich genieße den festen Boden unter den Füßen, C.J."

Er wusste und verstand, dass sie sich im Moment nicht von ihrem Standpunkt abbringen lassen würde. Er wusste auch, dass von Geburt an ihr Leben eingebettet gewesen war in Fantasien – und Albträume. Vielleicht brauchte sie eine gewisse Zeit, um zu kompensieren.

„Ich muss meine Maschine erwischen", grollte er. „Ich möchte, dass du mich täglich anrufst, solange du hier bleibst."

Maggie gab ihm noch einen Kuss. „Einmal die Woche. Du wirst den gesamten Soundtrack für ‚Heat Dance' in zehn Tagen bekommen." Den Arm um seine Taille gelegt, führte sie ihn den unebenen, zugewachsenen Pfad hinunter zu seinem Mercedes. „Ich liebe den Film, C.J. Er ist sogar noch besser, als ich dachte, als ich das Skript las. Die Musik schreibt sich praktisch selbst."

Er brummte nur und warf einen Blick zu dem Haus zurück. „Wenn du einsam wirst …"

„Werde ich nicht." Lachend drängte Maggie ihn in den Wagen. „Es ist erstaunlich, wie sehr ich mir selbst genügen kann. Also, gute Reise, und hör auf, dir Sorgen um mich zu machen."

Von wegen, dachte er und fasste in seine Aktentasche, um sich davon zu überzeugen, dass seine Pillen gegen Reisekrankheit da waren. „Schick mir den Soundtrack, und wenn er sensationell ist, höre ich vielleicht auf, mich zu sorgen … ein wenig."

„Er ist sensationell." Sie wich von dem Wagen zurück. „Ich bin sensationell!", rief sie, als der Mercedes zu wenden begann. „Erzähl allen an der Westküste, dass ich beschlossen habe, Ziegen und Hühner zu kaufen."

Der Mercedes stoppte abrupt. „Maggie …"

Sie winkte lachend. „Jetzt noch nicht … aber vielleicht im Herbst. Ach ja, und schick mir Godiva-Pralinen."

Das sieht schon mehr nach Maggie aus, dachte C.J. und fuhr wieder an. In sechs Wochen würde sie zurück in L.A. sein. Er blickte in den Rückspiegel, während er abfuhr. Er sah sie im Spiegel, zierlich und schlank, wie sie lachend vor dem überwucherten Land und den knospenden Bäumen und dem heruntergekommenen Haus stand. Wiederum schauderte er, diesmal nicht von einem Angriff auf seinen Feinsinn. Diesmal war es eine gewisse Furcht. Er war plötzlich davon überzeugt, dass Maggie hier nicht in Sicherheit war.

Kopfschüttelnd griff C.J. nach seinen Magentabletten, während der Wagen über einen Stein holperte. Er machte sich zu viele Sorgen.

Wieder allein, drehte Maggie sich zweimal im Kreis. Zum ersten Mal in ihrem Leben hatte sie die Chance, einem Besitz ihren eigenen Stempel aufzudrücken. Es war keine Presse da, die diesen isolierten Flecken im westlichen Maryland mit dem Herrenhaus ihrer Mutter in Beverly Hills oder der Villa ihres Vaters in Südfrankreich verglich. Wenn sie sehr, sehr viel Glück hatte, würde es überhaupt keine Presse geben. Sie konnte ihre Musik schreiben und ihr Leben in Frieden und Einsamkeit verbringen.

Glanz und Glitter hatten ihren Platz in dieser Welt, dachte sie, und sie wollte diesen Platz einfach nicht mehr. In Wahrheit hatte sie diesen Platz schon sehr lange nicht mehr gewollt, jedoch keinen Ausweg gefunden. Wenn die eigene Geburt von der internationalen Presse gefeiert und das eigene erste Wort für die Öffentlichkeit aufgezeichnet worden war, war es nur zu verständlich, wenn man vergaß, dass es noch eine andere Art zu leben gab.

Ihre Mutter war eine der größten Blues-Sängerinnen Amerikas gewesen, ihr Vater ein Kinderstar, der sich zu einem erfolgreichen Filmregisseur weiterentwickelt hatte. Deren Verlobungszeit und Hochzeit war von Fans auf der ganzen Welt geradezu religiös verfolgt worden. Die Geburt ihrer Tochter war wie eine königliche Geburt behandelt worden.

Und Maggie hatte das Leben einer verwöhnten Prinzessin geführt. Goldene Kutschen und weiße Pelzmäntel. Sie hatte Glück gehabt, dass ihre Eltern sie und einander liebten. Das hatte sie für die unechte, oftmals harte Welt des Showbusiness' mit all seinen Anforderungen und seiner Unbeständigkeit entschädigt. Ihre Welt war eingebettet gewesen in Reichtum und Liebe, ständig gestört durch öffentliches Interesse.

Die Paparazzi hatten sie in ihren Teenagerjahren bei ihren Verabredungen verfolgt – zu ihrer Belustigung, aber oftmals zur Frustration des jungen Mannes. Maggie hatte die Tatsache akzeptiert, dass ihr Leben öffentliches Eigentum war. Es war nie anders gewesen.

Und nachdem die Privatmaschine ihrer Eltern in den Schweizer Alpen abgestürzt war, hatte die Presse ihren Gram in Hochglanzfotos und Zeitungsartikeln festgehalten. Sie hatte nicht versucht, es zu verhindern. Sie hatte erkannt, dass die Welt mit ihr trauerte. Sie war achtzehn gewesen, als der Stoff, aus dem ihre Welt bestand, zerriss.

Dann war da Jerry gewesen. Erst Freund, dann Liebhaber, dann Ehemann. Mit ihm war ihr Leben noch weiter in Fantasie und noch mehr in Tragödie abgeglitten.

Sie wollte jetzt nicht daran denken. Sie griff wieder nach dem Spaten und begann ihren Kampf gegen den harten Erdboden. Alles, was wirklich noch von diesem Teil ihres Lebens übrig war, war ihre Musik. Die würde sie nie aufgeben. Sie hätte es nicht gekonnt, selbst wenn sie es versucht hätte. Die Musik war ein Teil von ihr, wie es ihre Augen waren. Sie verband Worte und Musik, doch nicht mühelos, wie es nach dem meisterhaften Endprodukt den Anschein hatte, sondern besessen. Anders als ihre Mutter trat sie nicht auf, sondern versorgte andere Interpreten mit ihrer Gabe.

Mit achtundzwanzig hatte sie zwei Oscars, fünf Grammys und einen Tony. Sie konnte am Klavier sitzen und jeden Song aus dem Gedächtnis spielen, den sie jemals geschrieben hatte. Die Preise befanden sich noch immer in den Verpackungen, in denen sie aus L.A. geschickt worden waren.

Das kleine Blumenbeet, das sie anpflanzte, würde wahrscheinlich niemand außer ihr selbst zu sehen bekommen. Es war ein Werk der Liebe, ohne Garantie auf Erfolg. Doch es genügte Maggie, dem Land, das sie ihr eigenes nannte, ihren besonderen Farbfleck hinzuzufügen.

Maggie begann bei der Arbeit zu singen. Sie hatte völlig vergessen, dass sie bereits gelegentlich von Vorahnungen gepackt worden war.

Cliff übernahm normalerweise bei einem Auftrag nicht selbst die Besichtigung und die Anfangsplanung. Nicht mehr. In den letzten sechs Jahren war Cliff Delaney in der Lage gewesen, im ersten Stadium eines Projekts einen oder zwei seiner besten Leute loszuschicken. Danach erst machte er die Feinabstimmung. Wenn der Auftrag interessant genug war, besuchte er den Arbeitsplatz, während die Arbeiten im Gange waren, kümmerte sich vielleicht um einen Teil der Bepflanzung selbst.

Diesmal machte er eine Ausnahme. Er kannte den alten Morgan-Besitz. Er war von einem Morgan errichtet worden, als die winzige Stadt ein paar Meilen entfernt nach einem Morgan benannt worden war. Seit William Morgans Wagen in den Potomac River gestürzt war, hatte das Haus zehn Jahre lang leer gestanden. Das Haus war immer ernst, das Land furchterregend gewesen. Doch Cliff wusste, dass es mit dem richtigen Touch und dem richtigen Verständnis großartig sein konnte. Er bezweifelte, dass die Lady aus L.A. das richtige Verständnis aufbrachte.

Er kannte sie. Natürlich kannte er sie. Jeder, der die letzten achtundzwanzig Jahre nicht in einer Höhle verbracht hatte, kannte Maggie Fitzgerald. Im Moment war sie die größte Neuigkeit in Morganville – und übertraf sogar noch den ausschweifenden Klatsch über Lloyd Messners Frau, die mit dem Bankmanager durchgebrannt war.

Es war eine schlichte Stadt, eine gemächliche Stadt. Jene Art von Stadt, in der jedermann stolz war auf die Anschaffung eines neuen Feuerwehrwagens und die alljährliche Gründungsjahrfeier. Deshalb hatte Cliff sich entschieden, gerade hier zu leben, als er jenen Punkt erreicht hatte, an dem er überall leben konnte, wo er wollte. Er war hier aufgewachsen und verstand die Menschen, ihren Zusammenhalt und ihre besitzergreifende Art. Er verstand ihre Fehler. Mehr, viel mehr noch verstand er das Land. Er hegte ernsthafte Zweifel, dass die glamouröse Songschreiberin aus Kalifornien irgendetwas verstand.

Cliff steuerte seinen kleinen Pick-up die schlechte Straße entlang, die als Erstes ausgebessert werden musste.

Maggie hörte den Pick-up kommen, bevor sie ihn sah. Und dann hielt er an der Stelle, wo der Mercedes noch vor einer Stunde gestanden hatte. Obwohl sie den Fahrer durch die spiegelnde Windschutzscheibe nicht sehen konnte, hob sie lächelnd die Hand.

Der erste Gedanke, der Cliff kam, war, dass sie kleiner und zierlicher war, als er erwartet hatte. Die Fitzgeralds waren stets überlebensgroß gewesen. Mit einem Schnauben fragte er sich, ob sie wohl Orchideen züchten wollte, passend zu ihrem Stil. Er stieg in der Überzeugung aus, dass er sich über sie ärgern würde.

Weil sie einen zweiten Mr Bog erwartet hatte, verspürte Maggie bei Cliffs Anblick Überraschung. Er war einfach ein großartiges Exemplar Mann. Einsfünfundachtzig, mit breiten Schultern und schwarzen, vom Fahrtwind zerzausten Haaren, die in lockeren Wellen über Stirn und Ohren fielen. Er lächelte nicht, aber sein Mund war fest und sinnlich geformt. Sie bedauerte flüchtig, dass er eine Sonnenbrille trug, sodass seine Augen verborgen waren. Sie beurteilte Menschen nach ihren Augen.

Stattdessen beurteilte Maggie ihn nach der Art, wie er sich bewegte. Lässig, voll Selbstvertrauen. Athletisch. Selbstsicher. Er war noch einen Meter entfernt, als sie den unmissverständlichen Eindruck bekam, dass er nicht sonderlich freundlich war.

„Miss Fitzgerald?“

„Ja.“ Mit einem neutralen Lächeln streckte Maggie ihm die Hand hin. „Kommen Sie von Delaney?“

„Ja.“ Ihre Hände berührten sich kurz. Ohne sich mit einer Vorstellung aufzuhalten, betrachtete Cliff das Gelände. „Sie wollten einen Kostenvoranschlag für gewisse Landschaftsarbeiten haben.“

Maggie folgte seinem Blick. „Offensichtlich brauche ich so

was. Vollbringt Ihre Firma Wunder?"

„Wir machen unsere Arbeit." Er betrachtete den Farbfleck hinter ihr, ruinierte Stiefmütterchen und ertränkte Petunien. Ihre Anstrengung berührte etwas in ihm, das er ignorierte, indem er sich sagte, dass sie sich schon längst langweilen würde, bevor es Zeit wurde, das erste Unkraut zu zupfen. „Warum sagen Sie mir nicht, was Ihnen vorschwebt?"

„Im Moment ein Glas Eistee. Sehen Sie sich um, während ich welchen hole. Dann sprechen wir darüber." Maggie wandte sich um und stieg die wackeligen Stufen zu der Veranda hinauf.

Hinter der Sonnenbrille zogen sich Cliffs Augen schmal zusammen. Designerjeans. Und der Solitär an der dünnen Halskette hatte bestimmt nicht weniger als einen Karat. Was für ein Spiel spielte die kleine Miss Hollywood? Sie hatte einen Dufthauch hinter sich gelassen, der die Sinne eines Mannes weckte. Jetset, Überholspur, Glanz und Flitter. Zum Teufel, warum war sie hierher gezogen?

Bevor er sie hörte, fing Cliff einen frischen Hauch ihres Parfüms auf. Als er sich umdrehte, war sie ein paar Schritte hinter ihm, zwei Gläser in den Händen. Sie betrachtete ihn gelassen mit einer Neugierde, die sie gar nicht erst zu verbergen versuchte. Und noch etwas erkannte er, als sie so dastand, ihren Blick auf sein Gesicht gerichtet, die Sonne in ihrem Rücken: Sie war die verführerischste Frau, die er je getroffen hatte, obwohl ihn der Teufel holen sollte, wenn er wüsste, warum.

Maggie reichte ihm ein Glas. „Wollen Sie meine Ideen hören?"

Die Stimme hatte etwas mit der Anziehungskraft zu tun, entschied Cliff. Eine unschuldige Frage, die mit dieser schwülen Stimme ausgesprochen wurde, beschwor Bilder von einem Dutzend verbotener Freuden herauf. Er nahm einen Schluck. „Deshalb bin ich hier", sagte er schroffer, als er je mit einem Klienten gesprochen hatte.

Nur das Heben ihrer Augenbrauen zeigte an, dass sie seine Unhöflichkeit bemerkt hatte. Bei der Haltung, fand sie, würde er den Job nicht lange behalten. Andererseits wirkte er nicht wie ein Mann, der für jemanden arbeitete. „Sie sind Mister …?“

„Delaney.“

„Ah, der Chef selbst. Nun, Mr Delaney, ich habe gehört, dass Sie der Beste sind. Ich sage Ihnen, was ich will, und Sie sagen mir, ob Sie das machen können.“

„Klingt fair. Ich sage Ihnen im Vorhinein, dass meine Firma nie die natürliche Landschaft zerstört, um etwas aus ihr zu machen, das ihr nicht entspricht. Das ist hier raues Land, Miss Fitzgerald. Und so soll es sein. Wenn Sie ein oder zwei Morgen manikürten Rasen haben wollen, haben Sie das falsche Grundstück gekauft und den falschen Landschaftsgärtner geholt.“

Es gehörte viel dazu, um sie wütend zu machen. Maggie hatte lange und hart daran gearbeitet, um ihre natürliche Neigung zu Zornesausbrüchen zu unterdrücken, damit man ihr nicht das Etikett einer launenhaften Tochter oder launenhaften Künstlerin anheftete. „Anständig von Ihnen, dass Sie darauf hinweisen“, schaffte sie nach drei langen, tiefen Atemzügen.

„Ich weiß nicht, warum Sie diesen Besitz gekauft haben“, setzte er an.

„Ich glaube nicht, dass ich es erwähnt habe.“

„Und es geht mich nichts an“, beendete Cliff ihren Gedanken. „Aber das hier geht mich etwas an.“ Er deutete auf den Besitz.

„Es scheint, Sie neigen gern zu voreiligen Schlüssen, nicht wahr, Mr Delaney? Ich habe Sie noch nicht gebeten, Bulldozer und Kettensägen zu bringen.“ Sie sollte ihn zum Teufel jagen. Noch bevor sie sich fragen konnte, warum sie es nicht tat, kam die Antwort. Instinkt. Instinkt hatte sie nach Morganville gebracht und zu dem Grundstück, auf dem sie jetzt stand. Instinkt sagte ihr jetzt, dass er wirklich der Beste war. „Dieses Wäldchen dort. Ich möchte, dass es von Unterholz befreit wird. Man kann es nicht genießen, wenn man sich seinen Weg durch Dornen bahnen muss.“ Sie schoss ihm einen Blick zu. „Wollen Sie sich keine Notizen machen?“

Er betrachtete sie nachdenklich. „Nein. Weiter.“

„Na schön. Da rechts vor der Veranda ... ich schätze, das war einmal ein Rasen. Und ich möchte Platz für neue Bäume. Und wo das Gelände zur Straße abfällt, das ist zu steil für Gras, aber ich kann auch nicht das Unkraut schießen lassen.“

„Sie brauchen immergrüne Pflanzen“, sagte er hinter ihr. „Wacholder und Forsythien. Hier, wo der Boden nicht so steil ist, brauchen Sie niedrige Bodendecker. Der Baum dort muss weg“, fuhr er mit einem düsteren Blick zu dem Baum fort, der sich gefährlich in Richtung ihres Daches neigte. „Und hinter dem Haus auf dem Hang stehen zwei oder drei Bäume, die gefällt werden müssen, bevor sie umstürzen.“

Jetzt betrachtete sie ihn finster. „Na schön, aber ich möchte nicht, dass Sie mehr fällen, als nötig ist.“

Maggie konnte nur ihr eigenes Spiegelbild in seiner Sonnenbrille sehen, als er sich ihr zuwandte. „Das tue ich nie.“ Er ging seitlich um das Haus herum. „Hier brauchen Sie eine Stützmauer, damit nicht eines Tages ein Baum oder ein Stein in Ihrer Küche landet.“

„In Ordnung.“ Es klang vernünftig, fand Maggie und wünschte sich wieder, sie könnte seine Augen sehen. „Hier gibt es jede Menge Steine“, murmelte sie und stolperte fast über einen.

Cliff ergriff ihren Arm, bevor sie den Abhang auf der anderen Seite des Hauses hinuntergehen konnte. Die Berührung durchfuhr sie beide. Mehr überrascht als alarmiert, wandte Maggie den Kopf.

„An Ihrer Stelle würde ich da nicht hinuntergehen“, sagte Cliff leise.

Maggie blickte auf seine Hand hinunter und bemerkte die Größe und Stärke und die gebräunte Haut. „Mr Delaney ...“

„Schlangen“, sagte er schlicht und hatte die Befriedigung, dass sie zwei Schritte zurückwich. „An einer solchen Stelle gibt es fast immer welche. So, wie das hier alles überwuchert ist, gibt es sie wahrscheinlich überall.“

„Nun, dann …“ Maggie schluckte und unternahm eine übermenschliche Anstrengung, nicht zu schaudern. „Vielleicht können Sie sofort mit der Arbeit anfangen.“

Zum ersten Mal lächelte er, sehr leicht, sehr vorsichtig. Sie hatten beide vergessen, dass er sie noch immer festhielt. Sie standen jetzt viel zu nahe beisammen, nur eine Handbreit voneinander entfernt. Sie hatte nicht so reagiert, wie er das erwartet hatte. Es hätte ihn nicht überrascht, wenn sie kreischend bei der Erwähnung von Schlangen ins Haus gelaufen wäre und die Tür hinter sich zugeschlagen hätte. Ihre Haut war weich. Cliff strich unbewusst mit seinem Daumen darüber. Doch sie selbst war offenbar nicht weich.

„Ich könnte vielleicht nächste Woche ein paar Leute schicken, aber als Erstes müssen wir uns um Ihre Straße kümmern.“

Maggie tat das mit einem Schulterzucken ab. „Finden Sie die beste Lösung, nur keinen Asphalt. Ich möchte mich auf das Haus und das Grundstück konzentrieren.“

„Die Straße wird Sie tausendzweihundert, vielleicht tausendfünfhundert kosten“, setzte er an, aber sie wehrte wieder ab.

„Machen Sie, was nötig ist“, erklärte sie mit der unbewussten Arroganz eines Menschen, der sich nie Sorgen um Geld gemacht hatte. Sie deutete den steilen Abhang hinunter. „Dort möchte ich einen Teich.“

Cliff lenkte seine Aufmerksamkeit auf sie. „Einen Teich?“

Sie warf ihm einen ruhigen Blick zu. „Gestehen Sie mir eine Extravaganz zu, Mr Delaney. Einen kleinen Teich“, fuhr sie fort, bevor er etwas dazu sagen konnte. „Es ist genug Platz da, und dieser Teil hier scheint der schlimmste zu sein. Das ist kaum mehr als ein Loch in der Erde an einer sehr seltsamen Stelle. Haben Sie etwas gegen Wasser?“

Anstatt zu antworten, betrachtete er das Gelände unter ihnen. Tatsache war, dass sie keinen besseren Ort hätte wählen können. Es ließ sich machen, und es konnte sehr effektvoll sein.

„Das wird teuer“, sagte er endlich. „Sie werden viel Geld in den Besitz stecken müssen. Wenn Sie das dem Wiederverkaufswert gegenüberstellen, kann ich Ihnen voraussagen, dass dieser Besitz nicht leicht zu verkaufen sein wird."

Ihre Geduld riss. „Mr Delaney, ich bat Sie hierher, damit Sie eine Arbeit ausführen, und nicht, damit Sie mich über Liegenschaften oder meine Finanzen beraten. Wenn Sie es nicht schaffen, sagen Sie es, und ich suche mir einen anderen."

Seine Augen zogen sich schmal zusammen. „Ich schaffe es, Miss Fitzgerald. Ich werde einen Kostenvoranschlag und einen Vertrag aufsetzen. Morgen haben Sie beides in der Post. Wenn Sie dann noch wollen, dass ich es mache, rufen Sie mein Büro an." Langsam ließ er ihren Arm los und gab ihr das Glas zurück. Er ließ sie an dem Hang stehen, während er sich seinem Pick-up zuwandte. „Übrigens", sagte er, ohne sich noch einmal umzudrehen. „Sie haben Ihre Stiefmütterchen zu stark begossen. Und die Petunien auch."

Maggie stieß siedend den Atem aus und kippte den lauwarmen Tee auf die Erde.

## 2. KAPITEL

Maggie ging durch die knarrende Hintertür zurück ins Haus, stellte die Gläser ab und setzte sich im Musikzimmer zwischen nicht ausgepackten Kartons und alten Möbelstücken der früheren Einrichtung an ihr Klavier, schaltete das Tonbandgerät ein und ließ die Musik mit geschlossenen Augen auf sich wirken, während sie die Filmszene ablaufen sah. Sie wollte etwas Dramatisches, voller Kraft. Sie musste die Szene unterlegen, betonen, die Stimmung zu Musik machen. Sie hätte wahrscheinlich das Klopfen nicht gehört, hätte sie nicht das Band zurücklaufen lassen.

Auf der Veranda stand eine große, spröde wirkende Frau von etwa fünfzig. Ihr Haar war grau. Blassblaue Augen betrachteten Maggie durch eine Brille mit rosa Fassung.

Maggie lächelte. „Hallo. Kann ich etwas für Sie tun?"

„Sie sind Miss Fitzgerald?" Die Stimme war so leise und schlicht wie das einfache Mantelkleid.

„Ja, die bin ich."

„Ich bin Louella Morgan."

Louella Morgan, die Witwe von William Morgan, dem ehemaligen Besitzer des Hauses, das jetzt ihr gehörte. Für einen Moment fühlte Maggie sich wie ein Eindringling. Dann schüttelte sie das Gefühl ab und streckte die Hand aus. „Hallo, Mrs Morgan. Möchten Sie hereinkommen?"

„Ich will Sie nicht stören."

„Nein, bitte." Sie öffnete die Tür weiter. „Ich habe Ihre Tochter kennengelernt, als wir uns über das Haus einigten."

„Ja, Joyce hat es mir erzählt." Louellas Blick wanderte umher, als sie über die Schwelle trat. „Sie hatte nicht erwartet, das Haus so schnell zu verkaufen. Der Besitz war erst seit einer Woche zum Verkauf ausgeschrieben."

„Ich möchte gern daran glauben, dass es Schicksal war."

Maggie stemmte sich mit ihrem ganzen Gewicht gegen die Tür und drückte sie endlich zu. Ein Job für Bog, fand sie.

„Schicksal?“ Louella wandte sich von dem langen leeren Korridor ab.

„Das Haus schien auf mich zu warten.“ Obwohl sie den direkten, starren Blick der Frau sonderbar fand, deutete Maggie auf das Wohnzimmer. „Kommen Sie herein und setzen Sie sich. Möchten Sie Kaffee? Etwas Kühles?“

„Nein, danke. Ich bleibe nur eine Minute.“ Louella betrat das Wohnzimmer, setzte sich jedoch nicht. Sie betrachtete die zerschlissenen Tapeten, die abblätternde Farbe und die Fenster, die jetzt, nachdem Maggie sie geputzt hatte, blinkten. „Ich wollte das Haus wieder sehen, wenn jemand darin wohnt.“

„Wahrscheinlich wird es noch ein paar Wochen dauern, bis es bewohnt aussieht.“

Louella schien sie nicht zu hören. „Ich kam unmittelbar nach unserer Hochzeit hierher.“ Jetzt lächelte sie, doch Maggie fand in diesem Lächeln keine Freude. Die Augen blickten verloren, so als wäre die Frau schon seit Jahren verloren. „Doch dann wollte mein Mann etwas Moderneres, von dem aus man bequemer die Stadt und sein Geschäft erreichte. Also sind wir umgezogen, und er hat dieses Haus hier vermietet.“ Louella blickte wieder Maggie an. „So ein schöner, ruhiger Fleck“, murmelte sie. „Ein Jammer, dass er über die Jahre so vernachlässigt wurde.“

„Es ist ein schöner Fleck“, stimmte Maggie zu und bemühte sich, nicht so unbehaglich zu klingen, wie sie sich fühlte. „Ich lasse am Haus und auf dem Grundstück Arbeiten durchführen …“ Ihre Stimme erstarb, als Louella an das nach vorne führende Fenster trat und hinausstarrte. Himmel, dachte Maggie, während sie überlegte, was sie noch sagen könnte, womit habe ich es denn hier zu tun? „Äh … ich möchte viel selbst anstreichen und tapezieren.“

„Das Unkraut hat alles überwuchert“, sagte Louella, den Rücken zum Raum gewandt.

„Ja … nun, Cliff Delaney war heute hier und hat sich umgesehen.“

„Cliff." Louellas Aufmerksamkeit schien wieder zurückzukehren, als sie sich umdrehte. In dem durch die vorhanglosen Fenster hereinfallenden Licht wirkte sie noch blasser, fast körperlos. „Ein interessanter junger Mann, etwas rau, aber sehr klug. Er wird hier gut für Sie und den Besitz arbeiten. Er ist ein Cousin der Morgans." Sie unterbrach sich mit einem leisen Lachen. „Sie werden überall im County eine Menge Morgans und ihre Verwandten verstreut finden."

Ein Cousin, überlegte Maggie. Vielleicht war er unfreundlich gewesen, weil er dachte, der Besitz hätte nicht an eine Außenseiterin verkauft werden dürfen. Resolut versuchte sie, Cliff Delaney aus ihren Gedanken zu verdrängen. Er brauchte nicht zuzustimmen. Der Besitz gehörte ihr.

„Der Rasen vor dem Haus war einmal sehr schön", murmelte Louella.

Maggie fühlte einen Hauch von Mitgefühl. „Er wird es wieder sein." Sie trat näher. Beide Frauen standen jetzt am Fenster. „Ich werde einen Steingarten anlegen, und in der Senke an der Seite in dem Graben wird ein Teich angelegt."

„Ein Teich?" Louella drehte sich um und fixierte sie mit einem langen, starren Blick. „Sie wollen den Graben nutzen?"

„Ja." Maggie fühlte sich wieder unbehaglich. „Es ist der perfekte Platz."

Louella strich mit der Hand über ihre Handtasche, als wollte sie etwas wegwischen. „Ich hatte auch einen Steingarten."

„Den hätte ich gern gesehen", sagte Maggie sanft.

„Ich habe Fotos."

„Tatsächlich?" Maggie vergaß ihr Unbehagen. „Vielleicht dürfte ich sie sehen? Sie könnten mir bei der Entscheidung helfen, was ich anpflanzen soll."

„Ich werde dafür sorgen, dass Sie sie bekommen. Es ist sehr freundlich von Ihnen, dass Sie mich hereingelassen haben. Dieses Haus beherbergt Erinnerungen." Louella sah sich ein letztes Mal in dem Raum um. „Auf Wiedersehen, Miss Fitzgerald."

„Auf Wiedersehen, Mrs Morgan." Ihr Mitgefühl regte sich

erneut. „Bitte, kommen Sie wieder."

Louella blickte zurück. Ihr Lächeln war sehr schwach, ihre Augen waren sehr müde. „Danke."

Während Maggie ihr nachsah, ging Louella zu einem alten, aber gut erhaltenen Lincoln und fuhr dann den Hügel hinunter. Leicht verwirrt kehrte Maggie ins Haus zurück. Sie hatte noch nicht viele Einwohner von Morganville kennengelernt, aber es waren offensichtlich interessante Leute.

Das Geräusch weckte Maggie aus einem tiefen Schlaf und versetzte sie in einen benommenen, gereizten Zustand. Während sie versuchte, ihren Kopf unter dem Kissen zu vergraben, glaubte sie, in New York zu sein. Das Ächzen und Dröhnen hörte sich wie ein großer, hässlicher Müllwagen an. Aber sie war nicht in New York. Sie war in Morganville, und hier gab es keine Müllwagen. Hier schaffte man den Müll selbst zur Deponie.

Das Sonnenlicht fiel schwach auf ihre Bettdecke. Sie war nie ein Morgenmensch gewesen, und sie hatte auch nicht die Absicht, diesen Teil ihres Naturells durch das Landleben verändern zu lassen. Matt drehte sie den Kopf, um auf die Uhr zu sehen. Fünf nach sieben. Gütiger Himmel!

Sie focht einen harten Kampf, um sich aufzusetzen. Mit verschlafenen Augen sah sie sich um. Auch in diesem Raum stapelten sich ungeöffnete Kartons. Und draußen dröhnte es ohne Pause hartnäckig weiter.

Resigniert stieg Maggie aus dem Bett, stolperte über ein Paar Schuhe, stieß eine Verwünschung aus und ging zum Fenster. Von hier aus konnte man den Vorgarten und das Tal überblicken. Im Hintergrund zeichneten sich sogar die Spitzen von blauen Bergen ab.

Maggie schob das Fenster ganz hoch. Die Frühlingsluft war angenehm kühl. Das Geräusch eines laufenden Motors war noch immer zu hören. Neugierig presste sie ihr Gesicht gegen das Fliegengitter, das daraufhin herausbrach und auf die Veranda fiel. Noch etwas für Mr Bog, dachte Maggie seufzend.

In diesem Moment schob sich ein massiger gelber Bulldozer um die Kurve ihrer Zufahrtsstraße und schob Steine und Erde vor sich her. Cliff Delaney war ein Mann, der Wort hielt. Sie hatte den Kostenvoranschlag und den Vertrag zwei Tage nach seinem Besuch erhalten. Als sie in seinem Büro anrief, hatte sie mit einer tüchtig klingenden Frau gesprochen, die ihr erklärte, die Arbeiten würden Anfang der Woche beginnen.

Und heute ist Montag, dachte sie. Sehr pünktlich. Sie griff nach ihrem Morgenmantel und ging unter die Dusche.

Zwei Stunden später und mit dem Kaffee gestärkt, den sie für sich selbst und den Bulldozerfahrer gemacht hatte, war Maggie auf ihren Knien auf dem Küchenboden. Auf der Theke stand ihr Tonbandgerät. Die Klänge ihrer neuen Partitur, die bald vollendet sein würde, übertönten fast das Dröhnen der Maschine. Sie ließ sich treiben, während Worte zu dem Titelsong, den sie noch komponieren musste, durch ihre Gedanken zogen.

Als Cliff zu der Hintertür ging, war er bereits verärgert. Es war lächerlich, dass er seine Zeit hier verschwendete, bei all den anderen Aufträgen, die seine Firma zu erfüllen hatte. Trotzdem war er hier. Er hatte fast fünf Minuten lang an die Vordertür geklopft. Er wusste, dass Maggie im Haus war. Ihr Wagen stand in der Einfahrt, und der Bulldozerfahrer hatte ihm gesagt, dass sie vor ungefähr einer Stunde Kaffee ins Freie gebracht habe.

Die Musik, die aus den offenen Fenstern drang, erregte seine Aufmerksamkeit und seine Einbildungskraft. Er hatte diese Melodie noch nie gehört. Sie war sexy, stimmungsvoll. Nur Klavier, keine Streicher oder Blasinstrumente, doch man wollte zuhören und sich keine Note entgehen lassen. Einen Moment blieb er stehen, irritiert und bewegt.

Cliff wollte gerade an die Fliegengittertür klopfen, als er Maggie entdeckte.

Sie lag auf Händen und Knien und löste stückweise das Linoleum mit einem Spachtelmesser. Ihr Haar fiel lose über eine Schulter, sodass ihr Gesicht dahinter verborgen war. In dem tiefen Zobelbraun schimmerte Gold von dem Sonnenschein, der durch Tür und Fenster fiel.

Eine graue Cordhose schmiegte sich um ihre Hüften. Ein rotes Wildledershirt war in die Hose geschoben. Solche Hemden wurden nur in exklusiven Läden zu noch exklusiveren Preisen verkauft. Ihre Hände wirkten unglaublich zart. Cliff betrachtete diese Hände, als Maggie zu enthusiastisch mit dem Spachtelmesser hantierte und sich den Knöchel an einer Kante aufschabte.

„Was machen Sie da?“, fragte er, stieß die Tür auf und trat ein. Kaum hatte Maggie den Knöchel instinktiv in den Mund geschoben, als er sich auch schon neben sie kauerte und ihre Hand ergriff.

„Es ist nichts“, sagte sie automatisch. „Nur ein Kratzer.“

„Sie haben Glück, dass Sie sich die Haut nicht aufgerissen haben.“ Obwohl seine Stimme rau und ungeduldig klang, war seine Hand sanft. Sie überließ ihm ihre Hand.

Jetzt konnte sie seine Augen sehen. Sie waren grau – rauchgrau, geheimnisvoll. Sie dachte an Abendnebel. Nebel, die manchmal gefährlich waren, aber immer faszinierten. Maggie entschied, dass sie ihn auf eine vorsichtige Art mögen konnte.

„Wer ist dumm genug, um Linoleum darüber zu legen?“ Mit den Fingern ihrer freien Hand strich sie über den Holzfußboden, den sie freigelegt hatte. „Schön, nicht wahr? Das heißt, er wird es sein, sobald er geschliffen und versiegelt ist.“

„Bog soll sich darum kümmern“, ordnete Cliff an. „Sie wissen ja nicht, was Sie da machen.“

Jeder sagte das. Maggie zog sich verärgert ein Stück zurück. „Warum soll er den ganzen Spaß haben? Abgesehen davon bin ich vorsichtig.“

„Das sehe ich.“ Er drehte ihre Hand so, dass er die Abschürfung an dem Daumen sah. „Muss nicht jemand in Ihrem Beruf vorsichtig mit seinen Händen umgehen?“

„Die Hände sind versichert“, gab sie zurück. „Ich denke, ich kann sogar mit einer so ernsthaften Verletzung ein paar Akkorde anschlagen.“ Sie entzog ihm die Hand. „Sind Sie hergekommen, um mich zu kritisieren, Mr Delaney, oder ging es um etwas anderes?"

„Ich bin hier, um die Arbeiten zu überprüfen." Er hob das Fliegengitter auf, das er fallen gelassen hatte, als er ihre Hand ergriff. „Das habe ich draußen gefunden."

„Danke." Sie nahm das Fliegengitter und lehnte es gegen den Herd.

„Ihre Straße wird fast den ganzen Tag blockiert sein. Hoffentlich wollten Sie nicht wegfahren."

Maggie sah ihn leicht herausfordernd an. „Ich fahre nicht weg, Mr Delaney."

„Gut." Die Musik vom Tonband wechselte das Tempo, hatte jetzt einen harten, primitiven Rhythmus. So etwas sollte in heißen, mondlosen Nächten gespielt werden. Es zog ihn in seinen Bann. „Was ist das?", fragte Cliff. „Das habe ich noch nie gehört."

Maggie blickte zu dem Gerät hoch. „Das ist eine Filmmusik, die ich schreibe. Gefällt sie Ihnen?"

„Ja."

Die offenste und klarste Antwort, die sie bis jetzt von ihm gehört hatte. Es genügte ihr nicht. „Warum?"

Er hörte einen Moment zu und nahm kaum wahr, dass sie beide immer noch auf dem Fußboden hockten, nahe genug, um einander zu berühren. „Die Musik geht direkt ins Blut, spricht direkt die Fantasie an. Das soll doch wohl bei einem Song so sein."

Er hätte nichts Perfekteres sagen können. Ihr sagenhaftes Lächeln traf ihn wie ein Blitz. „Ja, das soll so sein." Ihre Knie berührten sich. „Ich habe versucht, mit dieser Musik etwas sehr Urtümliches zu treffen. Sie muss die Stimmung für einen Film über eine leidenschaftliche Beziehung erzeugen – eine äußerst leidenschaftliche Beziehung zwischen zwei Personen, die nichts gemeinsam haben außer einem unkontrollierbaren gegenseitigen Verlangen. Einer der beiden wird deshalb sogar töten."

Sie verstummte und verlor sich in der Musik und in der Stimmung. Sie konnte alles in lebhaften Farben sehen, konnte die schwüle Luft einer heißen Sommernacht fühlen. Dann runzelte sie die Stirn, und wie auf ein Stichwort verstummte die Musik. Von dem Band kam ein scharfer, harter Fluch. Danach Stille.

„Mir ist bei diesen letzten beiden Takten etwas abhandengekommen", murmelte sie. „Als wäre etwas nicht richtig durchgemischt herausgekommen. Das Stück muss sich zur Verzweiflung hin entwickeln, aber dezenter. Leidenschaft am Rande der Beherrschung."

„Komponieren Sie immer so?"

Sie ließ sich auf die Fersen zurücksinken. „Wie meinen Sie das?", fragte sie zurück.

„Mit dem Nachdruck auf Stimmung und Gefühlen und weniger auf Noten und Timing."

Niemand hatte ihren Stil jemals so genau definiert. Es gefiel ihr. „Ja", sagte sie schlicht.

Es behagte ihm nicht, was diese großen sanften Augen mit ihm anstellen konnten. Cliff erhob sich. „Deshalb ist Ihre Musik gut."

Maggie lachte flüchtig, nicht über das Kompliment, sondern über den grollenden Ton, in dem es ausgesprochen wurde. „Sie können tatsächlich auch etwas Freundliches sagen."

„Wenn es stimmt." Er beobachtete ihre fließenden Bewegungen, die er stets mit großen, gertenschlanken Frauen in Verbindung gebracht hatte. „Ich bewundere Ihre Musik." Diesmal schwang Ärger in seiner Stimme mit, weniger Humor.

„Und ansonsten bewundern Sie wenig, was mit mir zu tun hat."

„Ich kenne Sie nicht", konterte Cliff.

„Sie haben mich schon nicht gemocht, als Sie das erste Mal den Hügel heraufgekommen sind." Maggie stützte die Hände in die Hüften und sah ihn unverwandt an. „Ich habe den Eindruck, dass Sie mich schon Jahre vor unserem Kennenlernen nicht gemocht haben."

Das ist direkt, befand Cliff. „Ich habe Probleme mit Menschen, die ihr Leben auf einem silbernen Tablett verbringen. Dafür habe ich zu viel Respekt vor der Realität."

„Silbernes Tablett", wiederholte Maggie mit einer viel zu ruhigen Stimme. „Mit anderen Worten, ich wurde in den Überfluss hineingeboren. Deshalb kann ich den Rest der realen Welt nicht verstehen."

Er wusste nicht, warum er lächeln wollte. Vielleicht, weil ihr das Blut ins Gesicht schoss. Vielleicht, weil sie so aussah, als würde sie ihm liebend gern an die Gurgel gehen. Trotzdem lächelte er nicht. Er hatte das unbestimmte Gefühl, dass, sollte man dieser Lady auch nur den kleinen Finger reichen, man sehr bald dazu bereit war, ihr den ganzen Arm zu geben. „So ungefähr. Der Schotter für die Straße wird um fünf geliefert und aufgeschüttet."

„So ungefähr?" Maggie war daran gewöhnt, ein Gespräch zu beenden, wann sie es wollte, und packte ihn am Arm, als er sich zur Tür wandte. „Sie sind ein engstirniger Snob, und Sie wissen gar nichts über mein Leben."

Cliff blickte auf die zarte Hand an seinem gebräunten, muskulösen Arm hinunter. Sie trug einen Amethyst, der ihm entgegenschimmerte. „Miss Fitzgerald, jeder im Land kennt Ihr Leben."

„Das ist eine der unintelligentesten Bemerkungen, die ich je gehört habe." Sie unternahm einen letzten Versuch, ihr Temperament im Zaum zu halten, vergaß es dann jedoch. „Lassen Sie sich eines von mir sagen, Mr Delaney ..." Das Telefon unterbrach den geplanten Strom von leidenschaftlichen Beschimpfungen. Maggie brach mit einem Fluch ab. „Sie bleiben hier!", befahl sie, während sie sich zu dem Wandtelefon umdrehte und den Hörer vom Apparat riss. „Hallo!", meldete sie sich unwirsch.

„Also, es ist schön zu hören, dass dir das Landleben bekommt."

„C.J." Sie bemühte sich, ihren Zorn zu unterdrücken. Sie wollte von ihm weder Fragen noch das unvermeidliche „Ich habe es dir gleich gesagt“ hören. „Tut mir leid, du hast mich mitten in einer philosophischen Diskussion erwischt.“ Obwohl sie Cliffs kurzes Lachen hörte, ignorierte sie es. „Was gibt’s, C.J.?“

„Nun, ich habe seit zwei Tagen nichts von dir gehört.“

„Ich habe dir gesagt, dass ich einmal die Woche anrufe. Hörst du endlich auf, dir Sorgen zu machen?“

„Du weißt, dass ich das nicht kann.“

Sie musste lachen. „Ich weiß. Falls es dich erleichtert, meine Straße wird gerade hergerichtet, während wir miteinander sprechen. Wenn du mich das nächste Mal besuchst, brauchst du keine Angst mehr um deinen Auspuff zu haben.“

„Das beruhigt mich nicht“, grollte C.J. „Ich habe Albträume davon, wie dir dieses Dach auf den Kopf fällt. Das ganze verdammte Haus fällt auseinander.“

„Das Haus fällt nicht auseinander.“ Sie drehte sich um und stieß dabei das Fliegengitter um. Es klapperte auf den Boden. In diesem Moment traf sich ihr Blick mit dem Cliffs. Er lehnte noch immer an der Theke, aber jetzt grinste er. Maggie blickte auf das Fliegengitter, dann wieder zu Cliff und hielt sich den Mund zu, um sich am Lachen zu hindern.

„Was war das für ein Lärm?“, fragte C.J.

„Lärm?“ Maggie schluckte. „Ich habe keinen Lärm gehört.“ Sie deckte die Sprechmuschel ab, als Cliff lachte. „Pst“, zischte sie lächelnd. „C.J.“, sagte sie in das Telefon, um ihn abzulenken, „die Filmmusik ist fast fertig.“

„Wann?“ Die Antwort kam prompt, wie erwartet.

„Zum größten Teil ist die Feinarbeit schon fertig. Ich hänge noch ein wenig an dem Titelsong. Wenn du mich wieder an die Arbeit lässt, wird das Band nächste Woche in deinem Büro sein.“

„Warum lieferst du es nicht persönlich ab? Wir könnten gemeinsam zum Mittagessen gehen.“

„Vergiss es.“

Er seufzte. „Einen Versuch war es wert. Um dir zu zeigen,

dass sich mein Herz am rechten Fleck befindet, habe ich dir ein Geschenk geschickt."

„Ein Geschenk? Die Godiva-Pralinen?"

„Warte es ab", antwortete er ausweichend. „Morgen früh wird es bei dir sein. Ich erwarte, dass du dermaßen gerührt sein wirst, dass du die nächste Maschine nach L.A. nimmst und dich höchstpersönlich bei mir bedankst."

„C.J. ..."

„Zurück mit dir an die Arbeit. Und ruf mich an", fügte er hinzu. Er wusste, wann es an der Zeit war, den Rückzug anzutreten. „Ich werde weiterhin von Visionen geplagt, wie du von einem Berg fällst."

Er legte auf und ließ sie, wie so oft, zwischen Belustigung und Verärgerung schwankend zurück. „Mein Agent", erklärte Maggie. „Er macht sich gern Sorgen."

„Verstehe."

Cliff blieb, wo er war, sie ebenso. Dieser eine winzige Moment von Gemeinsamkeit hatte eine Barriere zwischen ihnen eingerissen. An ihre Stelle war eine Befangenheit getreten, die keiner von beiden voll verstand. Cliff war sich plötzlich ihres verlockenden Duftes bewusst. Maggie fühlte sich plötzlich durch seine maskuline Ausstrahlung beunruhigt. Sie räusperte sich.

„Mr Delaney ..."

„Cliff", verbesserte er sie.

Sie lächelte und versuchte sich zu entspannen. „Cliff. Wir haben wohl aus irgendeinem Grund auf dem verkehrten Fuß miteinander angefangen. Wenn wir uns auf etwas konzentrieren, das uns beide interessiert – mein Grundstück nämlich –, werden wir uns nicht weiter aneinander reiben."

Er hielt das für eine interessante Ausdrucksweise, vor allem, da er sich vorstellte, wie es war, mit seinen Händen über ihre Haut zu streichen. „In Ordnung", stimmte er zu, kam zu ihr und fragte sich, wen er testete, sie oder sich selbst. Als er stehen blieb, war sie zwischen ihm und dem Herd gefangen.

Er berührte sie nicht, aber beide konnten fühlen, wie es gewesen wäre. Harte Hände, weiche Haut. Wärme, die sich rasch in Hitze verwandelte. Lippen, die mit Zuversicht, mit Wissen, mit Leidenschaft auf Lippen trafen.

„Ich betrachte Ihr Land als Herausforderung." Er sagte es ruhig, seine Augen auf sie gerichtet. Sie dachte jetzt nicht an Nebel, sondern an Rauch – an Rauch und Feuer. „Weshalb ich beschlossen habe, diesem Projekt meine persönliche Aufmerksamkeit zu widmen."

Ihre Nerven waren plötzlich angespannt. Maggie wich nicht zurück, weil sie fast sicher war, dass er das wollte. Stattdessen begegnete sie seinem Blick. Wenn ihre Augen nicht ruhig blickten, wenn sie sich mit den ersten Anzeichen von Verlangen verdunkelten, konnte sie das nicht verhindern. „Dem kann ich nicht widersprechen."

„Nein." Er lächelte ein wenig. Wenn er auch nur ein paar Momente länger blieb, würde er herausfinden, wie ihre Lippen schmeckten. Das konnte der größte Fehler sein, den er jemals begangen hatte. Er wandte sich ab und ging zur Hintertür. „Rufen Sie Bog an." Er warf die Worte über seine Schulter, während er die Fliegengittertür aufstieß. „Ihre Finger gehören auf die Tasten eines Klaviers, nicht um ein Spachtelmesser."

Maggie stieß den angehaltenen Atem aus, als die Fliegengittertür zuschlug. Ob er das absichtlich machte? Sie presste ihre Hand auf ihr rasendes Herz. Oder war es sein natürliches Talent, Frauen in schlaffe Stoffpuppen zu verwandeln? Kopfschüttelnd befahl sie sich, das Ganze zu vergessen. Sie war eindeutig nicht interessiert.

Mit finsterer Miene ließ sie sich wieder auf die Knie sinken und griff nach dem Spachtelmesser. Heftig hackte sie an dem Bodenbelag herum. Maggie Fitzgerald konnte sich um sich selbst kümmern.

## 3. KAPITEL

Es war der dritte Morgen, an dem Maggie von dem Lärm von Männern und Maschinen vor ihren Fenstern geweckt wurde. Ihr fiel ein, dass sie kaum Gelegenheit gehabt hatte, sich an die Stille zu gewöhnen, als schon das Chaos begonnen hatte.

Der Bulldozer war von Kettensägen, Häckslern und Lastwagen ersetzt worden. Auch wenn Maggie sich absolut nicht an das zeitige Aufstehen gewöhnt hatte – sie ergab sich in ihr Schicksal. Um Viertel nach sieben schleppte sie sich aus der Dusche und betrachtete ihr Gesicht im Badezimmerspiegel.

Nicht so gut, entschied sie, während sie in ihre eigenen schläfrigen Augen sah. Missmutig strich sie sich über die Wangen. Sie hatte Hautpflege nie für Luxus oder Zeitverschwendung gehalten. Das war schlicht etwas, das sie routinemäßig tat, genau wie jeden Morgen in Kalifornien zwanzig Längen zu schwimmen.

Sie hatte in der letzten Zeit die grundsätzlichsten Dinge vernachlässigt, fand sie und zupfte an den Stirnfransen. Es zeigte sich, und es wurde Zeit, etwas dagegen zu unternehmen.

Nachdem sie ein Handtuch um ihre feuchten Haare geschlungen hatte, öffnete sie den Medizinschrank. Der nächste Kosmetiksalon war siebzig Meilen entfernt. Doch es gab Zeiten, da musste man die Dinge eben selbst in die Hand nehmen, sagte Maggie sich, während sie eine Kleiemaske auflegte.

Sie spülte gerade ihre Hände ab, als sie schnelles, hohes Bellen hörte. C.J.'s Geschenk will sein Frühstück, dachte Maggie trocken. In ihrem kurzen Frotteebademantel mit dem zerschlissenen Saum, ein kariertes Handtuch um ihre Haare geschlungen und mit der hart werdenden Kleiemaske im Gesicht, ging sie nach unten, um sich um das anspruchsvolle Geschenk zu kümmern, das ihr Agent hatte einfliegen lassen. Sie erreichte den untersten Treppenabsatz, als ein Klopfen an der Tür den putzigen Bulldoggenwelpen in Hektik ausbrechen ließ.

„Reg dich ab", befahl sie und klemmte ihn sich unter einen

Arm. „Diese ganze Aufregung, und ich habe noch nicht einmal meinen Kaffee gehabt." Der Welpe senkte den Kopf und knurrte, als sie die Haustür öffnen wollte. Die Tür klemmte. Fluchend setzte Maggie den Hund ab und zerrte mit beiden Händen.

Die Tür flog auf, der Schwung ließ sie ein paar Schritte zurücktaumeln. Der Welpe jagte durch die nächste Tür, schob seinen Kopf um den Türrahmen herum und knurrte, als meine er es todernst. Cliff starrte auf Maggie, die keuchend in der Diele stand. Sie stieß den Atem aus und fragte sich, was als Nächstes passieren konnte.

„Ich dachte immer, das Landleben wäre friedlich."

Cliff hakte grinsend seine Daumen in die Taschen seiner Jeans. „Nicht unbedingt. Habe ich Sie geweckt?"

„Ich bin schon eine ganze Weile auf", antwortete sie leichthin.

„Mhm." Sein Blick wanderte über ihre Beine, die sich hübsch unter dem kurzen Bademantel zeigten, bevor er sich auf den in der Tür kauernden Welpen richtete. „Ein Freund von Ihnen?"

Maggie blickte auf die Bulldogge, der drohende Laute aus der Kehle rollten, die aber trotzdem sorgfältig auf Abstand achtete. „Ein Geschenk von meinem Agenten."

„Wie heißt er?"

Maggie warf dem sich duckenden Welpen einen trockenen Blick zu. „Killer."

Cliff sah zu, wie der Welpe hinter der Wand verschwand. „Sehr passend. Wollen Sie ihn als Wachhund ausbilden?"

„Ich werde ihm beibringen, wie man Musikkritiker anfällt." Sie hob die Hand, um sich durch die Haare zu streichen – eine alte Gewohnheit –, und stieß auf das Handtuch. Genauso abrupt erinnerte sie sich an den Rest ihrer Erscheinung. Ihre Hand zuckte zu ihrem Gesicht und fand die dünne Schicht aus harter Kleie. „Oh nein", murmelte Maggie, als Cliffs Grinsen breiter wurde. „Oh verdammt!" Sie drehte sich um und jagte zur Treppe. „Nur einen Moment." Er bekam einen faszinierenden, wenn auch flüchtigen Blick auf nackte Schenkel geboten, als sie nach oben hetzte.

Zehn Minuten später kam sie völlig gefasst wieder nach unten. Ihr Haar war seitlich mit Perlmuttkämmen zurückgesteckt. Auf ihrem Gesicht hatte sie leichtes Make-up aufgetragen. Sie hatte das Erstbeste angezogen, was ihr in ihrem noch immer nicht ausgepackten Koffer in die Hände gefallen war. Die engen schwarzen Jeans bildeten einen interessanten Kontrast zu dem weiten weißen Sweatshirt. Cliff saß auf der untersten Stufe und versetzte einen feigen Welpen in Ekstase, indem er ihm den Bauch kraulte. Maggie blickte stirnrunzelnd auf Cliffs Kopf herunter.

„Sie hätten kein Wort gesagt, nicht wahr?"

Er kraulte weiterhin den Welpen, ohne sich die Mühe zu machen, aufzublicken. „Worüber?"

Maggie kniff die Augen zusammen und verschränkte ihre Arme. „Nichts. Wollten Sie etwas mit mir besprechen?"

„Wollen Sie noch immer einen Teich?"

„Ja, ich will noch immer einen Teich", antwortete sie unfreundlich. „Es gehört nicht zu meinen Gewohnheiten, ständig meine Meinung zu ändern."

„Fein. Dann werden wir den Graben heute Nachmittag ausräumen." Er stand auf und sah sie an, während der Welpe erwartungsvoll vor seinen Füßen saß. „Sie haben Bog nicht wegen des Küchenfußbodens angerufen."

„Woher wissen Sie ..."

„In Morganville findet man leicht etwas heraus."

„Nun, es geht Sie nichts ..."

„Es ist schwer, in einer Kleinstadt etwas für sich zu behalten", unterbrach Cliff sie wieder. Ihr frustrierter Seufzer amüsierte ihn. „Tatsache ist, dass Sie im Moment das Hauptthema in der Stadt sind. Jeder fragt sich, was die Lady aus Kalifornien auf diesem Berg macht. Je mehr Sie sich absondern", fügte er hinzu, „desto mehr werden sich die Leute den Kopf zerbrechen."

„Ist das so?" Maggie neigte den Kopf und trat näher. „Und

Sie? Zerbrechen Sie sich auch den Kopf?"

Cliff erkannte eine Herausforderung, wenn er eine hörte. Impulsiv legte er seine Hand an ihr Kinn und strich mit dem Daumen an ihrem Kiefer entlang. Sie zuckte nicht zusammen und zog sich auch nicht zurück, sondern hielt ganz still. „Hübsche Haut", murmelte er. „Sehr hübsch. Sie kümmern sich darum, Maggie. Ich kümmere mich um Ihr Land."

Damit ließ er sie so zurück, wie sie war – die Arme verschränkt, den Kopf zurückgelegt, die Augen erstaunt geweitet.

Gegen zehn wurde Maggie klar, dass es nicht einer jener ruhigen, einsamen Tage werden würde, deretwegen sie aufs Land gezogen war. Die Männer draußen schrien, um sich bei dem Maschinenlärm verständlich zu machen. Lastwagen fuhren auf ihrer frisch geschotterten Straße hin und her. Sie tröstete sich damit, dass in ein paar Wochen dieser Teil der Störung vorbei sein würde.

Sie erhielt drei Anrufe von Freunden an der Westküste, die fragten, wie es ihr ging und was sie machte. Beim dritten Anruf war sie schon ein wenig gereizt von dem ständigen Erklären, dass sie Linoleum wegkratzte, Wände tapezierte, Holz lackierte und es genoss. Sie legte den Hörer neben den Apparat und kehrte an ihr Spachtelmesser und zu dem Küchenboden zurück.

Mehr als die Hälfte des Holzfußbodens war jetzt freigelegt. Die Fortschritte interessierten sie so sehr, dass sie beschloss, sich an diese eine Aufgabe zu halten, bis sie erledigt war. Der Fußboden würde sehr schön werden. Und sie hätte es selbst gemacht.

Maggie hatte gerade erst weitere fünf Zentimeter abgekratzt, als es hinter ihr klopfte. Sie drehte sich um und war bereit, hochzugehen, falls Cliff Delaney zurückgekommen war, um sie zu reizen. Stattdessen sah sie eine große schlanke Frau ihres eigenen Alters, mit weichen braunen Haaren und hellblauen Augen. Während Maggie eingehend Joyce Morgan Agee betrachtete, wunderte sie sich, dass ihr die Ähnlichkeit mit Louella nicht schon früher aufgefallen war.

„Mrs Agee." Maggie stand auf und putzte die Knie ihrer Jeans ab. „Bitte, kommen Sie herein. Tut mir leid." Ihre Turnschuhe quietschten, als sie auf eine dünne Lage alten Leims trat. „Der Fußboden ist ein wenig klebrig."

„Ich möchte Sie nicht bei der Arbeit stören." Joyce stand unsicher in der Tür und betrachtete den Fußboden. „Ich hätte angerufen, aber ich war gerade auf dem Heimweg von meiner Mutter."

Joyces Pumps waren penibel sauber und elegant. Maggie fühlte, wie der Klebstoff an ihren alten Turnschuhen zog. „Wir können draußen sprechen, wenn Sie nichts dagegen haben." Maggie trat in den Sonnenschein hinaus. „Im Moment ist hier alles ein wenig durcheinander."

„Ja." Joyce warf einen Blick zu den Arbeitern. „Sie verlieren keine Zeit, wie ich sehe."

„Nein." Maggie lachte und betrachtete die bröckelnde Mauer neben ihnen. „Ich war nie sehr geduldig. Und ich möchte, dass die Umgebung schneller fertig ist als das Innere des Hauses."

„Sie hätten keine bessere Firma wählen können", murmelte Joyce und blickte zu einem der Lastwagen mit der Aufschrift „Delaney's" auf der Seite.

Maggie folgte ihrem Blick. „Das hat man mir schon gesagt."

„Ich wollte Sie wissen lassen, dass ich wirklich froh darüber bin, dass Sie so viel auf dem Besitz machen lassen." Joyce zupfte an dem Schulterriemen ihrer Tasche. „Ich kann mich kaum noch erinnern, wie ich hier gelebt habe. Ich war noch ein Kind, als wir wegzogen, aber ich hasse Verschwendung." Mit einem kleinen Lächeln sah sie sich um. „Ich glaube nicht, dass ich hier draußen leben könnte. Ich bin gern in der Stadt, mit Nachbarn in unmittelbarer Nähe und anderen Kindern, mit denen meine Kinder spielen können. Und natürlich muss mein Mann immer zu erreichen sein."

Maggie brauchte einen Moment, ehe sie sich erinnerte. „Oh,

Ihr Mann ist der Sheriff, nicht wahr?“

„Stimmt. Morganville ist eine ruhige Stadt, nicht zu vergleichen mit Los Angeles, aber es hält ihn auf Trab.“ Sie lächelte, doch Maggie fragte sich, wieso sie Anspannung fühlte. „Wir sind einfach keine Großstadtmenschen.“

„Nein.“ Maggie lächelte ebenfalls. „Ich habe wohl entdeckt, dass ich es auch nicht bin.“

„Ich verstehe nicht … wie konnten Sie aufgeben …“ Joyce schien sich zurückzuhalten. „Ich meinc, nach Beverly Hills muss es für Sie doch eine riesige Umstellung sein.“

„Es ist eine Veränderung“, stimmte Maggie zu. Verspürte sie auch hier einen gewissen Unterton, wie sie das bei Louellas Verträumtheit getan hatte? „Ich wollte diese Veränderung.“

„Ja, also, ich bin froh, dass Sie den Besitz so schnell gekauft haben. Stan war ein wenig besorgt, dass ich das Haus zum Verkauf anbot, während er nicht in der Stadt war, aber ich konnte es nicht länger nur so herumstehen sehen. Wer weiß, wären Sie nicht so schnell aufgetaucht, hätte er mir den Verkauf vielleicht wieder ausgeredet.“

„Dann können wir beide froh sein, dass ich das Schild gesehen habe.“ Maggie dachte daran, dass das Haus offenbar Joyce allein gehört hatte, ohne dass ihr Ehemann oder ihre Mutter ein Anrecht darauf gehabt hätten. Flüchtig fragte sie sich, wieso Joyce es nicht schon früher verkauft hatte.

„Der eigentliche Grund, warum ich hergekommen bin, Miss Fitzgerald, ist meine Mutter. Sie hat mir erzählt, dass sie vor ein paar Tagen hier war.“

„Ja. Sie ist eine reizende Frau.“

„Ja.“ Joyce blickte wieder zu den Arbeitern und holte tief Luft. Maggie brauchte sich nicht länger zu fragen, ob sie unterschwellige Strömungen fühlte. Jetzt war sie sicher.

„Es ist mehr als wahrscheinlich, dass sie noch einmal vorbeikommen wird. Ich möchte Sie um einen Gefallen bitten: Sollte meine Mutter anfangen, Ihnen auf die Nerven zu gehen, sagen Sie es mir und nicht ihr.“

„Warum sollte sie mir auf die Nerven gehen?"

Joyce gab einen müden, frustrierten Laut von sich. „Mutter schwelgt oft in der Vergangenheit. Sie hat den Tod meines Vaters nie ganz verwunden. Sie bereitet manchen Leuten Unbehagen."

Maggie erinnerte sich an das Unbehagen, das sie selbst während Louellas kurzen Besuchs verspürt hatte. Dennoch schüttelte sie den Kopf. „Ihre Mutter kann mich gern von Zeit zu Zeit besuchen, Mrs Agee."

„Danke, aber Sie versprechen mir, dass Sie mich verständigen, falls ... also, falls Sie wollen, dass sie wegbleibt. Sehen Sie, sie kam oft hierher, als das Haus unbewohnt war. Ich möchte nicht, dass sie Ihnen im Weg ist. Sie weiß nicht, wer Sie sind. Das heißt ..." Joyce unterbrach sich verlegen. „Ich meine, Mutter versteht nicht, dass jemand wie Sie etwas zu tun hat."

Maggie erinnerte sich an die verlorenen Augen und den unglücklichen Mund. Mitgefühl regte sich wieder. „Also schön, wenn sie mich stört, sage ich es Ihnen."

„Dafür bin ich Ihnen sehr dankbar, Miss Fitzgerald."

„Maggie."

„Ja, also ..." Als wäre sie jetzt noch unsicherer, brachte Joyce ein Lächeln zustande. „Ich verstehe, dass es jemand wie Sie nicht mag, wenn Leute einfach vorbeikommen und im Weg sind."

Maggie lachte und dachte daran, wie oft sie heute Vormittag von Anrufen aus Kalifornien gestört worden war. „Ich bin keine Einsiedlerin. Und ich bin auch nicht launisch. Manche Leute halten mich sogar für normal."

„Oh, ich habe damit nicht gemeint ..."

„Das weiß ich. Kommen Sie wieder, wenn ich mit diesem Fußboden fertig bin, und dann trinken wir einen Kaffee."

„Sehr gern. Oh, fast hätte ich es vergessen ..." Sie zog einen braunen Umschlag aus der großen Leinentasche auf ihrer Schulter hervor. „Mutter sagte, Sie wollten das sehen. Ein paar Fotos von dem Besitz."

„Ja." Zufrieden nahm Maggie den Umschlag entgegen. Sie

hatte nicht erwartet, dass Louella sich daran erinnern würde. „Ich habe gehofft, dass sie mich auf Ideen bringen."

„Mutter sagte, Sie können sie so lange behalten, wie Sie wollen." Joyce zögerte und spielte wieder mit dem Riemen ihrer Tasche. „Ich muss zurück. Mein Jüngstes kommt aus dem Kindergarten heim, und Stan ist manchmal zum Lunch da. Ich habe noch gar nichts im Haus gemacht. Vielleicht sehe ich Sie irgendwann in der Stadt."

„Ganz bestimmt." Maggie klemmte den Umschlag unter den Arm. „Grüßen Sie Ihre Mutter von mir."

Maggie wollte ins Haus zurückkehren, doch als sie die Hand nach dem Türknauf ausstreckte, bemerkte sie Cliff, der auf Joyce zuging. Die beiden kannten einander offenbar gut. Auf Cliffs Gesicht lag eine Sanftheit, die Maggie an ihm noch nicht bemerkt hatte. Und Sorge. Er beugte sich nahe zu ihr, als würde Joyce sehr leise sprechen, und berührte dann ihr Haar. Die Berührung eines Bruders, dachte Maggie. Oder eines Liebhabers?

Während Maggie die beiden beobachtete, schüttelte Joyce den Kopf und stieg in ihren Wagen. Cliff beugte sich für einen Moment zum Fenster herunter. Ob sie stritten? Bildete Maggie sich die Spannung nur ein? Cliff zog sich vom Fenster zurück, und Joyce fuhr davon.

Bevor Maggie sich zurückziehen konnte, drehte Cliff sich um, und ihre Blicke trafen sich. Dreißig Meter lagen zwischen ihnen. Die Luft war von dem Lärm von Arbeitern und Maschinen erfüllt. Die Sonne schien so stark, dass es Maggie in ihrem Sweatshirt fast zu warm war, und doch fühlte sie eine Gänsehaut über ihren Rücken kriechen. Vielleicht war es Feindseligkeit, was sie fühlte. Maggie versuchte sich einzureden, dass es Feindseligkeit war und nicht das erste gefährliche Regen von Leidenschaft.

Die Versuchung meldete sich, diese dreißig Meter zu überbrücken und sie beide auf die Probe zu stellen. Allein schon der Gedanke daran erhitzte ihr Blut.

Cliff regte sich nicht. Er wandte die Augen nicht von ihr. Mit plötzlich gefühllos gewordenen Fingern drehte sie den Knauf und trat ins Haus.

Zwei Stunden später kam Maggie wieder ins Freie. Sie hatte sich bisher noch nie weder vor Herausforderungen noch vor Gefühlen oder Ärger zurückgezogen. Cliff Delaney schien mit allen drei Dingen in Verbindung zu stehen. Während sie Linoleum gekratzt hatte, hatte Maggie sich dafür getadelt, dass sie sich von Cliff aus keinem anderen Grund einschüchtern ließ, als dass er kraftvoll, männlich und sexy war.

Und anders, räumte sie ein. Anders als die meisten Männer, denen sie in ihrem Beruf begegnet war. Er plusterte sich nicht auf, überhaupt nicht. Er setzte nicht tonnenweise Charme ein. Er war nicht von seinem eigenen Aussehen beeindruckt. Es musste dieser Unterschied sein, weshalb sie nicht so genau wusste, wie sie mit ihm umgehen sollte.

Sie entschied sich für eine sehr geschäftsmäßige Haltung, während sie hinten um das Haus herumging. Vor dem Haus blieb sie stehen. Die Schlingpflanzen, die Dornensträucher und die Sumach-Bäume waren verschwunden. Dunkle fruchtbare Erde wurde auf dem Gebiet verteilt, das vorher eine vernachlässigte Wildnis gewesen war. Der Baum, der sich gegen das Haus geneigt hatte, war mitsamt des Wurzelballens entfernt worden. Zwei Männer, deren Rücken vor Schweiß schimmerten, setzten die Steine zu einer niedrigen Mauer, die sich dort erstrecken sollte, wo der Abhang in den Rasen überging.

Cliff Delaney hat eine straff geführte Firma, dachte Maggie, während sie durch die frische Erde zu dem Seitenteil des Gartens ging. Auch hier war das Schlimmste weggeräumt worden. Ein gewaltiger bärtiger Mann in einem Overall saß auf einem großen gelben Schaufelbagger. Auf Hebeldruck senkte sich der Schaufelarm in den Graben, biss sich in die schwarze Erde und die Felsen und kam gefüllt wieder hoch.

Maggie schirmte ihre Augen ab und beobachtete den Vorgang, während der Welpe um ihre Beine kreiste und alles anknurrte, was sich bewegte. Jedes Mal, wenn sich die Baggerschaufel öffnete und ihre Ladung fallen ließ, brach der Hund in wildes Gebell aus. Lachend kauerte Maggie sich hin und kraulte ihn hinter den Ohren, um ihn zu beruhigen.

„Sei kein Feigling, Killer. Ich erlaube nicht, dass das Ding dich erwischt."

„Ich würde nicht näher herangehen", sagte Cliff hinter ihr.

Sie wandte den Kopf und blinzelte gegen die Sonne. „Ich bin nahe genug." Da sie den Nachteil nicht mochte, dass sie nach oben und in die Sonne blicken musste, stand Maggie auf. „Sie scheinen Fortschritte zu machen."

„Wir müssen die Pflanzen in den Boden bekommen und die Wand hochziehen, bevor der Regen kommt." Er deutete auf den Graben. „Andernfalls hätten Sie ein ziemliches Chaos am Hals."

„Verstehe." Weil er wieder diese frustrierenden dunklen Brillengläser trug, wandte sie sich von ihm ab und sah dem Schaufelbagger bei der Arbeit zu. „Sie haben eine große Belegschaft."

„Groß genug." Er hatte sich eingeredet, dass er sich die immense sexuelle Anziehungskraft vor Stunden nur eingebildet hatte. Jetzt, da er sie wieder verspürte, konnte er sie nicht leugnen.

Diese Frau war nicht, was er wollte, und doch wollte er sie. Sie war nicht, was er gewählt hätte, und doch wählte er sie. Er konnte die Logik außer Acht lassen, bis er herausgefunden hatte, wie es war, sie zu berühren.

Maggie war sich sehr bewusst, wie nahe sie einander standen. Die Regungen, die sie vor ein paar Stunden gefühlt hatte, setzten wieder ein, langsam, verführerisch, bis sich ihr ganzer Körper anspannte. Sie wusste, dass man jemanden begehren konnte, den man nicht kannte, jemanden, dem man auf der Straße begegnete. Das alles hatte mit dieser gewissen Anziehungskraft zu tun, aber Maggie hatte noch nie so reagiert. Sie verspürte den wilden Drang, sich in seine Arme zu schmiegen und die Erfüllung dessen zu verlangen und anzubieten, was zwischen ihnen siedete. Es war etwas, das Erregung bot und einen Genuss, von dem sie bisher nur einen Blick erhascht hatte. Sie drehte sich um und hatte nicht die geringste Ahnung, was sie sagen sollte.

„Es gefällt mir nicht, was hier vor sich geht."

Cliff tat nicht so, als würde er sie falsch verstehen. Keiner von ihnen beschäftigte sich in Gedanken mit dem Teich oder mit der Baumaschine. „Haben Sie eine Wahl?"

Maggie runzelte die Stirn und wünschte, sie wäre sich ihrer Sache sicherer. Cliff war nicht wie die Männer, die sie früher gekannt hatte. Standardregeln passten nicht auf ihn. „Ich denke schon. Ich bin hierher gezogen, weil ich hier leben und arbeiten wollte. Aber ich bin auch hierher gezogen, weil ich für mich sein wollte. Ich habe vor, das alles auch wirklich auszuführen."

Cliff betrachtete sie einen Moment und winkte dann dem Baggerführer geistesabwesend zu, als der Mann die Maschine abstellte, um seine Mittagspause zu machen. „Ich habe diesen Auftrag übernommen, weil ich dieses Land bearbeiten wollte. Und das habe ich auch vor."

Obwohl sie nicht das geringste Nachlassen der Spannung verspürte, nickte Maggie. „Dann verstehen wir einander."

Als sie sich abwenden wollte, legte Cliff ihr die Hand auf die Schulter und hielt sie zurück. „Ich glaube, wir beide verstehen eine ganze Menge."

Ihr Magen spannte und entspannte sich wie eine nervöse Faust. Da seine Finger nur so leicht auf ihrem weiten Sweatshirt lagen, hätte sie gar nichts fühlen sollen. Doch Hunderte von Nervenenden erwachten in ihrem Körper zum Leben. Die Luft war knapper und heißer geworden, die Geräusche der Männer waren mehr in den Hintergrund gerückt. „Ich weiß nicht, was Sie meinen."

„Doch, das wissen Sie."

Ja, sie wusste es. „Ich weiß gar nichts über Sie", brachte Maggie hervor.

Cliff fing die Spitzen ihrer Haare zwischen seinen Fingern ein. „Ich kann nicht das Gleiche behaupten."

Maggies Zorn flammte auf, obwohl sie wusste, dass er sie ködern wollte. „Dann glauben Sie also alles, was Sie in den Klatschzeitschriften lesen." Sie schüttelte den Kopf, um ihr Haar aus seinen Fingern zu befreien. „Es überrascht mich, dass ein so offensichtlich erfolgreicher und talentierter Mann ein solcher Ignorant sein kann."

Cliff quittierte den Treffer mit einem Kopfnicken. „Es überrascht mich, dass eine so offensichtlich erfolgreiche und talentierte Frau so albern sein kann."

„Albern? Zum Teufel, was soll das denn heißen?"

„Es erscheint mir albern, wenn man die Presse ermutigt, über jeden Bereich seines Lebens zu berichten."

Sie biss die Zähne zusammen und versuchte es mit tiefem Atmen. Es half nicht. „Ich ermutige die Presse zu nichts."

„Sie entmutigen sie nicht", entgegnete Cliff.

„Entmutigung kommt Ermutigung gleich", schleuderte sie zurück, verschränkte die Arme und blickte auf den offenen Graben. „Wieso verteidige ich mich eigentlich?", murmelte sie. „Sie wissen überhaupt nichts darüber. Und ich lege keinen Wert darauf, dass Sie etwas darüber wissen."

„Ich weiß, dass Sie ein Interview über sich und Ihren Mann Wochen nach seinem Tod gegeben haben." Er hörte, wie sie tief einatmete und den Atem anhielt, während er sich dafür verwünschte, dass er etwas so Persönliches erwähnt hatte.

„Haben Sie eine Vorstellung, wie mir die Presse in diesen Wochen zugesetzt hat?" Ihre Stimme war leise und angespannt. „Kennen Sie den ganzen Mist, der gedruckt wurde? Ich wählte einen Reporter, dem ich vertrauen konnte, und gab das ehrlichste und aufrichtigste Interview, zu dem ich fähig war, weil ich wusste, dass das die einzige Chance war, zu verhindern, dass alles noch tiefer absinkt. Dieses Interview machte ich für Jerry. Es war das Einzige, was ich ihm noch geben konnte."

Er hatte sie reizen, vielleicht sogar provozieren wollen, aber er hatte sie nicht verletzen wollen. „Es tut mir leid." Cliff legte seine Hand wieder auf ihre Schulter, doch sie zuckte zurück.

„Vergessen Sie es."

Diesmal ergriff er ihre beiden Schultern und drehte sie zu sich um. „Ich vergesse keine Schläge unter die Gürtellinie, besonders nicht, wenn ich derjenige bin, der sie austeilt."

Sie wartete mit dem Sprechen, bis sie sicher war, dass sie wieder über etwas Selbstbeherrschung verfügte. „Ich habe schon früher Schläge überlebt. Ich rate Ihnen nur, nichts zu kritisieren, was Sie gar nicht verstehen können."

„Ich habe mich entschuldigt." Er gab ihre Schultern nicht frei, als sie sich wegdrehen wollte. „Aber ich bin nicht gut im Befolgen von Ratschlägen."

Maggie hielt wieder still. Sie waren einander erneut näher gekommen, sodass sich jetzt ihre Schenkel berührten. Die Verbindung von Ärger und Verlangen wurde zu stark, um ignoriert zu werden. „Dann haben wir beide einander nichts mehr zu sagen."

„Sie irren sich." Seine Stimme war sehr ruhig, sehr eindringlich. „Wir haben noch gar nicht angefangen zu sagen, was es zu sagen gibt."

„Sie arbeiten für mich ..."

„Ich arbeite für mich selbst", verbesserte Cliff sie.

Sie verstand diesen Stolz und bewunderte ihn. Doch Bewunderung entfernte nicht seine Hände von ihren Schultern. „Ich bezahle Sie dafür, dass Sie einen Auftrag ausführen."

„Sie bezahlen meine Firma. Das ist so im Geschäftsleben."

„Es wird das Einzige zwischen uns sein."

„Wieder falsch", murmelte er, ließ sie jedoch los.

Maggie öffnete den Mund, um ihm irgendetwas an den Kopf zu werfen, doch der Hund begann aufgeregt zu bellen. Sie fand, dass es eine viel größere Beleidigung war, wenn sie Cliff den Rücken zuwandte und sich um ihren Hund kümmerte, als die Worte, die sie plante. Schweigend suchte sie sich ihren Weg um den Graben herum zu dem Haufen aus Erde und Steinen und Abfällen, den der Schaufelbagger abgelagert hatte.

„Schon gut, Killer." Sie kam so schwer voran, dass sie lautlos fluchte, als sie über die Felsbrocken stolperte. „Du findest in diesem Haufen bestimmt nichts Interessantes."

Ohne sich um sie zu kümmern, grub der Welpe weiter, und sein Bellen klang gedämpfter, als seine Schnauze tiefer in die Erde eintauchte, während sein Hinterteil vor Anstrengung oder

Freude über das neue Spiel wackelte.

„Lass das!“ Sie bückte sich, um ihn aus dem Haufen herauszuziehen, und setzte sich hart hin. „Verdammt, Killer!“ Im Sitzen packte sie den Hund mit einer Hand, zog ihn zurück und löste eine kleine Geröllawine aus.

„Wollen Sie wohl vorsichtig sein?“, rief Cliff über ihr. Sie hatte Glück gehabt, dass ihr kein Felsbrocken gegen das Schienbein gefallen war.

„Das ist der dumme Hund!“, rief Maggie zurück, als er ihr wieder entwischte. „Der Himmel allein weiß, was er an diesem Haufen so interessant findet. Nichts als Erde und Steine“, murmelte sie und stieß gegen den Haufen, der neben ihrer Hüfte gelandet war.

„Schnappen Sie ihn sich und kommen Sie wieder her, bevor noch etwas passiert.“

„Aber ja“, murmelte sie. „Sie sind vielleicht eine große Hilfe.“ Verärgert versuchte sie sich hochzustemmen, als ihre Finger in den runden Stein hineinglitten, auf dem ihre Hand lag. Hohl, dachte sie neugierig. Maggie blickte nach unten.

Und dann schrie sie, laut und lange genug, dass der Welpe davonraste und nach Deckung suchte.

Cliffs erster Gedanke, während er den Abhang zu ihr herunterjagte, war: Schlangen. Als er sie erreichte, zog er sie hoch und in einer instinktiven Schutzbewegung in seine Arme.

Sie hatte zu schreien aufgehört, und obwohl ihr Atem flach ging, packte Maggie sein Hemd, bevor er sie den Hang hinauftragen konnte.

„Ein Skelett“, flüsterte sie, schloss die Augen und ließ den Kopf gegen seine Schulter sacken. „Oh, Himmel!“

Cliff blickte nach unten und sah, was der Bagger und der Hund freigelegt hatten.

Zwischen Steinen und Trümmern befand sich ein Haufen von etwas, das man für lange weiße, mit Erde überzogene Stäbe hätte halten können. Doch darauf lag, nur Zentimeter von Maggie entfernt, ein menschlicher Schädel.

## 4. KAPITEL

Es geht mir gut." Maggie saß am Küchentisch und umklammerte das Glas Wasser, das Cliff ihr gegeben hatte. Als sie endlich den Schmerz in ihren Fingern wahrnahm, lockerte sie den Griff ein wenig. „Ich fühle mich albern, weil ich so geschrien habe."

Sie war unverändert blass, stellte er fest. Obwohl ihre Hände an dem Glas jetzt ruhig waren, traten die Knöchel noch immer weiß hervor. Ihre Augen waren von dem Schock geweitet und wirkten plötzlich zu groß für ihr Gesicht. Er wollte schon über ihr Haar streichen, steckte die Hände jedoch in seine Taschen. „Eine ganz natürliche Reaktion."

„Wahrscheinlich." Sie blickte hoch und schaffte ein bebendes Lächeln. Ihr war kalt, und sie hoffte, dass sie vor seinen Augen nicht unkontrolliert zu zittern begann. „Ich habe mich noch nie in einer solchen … Situation befunden."

Cliff hob eine Augenbraue. „Ich auch nicht."

„Nein?" Irgendwie hatte sie gehofft, es wäre schon früher einmal passiert. Wenn ja, wäre es vielleicht weniger schrecklich gewesen – und weniger persönlich. Sie blickte zu Boden und stellte jetzt erst fest, dass der Hund winselnd auf ihren Füßen lag. „Aber graben Sie denn nicht oft eine …", sie zögerte und wusste nicht, wie sie es ausdrücken sollte, „… eine Menge Dinge bei Ihrer Arbeit aus?"

Sie tastet nach einem Strohhalm, dachte Cliff, und ob sie es wusste oder nicht, aber ihre großen braunen Augen flehten ihn um eine triviale Erklärung an. Er konnte ihr keine geben. „Nicht so etwas."

Ihre Blicke trafen sich für einen langen, stummen Moment, bevor Maggie nickte. Wenn sie etwas in dem von ihr gewählten harten, konkurrenzbeladenen Beruf gelernt hatte, dann dass man sich den Problemen stellte, wenn sie sich einem präsentierten. „Dann hat also keiner von uns eine hübsche nette Erklärung." Der kleine Seufzer war das letzte Anzeichen von

Schwäche, das sie vor ihm zeigen wollte. „Der nächste Schritt ist vermutlich die Polizei."

„Ja." Je entschlossener sie sich darum bemühte, ruhig zu werden, desto schwieriger wurde es für ihn. Sie schwächte etwas in ihm. In seinen Taschen ballte er die Hände zu Fäusten, während er dagegen ankämpfte, Maggie zu berühren. Abstand war die am schnellsten wirkende Abwehr. „Sie sollten besser gleich anrufen", sagte Cliff knapp. „Ich gehe hinaus und sorge dafür, dass sich die Arbeiter von dem Graben fernhalten."

Wieder bestand ihre Antwort aus einem Nicken. Maggie sah zu, wie er die Fliegengittertür aufstieß. Dann zögerte er. Als er zurückblickte, bemerkte sie jene Sorge in seinem Gesicht, die sie beobachtet hatte, als er mit Joyce gesprochen hatte. „Maggie, alles in Ordnung mit Ihnen?"

Die Frage und der Tonfall halfen ihr, sich zu fassen. „Ich erhole mich gleich wieder. Danke." Sie wartete, bis die Fliegengittertür hinter ihm zugefallen war, bevor sie den Kopf auf den Tisch sinken ließ.

Lieber Himmel, in was war sie da hineingeraten? Man fand normalerweise keine Leichen im Vorgarten vergraben. C.J. würde es „absolut unzivilisiert" nennen. Maggie unterdrückte ein hysterisches Kichern und richtete sich auf. Tatsache war jedoch, dass sie eine Leiche gefunden hatte und jetzt damit fertig werden musste. Sie atmete ein paar Mal tief durch, ging ans Telefon und wählte die Vermittlung.

„Verbinden Sie mich mit der Polizei", sagte sie rasch.

Ein paar Minuten später war Maggie wieder draußen. Sie näherte sich nicht dem Graben, hielt es jedoch auch nicht allein im Haus aus. Vor dem Haus fand sie einen passenden Felsen und setzte sich darauf. Der Welpe streckte sich auf dem sonnigen Fleck zu ihren Füßen aus und schlief ein.

Sie konnte fast glauben, dass sie sich nur eingebildet hatte, was sie in diesem Haufen aus Erde und Felsbrocken gesehen hatte. Hier war es zu friedvoll für etwas so Hässliches. Die Luft war zu lau, die Sonne zu warm. Dieses Stück Land mochte ungebändigt und ursprünglich sein, aber es besaß eine Heiterkeit, die alle härteren Seiten des Lebens abblockte.

Hatte sie es deshalb ausgewählt, fragte Maggie sich. Weil sie so tun wollte, als gäbe es keinen echten Irrsinn auf der Welt? Hier konnte sie sich gegen den Druck und die Forderungen abschirmen, die sich so lange durch ihr Leben gezogen hatten. War dieser Flecken das Zuhause, das sie sich immer gewünscht hatte, oder war er in Wirklichkeit nur ein Zufluchtsort für sie? Sie schloss die Augen. Wenn das stimmte, machte es sie schwach und unehrlich, zwei Dinge, die sie nicht ertragen konnte. Warum war dieser Vorfall nötig gewesen, dass sie infrage stellte, was sie davor nicht infrage gestellt hatte? Während sie versuchte, ihre Ruhe wiederzufinden, fiel ein Schatten über sie. Maggie öffnete die Augen und sah zu Cliff auf.

Sie straffte sich. Sie wollte ihm nicht zeigen, dass sie an ihren eigenen Motiven zu zweifeln begonnen hatte. Nein, nicht ihm.

„Es sollte bald jemand hier sein.“ Sie blickte zum Wald hinüber.

„Gut.“ Eine Weile blickten sie beide schweigend in die Bäume. Cliff kauerte sich schließlich neben ihr auf den Boden. Seltsam, aber er fand, dass Maggie jetzt einem Schock näher schien als vorhin, als er sie in ihre Küche getragen hatte. Die Reaktion setzt bei verschiedenen Leuten verschieden schnell ein, entschied er. Er wollte sie wieder festhalten, wie er das vorhin viel zu kurz getan hatte. Die Berührung hatte etwas Kraftvolles und Erotisches in ihm ausgelöst. Wie ihre Musik … etwas wie ihre Musik.

Er wünschte sich, den Auftrag abgelehnt zu haben und bei ihrem ersten Zusammentreffen weggegangen zu sein. Cliff blickte an ihr vorbei zu dem Abhang, der zu dem Graben führte.

„Haben Sie mit Stan gesprochen?“

„Stan?“ Maggie blickte verständnislos auf Cliffs starres Profil. In diesem Moment war er nahe genug, dass sie ihn berühren konnte, aber meilenweit entfernt. „Oh, der Sheriff.“ Sie wünschte sich, er würde sie berühren. Nur für einen Moment.

Nur die Hand auf die ihre legen. „Nein, ich habe ihn nicht angerufen. Ich habe die Vermittlung angerufen und gebeten, mich mit der Polizei zu verbinden. Die Telefonistin hat mich mit der State Police in Hagerstown verbunden.“ Sie verfiel in Schweigen und wartete darauf, dass er eine Bemerkung über ihre typisch großstädtische Reaktion machte.

„Wahrscheinlich ist es so am besten“, murmelte Cliff. „Ich habe die Arbeiter weggeschickt. Dann gibt es weniger Durcheinander.“

„Oh.“ Sie musste tatsächlich benommen gewesen sein, dass sie das Fehlen von Lastwagen und Männern nicht bemerkt hatte. Als sie sich dazu zwang, sich umzusehen, bemerkte sie, dass der Schaufelbagger geblieben war. Er stand auf der Anhöhe oberhalb des Grabens, groß und gelb und stumm. Die Sonne schien warm auf ihren Rücken. Ihre Haut war wie Eis.

Höchste Zeit, um da herauszukommen, sagte sie sich und straffte die Schultern. „Sie haben sicher recht. Soll ich in Ihrem Büro anrufen, wenn die Polizei erklärt, dass die Arbeiten weitergehen können?“ Ihre Stimme klang geschäftsmäßig. Ihre Kehle wurde trocken bei dem Gedanken, allein gelassen zu werden. Allein mit dem Fund in dem Graben.

Cliff wandte den Kopf und nahm die Sonnenbrille ab, sodass ihre Blicke sich trafen. „Ich dachte, ich bleibe noch.“

Erleichterung überflutete sie. Maggie wusste, dass es sich auf ihrem Gesicht gezeigt haben musste, doch sie besaß nicht die Willenskraft, um ihren Stolz an die erste Stelle zu setzen. „Ich möchte, dass Sie bleiben. Es ist dumm, aber …“ Sie blickte in Richtung des Grabens.

„Nicht dumm.“

„Vielleicht ist ‚schwach‘ ein besserer Ausdruck“, murmelte sie und versuchte zu lächeln.

„Menschlich.“ Trotz seiner Entschlossenheit, es nicht zu tun, ergriff Cliff ihre Hand. Die Berührung sollte trösten und beruhigen, löste jedoch eine Kettenreaktion aus, die so schnell einsetzte, dass sie nicht aufzuhalten war.

Es schoss ihr durch den Kopf, dass sie schnellstens aufstehen und ins Haus gehen sollte. Vielleicht würde Cliff sie aufhalten, vielleicht würde er sie gehen lassen. Maggie fragte sich weder, was ihr lieber wäre, noch bewegte sie sich. Stattdessen blieb sie sitzen, hielt seinem Blick stand und ließ die Hitze durch sich hindurchfließen. Nichts sonst existierte. Nichts sonst spielte eine Rolle.

Sie fühlte den Druck seiner Finger um ihre Hand, sah, wie sich seine Augen verdunkelten. Es war, als würde er in ihre chaotischen Gedanken hineinblicken. In der Stille des frühen Nachmittags hörte sie jeden seiner Atemzüge. Das Geräusch ließ die Erregung in der Luft zwischen ihnen vibrieren.

Sie bewegten sich aufeinander zu, bis Lippen mit Lippen verschmolzen.

Intensität. Maggie hatte nicht gewusst, dass etwas zwischen zwei Menschen so komprimiert sein konnte, so sehr pure Empfindung. Auch wenn Jahre vergehen sollten, wenn sie blind und taub werden sollte, würde sie diesen Mann allein an der Berührung seiner Lippen erkennen. Innerhalb eines Moments wurde sie mit der Form seines Mundes vertraut, mit dem Geschmack seiner Zunge. Ihr Mund verschloss den seinen, seine Hand lag auf der ihren. Ansonsten berührten sie einander nicht. In diesem Moment bestand keine Notwendigkeit.

In dem Kuss lag eine Aggressivität, sogar eine Grobheit, die Maggie nicht erwartet hatte. Die Süße und das Zögern erster Küsse fehlte, doch sie zog sich nicht zurück. Vielleicht war das alles Teil der Anziehung, die in dem Moment eingesetzt hatte, als er aus dem Pick-up gestiegen war.

Anders. Ja, er war anders als die Männer, die ihr Leben berührt hatten. Auch anders als der eine Mann, dem sie sich geschenkt hatte. Sie hatte das von der ersten Begegnung an gewusst. Da jetzt sein Mund ihre Sinne aufwühlte, war sie dankbar dafür. Sie wollte, dass nichts mehr so sein würde, wie es gewesen war – keine Erinnerung daran, was sie einst gehabt und verloren hatte. Dieser Mann würde nicht verwöhnen und verehren. Er war stark genug, um Stärke zurückzuverlangen. Sie fühlte, wie seine Zunge mit der ihren spielte und tiefer vordrang. Maggie schwelgte in seinen Forderungen.

Viel zu leicht konnte man ihren zarten Körperbau vergessen, ihr zerbrechliches Aussehen, wenn ihr Mund an seinen Lippen glühte. Cliff hätte wissen sollen, dass tiefe, rastlose Leidenschaft in einer Frau stecken musste, die Musik mit solcher Sinnlichkeit schuf. Doch wie hätte er wissen können, dass ihn diese Leidenschaft packen würde, als hätte er jahrelang darauf gewartet?

Viel zu leicht konnte er vergessen, dass sie nicht die Art von Frau war, die er in seinem Leben haben wollte, wenn ihr Geschmack ihn erfüllte. Wiederum hätte er wissen müssen, dass sie die Macht besaß, einen Mann dazu zu bringen, alle Logik beiseitezulassen, allen Verstand. Ihre Lippen waren warm und feucht, der Geschmack so kräftig wie der Geruch der frisch aufgeworfenen Erde um sie herum. Der Wunsch wuchs, sie in die Arme zu nehmen und hier unter dem klaren Himmel des Nachmittags alle Sehnsüchte zu stillen, die in ihm hochstiegen. Cliff zog sich zurück und widerstand dieser letzten drängenden Begierde.

Atemlos, mit pochendem Verlangen, starrte Maggie ihn an. Konnte dieses sengende Zusammentreffen ihrer Lippen ihn genauso bewegt haben wie sie? Verschwammen seine Gedanken genau wie die ihren? Pulsierte auch sein Körper unter wildem, drängendem Sehnen? Sie konnte nichts an seinem Gesicht erkennen. Obwohl seine Augen auf die ihren gerichtet waren, konnte man ihren Ausdruck nicht lesen.

Wenn sie ihn fragte, würde er ihr antworten, dass auch er nie eine so überwältigende Woge von Leidenschaft erfahren habe? Sie würde ihn fragen, sobald sie ihre Stimme wiederfand.

Als sie sich setzte und nach Atem rang, kehrten die Ereignisse des Tages zurück. Abrupt sprang Maggie auf.

„Himmel, was machen wir da?", fragte sie. Mit bebender Hand strich sie sich die Haare aus dem Gesicht. „Wie können wir hier so einfach sitzen, wenn dieses ... dieses Ding nur ein paar Meter entfernt liegt?"

Cliff ergriff sie am Arm und drehte sie wieder zu sich herum. „Was hat das eine mit dem anderen zu tun?"

„Nichts. Ich weiß nicht." Aufgewühlt sah sie ihn an. Ihre Gefühle waren immer zu vorherrschend gewesen. Obwohl sie es wusste, hatte Maggie das nie ändern können. Es war schon Jahre her, dass sie es wirklich versucht hatte. Verwirrung, Beunruhigung und Leidenschaft strahlten von ihr fast greifbar aus. „Was wir gefunden haben, ist schrecklich, unglaublich schrecklich, aber vor ein paar Momenten habe ich hier gesessen und mich gefragt, wie es wäre, wenn wir uns liebten."

Etwas blitzte in seinen Augen auf und wurde schnell unter Kontrolle gebracht. Anders als Maggie hatte Cliff vor langer Zeit gelernt, seine Emotionen einzudämmen und für sich selbst zu behalten. „Sie halten offenbar nichts davon, dem springenden Punkt auszuweichen."

„Ausweichen erfordert zu viel Zeit und Mühe." Nachdem sie tief ausgeatmet hatte, schaffte es Maggie, sich seinem ruhigen, lässigen Ton anzuschließen. „Hören Sie, ich habe nicht mit diesem ... Ausbruch gerechnet", erklärte sie. „Vermutlich bin ich wegen dieser ganzen Sache zu angespannt und ein wenig zu empfänglich."

„Empfänglich." Ihre Wortwahl brachte ihn zum Lächeln. Wenn sie kühl und ruhig wurde, geriet er in Versuchung, sie zu reizen. Langsam hob er die Hand und strich mit den Fingerspitzen über die Wange. Ihre Haut war noch immer warm vor Verlangen. „Ich hätte Sie nicht so beschrieben. Sie scheinen eine Frau zu sein, die weiß, was sie will und wie sie es bekommt."

Falls er sie hatte aufstacheln wollen, hatte er das perfekte Mittel gefunden. „Aufhören!" Mit einer scharfen Bewegung fegte sie seine Hand von ihrem Gesicht. „Ich habe es bereits gesagt. Sie kennen mich nicht. Und je öfter wir zusammen sind, desto sicherer werde ich, dass ich das auch gar nicht will. Sie sind ein attraktiver Mann, Cliff. Und sehr unsympathisch. Ich halte mich von Leuten fern, die ich nicht sympathisch finde."

„In einer kleinen Gemeinde wie dieser ist es schwer, sich von irgendjemandem fernzuhalten."

„Ich werde mich mehr als bisher bemühen."

„Nahezu unmöglich."

Sie zog die Augen schmal zusammen und kämpfte darum, nicht zu lächeln. „Darin, mich für etwas zu entscheiden, bin ich sehr gut."

„Ja." Er setzte seine Sonnenbrille wieder auf. Als er grinste, war seine unverschämte Frechheit nahezu unwiderstehlich. „Ich wette, das sind Sie."

„Versuchen Sie geistreich zu sein, oder versuchen Sie charmant zu sein?"

„Ich hatte weder das eine noch das andere je nötig."

„Darüber sollten Sie vielleicht noch einmal nachdenken." Weil sie Schwierigkeiten hatte, das Lächeln zu unterdrücken, wandte Maggie sich ab. Ihr Blick richtete sich auf den Graben. Gänsehaut rieselte über ihren Rücken. Mit einer Verwünschung verschränkte sie die Arme. „Unglaublich", murmelte sie. „Ich stehe hier und führe eine alberne Unterhaltung, während dort ein …" Sie konnte das Wort nicht aussprechen und verachtete sich dafür. „Ich glaube, die ganze Welt ist verrückt geworden."

Er wollte nicht, dass sie noch einmal schwach wurde. Wenn sie verletzbar war, war sie viel gefährlicher. „Das war schon lange da unten." Seine Stimme war knapp, beinahe hart. „Es hat nichts mit Ihnen zu tun."

„Es ist mein Land", gab Maggie zurück. Sie wirbelte mit funkelnden Augen herum. „Darum hat alles etwas mit mir zu tun."

„Dann sollten Sie lieber aufhören, jedes Mal zu zittern, wenn Sie daran denken."

„Ich zittere nicht."

Wortlos zog er ihre Hand von ihrem Arm, sodass sie beide das Zittern sehen konnten. Wütend entriss Maggie ihm die Hand. „Wenn ich von Ihnen berührt werden will, lasse ich es

Sie wissen“, stieß sie zwischen zusammengebissenen Zähnen hervor.

„Das haben Sie bereits getan.“

Bevor ihr eine passende Antwort einfiel, sprang ihr Hund auf und begann wütend zu bellen. Sekunden später hörten sie beide das Geräusch eines näher kommenden Wagens.

„Er könnte tatsächlich einen guten Wachhund abgeben“, sagte Cliff sanft. Der Welpe jagte wie verrückt im Kreis herum und versteckte sich dann hinter einem großen Stein. „Andererseits …“

Als das Polizeiauto in Sicht kam, bückte Cliff sich und streichelte dem Hund über den Kopf, bevor er an das Ende der Auffahrt eilte. Maggie folgte ihm. Ihr Land, ihr Problem, ihre Verantwortung, sagte sie sich. Sie wollte den Bericht abgeben.

Ein Polizist stieg aus dem Wagen, rückte seinen Hut zurecht und begann zu lächeln. „Cliff, mit dir habe ich hier draußen nicht gerechnet.“

„Bob.“ Da zu der Begrüßung kein Händedruck gehörte, nahm Maggie an, dass die Männer einander gut kannten und sich oft sahen. „Meine Firma hat die Gartengestaltung übernommen.“

„Der alte Morgan-Besitz.“ Der Polizist sah sich interessiert um. „Ist schon eine Weile her, dass ich hier war. Du hast etwas ausgegraben, worüber wir Bescheid wissen sollten?“

„Sieht so aus.“

„Jetzt ist es der Fitzgerald-Besitz“, warf Maggie knapp ein.

Der Polizist tippte an die Hutkrempe und setzte zu einer höflichen Antwort an. Seine Augen weiteten sich, als er sie das erste Mal genauer ansah. „Fitzgerald“, wiederholte er. „Hey, sind Sie nicht Maggie Fitzgerald?“

Sie lächelte. „Ja, die bin ich.“

„Hol mich der Teufel! Sie sehen genau wie auf den Fotos in den Illustrierten aus. Ich kann jeden Ihrer Songs summen. Sie haben den Morgan-Besitz gekauft?“

„Stimmt.“

Er schob den Hut auf seinem Kopf zurück, was Maggie an Cowboys erinnerte. „Wenn ich das meiner Frau erzähle! Wir haben ‚Forever' auf unserer Hochzeit spielen lassen. Du erinnerst dich, Cliff? Cliff war Trauzeuge."

Maggie sah den Mann neben sich an. „Wirklich?"

„Wenn du damit fertig bist, beeindruckt zu sein", sagte Cliff sanft, „könntest du dir vielleicht ansehen, was da unten in dem Graben liegt."

Bob lächelte liebenswürdig. „Dafür bin ich hier." Gemeinsam gingen sie zu dem Graben. „Nur vom Ansehen ist es schwer festzustellen, was von einem Menschen und was von einem Tier stammt. Könnte sein, Ma'am, dass Sie ein Reh ausgegraben haben."

Maggie blickte zu Cliff. Sie konnte noch immer fühlen, wie ihre Hand in die Öffnung des vermeintlichen Steins geglitten war. „Ich wünschte, ich könnte das glauben."

„Da unten", sagte Cliff, ohne auf ihren Blick zu reagieren. „Der Abstieg ist etwas schwierig." Mit einer schnellen Bewegung versperrte er Maggie den Weg. „Warum warten Sie nicht hier?"

Das wäre leicht gewesen. Viel zu leicht. „Es ist mein Land." Maggie schob sich an ihm vorbei und zeigte den Weg. „Der Hund hat in diesem Haufen gegraben." Sie hörte die Nervosität in ihrer Stimme und kämpfte dagegen an. „Ich kam hier herunter und wollte ihn wegziehen, und da sah ich ..." Ihre Stimme erstarb, als sie darauf deutete.

Der Polizist kauerte sich hin und stieß einen leisen Pfiff aus. „Verdammt", murmelte er, wandte den Kopf und sah Cliff an, nicht Maggie. „Sieht nicht nach einem Reh aus."

„Nein." Lässig versperrte Cliff Maggie die Sicht. „Was jetzt?"

Bob stand auf. Jetzt lächelte er nicht mehr, aber Maggie glaubte, ein erregtes Schimmern in seinen Augen zu erkennen. „Ich muss die Ermittlungsabteilung anrufen. Die Jungs werden sich das ansehen wollen."

Maggie schwieg, während sie den Hang wieder hinaufkletterten. Sie wartete, bis der Polizist zu seinem Wagen gegangen war, um seinen Bericht über Funk durchzugeben. Als sie endlich sprach, verdrängte sie bewusst den Grund, warum sie alle mitten am Nachmittag hier draußen standen.

„Ihr kennt euch also“, hob sie an, als wäre das eine ganz normale Bemerkung an einem ganz normalen Tag.

„Bob und ich sind zusammen zur Schule gegangen.“ Cliff beobachtete eine große schwarze Krähe, die über die Bäume dahinzog. Er erinnerte sich an Maggies Gesichtsausdruck, kurz bevor sie zu schreien begonnen hatte. „Vor zwei Jahren hat er eine Cousine von mir geheiratet.“

Sie bückte sich, pflückte eine Blume und begann sie zu zerpflücken. „Sie haben eine Menge Cousins und Cousinen.“

Er zuckte die Schultern. „Genug.“

„Ein paar Morgans.“

Das ließ ihn stutzen. „Ein paar, ja“, sagte er langsam. „Warum?“

„Ich habe mich gefragt, ob es an Ihrer Verbindung mit den Morgans liegt, dass Sie mir den Erwerb dieses Grundstücks übel nehmen.“

Cliff fragte sich, wieso ihn ihre Offenheit ärgerte, während er sie normalerweise respektierte. „Nein.“

„Aber Sie haben es mir übel genommen“, beharrte Maggie. „Sie haben es mir schon übel genommen, bevor Sie mich überhaupt zum ersten Mal sahen.“

Das hatte er, und sein Groll war noch gewachsen, seit er erfahren hatte, wie sie schmeckte. „Joyce hatte das Recht, diesen Besitz wann immer und an wen immer zu verkaufen.“

Maggie nickte und blickte zu dem Welpen, der über die frische Erde krabbelte. „Ist Joyce auch eine Cousine?“

„Worauf wollen Sie hinaus?“

Maggie begegnete seinem ungeduldigen Blick. „Ich versuche lediglich, Kleinstädte zu verstehen. Immerhin werde ich hier leben.“

„Dann sollten Sie als Erstes lernen, dass die Leute keine Fragen mögen. Wahrscheinlich werden die Leute mehr Informationen liefern, als Sie hören wollen, aber man mag es nicht hier, wenn man ausgefragt wird."

Maggie hob eine Augenbraue. „Ich werde daran denken." Befriedigt darüber, dass sie ihn geärgert hatte, wandte Maggie sich an den näher kommenden Polizisten.

„Sie schicken ein Team." Er blickte von ihr zu Cliff und über die Schulter seines Freundes zu dem Graben. „Wahrscheinlich werden sie eine Weile hier bleiben und dann mitnehmen, was sie finden."

„Was dann?"

Bob lenkte seine Aufmerksamkeit wieder auf Maggie. „Gute Frage. Um Ihnen die Wahrheit zu sagen, ich hatte noch nie mit so etwas zu tun. Aber ich schätze, sie werden alles dem Gerichtsmediziner in Baltimore schicken. Er muss die ... äh ... alles untersuchen, bevor die Ermittlungen anfangen können."

„Ermittlungen?" Etwas schnürte ihre Kehle zu. „Was für Ermittlungen?"

Der Polizist fuhr mit Daumen und Zeigefinger über seinen Nasenrücken. „Nun, Ma'am, wie ich das sehe, gibt es keinen Grund, warum so etwas in dem Graben verbuddelt sein sollte, es sei denn ..."

„Es sei denn, jemand hat es da verbuddelt", beendete Cliff den Satz.

Maggie blickte zu dem friedvollen Wald auf der anderen Seite der Straße. „Ich glaube, wir alle könnten jetzt einen Kaffee gebrauchen", murmelte sie. Ohne auf Zustimmung zu warten, ging sie zum Haus zurück.

Bob nahm seinen Hut ab und wischte sich den Schweiß von der Stirn. „Das ist vielleicht was für ein Protokoll."

Cliff folgte dem langen Blick seines Freundes zu der Frau, die über die wackeligen Stufen vor dem Haus hinaufging. „Was? Sie oder das dort?" Mit einer Hand deutete er zu dem Graben.

„Beides." Bob holte ein Päckchen Kaugummi hervor und wickelte sorgfältig einen Streifen aus. „Was macht eine Frau wie

sie, eine Berühmtheit, hier draußen in den Wäldern?"
„Vielleicht mag sie Bäume."
Bob schob den Kaugummi in den Mund. „Muss zehn, zwölf Morgen Bäume hier geben."
„Zwölf."
„Sieht aus, als hätte sie mehr gekauft, als dass sie jetzt damit umgehen könnte. Zum Teufel, Cliff! So etwas hatten wir nicht mehr in dieser Ecke des County, seit der verrückte Mel Stickler die Ställe angezündet hatte. Ja, in einer Großstadt …"
„Du magst jetzt die schnellere Gangart, nicht wahr?"
Bob kannte Cliff gut genug, um sowohl den Stich als auch den Humor zu hören. „Ich mag Action", sagte er leichthin. „Da wir gerade davon sprechen, die Lady duftet himmlisch."
„Wie geht es Carol Anne?"
Bob lächelte bei der Erwähnung seiner Frau. „Gut. Sieh mal, Cliff, wenn ein Mann nicht hinsieht und nicht mehr zu schätzen weiß, sollte er lieber zum Arzt gehen. Du willst mir doch nicht erzählen, dass du nicht bemerkt hast, wie nett diese Lady gebaut ist."
„Ich habe es bemerkt. Ich bin ja nicht blind." Er blickte auf den Stein neben sich. Hier hatte sie gesessen, als er sie küsste. Es würde ihm nicht schwerfallen, sich an alle Empfindungen zu erinnern, die ihn in diesem Moment erfüllt hatten. „Ich bin mehr an ihrem Land interessiert."
Bob stieß ein trockenes Lachen aus. „Wenn du das tust, hast du dich seit der Highschool sehr verändert. Erinnerst du dich noch, als wir hierher kamen – diese blonden Zwillinge, die Cheerleader, deren Eltern das Haus für eine Weile gemietet hatten? Dein alter Chevy hat seinen Auspuff genau an der Kurve dort verloren."
„Ich erinnere mich."
„Wir haben dort in den Wäldern ein paar interessante Spaziergänge unternommen", fuhr Bob fort. „Das waren die hübschesten Mädchen in der Schule, bis ihr Daddy versetzt wurde und sie wegzogen."

„Wer ist danach hierher gezogen?“, fragte Cliff.

„Dieses alte Paar aus Harrisburg – die Faradays. Sie waren lange hier, bis der alte Mann starb und die Frau zu ihren Kindern zog.“

Cliff kniff die Augen zusammen, während er versuchte, sich zu erinnern. „Das war zwei Monate, bevor Morgan von der Brücke stürzte. Seither hat hier niemand gewohnt.“

Bob zuckte die Schultern. Sie beide blickten zu dem Graben. „Ist wohl zehn Jahre her, seit hier jemand gewohnt hat.“

„Zehn Jahre“, wiederholte Cliff. „Eine lange Zeit.“

Beide blickten bei dem Geräusch eines Wagens zur Zufahrt.

„Die Ermittler“, sagte Bob und rückte wieder seinen Hut zurecht. „Die übernehmen jetzt.“

Von der Ecke der Veranda aus beobachtete Maggie die geschäftigen Aktivitäten. Sie kam zu dem Schluss, wenn die Polizei sie brauchte, würde man sich schon bei ihr melden.

Sie sah zu, wie die Leute schaufelten und Erdreich siebten und systematisch einpackten, was nützlich sein konnte. Maggie redete sich ein, sobald das alles von ihrem Grund und Boden entfernt war, würde sie es vergessen. Es würde sie nicht länger bedrücken.

Sie wünschte sich nur, sie könnte das glauben! Was jetzt in Plastikbehälter verfrachtet wurde, war einst ein lebendes Wesen gewesen. Ein Mann oder eine Frau, einst ausgestattet mit Gedanken und Gefühlen, hatte nur wenige Meter von ihrem neuen Zuhause entfernt gelegen. Nein, das konnte sie bestimmt nicht vergessen.

Sie musste wissen, wer diese Person gewesen war, warum sie gestorben war und warum sich ihr Grab auf Maggies Land befand, sonst war es nicht vorüber. Sie brauchte die Antworten, wenn sie weiterhin friedlich in dem Haus wohnen wollte, das sie für sich ausgesucht hatte. Sie leerte ihre Kaffeetasse, als sich jemand von der Polizistengruppe löste und zu der Veranda kam. Maggie ging ihm an die Stufen entgegen, um ihn zu begrüßen.

„Ma'am." Er nickte ihr zu und zeigte ihr kurz eine Dienstmarke. „Ich bin Lieutenant Reiker."

Sie fand, dass er wie ein Buchhalter mittleren Alters aussah, und fragte sich, ob er eine Waffe unter seinem Jackett trug. „Ja, Lieutenant?"

„Wir sind fast fertig. Entschuldigen Sie die Störung."

„Das ist schon in Ordnung." Sie legte ihre Hände um die Kaffeetasse und wünschte sich, zu ihrer Musik hineingehen zu können.

„Ich habe den Bericht des Streifenpolizisten, aber vielleicht könnten Sie mir schildern, wie Sie die Überreste gefunden haben."

Überreste, dachte Maggie schaudernd. Das war ein sehr kaltes Wort. Zum zweiten Mal schilderte sie, wie der Welpe gegraben hatte. Sie tat es jetzt ruhig und ohne zu zittern.

„Sie haben den Besitz eben erst gekauft?"

„Ja, ich bin erst vor wenigen Wochen hier eingezogen."

„Und Sie haben Delaney für die Landschaftsarchitektur angestellt."

„Ja." Sie blickte zu Cliff, der mit einem anderen Mitglied des Teams sprach. „Der Handwerker, den ich zuerst einstellte, hat ihn empfohlen."

„Mhm." Der Ermittler machte sich sehr lässig Notizen. „Delaney sagt, Sie wollen den Graben zu einem Teich umgewandelt haben."

Maggie befeuchtete ihre Lippen. „Richtig."

„Hübscher Platz für einen Teich", bemerkte er nebenbei. „Ich möchte Sie allerdings bitten, damit eine Weile zu warten. Vielleicht müssen wir wiederkommen und uns noch einmal umsehen."

„In Ordnung."

„Wir möchten dieses Gebiet absperren." Er stellte einen Fuß auf eine Stufe. „Maschendraht", meinte er beiläufig, „um Ihren Hund oder herumstreunende Tiere am Graben zu hindern."

So wie auch Menschen, dachte Maggie und fand, dass man

kein Genie sein musste, um zwischen den Zeilen zu lesen. Noch bevor der Tag vorüber war, würde dies die größte Neuigkeit im County werden. „Tun Sie, was Sie tun müssen."

„Wir sind Ihnen für Ihr Entgegenkommen dankbar, Miss Fitzgerald." Er drehte seinen Stift zwischen den Fingern und zögerte.

„Gibt es noch etwas?"

„Ich weiß, es ist ein schlechter Zeitpunkt", sagte er mit einem verlegenen Lächeln, „aber ich kann mir die Gelegenheit nicht entgehen lassen. Könnten Sie mir auf meinem Block ein Autogramm geben? Ich war ein großer Fan Ihrer Mutter, und ich kenne die meisten von Ihren Songs."

Maggie lachte. Es tat gut zu lachen. Der Tag hatte aus einer Reihe unglaublicher Ereignisse bestanden. „Möchten Sie, dass ich etwas Bestimmtes schreibe?"

„Vielleicht könnten Sie einfach schreiben: ‚Für meinen guten Freund Harvey'."

Bevor sie den Wunsch erfüllen konnte, blickte sie auf und fand Cliffs Augen auf sich gerichtet. Seine Lippen waren zu einem leicht abfälligen Grinsen verzogen. Mit einer lautlosen Verwünschung unterschrieb sie auf dem Block und gab ihn zurück.

„Ich weiß nicht viel über diese Sache", erklärte sie knapp, „aber ich wäre Ihnen dankbar, wenn Sie mich auf dem Laufenden hielten, was sich ergibt."

„Wir werden den Bericht des Gerichtsmediziners in zwei, drei Tagen haben." Der Ermittler steckte seinen Block weg und wurde wieder ganz professionell. „Dann werden wir alle mehr wissen und Sie werden unterrichtet. Danke, dass Sie sich Zeit genommen haben, Miss Fitzgerald. Wir ziehen uns so bald wie möglich zurück."

Obwohl sie noch immer Cliffs Blick auf sich gerichtet fühlte, sah Maggie nicht mehr zu ihm hinüber. Stattdessen drehte sie sich um und ging ins Haus. Gleich darauf drang Musik aus den offenen Fenstern.

Cliff blickte stirnrunzelnd zu dem Fenster des Musikzimmers. Die Ermittler begannen abzuziehen. Bald würde Maggie allein sein. Die Musik klang angespannt, fast verzweifelt. Fluchend schob Cliff seine Autoschlüssel wieder in die Tasche und ging zu den Stufen.

Maggie reagierte nicht auf sein Klopfen. Die Musik spielte weiter. Ohne zu überlegen, stieß Cliff die Haustür auf. Das Haus vibrierte unter dem Sturm, den das Klavier entfesselte. Er folgte den Klängen zu dem Musikzimmer und beobachtete Maggie von der Tür aus.

Ihre Augen waren dunkel, der Blick war konzentriert auf die Tasten gerichtet. Talent? Unbestreitbar. Genauso unbestreitbar wie ihre Anspannung und ihre Verletzbarkeit. Später konnte er sich fragen, warum ihm all dies Unbehagen verursachte.

Vielleicht wollte er sie einfach nur trösten. Unter den gegebenen Umständen würde er das für jeden tun. Sie musste ihm nichts bedeuten, damit er ihr eine Ablenkung bot. Verirrte Tiere und verletzte Vögel waren immer seine Schwäche gewesen. Mit seiner eigenen Logik unzufrieden, wartete Cliff, bis sie das Stück beendet hatte.

Maggie blickte hoch und schrak zusammen, als sie ihn in der Tür entdeckte. Verdammte Nerven, dachte sie und faltete die Hände im Schoß. „Ich dachte, Sie wären längst weg."

„Nein. Nur die Polizei ist weg."

Sie schleuderte die Haare aus ihrem Gesicht zurück und hoffte, gefasst zu wirken. „Gibt es noch etwas?"

„Ja." Er kam näher und strich mit einem Finger über die Tasten. Kein Staub, stellte er fest, und das in einem Haus, das fast unter Staub erstickte. Ihre Arbeit war offenbar das Wichtigste für sie.

Als er keine weiteren Ausführungen machte, runzelte Maggie die Stirn. Cliff bevorzugte die Ungeduld, die er jetzt in ihren Augen bemerkte. „Was ist?"

„Ich dachte an ein Steak."

„Wie bitte?"

Bei ihrer kühlen Antwort lächelte er. Ja, so war sie ihm eindeutig lieber. „Ich habe heute noch keinen einzigen Bissen gegessen."

„Das tut mir leid." Maggie sammelte ihre Notenblätter ein. „Ich habe keines."

„Ungefähr zehn Meilen außerhalb der Stadt gibt es ein Lokal." Er nahm sie am Arm und zog sie auf die Beine. „Ich habe das Gefühl, dass man dort ein Steak ohnedies besser zubereitet, als Sie das tun würden."

Sie zog sich zurück und betrachtete ihn. „Wir gehen zum Abendessen aus?"

„Richtig."

„Warum?"

Er ergriff wieder ihren Arm, um sich nicht selbst dieselbe Frage zu stellen. „Weil ich hungrig bin", sagte Cliff schlicht.

Maggie wollte sich schon widersetzen, als ihr klar wurde, wie sehr sie wenigstens für kurze Zeit weg wollte. Früher oder später musste sie allein im Haus sein, aber jetzt ... Nein, jetzt wollte sie nirgendwo allein sein.

Er wusste und verstand es und bot ihr genau das an, was sie brauchte.

Obwohl keiner von ihnen besonders ruhige Gedanken hegte, schwiegen sie, als sie zusammen hinausgingen.

## 5. KAPITEL

Maggie reservierte den ganzen nächsten Tag, um den Titelsong ihrer Filmmusik fertig zu stellen. Sie bemühte sich ganz bewusst, alles zu vergessen, was am Vortag geschehen war. Alles. Sie wollte nicht daran denken, was so nahe an ihrem Haus vergraben gewesen und ausgegraben worden war, und sie wollte auch nicht an Polizei und Gerichtsmediziner denken.

Genauso weigerte sie sich, an Cliff zu denken, an diesen einen wilden, erregenden Kuss oder an das seltsam zivilisierte Abendessen. Es war schwer zu glauben, dass sie beides mit demselben Mann erlebt hatte.

Heute war sie Maggie Fitzgerald, Komponistin, Songschreiberin, die Erschafferin von Musik. Wenn sie das in Erinnerung behielt und nur das war, konnte sie sich vielleicht davon überzeugen, dass alles, was gestern geschehen war, einer anderen Person passierte.

Sie wusste, dass da draußen Männer säten und pflanzten. Büsche wurden gepflanzt, Strohabdeckungen ausgelegt, Sträucher abgeholzt. Balken für ihre Stützmauer waren angeliefert worden.

Nichts davon betraf sie. Die Filmmusik musste vollendet werden, und Maggie würde sie vollenden. Ein Job musste erledigt werden, ganz gleich, was um sie herum vor sich ging. Sie hatte gesehen, wie ihr Vater in einem Film Regie führte, obwohl die technische Ausrüstung zusammenbrach und seine Schauspieler Tobsuchtsanfälle bekommen hatten. Ihre Mutter war mit Fieber aufgetreten. Einen großen Teil ihres Lebens hatte sie in einer plüschigen Traumwelt zugebracht, aber sie hatte Verantwortung gelernt.

Sie schrieb gerade Noten nieder, als es an der Haustür klopfte. Das ruhige Landleben! Sie fragte sich, wo sie jemals diesen Ausdruck gehört hatte, während sie zur Tür ging.

Beim Anblick des Revolvers an der Hüfte des Mannes

krampfte sich ihr Magen zusammen. Der kleine Stern an seinem Kakihemd verriet ihr, dass er der Sheriff war. Als sie den Blick auf sein Gesicht richtete, war sie von seinem Aussehen überrascht. Blond, gebräunt, blaue Augen mit Fältchen, die von Humor und Sonne stammten. Einen Moment hatte sie den verrückten Gedanken, dass C.J. ihn von einer Schauspieleragentur geschickt hatte.

„Miss Fitzgerald?"

Sie befeuchtete die Lippen, während sie versuchte, vernünftig zu sein. C.J. machte sich viel zu viele Sorgen, um ihr einen solchen Streich zu spielen. Außerdem sah der Revolver sehr, sehr echt aus. „Ja."

„Ich bin Sheriff Agee. Hoffentlich störe ich Sie nicht."

„Nein." Sie bemühte sich um ein höfliches Lächeln. Revolver und Dienstmarken. Zu viel Polizei in zu kurzer Zeit.

„Wenn es nicht zu sehr stört, möchte ich gern ein paar Minuten mit Ihnen sprechen."

Es störte sie. Sie wollte es sagen und dann die Tür schließen. Feigling, schalt sie sich und trat zurück, um ihn einzulassen. „Ich nehme an, Sie sind wegen des gestrigen Fundes hier." Maggie drückte die Tür mit ihrer Schulter zu. „Ich wüsste nicht, was ich Ihnen erzählen könnte."

„Es war sicher ein hässliches Erlebnis, Miss Fitzgerald, das Sie gern vergessen möchten." In seiner Stimme schwang die genau richtige Menge Mitgefühl, gemischt mit beruflicher Sachlichkeit mit. Sie fand, dass er sein Geschäft verstand. „Ich hätte das Gefühl, meine Pflicht als Sheriff und Nachbar nicht zu erfüllen, wenn ich Ihnen nicht alle Hilfe anbiete, die ich Ihnen geben kann."

Maggie sah ihn wieder an. Diesmal fiel ihr das Lächeln leichter. „Vielen Dank. Ich kann Ihnen Kaffee anbieten, wenn Sie sich nicht an der Unordnung in der Küche stören."

Er lächelte zurück und wirkte so solide, so freundlich, dass Maggie beinahe den Revolver an seiner Hüfte vergessen hätte. „Kaffee lehne ich nie ab."

„Die Küche ist hier“, setzte sie an und lachte. „Das brauche ich Ihnen wohl nicht zu sagen, oder? Sie kennen dieses Haus so gut wie ich.“

Er ging neben ihr her. „Ich war öfter vor dem Haus und habe Unkraut entfernt oder gejagt, aber ich war nur ein paar Mal im Haus selbst. Die Morgans zogen weg, als Joyce noch ein Kind war.“

„Ja, das hat sie mir erzählt.“

„Seit mehr als zehn Jahren wohnt keiner mehr hier. Louella kümmerte sich nicht mehr darum, nachdem ihr Mann gestorben war.“ Er blickte zu der abblätternden Farbe an der Decke hoch. „Sie hielt das Haus als Treuhänderin, bis Joyce es mit fünfundzwanzig erbte. Sie haben wahrscheinlich gehört, dass ich Joyce vom Verkaufen abgehalten habe.“

„Nun ja …“ Maggie beschäftigte sich am Herd, weil sie nicht wusste, was sie antworten sollte.

„Ich dachte, wir würden das Haus irgendwann herrichten und wieder vermieten.“ Er klang wie ein Mann, der Träume hatte, aber nie Zeit für sie fand. „Aber ein großer alter Besitz wie dieser hier verlangt viel Zeit und Geld, das man hineinsteckt. Joyce hat es wahrscheinlich richtig gemacht, dass sie verkauft hat.“

„Ich bin froh, dass sie es getan hat.“ Nachdem sie die Kaffeemaschine eingeschaltet hatte, deutete Maggie auf einen Stuhl.

„Mit Bog für die Reparaturen und Delaney für den Garten haben Sie sich die Richtigen ausgesucht.“ Als Maggie ihn nur ansah, lächelte der Sheriff wieder. „In Kleinstädten bewegt sich nichts schnell, ausgenommen Neuigkeiten.“

„Ja, vermutlich.“

„Sehen Sie, was gestern passierte …“ Er räusperte sich. „Ich weiß, es muss für Sie hart sein. Ich kann Ihnen sagen, Joyce hat sich vielleicht aufgeregt. Viele Leute würden auf der Stelle wegziehen, wenn man so etwas einen Steinwurf von seinem Haus entfernt findet.“

Maggie holte Tassen aus dem Schrank. „Ich gehe nicht weg.“

„Freut mich.“ Er schwieg einen Moment und sah zu, wie sie den Kaffee einschenkte. „Ich habe gehört, dass Cliff gestern auch hier war.“

„Richtig. Er hat irgendwelche Arbeiten beaufsichtigt.“

„Und Ihr Hund grub …“

„Ja.“ Maggie stellte beide Tassen auf den Tisch und setzte sich. „Er ist noch ein Welpe. Im Moment schläft er oben. Zu viel Aufregung.“

Der Sheriff winkte ab, als sie ihm Sahne anbot, und trank seinen Kaffee schwarz. „Ich bin nicht hier, um Sie nach Einzelheiten zu befragen. Die Staatspolizei hat mich informiert. Ich wollte Sie nur wissen lassen, dass ich Ihnen so nahe bin wie Ihr Telefon, falls Sie etwas brauchen.“

„Danke. Ich bin mit diesen Dingen nicht vertraut, aber ich hätte gestern vermutlich Sie anrufen sollen.“

„Ich kümmere mich gern selbst um mein Gebiet“, sagte er langsam. „Aber bei so einer Sache …“ Er zuckte die Schultern. „Ich hätte ohnedies die State Police rufen müssen.“ Sein Ehering schimmerte im Sonnenschein. Maggie erinnerte sich daran, dass Joyce genauso einen Ring hatte. Einen schlichten, soliden Goldreif. „Sie machen den Fußboden neu?“

Maggie blickte verständnislos nach unten. „Ach so, ja, ich habe das alte Linoleum herausgenommen. Jetzt muss ich ihn schleifen lassen.“

„Rufen Sie George Cooper an“, riet der Sheriff. „Er steht im Telefonbuch. Er besorgt Ihnen eine elektrische Schleifmaschine, mit der das im Handumdrehen zu erledigen ist. Sagen Sie ihm nur, dass Sie seinen Namen von Stan Agee haben.“

„In Ordnung.“ Sie wusste, dass die Unterhaltung sie hätte beruhigen sollen, aber ihre Nerven waren wieder angespannt. „Danke.“

„Wann immer Sie etwas brauchen, rufen Sie uns an. Joyce möchte Sie zum Abendessen einladen. Sie backt den besten Schinken im County.“

„Das wäre nett.“

„Sie kann noch gar nicht begreifen, dass es jemanden wie Sie nach Morganville zieht.“ Er nippte an seinem Kaffee, während Maggie den ihren kalt werden ließ. Er entspannte sich auf seinem Stuhl. Sie dagegen saß verkrampft aufrecht. „Ich höre nicht viel Musik, aber Joyce kennt alle Ihre Songs. Sie liest auch alle Zeitschriften, und jetzt wohnt jemand in ihrem alten Haus, von dem in den Zeitschriften berichtet wird.“ Er warf einen Blick zur Hintertür. „Sie sollten mit Bog sprechen, damit er ein paar Riegel anbringt.“

Sie erinnerte sich daran, dass die Angeln geölt werden mussten. „Riegel?“

Lachend trank er seinen Kaffee aus. „Das passiert, wenn man Sheriff ist. Man denkt immer an die Sicherheit. Wir haben hier eine nette, ruhige Gemeinde, Miss Fitzgerald. Ich möchte nicht, dass Sie etwas anderes glauben. Aber ich würde mich besser fühlen, wenn Sie ein paar solide Schlösser an den Türen haben, wo Sie doch allein sind.“ Er stand auf und zupfte gedankenverloren an seinem Halfter. „Danke für den Kaffee. Vergessen Sie nicht, mich anzurufen, wenn Sie etwas brauchen.“

„Ich vergesse es nicht.“

„Ich überlasse Sie wieder Ihrer Arbeit. Rufen Sie gleich George Cooper an.“

„In Ordnung.“ Maggie ging mit ihm zur Tür. „Danke, Sheriff.“

Einen Moment blieb sie an der Tür stehen und lehnte den Kopf gegen den Türrahmen. Sie hasste es, dass sie so leicht aus dem inneren Gleichgewicht zu bringen war. Der Sheriff war zu ihr gekommen, um sie zu beruhigen und ihr zu zeigen, dass die Gemeinde, in der sie jetzt lebte, einen aufmerksamen, fähigen Gesetzeshüter hatte. Doch von dem vielen Sprechen mit Polizisten war sie nervös geworden. So viele Polizisten – genau wie bei Jerrys Tod. All diese Polizisten, all diese Fragen. Sie hatte gedacht, darüber hinweg zu sein, aber die Erinnerungen waren auf einmal wieder da …

„Ihr Mann ist mit dem Wagen von der Straße abgekommen,

Mrs Browning. Wir haben seine Leiche noch nicht gefunden, aber wir tun alles, was wir können. Es tut mir leid."

Ja, zuerst hatte es Mitgefühl gegeben, erinnerte sich Maggie. Sie hatte Mitgefühl von der Polizei erhalten, von ihren Freunden, von Jerrys Freunden. Dann Fragen: „Hat Ihr Mann getrunken, bevor er das Haus verließ?" – „War er erregt, wütend?" – „Hatten Sie Streit?"

War es nicht schlimm genug, dass er tot war? Warum hatten sie sich auf alle möglichen Gründe gestürzt? Wie viele Gründe konnte es für einen achtundzwanzig Jahre alten Mann geben, seinen Wagen über eine Klippe hinauszusteuern?

Ja, er hatte getrunken. Er hatte viel getrunken, als seine Karriere abzurutschen begann, während die ihre weiterhin anstieg. Ja, sie hatten einen Streit gehabt, weil keiner von ihnen verstand, was aus den Träumen geworden war, die sie einst gehabt hatten. Maggie hatte die Fragen der Polizisten beantwortet. Und sie hatte die Presse erduldet, bis sie geglaubt hatte, verrückt zu werden.

Sie presste die Lider fest zu. Das war vorüber. Sie konnte Jerry nicht zurückbringen und seine Probleme lösen. Er hatte seine eigene Lösung gefunden. Sie wandte sich von der Tür ab und ging langsam in das Musikzimmer zurück. Wie immer fand sie Zuflucht in ihrer Musik.

Der Titelsong musste leidenschaftlich sein, voller Bewegung und Erotik. Wenn er erklang, sollte er Sinne ansprechen, Bedürfnisse anrühren, Verlangen erzeugen.

Bisher war noch niemand bestimmt worden, den Song zu singen, sodass sie stilmäßig frei war. Sie wollte etwas Bluesartiges, und in ihren Gedanken hörte sie das Stöhnen eines Saxofons. Sexy, schwül. Sie wollte die ruhigen Töne der Blechbläser und das rauchige Pulsieren des Basses. Als sie am Vorabend ruhelos gewesen war, hatte sie ein paar Phrasen niedergeschrieben. Jetzt experimentierte sie damit und verwob Worte mit Musik.

Nahezu sofort wusste sie, dass sie den Schlüssel gefunden hatte. Dieser Schlüssel war unerklärte Leidenschaft, kaum kontrolliert. Es war Verlangen, das alles Zivilisierte hinwegzufegen versprach. Es war die Raserei und die Hitze, die ein Mann und eine Frau zueinander führten, bis sie davon besinnungslos wurden. Sie hatte jetzt den Schlüssel, weil sie es selbst erlebt hatte. Gestern. Mit Cliff.

Irrsinn. Das war das Wort, das ihr durch den Kopf schoss. Verlangen war Irrsinn. Sie schloss die Augen, als Worte und Melodien sie durchströmten. Hatte sie nicht diesen Irrsinn verspürt, diese Süße und das schmerzliche Sehnen, als sein Mund den ihren eroberte? Hatte sie ihn nicht fühlen wollen, Haut an Haut? Er hatte sie an dunkle Nächte denken lassen, schwüle, mondlose Nächte, in denen die Luft so schwer war, dass man sie auf der Haut pulsieren fühlte. Dann hatte sie überhaupt nicht mehr gedacht, weil Verlangen Irrsinn war.

Sie ließ die Worte kommen, leidenschaftliche, lustvolle Versprechungen, die über der Hitze der Musik siedeten. Verführerisch, vielversprechend ergossen sich die Worte aus ihrem eigenen Verlangen. Die Worte von Liebenden, verzweifelte Worte, mit ihrer leisen, heiseren Stimme geflüstert, bis der Raum mit ihnen aufgeladen war. Niemand, der sie hörte, konnte unberührt bleiben. Das war ihr Ehrgeiz.

Als sie fertig war, fühlte Maggie sich atemlos und bewegt und begeistert. Sie streckte die Hand nach dem Tonbandgerät aus, um das Band zurücklaufen zu lassen, und sah Cliff zum zweiten Mal in der Tür stehen.

Ihre Hand erstarrte, und ihr bereits schnell schlagender Puls raste. Hatte sie ihn mit ihrem Song gerufen? War die Magie so stark? Als er einfach nur schweigend dastand, schaltete sie das Gerät ab und sagte mit erzwungener Ruhe: „Ist es auf dem Land Brauch, dass die Leute einfach uneingeladen hereinplatzen?"

„Sie scheinen das Klopfen nicht zu hören, wenn Sie arbeiten."

Sie neigte leicht den Kopf. „Das könnte bedeuten, dass ich nicht bei der Arbeit gestört werden möchte."

„Könnte sein." Gestört. Das Wort brachte ihn beinahe zum

Lachen. Vielleicht hatte er ihre Arbeit gestört, doch das war nichts im Vergleich zu dem, was der Song mit ihm angestellt hatte … Was es ihm angetan hatte, sie beim Singen zu beobachten. Es hatte ihn seine gesamte Selbstbeherrschung gekostet, um sie nicht von dem Klavierhocker zu reißen und sie auf dem staubigen Fußboden zu nehmen. Er kam näher, wusste, dass ihr Duft auf ihn wartete und ihren Reiz erhöhte.

„Ich habe gestern ziemlich viel Zeit verloren." Maggie schluckte herunter, was immer ihre Stimme zu blockieren drohte. Ihr Körper pulsierte noch, war viel zu verletzbar von der Leidenschaft, die sie freigesetzt hatte. „Ich habe einen festen Abgabetermin für diese Filmmusik."

Er blickte auf ihre Hände. Er wollte fühlen, wie diese Hände mit der gleichen Geschicklichkeit über ihn streichelten, die sie auf den Tasten gezeigt hatten. Langsam ließ er den Blick an ihren Armen hochgleiten, über ihre Schulter zu ihrem Gesicht. Für sie beide war es, als würde er sie berühren.

Maggies Atem war nicht ruhig. Ihr Blick war nicht gelassen. So wollte er das jetzt haben. Ganz gleich, wie oft oder wie entschlossen er sich auch sagte, er solle sich von ihr zurückziehen, Cliff wusste, dass er unaufhaltsam auf einen Punkt zusteuerte, an dem es unmöglich sein würde. Sie war nichts für ihn … davon konnte er sich überzeugen. Aber sie hatten beide etwas, das sie befreien und kosten mussten.

„Nach dem, was ich gehört habe", murmelte er, „sind Sie fertig."

„Das muss ich entscheiden."

„Spielen Sie die Aufnahme ab." Es war eine Herausforderung. An ihren Augen sah er, dass sie es wusste. „Der letzte Song … ich möchte ihn noch einmal hören."

Gefährlich. Maggie erkannte die Gefahr. Als sie zögerte, verzogen seine Lippen sich zu einem Lächeln. Das reichte. Wortlos drückte sie den schnellen Rücklauf. Der Song ist nur Fantasie, sagte sie sich selbst, als das Band zurücklief. Genau wie der Film eine Fantasie war. Der Song war für die Personen in einer

Geschichte bestimmt und hatte nichts, absolut nichts mit ihr zu tun. Oder mit ihm. Sie schaltete das Gerät auf Wiedergabe.

Maggie beschloss, objektiv zuzuhören, als die Musik den Raum zu erfüllen begann. Sie wollte als Musikerin, als Technikerin zuhören. Das verlangte ihr Job. Doch als ihre eigene Stimme begann, sie in Versuchung zu führen, entdeckte sie, dass sie als Frau zuhörte. Sie erhob sich, trat ans Fenster und blickte hinaus. Wenn ein Sehnen so stark war, konnte Abstand alles entscheiden.

*Erwarte die Nacht, wenn die Luft heiß ist vor Irrsinn*
*Ich bringe dein Blut zum Sieden*
*Erwarte die Nacht, wenn die Leidenschaft sich erhebt und auf der Flutwelle tanzt*
*wenn Verlangen befreit strömen kann.*

Cliff hörte genau wie vorhin zu und fühlte, wie sein Körper auf die Musik reagierte und auf die Versprechungen, die diese leise Stimme machte. Er wollte alles haben, was der Song andeutete. Alles und noch mehr.

Als Cliff den Raum durchquerte, sah er, wie sie sich anspannte. Er meinte, in der Luft die Hitze zischen zu hören, die der Song angefacht hatte. Bevor er Maggie erreichte, drehte sie sich um. Die Sonne in ihrem Rücken erzeugte einen Lichthof um sie. Als Kontrast dazu waren ihre Augen dunkel. Wie die Nacht, dachte er. Wie ihre Nachtmusik. Die Worte, die sie geschrieben hatte, erfüllten den Raum.

Er sprach nicht, sondern legte seine Hand um ihren Nacken. Sie sprach nicht, sondern widerstand ihm, indem sich ihr Körper verkrampfte. Ärger brannte jetzt in ihren Augen – über sich selbst genau wie über ihn. Sie hatte sich selbst so weit gebracht, indem sie ihren eigenen Wünschen und Fantasien erlaubt hatte, den Weg zu bereiten. Es war nicht Irrsinn, was sie wollte, redete Maggie sich selbst ein, als sie sich zurückzog. Es war Stabilität. Sie suchte nicht Wildheit, sondern Ausgeglichenheit. So etwas bot Cliff nicht.

Seine Finger spannten sich an, als sie sich zurückzog. Das überraschte sie beide. Er hatte die Regeln einer zivilisierten Verführung vergessen, genau wie er vergessen hatte, dass er nur hergekommen war, um nachzusehen, wie es ihr ging. Die Musik und die Worte machten die Verletzbarkeit, die ihm Sorge bereitet hatte, zu etwas Vergangenem. Jetzt fühlte er Kraft, als seine Finger sich in ihre Haut drückten. Er sah Herausforderung in ihrer Haltung und in ihren Augen, vermischt mit Zorn. Cliff wollte nichts anderes, nicht weniger von ihr.

Er trat näher. Als sie protestierend die Hand hob, ergriff er ihr Handgelenk. Ihr Puls pochte unter seiner Hand so heftig, wie die Musik in der Luft pulsierte. Ihre Blicke prallten aufeinander, Leidenschaft auf Leidenschaft. In einer fließenden Bewegung zog er sie an sich und eroberte ihren Mund.

Sie sah die lebhaften Farben und Lichter, die sie sich vorgestellt hatte. Sie schmeckte das drängende Verlangen. Während sie Cliff noch näher an sich heranzog, hörte Maggie ihr eigenes Stöhnen.

Hatte sie darauf gewartet? Auf diese alles verzehrende Lust? Waren dies die Empfindungen und Gefühle, die sie so lange Zeit in ihre Musik hatte einfließen lassen? Sie fand keine Antworten, nur noch mehr Verlangen.

Cliff hatte aufgehört zu denken. Er wusste, dass er die Fähigkeit zu klarem Denken verloren hatte. Maggie ließ ihn so heftig fühlen, dass kein Platz für Vernunft blieb. Seine Hände erforschten Maggie, glitten unter ihr Shirt, um die weiche, erhitzte Haut zu finden, von der er geträumt hatte. Sie bog sich ihm entgegen, bot mehr an. Er fühlte, wie ihre Lippen an seinem Mund seinen Namen formten. Etwas Wildes, Ungestümes brach in ihm los.

Er war nicht sanft, obwohl er als Liebhaber noch nie grob gewesen war. Er sehnte sich zu sehr nach der Berührung, um zu begreifen, dass er vielleicht zu fest zupackte. Der Kuss wurde ungezügelt. Er konnte gar nicht genug von ihr bekommen.

Mehr und immer mehr wollte er, obwohl ihr Mund genauso fordernd war wie der seine.

Er trieb sie zum Irrsinn. Niemand hatte ihr je zuvor solches Verlangen gezeigt. Hunger entfachte Hunger, bis sie darunter litt. Sie wusste, dass sie davon aufgezehrt werden konnte, vielleicht sogar sie beide. Ein so heißes Feuer konnte sie beide ausbrennen und mit nichts zurücklassen. Der Gedanke brachte sie erneut zum Stöhnen. Sie klammerte sich an ihn. Sie wollte mehr. Und doch fürchtete sie sich davor, mehr zu nehmen und sich selbst leer vorzufinden.

„Nein." Seine Lippen an ihrer Kehle ließen ihre Knie weich werden. „Nein, das ist verrückt", brachte sie hervor.

Er hob den Kopf. Seine Augen waren jetzt fast schwarz, sein Atem ungleichmäßig. Zum ersten Mal verspürte Maggie Furcht. Was wusste sie von diesem Mann?

„Du hast es Irrsinn genannt", murmelte er. „Du hattest recht."

Ja, sie hatte recht gehabt, und sie hatte an ihn gedacht, als sie diese Worte schrieb. Doch sie sagte sich, dass sie einen klaren Verstand brauchte. „Keiner von uns sollte sich das wünschen."

„Nein." Seine Selbstbeherrschung geriet in Gefahr, völlig zusammenzubrechen. Langsam strich er mit der Hand über ihr Haar. „Aber es ist schon viel zu spät, um aufzuhören. Ich will dich, Maggie, ob ich es sollte oder nicht."

Hätte er ihren Namen nicht benutzt ... Bis dahin hatte sie nicht gewusst, dass er ihren Namen aussprechen und sie damit schwachmachen konnte. Als Verlangen erneut hochstieg, ließ sie den Kopf auf seine Brust sinken. Es war diese ungekünstelte und nicht geplante Geste, die seine hektischen Gedanken klärte und etwas anderes als Verlangen in ihm auslöste.

Sie war eine der Frauen, die einem Mann unter die Haut gehen konnten. War das einmal geschehen, würde er nie wieder frei von ihr sein. Sobald er das erkannt hatte, unterdrückte er das überwältigende Verlangen, sie wieder an sich zu ziehen. Er wollte sie, und er würde sie auch bekommen. Das bedeutete jedoch nicht, dass er sich auf eine Bindung einlassen wollte. Sie beide wussten, dass früher oder später vollzogen werden musste, was sich zwischen ihnen entzündet hatte. Es war nur natürlich, nichts Kompliziertes. Und sie beide würden unbeschadet daraus hervorgehen.

Die Erregung, die er verspürt hatte, hatte ihm keine Sorgen bereitet, die Zärtlichkeit, die er jetzt empfand, dagegen schon. Sie sollten lieber wieder auf den richtigen Weg zurückfinden. Er packte Maggie an den Schultern und schob sie zurück.

„Wir begehren einander." Es klang einfach, wie er das sagte. Cliff wollte daran glauben, dass es so war.

„Ja." Sie nickte und hatte sich fast schon wieder gefasst. „Aber du hast sicher genau wie ich gelernt, dass man nicht alles haben kann, was man will."

„Ganz richtig. Aber es besteht für keinen von uns ein Grund, warum wir nicht haben sollten, was wir diesmal ersehnen."

„Mir fallen ein paar Gründe ein. Der erste ist, dass ich dich kaum kenne."

Er betrachtete stirnrunzelnd ihr Gesicht. „Spielt das für dich eine Rolle?"

Maggie zuckte so schnell zurück, dass seine Hände von ihren Schultern glitten. „Dann glaubst du also alles, was du liest." Ihre Stimme war jetzt spröde, ihre Augen kalt. „Los Angeles, Stadt der Sünde und der Sünder. Tut mir leid, dich zu enttäuschen, Cliff, aber ich habe mein Leben nicht mit unzähligen namenlosen Liebhabern ausgefüllt. Das hier füllt mein Leben aus." Sie schlug mit der Hand auf das Klavier. Papiere glitten auf den Fußboden. „Und wenn du schon so viel über mich liest und weißt, dann weißt du auch, dass ich bis vor zwei Jahren verheiratet war. Ich hatte einen Ehemann, und so lächerlich das klingen mag, ich war sechs Jahre lang treu."

„Meine Frage hatte überhaupt nichts damit zu tun." Seine Stimme war im Gegensatz zu der ihren so sanft, dass sie sich verkrampfte. Maggie hatte gelernt, ihm am wenigsten zu trauen, wenn er diesen Ton anschlug. „Es ging nur um dich und mich."

„Dann wollen wir es so ausdrücken: Ich habe eine Grundregel, nicht mit Männern ins Bett zu hüpfen, die ich nicht kenne. Dich eingeschlossen."

Er durchquerte den Raum und legte seine Hand über die ihre auf dem Klavier. „Wie gut musst du mich denn kennen?"

„Besser, als ich dich jemals kennen werde." Sie musste gegen den Wunsch ankämpfen, ihre Hand wegzureißen. Sie hatte sich für einen Tag schon genug zur Närrin gemacht. „Ich habe noch eine Regel. Die besagt, dass ich mich von Leuten fernhalte, die nicht mögen, wer und was ich bin."

Er blickte auf die Hand unter der seinen. Sie war hell, schmal und kräftig. „Vielleicht weiß ich nicht, wer und was du bist." Er blickte ihr in die Augen. „Vielleicht will ich das herausfinden."

„Dafür brauchst du meine Mitarbeit, oder?"

Er hob eine Augenbraue, als wäre er amüsiert. „Wir werden sehen."

Ihre Stimme wurde nur noch eisiger. „Ich möchte, dass du gehst. Ich habe zu arbeiten."

„Woran hast du gedacht, als du diesen Song geschrieben hast?" Etwas flackerte so schnell über ihr Gesicht, dass er nicht wusste, ob es Panik oder Leidenschaft war. Beides wäre ihm recht gewesen.

„Ich sagte, du sollst gehen."

„Werde ich – nachdem du mir gesagt hast, woran du gedacht hast."

Sie hielt ihr Kinn hoch. „An dich."

Er lächelte, ergriff ihre Hände und drückte ihre Handfläche an seine Lippen. „Gut", murmelte er. „Denk weiter an mich. Ich komme wieder."

Sie schloss ihre Finger über ihre Handfläche, als er wegging. Er hatte ihr keine andere Wahl gelassen, als seine Bitte zu erfüllen.

Spätnachts erwachte Maggie. Benommen dachte sie, dass ein Traum sie gestört hätte. Sie verwünschte Cliff und rollte sich auf den Rücken. Sie wollte nicht von ihm träumen. Ganz sicher wollte sie nicht mitten in der Nacht wach liegen und an ihn denken.

Während sie zur Decke hinaufstarrte, lauschte sie der Stille. Bei Gelegenheiten wie dieser wurde ihr bewusst, wie allein sie war. Keine Angestellten schliefen unten im Haus, wie es ihr ganzes Leben lang gewesen war. Ihr nächster Nachbar war etwa fünfhundert Meter entfernt und durch einen Wald von ihr getrennt. Keine Clubs, die die ganze Nacht geöffnet hatten, keine Drugstores. Bisher hatte sie noch nicht einmal eine Fernsehantenne auf dem Dach. Sie war völlig allein, so wie sie es gewollt hatte.

Warum wirkte ihr Bett plötzlich so leer und die Nacht so lang? Maggie rollte sich auf die Seite und versuchte, ihre Stimmung und ihre Gedanken an Cliff abzuschütteln.

Über ihr knarrte ein Brett, doch sie achtete nicht darauf. Alte Häuser machten nachts Geräusche, Maggie hatte das schnell gelernt. Ruhelos warf sie sich in ihrem Bett hin und her und beobachtete das Licht des schwindenden Mondes.

Sie wollte Cliff nicht hier bei sich haben. Selbst der Gedanke, dass sie es wollte, war zu gefährlich. Es stimmte, dass ihr Körper heftig auf ihn reagiert hatte. Eine Frau konnte nicht immer die Bedürfnisse ihres Körpers kontrollieren, aber sie konnte die Richtung ihrer Gedanken kontrollieren. Entschlossen lenkte sie ihren Verstand auf die Aufgaben des morgigen Tages.

Als das Geräusch wieder ertönte, blickte sie automatisch zur Decke. Das Knarren und Ächzen störte sie selten, aber bisher hatte sie in diesem Haus auch sehr tief geschlafen. Bis Cliff Delaney auftauchte, dachte sie und schloss die Augen. Und riss sie wieder auf, als sie hörte, wie sich eine Tür leise schloss.

Noch bevor Panik in ihr hochschießen oder die Vernunft sie niederkämpfen konnte, hämmerte Maggie bereits das Herz in der Kehle. Sie war allein, und jemand war im Haus. Alle Albträume, die eine Frau allein in der Dunkelheit jemals geplagt hatten, tauchten drohend vor ihr auf. Ihre Finger krampften sich in die Laken, während sie erstarrt dalag und angestrengt lauschte.

Waren das Schritte auf der Treppe, oder bildete sie sich alles nur ein? Während sie von kalter Angst gepackt wurde, dachte sie an den Graben neben dem Haus. Sie biss sich auf die Lippen, um keinen Laut von sich zu geben. Ganz langsam wandte Maggie den Kopf und entdeckte den Welpen, der am Fußende des Bettes lag. Er hörte nichts. Sie schloss wieder die Augen und versuchte ihren Atem zu beruhigen.

Wenn der Hund nichts hörte, was ihn störte, dann gab es nichts, worüber man sich Sorgen machen musste. Nur Bretter, die sich setzten. Noch während sie versuchte, sich davon zu überzeugen, hörte Maggie eine Bewegung im Erdgeschoss. Ein leises Quietschen, ein leichtes Schaben.

Die Küchentür, sagte sie sich, während Panik in ihrem Kopf summte. Sie zwang sich dazu, langsam und ruhig nach dem Telefon neben ihrem Bett zu greifen. Als sie den Hörer an ihr Ohr hielt, hörte sie jenen „Besetzt"-Ton, der sie daran erinnerte, dass sie den Hörer in der Küche abgenommen hatte, um nicht mehr gestört zu werden. Ihr Telefon war völlig unbrauchbar. Hysterie brodelte hoch, wurde wieder hinuntergeschluckt.

Nachdenken, befahl sie sich. Ruhig bleiben und nachdenken. Wenn sie allein war und keine Hilfe holen konnte, musste sie sich auf sich selbst verlassen. Wie oft hatte sie in den letzten Wochen behauptet, gerade das zu können?

Sie presste eine Hand auf den Mund, damit ihr eigener Atem ihr angestrengtes Lauschen nicht störte. Jetzt war nichts zu hören, kein Quietschen, keine leisen Schritte auf Holz.

Behutsam, um kein Geräusche zu machen, glitt sie aus dem Bett und fand den Schürhaken. Mit angespannten Muskeln setzte Maggie sich in den Sessel, der zur Tür gewandt stand, packte den Schürhaken fest mit beiden Händen und betete, dass der Morgen recht bald käme.

## 6. KAPITEL

Nach ein paar Tagen hatte Maggie die Geräusche in ihrem Haus fast vergessen. Schon am Morgen nach dem Vorfall hatte sie sich wie eine Närrin gefühlt. Aufgewacht war sie, weil der Welpe ihre nackten Füße leckte, während sie steif und verspannt von der Nacht in dem Sessel saß. Der Schürhaken hatte wie ein mittelalterliches Schwert quer über ihrem Schoß gelegen. Heller Sonnenschein und Vogelgezwitscher hatten sie davon überzeugt, dass sie sich alles eingebildet und dann jeden kleinsten Laut aufgebauscht hatte, wie ein Kind, das Schatten in der Dunkelheit sieht. Vielleicht war sie ja doch nicht ganz so auf das Alleinsein eingestellt, wie sie angenommen hatte. Wenigstens konnte sie froh sein, dass sie den Hörer im Erdgeschoss abgenommen hatte. Andernfalls hätte jetzt jedermann in der Stadt gewusst, dass sie eine übernervöse Närrin war.

Wenn sie nervös war, so war das unter den gegebenen Umständen verständlich. Neben ihrem Haus wurde ein Skelett ausgegraben, der Sheriff schlug Schlösser für ihre Türen vor, und Cliff Delaney hielt sie nachts wach. Das einzig Gute dieser Woche war die fertig gestellte Filmmusik. C.J. würde mit dem fertigen Produkt bestimmt zufrieden sein, sodass er sie nicht weiter bedrängen würde, nach L.A. zurückzukommen. Zumindest für eine kleine Weile.

Maggie entschied, dass sie als nächste konstruktive Tätigkeit das eingepackte Band samt Noten zum Postamt bringen und losschicken sollte. Später würde sie dann vielleicht ihren ersten Song, der in ihrem neuen Haus entstanden war, feiern.

Sie genoss die Fahrt in die Stadt. Die schmalen Straßen wurden von Bäumen flankiert, die in wenigen Wochen Schatten spenden würden. Jetzt schien die Sonne zwischen den feinen Blättern hindurch und ergoss sich hell auf die Straße. Ab und zu wurden die Wälder von Feldern unterbrochen. Was hier wohl angebaut wurde? Maggie sah Kühe, die ihre Kälber säugten.

Eine Frau trug einen Eimer zu einem Hühnerstall. Ein Hund jagte an dem Lattenzaun entlang und verbellte hektisch Maggies Wagen.

Ihre Panik von vor wenigen Nächten wirkte so lächerlich, dass sie sich weigerte, daran zu denken.

Sie kam an ein paar Häusern vorbei, von denen einige kaum mehr waren als Hütten, während andere so offensichtlich neu und modern waren, dass sie fast das Auge beleidigten. Sie ertappte sich dabei, dass sie sich über die makellosen Häuser auf Grundstücken, von denen die Bäume entfernt worden waren, ärgerte. Warum hatten die Leute nicht mit dem Vorhandenen gearbeitet, anstatt es zu zerstören? Gleich darauf lachte sie über sich selbst. Sie dachte schon wie Cliff Delaney. Die Menschen hatten ein Recht darauf zu leben, wo und wie sie wollten. Sie konnte jedoch nicht leugnen, dass ihr die alten Häuser aus verwitterten Ziegeln oder Holz und von Bäumen umgeben lieber waren.

Während sie nach Morganville hineinfuhr, stellte sie fest, dass die Häuser enger beisammen standen. Das ist städtisches Leben, dachte sie. Es gab hier Bürgersteige, und ein paar Wagen parkten am Randstein. Die Leute mähten ihren Rasen. So wie es wirkte, gab es unter den Blumengärtnern viel Stolz und Konkurrenz. Das erinnerte sie daran, dass sie nach ihren eigenen Petunien sehen musste.

Das Postamt war ein kleines Eckgebäude aus roten Ziegeln mit einem Parkplatz für zwei Autos. Daneben befand sich, nur durch einen halben Meter Gras getrennt, die Bank von Morganville. Zwei Männer standen neben dem Briefkasten im Freien, rauchten und redeten. Sie sahen zu, als Maggie auf den Parkplatz fuhr, aus dem Wagen stieg und zu dem Postamt ging. Sie beschloss, ihr Glück zu versuchen, wandte den Kopf und lächelte den beiden zu.

„Guten Morgen."

„Morgen", sagten sie wie aus einem Mund. Der eine schob seine Fischermütze zurück. „Schöner Wagen."

„Danke."

Sie betrat den Postraum und freute sich, dass sie etwas gehabt hatte, das als Unterhaltung durchgehen konnte.

Eine Frau hinter dem Schalter war in Klatsch mit einer jungen Frau mit einem Baby auf dem Arm verwickelt.

„Keiner weiß, wie lange sie da draußen waren", meinte die Postangestellte, während sie Marken abzählte. „Seit den Faradays hat niemand da draußen gewohnt, und das war letzten Monat zehn Jahre. Die alte Faraday kam pünktlich wie ein Uhrwerk einmal die Woche für Briefmarken für einen Dollar. Natürlich waren sie damals noch billiger." Sie schob die Marken über die Theke. „Das macht fünf Dollar, Amy."

„Also, ich finde es unheimlich." Die junge Mutter schaukelte ihr Baby, sammelte die Marken ein und steckte sie in ihre Schultertasche. „Würde ich in meinem Garten einen Haufen alter Gebeine finden, stünde am nächsten Tag das Schild ‚Zu verkaufen' vor dem Haus. Billy sagt, dass vielleicht ein Landstreicher in den Graben gefallen ist und es niemand mitbekam."

„Kann sein. Die State Police wird es bald herausfinden." Die Postangestellte beendete die Unterhaltung, indem sie sich an Maggie wandte. „Kann ich Ihnen helfen?"

„Ja." Maggie trat an den Schalter. Die junge Frau warf ihr einen langen, neugierigen Blick zu, ehe sie mit ihrem Baby hinausging. „Ich möchte das als Einschreiben aufgeben."

„Nun, mal sehen, wie viel es wiegt." Die Postangestellte legte das Päckchen auf die Waage. „Wollen Sie einen Rückschein?"

„Ja, bitte."

„In Ordnung." Sie nahm den Bleistift hinter ihrem Ohr hervor und fuhr eine Liste entlang, die an der Waage klebte. „Kostet Sie etwas mehr, aber Sie wissen, dass es angekommen ist. Mal sehen, das ist die Zone …" Sie brach ab, als ihr Blick auf den Absender in der Ecke des Päckchens fiel. Sie hob den Blick und richtete ihn scharf auf Maggie, bevor sie das Formular auszufüllen begann. „Sie sind die Songschreiberin aus Kalifornien. Sie haben den Morgan-Besitz gekauft."

„Stimmt." Weil Maggie nicht wusste, was sie nach der belauschten Unterhaltung sagen sollte, beließ sie es dabei.

„Hübsche Musik." Die Postangestellte schrieb mit penibel gemalten Buchstaben. „Vieles von dem Zeug, das Sie spielen, verstehe ich nicht einmal. Ich habe ein paar Platten von Ihrer Mom. Sie war die Beste. Keine kommt ihr auch nur nahe."

Maggies Herz erwärmte sich wie jedes Mal, wenn jemand von ihrer Mutter sprach. „Ja, das finde ich auch."

„Unterschreiben Sie hier. Großes, altes Haus, der Morgan-Besitz." Die Frau rechnete die Endsumme auf einem kleinen weißen Block aus. „Kommen Sie da draußen zurecht?"

„Es ist noch viel zu tun."

„So ist das nun mal, wenn man einzieht, besonders wenn ein Haus lange leer gestanden hat. Muss für Sie was ganz Neues sein."

Maggie hob den Kopf. „Ja. Es gefällt mir."

Die Postangestellte nickte, und Maggie hatte das Gefühl, als wäre sie zum ersten Mal voll akzeptiert worden. „Bog ist gut. Auch der junge Delaney."

Maggie lächelte in sich hinein, während sie nach ihrem Portemonnaie griff. Kleinstadt, dachte sie. Keine Geheimnisse.

„Sie hatten einen ganz schönen Schock."

Weil sie mit einer solcher Bemerkung gerechnet hatte, nahm Maggie es leicht. „Ich möchte so etwas nicht noch einmal erleben."

„Nein, wahrscheinlich niemand. Entspannen Sie sich und genießen Sie das alte Haus", riet die Postangestellte. „Zu seiner Zeit war es ein Schmuckkästchen. Louella hat es immer schön in Schuss gehalten. Die Polizei soll sich um alles kümmern."

„So versuche ich es zu halten." Maggie steckte ihr Wechselgeld ein. „Danke."

„Wir schicken das gleich für Sie weg. Einen schönen Tag!"

Maggie war sehr zufrieden mit sich selbst, als sie das Postamt verließ. Sie atmete die laue Frühlingsluft tief ein, lächelte noch einmal den beiden Männern zu, die sich noch immer neben dem Briefkasten unterhielten, und wandte sich dann zu ihrem Wagen um. Ihr Lächeln verschwand, als sie Cliff an ihrer Motorhaube lehnen sah.

„Zeitig unterwegs“, sagte er lässig.

Er hatte ihr gesagt, dass es schwer sei, in einer so kleinen Stadt jemandem auszuweichen. Maggie ärgerte sich darüber, dass er recht hatte. „Solltest du nicht irgendwo arbeiten?“

Er lächelte und bot ihr die Flasche Limonade an, die er in der Hand hielt. „Ich komme gerade von einer Baustelle und bin zu einer anderen unterwegs.“ Als sie nicht nach der Limonade griff, setzte er die Flasche an seine Lippen und nahm einen tiefen Schluck. „Davon sieht man nicht viele in Morganville.“ Er tippte mit einem Finger auf ihren Aston Martin.

Sie wollte an ihm vorbei zur Fahrertür. „Wenn du mich entschuldigst“, sagte sie kühl. „Ich bin beschäftigt.“

Er hielt sie mühelos am Arm zurück, kümmerte sich um ihren finsteren Blick genauso wenig wie um das Interesse der beiden Männer, die ein paar Meter entfernt standen. Cliff betrachtete ihr Gesicht. „Du hast Ringe unter den Augen. Hast du nicht geschlafen?“

„Ich habe sehr gut geschlafen.“

„Nein.“ Er hielt sie noch einmal auf und hob eine Hand zu ihrem Gesicht. Obwohl sie es nicht zu wissen schien, verlor er jedes Mal an Boden, wenn sich ihre zerbrechliche Seite zeigte. „Ich dachte, du hältst nichts von Ausflüchten.“

„Hör mal, ich bin beschäftigt.“

„Du hast dir diese Geschichte mit dem Graben zu Herzen genommen.“

„Na, und wenn schon!“, explodierte Maggie. „Ich bin auch nur ein Mensch. Das ist eine normale Reaktion.“

„Ich habe nicht behauptet, deine Reaktion sei nicht normal.“ Die Hand an ihrem Gesicht hob ihr Kinn etwas weiter an. „Du gehst ganz schön schnell hoch. Bist du nur wegen dieser Geschichte verkrampft, oder gibt es da noch etwas?“

Maggie gab ihre Befreiungsversuche auf und stand ganz

still. Vielleicht hatte er nicht bemerkt, dass die Männer und die Postangestellte am Fenster sie beobachteten, aber sie hatte es gesehen. „Es geht dich nichts an, ob ich verkrampft bin oder nicht. Also, wenn du jetzt aufhörst, eine Szene zu machen, kann ich heimfahren und arbeiten."

„Stören dich Szenen?" Amüsiert zog er sie an sich heran. „Das hätte ich nicht gedacht angesichts der unzähligen Gelegenheiten, bei denen du dich hast fotografieren lassen."

„Cliff, hör auf." Sie legte beide Hände an seine Brust. „Um Himmels willen, wir stehen auf der Main Street."

„Ja. Und wir sind soeben zu den Zehn-Uhr-Nachrichten geworden."

Sie lachte, bevor sie sich dessen überhaupt bewusst wurde. „Das macht dir richtig Spaß, nicht wahr?"

„Nun ..." Er nutzte es aus, dass sie sich ein wenig entspannte, und schlang seine Arme um sie. „Vielleicht. Ich wollte mit dir sprechen."

Eine Frau ging mit einem Brief in der Hand vorbei. Maggie bemerkte, dass sie sich mit dem Einwerfen sehr viel Zeit ließ. „Wir sollten uns einen besseren Ort suchen." Bei seinem Grinsen kniff sie die Augen zusammen. „Das habe ich nicht gemeint. Also, lässt du mich jetzt los?"

„Gleich. Erinnerst du dich daran, wie wir zum Abendessen ausgegangen sind?"

„Ja, ich erinnere mich. Cliff ..." Sie wandte den Kopf und sah, dass die beiden Männer noch immer da waren und sie beide nicht aus den Augen ließen. Die Frau hatte sich ihnen jetzt angeschlossen. „Das ist wirklich nicht lustig."

„Tatsache ist", fuhr er leichthin fort, „dass wir hier einen Brauch haben. Ich führe dich zum Dinner aus, dann erwiderst du die Einladung."

Ihre Geduld war erschöpft. Sie versuchte sich aus seinem Griff zu entwinden und entdeckte, dass davon nur ihr Blutdruck stieg. „Ich habe im Moment keine Zeit, um zum Dinner auszugehen. Ich werde mich in ein paar Wochen wieder bei dir melden."

„Ich bin mit allem zufrieden, was es gerade zu essen gibt."

„Was es gerade zu essen gibt?", wiederholte sie. „In meinem Haus?"

„Gute Idee."

„Warte einen Moment! Ich habe nicht gesagt ..."

„Es sei denn, du kannst nicht kochen."

„Natürlich kann ich kochen", entgegnete sie empört.

„Fein. Sieben Uhr?"

Sie richtete ihren vernichtendsten Blick auf ihn. „Ich tapeziere heute Abend."

„Irgendwann musst du etwas essen." Bevor sie etwas dazu sagen konnte, gab er ihr einen kurzen, aber festen Kuss. „Wir sehen uns um sieben", flüsterte er und schlenderte zu seinem Pick-up. „Maggie", fügte er durch das offene Fenster hinzu, „nichts Aufwendiges. Ich bin nicht anspruchsvoll."

„Du ...", setzte sie an, doch das Dröhnen des Motors übertönte sie. Außer sich vor Wut, blieb sie allein mitten auf dem Parkplatz zurück. In dem Bewusstsein, dass mindestens ein halbes Dutzend Augenpaare auf sie gerichtet waren, hielt Maggie ihren Kopf hoch, während sie sich in ihren Wagen hinter das Steuer setzte.

Sie verwünschte Cliff mehrmals und mit sehr gezielten Ausdrücken, während sie die drei Meilen zu ihrem Haus zurückfuhr. Maggie hatte erwartet, dass Cliffs Arbeiter da waren. Den diskreten schwarzen Wagen am Ende ihrer Zufahrt dagegen erwartete sie nicht. Als sie daneben hielt, war sie nicht in der Stimmung für Besucher. Sie wollte allein sein mit der Schleifmaschine, die sie von George Cooper gemietet hatte.

Als sie aus dem Wagen stieg, entdeckte sie den schlaksigen Mann mit den grau melierten Haaren, der aus der Richtung des Grabens auf sie zukam. Und sie erkannte ihn.

„Miss Fitzgerald."

„Guten Morgen. Lieutenant Reiker, nicht wahr?"

„Ja, Ma'am."

„Kann ich etwas für Sie tun?"

„Ich muss Sie um Ihre Mitarbeit bitten, Miss Fitzgerald." Der Lieutenant verlagerte sein Gewicht auf einen Fuß, als würde ihm seine Hüfte Schwierigkeiten machen. „Sie wollen sicher weitermachen, aber wir möchten Sie bitten, mit dem Teich noch eine Weile zu warten."

„Verstehe. Können Sie mir den Grund verraten?"

„Wir haben den vorläufigen Bericht des Gerichtsmediziners erhalten und werden ermitteln."

„Lieutenant, ich weiß nicht, wie viel Sie mir sagen können, aber ich denke, ich habe ein Recht, gewisse Dinge zu erfahren. Dies hier ist mein Besitz."

„Sie selbst werden mit der Sache nicht wirklich etwas zu tun haben, Miss Fitzgerald. Diese Sache liegt lange Zeit zurück."

„Sofern mein Grund und Boden betroffen sind, habe ich etwas damit zu tun. Es wäre für mich leichter, Lieutenant, wenn ich wüsste, was hier vor sich geht."

Reiker fuhr sich mit der Hand über das Gesicht. Die Ermittlung hatte gerade erst begonnen, und er hatte schon einen schlechten Geschmack im Mund. Vielleicht sollte man Dinge, die so lange begraben gewesen waren, besser begraben lassen.

„Der Gerichtsmediziner hat festgestellt, dass die Überreste von einem männlichen Weißen Anfang fünfzig stammen."

Maggie schluckte. Das machte es real. Viel zu real. „Wie lange ...", setzte sie an und musste noch einmal schlucken. „Wie lange lag er schon da?"

„Der Gerichtsmediziner ist der Meinung, ungefähr zehn Jahre."

„So lange, wie mein Haus leer gestanden hat", murmelte sie. Sie nahm sich zusammen und sagte sich, dass es sie nicht persönlich traf. Logischerweise hatte es nichts mit ihr zu tun. „Man konnte wohl nicht feststellen, wie er starb?"

„Erschossen", sagte Reiker tonlos und beobachtete, wie Entsetzen in ihre Augen stieg. „Es dürfte ein Gewehr gewesen sein, wahrscheinlich aus nächster Nähe."

„Grundgütiger!" Mord. Aber hatte sie es nicht vom ersten Moment an gefühlt? Maggie starrte zum Wald hinüber und sah zwei Eichhörnchen, die einen Baumstamm hinaufjagten. Wie konnte das hier passiert sein? „Nach so vielen Jahren …", setzte sie an, musste aber wieder schlucken. „Ist es denn nach so vielen Jahren nicht praktisch unmöglich … ihn … zu identifizieren?"

„Er wurde heute Vormittag identifiziert", erwiderte der Lieutenant. „Wir haben auch einen Ring gefunden, einen alten Ring mit Gravierungen und drei kleinen Diamantsplittern. Vor einer Stunde hat Joyce Agee den Ring als ihrem Vater gehörend identifiziert. William Morgan wurde ermordet und in diesem Garten versteckt."

Aber das konnte unmöglich stimmen. Sie versuchte zu denken. „Das kann nicht sein. Ich habe gehört, dass William Morgan einen Unfall hatte – irgendetwas mit dem Wagen."

„Vor zehn Jahren durchstieß sein Wagen die Leitplanke der Brücke, die nach West Virginia führt. Sein Wagen wurde aus dem Potomac gezogen, nicht jedoch seine Leiche. Seine Leiche wurde nie gefunden … bis vor ein paar Tagen."

Durch die Leitplanke ins Wasser, dachte Maggie benommen. Genau wie Jerry. Sie hatten Jerrys Leiche auch nicht gefunden. Eine ganze Woche lang. In dieser Woche hatte sie jede nur erdenkliche Hölle durchlebt. Während sie jetzt dastand und vor sich hin starrte, kam sie sich vor wie zwei Menschen zu zwei verschiedenen Zeiten. „Was werden Sie jetzt tun?"

„Es wird eine offizielle Untersuchung geben. Das hat nichts mit Ihnen zu tun, Miss Fitzgerald, abgesehen davon, dass in diesem Teil Ihres Besitzes nichts gemacht werden sollte. Heute Nachmittag wird ein Ermittlerteam kommen, das noch einmal alles durchcheckt für den Fall, dass wir etwas übersehen haben."

„In Ordnung. Wenn Sie sonst nichts brauchen …"

„Nein, Ma'am."

„Ich bin im Haus."

Während sie über den Rasen zu dem Haus ging, sagte sie sich, dass etwas, das sich vor zehn Jahren zugetragen hatte, nichts mit ihr zu tun hatte. Vor zehn Jahren hatte sie ihre eigene Tragödie durchlebt, den Verlust ihrer Eltern. Sie konnte nicht widerstehen und warf noch einen Blick zurück auf den Graben, während sie die Stufen zu der Veranda hinaufstieg.

Joyce Agees Vater, dachte Maggie schaudernd. Joyce hatte ihr Haus verkauft, ohne zu wissen, was hier entdeckt werden würde. Sie dachte an die hübsche, verlegene junge Frau, die für eine schlichte Freundlichkeit ihrer Mutter gegenüber dankbar gewesen war. Maggie schaute auf den Block neben dem Telefon, auf den sie Namen und Nummern gekritzelt hatte. Ohne zu zögern, rief sie Joyce Agees Nummer an. Die Stimme, die antwortete, war leise, kaum mehr als ein Wispern. Maggie verspürte Mitleid.

„Mrs Agee … Joyce, hier ist Maggie Fitzgerald."

„Oh … ja, hallo."

„Ich möchte nicht stören. Ich wollte Ihnen nur sagen, dass es mir schrecklich leidtut, und wenn ich etwas tun kann … Ich würde gern helfen."

„Danke, aber da gibt es nichts, was Sie tun könnten." Ihre Stimme brach. „Es war so ein Schock. Wir glaubten die ganze Zeit …"

„Ja, ich weiß. Bitte, denken Sie nicht, Sie müssten mit mir sprechen oder höflich sein. Ich habe nur angerufen, weil irgendwie …" Sie brach ab und strich sich über die Haare. „Ich weiß nicht … ich habe das Gefühl, als hätte ich das alles ausgelöst."

„Es ist besser, die Wahrheit zu wissen." Joyces Stimme wurde plötzlich ruhig. „Es ist immer besser, man weiß Bescheid. Ich mache mir Sorgen um Mutter."

„Wie geht es ihr?"

„Ich … ich bin nicht sicher. Sie ist jetzt hier. Der Arzt ist bei ihr."

„Dann will ich Sie nicht aufhalten. Joyce, wir kennen einander kaum, aber ich würde gern helfen. Bitte, lassen Sie es mich wissen, wenn ich etwas tun kann."

„Das mache ich. Danke für den Anruf."

Maggie legte auf. Damit hatte sie gar nichts erreicht, weil sie Joyce Agee nicht kannte. Wenn man trauerte, brauchte man jemanden, den man kannte, genau wie sie Jerry gebraucht hatte, als ihre Eltern ums Leben kamen. Obwohl sie wusste, dass Joyce einen Mann hatte, dachte Maggie an Cliff und daran, wie er die Hände der Frau ergriffen hatte, wie besorgt er sie angesehen hatte, als er mit ihr sprach. Er war für sie da gewesen, und Maggie wünschte sich zu wissen, was die beiden füreinander bedeuteten.

Um ihrer überschüssigen Energie ein Ventil zu verschaffen, schaltete sie das gemietete Schleifgerät ein.

Die tief stehende Sonne färbte den Himmel rosig, als Cliff zu dem alten Morgan-Besitz fuhr. Als er auf die Haustür zuging, erinnerte er sich selbst daran, dass er es mit einer Frau zu tun hatte, die sich von allen anderen Frauen unterschied, die er jemals gekannt hatte. Vorsichtig vorgehen, mahnte er sich und klopfte.

Von der anderen Seite packte Maggie den Türknauf mit beiden Händen und zerrte. Erst nach zwei Versuchen öffnete sich die Tür, und zu diesem Zeitpunkt bellte Killer bereits ununterbrochen.

„Du solltest das von Bog richten lassen", schlug Cliff vor. Er bückte sich und streichelte den Hund. Killer warf sich auf den Rücken und bot seinen Bauch dar.

„Ja." Maggie war froh, Cliff zu sehen. Sie sagte sich zwar, dass sie sich über jeden gefreut hätte, aber als sie ihn ansah, wusste sie, dass es eine Lüge war. Sie hatte den ganzen Nachmittag über gewartet. „Ich bin noch nicht dazu gekommen."

Er sah die Anspannung in ihrer Haltung. Bewusst zeigte er ihr ein herausforderndes Lächeln. „Also, was gibt es zu essen?"

Sie stieß ein knappes Lachen aus. „Hamburger."

„Hamburger?"

„Du hast dich selbst eingeladen", erinnerte sie ihn. „Und du hast gesagt, ich solle nichts Aufwendiges machen."

„Das habe ich gesagt." Er kraulte Killer ein letztes Mal hinter den Ohren und stand auf.

„Nun, da es sich um meine erste Dinnerparty handelt, dachte ich, ich halte mich an meine Spezialität. Entweder das oder Dosensuppe und kalte Sandwiches."

„Wenn das seit deinem Einzug deine Hauptnahrungsmittel waren, ist es kein Wunder, dass du so dünn bist."

Stirnrunzelnd blickte Maggie an sich hinunter. „Ist dir eigentlich bewusst, dass du gewohnheitsmäßig kritisierst?"

„Ich habe nicht gesagt, dass ich keine dünnen Frauen mag."

„Darum geht es nicht. Du kannst mitkommen und dich weiter beschweren, während ich die Hamburger mache."

Während sie den Korridor durchquerten, bemerkte Cliff ein paar nackte Stellen, wo sie die Tapete abgerissen hatte. Offenbar meinte sie es ernst, dass sie die überwältigende Aufgabe, das Haus zu renovieren, selbst in die Hand nehmen wollte. Als sie an dem Musikzimmer vorbeikamen, warf er einen Blick auf das Klavier und fragte sich, warum sie sich nicht eine Flut von Dekorateuren und Handwerkern leistete. Der Job könnte innerhalb von Wochen erledigt werden und nicht erst nach Monaten oder womöglich Jahren, die es auf diese Weise dauern konnte. Der frisch geschliffene Küchenboden überraschte ihn.

„Gute Arbeit." Automatisch kauerte er sich hin und strich mit den Fingern über das glatte Holz. Der Hund nahm das als Einladung, ihm das Gesicht zu lecken.

Maggie hob eine Augenbraue. „Vielen Dank."

„Die Frage ist", sagte er und stand wieder auf, „warum du es machst."

„Der Fußboden brauchte es." Sie wandte sich zu der Theke und begann das Hackfleisch zu formen.

„Ich habe gemeint, warum du es selbst machst."

„Es ist mein Haus."

Er trat neben sie, beobachtete erneut ihre Hände. „Hast du in Kalifornien auch deine Fußböden selbst geschliffen?"

„Nein." Verärgert legte sie die Hamburger auf den Grill. „Wie viele kannst du essen?"

„Einer reicht. Warum schleifst du Fußböden und tapezierst Wände?"

„Weil es mein Haus ist." Maggie schnappte sich einen Salatkopf aus dem Kühlschrank und machte sich an den Salat.

„Es war auch in Kalifornien dein Haus."

„Nicht so wie hier." Sie legte den Salat weg und sah Cliff an. Ungeduld, Ärger, Frustration – alle Emotionen lagen deutlich sichtbar an der Oberfläche. „Ich erwarte nicht, dass du mich verstehst. Es ist mir auch egal, ob du mich verstehst. Dieses Haus ist etwas Besonderes. Selbst nach allem, was passiert ist, ist es etwas Besonderes."

Nein, er verstand es nicht, aber er entdeckte, dass er es verstehen wollte. „Dann hat sich also die Polizei mit dir in Verbindung gesetzt."

„Ja." Sie schnitt mit heftigen Bewegungen den Salat. „Dieser Ermittler, Lieutenant Reiker, war heute Vormittag hier." Ihre Finger gruben sich in die kalten, nassen Blätter. „Verdammt, Cliff, ich fühle mich schrecklich. Ich habe Joyce angerufen und fühlte mich wie eine Idiotin ... wie ein Eindringling. Es gab nichts für mich zu sagen."

„Du hast angerufen?", murmelte er. Sonderbar, dass Joyce nichts erzählt hatte. Andererseits erzählte Joyce sehr wenig. „Da kannst du auch nichts sagen." Er legte seine Hände auf ihre Schultern und fühlte die Verspannung. „Damit müssen Joyce und ihre Mutter und die Polizei fertig werden. Das hat nichts mit dir zu tun."

„Das habe ich mir auch gesagt", erwiderte sie ruhig. „Verstandesmäßig weiß ich, dass das stimmt, aber ..." Sie drehte sich um, weil sie jemanden brauchte. Weil sie ihn brauchte. „Es ist gleich da draußen geschehen. Ich bin darin verwickelt, ob ich will oder nicht. Ein Mann wurde ein paar Meter von meinem Haus entfernt ermordet. Er wurde an einer Stelle getötet, an der ich einen hübschen, stillen Teich anlegen wollte, und jetzt ..."

„Und jetzt", unterbrach Cliff, „ist es schon zehn Jahre später."

„Was spielt das für eine Rolle?", fragte sie. „Meine Eltern sind vor zehn Jahren umgekommen. Die Zeit macht keinen Unterschied."

„Das hatte nun wirklich etwas mit dir zu tun", entgegnete er.

Seufzend erlaubte sie sich die Schwäche, ihren Kopf an seine Schulter zu lehnen. „Ich weiß aber, wie Joyce sich jetzt fühlt. Wohin ich auch sehe, irgendetwas zieht mich immer in diese Sache hinein."

Je mehr Maggie über Joyce sprach, desto weniger dachte Cliff an die stille Brünette und dafür umso mehr an Maggie. Seine Finger schoben sich in ihre Haare. Er verspürte jetzt kein Verlangen, sondern einen heftigen Beschützerinstinkt, mit dem er nie gerechnet hätte. Vielleicht gab es etwas, das er tun konnte. Er schob sie ein Stück von sich.

„Du hast William Morgan nicht gekannt."

„Nein, aber …"

„Ich schon. Er war ein kalter, rücksichtsloser Mann, dem Worte wie Mitgefühl oder Großzügigkeit fremd waren." Bewusst ließ er Maggie los und kümmerte sich selbst um das Fleisch auf dem Grill. „Die halbe Stadt hätte vor zehn Jahren gejubelt, wäre es nicht wegen Louella gewesen. Sie liebte den alten Mann. Joyce liebte ihn auch, aber beide fürchteten ihn auch genauso sehr. Die Polizei wird es schwer haben herauszufinden, wer ihn getötet hat, und den Leuten in der Stadt wird es gleichgültig sein. Ich selbst habe ihn aus zahlreichen Gründen verabscheut."

Es gefiel ihr nicht, dass er so ruhig und kühl über die Ermordung eines Menschen sprechen konnte. Andererseits kannten sie einander tatsächlich nicht. Um ihre Hände zu beschäftigen, kümmerte Maggie sich wieder um den Salat. „Joyce?", warf sie beiläufig hin.

Er warf ihr einen scharfen Blick zu und lehnte sich wieder an die Theke. „Morgan glaubte an Disziplin. Altmodische Disziplin. Joyce war wie eine kleine Schwester für mich. Als ich Morgan dabei erwischte, wie er mit dem Gürtel auf sie losging, als sie sechzehn war, habe ich selbst ihm angedroht, ihn umzubringen."

Er sagte das so lässig, dass Maggie das Blut in den Adern gefror. Er sah die Zweifel und die Fragen in ihren Augen, als sie ihn betrachtete.

„Und man erzählt sich", fügte Cliff hinzu, „dass die Hälfte der Einwohner von Morganville das Gleiche getan hat. Keiner hat getrauert, als sie William Morgans Wagen aus dem Fluss fischten." Er erinnerte sich daran, dass man auch den Wagen ihres Mannes aus dem Wasser gezogen hatte. Er erinnerte sich daran, dass letztlich auf Selbstmord entschieden worden war. „Du solltest keine Vergleiche anstellen", sagte er rau.

„Die Vergleiche scheinen sich von selbst anzustellen."

„Was mit Jerry Browning passierte, war ein tragischer Verlust an Leben und Talent. Willst du auch dafür die Schuld auf dich nehmen?"

„Ich habe nie die Schuld auf mich genommen", erwiderte Maggie matt.

„Hast du ihn geliebt?"

Ihre Augen waren beredt, doch ihre Stimme war fest. „Nicht genug."

„Genug, um ihm sechs Jahre lang treu zu sein", stellte Cliff fest.

Sie lächelte, als sie ihre eigenen Worte wieder hörte. „Ja, genug dafür. Dennoch gehört mehr zur Liebe als Loyalität, nicht wahr?"

Seine Hand war wieder sanft, als er ihr Gesicht berührte. „Du hast gesagt, du hättest die Schuld nicht auf dich genommen."

„Verantwortung und Schuld sind zwei verschiedene Dinge."

„Nein." Er schüttelte den Kopf. „Hier gibt es weder Verantwortung noch Schuld. Meinst du nicht, dass es der Gipfel des Egoismus wäre, sich für die Taten einer anderen Person verantwortlich zu fühlen?“

Sie wollte ihn schon anfauchen, doch dann begriff sie seine Worte. „Vielleicht. Vielleicht ist es das.“ Es fiel ihr nicht leicht, aber sie schüttelte die Stimmung ab und lächelte. „Ich glaube, die Hamburger sind fertig. Lass uns essen.“

## 7. KAPITEL

Maggie fand, dass ihre Küche gemütlich war. Es roch nach heißem Essen, und Regentropfen begannen an die Fensterscheiben zu schlagen. Wenn sie darüber nachdachte, so hatte sie nie zuvor wirkliche Gemütlichkeit erlebt. Ihre Eltern hatten in großem Stil gelebt. Riesige, elegante Räume und riesige, elegante Partys sowie bestechende, exzentrische Freunde.

In ihrem eigenen Heim in Beverly Hills war Maggie weitgehend demselben Muster gefolgt. Extravaganz mochte in dieser Phase ihres Lebens eine Notwendigkeit gewesen sein, vielleicht auch nur eine Gewohnheit. Sie wusste nicht, wann dieser Stil angefangen hatte, ihr auf die Nerven zu gehen, genau wie sie nicht wusste, ob sie jemals zuvor so entspannt gewesen war wie in diesem Moment, wo sie in ihrer halb fertigen Küche mit einem Mann aß, dessen sie sich nicht ganz sicher war.

Er war stark. Vielleicht hatte sie nie zuvor einen starken Mann in ihrem Leben zugelassen. Ihr Vater war stark gewesen. Er war der Typ Mann gewesen, der tun und lassen konnte, was er wollte, und auch immer alles bekam, weil er es wollte. Seine Stärke war nicht körperlich gewesen, sondern lag in seiner Persönlichkeit und Willenskraft. Ihre Mutter hatte durch ihre eigene Energie und ihr überschäumendes Wesen mit ihm gleichgezogen. Maggie hatte nie eine perfektere Beziehung gesehen als die der beiden.

Eine allumfassende, verständnisvolle Liebe hatte ihre Eltern verbunden, zusammen mit einem praktischen Verstand, Mitgefühl und Temperament. Sie hatten nie miteinander im Wettstreit gelegen, einander nie den Erfolg geneidet. Unterstützung, dachte Maggie. Vielleicht war das der Schlüssel für die Qualität und die andauernde Kraft ihrer Beziehung gewesen. Bedingungslose Unterstützung. In ihrer eigenen Ehe hatte Maggie das nicht gefunden und war daher zu der Überzeugung gekommen, dass ihre Eltern einmalig gewesen waren.

Irgendetwas war in ihrer Beziehung mit Jerry passiert, das sie beide aus dem inneren Gleichgewicht gebracht hatte. Während er schwächer wurde, war sie stärker geworden. Irgendwann waren sie an einen Punkt gelangt, an dem alle Unterstützung bei ihr gelegen und er nur noch Hilfe gebraucht hatte. Dennoch war sie geblieben, weil es unmöglich war zu vergessen, dass sie Freunde gewesen waren. Freunde brachen keine Versprechen.

Während sie Cliff betrachtete, fragte sie sich, was für ein Freund er sein würde. Und sie fragte sich, auch wenn sie das nicht wollte, wie er als Liebhaber sein würde.

„Woran denkst du?“

Die Frage kam so abrupt, dass Maggie fast ihr Glas umwarf. Rasch ging sie ihre Gedanken durch und wählte den unpersönlichsten aus. Sie konnte ihm kaum sagen, was ihr zuletzt durch den Kopf gegangen war. „Ich habe darüber nachgedacht“, sagte sie und griff nach ihrem Wein, „wie gemütlich es ist, hier in der Küche zu essen. Ich werde wahrscheinlich das Esszimmer auf die letzte Stelle meiner Liste setzen.“

„Das hast du gedacht?“ Daran, wie er ihren Blick festhielt, erkannte sie, dass er sie durchschaute.

„Mehr oder weniger.“ Eine Frau, die ihr ganzes Leben interviewt worden war, wusste, wie man Ausflüchte machte. Sie griff nach der Flasche und füllte Cliffs Glas nach. „Der Bordeaux ist auch ein Geschenk von meinem Agenten. Oder ein weiterer Bestechungsversuch“, fügte sie hinzu.

„Bestechungsversuch?“

„Er will, dass ich diesen verrückten Plan aufgebe, mich in der Wildnis niederzulassen, und in die Zivilisation zurückkehre.“

„Er will dich mit Welpen und französischem Wein überreden?“

Sie lachte und nippte an ihrem Glas. „Würde ich nicht so an diesem Besitz hängen, hätte eines von beidem wirken können.“

„Hängst du wirklich an dem Besitz?“, fragte Cliff nachdenklich.

Bei der Frage hörten ihre Augen auf zu leuchten, und ihr weicher Mund nahm einen nüchternen Zug an. „In deinem Beruf solltest du wissen, dass manche Dinge sehr schnell Wurzeln schlagen."

„Manche", stimmte er zu. „Und manche können in einem neuen Gebiet nie heimisch werden."

Sie tippte mit einer Fingerspitze gegen ihr Glas und hätte gern verstanden, warum seine Zweifel so tief in ihr nagten. „Du hast nicht viel Vertrauen zu mir, nicht wahr?"

„Vielleicht nicht." Er zuckte die Schultern, als wollte er ein Thema auflockern, dessen er sich nicht mehr so sicher war. „Jedenfalls finde ich es interessant zuzusehen, wie du dich anpasst."

Sie beschloss, auf seine Stimmung einzugehen. „Und wie passe ich mich an?"

„Besser, als ich dachte." Er hob sein Glas. „Aber es ist noch sehr früh, um es endgültig zu beantworten."

Sie lachte, weil Streit nur Zeitverlust wäre. „Bist du als Zyniker auf die Welt gekommen, Cliff, oder hast du Unterricht genommen?"

„Bist du als Optimist auf die Welt gekommen?"

„*Touché*", sagte Maggie. Sie interessierte sich nicht mehr für das Essen, sondern betrachtete Cliff und fand, dass sie zwar sein Gesicht sehr mochte, dass sie ihn aber noch immer nicht nach seinen Augen beurteilen konnte. Zu beherrscht, dachte sie. In seine Gedanken gelangte man nur, wenn man eingeladen wurde. „Weißt du", begann sie nachdenklich, „nachdem ich aufgehört hatte, mich zu ärgern, war ich froh, dass du heute Abend kommst." Jetzt lächelte sie. „Ich weiß nicht, wann ich sonst den Wein geöffnet hätte."

Das brachte ihn zum Grinsen. „Ich ärgere dich?"

„Das weißt du sehr gut", entgegnete Maggie trocken. „Und aus deinen ganz persönlichen Gründen macht dir das auch Spaß."

Cliff kostete erneut den Wein. „Das stimmt tatsächlich."

Er sagte das so unbekümmert dahin, dass Maggie wieder lachen musste. „Liegt das nur an mir, oder ist es dein Hobby, Leute zu ärgern?“

„Es liegt nur an dir.“ Über den Rand seines Glases hinweg betrachtete er sie. Sie hatte ihr Haar hochgesteckt, was ihre zarten klassischen Züge betonte. Ein dunkles Make-up ließ ihre Augen noch größer erscheinen, aber ihr Mund war ungeschminkt. Das war eine Frau, die es verstand, ihr Aussehen zu ihrem Vorteil zu betonen, so dezent, dass ein Mann schon gefangen genommen wurde, bevor er feststellte, was die reale Maggie und was Illusion war. „Ich mag es, wie du reagierst“, fuhr Cliff fort. „Du verlierst nicht gern deine Beherrschung.“

„Und du provozierst mich gern, bis ich sie verliere. Warum?“, fragte sie mit genervter Belustigung.

„Ich bin nicht immun gegen dich“, antwortete Cliff so ruhig, dass ihre Finger sich um den Stiel ihres Glases spannten. „Ich möchte nicht glauben, dass du gegen mich immun bist.“

Einen Moment saß sie aufgewühlt und verblüfft da. Bevor ihre Emotionen weiter an die Oberfläche steigen konnten, stand sie auf und begann den Tisch abzuräumen. „Nein, ich bin nicht immun. Möchtest du noch Wein oder Kaffee?“

Seine Hände schlossen sich um die ihren. Langsam stand er auf, seinen Blick auf ihr Gesicht gerichtet. Maggie kam es so vor, als wäre die Küche geschrumpft. Das Klopfen der Regentropfen schien zu einem Trommelwirbel anzuwachsen.

„Ich möchte dich lieben.“

Ich bin kein Kind mehr, sagte sich Maggie. Nein, sie war eine erwachsene Frau, und Männer hatten sie schon früher begehrt. Sie hatte bereits früher Versuchungen widerstanden. Aber war jemals eine Versuchung so stark gewesen? „Das haben wir doch schon hinter uns gebracht.“

Er hielt sie an den Händen zurück, als sie sich abwenden wollte. „Wir haben keine Lösung gefunden.“

Nein, sie konnte sich von einem solchen Mann nicht abwenden und weglaufen. Sie musste sich gegen ihn behaupten. „Ich bin sicher, wir haben eine Lösung gefunden. Vielleicht wäre Kaffee das Beste, da du heute Abend noch fahren musst. Und ich muss arbeiten."

Cliff nahm das Geschirr und stellte es auf den Tisch zurück. Mit leeren Händen kam Maggie sich hilflos vor. Sie verschränkte die Arme, eine Gewohnheit, die Cliff bei ihr bemerkt hatte, wann immer sie verwirrt oder beunruhigt war. Im Moment war es ihm gleichgültig, was sie war, solange sie sich nicht endgültig von ihm abwandte.

„Wir haben nichts gelöst", wiederholte er und zog eine Nadel aus ihrem Haar. „Wir haben mit der Lösung noch nicht einmal begonnen."

Obwohl ihre Augen ihn ruhig anblickten, wich sie zurück. Es erzeugte in ihm das Gefühl, als würde er sie verfolgen – ein sonderbar erregendes Gefühl.

„Ich dachte, ich hätte mich klar ausgedrückt", brachte Maggie in einem, wie sie meinte, festen und abweisenden Ton vor.

„Es ist klar, wenn ich dich berühre." Cliff drängte sie gegen die Theke und zog wieder eine Nadel aus ihrem Haar. „Es ist klar, wenn du mich so ansiehst wie jetzt."

Maggies Herz schlug heftig. Sie wurde allmählich schwach. Sie merkte es daran, wie ihre Glieder schwer, wie ihr Kopf leicht wurde. Verlangen war Versuchung, Versuchung eine Verführung in sich. „Ich habe nicht gesagt, dass ich dich nicht will ..."

„Nein, das hast du nicht getan", unterbrach Cliff sie. Als er die nächste Nadel herauszog, fiel ihr Haar schwer auf ihre Schultern. „Ich glaube nicht, dass dir das Lügen leicht fällt."

Wie konnte sie noch vor ein paar Momenten so locker gewesen sein und jetzt so verspannt? Jeder Muskel in ihrem Körper schien verkrampft zu sein, während sie das scheinbar Unvermeidliche bekämpfte. „Nein, ich lüge nicht." Ihre Stimme war noch leiser, noch heiserer. „Ich sagte, ich kenne dich nicht. Ich sagte, du verstehst mich nicht."

Etwas flammte in ihm auf. Vielleicht war es Wut, vielleicht war es Verlangen. „Es ist mir verdammt egal, wie wenig wir einander kennen oder wie wenig wir einander verstehen. Ich weiß, dass ich dich will." Er fasste mit einer Hand in ihr Haar. „Ich brauche dich nur zu berühren, um zu wissen, dass du mich auch willst."

Ihre Augen wurden dunkler. Wieso war ihr Verlangen immer mit Ärger vermischt und mit einer Schwäche, die sie verabscheute und doch nicht kontrollieren konnte? „Kannst du wirklich glauben, dass es so einfach ist?"

Er musste es glauben. Um zu überleben, musste er alles zwischen ihnen absolut körperlich halten. Sie würden sich die ganze Nacht über lieben, bis sie erschöpft waren. Am Morgen würden dann Verlangen und Bindung verschwunden sein. Er musste es glauben. Andernfalls ... Er wollte sich mit dieser anderen Möglichkeit nicht beschäftigen.

„Warum sollte es kompliziert sein?", fragte er zurück.

Ärger und Verlangen durchdrangen sie. „Ja, warum auch?", murmelte sie.

Der Raum hatte seine Gemütlichkeit verloren. Jetzt hatte Maggie das Gefühl zu ersticken, wenn sie nicht floh. An ihren Augen erkannte er, wie aufgewühlt sie war. Er blieb dagegen fast brutal ruhig, aber sie hielt den Blick auf ihn gerichtet, während ihre Gedanken in ihrem Kopf herumwirbelten. Warum sollte sie das Verlangen verspüren, etwas zu begründen und romantisch zu verklären, fragte sie sich. Sie war kein unschuldiges junges Mädchen mit vernebelten Träumen, sondern eine erwachsene Frau, Witwe, eine erfolgreiche berufstätige Frau, die gelernt hatte, mit der Realität zu leben. Und in dieser Realität nahmen sich die Leute, was sie wollten, und kümmerten sich später um die Folgen. Und das würde sie jetzt auch tun.

„Das Schlafzimmer ist oben", teilte sie ihm mit und verließ an ihm vorbei die Küche.

Verwirrt sah Cliff ihr nach. Genau das hatte er gewollt. Keine Komplikationen. Doch ihre abrupte Zustimmung war so unerwartet, so kühl gekommen. Nein, erkannte er, während er hinter ihr her blickte, das hatte er nicht gewollt.

Maggie hatte schon die Treppe erreicht, als er sie einholte. Als sie über ihre Schulter zurückblickte, sah er die Wut in ihren Augen. Sobald er ihren Arm ergriff, spürte er, wie sie erschauerte. Das war es, was er wollte. Er wollte nicht ihre kühle, emotionslose Zustimmung oder ein desinteressiertes Einverständnis. Er wollte, dass Zorn und Spannung wuchsen, bis die Leidenschaft, die beides in Gang setzte, durchbrach. Bevor die Nacht um war, wollte er ihr alles entzogen und sich selbst befreit haben.

Schweigend stiegen sie die Treppe zum ersten Stock hinauf.

Der Regen trommelte beständig gegen die Fenster. Das Geräusch ließ Maggie an das dezente rhythmische Schlagzeug denken, das sie sich für das Arrangement des Songs vorgestellt hatte, mit dem sie soeben fertig geworden war. Kein Mond schien, um ihnen den Weg zu weisen. Sie richtete sich nach ihrer Erinnerung. Die Dunkelheit war tief und ohne Schatten. Maggie sah sich nicht um, als sie das Schlafzimmer betrat, aber sie wusste, dass Cliff dicht hinter ihr war.

Was jetzt, dachte sie in plötzlicher Panik. Was tat sie da nur? Wie kam sie dazu, ihn an den einzigen Ort zu bringen, den sie als absolut privat betrachtete? Er mochte mehr herausfinden, als ihr lieb sein konnte, und vielleicht wurde ihr nicht mehr klar, als sie sowieso schon wusste. Doch sie begehrten einander. Es war unverständlich. Es war nicht zu verleugnen.

Maggie war für die Dunkelheit dankbar. Sie wollte nicht, dass Cliff die Zweifel sah, die sich deutlich in ihrem Gesicht zeigen mussten. Sie hätte auch das stärker werdende Verlangen nicht verbergen können. Dunkelheit war besser, weil sie anonym war. Als er sie berührte, erstarrte ihr Körper unter einem Dutzend widerstreitender Empfindungen.

Cliff fühlte es und strich mit den Händen über ihre Schultern bis zu ihrer Taille hinunter. Er wollte nicht, dass sie zu entspannt, zu nachgiebig war. Noch nicht. Er wollte, dass sie gegen etwas Tieferes, etwas Namenloses ankämpfte, genau wie er.

„Du willst dich diesem Gefühl nicht ergeben“, sagte Cliff ruhig. „Und mir auch nicht.“

„Nein.“ Doch sie fühlte das lustvolle – nicht ängstliche – Beben ihren Körper durchrieseln, als er seine Hände unter ihren dünnen Wollsweater schob. „Nein, ich will nicht.“

„Was für eine andere Wahl hast du?“

Sie konnte sein Gesicht in der fast undurchdringlichen Dunkelheit ganz nahe ausmachen. „Zum Teufel mit dir“, flüsterte sie. „Ich habe keine Wahl.“

Er schob seine Hände an ihrem bloßen Rücken höher und durch die Halsöffnung ihres Sweaters, bis seine Finger ihr Haar fanden. „Nein, keiner von uns hat eine Wahl.“

Sein Körper fühlte sich fest an. Seine Stimme, sanft und leise, war von Ärger durchsetzt. Maggie fing den Duft von Seife auf, der seiner Haut anhaftete. Sein Gesicht war geheimnisvoll und in der Dunkelheit nicht zu erkennen. Er hätte irgendjemand sein können. Während Maggie sich der nächsten Woge heftigen Verlangens ausgeliefert fand, wünschte sie sich das fast.

„Liebe mich“, verlangte sie. Eine schnelle und frei getroffene Entscheidung ließ keinen Raum für Bedauern. „Nimm mich jetzt. Das ist alles, was jeder von uns will.“

War es das? Die Frage war kaum aufgekommen, als sein Mund sich auf den ihren senkte. Dann gab es keine Fragen mehr, nur noch Feuer und Kraft. Falls es zuvor Verständnis gegeben hatte, wurde es jetzt schwächer. Vernunft schwand. Empfindung und nur Empfindung herrschte. Auch wenn sie beide damit gerechnet hatten, wurden sie dennoch von einem Strudel mitgerissen, über den keiner von ihnen Kontrolle hatte.

Gemeinsam fielen sie auf das Bett und ließen das Feuer wüten. Cliff fand keine Sanftheit, die er ihr schenken konnte, aber sie schien auch keine zu verlangen oder zu erwarten. Er wollte sie nackt, aber nicht verletzbar, weich, aber nicht nachgiebig. Hätte er seine Wünsche laut ausgesprochen, hätte Maggie ihnen nicht besser entsprechen können. Als sie sich ihm entgegenbog, verschmolzen Maggies Lippen mit den seinen in einem drängenden Kuss, der nur ein Vorspiel der Leidenschaft war. Er zog an ihren Kleidern, vergaß jegliche Finesse und hielt dann den

Atem an, als Maggie genauso wild versuchte, ihn auszuziehen.

Kleidungsstücke wurden beiseite geworfen, als wären sie bedeutungslos. Er atmete den Duft von Maggies Haut ein. Das nahm den letzten Rest von Logik, die er vielleicht hätte wiedergewinnen können. Die Matratze schwankte unter ihnen, als sie darauf herumrollten, ohne auf den Regen, die Dunkelheit, die Zeit oder den Ort zu achten.

Dann waren sie nackt, erhitzte Haut an erhitzter Haut. Die Verzweiflung wuchs in beiden, von dem anderen alles zu bekommen, was es überhaupt gab. Geflüsterte Forderungen, heftiges Atmen, Stöhnen und Lustseufzer übertönten die Geräusche des fallenden Regens. Maggies Körper war zierlich und geschmeidig und überraschend stark. Alles zusammen trieb Cliff zum Wahnsinn.

So war das also, wenn man verzehrt wurde. Maggie wusste es, als seine Hände über sie strichen und Schauer um Schauer auslösten. Sie hungerte, nein, lechzte nach jeder neuen Forderung. In ihrer Gier nach der Lust, die er gab und die sie nahm, erlaubte sie ihm alles, was immer er auch wollte. Sie kannte keine Scham, kein Zögern, wenn es um Schmecken und Berühren und Nehmen und Geben ging.

Wäre sein Körper nach ihren Wünschen geschaffen worden, hätte er nicht perfekter sein können. Sie genoss seine Muskeln, seine schmalen Hüften, die schlanke Figur. Wo immer sie ihn berührte, fühlte sie das Blut unter seiner Haut pochen.

Sie wollte wissen, dass er nicht mehr Selbstbeherrschung besaß als sie. Sie wollte wissen, dass sie beide Opfer ihrer vereinigten Kraft waren. Die Zündschnur, die zwischen ihnen mit einem Blick entzündet worden war, brannte rasch. Verlangen war Irrsinn, und wenn die Worte, die sie geschrieben hatte, stimmten, hatte sie dafür ihre Vernunft aufgegeben.

Mit einer Wildheit, die sie beide genossen, kamen sie zusammen, kämpften darum, eine ungeheure Leidenschaft zu verlängern, gierten danach, diesen endgültigen Augenblick der Lust festzuhalten.

Maggie dachte an Whirlpools und Stürme und rollenden Donner. Sie fühlte den Wirbel, das Tempo, und hörte das Dröhnen. Dann erschauerten ihr Körper und ihre Seele unter dem letzten heftigen Aufbäumen.

Lieben? dachte Maggie irgendwann später, als ihre Gedanken sich zu klären begannen. Wenn das Lieben war, dann war sie ihr Leben lang unschuldig gewesen. Konnte etwas mit einem so sanften Namen eine so heftige Auswirkung auf den Körper haben? In ihrem Körper pulsierte und pochte es, als wäre sie auf der einen Seite eines Berges hinaufgejagt und auf der anderen heruntergefallen. Sie hatte Songs über Liebe geschrieben, Songs über Leidenschaft, doch bis jetzt hatte sie ihre eigenen Worte nie völlig verstanden.

Bis jetzt. Der Mann, der neben ihr lag, hatte sie dazu getrieben, ihre eigenen Fantasien auszuleben. Mit ihm hatte sie die Antwort auf das dunkel treibende Verlangen gefunden, das ihrer Musik den Biss oder die Sehnsucht gab. Sie verstand jetzt, doch Verstehen öffnete die Tür für Dutzende von Fragen.

Maggie strich mit der Hand über ihren eigenen Körper und staunte über das noch immer vorhandene Gefühl der Macht. Wie lange hatte sie auf diese Nacht gewartet? Vielleicht war es möglich, dass Leidenschaft so lange unerforscht schlief, bis sie von einer bestimmten Person in einem bestimmten Moment ausgelöst wurde.

Maggie dachte an den Film, den ihre Musik untermalen sollte. So war es für die weibliche Hauptperson gelaufen. Sie war mit ihrem Leben zufrieden gewesen, bis eines Tages ein Mann aufgetaucht war, mit dem sie nur wenig gemeinsam hatte, ein Mann, der einen Funken entzündete, der alles veränderte. Es hatte keine Rolle gespielt, dass die Frau intelligent, erfolgreich und unabhängig war. Allein durch seine Existenz hatte der Mann den Blickwinkel und das Muster ihres Lebens verändert.

Wenn mit ihr jetzt das Gleiche passierte, war noch Zeit, es aufzuhalten, bevor auch sie von Verlangen verzehrt wurde und von Begierde gelenkt, sodass nichts mehr so sein würde wie zuvor.

In dem Film hatte die Beziehung zu Gewalttätigkeit geführt. Der Instinkt sagte ihr, dass zwischen ihr und Cliff etwas bestand, das dasselbe auslösen könnte. Beide besaßen sie nur wenig Mäßigung. Es waren die Extreme, die die menschliche Natur in Chaos stürzten.

Vielleicht hatte das Schicksal sie zu diesem heiteren kleinen Flecken Erde mit der unterschwelligen Gewalttätigkeit geführt. Dasselbe Schicksal mochte sie mit diesem schweigsamen, sinnlichen Mann zusammengebracht haben, der sowohl mit der Stille als auch mit der Gefahr in Verbindung stand. Die Frage war jetzt, ob sie stark genug war und mit den Folgen umgehen konnte.

Was wird als Nächstes passieren, fragte Maggie sich, während sie in die Dunkelheit starrte.

Weil nichts so war, wie er es erwartet hatte, schwieg Cliff. Er hatte Leidenschaft gewollt, aber sich nie dieses Ausmaß vorgestellt. Er hatte sich gewünscht, wovon ihr Song geflüstert hatte, aber die Wirklichkeit war viel dramatischer gewesen als Worte oder Melodien.

Er war sicher gewesen, dass sein Verlangen schwinden würde, sobald die Spannung zwischen ihnen ein Ventil gefunden hatte, sobald sie den Reiz zwischen ihnen akzeptiert hatten. Es stimmte, sein Körper war von einer Befriedigung gesättigt, wie er sie nie zuvor erfahren hatte, aber sein Geist … Cliff schloss die Augen und wünschte sich, sein Geist würde genauso Frieden finden. Er war jedoch zu sehr von Maggie erfüllt. So sehr, dass schon eine Berührung seinen Körper wieder in Raserei versetzen würde. Diese Art von Verlangen grenzte zu sehr an Abhängigkeit, als dass er sich hätte wohlfühlen können. Er rief sich in Erinnerung, dass sie einander nichts zu bieten hatten, ein gewaltiges gegenseitiges Verlangen ausgenommen.

Und plötzlich erinnerte er sich an eine Zeile aus ihrem Song: „Verlangen ist Irrsinn“.

Hätte er sich daran hindern können, hätte er sie nicht wieder berührt, doch er griff bereits nach ihr.

„Du frierst", murmelte er und zog sie automatisch an sich, um sie zu wärmen.

„Ein wenig." Sie empfand eine Befangenheit, die sie nicht mildern konnte, und ein Verlangen, das sie nicht erklären konnte.

„Hier." Er zog die zerknüllte Decke über Maggie und drückte sie dann wieder an sich. „Besser?"

„Ja." Ihr Körper entspannte sich, während ihr die Gedanken weiterhin durch den Kopf jagten.

Sie verfielen erneut in Schweigen, weil keiner von ihnen wusste, wie sie mit dem umgehen sollten, was zwischen ihnen aufgelodert war. Cliff lauschte auf den Regen, dessen Trommeln am Fenster das Gefühl der Abgeschiedenheit verstärkte. Nicht einmal in einer klaren Nacht hätte man von einem Nachbarhaus ein Licht gesehen. „Hast du Probleme damit, dass du hier draußen allein bist?"

„Probleme?" Maggie zögerte. Sie wollte genauso bleiben, wie sie jetzt war, um ihn geschlungen, warm und sicher und ungestört. Sie wollte jetzt nicht daran denken, dass sie in diesem großen Haus allein war, allein schlief.

„Dieses Anwesen ist isolierter als die meisten in der Gegend." Wie weich sie doch war. Es verschaffte ihm eine seltsame Befriedigung, ihr Haar auf seiner Schulter zu fühlen. „Viele Leute, die hier aufgewachsen sind, hätten Schwierigkeiten damit, so weit abgeschieden und allein zu leben, besonders nach allem, was passiert ist."

Nein, sie wollte nicht darüber sprechen. Maggie schloss die Augen und erinnerte sich daran, dass sie mit der Absicht hierher gekommen war, allein auf eigenen Füßen zu stehen und mit allem fertig zu werden, was auf sie zukam. Sie holte tief Luft, doch als sie von Cliff abrücken wollte, hielt er sie fest.

„Du machst dir Sorgen."

„Nein. Nein, nicht wirklich." Ihr größtes Problem im Moment bestand darin, ihre Gedanken und ihren Körper daran zu hindern, noch mehr von ihm zu wollen. Sie öffnete wieder die Augen und blickte zu den mit Regentropfen bedeckten Fenstern. „Zugegeben, ich hatte ein paar unruhige Nächte, seit … nun ja, seit wir mit den Grabungen zu dem Teich begonnen haben. Zu wissen, was vor zehn Jahren in diesem Graben passiert ist, regt meine Fantasie unerfreulich an, und ich besitze eine sehr lebhafte Fantasie."

„Teil deines Jobs?" Er wandte sich ihr etwas mehr zu, sodass ihr Bein beiläufig zwischen seine Schenkel glitt. Ihre Haut war glatt.

„Vermutlich." Sie lachte, aber es klang ein wenig nervös. „In einer Nacht war ich sicher, dass jemand im Haus herumschlich."

Er hörte auf, ihr über das Haar zu streicheln, und zog sich so weit von ihr zurück, dass er ihr in die Augen sehen konnte. „Im Haus?"

„Nur meine Einbildung", murmelte sie und zuckte mit den Schultern. „Knarrende Dielen auf dem Dachboden, Schritte auf der Treppe, Türen, die sich öffnen und schließen. Ich habe mich ganz schön in etwas hineingesteigert."

Es gefiel ihm gar nicht, auch wenn sie es abtat. „Hast du nicht ein Telefon in diesem Zimmer?"

„Ja, aber …"

„Warum hast du nicht die Polizei angerufen?"

Maggie seufzte und wünschte sich, nichts erwähnt zu haben. Er hörte sich wie ein verärgerter älterer Bruder an, der seine zerstreute Schwester ausschimpfte. „Weil ich den Hörer in der Küche abgehoben hatte. Ich wollte an diesem Nachmittag arbeiten und …" Das Wort „zerstreut" fiel ihr wieder ein. Verlegen verstummte sie. „Wie auch immer, es ist besser, dass ich nicht angerufen habe. Am Morgen habe ich mich wie ein Idiot gefühlt."

Einbildung oder nicht, dachte Cliff, sie ist eine allein und abgeschieden lebende Frau, und jeder im Umkreis von zehn Meilen wusste das. „Verschließt du deine Türen?"

„Cliff …“

„Maggie.“ Er drehte sie herum, bis sie auf dem Rücken lag und er auf sie herunterblicken konnte. „Verschließt du deine Türen?“

„Ich hatte es nicht getan“, antwortete sie gereizt. „Aber nachdem der Sheriff hier war, habe ich …“

„Stan war hier?“

Sie stieß den Atem zischend aus. „Verdammt, weißt du eigentlich, wie oft du mich mitten im Satz unterbrichst?“

„Ja. Wann war Stan hier?“

„Einen Tag nach der State Police. Er wollte mir Mut machen.“ Ihr war nicht mehr kalt, nicht, wenn sein Körper sich gegen sie drückte. Verlangen regte sich wieder. „Er versteht etwas von seiner Arbeit.“

„Er ist ein guter Sheriff …“

„Aber?“, drängte Maggie, als sie fühlte, dass es noch mehr gab.

„Nur eine persönliche Angelegenheit“, murmelte Cliff und rückte ab. Maggie fühlte sofort, wie die Kälte zurückkam.

„Joyce“, sagte sie tonlos und wollte aufstehen. Cliff legte den Arm um sie und hielt sie fest.

„Du hast die Gewohnheit, wenig zu sagen und viel anzudeuten.“ Seine Stimme war jetzt kühl, sein Griff fest. „Das ist ein gewisses Talent.“

„Wir scheinen einander wenig zu sagen zu haben.“

„Ich muss mich dir nicht erklären.“

Sie lag still und steif da. „Ich habe dich auch nicht darum gebeten.“

„Den Teufel hast du!“ Ärgerlich setzte er sich auf und zog sie so mit sich, dass die Bettdecke herunterrutschte. Ihre Haut war hell, ihr Haar wie eine nächtliche Flut auf ihren Schultern. Trotz seines starken Willens und seines bedingungslosen Wunsches nach Privatsphäre fühlte er sich dazu genötigt, etwas klarzustellen. „Joyce war wie eine Schwester für mich. Als sie Stan heiratete, war ich Trauzeuge. Ich bin Pate ihrer ältesten Tochter. Vielleicht fällt es dir schwer, diese Art von Freundschaft zu verstehen."

Es fiel ihr nicht schwer. So war es auch zwischen ihr und Jerry gewesen. Die Freundschaft hatte sich schrittweise während der Ehe verschlechtert, weil die Heirat ein Fehler gewesen war. „Nein, ich verstehe das", sagte Maggie ruhig. „Ich verstehe allerdings nicht, warum du ihretwegen so besorgt wirkst."

„Das ist meine Sache."

„Sicher."

Er murmelte eine Verwünschung. „Sieh mal, Joyce hat eine schwierige Zeit durchgemacht. Sie wollte nicht in Morganville bleiben. Als sie Kind war, wollte sie nach New York und Schauspielerin werden."

„Sie wollte schauspielern?"

„Vielleicht nur Wunschträume." Cliff zuckte die Schultern. „Vielleicht auch nicht. Sie gab sie auf, als sie Stan heiratete, aber dass sie bleiben musste, machte sie nicht glücklich. Einer der Gründe, warum sie das Haus verkauft hat, war, damit sie Geld für einen Umzug hätten. Stan will aber nicht nachgeben."

„Sie könnten einen Kompromiss schließen."

„Stan versteht nicht, wie wichtig es für sie ist, von hier wegzukommen. Sie war achtzehn, als sie heiratete. Dann bekam sie innerhalb von fünf Jahren drei Kinder. Den ersten Teil ihres Lebens hat sie nach den Regeln ihres Vaters gelebt, den zweiten Teil hat sie mit der Fürsorge für ihre Kinder und ihre Mutter verbracht. Eine Frau wie du versteht das nicht."

„Jetzt reicht es mir!", explodierte Maggie und riss sich von ihm los. „Es reicht mir absolut, dass du mich in eine bestimmte Kategorie einordnest. Verwöhnte Berühmtheit ohne Ahnung, wie echte Menschen fühlen oder leben!" Ärger schoss so schnell und mächtig in ihr hoch, dass sie gar nicht daran dachte, ihn zu unterdrücken. „Was bist du für ein Mann, dass du mit einer Frau ins Bett gehst, für die du keinen Funken Respekt hast!"

Verblüfft über ihren plötzlichen Ausbruch ließ er es zu, dass sie das Bett verließ. „Warte einen Moment."

„Nein. Ich habe schon genug Fehler für einen Abend gemacht." Sie begann, unter den am Boden verstreut liegenden Kleidungsstücken nach ihren eigenen zu suchen. „Du hast dein Abendessen und deinen Sex gehabt", sagte sie spröde. „Und jetzt raus!"

Er musste seine Wut unterdrücken. Sie hatte recht. Er war gekommen, um sie ins Bett zu kriegen. Das war alles. Intimität hatte nicht immer etwas mit Nähe zu tun. Er war nicht daran interessiert, ihr nahe zu sein oder sich an mehr zu binden als an ihren Körper. Noch während er das dachte, wurde ihm die Leere bewusst. Die Befriedigung, die er kurz gefühlt hatte, schwand. Er hörte Maggies unstetes Atmen, während sie ihren Sweater anzog. Er griff nach seinen Kleidern und versuchte sich stattdessen auf das Geräusch des Regens zu konzentrieren.

„Wir sind noch nicht fertig, du und ich", murmelte er.

„Ach nein?" Erzürnt und verletzt drehte Maggie sich um. Sie fühlte, wie ihr Tränen in die Augen stiegen, betrachtete jedoch die Dunkelheit als Schutz. Der Sweater reichte bis zu ihren Schenkeln und ließ ihre Beine bloß. Sie wusste, was Cliff von ihr hielt, und diesmal würde sie ihm die Befriedigung lassen, dass er recht hätte. „Wir sind ins Bett gegangen, und es war gut für uns beide", sagte sie leichthin. „Nicht alle Affären für eine Nacht sind so erfolgreich. Als Liebhaber bekommst du Bestnoten, Cliff, falls das deinem Ego hilft."

Diesmal konnte er sich nicht beherrschen. Er packte sie an den Armen und zog sie an sich. „Zum Teufel mit dir, Maggie!"

„Warum?", fuhr sie ihn an. „Weil ich es als Erste gesagt habe? Geh nach Hause und leg dich mit deinem zweierlei Maß ins Bett, Cliff. Ich brauche das nicht."

Alles, was sie sagte, traf, und es traf hart. Wenn er blieb, wusste er nicht, was er tun würde. Sie erdrosseln? Es war verlockend. Sie wieder ins Bett schleppen und sich des zornigen Verlangens entledigen, das in ihm hämmerte? Noch verlockender. Er wusste, wenn er blieb, würde etwas in ihm bersten.

Er ließ die Hände sinken und verließ den Raum. „Verschließ

deine Türen!“, rief er und verwünschte sie, während er die Treppe hinunterging.

Maggie schlang die Arme um sich und ließ ihren Tränen freien Lauf. Es ist viel zu spät, um irgendetwas zu verschließen, dachte sie.

## 8. KAPITEL

In den nächsten Tagen arbeitete Maggie wie besessen. Ihr Küchenboden war versiegelt und stellte somit ihr erstes voll und erfolgreich abgeschlossenes Projekt dar. In ihrem Schlafzimmer brachte sie drei Bahnen Tapete an, fand einen Teppich für das Musikzimmer und säuberte die Deckenverzierungen im Korridor des Erdgeschosses.

Abends arbeitete sie an ihrem Klavier, bis sie zu müde war, um die Tasten zu sehen oder ihre eigene Musik zu hören. Den Hörer ließ sie neben dem Telefon liegen. Alles in allem fand sie, dass das Leben einer Einsiedlerin seine Vorteile hatte. Sie war produktiv, und niemand störte den Fluss ihrer Tage. Sie konnte beinahe glauben, dass sie nur das wollte und sonst nichts.

Vielleicht trieb sie sich zu sehr an. Das mochte sie sich eingestehen, aber nicht, dass sie es tat, um nicht an ihre Nacht mit Cliff zu denken. Das war ein Fehler gewesen. Und es war nicht klug, sich lange bei Fehlern aufzuhalten.

Sie sah niemanden, sprach mit niemandem und redete sich ein, dass sie zufrieden wäre, wenn das für immer so weiterginge.

Aber völlige Einsamkeit konnte natürlich nur eine gewisse Zeit dauern. Maggie strich gerade die Fensterrahmen im Musikzimmer, als sie einen Wagen die Auffahrt heraufkommen hörte. Sie erwog, den Besucher zu ignorieren, bis er wieder wegfuhr. Als beginnende Einsiedlerin hatte sie ganz sicher das Recht dazu. Dann erkannte sie den alten Lincoln. Maggie stellte die Lackdose ab und ging Louella Morgan entgegen.

Diesmal wirkte Louella noch zerbrechlicher, fand Maggie. Ihre Haut war fast durchscheinend gegen das weiße Haar. Eine sonderbare, beinahe unheimliche Verbindung von Jugend und Alter. Louella blickte zu dem Graben. Einen Moment wirkte sie wie eine Statue. Als sie einen Schritt auf das abgezäunte Gebiet zutat, räusperte Maggie sich.

„Guten Morgen, Mrs Morgan."

Louella brauchte einen Moment, ehe ihre Augen sich voll auf

Maggie richteten. Mit leicht zitternder Hand betastete sie ihr Haar. „Ich wollte herkommen."

„Natürlich." Maggie lächelte und hoffte, sich richtig zu verhalten. „Kommen Sie bitte ins Haus. Ich wollte gerade Kaffee machen."

Louella ging über die durchhängenden Stufen hinauf, über die Maggie noch mit Bog sprechen musste. „Hier hat sich schon einiges verändert."

Maggie entschied sich für leichtes Geplauder. „Ja, drinnen und draußen. Die Landschaftsgärtner arbeiten schneller als ich." Killer stand in der Tür und wich knurrend zurück. Maggie brachte ihn mit einem Tätscheln zum Schweigen.

„Diese Tapete war schon hier, als wir einzogen", murmelte Louella, als sie sich im Korridor umsah. „Ich wollte sie immer erneuern."

„Wirklich?" Maggie ging ihr zum Wohnzimmer voraus. „Vielleicht hätten Sie ein paar Vorschläge für mich. Ich habe mich noch nicht entschieden."

„Etwas Warmes", sagte Louella leise. „Etwas Warmes mit gedämpften Farben, damit sich die Leute willkommen fühlen. Das wollte ich."

„Ja, das würde gut passen." Sie wollte ihren Arm um die Frau legen und ihr versichern, dass sie alles verstand. Aber vielleicht war es rücksichtsvoller, es nicht zu tun.

„Ein Haus wie dieses sollte nach Möbelpolitur und Blumen duften."

„Das wird es", versicherte Maggie und wünschte sich, den Geruch nach Staub und Farbe ändern zu können.

„Ich fand immer, das Haus sollte mit Kindern erfüllt sein." Louella sah sich mit jener wirren Konzentration in dem Raum um, bei der Maggie glaubte, dass sie alles so sah, wie es vor mehr als zwanzig Jahren gewesen war. „Kinder verleihen einem Haus seine Persönlichkeit, wissen Sie, mehr als die Innenausstattung. Sie prägen dem Haus einen Stempel auf."

„Sie haben Enkelkinder, nicht wahr?" Maggie steuerte sie

zu dem Sofa.

„Ja. Joyces Kinder. Der Jüngste ist jetzt schon in der Schule. Die Zeit vergeht so schnell für die Jugend. Haben Sie sich die Fotos angesehen?“, fragte Louella plötzlich.

„Die Fotos?“ Maggie runzelte die Stirn. „Ach ja, ich hatte nur für einen flüchtigen Blick Gelegenheit. Ich bin im Moment recht beschäftigt.“ Sie ging an den Kamin und holte den Umschlag von dem Sims. „Ihre Rosen waren wunderschön. Ich weiß nicht, ob ich dieses Talent hätte.“

Louella nahm den Umschlag und starrte darauf. „Rosen brauchen Liebe und Disziplin. Genau wie Kinder.“

Maggie entschied, nicht noch einmal Kaffee anzubieten. Stattdessen setzte sie sich neben Louella. „Vielleicht würde es helfen, wenn wir die Fotos zusammen durchsehen.“

„Alte Bilder.“ Louella öffnete den Umschlag und zog sie heraus. „Es gibt so viel auf alten Bildern zu sehen, wenn man weiß, wo man nachsehen muss. Frühlingsanfang“, murmelte sie, während sie den ersten Schnappschuss betrachtete. „Sehen Sie, die Hyazinthen blühen und die Märzbecher.“

Maggie betrachtete das Schwarz-Weiß-Bild, doch nicht die Blumen erregten ihre Aufmerksamkeit, sondern der Mann und das kleine Mädchen. Er war groß, mit breiter Brust und einem grobknochigen Gesicht. Sein Anzug war konservativ. Das kleine Mädchen neben ihm trug ein Rüschenkleid mit Stoffgürtel, schwarze Riemchenschuhe und ein Hütchen mit Blumen.

Es musste Ostern sein, schloss Maggie. Das kleine Mädchen lächelte in die Kamera. Joyce musste damals ungefähr vier gewesen sein, und vielleicht hatte sie sich ein wenig unbehaglich gefühlt in Organza und Volants. William Morgan wirkte nicht grausam, fand Maggie, während sie sein entschlossenes, undurchdringliches Gesicht betrachtete. Er sah einfach nur … unnahbar aus. Sie unterdrückte einen Schauer und schlug einen leichten Tonfall an.

„Ich möchte selbst Zwiebeln setzen. Bis zum Herbst sollten die Dinge sich so weit beruhigt und eingespielt haben.“

Louella sagte nichts, als sie zu dem nächsten Bild überging. Diesmal betrachtete Maggie eine junge Louella. Der Stil von Frisur und Kleid verrieten ihr, dass das Bild mehr als zwanzig Jahre alt war. Der schiefe Winkel des Bildes ließ sie vermuten, dass Joyce als Kind die Aufnahme gemacht hatte.

„Die Rosen“, murmelte Louella und strich mit einem Finger da über das Bild, wo sie im Überfluss wuchsen. „Sie sind dahin, weil sich niemand um sie gekümmert hat.“

„Haben Sie jetzt einen Garten?“

„Joyce hat einen.“ Louella legte das Bild beiseite und griff nach einem anderen. „Ich kümmere mich gelegentlich darum, aber das ist nicht das Gleiche wie ein eigener.“

„Nein, aber Joyce ist bestimmt dankbar für Ihre Hilfe.“

„Sie hat sich hier in der Stadt nie wohlgefühlt“, sagte Louella halb zu sich selbst. „Nie. Ein Jammer, dass sie mehr nach mir geraten ist als nach ihrem Vater.“

„Sie ist reizend“, versicherte Maggie und suchte nach etwas, das sie noch sagen könnte. „Hoffentlich sehe ich sie öfter. Ihr Mann hat davon gesprochen, dass wir zusammen zu Abend essen.“

„Stan ist ein guter Mann. Solide. Er hat sie immer geliebt.“ Dieses traurige, flüchtige Lächeln huschte über ihre Lippen. „Er war sehr freundlich zu mir.“

Als sie zu dem nächsten Foto kam, verkrampfte sie sich. Ihr Lächeln gefror. Maggie blickte auf das Bild und sah William Morgan und Stan Agee als Teenager. Dieses jüngere Foto war in Farbe, und die Bäume im Hintergrund leuchteten herbstlich. Die beiden Männer trugen Flanellhemden und Baseball-Kappen, und beide hatten braune Westen mit kleinen Gewichten am Saum an. Jeder hatte ein Gewehr in der Hand.

Patronen, nicht Gewichte, erkannte Maggie, als sie sich die Westen noch einmal ansah. Die beiden waren wohl auf der Jagd gewesen. Und sie standen nahe dem Abhang, der zu dem Graben führte.

„Das muss Joyce aufgenommen haben“, murmelte Louella.

„Sie ging mit ihrem Vater jagen. Er brachte ihr bei, wie man mit Gewehren umgeht, bevor sie zwölf war. Es spielte keine Rolle, dass sie Gewehre hasste. Sie lernte, ihrem Vater Freude zu machen. William sieht erfreut aus", fuhr Louella fort, obwohl Maggie nichts dergleichen sehen konnte. „Er jagte gern auf diesem Land. Jetzt wissen wir, dass er hier starb. Hier", wiederholte sie und legte ihre Hand auf das Bild. „Und nicht drei Meilen entfernt im Fluss. Er hat sein Land nie verlassen. Ich glaube, irgendwie habe ich es immer gewusst."

„Mrs Morgan." Maggie legte ihr die Hand auf den Arm. „Ich weiß, es muss schwierig für Sie sein. Es muss so sein, als würden Sie alles noch einmal durchmachen. Ich wünschte, ich könnte etwas für Sie tun."

Louella wandte den Kopf und musterte Maggie mit starrem Blick, ohne zu lächeln. „Legen Sie Ihren Teich an", sagte sie tonlos. „Pflanzen Sie Ihre Blumen. So sollte es sein. Der Rest ist vorbei."

Als sie aufstand, fühlte Maggie sich von der emotionslosen Antwort beunruhigter, als sie es über einen Weinkrampf gewesen wäre. „Ihre Fotos", sagte sie hilflos.

„Behalten Sie sie." Louella war schon an der Tür, als sie sich noch einmal umdrehte. „Ich brauche sie nicht mehr."

Maggie fragte sich, ob sie deprimiert sein sollte, während sie den Wagen wegfahren hörte. War ihre Reaktion normales Mitgefühl für die Tragödie anderer Menschen, oder ließ sie zu, dass sie wieder persönlich in die Sache verwickelt wurde? In den letzten Tagen hatte sie sich beinahe selbst überzeugt, dass sie nichts mit der Sache der Morgans zu tun habe. Jetzt begann es nach einer kurzen Begegnung erneut.

Doch es war mehr als das Gefühl, verwickelt zu sein, räumte Maggie ein, während sie ihre Arme rieb, um sich zu wärmen. Es war irgendwie unheimlich gewesen, wie Louella die Fotos betrachtet hatte. Als hätte sie die Menschen darauf zur Ruhe gebettet, obwohl nur einer tot war.

Einbildung, tadelte sie sich. Dazu gänzlich übertrieben. Aber war es denn nicht merkwürdig gewesen, wie Louella dieses letzte Bild angesehen hatte? Als hätte sie Details gesucht. Irgendetwas. Stirnrunzelnd nahm Maggie die Fotos auf und sah sie durch, bis sie zu dem Farbbild kam.

Da war wieder William Morgan, sein Haar etwas dünner, seine Augen etwas ernster als auf dem Osterfoto. Sheriff Agee stand neben ihm, kaum mehr als ein Junge, die Gestalt noch nicht ganz ausgewachsen, das Haar ein wenig lang. In seiner Jugend hatte er noch mehr ausgesehen, als wäre er an einem Strand zu Hause, obwohl er das Gewehr hielt, als wäre er mit Feuerwaffen vertraut. Während Maggie ihn betrachtete, konnte sie gut verstehen, warum Joyce sich so sehr in ihn verliebt hatte, dass sie ihre Träume von Ruhm und Vermögen aufgegeben hatte. Er war jung und attraktiv, mit einem übermütigen, sinnlichen Zug um den Mund.

Sie konnte auch verstehen, warum Joyce den Mann neben ihm gefürchtet und ihm gehorcht und sich bemüht hatte, ihm Freude zu bereiten. William Morgan blickte direkt in die Kamera, die Beine gespreizt, das Gewehr in beiden Händen. Cliff hatte ihn als harten, kalten Mann beschrieben. Maggie konnte das ohne Schwierigkeiten glauben, doch das erklärte nicht, warum Louella von diesem einen Foto so betroffen gewesen war. Oder warum, fügte Maggie hinzu, sie selbst beim Betrachten solches Unbehagen empfand.

Über ihre Dünnhäutigkeit verärgert, wollte sie das Foto in den Umschlag zurückstecken, als das Brummen vor dem Haus sie vor der Ankunft eines weiteren Wagens warnte.

Manchmal kommt es faustdick, dachte sie übellaunig, warf das Foto achtlos beiseite und ging ans Fenster. Als Cliffs Pick-up in Sicht kam, war sie über die aufflammende Erregung betroffen.

Oh nein, warnte Maggie sich. Nicht noch einmal! Eine Frau, die denselben Fehler zweimal begeht, verdient, was sie bekommt! Entschlossen griff sie nach ihrem Pinsel und begann mit langen Strichen zu lackieren. Sollte er doch klopfen, so viel er wollte. Sie schüttelte ärgerlich den Kopf. Sie hatte zu arbeiten.

Minuten vergingen, aber er kam nicht an die Tür. Maggie strich weiterhin an und sagte sich, dass es für sie überhaupt keine Rolle spiele, was er da draußen machte.

Cliff Delaney war ihr verdammt egal. Aber es war ihr nicht egal, wenn irgendwelche Leute auf ihrem Grund und Boden herumwanderten. Es war ihr Recht, nach draußen zu gehen und nachzusehen, was er da tat, und ihn wegzuschicken. Sie legte den Pinsel ab. Wenn er nur nachsehen kam, wie ihr Gras wuchs, hätte er wenigstens die Höflichkeit besitzen können, sich anzukündigen. Indem er sich nicht ankündigte, beraubte er sie der Befriedigung, ihn zu ignorieren.

Wütend riss sie die Tür auf, sah ihn aber nicht wie erwartet über die kleinen grünen Halme gebeugt, die aus der Erde sprossen. Vielleicht war er hinter das Haus gegangen, um sich das letzte Projekt anzusehen, das noch abgeschlossen werden musste – die Wicken auf ihrem abbröckelnden Hang.

Verärgert, dass sie nicht gleich daran gedacht hatte, wollte sie wieder ins Haus zurück, als sie eine Bewegung nahe dem Graben entdeckte. Für einen Moment erwachte in ihr schlummernde Angst. Ihr fielen alte Geschichten über Geister und Legenden von Schatten ein, die keine Ruhe fanden. Im nächsten Moment erkannte sie Cliff. Genauso wütend wie beschämt über ihre Reaktion, marschierte sie hin, um ihn zu stellen.

Als sie näher kam, sah Maggie die schlanke, kleine und zartgrüne Weide. Cliff senkte den Wurzelballen in ein Loch, das er mit Hacke und Schaufel in den steinigen Boden gegraben hatte. Er stand vielleicht zwei Meter von dem Hang des Grabens entfernt. Das Hemd hatte er achtlos zu Boden geworfen. Die Muskeln an seinem Rücken spannten sich an, als er die Erde wieder zurück in das Loch schaufelte. Dass sich ihr Magen bei dem Anblick zusammenzog, bestätigte Maggie nur, dass sie auch jetzt nicht weniger heftig auf Cliff reagierte als noch vor der Nacht, in der sie sich geliebt hatten.

Sie straffte ihre Schultern und reckte ihr Kinn vor. „Was machst du da?“

Da er weiterschaufelte, ohne seine Arbeit zu unterbrechen, musste er wohl gewusst haben, dass sie kam. „Ich pflanze einen Baum“, antwortete Cliff locker.

Ihre Augen zogen sich gefährlich zusammen. „Das sehe ich. Soweit ich mich erinnere, habe ich keine Weide bestellt.“

„Nein.“ Er kniete sich hin, um die Erde glatt zu streichen. Maggie beobachtete die Hände, von denen sie jetzt wusste, was sie mit ihrem Körper anstellen konnten. Er schien dasselbe Talent für Erde zu besitzen. „Kommt nicht auf die Rechnung.“

Ungeduldig über seine nichtssagenden Antworten und ihre eigene wachsende Erregung verschränkte sie die Arme. „Warum pflanzt du einen Baum, den ich nicht gekauft habe?“

Sobald die Weide sicher in der Erde stand, erhob er sich zufrieden, lehnte sich gelassen auf die Schaufel und betrachtete Maggie. Nein, er hatte sich nicht von ihr befreit. Das Wiedersehen mit ihr löste nicht die Anspannungen, mit denen er nun seit Tagen lebte. Irgendwie hatte er gewusst, dass es so sein würde, aber er hatte es versuchen müssen. „Man könnte es ein Friedensangebot nennen“, erklärte er endlich und beobachtete, wie sich ihr Mund öffnete und wieder schloss.

Maggie blickte auf den Baum. Er war so jung, so zerbrechlich, doch eines Tages würde sie ihn in voller Pracht sehen, wie er sich über ihren Teich neigte und … Sie stockte, als sie erkannte, dass sie zum ersten Mal seit der Entdeckung daran dachte, den Teich zu vollenden. Cliff musste gewusst haben, dass die Weide ausreichte, um Maggie wieder die Schönheit und Heiterkeit sehen zu lassen. Ihr Ärger war zum größten Teil bereits verraucht, ehe sie sich bemühte, etwas davon festzuhalten.

„Ein Friedensangebot“, wiederholte sie und strich mit ihrem Finger über ein zartes Blatt. „So nennst du das also?“

Ihre Stimme klang kühl, aber ihre Augen erwärmten sich bereits. Cliff fragte sich, wie viele starke Männer sie schon mit diesem Blick erledigt hatte. „Vielleicht.“ Er rammte die Schaufel ins Erdreich. „Hast du etwas Kaltes zu trinken?"

Es ist eine Entschuldigung, dachte Maggie, vielleicht die einzige Art von Entschuldigung, zu der dieser Mann fähig ist. Sie brauchte nur fünf Sekunden, um zu entscheiden, dass sie die Entschuldigung annahm. „Vielleicht", antwortete sie ruhig, wandte sich dann ab und ging zum Haus. Ein Lächeln umspielte ihre Lippen, als er sich ihrem Schritt anpasste. „Deine Männer haben ausgezeichnete Arbeit geleistet", fuhr sie fort, während sie beide zum hinteren Teil des Hauses gingen. „Ich bin gespannt, wie dieses Zeug über der Stützmauer aussehen wird."

„Kronenwicken", erklärte Cliff, ehe er stehen blieb, um die Arbeit zu überprüfen, wie sie das vermutet hatte. „In vier oder fünf Tagen werden sie sich bereits zeigen. Sie werden sich schnell ausbreiten und diesen Hang bedecken, bevor der Sommer vorüber ist." Er behielt seine Hände in den Gesäßtaschen, während er die Arbeit seiner Männer betrachtete und an die Frau neben ihm dachte. „Du warst beschäftigt?"

Maggie hob eine Augenbraue. „Allerdings. Das Haus verlangt viel Arbeit."

„Hast du die Zeitung gelesen?"

„Nein", antwortete sie verwirrt. „Warum?"

Cliff zuckte die Schultern und ging voraus, um die Fliegengittertür zu öffnen. „Es gab einen großen Bericht darüber, wie William Morgan auf seinem ehemaligen Besitz vergraben gefunden wurde. Auf Grund und Boden", fuhr er fort, während Maggie an ihm vorbei in die Küche ging, „der vor Kurzem von einer berühmten Songschreiberin gekauft wurde."

Sie wandte sich scharf um. „Hatten sie meinen Namen?"

„Ja, er wurde erwähnt – mehrmals."

„Verdammt", flüsterte sie, vergaß, dass er sie um einen Drink gebeten hatte, und ließ sich auf einen Stuhl fallen. „Das wollte ich vermeiden." Ein wenig hoffnungsvoll blickte sie zu ihm auf. „Die Lokalzeitung?"

Cliff ging an den Kühlschrank und bediente sich selbst.

„Morganville hat keine Zeitung. Es gab Berichte in der ‚Frederick Post' und in der ‚Herald Mail'." Während er die Limonadenflasche öffnete, deutete er mit dem Kopf auf den neben dem Telefon liegenden Hörer. „Hättest du das nicht gemacht, hättest du bereits eine Flut von Anrufen von Reportern bekommen." Und von mir, dachte Cliff. In den letzten vierundzwanzig Stunden hatte er ein Dutzend Mal versucht, sie anzurufen. Er trank einen Schluck aus der Flasche. „Ist das deine Art von Flucht?"

Abwehrend stand Maggie auf und knallte den Hörer zurück auf den Apparat. „Ich brauche vor nichts zu fliehen. Du hast selbst gesagt, dass diese ganze Geschichte nichts mit mir zu tun hat."

„Das habe ich gesagt." Er betrachtete die restliche Flüssigkeit in der Flasche. „Vielleicht bist du vor etwas anderem geflohen." Er richtete den Blick auf sie. „Hast du dich vor mir versteckt, Maggie?"

„Sicher nicht." Sie eilte an das Spülbecken und begann unwirsch die Farbe von ihren Händen zu reiben. „Ich habe dir bereits gesagt, dass ich beschäftigt war."

„Zu beschäftigt, um dich am Telefon zu melden?"

„Das Telefon lenkt ab. Wenn du einen Streit anfangen willst, Cliff, kannst du dein Friedensangebot nehmen und …" Das Telefon klingelte hinter ihr, sodass sie ihren Vorschlag mit einer Verwünschung beendete. Bevor sie sich jedoch melden konnte, hatte Cliff abgehoben.

„Ja?" Er beobachtete den Zorn, der in ihren Augen aufblitzte, als er sich an die Theke lehnte. Das hatte er vermisst, genau wie den subtilen Reiz ihres Duftes. „Nein, tut mir leid, Miss Fitzgerald ist nicht für einen Kommentar zu sprechen." Er legte auf, während Maggie ihre feuchten Hände an ihrer Jeans abwischte.

„Ich kann meine eigenen Anrufe entgegennehmen, vielen Dank."

Er trank wieder aus der Flasche. „Ich wollte dir nur etwas Ärger ersparen."

„Ich will nicht, dass du oder sonst jemand mir Ärger erspart“, fuhr sie auf. „Es ist mein Ärger, und ich mache damit, was immer ich will.“ Er grinste, aber bevor ihr etwas Passendes einfiel, klingelte das Telefon wieder. „Wage es ja nicht“, warnte sie, schob ihn beiseite und meldete sich selbst. „Hallo.“

„Verdammt, Maggie, du hast schon wieder den Hörer neben dem Telefon liegen lassen!“

Sie stieß den Atem aus. Mit einem Reporter hätte sie leichter fertig werden können. „Hallo, C.J.! Wie geht es dir?“

„Ich werde dir sagen, wie es mir geht!“

Maggie nahm den Hörer vom Ohr und schoss Cliff einen finsteren Blick zu. „Kein Grund für dich, noch hier zu bleiben.“

Er nahm noch einen Schluck aus der Flasche, ehe er sich bequem zurücklehnte. „Es macht mir nichts aus.“

„Maggie!“ C.J.'s Stimme vibrierte in ihrem Ohr. „Mit wem sprichst du da, zum Teufel?“

„Mit niemandem“, murmelte sie und wandte Cliff bewusst den Rücken zu. „Du wolltest mir sagen, wie es dir geht.“

„In den letzten vierundzwanzig Stunden habe ich hektisch versucht, zu dir durchzukommen. Maggie, es ist unverantwortlich, den Hörer nicht aufzulegen, wenn die Leute versuchen, dich zu erreichen.“

Auf der Theke stand eine Tüte mit Plätzchen. Maggie fasste hinein und biss energisch in einen Keks. „Offenbar habe ich das Telefon abgenommen, um nicht erreicht zu werden.“

„Hätte ich dich diesmal nicht erwischt, hätte ich dir ein Telegramm geschickt, und dabei bin ich nicht einmal sicher, ob man an diesem Ort Telegramme zustellt. Was hast du denn gemacht?“

„Gearbeitet“, stieß sie zwischen zusammengebissenen Zähnen hervor. „Ich kann nicht arbeiten, wenn das Telefon ständig klingelt und dauernd Leute vorbeikommen. Ich bin hier herausgezogen, um allein zu sein. Ich warte noch immer darauf, dass das endlich klappt.“

„Das ist ja eine nette Einstellung“, schimpfte er. „Überall im

Land sorgen sich Menschen um dich."

„Verdammt, Menschen überall im Land brauchen sich nicht um mich zu sorgen. Es geht mir gut!"

„Du klingst auch so."

Mit Mühe kontrollierte Maggie ihr hochbrodelndes Temperament. Wenn sie es bei C.J. verlor, verlor sie unweigerlich auch den Kampf. „Tut mir leid, dass ich dich angefaucht habe, C.J., aber ich bin es leid, ständig dafür kritisiert zu werden, was ich mache."

„Ich kritisiere dich nicht", murmelte er. „Es ist nur natürliche Sorge. Du liebe Güte, Maggie, wer würde sich nicht Sorgen machen nach dieser Geschichte in der Zeitung?"

Sie wandte sich zu Cliff um. Er betrachtete sie eingehend. „Was für eine Geschichte in der Zeitung?"

„Über diese männliche ... äh ... was von diesem Mann übrig war, der auf deinem Besitz ausgegraben wurde. Lieber Himmel, Maggie, ich hatte fast einen Herzinfarkt, als ich das las. Und dann konnte ich dich nicht erreichen ..."

„Tut mir leid." Sie strich sich durch das Haar. „Es tut mir wirklich leid, C.J. Ich dachte nicht, dass es in die Zeitungen kommt, zumindest nicht bei euch."

„Du meinst, was ich nicht weiß, macht mich nicht heiß?"

Sie lächelte über den beleidigten Klang seiner Stimme. „Ja, so ungefähr. Ich hätte dich angerufen und dir die Einzelheiten geschildert, hätte ich geahnt, dass die Neuigkeit so weit wandert."

„So weit wandert?" Er war nicht befriedigt. „Maggie, du weißt, dass alles, was mit deinem Namen verbunden ist, in den Zeitungen zu beiden Seiten des Atlantiks auftaucht."

Sie begann sich die Schläfe zu massieren. „Und du weißt, dass das einer der Gründe ist, warum ich weg wollte."

„Dein Wohnort ändert nichts."

Sie seufzte. „Offenbar nicht."

„Abgesehen davon hat das nichts mit dem zu tun, was jetzt passiert ist", widersprach C.J. Er presste eine Hand auf seinen nervösen Magen und fragte sich, ob ihn ein Glas Perrier beruhigen würde. Vielleicht wäre ein Scotch eine bessere Idee.

„Ich habe die Zeitung nicht gesehen“, setzte Maggie gelassen an, „aber ich bin sicher, die ganze Sache wurde übertrieben.“

„Übertrieben?“ Wieder musste sie den Hörer vom Ohr weghalten. Cliff konnte C.J.'s Stimme noch deutlich hören. „Bist du oder bist du nicht über einen Haufen … Knochen gestolpert?“

Sie verzog das Gesicht. „Nicht direkt. Genau genommen war es der Hund, der sie gefunden hat. Die Polizei kam sofort und hat sich um alles gekümmert. Ich hatte wirklich nichts damit zu tun.“ Sie sah, wie Cliff bei ihrer letzten Feststellung eine Augenbraue hob.

„Maggie, es heißt, der Mann sei nur ein paar Meter von deinem Haus entfernt ermordet und vergraben worden.“

„Vor zehn Jahren.“ Sie presste ihre Finger fester gegen die Schläfe.

„Maggie, komm nach Hause.“

Sie schloss die Augen, weil in seiner Stimme jenes Flehen mitschwang, dem man so schwer widerstehen konnte. „C.J., ich bin zu Hause.“

„Verdammt, wie soll ich nachts schlafen, wenn ich ständig daran denken muss, dass du allein mitten im Nichts sitzt? Um Himmels willen, du bist eine der erfolgreichsten, wohlhabendsten und gefeiertsten Frauen der Welt, und du lebst in der Wildnis!“

„Wenn ich erfolgreich, wohlhabend und gefeiert bin, kann ich leben, wo immer ich will.“ Sie kämpfte erneut gegen ihr Temperament an. Wie immer er sich auch ausdrückte und welchen Ton er auch anschlug, seine Sorge war echt. „Abgesehen davon, C.J., habe ich diesen scharfen Wachhund, den du mir geschickt hast.“ Sie blickte auf Killer hinunter, der friedlich zu Cliffs Füßen schlief. Als sie ihren Blick hob, lächelte sie Cliff an. „Ich könnte gar nicht sicherer sein.“

„Wenn du einen Leibwächter engagieren würdest …“

Jetzt lachte sie. „Du stellst dich wieder wie ein altes Klageweib an. Das Letzte, was ich brauche, ist ein Leibwächter. Es geht mir gut", fuhr sie schnell fort, bevor er antworten konnte. „Ich habe die Filmmusik beendet, ich habe ein Dutzend neuer Ideen, und ich denke über ein neues Musical nach. Warum sagst du mir nicht, wie brillant die Filmmusik ist?"

„Du weißt, dass sie brillant ist", murmelte er. „Wahrscheinlich ist sie das Beste, was du je gemacht hast."

„Mehr", drängte sie. „Sag mir noch mehr. Mein Ego ist ausgehungert."

Er seufzte, als er seine Niederlage erkannte. „Als ich den Produzenten deine Musik vorspielte, gerieten sie in Ekstase. Sie haben vorgeschlagen, dass du herkommst und die Aufzeichnung überwachst."

„Vergiss es." Sie begann, auf und ab zu marschieren.

„Verdammt, wir würden ja zu dir kommen, aber es gibt kein Studio in Hicksville."

„Morganville", verbesserte sie ihn sanft. „Ihr braucht mich nicht für die Aufnahmen."

„Sie wollen, dass du den Titelsong singst."

„Was?" Überrascht unterbrach sie ihr rastloses Hin- und Hergehen.

„Hör mich an, bevor du Nein sagst." C.J. schlug seinen besten Verhandlungstonfall an. „Ich weiß, dass du es immer abgelehnt hast, aufzutreten oder Platten zu machen, und ich habe dich nie bedrängt. Aber ich finde, das hier solltest du wirklich bedenken. Maggie, dieser Song ist Dynamit, absolutes Dynamit, und niemand wird so viel hineinlegen können wie du. Nachdem ich das Band gespielt hatte, brauchten alle im Raum eine kalte Dusche."

Obwohl sie lachte, konnte Maggie die Idee nicht ganz abtun. „Mir fallen ein halbes Dutzend Künstler ein, die diese Nummer bringen könnten, C.J. Du brauchst mich nicht."

„Mir fallen auch ein Dutzend Künstler ein, aber niemand wäre so gut wie du", entgegnete er. „Der Song braucht dich, Maggie. Du könntest wenigstens darüber nachdenken."

Sie sagte sich, dass sie ihm schon genug für einen Tag ab-

gelehnt hatte. „In Ordnung, ich werde darüber nachdenken."
„Lass es mich in einer Woche wissen."
„C.J. ..."
„Schon gut, schon gut, in zwei Wochen."
„In Ordnung. Und das mit dem Telefon tut mir leid."
„Du könntest dir zumindest einen von diesen verabscheuungswürdigen Anrufbeantwortern anschaffen."
„Vielleicht. Pass auf dich auf, C.J."
„Das mache ich immer. Halte du dich an deinen eigenen Rat."
„Das mache ich immer. Leb wohl!" Sie legte auf und seufzte tief. „Ich fühle mich, als wäre ich gerade vom Schuldirektor ins Gebet genommen worden."
Cliff sah zu, wie sie nach einem gefalteten Geschirrtuch griff, es zerknüllte und wieder weglegte. „Du weißt, wie du mit ihm umgehen musst."
„Ich habe eine Menge Übung."
„Wofür steht C.J.?"
„Chaotischer Jammerer", murmelte sie und schüttelte den Kopf. „Nein, um die Wahrheit zu sagen, ich habe keine Ahnung."
„Macht er dir immer das Leben schwer?"
„Ja." Sie griff wieder nach dem Geschirrtuch. „Die Nachricht ist in die Zeitungen an der Westküste gelangt. Als er mich nicht erreichen konnte ..." Sie brach ab.
„Du bist verkrampft."
Sie ließ das Tuch über den Rand der Spüle fallen. „Nein."
„Doch", widersprach Cliff. „Ich sehe es." Er streckte die Hand aus und strich über ihren Hals und ihre Schulter. „Ich fühle es."
Die Berührung seiner Finger ließ ihre Haut prickeln. Langsam wandte sie den Kopf. „Ich will nicht, dass du das machst." Langsam ließ er seine andere Hand eine ähnliche Reise antreten, um die Spannung aus ihren Schultern wegzumassieren. Wollte er ihre oder seine eigenen Nerven beruhigen? „Es ist schwer, dich nicht zu berühren."

Maggie hob ihre Hände an seine Handgelenke in dem Bewusstsein, dass sie schon schwach wurde. „Bemüh dich mehr", riet sie ihm, während sie versuchte, ihn wegzuschieben.

„Das habe ich in den letzten Tagen getan." Seine Finger drückten sich in ihre Haut und ließen los, drückten und ließen los. Der Rhythmus ließ ihre Knie nachgeben. „Ich bin zu der Ansicht gekommen, dass es eine Verschwendung von Energie ist, wenn ich dieselben Anstrengungen darauf verwenden kann, dich zu lieben."

Ihre Gedanken begannen sich zu vernebeln. „Wir können einander nichts geben."

„Wir wissen beide, dass das nicht stimmt." Er senkte den Kopf, sodass seine Lippen über ihre Schläfe glitten.

Ein Seufzer entrang sich ihr, bevor sie ihn aufhalten konnte. Das war es nicht, was sie wollte … Das war alles, was sie wollte. „Sex ist …"

„Ein notwendiger und erfreulicher Bestandteil des Lebens", beendete Cliff für sie, bevor er ihre Lippen mit den seinen reizte.

Das ist also Verführung, dachte Maggie. Sie wusste, dass sie nicht widerstand, stattdessen nachgab, dahinschmolz, sich unterwarf. So wie sie wusste, dass, sollte diese Unterwerfung erst komplett sein, sie auch alle Brücken hinter sich abgebrochen haben würde.

„Wir werden nur zwei Menschen sein, die das Bett miteinander teilen", murmelte sie. „Sonst nichts."

Ob es nun eine Frage oder eine Feststellung war, Cliff versuchte zu glauben, dass es stimmte. Wenn da mehr war, würde es nicht enden, und dann hing er für den Rest seines Lebens an einer Frau, die er kaum verstand. Gab es nur Verlangen, so konnte er seine Beherrschung aufgeben und alles nehmen, ohne dass daraus Folgen entstanden. Wenn Maggie in seinen Armen weich und heiß wurde, was kümmerten ihn die Folgen?

„Lass mich dich fühlen", murmelte er an ihren Lippen. „Ich will deine Haut unter meinen Händen, glatt und heiß. Ich will dein Herz klopfen hören."

Alles, dachte sie benommen. Sie würde ihm alles geben, wenn er ihr nur so nah blieb wie jetzt, solange sein Mund mit dieser dunklen, verzweifelten, berauschenden Verführung ihrer Sinne weitermachte. Er zog ihr das T-Shirt über den Kopf und strich mit den Händen über ihre Seiten, hinunter und wieder hinauf. Dieses Streicheln machte sie fast wahnsinnig vor Verlangen nach mehr. Sein Shirt kratzte an ihren aufgerichteten Brustspitzen, bis seine Hände diese eroberten.

Jetzt konnte er ihr Herz klopfen fühlen, und sie hörte es in ihrem Kopf dröhnen. Ihre Schenkel, nur von dünnen Stoffschichten getrennt, pressten sich gegen die seinen. Sie erinnerte sich an jede Linie und Kurve seines Körpers und wie er sich warm und verlangend und nackt auf ihr angefühlt hatte.

Er roch nach Arbeit und freier Natur, mit einem Hauch von Schweiß und frisch umgegrabener Erde. Während der Duft durch ihre Sinne jagte, strich sie mit den Lippen über sein Gesicht und seinen Hals, um ihn zu schmecken.

Unzivilisiert wie das Land, auf dem sie beide standen. Lockend und nie ganz gezähmt wie die dichten Wälder, die sie umgaben. In beidem lag Gefahr und Lust. Maggie schob alle Vernunft von sich und lieferte sich aus.

„Jetzt“, forderte sie heiser. „Ich will dich jetzt.“

Ohne Gefühl für Zeit und Ort und ohne Zögern sanken sie zu Boden. Der Kampf mit den Kleidern verstärkte nur die Hitze des verzweifelten und nicht nachlassenden Verlangens, das überall entstand, wo sie einander berührten. Wärme an Wärme, so fanden sie zusammen.

Als das Telefon neben ihnen an der Wand klingelte, hörte es keiner von ihnen.

Ein Beben, ein Stöhnen, raue Zärtlichkeit, Duft und Wildheit der Leidenschaft – das war ihre Welt. Drängend und immer drängender suchten sie den Geschmack und die Berührung des anderen, als würde der Hunger nie gestillt werden können. Der Boden war hart und glatt unter ihnen. Sie rollten darüber, als wäre er weich wie von Federn bedeckt. Sonnenlicht strömte herein und fiel auf sie, während sie alle Geheimnisse der Nacht erforschten.

Heiß und offen fand sein Mund den ihren. Das Verlangen, sie ganz zu besitzen, ließ ihn schier verglühen. Seine Finger gruben sich in ihre Hüften, als er sich über sie schob, ihre Haut aufreizend über die seine glitt. Er fühlte sie pulsieren, in dem gleichen Rhythmus, in dem die Flut der Leidenschaft gegen den geschwächten Damm seiner Selbstbeherrschung schlug. In dem Moment der Vereinigung bog sich ihr Körper ihm in benommener Lust entgegen. Das Tempo war hektisch und machte sie beide hilflos in ihrer Raserei. Immer weiter trieben sie einander an, gnadenlos, rücksichtslos.

Mit halb geschlossenen Augen sah Cliff sie unter dem Gipfelsturm erschauern. Dann wurde er gemeinsam mit ihr von der Kraft der unbändigen Hitze fortgerissen.

## 9. KAPITEL

Waren Stunden vergangen, oder war sein Zeitgefühl noch immer verzerrt? Cliff versuchte nach dem Sonnenstand die Uhrzeit zu schätzen, war sich jedoch nicht sicher. Er fühlte sich mehr als ausgeruht. Er fühlte sich wieder belebt. Er drehte den Kopf und beobachtete die neben ihm schlafende Maggie. Obwohl er sich nur vage daran erinnerte, was er getan hatte, wusste er, dass er sie nach oben getragen hatte, wo sie aufs Bett gesunken waren. Miteinander verschlungen, waren sie in einen erschöpften Schlaf gefallen. Ja, dieser Teil war vage, aber der Rest …

Sie murmelte im Schlaf, und er runzelte die Stirn und zog sie unbewusst näher an sich heran. Obwohl er ihr gesagt hatte, dass sie nichts mit den Ereignissen von vor zehn Jahren zu tun habe, gefiel es Cliff nicht, dass sie in diesem großen, abgelegenen Haus allein war. Dass Morganville eine ruhige Stadt war, änderte nichts daran. Unter jeder Ruhe gab es unterschwellige Strömungen. Das war in den letzten zwei Wochen klar geworden.

Wer immer William Morgan getötet hatte, war ein Jahrzehnt straflos ausgegangen. Wer immer ihn ermordet hatte, war wahrscheinlich täglich in den Straßen der Stadt zu sehen, plauderte vor der Bank, feuerte die Jugendlichen bei den Baseballspielen der Little League an. Kein angenehmer Gedanke. Genauso wenig angenehm war die Schlussfolgerung, dass derjenige, der einmal getötet hatte, alles Nötige tun mochte, um sein ruhiges Leben in einer Stadt fortführen zu können, in der jeder seinen Namen und seine Vergangenheit kannte. Es mochte ein Klischee sein, dass der Mörder an den Ort des Verbrechens zurückkehrte, aber …

Maggie wachte benommen auf und fragte sich, ob es Morgen war. Als sie das Haar mit beiden Händen zurückschob, fühlte sie die süße Schwere in ihren Gliedern, die von der erfüllten Leidenschaft stammte. Abrupt wurde sie ganz wach. Das Bett neben ihr war leer.

Sie hatten sich auf dem Küchenboden geliebt. Und sie erinnerte sich klar daran, wie Cliff sie die Treppe heraufgetragen hatte, als wäre sie eine Kostbarkeit. Das war eine warme, eine andere Erinnerung als die an die erotische Szene, die der letzten vorangegangen war. Eine derartige Erinnerung war etwas, woran sie sich in Zukunft in langen, ruhelosen Nächten festhalten konnte.

Aber er war gegangen, ohne ein Wort zu sagen.

Werde erwachsen, Maggie, befahl sie sich. Sei vernünftig. Von Anfang an hatte sie gewusst, dass dies keine Romanze war, sondern primitives Verlangen. Er liebte sie nicht, sie liebte ihn nicht. Es versetzte ihr einen Stich, aber sie beharrte darauf. Nein, sie liebte ihn nicht. Sie konnte sich das nicht leisten.

Er war ein harter Mann, auch wenn sie seine sanfteren Seiten erlebt hatte. Er war intolerant, ungeduldig und meistens unhöflich. Eine Frau sollte ihr Herz nicht an einen solchen Mann hängen. Jedenfalls hatte er klargestellt, dass er ihren Körper und nur ihren Körper wollte. Zweimal hatte sie beschlossen, ihm das Gewünschte zu geben, sodass sie kein Recht hatte, etwas zu bedauern, auch wenn er wortlos gegangen war.

Maggie legte ihre Arme über die Augen und weigerte sich, die wachsende Angst zu akzeptieren, sie könnte ihm schon mehr als ihren Körper gegeben haben, ohne dass es einer von ihnen gemerkt hatte.

Dann hörte sie es, das leise Knarren direkt über ihr. Langsam nahm sie die Arme herunter und lag ganz still. Als es ein zweites Mal ertönte, stieg Panik in ihrer Kehle auf. Sie war wach, es war mitten am Nachmittag, und die Geräusche kamen von ihrem Dachboden und nicht aus ihrer Fantasie.

Obwohl sie zitterte, verließ sie ruhig das Bett. Diesmal wollte sie sich nicht in ihrem Zimmer verkriechen, während jemand in ihrem Haus herumschlich. Diesmal, dachte sie und befeuchtete die Lippen, während sie das T-Shirt überzog, diesmal wollte sie herausfinden, wer es war und was er wollte. Kalt und mit Überlegung griff sie nach dem Feuerhaken vom Kamin und schlüpfte auf den Korridor.

Die Treppe zum Dachboden lag rechts von ihr. Als sie sah, dass die Tür am oberen Ende offen stand, wurde sie wieder von Angst gepackt. Seit ihrem Einzug war diese Tür nicht geöffnet worden. Zitternd, aber entschlossen, packte sie den Schürhaken fester und schlich die Treppe hinauf.

An der Tür blieb sie stehen und hörte drinnen das Rascheln einer Bewegung. Sie presste die Lippen aufeinander, schluckte und trat ein.

„Verdammt, Maggie, mit dem Ding könntest du jemanden verletzen."

Sie prallte zurück. „Was machst du hier oben?", fragte sie, während Cliff ihren finsteren Blick erwiderte.

„Nachsehen. Wann warst du zum letzten Mal hier oben?"

Sie stieß den Atem aus, um sich von der angestauten Spannung zu befreien. „Noch nie. Das steht auf meiner Prioritätenliste ganz unten. Seit ich eingezogen bin, war ich nie hier oben."

Er nickte und sah sich noch einmal um. „Aber irgendjemand war hier."

Zum ersten Mal blickte sie sich um. Wie vermutet, gab es nicht viel mehr als Staub und Spinnweben. Der Dachboden war hoch genug, dass Cliff aufrecht stehen konnte und noch ein paar Zentimeter Freiraum blieben. An den Seiten fiel der Dachboden, der Neigung des Daches entsprechend, ab. Es gab einen alten Schaukelstuhl, der nach einer Aufarbeitung sehr hübsch sein mochte, ein Sofa, bei dem alle Mühe umsonst sein würde, zwei Lampen ohne Schirme und einen großen, aufrecht stehenden Schrankkoffer.

„Sieht so aus, als wäre seit vielen Jahren niemand hier gewesen."

„Ich würde eher auf eine Woche tippen", verbesserte Cliff. „Sieh dir das an."

Er ging zu dem Schrankkoffer. Maggie verzog das Gesicht wegen der Staubschicht auf dem Boden und tappte barfuß hinter ihm her. „Und?", fragte sie. „Joyce erwähnte, dass hier oben ein paar Dinge sind, für die sie keine Verwendung hat. Ich habe ihr gesagt, dass sie sich keine Gedanken darum machen soll und dass ich mich selbst darum kümmern werde, wenn ich Zeit dazu finde."

„Ich würde sagen, jemand hat bereits etwas geholt." Cliff kauerte sich vor den staubbedeckten Schrankkoffer und deutete auf eine Stelle.

Maggie unterdrückte einen Niesreiz und beugte sich herunter. Dann bemerkte sie es. Neben dem Schloss und sehr schwach malte sich der Abdruck einer Hand ab. „Aber ..."

Cliff packte ihr Handgelenk, bevor sie den Abdruck berühren konnte. „Das würde ich nicht tun."

„Jemand war hier", murmelte sie. Sie bemühte sich um Ruhe und sah wieder zu Cliff. „Aber was sollte jemand hier oben in diesem Ding gesucht haben?"

„Gute Frage." Er richtete sich auf und behielt ihre Hand in der seinen.

Sie wollte es auf die leichte Schulter nehmen. „Wie wäre es mit einer guten Antwort?"

„Mal sehen, was der Sheriff davon hält."

„Du meinst, das hat etwas mit ... dieser anderen Sache zu tun?" Ihre Stimme klang ruhig, aber mit seinen Fingern an ihrem Handgelenk wusste er, dass ihr Puls es nicht war.

„Ich finde das Zusammentreffen seltsam. Zufälle sind eine sonderbare Sache. Du solltest diesen nicht unbeachtet lassen."

„Nein. Ich rufe den Sheriff."

„Ich mache es."

Sie blieb gereizt in der Tür stehen. „Das hier ist mein Haus", setzte sie an.

„Sicher", stimmte Cliff sanft zu und verblüffte sie dann damit, dass er mit den Händen über ihre nackten Schenkel zu ihren Hüften strich. „Ich habe nichts dagegen, dich nur halb bekleidet zu sehen, aber Stan könnte es ablenken."

„Sehr witzig."

„Nein, sehr schön." Während sie ihm aus großen Augen entgegensah, senkte er den Kopf und küsste sie zum ersten Mal sanft. Als er den Kopf wieder hob, bewegte sie sich nicht und sagte nichts. Ihre Augen waren noch immer geöffnet. „Ich rufe den Sheriff“, sagte Cliff rau. „Du ziehst dir etwas an.“

Ohne auf ihre Antwort zu warten, ging er zur Treppe und ließ sie stehen. Benommen hob Maggie einen Finger und strich sich über die Lippen. Das war so unerwartet gewesen und so schwierig zu erklären wie alles andere, das sich zwischen ihnen abgespielt hatte.

Verwirrt ließ Maggie den Feuerhaken gegen die Tür gelehnt und kehrte in ihr Zimmer zurück. Sie hatte nicht gewusst, dass er so küssen konnte – zärtlich, sanft. Sie hatte auch nicht gewusst, dass ihr Herz stehen bleiben und ihr Atem stocken konnte. Dieser völlig andere Kuss hatte eine völlig andere Reaktion ausgelöst.

Einer leidenschaftlichen, aggressiven Forderung konnte sie mit ihrer eigenen Leidenschaft und Aggression begegnen. Darin waren sie einander ebenbürtig, und wenn sie keine Kontrolle besaß, so besaß Cliff auch keine. Verlangen konnte man mit Verlangen begegnen, Feuer mit Feuer. Aber Zärtlichkeit … Was sollte sie machen, wenn er sie noch einmal so küsste? Und wie lange musste sie darauf warten, dass er es wieder tat? Eine Frau konnte sich in einen Mann verlieben, der so küsste …

Maggie riss sich zusammen. Manche Frauen, verbesserte sie sich, während sie hastig ihre Jeans anzog. Nicht sie. Sie würde sich nicht in Cliff Delaney verlieben. Er war nichts für sie. Er wollte nicht mehr als …

Dann erinnerte sie sich daran, dass er nicht ohne Wort gegangen war. Er war überhaupt nicht gegangen …

„Maggie!“

Die Stimme vom Fuß der Treppe ließ sie zusammenzucken. „Ja.“ Sie antwortete ihm, während sie ihr erstauntes Gesicht im Spiegel anstarrte.

„Stan ist unterwegs.“

„In Ordnung, ich komme.“ In einer Minute, fügte sie in Gedanken hinzu. Sie setzte sich auf ihr Bett, als könnte sie ihren Beinen nicht vertrauen.

Falls sie sich in Cliff verliebte, sollte sie es lieber jetzt zugeben, solange man noch etwas dagegen machen konnte.

Konnte man denn noch etwas dagegen machen? Es traf sie, dass es vielleicht schon zu spät war. Vielleicht war es schon in dem Moment zu spät gewesen, als er aus seinem Pick-up gestiegen war und seinen Fuß auf ihr Land gesetzt hatte.

Und was jetzt? fragte sie sich. Sie hatte zugelassen, dass sie sich in einen Mann verliebte, den sie kaum kannte, den sie nur wenig verstand und den sie die meiste der gemeinsam verbrachten Zeit nicht einmal unbedingt mochte. Er verstand sie ganz sicher nicht und schien das auch nicht zu wollen.

Doch er hatte eine junge Weide in ihrem Garten gepflanzt. Vielleicht verstand er mehr, als einem von ihnen bewusst war. Natürlich konnte nicht wirklich etwas zwischen ihnen sein. Sie waren wesensmäßig durch Welten getrennt. Doch im Moment hatte sie keine andere Wahl, als ihrem Herzen zu folgen und zu hoffen, dass ihr Verstand sie irgendwie im Gleichgewicht halten würde. Während sie aufstand, erinnerte Maggie sich resigniert daran, dass das bisher auch nie der Fall gewesen war.

Unten war es still, aber sobald sie an den Treppenabsatz kam, roch sie Kaffee. Einen Moment stand sie da und fragte sich, ob sie verärgert oder erfreut sein sollte, weil Cliff sich häuslich einrichtete. Ohne sich entscheiden zu können, betrat sie die Küche.

„Willst du eine Tasse?“, fragte Cliff, als sie eintrat. Er lehnte in seiner üblichen Haltung an der Theke und trank seinen Kaffee.

Maggie hob eine Augenbraue. „Tatsächlich, ich will eine Tasse. Hattest du irgendwelche Schwierigkeiten, alles zu finden, was du brauchtest?“

Er ignorierte den Sarkasmus und holte noch eine Tasse aus dem Schrank. „Nein. Du hattest kein Mittagessen.“

„Für gewöhnlich esse ich nie zu Mittag.“ Sie trat hinter ihn, um sich den Kaffee selbst einzuschenken.

„Ich schon“, sagte er schlicht. Mit einer Selbstverständlichkeit, die in Maggies Augen an Arroganz grenzte, öffnete er den Kühlschrank und begann zu suchen.

„Bedien dich ruhig“, murmelte sie, bevor sie sich die Zunge an dem Kaffee verbrühte.

„Du solltest lieber lernen, dir einen Vorrat anzulegen“, erklärte Cliff, als er ihre Bestände entmutigend mager fand. „Im Winter ist es nicht ungewöhnlich, dass man an einer solchen Nebenstraße für eine Woche eingeschneit wird.“

„Ich werde daran denken.“

„Du isst dieses Zeug?“, fragte er und schob einen Karton mit Joghurt beiseite.

„Zufälligerweise mag ich ‚dieses Zeug‘.“ Sie stellte sich neben ihn und wollte die Kühlschranktür zuschlagen, ob er mit der Hand noch drinnen war oder nicht. Cliff trickste sie aus, indem er ein gebratenes Hühnerbein herausnahm und beiseitetrat. „Ich möchte dich nur wissen lassen, dass du mein Abendessen isst.“

„Willst du abbeißen?“ Die Liebenswürdigkeit in Person, streckte er ihr das Hühnerbein hin. Maggie konzentrierte sich darauf, ihre Lippen am Lächeln zu hindern.

„Nein.“

„Komisch.“ Cliff nahm einen Bissen und kaute nachdenklich. „Wenn ich nur schon in diese Küche komme, scheint mein Appetit zu wachsen.“

Sie schoss ihm einen Blick zu und war sich wohl bewusst, dass sie jetzt auf der Stelle stand, an der sie sich vor kurzer Zeit wild geliebt hatten. Wenn er sie erregen wollte, hatte er Erfolg. Wenn er sie von der Entdeckung auf dem Dachboden ablenken wollte, hatte er ebenfalls Erfolg. So oder so, Maggie fand, dass sie ihm nicht widerstehen konnte.

Bewusst trat sie einen Schritt näher an ihn heran und fuhr mit ihren Händen langsam an seiner Brust hinauf. Es war an der Zeit, ihm etwas mit gleicher Münze zurückzuzahlen. „Vielleicht bin ich ja doch hungrig“, murmelte sie, stellte sich auf die

Zehen und strich mit ihren Lippen aufreizend über die seinen.

Weil er damit nicht gerechnet hatte, tat Cliff gar nichts. Von Anfang an hatte er sie verfolgt und verführt. Sie war die Lady, die Kronprinzessin mit jener wollüstigen Leidenschaft, von der Männer an langen, dunklen Abenden oft fantasierten. Als er jetzt in diese tiefen, samtenen Augen blickte, hielt er sie mehr für eine Hexe. Während sein Blut zu sieden begann, fragte er sich, wer denn nun verfolgt und verführt worden war.

Sie raubte ihm den Atem – allein schon ihr Duft. Sie verschleierte seinen Verstand – allein schon ihre Berührung. Wenn sie ihn so mit wissenden Augen ansah, ihre geöffneten Lippen nahe, war sie die einzige Frau, die er wollte, die einzige Frau, die er kannte. In solchen Momenten begehrte er sie mit einem Feuer, das nie auszugehen versprach. Ganz plötzlich und ganz klar jagte sie ihm Angst ein.

„Maggie." Er hob eine Hand, um sie abzuwehren oder näher an sich heranzuziehen. Er sollte es nie erfahren, da der Hund zu bellen begann und von draußen das Dröhnen eines Wagens zu hören war, der sich die Straße heraufquälte. Cliff ließ seine Hand wieder sinken. „Das wird Stan sein."

„Ja." Sie betrachtete ihn mit offener Neugierde.

„Du solltest lieber die Tür öffnen."

„In Ordnung." Sie hielt noch ihren Blick für einen Moment auf seine Augen gerichtet und freute sich über die Unsicherheit, die sie darin sah. „Kommst du?"

„Ja, gleich." Er wartete, bis sie gegangen war, und stieß dann tief und unbehaglich den Atem aus. Das war zu knapp gewesen, als dass er sich hätte wohlfühlen können. Zu knapp woran, das wusste er nicht, aber er wusste, dass er es nicht mochte. Nachdem sein Appetit sonderbarerweise verschwunden war, ließ Cliff das Hühnerbein liegen und griff nach seinem Kaffee. Als er bemerkte, dass seine Hände nicht ganz ruhig waren, stürzte er den Inhalt auf einmal hinunter.

Maggie fand, dass es eine ganze Menge gab, worüber sie nachdenken konnte. Der Sheriff war wieder an ihrer Tür, Cliff stand in ihrer Küche, als hätte er einen Schlag erhalten, und ihr eigener Kopf war ganz leicht von einem Gefühl – Macht? –, dass sie nicht wusste, was als Nächstes passieren würde. Ihr Umzug aufs Land hatte ihr ganz sicher keine Ruhe gebracht. Sie hatte sich noch nie in ihrem Leben so aufgeputscht gefühlt.

„Miss Fitzgerald."

„Sheriff." Maggie hob Killer auf den Arm, denn er führte sich ziemlich verrückt auf und hörte nicht auf zu bellen.

„Da haben Sie eine ganz schöne Bestie", bemerkte er, streckte die Hand aus und ließ den Welpen vorsichtig daran schnüffeln. „Cliff hat mich angerufen", fuhr er fort. „Sagte, es sieht so aus, als sei jemand in das Haus eingebrochen."

„Das scheint die einzige Erklärung zu sein." Maggie wich zurück und kämpfte sowohl mit dem Welpen als auch mit der Tür. „Obwohl es für mich keinen Sinn ergibt. Offenbar war letzte Woche jemand auf dem Dachboden."

„Letzte Woche?" Stan kümmerte sich selbst um die Tür und legte dann seine Hand leicht und scheinbar nachlässig an den Griff seines Revolvers. „Warum haben Sie nicht schon früher angerufen?"

Maggie kam sich albern vor, setzte den Hund auf den Boden und schickte ihn mit einem ungeduldigen Schubs gegen das Hinterteil in Richtung Musikzimmer. „Ich bin irgendwann mitten in der Nacht aufgewacht und habe Geräusche gehört. Zugegeben, ich geriet in Panik, aber am Morgen …" Sie verstummte und zuckte die Schultern. „Am Morgen dachte ich, es sei meine Fantasie gewesen. Daher habe ich die ganze Sache mehr oder weniger vergessen."

Stan hörte zu, und sein Nicken drückte Verständnis aus. „Und jetzt?"

„Ich habe es zufällig Cliff gegenüber heute … äh … heute Morgen erwähnt. Das hat ihn neugierig genug gemacht, um auf den Dachboden hinaufzugehen."

„Verstehe." Maggie hatte das Gefühl, dass er nur zu gut verstand.

„Stan." Cliff kam von der Küche und wirkte völlig entspannt. „Danke, dass du gekommen bist."

Das hätte ich sagen sollen, dachte Maggie, aber bevor sie den Mund öffnen konnte, sprachen die Männer schon an ihr vorbei. „Gehört zu meinem Job", stellte Stan fest. „Du hast ja auch einen ganz schönen Job da draußen auf dem Grundstück."

„Es geht voran."

Stan warf ihm ein schiefes Lächeln zu. „Du hast Herausforderungen schon immer gemocht."

Sie kannten einander offensichtlich sehr gut. Die Anspielung galt sowohl der Frau als auch dem Land, ohne Zweifel. „Ohne sie wäre alles langweilig", erwiderte er sanft.

„Ich habe gehört, du hast etwas auf dem Dachboden gefunden."

„Ja. Ich glaube, jemand hat da herumgeschnüffelt."

„Das sollte ich mir lieber ansehen."

„Ich zeige es Ihnen", sagte Maggie mit ausdrucksloser Stimme, warf Cliff einen vielsagenden Blick zu und ging ihm voraus.

An der Tür zum Dachboden bemerkte Stan den Feuerhaken, der noch immer dagegen lehnte. „Jemand könnte darüber stolpern", sagte er ruhig.

„Ich muss ihn vorhin hier vergessen haben." Sie übersah Cliffs Grinsen.

„Sieht so aus, als wäre schon lange niemand hier oben gewesen", bemerkte Stan, als er sich eine Spinnwebe aus dem Gesicht wischte.

„Ich war bis heute überhaupt nicht hier oben." Maggie schauderte, als eine große schwarze Spinne gemächlich links von ihr die Wand hinaufkroch. Bisher hatte sie noch bei niemandem erwähnt, dass hauptsächlich die Aussicht auf Insekten und Mäuse sie ferngehalten hatte. „Es gab so viel anderes im Haus zu tun." Behutsam wich sie von der Wand zurück.

„Hier oben ist nicht viel." Stan rieb sich mit der Hand über das Kinn. „Joyce und ich haben alles herausgeräumt, woran wir interessiert waren, als wir es erbten. Louella hatte schon, was sie wollte. Wenn Sie noch nie hier oben waren", fuhr er fort und sah sich langsam um, „woher wissen Sie dann, dass etwas fehlt?"

„Ich weiß es nicht. Es geht um das hier." Sie zeigte auf den Schrankkoffer, kauerte sich vor ihm hin und wies auf den Handabdruck.

Stan beugte sich über sie, und sie roch das billige Aftershave aus dem Kaufhaus, das er benutzte. Mit einer Woge der Nostalgie erinnerte sie sich plötzlich, dass der Fahrer ihrer Mutter genau das Gleiche benutzt hatte. Aus diesem schlichten Grund wurde ihr Vertrauen zu ihm bestätigt.

„Das ist sonderbar", murmelte Stan und achtete darauf, die schwachen Umrisse nicht zu verwischen. „Haben Sie den Koffer geöffnet?"

„Keiner von uns hat ihn auch nur angefasst", sagte Cliff von hinten.

Stan nickte und drückte den Verschluss. Seine andere Hand hob sich automatisch und stockte dort, wo sich der Handabdruck befand. „Sieht so aus, als hätte jemand zugegriffen." Vorsichtig legte er seine Hand an den Verschluss und zog. „Zugesperrt." Er kauerte sich auf die Fersen und betrachtete finster den Schrank. „Der Teufel soll mich holen, wenn ich mich erinnern kann, was sich in diesem Ding befindet oder ob es einen Schlüssel gibt. Joyce könnte es wissen – noch eher Louella. Allerdings …" Kopfschüttelnd stand er wieder auf. „Es ergibt nicht viel Sinn, dass jemand einbricht und etwas aus diesem alten Schrankkoffer nimmt, besonders jetzt, da das Haus zum ersten Mal seit zehn Jahren wieder bewohnt ist." Er blickte Maggie an. „Sind Sie sicher, dass unten nichts fehlt?"

„Ja … das heißt, ich glaube nicht. Fast alles, was ich mir schicken ließ, steckt noch in Kisten."

„Könnte nicht schaden, sich genauer umzusehen."

„In Ordnung." Sie kehrte in den ersten Stock zurück, wobei sie hoffte, dass etwas fehlte. Das hätte Sinn ergeben. Das wäre greifbar gewesen. Der schwache Handabdruck an dem Schrankkoffer und die fehlende Erklärung verursachten ihr ein flaues Gefühl im Magen. Ein richtiger Einbruch hätte sie nur wütend gemacht.

Die beiden Männer folgten ihr ins Schlafzimmer, wo sie zuerst nach ihrem Schmuck sah. Alles war genau, wie es sein sollte. Im nächsten Schlafzimmer standen Kisten, ganz offensichtlich unberührt und ungeöffnet.

„Das wäre hier oben alles. Unten gibt es noch mehr Kisten und einige Gemälde, die ich noch nicht habe rahmen lassen."

„Sehen wir es uns an."

Maggie nickte und ging den Männern wieder voran zur Treppe. „Mir gefällt das nicht", sagte Cliff gedämpft zu Stan. „Und du glaubst auch nicht, dass unten etwas fehlt."

„Nur ein Einbruch ergibt einen Sinn, Cliff."

„Eine Menge Dinge haben keinen Sinn ergeben, seit wir in diesem Graben zu buddeln begonnen haben."

Stan stieß leise den Atem aus. „Ich weiß, und oft gibt es einfach keine Antworten."

„Wirst du es Joyce erzählen?"

„Vielleicht muss ich es." Stan blieb am Fuß der Treppe stehen und fuhr sich mit der Hand über den Nacken. „Sie ist eine starke Frau, Cliff. Ich glaube, ich habe gar nicht gewusst, wie stark, bis diese Sache anfing. Ich weiß, als wir geheiratet haben, dachten viele Leute, ich würde es wegen ihrer Erbschaft tun."

„Niemand, der dich kannte, dachte so."

Stan zuckte die Schultern. „Wie auch immer, das legte sich nach einer Weile, legte sich vollständig, nachdem ich Sheriff geworden war. Manchmal habe ich mich gefragt, ob Joyce auch jemals so gedacht hat."

„Hätte sie es getan, würde sie es mir erzählt haben", sagte Cliff unverblümt.

Mit einem knappen Lachen wandte Stan sich zu ihm. „Ja, das hätte sie."

Maggie kam aus dem Musikzimmer auf den Korridor zurück. „Hier fehlt auch nichts. Ich habe ein paar Sachen im Wohnzimmer, aber …"

„Wir sollten gründlich vorgehen", meinte Stan, überquerte den Korridor und trat über die Schwelle. „Streichen Sie?", fragte er, als er die Dose und den Pinsel am Fenster entdeckte.

„Ich wollte heute die Rahmen hier drinnen streichen", erwiderte sie abwesend, während sie einige weitere Umzugskisten überprüfte, „aber dann kam Mrs Morgan und …"

„Louella?", unterbrach Stan sie verwundert.

Bei seinem Stirnrunzeln spielte Maggie es herunter. „Ja. Sie ist nicht lange geblieben. Wir haben uns nur die Fotos angesehen, die sie mir geliehen hat." Zerstreut griff sie nach dem Packen. „Ach ja, ich wollte sie dir zeigen, Cliff. Ich dachte, du könntest mir vielleicht einen Rat geben, wie ich Kletterrosen wie diese hier pflanzen kann."

Während die Männer sie flankierten, blätterte sie die Bilder durch. „Louella hatte ganz sicher ein Gefühl dafür, es so aussehen zu lassen, als würden die Blumen ganz von selbst wachsen", murmelte sie. „Ich weiß nicht, ob ich das Talent dafür habe."

„Sie hat diesen Besitz hier immer geliebt", sagte Stan. „Sie …" Er stockte, als sie an das Farbfoto von ihm und Morgan kam. „Das hatte ich ganz vergessen", sagte er nach einem Moment. „Joyce hat es am ersten Tag der Rotwildsaison gemacht."

„Louella hat erwähnt, dass sie jagen ging."

„Das hat sie getan", warf Cliff ein, „weil Morgan es wollte. Er hatte eine … Schwäche für Waffen."

Und ist durch eine gestorben, dachte Maggie schaudernd. Sie legte die Fotos mit dem Bild nach unten. „Hier fehlt so weit nichts. Jedenfalls nicht auf den ersten Blick, Sheriff."

Er starrte auf den Packen Fotos hinunter. „Nun, dann überprüfe ich die Türen und Fenster, ob irgendetwas aufgebrochen wurde."

„Sie können nachsehen." Maggie seufzte. „Aber ich weiß nicht, ob die Türen verschlossen waren, und die Hälfte der Fenster waren zumindest nicht verriegelt."

Er warf ihr jenen Blick zu, den Eltern ihren Kindern zuwerfen, wenn sie etwas Unvernünftiges sagen. „Ich schau mich trotzdem um. Man kann nie wissen."

Nachdem er hinausgegangen war, ließ Maggie sich auf das Sofa fallen. Als hätte er nichts Besseres zu tun, ging Cliff an die Uhr auf dem Kaminsims und begann sie aufzuziehen. Killer kam unter dem Sofa hervor und umtanzte Cliffs Beine. Die Spannung im Raum war greifbar. Maggie fragte sich schon gar nicht mehr, ob es irgendwann einmal zu einer Lösung käme.

„Nichts ist aufgebrochen worden", verkündete Stan von der Zimmertür her. „Ich fahre in die Stadt, schreibe ein Protokoll und mache mich an die Arbeit. Nur ..." Er schüttelte den Kopf. „Ich kann nichts versprechen. Ich schlage vor, Sie verschließen von jetzt an alle Türen."

„Ich bleibe die nächsten Tage hier", verkündete Cliff und verschlug damit Stan und Maggie die Sprache. „Maggie wird nicht allein sein, obwohl der Einbrecher vermutlich schon mitgenommen hat, was immer er aus dem Haus haben wollte."

„Ja." Stan kratzte sich an der Nase und verbarg beinahe ein Grinsen. „Ich fahre jetzt zurück. Ich finde allein hinaus."

Maggie war noch immer zu verblüfft, um sich zu verabschieden. Sie starrte Cliff an, bis sich die Haustür schloss. „Was meinst du damit, dass du hier bleiben wirst?"

„Zuerst müssen wir Lebensmittel einkaufen. Ich kann nicht von den Dingen leben, die du in diesem Kühlschrank hältst."

„Niemand hat dich gebeten, davon zu leben", sagte sie scharf und sprang vom Sofa auf. „Und niemand hat dich gebeten, hier zu bleiben. Ich verstehe nicht, wieso ich dich ständig daran erinnern muss, wessen Haus und Grundstück das ist."

„Das verstehe ich auch nicht."

„Du hast es ihm erzählt", fuhr sie fort. „Du hättest genauso gut der ganzen Stadt verkünden können, dass du und ich ..."

„Dass wir genau das sind, was wir sind", beendete Cliff leichthin. „Du solltest dir lieber Schuhe anziehen, wenn wir in die Stadt fahren."

„Ich fahre nicht in die Stadt, und du bleibst nicht hier."

Er bewegte sich so schnell, dass sie völlig überrumpelt wurde. Seine Hände schlossen sich um ihre Arme. „Ich lasse nicht zu, dass du allein bist, solange wir nicht wissen, was hier vor sich geht."

„Ich habe dir bereits gesagt, dass ich auf mich selbst aufpassen kann."

„Vielleicht kannst du das, aber das wirst du nicht gerade jetzt ausprobieren. Ich bleibe."

Sie starrte ihn lange an. Die Wahrheit war, dass sie nicht allein sein wollte. Die Wahrheit war, dass sie ihn wollte, vielleicht zu sehr, als gut für sie war. Doch er war derjenige, der darauf bestand. Und da er darauf bestand, lag ihm vielleicht mehr an ihr, als er zugeben wollte. Vielleicht sollte sie dieses Wagnis eingehen.

„Wenn ich dich hier bleiben lasse …", setzte sie an.

„Ich bleibe hier."

„Wenn ich dich hier bleiben lasse", wiederholte sie kühl, „musst du heute das Abendessen kochen."

Er hob eine Augenbraue, und der Griff an seinem Arm entspannte sich leicht. „Nachdem ich deine Kochkunst genossen habe, wirst du keinen Widerspruch hören."

Ohne beleidigt zu sein, nickte sie. „Fein. Ich hole meine Schuhe."

„Später." Bevor sie wusste, worauf er aus war, nahm er sie auf den Arm und trug sie zurück auf das Sofa. „Wir haben noch den ganzen Tag vor uns."

# 10. KAPITEL

Maggie sah es als Ironie des Schicksals an, dass sie sich gerade daran gewöhnt hatte, allein zu leben, und jetzt nicht mehr allein lebte. Cliff führte den Übergang unauffällig durch. Kein Aufheben, kein Theater. Straffe Organisation schien ein Teil von ihm zu sein. Sie hatte organisierte Menschen immer respektiert – aus sicherer Entfernung.

Er ging frühmorgens, lange bevor sie es als menschlich erträglich betrachtete, das Bett zu verlassen. Er war leise und schnell und weckte sie nie auf. Wenn sie sich morgens die Treppe hinuntertastete, fand sie manchmal eine gekritzelte Nachricht neben der Kaffeekanne.

„Hörer war wieder neben dem Telefon", stand vielleicht darauf. Oder: „Milch ist knapp. Ich bringe welche mit."

Nicht gerade Liebesbriefe, dachte Maggie trocken. Ein Mann wie Cliff brachte seine Gefühle nicht zu Papier, wie sie das tat. Das war nur ein weiterer Gegensatz zwischen ihnen.

Dennoch begann sie, ihn zu verstehen. Je besser sie ihn verstand, desto schwerer wurde es, ihre stetig wachsende Liebe für ihn zu kontrollieren. Er war kein Mann, dessen Gefühle gedrängt oder geleitet werden konnten. Sie war eine Frau, deren Gefühle nach dem kleinsten Anstoß mit ihr in jeder beliebigen Richtung davonliefen.

Cliff hatte sich selbst zu ihrem Leibwächter erklärt, und abends, wenn die Sonne unterging und die Wälder still waren, gehörte ihr Körper ihm. Er akzeptierte ihre Leidenschaft und ihr Verlangen. Vielleicht würde er eines Tages auch ihre Gefühle akzeptieren.

Maggie war gerade in ihrem Badezimmer damit beschäftigt, neue Kacheln auf dem Boden zu verlegen, betrachtete die sechs Stück, die sie geschafft hatte, und nickte. Sie war recht geschickt geworden. Obwohl ihre Stiefmütterchen sich nie erholt hatten, waren sie ihr einziger größerer Fehler geblieben.

Maggie griff nach der nächsten Kachel, als sie sich an einer scharfen Kante schnitt. Der Preis, wenn man sein eigener Handwerker ist, befand sie, ging zum Waschbecken und ließ Wasser über ihren Finger laufen.

Als der Hund zu bellen begann, drehte sie das Wasser ab und hörte das Motorengeräusch. Vom Fenster aus sah sie, wie Lieutenant Reiker um die letzte Kurve bog.

Warum kommt er wieder, fragte sie sich stirnrunzelnd. Sie konnte ihm einfach keine Informationen mehr geben. Als er sich dem Haus nicht sofort näherte, blieb Maggie, wo sie war. Er ging den Pfad aus Steinplatten entlang, den Cliffs Leute erst diese Woche gelegt hatten. Als er das Ende erreichte, blickte er in den Graben. Langsam zog er eine Zigarette hervor und zündete sie mit einem Streichholz an. Eine Weile stand er nur da, rauchte und betrachtete Erde und Steine, als hätten sie die gewünschten Antworten. Dann drehte er sich um und blickte direkt zu dem Fenster herauf, an dem sie stand. Sie fühlte sich albern und ging nach unten.

„Lieutenant." Maggie stieg vorsichtig die Verandastufen hinunter und betrat die neuen Steinplatten.

„Miss Fitzgerald." Er schleuderte die Zigarettenkippe in ein Gebüsch nahe dem Graben. „Ihr Grundstück macht sich. Kaum zu glauben, wie es noch vor Wochen ausgesehen hat."

„Danke." Er wirkte so harmlos, so freundlich. Sie fragte sich, ob er eine Waffe in einem Schulterhalfter unter seinem Jackett trug. „Ich habe gesehen, dass Sie da drüben eine Weide gepflanzt haben." Er sah sie an und nicht zu dem Graben, den er meinte. „Es dürfte nicht mehr lange dauern, dann können Sie Ihren Teich anlegen lassen."

Wie Reiker blickte auch Maggie nicht zu dem Graben. „Soll das heißen, dass die Untersuchung fast abgeschlossen ist?"

Reiker rieb sich das Kinn. „Ich würde das nicht so ausdrücken. Wir arbeiten daran."

Sie unterdrückte einen Seufzer. „Werden Sie den Graben noch einmal untersuchen?"

„Ich glaube nicht, dass es dazu kommen wird. Das haben wir jetzt zweimal gemacht. Tatsache ist ..." Er unterbrach sich und verlagerte sein Gewicht auf das andere Bein. „Ich mag keine losen Enden. Je mehr wir in diese Sache hineinblicken, desto mehr finden wir davon. Es ist schwer, Enden miteinander zu verknüpfen, die für zehn Jahre lose hingen."

„Lieutenant, kann ich noch etwas in dieser Sache tun?"

„Hat sich bei Ihnen jemand gezeigt, jemand, den Sie kennen, vielleicht auch jemand, den Sie nicht kennen?"

„Gezeigt?"

„Der Mord passierte hier, Miss Fitzgerald, und je mehr wir nachforschen, desto mehr Leute finden wir, die einen Grund hatten, Morgan zu töten. Viele von ihnen leben noch immer in der Stadt."

Sie verschränkte die Arme vor der Brust. „Wenn Sie versuchen, mir Unbehagen einzujagen, Lieutenant, machen Sie das wirklich sehr gut."

„Das ist nicht meine Absicht, aber ich möchte Sie auch nicht im Dunkeln lassen." Er zögerte. „Wir haben entdeckt, dass Morgan am Tag seines Verschwindens fünfundzwanzigtausend Dollar in bar von seinem Bankkonto abgehoben hat. Damals wurde sein Wagen gefunden, jetzt wurde seine Leiche gefunden, aber das Geld ist nie aufgetaucht."

„Fünfundzwanzigtausend", murmelte Maggie. Ein nettes Sümmchen, noch eindrucksvoller vor zehn Jahren. „Sie meinen, das Geld war das Motiv für den Mord?"

„Geld ist immer ein Motiv für einen Mord, und es ist ein loses Ende. Wir überprüfen eine Menge Leute, aber das kostet Zeit. Bisher hat niemand hier so viel Geld herumgezeigt." Er wollte nach einer weiteren Zigarette greifen, überlegte es sich jedoch anders. „Ich habe zwei Theorien ..."

Sie hätte gelächelt, hätte ihr Kopf nicht zu schmerzen begonnen. „Und Sie wollen sie mir mitteilen?"

„Wer immer Morgan getötet hat, war schlau genug, seine Spuren zu verwischen. Er hat wohl gewusst, dass es in einer solchen Stadt nicht unbemerkt bleibt, wenn jemand fünfundzwanzigtausend Dollar hat. Vielleicht geriet er in Panik und hat sich des Geldes entledigt. Oder vielleicht hat er es versteckt, um so lange zu warten, bis sich die Gerüchte über Morgan legten. Dann würde das Geld auf ihn warten."

„Zehn Jahre sind eine lange Zeit, Lieutenant."

„Manche Leute sind geduldiger als andere." Er zuckte die Schultern. „Es ist nur eine Theorie."

Die sie jedoch zum Nachdenken brachte. Der Dachboden und der Schrankkoffer und der Handabdruck. „Vor ein paar Nächten ...", setzte sie an und stockte.

„Ist etwas geschehen?", drängte er.

„Nun, offenbar hat jemand eingebrochen und etwas aus einem Schrankkoffer auf dem Dachboden genommen. Das ist mir erst Tage später aufgefallen. Dann habe ich es Sheriff Agee gemeldet."

„Das war genau richtig." Sein Blick hob sich zu dem Dachfenster. „Hat Agee etwas gefunden?"

„Nicht direkt. Er hat einen Schlüssel gefunden. Das heißt, seine Frau hat den Schlüssel irgendwo gefunden. Er kam wieder und öffnete den Schrankkoffer, aber der war leer."

„Haben Sie etwas dagegen, wenn ich mich selbst umsehe?"

Sie wollte, dass diese Sache endlich vorüber wäre, doch jeder Schritt, den sie unternahm, zog sie scheinbar tiefer in die Sache hinein. „Nein, ich habe nichts dagegen." Resigniert drehte Maggie sich um und ging ihm ins Haus voraus. „Erscheint mir seltsam, dass jemand Geld auf dem Dachboden verstecken sollte und dann wartet, bis jemand hier einzieht, um es sich zu holen."

„Sie haben das Haus fast sofort nach dem Aufstellen des Schildes gekauft", erinnerte Reiker sie.

„Aber es hat fast einen Monat gedauert, bis ich eingezogen bin."

„Ich habe gehört, Mrs Agee hat über den Verkauf Stillschweigen bewahrt. Ihr Mann war davon nicht gerade begeistert."

„Sie hören eine Menge, Lieutenant."

Er zeigte ihr das gleiche leicht verlegene Lächeln, das sie bei ihm bemerkt hatte, als er sie um ihr Autogramm bat. „Das ist meine Aufgabe."

Maggie verfiel in Schweigen, bis sie den ersten Stock erreichten. „Zum Dachboden geht es dort hinauf. Ich habe nichts gefunden, was im Haus fehlt."

„Wie ist der Einbrecher hereingekommen?", fragte er, als er die steile schmale Treppe hinaufzusteigen begann.

„Ich weiß es nicht", murmelte sie. „Ich hielt meine Türen nicht verschlossen."

„Aber jetzt schon?"

„Ja, jetzt verschließe ich sie."

„Gut." Er ging direkt zu dem Schrankkoffer und betrachtete das Schloss. Der Handabdruck war wieder im Staub verschwunden. „Sie sagen, Mrs Agee hatte den Schlüssel?"

„Ja. Oder zumindest einen davon. Der Schrankkoffer hat den letzten Mietern des Hauses gehört, einem alten Ehepaar. Die Frau hat den Koffer hier gelassen, nachdem ihr Mann gestorben und sie ausgezogen war. Es gab wohl zwei Schlüssel, aber Joyce konnte nur einen finden."

„Hmm." Reiker öffnete den jetzt unverschlossenen Schrankkoffer und blickte hinein.

„Lieutenant, Sie glauben doch nicht wirklich, dass es eine Verbindung gibt zwischen dem hier und ... Ihrer Untersuchung?"

„Ich mag keine Zufälle", murmelte er. „Sie sagen, der Sheriff kümmert sich darum?"

„Ja."

„Ich werde mit ihm sprechen, bevor ich zurückfahre. Fünfundzwanzigtausend Dollar nehmen nicht viel Platz ein", sagte er. „Und das ist ein großer Schrankkoffer."

„Ich verstehe nicht, warum jemand das Geld hier zehn Jahre lang liegen lassen sollte."

„Menschen sind seltsam." Er richtete sich auf und stöhnte leise unter der Anstrengung. „Natürlich ist das nur eine Theorie. Eine andere ist, dass Morgans Geliebte das Geld nahm und verschwand."

„Seine Geliebte?", wiederholte Maggie tonlos.

„Alice Delaney", sagte Reiker leichthin. „Sie hatte fünf oder sechs Jahre lang eine Affäre mit Morgan. Komisch, wie die Leute reden, wenn man sie erst einmal dazu gebracht hat."

„Delaney?", wiederholte Maggie ruhig und hoffte, falsch gehört zu haben.

„Richtig. Ihr Sohn macht für Sie die Landschaftsgärtnerei. Zufälle", wiederholte er. „Mein Beruf ist voll davon."

Irgendwie wahrte sie ihre Fassung, als sie nach unten gingen. Sie antwortete höflich, als er ihr sagte, wie sehr er ihre Musik bewundere. Vielleicht lächelte sie sogar, als sie hinter ihm die Tür schloss. Doch als sie allein war, fühlte Maggie, wie ihr Blut zu Eis erstarrte.

Cliffs Mutter war jahrelang Morgans Geliebte gewesen! Und dann war sie unmittelbar nach seinem Tod verschwunden? Cliff hatte vermutlich Bescheid gewusst. Sicher hatten alle Bescheid gewusst. Maggie bedeckte ihr Gesicht mit beiden Händen.

In was war sie da hineingeraten? Und wie sollte sie da je wieder herauskommen?

Vielleicht wurde er allmählich verrückt, aber Cliff begann, die lange, gewundene Straße den Berghang hinauf als Heimweg zu betrachten. Er hätte nie gedacht, dass er den alten Morgan-Besitz als Zuhause ansehen könnte. Nicht, wenn er seine Gefühle William Morgan gegenüber in Betracht zog. Er hätte auch nicht geglaubt, dass ihn die Frau, die dort wohnte, dazu bringen könnte, so zu denken. Viel schien zu geschehen, das er weder aufhalten noch lenken konnte. Doch es war seine Wahl gewesen, bei Maggie zu bleiben, genau wie auch das Weggehen seine Wahl sein würde. Von Zeit zu Zeit hielt er es für nötig, sich daran zu erinnern, dass er wieder weggehen konnte und es auch wollte.

Doch wenn Maggie lachte, schien das Haus von Wärme erfüllt. Wenn sie zornig war, war es so voller Leben. Wenn sie sang, wenn sie abends im Musikzimmer arbeitete … Wenn die Wälder still waren und bevor der Mond aufging, sang sie Wortfetzen, Sätze, Phrasen zu einigen Klavieruntermalungen, während sie komponierte. Lange bevor sie fertig war, war er schon rastlos vor Verlangen. Er wunderte sich, wie sie Stunde um Stunde, Tag um Tag von solcher Leidenschaft und von solchen Gefühlen angetrieben arbeiten konnte.

Es war ihre Disziplin, entschied Cliff. Er hatte nicht erwartet, dass sie in ihrer Musik so diszipliniert sein würde. Ihr Talent hatte er immer bewundert, aber in den wenigen Tagen, die er jetzt bei ihr lebte, hatte er erfahren, dass sie sich in den Arbeitsstunden hart antrieb.

Ein Kontrast, fand Cliff. Es war ein unglaublicher Kontrast für die Frau, die in diesem großen, staubigen Haus von einer Tätigkeit zur anderen sprang. Sie ließ Wände halb tapeziert, Decken halb gestrichen. Kisten und Kartons standen überall herum, von denen die meisten noch nicht angerührt worden waren. Ihre Arbeit am Haus war präzise, sogar kreativ bis zu dem Punkt, an dem sie aufhörte und sich mit etwas anderem beschäftigte.

Er hielt vor dem Haus und schaute sich um. Das neue Gras war wie ein grüner Schatten auf der Erde. Maggies Petunien waren ein leuchtender Farbfleck.

Als er aus dem Pick-up stieg, war keine Musik zu hören. Cliff runzelte die Stirn, während er die Stufen zum Haus hinaufstieg. Maggie saß um diese Zeit sonst immer am Klavier. Er warf einen Blick auf die Uhr. Halb sechs. Mit einem unguten Gefühl drehte er den Knauf an der Eingangstür.

Natürlich nicht abgeschlossen, dachte er verärgert. Er hatte ihr an diesem Morgen eine Notiz hinterlassen, dass heute niemand von seinen Leuten hier sein würde und sie die Türen verschließen solle. Kein Verstand, diese Frau, dachte er, während er die Tür aufdrückte. Wieso bekam sie es nicht in ihren Kopf, dass sie hier völlig allein war? Zu viel war geschehen, und allein weil sie in diesem Haus wohnte, steckte sie mitten in diesem Geschehen.

Still. Zu verdammt still, erkannte Cliff, als sein Ärger schwand und Sorge den Platz einnahm. Der Hund bellte nicht. Dem Haus haftete dieses hallende, leere Gefühl an, das fast jeder spürte, aber niemand erklären konnte. Obwohl ihm sein Instinkt sagte, dass niemand hier war, ging er von Raum zu Raum und rief nach Maggie. Ihr Name schallte von den Wänden zurück, und seine eigene Stimme verspottete ihn.

Wo ist sie, zum Teufel, fragte sich Cliff, als er zwei Stufen auf einmal nahm, um im ersten Stock nachzusehen. Er gab nicht gern zu, dass er Panik fühlte, bloß weil er in ein leeres Haus heimkam, doch genau das war es, was er fühlte.

„Maggie!" Verzweifelt suchte er den ersten Stock ab, ohne zu wissen, was er erwartete oder überhaupt finden wollte. Er hatte noch nie diese rohe, ursprüngliche Angst erlebt. Er wusste nur, dass das Haus leer und sein Mädchen verschwunden war. Ein Paar von ihren Schuhen stand vergessen mitten auf dem Schlafzimmerteppich. Eine Bluse war nachlässig über einen Sessel geworfen. Die Ohrringe, von denen er am Vorabend gesehen hatte, wie Maggie sie abnahm, lagen noch immer auf der Kommode neben einer Bürste mit Silbergriff und den eingravierten Initialen ihrer Mutter. Der Raum war von ihrem Duft erfüllt. Das war er immer.

Als er die neuen Kacheln im Bad sah, versuchte er sich zu beruhigen. In ihrer unordentlichen Art hatte sie ein neues Projekt gestartet. Aber wo, zum Teufel …

Dann entdeckte er im Waschbecken etwas, bei dem sein Herz stehen blieb. Auf dem weißen Porzellan leuchteten drei Blutstropfen. Er starrte darauf, während die Panik ihn packte, alles in seinem Kopf verschwimmen ließ und seine Haut zu Eis verwandelte.

Im Freien begann irgendwo ein Hund zu bellen. Cliff jagte die Treppe hinunter, ohne sich bewusst zu werden, dass er immer wieder ihren Namen rief.

Er sah sie, sobald er durch die Hintertür ins Freie stürzte. Sie kam langsam aus dem Wald. Der Hund umtanzte ihre Beine, hüpfte und schnappte. Sie hielt die Hände in die Taschen geschoben, den Kopf gesenkt. Cliff nahm jedes Detail auf, während die Mischung aus Angst und Erleichterung seine Beine schwach werden ließ.

Er lief auf sie zu, sah sie den Kopf heben, rief sie noch einmal. Dann hielt er sie fest in den Armen, schloss die Augen und fühlte nur noch sie, warm und unversehrt und in Sicherheit. Er war so von Emotionen überwältigt, dass er nicht bemerkte, wie starr und steif sie dastand.

Er vergrub sein Gesicht in ihrem weichen Haar. „Maggie, wo warst du?"

Dies war der Mann, von dem sie gedacht hatte, sie würde ihn allmählich verstehen. Dies war der Mann, den sie zu lieben begann. Maggie starrte über seine Schulter auf das Haus. „Ich habe einen Spaziergang gemacht."

„Allein?", fragte er überflüssigerweise und schob sie ein Stück zurück. „Du bist allein gegangen?"

Alles an ihr war kühl – ihre Haut, ihr Verhalten, ihre Augen. „Es ist mein Land, Cliff. Warum sollte ich nicht allein spazieren gehen?"

Er fing sich, bevor er toben konnte, weil sie ihm keine Nachricht hinterlassen hatte. Was passierte mit ihm? „Im Waschbecken im ersten Stock war Blut."

„Ich habe mir an einer Kachel den Finger aufgerissen."

Er wollte ihr deswegen Vorhaltungen machen. Sie durfte sich nicht selbst verletzen. „Für gewöhnlich spielst du um diese Uhrzeit."

„Ich bin genauso wenig in ein Schema eingesperrt, wie ich in diesem Haus eingesperrt bin. Wenn du ein stilles kleines Frauchen suchst, das jeden Abend darauf wartet, dir zu Füßen zu fallen, solltest du lieber woanders suchen." Sie ließ ihn stehen und ging ins Haus.

Ruhiger, wenn auch verwirrter, folgte Cliff ihr in die Küche, wo sie sich gerade einen Drink einschenkte. Scotch, stellte er fest. Noch eine Premiere. Jetzt fiel ihm auf, dass die Farbe auf ihren Wangen fehlte und ihre Schultern verspannt waren.

„Was ist passiert?“

Maggie fand den Scotch zu warm, zu stark, trank ihn dennoch. „Ich weiß nicht, was du meinst.“ Die Küche war zu klein. Maggie nahm ihr Glas und ging nach draußen. Die Luft war warm und weich.

Im Freien gab es keine Wände und Decken, durch die sie sich eingeschlossen fühlte. Sie setzte sich auf ein Stück des neuen Rasens. Im Sommer wollte sie hier sitzen und lesen. Byron, wenn sie dazu in der Stimmung war. Sie wollte sich von der Sonne bescheinen und von der Stille einhüllen lassen und lesen, bis sie einschlief. Maggie blickte noch zu den Wäldern, als Cliffs Schatten über sie fiel.

„Maggie, was stimmt nicht mit dir?“

„Ich bin launisch“, sagte sie tonlos. „Du erwartest doch, dass verwöhnte Berühmtheiten launisch sind, oder?“

Cliff hielt sein Temperament im Zaum, setzte sich neben sie und legte seine Hand unter ihr Kinn. Er wartete, bis sie ihm in die Augen sah. „Was ist?“

Sie hatte gewusst, dass sie es ihm sagen musste. Es war diese Ungewissheit, dieses Nichtwissen, was hinterher werden würde, dass sie innerlich kalt und verkrampft sein ließ. „Lieutenant Reiker war heute hier“, begann sie und schob behutsam Cliffs Hand von ihrem Gesicht.

Cliff fluchte, weil er sie allein gelassen hatte. „Was wollte er?“

Maggie zuckte die Schultern und nippte wieder an ihrem Scotch. „Er ist ein Mann, der keine losen Enden mag. Offenbar hat er ziemlich viele gefunden. William Morgan hat an dem Tag seiner Ermordung fünfundzwanzigtausend Dollar von seinem Bankkonto abgehoben.“

„Fünfundzwanzigtausend?“

Er klang überrascht. Ehrlich überrascht. Aber wie konnte sie in irgendeiner Hinsicht noch sicher sein? „Das Geld wurde nie gefunden. Eine von Reikers Theorien besagt, der Mörder habe das Geld versteckt und geduldig darauf gewartet, dass die Leute Morgan vergessen."

Cliffs Blick wurde schärfer. „Hier?"

„Möglich."

„Zehn Jahre sind eine verdammt lange Zeit, um auf fünfundzwanzigtausend Dollar zu sitzen", murmelte Cliff. „Hast du ihm von dem Schrankkoffer auf dem Dachboden erzählt?"

„Ja. Er hat ihn sich angesehen."

Er berührte ihre Schulter ganz leicht mit seinen Fingerspitzen. „Das hat dich aufgeregt." Maggie sagte nichts und sah ihn nicht an. Spannung breitete sich in ihm aus. „Da ist noch mehr."

„Ja, du hast recht. Da ist noch mehr", bestätigte Maggie ruhig und musste ihn jetzt ansehen. „Er hat erwähnt, dass Morgans Geliebte gleich nach seinem Tod verschwand." Sie fühlte, wie sich Cliffs Finger krampfhaft um ihre Schultern spannten, genau wie sie unvermittelt die Wellen seines Zorns fühlen konnte.

„Sie war nicht seine Geliebte", sagte Cliff gepresst. „Meine Mutter mag dumm genug gewesen sein, sich in einen Mann wie Morgan zu verlieben, sie mag unklug genug gewesen sein, mit ihm zu schlafen, aber sie war nicht seine Geliebte."

„Warum hast du mir das nicht schon früher erzählt?", fragte Maggie. „Warum hast du gewartet, bis ich es auf diese Weise herausgefunden habe?"

„Es hat nichts mit dir zu tun oder mit den Ereignissen hier." Ruhelos vor Zorn stand er auf.

„Zufälle", sagte Maggie ruhig, als Cliff auf sie herunterblickte. „Warst nicht du derjenige, der sagte, man solle Zufällen misstrauen?"

Er fühlte sich gedrängt zu erklären, was er nie zuvor erklärt hatte. „Meine Mutter war einsam und sehr verletzbar, nachdem mein Vater gestorben war. Morgan wusste, wie er das ausnutzen konnte. Ich lebte damals in der Nähe von Washington. Wäre ich hier gewesen, hätte ich es vielleicht aufhalten können.

Er verstand es, mit Schwäche zu spielen, und er spielte mit der Schwäche meiner Mutter. Als ich herausfand, dass sie ein Liebespaar waren, wollte ich ihn umbringen."

Er sagte es kalt und ruhig. Maggie schluckte. Ihre Kehle war trocken.

„Sie war bereits zu sehr an ihn gebunden, um irgendetwas dagegen zu unternehmen. Er hatte sie dazu verführt zu glauben, dass sie ihn liebte. Vielleicht liebte sie ihn auch wirklich. Schon andere intelligente Frauen hatten das getan. Sie war seit Jahren mit Louella befreundet gewesen, aber das spielte keine Rolle. Als man seinen Wagen im Fluss fand, drehte sie durch."

Es war schmerzlich, zurückzublicken, doch Maggies ernste braune Augen drängten ihn.

„Sie ist nicht verschwunden. Sie kam zu mir. Sie war außer sich, und zum ersten Mal, seit sie sich mit Morgan eingelassen hatte, konnte sie wieder klar sehen. Scham wirkt sich unterschiedlich auf die Menschen aus. Meine Mutter brach alle Bindungen zu Morganville und sämtlichen Einwohnern ab. Sie wusste, dass ihre Beziehung zu Morgan kein Geheimnis war, und da es damit jetzt vorbei war, ertrug sie die Gerüchte einfach nicht. Sie ist noch immer in Washington. Sie hat jetzt ein neues Leben, und ich will nicht, dass irgendetwas von dieser Sache sie erreicht."

Ob er immer so eisern als Beschützer der Frauen in seinem Leben auftrat? Joyce, seine Mutter … Wo passte sie selbst da ins Bild? „Cliff, ich verstehe, was du fühlst. Meine Mutter war auch einer der kostbarsten Menschen in meinem Leben, aber vielleicht kannst du da gar nichts machen. Sie rekonstruieren, was vor zehn Jahren geschehen ist, und deine Mutter spielt dabei eine Rolle."

Doch das war nicht alles, was sie dachte, erkannte Cliff. Langsam setzte er sich neben sie und ergriff ihre Schultern. „Du hast dich gefragt, was für eine Rolle ich dabei gespielt habe."

„Nicht." Sie versuchte aufzustehen, doch er hielt sie fest.

„Ist doch möglich, dass ich Morgan erschossen habe, um

seine zerstörerische Beziehung zu meiner Mutter zu beenden."

„Du hast ihn gehasst."

„Ja."

Ihre Augen wandten sich nicht von ihm ab, blickten ihn forschend an, drangen in die Tiefe. Logik mochte ihn zum Verdächtigen machen, genau wie sein aufbrausendes Temperament. Doch Maggie blickte in das rauchige Grau seiner Augen, und sie glaubte, was sie sah. „Nein", murmelte sie und zog ihn an sich. „Nein, ich verstehe dich zu gut."

Ihr Vertrauen vernichtete ihn beinahe. „Wirklich?", fragte er mit erstickter Stimme.

„Vielleicht zu gut", murmelte sie. „Ich hatte vorhin solche Angst." Sie schloss die Augen und atmete seinen vertrauten Duft ein. Er war real, er war solide, und solange sie ihn halten konnte, gehörte er ihr. „Nicht jetzt. Nicht jetzt, da du hier bist."

Er verspürte den Sog, diesen langsamen, sanften Sog. Wenn er nicht vorsichtig war, würde er bald vergessen, dass es außer ihr in seinem Leben noch etwas oder noch jemanden gab. „Maggie." Seine Finger schoben sich bereits in ihr Haar. „Du solltest nicht vertrauen, ohne Fragen zu stellen."

„Es ist kein Vertrauen, wenn man Fragen stellt", entgegnete sie. Sie wollte, dass es nur noch sie beide gab und der Rest der Welt ausgesperrt und vergessen war. Sie umschmiegte sein Gesicht mit den Händen und legte die Lippen auf seinen Mund.

Sie hatte Feuer und Aggression erwartet, aber seine Lippen waren weich und süß. Verwirrt und bewegt zog Maggie sich zurück und betrachtete ihn. Die Augen, die sie von Anfang an fasziniert hatten, hielten die ihren fest, während Sekunden sich zu einer Minute aneinanderreihten. Sie war in dem Nebel und Rauch verloren. Wortlos zog er sie wieder nahe an sich.

Seine Augen auf die ihren gerichtet, fuhr er mit einer Fingerspitze leicht die Form ihres Gesichts nach. Das war das einzige Gesicht, das er jemals wieder sehen musste. Behutsam umkreiste er ihre Lippen. Das waren die einzigen Lippen, die er je wieder kosten musste. Mit einer Sanftheit, die er keiner anderen Geliebten gezeigt hatte, legte er sie zurück. Dies war der einzige Körper, den er je wieder besitzen wollte.

Zärtlichkeit machte sie benommen und schwach. Sein Mund verharrte auf dem ihren. Allein schon der Kuss ließ sie dahinschmelzen. Unter ihr war das Gras kühl, über ihr war die Sonne warm. Maggie ließ sich von Emotionen treiben. Sie schloss die Augen, während seine Lippen über ihr Gesicht wanderten.

War sie je zuvor so berührt worden? Seine Hände strichen über sie, als wäre sie eine Kostbarkeit. Seine Lippen kosteten, als wäre sie eine Delikatesse. Und sie war hilflos gefangen in dem seidigen Netz, das mehr Liebe als Leidenschaft war.

„Cliff …“

Sie hätte es ihm vielleicht gesagt, hätten seine Lippen nicht die ihren mit einer Sanftheit gefangen genommen, die sie sprachlos machte.

Er hatte nie zuvor ein stärkeres Verlangen verspürt zu genießen. Es war, als könnte jeder Moment zu einer Stunde gestreckt werden, solange sie zusammen in dem duftenden Frühlingsgras lagen. Die Farbe ihrer Wangen war zart. Sonnenlicht spielte auf ihrem Haar. Dem Blick ihrer Augen konnte kein Mann widerstehen, und er drückte deutlicher als Worte aus, dass sie ihm gehörte. Er brauchte sie nur zu begehren. In diesem Bewusstsein bewegte er sich noch langsamer und berührte sie nur noch ehrfürchtiger.

Er entkleidete sie, während seine Küsse sie weiterhin in dem süßen Gefängnis der Lust festhielten. Als sie nackt waren, beobachtete er, wie die Sonne über ihre Haut strömte. Ihre großen, ausdrucksvollen Augen waren halb geschlossen. Er fühlte die Nachgiebigkeit ihres Körpers, als sie mit einem Seufzer ihre Hände hob und ihm beim Ausziehen half.

Das raue, primitive Verlangen, das sie so oft in ihm entzündete, stieg nicht in ihm hoch. Stattdessen entlockte sie ihm die sanfteren Gefühle, die er normalerweise zurückhielt. Er wollte nichts weiter, als ihr Genuss bereiten.

Sanft senkte er die Lippen auf ihre Brust. Er hörte, wie ihr

Herzschlag sich beschleunigte, während er da verharrte, seine Zunge wandern ließ, mit seinen Zähnen reizte. Die Brustspitze versteifte sich, und als er sie in den Mund zog, spürte er, wie Maggie erschauerte. Sie strich ihm durch das Haar, als sie sich in Empfindungen verloren zurücklegte.

Ihr Körper war wie ein Schatz, der vor der Besitzergreifung entdeckt und bewundert werden musste. Langsam, fast träge ließ er feuchte Küsse und sanfte Hände über sie wandern und hielt an, wenn er ihre bebende Reaktion fühlte.

Ihre Schenkel waren schlank und lang und perlweiß. Er hielt sich daran auf und trieb sie beide näher und näher an den Rand heran. Aber jetzt noch nicht.

Maggie hatte längst vergessen, wo sie war. Obwohl ihre Augen halb offen waren, sah sie nichts als Nebel und Träume. Sie fühlte jedes Streichen seiner Hand, jedes warme Gleiten seiner Lippen. Sie hörte sein sanftes Murmeln, ruhige Seufzer, die von ihm oder ihr kommen mochten. Es gab keinen Grund, jemals etwas anderes zu fühlen oder zu hören. Langsam und unvermeidlich wurde sie durch die Sanftheit in die Hitze gezogen … die sie willkommen hieß.

Er fühlte die Veränderung in ihrem Körper, hörte die Veränderung in ihrem Atem. Er fuhr mit dem Mund an ihrem Schenkel höher, beeilte sich aber noch immer nicht. Sie sollte alles bekommen, was er zu geben hatte.

Sie bog sich ihm unter der plötzlichen Heftigkeit ihrer Lust entgegen, erreichte schnell den Gipfel, gab sich selbst auf. Er wollte und verlangte genau das. Bevor sie zur Ruhe kommen konnte, trieb er sie wieder an, bis sie beide erneut von Irrsinn gepackt wurden. Cliff hielt sich zurück, berauscht von dem Wissen, dass er ihr geben konnte, wovon eine Frau nur träumen mochte. Ihr Körper blühte unter Empfindungen auf, die nur er ihr verschaffen konnte. Ihre Gedanken kreisten nur um ihn.

Dieses Bewusstsein genießend, glitt er in sie und nahm sie mit einer Zärtlichkeit, die andauerte und andauerte und andauerte …

## 11. KAPITEL

Samstagmorgen. Maggie fand, dass sie hier halb dösend liegen könnte, bis es Samstagnachmittag war. Sie fühlte das Gewicht von Cliffs Arm auf ihrer Taille, seinen warmen Atem an ihrer Wange. Ohne die Augen zu öffnen, schmiegte sie sich an ihn und versank in träger Befriedigung.

Hätte sie gewusst, dass er so sanft sein konnte, hätte sie sich bereitwillig in ihn verliebt. Wie befriedigend war diese Entdeckung nun, nachdem sie ihr Herz fast schon verloren hatte. Er hatte so viel Gefühl in sich. Vielleicht ging er damit vorsichtig um, aber sie konnte ihn viel leichter lieben, da sie nun wusste, dass dieses Gefühl in ihm war und sie es hervorlocken konnte.

Nein, sie wollte keine blumigen Sätze, sondern seine Stabilität. Sie wollte keinen glatten Charme. Wenn eine Frau einen Mann fand, der zu solcher Leidenschaft und zu solcher Zärtlichkeit fähig war, wäre sie eine Närrin gewesen, wenn sie ihn in irgendeiner Weise hätte verändern wollen. Und Maggie Fitzgerald, dachte sie mit einem kleinen zufriedenen Lächeln, ist keine Närrin.

„Warum lächelst du?"

Maggie hob die Lider und blickte direkt in Cliffs Augen, die so wach waren, dass er offenbar schon einige Zeit nicht mehr schlief. Sie versuchte die Nebel wegzublinzeln und lächelte erneut. „Es fühlt sich gut an", murmelte sie und schmiegte sich noch enger an ihn. „Du fühlst dich gut an."

Er strich mit der Hand über ihren Rücken, ihre Hüfte und ihren Schenkel. Ja, es fühlte sich sehr gut an. „Weich", sagte Cliff ruhig. „So weich und glatt." Er rollte sich herum und presste sie auf die Matratze, bis sie lachend eine Beschwerde murmelte. „Machst du Frühstück?", fragte er.

Maggie legte den Kopf auf ihre Hände und erwiderte seinen arroganten Blick mit gleicher Münze. „Du magst meine Kochkünste nicht."

„Ich habe beschlossen, heute Morgen tolerant zu sein."

„Hast du das?" Sie hob eine Augenbraue. „Hab ich vielleicht ein Glück."

„Schlaffer Frühstücksspeck und flüssige Eier", fügte er an, bevor er an ihrem Hals knabberte.

Sie genoss das Kratzen seiner Bartstoppel. „Was?"

„Ich mag meinen Speck nicht zu knusprig und meine Eier nicht zu fest."

Seufzend schloss sie die Augen, während er den Puls an ihrer Kehle küsste. Sie wollte diesen Moment festhalten, ihn einsperren, um ihn wieder hervorholen zu können, wann immer sie sich zufrieden fühlen wollte. „Ich mag meinen Speck so knusprig, dass er krümelt, und Eier mag ich überhaupt nicht."

„Sie sind gut für dich." Cliff strich mit seinen Lippen an ihrem Hals hoch und knabberte an ihrem Ohr. „Davon könntest du etwas Fleisch auf die Rippen bekommen."

„Klagen?"

„Oh nein." Er strich wieder nach oben, sodass seine Finger ihre Brust seitlich streiften. „Obwohl du zur Magerkeit neigst. Wir könnten dich mit drei richtigen Mahlzeiten pro Tag und etwas Training aufbauen."

„Niemand braucht drei Mahlzeiten pro Tag", begann sie ein wenig von oben herab. „Und was das Training angeht …"

„Tanzt du gern?"

„Ja, aber ich …"

„Nicht gerade viele Muskeln." Er kniff sie in den Arm. „Wie sieht es mit deiner Ausdauer aus?"

Sie warf ihm einen sinnlichen Blick zu. „Das solltest du wissen."

Lachend presste er die Lippen auf ihre. „Du hast einen sehr schnellen, sehr verdorbenen Verstand."

„Danke."

„Also, zum Tanzen. Warst du jemals bei einem Kontertanz?"

„Einem was?"

„Dachte ich es mir." Er schüttelte den Kopf und drehte sich

so, dass er mitleidig auf sie herunterblicken konnte. „Ein ländlicher Tanz, Maggie."

Sie zog die Augenbrauen zusammen. „Squaredance?"

„Nein." Cliff zog sie in sitzende Stellung hoch. „Squaredance ist formeller, reglementierter als Country Dancing, obwohl es auch dabei traditionelle Musik und einen Rufer gibt."

Maggie strich mit dem Finger über seine Brust. „Wirbel den Partner herum und hopsasa?"

„Unter anderem …"

Maggie legte die Hände um seinen Hals und ließ den Kopf nach hinten sinken, damit sie ihn unter gesenkten Wimpern hervor ansehen konnte. „Das ist alles sicher sehr faszinierend, aber ich weiß nicht, warum wir so viel reden, wenn du mich küssen könntest."

Als Antwort gab er ihr einen langen, sengenden Kuss, der ihr den Atem raubte. „Weil ich mit dir tanzen gehen will."

Zufrieden seufzend genoss Maggie das Gefühl, wie ihr Blut zu sieden begann. „Wo und wann?"

„Heute Abend, im Park vor der Stadt."

„Heute Abend?" Sie öffnete ein Auge. „Tanz im Park?"

„Das ist Tradition. Eine Feier zum Gründungstag zusammen mit dem Frühlingsfest. Es gibt Tanz bis Mitternacht, dazu ein Essen. Danach …" Er legte die Hand auf ihre Brust und genoss es, wie ihre Augen sich verschleierten, als er mit seiner Fingerspitze über die Brustknospe strich. „Danach gibt es Tanz für jeden, der durchhält, bis zum Morgengrauen."

„Bis zum Morgengrauen?" Fasziniert und bereits hoffnungslos erregt, wand Maggie sich unter ihm.

„Ich denke, du hast schon früher bis zum Morgengrauen getanzt."

Er hatte das Falsche gesagt oder den verkehrten Ton angeschlagen. Jedenfalls verkrampfte sich ihr Körper. Nein, er wollte ihre Differenzen jetzt nicht zur Sprache bringen. Er streckte sich neben ihr aus und zog sie in die Arme. „Wir könnten den Sonnenaufgang beobachten", murmelte er. „Und das

Erlöschen der Sterne."

Sie lag still neben ihm, aber ihr Verstand war jetzt klar. Die Zweifel waren zurückgekehrt. „Du hast mir bisher nichts davon erzählt."

„Ich dachte mir, dass du nicht besonders an Country Dancing interessiert bist. Aber ich habe eingesehen, dass ich mich getäuscht habe."

Das war eine andere Art von Entschuldigung. Maggie nahm sie genauso leicht an wie die erste. Sie lächelte wieder und neigte den Kopf zurück. „Bittest du mich um eine Verabredung?"

Er mochte es, wenn ihre Augen halb neckend, halb herausfordernd aufleuchteten. „Sieht so aus."

„Sehr gern."

„In Ordnung." Ihr Haar fiel ihr auf die Schultern. Abwesend schlang er die Enden um seine Hand. „Also, was ist nun mit dem Frühstück?"

Sie senkte lächelnd ihre Lippen auf seinen Mund. „Damit warten wir bis zum Mittagessen."

Maggie wusste nicht, was auf sie wartete, aber sie freute sich auf den Abend. Vielleicht war es ein kleines Fest mit Blechmusik und warmer Limonade in Pappbechern. Sie erwartete nicht, besonders beeindruckt zu sein. Sie erwartete ganz sicher nicht, bezaubert zu sein.

Die Wagenkolonne auf der gewundenen Zufahrtsstraße zu dem Park überraschte sie. Sie hatte angenommen, die meisten Leute in der Stadt würden einfach zu Fuß gehen. Sie erwähnte es Cliff gegenüber, und er zuckte nur die Schultern und quetschte seinen Pick-up hinter einen gelben Kleinbus.

„Die Leute kommen aus dem ganzen County und sogar aus Washington und Pennsylvania."

„Wirklich?" Sie stieg aus dem Pick-up. Es war eine warme, klare Nacht. Die Sonne ging gerade unter. Maggie legte ihre Hand in Cliffs Hand und spazierte mit ihm den Hügel hinauf.

Die Sonne sank tiefer hinter die Berge im Westen. Maggie

hatte großartige Sonnenuntergänge am Meer erlebt und war von den Farben und dem Leuchten der Sonnenuntergänge in den schneebedeckten Alpen beeindruckt gewesen. Sie hatte gesehen, wie die Wüste in der Abenddämmerung vor Farben vibrierte und Städte im Zwielicht glühten. Doch irgendwie war sie tiefer berührt, als sie die goldenen, malvenfarbenen und rosa Schichten über den Vorbergen eines großartigen Gebirges betrachtete. Vielleicht war es albern, vielleicht war es schwärmerisch, aber sie fühlte sich diesem Ort mit dem Einbruch der Nacht verbundener als je zuvor irgendeinem anderen. Impulsiv schlang sie die Arme um Cliffs Hals und hielt ihn an sich gedrückt.

Lachend legte er seine Hände an ihre Hüften. „Wofür ist das?"

„Es fühlt sich gut an."

Mit einem Knall barst die Stille, und die Musik brach los. Als Musikerin erkannte sie jedes einzelne Instrument – Violine, Banjo, Gitarre, Piano. Als Musikliebhaberin schnellte ihre Erregung hoch.

„Das ist fantastisch!", rief sie aus und löste sich rasch von Cliff. „Absolut fantastisch. Schnell, das muss ich sehen!" Maggie packte seine Hand und jagte den Rest des Weges den Hügel hinauf.

Ihr erster Eindruck war der von zweihundert, vielleicht zweihundertfünfzig Leuten, die sich in einem Pavillon drängten. Dann sah sie, dass sie in Reihen Aufstellung genommen hatten, in Reihen zu sechst, nein, zu acht, wie sie nach einer schnellen Zählung erkannte. Eine Reihe Männer stand einer Reihe Frauen gegenüber und so weiter, bis kein Platz mehr blieb. Und sie bewegten sich zu der Musik in einer Choreografie, die gleichzeitig verwirrend und fließend wirkte.

Einige Frauen trugen Röcke, die flogen, wenn sie sich vorbeugten oder schwenkten oder herumwirbelten. Andere trugen Jeans. Die Kleidung der Männer war keineswegs formeller als die der Frauen. Manche trugen Turnschuhe, die meisten feste schwarze Lederschuhe, wieder andere orientalische Sandalen. Alle bewegten sich. Petticoats blitzten, Fersen stampften, Lachen ertönte.

Eine Frau stand am Rand einer kleinen hölzernen Bühne vor der Band und rief Anweisungen in einem singenden Tonfall. Maggie verstand zwar die meisten Worte nicht, aber sie verstand Rhythmus. Es reizte sie bereits, es selbst auszuprobieren.

„Aber wie wissen die Leute, was zu tun ist?“, fragte sie. „Wie verstehen sie die Frau?“

„Es ist eine Bewegungsfolge, die sich immer wiederholt“, erklärte Cliff. „Wenn du die Abfolge erst einmal begriffen hast, brauchst du nicht einmal mehr einen Rufer. Das ist dann nur noch ein Zusatz.“

Maggie konzentrierte sich auf ein Paar und zählte die Takte mit, bis sie die Schrittfolge herausgefunden hatte.

Als die Sonne noch tiefer sank, fiel das Licht der Lampen, die über den Köpfen aufgehängt waren, auf die Tänzer. Der Boden vibrierte unter Maggies Füßen. Mit Cliffs Arm um sie gelegt, betrachtete sie die Tänzer. Sie erkannte die Postangestellte. Die eher streng wirkende Frau mittleren Alters wirbelte wie ein Derwisch herum und flirtete wie ein junges Mädchen.

Flirten gehörte dazu, Blickkontakt, vielversprechendes Lächeln. Der Tanz war, wie Tänze stets gewesen waren, eine Art Paarungsritual.

Als die Musik endete, stimmte Maggie in den heftigen Beifall ein. Lachend packte sie Cliffs Hand. „Ich muss den nächsten Tanz ausprobieren, selbst wenn ich mich blamiere!“

„Achte einfach auf die Rufe und folge der Musik“, sagte er schlicht, als sich die Reihen wieder formten. „Sie gehen immer einmal den Tanz durch, bevor die Musik beginnt.“

Sie lauschte auf die nächste Tanzsequenz, auch wenn sie nicht einmal die Hälfte der Ausdrücke der Ruferin verstand. Während Cliff sie langsam durch die Schritte führte, genoss sie das Gefühl der Kameradschaft und das Fehlen von Hemmungen um sie herum.

Obwohl sie spürte, dass sie interessiert beobachtet wurde, ließ sie sich davon nicht stören. Die Leute hatten ein Recht dazu, war es doch immerhin die erste Veranstaltung, an der sie teilnahm, und ihr Partner war ein Mann, den jeder zu kennen schien.

„Die Nummer heißt ‚Whisky vor dem Frühstück'!“, verkündete die Ruferin. „Wenn ihr das schon versucht habt, wirst ihr, dass es euch nicht so gut tut wie das Tanzen.“ Sie stampfte mit dem Fuß auf der Plattform, eins, zwei, drei, und die Musik setzte ein.

Der Tanz war schnell und ausgelassen. Als Cliff sie zum ersten Mal herumwirbelte, fühlte Maggie den Lufthauch auf ihrem Gesicht und lachte.

„Sieh auf meine Augen“, warnte er. „Sonst wird dir so schwindlig, dass du nicht mehr stehen kannst.“

„Das gefällt mir!“, rief sie zurück und dann „Hoppla!“, als sie den nächsten Schritt ausließ und sich beeilen musste, um mit dem Rest der Reihe mitzuhalten.

Sie störte sich weder an der Verwirrung noch an der Menschenmenge. Schultern stießen zusammen, Füße verhakten sich, sie wurde um die Taille gepackt, als sie von Leuten herumgewirbelt wurde, die sie noch nie kennengelernt hatte. Teenager tanzten mit Großmüttern. Ladys in Rüschenkleidern wirbelten mit Männern in Jeans herum. Als Cliff sie packte und sie in engen Kreisen drehte, wusste sie, dass sie stundenlang so hätte tanzen können.

„Das war es“, sagte er lachend, als sie sich an ihn klammerte.

„Schon?“ Sie war atemlos, aber noch lange nicht am Ende. „Es war wunderbar, aber zu kurz. Wann tanzen wir wieder?“

„Jederzeit, wann du willst.“

„Jetzt“, erklärte sie und reihte sich wieder ein.

Der Tanz begann, und als sie sich ihrem nächsten Tanzpartner zuwandte, wurde ihre Hand von Stan Agee gepackt. Ohne seinen Stern und seinen Revolver wirkte er wie ein attraktiver Sportler. Aus einem Grund, den Maggie nicht erklären konnte, spannte sie sich bei seiner Berührung an.

„Freut mich, Sie hier zu sehen, Miss Fitzgerald."

„Danke." Entschlossen, ihrer Stimmung nicht nachzugeben, lächelte sie und hob eine Hand an seine Schulter, als er herumzuwirbeln begann. Sie fing seinen Duft auf, das vertraute Kaufhaus-Rasierwasser, aber es besänftigte sie nicht.

„Sie begreifen schnell."

„Es ist wunderbar. Ich kann gar nicht glauben, dass ich das mein Leben lang versäumt habe." Aus den Augenwinkeln sah sie, wie Cliff sich mit Joyce drehte. Die Spannung wollte sich nicht lösen.

„Reservieren Sie einen Tanz für mich", bat er, bevor sie sich für den nächsten Schritt ihren ursprünglichen Partnern zuwandten.

Im gleichen Moment, als Cliff sie berührte, fühlte er die Starre in Maggies Muskeln.

„Was ist los?"

„Nichts." Es ist nichts, sagte Maggie sich, weil sie es nicht erklären konnte. Aber als sie jetzt von einem Paar Arme zum nächsten wanderte, begriff sie, dass sie jedes Mal mit einem Mörder tanzen könnte. Woher sollte sie es wissen? Es hätte jeder sein können – der Grundstücksmakler, der ihr das Haus verkauft hatte, der Metzger, der ihr erst gestern die Schweinekoteletts empfohlen hatte, die Postangestellte, der Mann vom Bankschalter. Woher sollte sie es wissen?

Maggies Gedanken begannen herumzuwirbeln. Für einen Moment traf ihr Blick auf Lieutenant Reikers Augen, der am Rand der Fläche stand und beobachtete. Warum ist er hier, fragte sie sich, als sie wieder gepackt und gedreht wurde. Vielleicht beobachtete er sie. Aber warum? Wollte er sie beschützen? Wovor?

Dann war sie wieder in Cliffs Armen. Der Lieutenant tat nur seinen Job, erinnerte sie sich selbst. Aber wie sehr sie wünschte, dass er ginge!

Da war Louella, die durch den Tanz zu schweben schien. Sie

besaß die Anmut einer natürlichen Tänzerin. Und sie besaß verhaltene Würde. Es bereitete Maggie Unbehagen, weil sie fühlte, dass unter dieser Zurückhaltung etwas um Befreiung kämpfte.

Ich bilde mir nur etwas ein, hielt sie sich vor, aber das Unbehagen blieb. Sie wurde beobachtet, das wusste sie. Von Reiker? Stan Agee? Joyce? Louella? Von jedermann. Alle hatten William Morgan gekannt. Sie war die Außenseiterin, die entdeckt hatte, was ein Jahrzehnt tot und begraben gewesen war. Die Logik wies darauf hin, dass mindestens eine Person ihr das übel nahm, vielleicht sogar alle.

Plötzlich war die Musik zu laut, die Schrittfolge zu schnell und die Luft zu überlastet von Gerüchen.

Dann wurde Maggie von Bogs kurzen, drahtigen Armen aufgefangen und in einem atemberaubenden Tempo gedreht.

„Sie können gut wirbeln, Miss Maggie", rief er grinsend und zeigte mehrere Zahnlücken. „Teuflisch gut!"

Sie blickte in das freundliche, faltige Gesicht und grinste ihrerseits. Niemand nahm ihr etwas übel. Warum auch? Sie war nicht in eine zehn Jahre alte Tragödie verwickelt. Es wurde Zeit, dass sie aufhörte, unter die Oberfläche zu blicken, und die Dinge akzeptierte, wie sie sie sah. „Ich liebe es, herumzuwirbeln!", rief sie Bog zu. „Ich könnte stundenlang herumwirbeln!"

Er lachte abgehackt und gab sie für die nächste Sequenz frei. Die Musik steigerte sich, wirkte jedoch nicht mehr zu laut. Das Tempo beschleunigte, aber Maggie hätte schneller und schneller tanzen können. Als es vorbei war, hielt sie lachend die Arme um Cliffs Hals verschränkt.

Jetzt war keine Spannung mehr in ihr, aber sie war da gewesen. Cliff glaubte den Grund zu verstehen. Bewusst steuerte er Maggie von den Agees und Louella weg. „Ich könnte ein Bier brauchen."

„Klingt perfekt. Ich möchte mir aber noch einen Tanz ansehen."

„Willst du etwa auch ein Bier?"

Maggie zog eine Augenbraue hoch. „Darf ich vielleicht nicht?"

Er zuckte die Schultern und gab einem Mann in einem Overall einen Dollar. „Du siehst nicht wie ein Biertyp aus."

„Du ordnest zu schnell nach Typen ein", entgegnete Maggie und sah zu, wie das Bier aus einem Holzfass in Pappbecher gezapft wurde.

„Vielleicht", murmelte Cliff und trank den Schaum. „Amüsierst du dich gut?"

„Ja." Sie lachte ihn über den Rand an. Das Bier war lauwarm, aber es war wenigstens nass. Ihr Fuß klopfte bereits den Rhythmus. Jetzt spielte auch eine Mandoline mit. Es klang wunderbar altmodisch.

Cliff lehnte sich gegen die Mauer. „Ich hätte nicht gedacht, dass du dich hier bewegst, als wärst du hineingeboren worden."

Sie senkte ihren halb leeren Becher. „Wann wirst du aufhören, mich in einen schimmernden Glaskäfig zu stellen, Cliff? Ich bin keine zarte Treibhauspflanze und kein verwöhntes Hollywood-Biest. Ich bin Maggie Fitzgerald, und ich schreibe Musik."

Sein Blick hing lange an ihr, während um sie beide herum die Musik pulsierte. „Ich glaube, ich weiß, wer du bist." Er strich mit der Hand über ihre Wange. „Ich glaube, ich kenne Maggie Fitzgerald. Nur wäre es vielleicht für uns beide sicherer gewesen, wärst du in diesem Glaskäfig geblieben."

Sie fühlte Hitze in sich hochsteigen. Nur eine einzige Berührung reichte aus. „Wir müssen abwarten, nicht wahr?" Sie stieß mit ihrem Pappbecher gegen den seinen. „Auf ein neues Verständnis?"

„In Ordnung." Er legte seine Hand an ihr Kinn, bevor er sie küsste. „Wir versuchen es."

„Miss Fitzgerald?"

Maggie drehte sich um und sah einen kleinen Mann Anfang zwanzig vor sich, der einen Filzhut zwischen seinen Händen drehte. Bis zu diesem Moment hatte sie sich so auf Cliff konzentriert, dass sie nicht bemerkt hatte, dass die Musik aufgehört hatte. „Sie sind der Klavierspieler." Ihre Augen leuchteten auf. „Sie sind wunderbar."

Vorher war er nervös gewesen, jetzt war er überwältigt. „Ich … danke", brachte er stammelnd hervor. Seine ganze Seele lag in seinen Augen. „Ich konnte es gar nicht glauben, als ich hörte, dass Sie hier sind."

„Ich lebe hier", erklärte sie schlicht.

„Miss Fitzgerald …" Der Klavierspieler zerquetschte die Hutkrempe zwischen den Fingern, war zwischen Freude und Nervosität zerrissen. „Ich wollte Ihnen nur sagen, wie großartig es ist, Sie hier zu haben. Wir wollen Sie gar nicht drängen, aber wenn Sie etwas für uns spielen wollten, irgendetwas …"

„Ich kenne die Songs nicht", erwiderte sie und trank ihr Bier aus. „Trauen Sie mir eine Improvisation zu?"

Er lachte ungläubig auf. „Machen Sie Witze?"

Lachend gab sie Cliff den Becher. „Halt das!"

Er lehnte sich kopfschüttelnd gegen die Mauer, als sie mit dem Klavierspieler zur Bühne ging. Sie hatte die Gewohnheit, Befehle zu erteilen, fand er. Dann dachte er an die Bewunderung in den Augen des jungen Mannes. Vielleicht war es das wert.

Maggie spielte eine Stunde und entdeckte, dass es genauso viel Spaß machte, die Musik zu spielen, wie dazu zu tanzen. Sie genoss die Herausforderung der nicht vertrauten Musik und den freien Stil. Noch bevor sie mit der zweiten Nummer fertig war, beschloss sie, selbst eine zu schreiben.

Von der Bühne aus konnte sie die Tänzer überblicken. Sie sah wieder Louella mit Stan als Partner. Automatisch suchte sie die Menge nach Joyce ab und fand sie, Cliff zugewandt. Als hätte sie gewusst, wo er war, wurde ihr Blick nach links zu Reiker gezogen, der an seinem Pfosten lehnte, rauchte und die Tänzer beobachtete. Wen, fragte sich Maggie. Wen beobachtet er? Die Reihen verschmolzen miteinander und veränderten sich, und Maggie war sich ihrer Sache nicht sicher, aber die Richtung seines Blicks ging zu Stan mit Louella und Cliff mit Joyce.

Falls er in einem von ihnen einen Mörder sah, zeigte es sich nicht in seinen Augen. Sie blickten ruhig und unverwandt und erzeugten ein flaues Gefühl in Maggies Magen. Bewusst wandte sie den Kopf ab und konzentrierte sich auf die Musik.

„Ich hatte nicht erwartet, meine Partnerin an ein Klavier zu verlieren“, sagte Cliff, als die Musik wieder eine Pause machte.

Maggie bedachte ihn mit einem skeptischen Blick. „Was das angeht, scheinst du keinen Mangel gelitten zu haben.“

„Ein alleinstehender Mann ist in dieser Gegend eine leichte Beute.“ Er packte sie bei der Hand und zog sie auf die Beine. „Hungrig?“

„Ist es schon Mitternacht?“ Maggie presste die Hand auf ihren Magen. „Ich bin am Verhungern.“

Sie häuften sich große Portionen auf ihre Teller, obwohl es so dunkel war, dass man unmöglich erkennen konnte, was man aß, bis man es kostete. Sie saßen unter einem Baum im Gras und plauderten lässig mit den Leuten, die vorbeikamen. Es war einfach, fand Maggie. Es waren Leute, die von Musik an einen Ort gelockt worden waren. Erneut verspürte sie freundschaftliche Verbundenheit. Sie lehnte sich zurück und ließ den Blick über die Menge gleiten.

„Ich sehe Louella nicht.“

„Stan wird sie heimgebracht haben“, sagte Cliff zwischen zwei Bissen. „Sie bleibt nie länger als bis Mitternacht. Er wird allerdings wiederkommen.“

„Mmm.“ Maggie kostete etwas, das sich als Waldorf-Salat entpuppte.

„Miss Fitzgerald.“

Maggie legte ihre Gabel weg, als Reiker sich neben sie kauerte. „Lieutenant.“

„Ihr Spiel hat mir gefallen.“

„Freut mich. Ich habe Sie nicht tanzen gesehen.“

„Mich?“ Er lächelte verlegen. „Ich tanze nicht. Meine Frau wollte gern herkommen.“

Maggie entspannte sich. Eine schlichte, unschuldige Erklärung. „Die meisten Leute, die Musik mögen, tanzen auch gern."

„Ich würde es gern, aber meine Füße nicht." Sein Blick wanderte zu Cliff. „Ich möchte Ihnen für Ihre Kooperation danken. Könnte uns helfen, ein paar lose Enden miteinander zu verbinden."

„Gern geschehen", erwiderte Cliff brüsk. „Wir alle möchten, dass die Sache abgeschlossen wird."

Reiker nickte und stand mit einiger Mühe auf. „Hoffentlich spielen Sie noch mehr, Miss Fitzgerald."

Sobald er weg war, stieß Maggie den Atem aus. „Was hat er mit Kooperation gemeint?"

„Ich habe Kontakt zu meiner Mutter aufgenommen. Sie kommt am Montag, um eine Aussage zu machen."

„Verstehe. Das muss schwer für sie sein."

„Nein." Cliff tat es mit einem Schulterzucken ab. „Es ist zehn Jahre her. Es liegt hinter ihr. Es liegt hinter uns allen", fügte er ruhig hinzu. „Einen ausgenommen."

Maggie schloss schaudernd die Augen. Sie wollte jetzt nicht daran denken. „Tanz mit mir", bat sie, als die Musiker ihre Instrumente zu stimmen begannen. „Es sind noch Stunden bis zur Morgendämmerung."

Sie wurde nicht müde, auch nicht, als der Mond unterging. Die Musik und die Bewegung boten ihr ein Ventil für ihre Nervosität. Manche Tänzer verschwanden, andere wurden ausgelassener, je länger die Nacht dauerte. Und die Musik hörte nie auf.

Als sich der Himmel erhellte, waren nur noch etwa hundert Tänzer auf den Beinen. Es lag etwas Mystisches, Machtvolles darin zu beobachten, wie die Sonne hinter den Bergen aufging, während die Musik durch die Luft schwebte. Als das Licht des neuen Tages sich rosig färbte, erklang der letzte Walzer.

Cliff nahm Maggie in die Arme und drehte sich mit ihr auf der Tanzfläche. Er fühlte, wie das Leben in ihr vibrierte, erregend, stark. Wenn sie erst aufhört, dachte er, während er sie näher an sich zog, wird sie stundenlang schlafen.

Sie bewegte sich mit ihm, eng an ihn geschmiegt. Ihr Herzschlag war gleichmäßig, ihr Haar weich. Er sah zu, wie sich die Farben über den östlichen Bergen ausbreiteten. Dann neigte Maggie ihren Kopf nach hinten und lächelte ihn an.

Und als er erkannte, dass er sie liebte, war Cliff verwirrt und sprachlos.

# 12. KAPITEL

Maggie hätte Cliffs abrupten Rückzug bemerkt, wäre sie nicht so von der Nacht und der Musik erfüllt gewesen. „Ich könnte noch stundenlang tanzen.“

„Du wirst schon schlafen, noch bevor wir heimkommen“, erwiderte Cliff und achtete darauf, sie nicht zu berühren. Er musste verrückt sein, sich in eine Frau wie sie zu verlieben. Sie konnte sich nicht entscheiden, ob sie tapezieren oder kacheln wollte. Sie erteilte Befehle. Sie trug Seide unter ihrer Jeans. Er musste verrückt sein.

Jetzt stieg sie neben ihm in seinen Pick-up und schmiegte den Kopf an seine Schulter, als würde er dorthin gehören. Und er gehörte dorthin. Obwohl es ihm nicht leicht fiel, es zu akzeptieren, legte Cliff den Arm um sie und zog sie näher an sich heran. Sie gehörte hierher.

„Ich weiß gar nicht, wann ich mich je so gut unterhalten habe.“ Nur mit bloßer Willenskraft hielt Maggie die Augen offen. Sie gähnte ausgiebig. „Es hat Spaß gemacht, heute zu spielen. Normalerweise spiele ich nie selbst, aber ich werde C.J.'s Rat befolgen und selbst den Titelsong für ‚Heat Dance‘ machen. Es ist ein Kompromiss, eine Aufnahme und kein Auftritt.“ Während ihr Kopf schwer wurde, bemerkte sie, dass sie auf ihre Straße einbogen. „Ich muss für die Aufnahme für ein paar Tage nach L.A. fliegen, was C.J. begeistern wird.“ Sie lachte schläfrig. „Er wird jeden Trick einsetzen, um mich an einer Rückkehr zu hindern.“

Cliff verspürte Panik. Er hielt am Ende der Zufahrt und zog die Handbremse an. „Ich will, dass du mich heiratest!“

„Was?“ Im Halbschlaf schüttelte Maggie den Kopf, weil sie sicher war, falsch verstanden zu haben.

„Ich will, dass du mich heiratest“, wiederholte Cliff und ergriff sie an den Schultern. „Es ist mir egal, ob du ein Dutzend Songs aufnimmst. Du wirst mich heiraten, bevor du für die

Aufnahme nach Kalifornien fliegst."

Zu sagen, dass sie verblüfft war, wäre eine ungeheure Untertreibung gewesen. Maggie starrte ihn an, als hätte einer von ihnen den Verstand verloren. „Ich bin im Moment wohl ein wenig benebelt", murmelte sie. „Hast du gesagt, dass du mich heiraten willst?"

„Du weißt verdammt genau, was ich gesagt habe." Die Angst, sie zu verlieren, nachdem er gerade erst erkannt hatte, dass er ohne sie nicht leben konnte, war zu viel. Er konnte nicht ruhig sein. Er konnte nicht vernünftig sein. Er konnte sie nicht ohne einen Schwur, dass sie wiederkommen würde, gehen lassen. „Du fliegst nicht nach Kalifornien, wenn du mich nicht heiratest."

Maggie zog sich zurück. „Sprichst du davon, dass ich eine Aufnahme mache, oder sprechen wir von Heirat? Das eine hat mit dem Geschäft, das andere mit meinem Leben zu tun."

Frustriert zog Cliff sie wieder an sich. „Von jetzt an ist dein Leben meine Sache."

„Nein." Das klang zu vertraut. „Nein, ich will niemanden, der auf mich aufpasst, wenn du das meinst. Ich werde diese Verantwortung nicht noch einmal übernehmen – oder diese Schuld."

„Ich weiß nicht, wovon du sprichst, zum Teufel", explodierte Cliff. „Ich sage dir, dass du mich heiraten wirst."

„Genau das ist es. Du hast mir nichts zu sagen!" Sie riss sich los, und die Schläfrigkeit in ihren Augen verwandelte sich in Feuer. „Jerry sagte mir, wir würden heiraten, und ich bin mitgelaufen, weil es richtig erschien. Er war mein bester Freund. Er hatte mir über den Tod meiner Eltern hinweggeholfen. Er hatte mich ermutigt, wieder zu schreiben. Er wollte sich um mich kümmern." Maggie strich sich durch das Haar. „Und ich habe ihn gewähren lassen, bis es bergab ging und er nicht einmal auf sich selbst aufpassen konnte. Ich konnte ihm nicht helfen. Das kann ich nicht noch einmal durchmachen, Cliff. Ich lasse mich nicht wieder in diesen Glaskäfig sperren."

„Es hat nichts mit deiner ersten Ehe zu tun und erst recht nichts mit Käfigen“, entgegnete Cliff kurz angebunden. „Du kannst verdammt gut auf dich selbst aufpassen, aber du wirst mich heiraten.“

Ihre Augen zogen sich zu Schlitzen zusammen. „Warum?“

„Weil ich es dir sage.“

„Falsche Antwort.“ Wie der Blitz war sie aus dem Pick-up und knallte die Tür zu. „Du kannst dich abkühlen oder ausschlafen oder was immer du willst“, erklärte sie ihm kühl. „Ich gehe ins Bett.“ Sie drehte sich auf dem Absatz um und stieg die wackeligen Stufen zu ihrer Haustür hinauf. Als sie den Türknauf drehte, hörte sie seinen Pick-up den Berg hinunterfahren.

Soll er doch, sagte Maggie sich. Wenn ein Mann sich einbildete, einer Frau die Heirat befehlen zu können, hatte er nichts anderes verdient. Wenn er sie wollte, wenn er sie wirklich wollte, musste er es viel besser machen.

Ich liebe dich. Sie lehnte den Kopf an die Tür und sagte sich, dass sie nicht weinen würde. Diese drei Worte waren alles, was er hätte sagen müssen.

Warum bellt der Hund nicht, fragte sie sich, als sie die Tür wieder schloss. Großartiger Wachhund. Verärgert wandte sie sich zur Treppe, plante ein heißes Bad und einen langen Schlaf, als ein Geruch sie stoppte. Kerzenwachs, dachte Maggie verwirrt. Und Rosen? Seltsam, dachte sie. Ihre Einbildungskraft war gut, aber nicht so gut, um Gerüche heraufzubeschwören. Sie ging zum Wohnzimmer und blieb in der Tür stehen.

Louella saß sehr gerade und steif in einem Lehnstuhl. Ihre Hände waren säuberlich im Schoß auf demselben nebelgrauen Kleid gefaltet, das sie zum Tanz getragen hatte. Ihre Haut war so blass, dass die Ringe unter ihren Augen wie Blutergüsse aussahen. Die Augen schienen durch Maggie hindurchzustarren. Auf dem Tisch neben ihr brannten Kerzen, jetzt fast nur noch Stummel. Das Wachs war am unteren Ende der Halter erstarrt. Eine Vase mit frischen Rosen stand daneben, sodass die Brise, die zum offenen Feuer hereinstrich, den Duft durch den Raum trug.

Nach dem ersten Schock versuchte Maggie ihre Gedanken zu ordnen. Von Anfang an war ziemlich klar gewesen, dass Louella nicht ganz gesund war. Man musste sie sanft behandeln. Maggie näherte sich ihr wie einem verletzten Vogel.

„Mrs Morgan", sagte sie leise und legte vorsichtig eine Hand auf ihre Schulter.

„Ich habe Kerzenschein immer geliebt." Louella sprach mit ihrer ruhigen, leisen Stimme. „So viel schöner als eine Lampe. Ich habe abends oft Kerzen angezündet."

„Sie sind schön." Maggie hielt ihren Ton sanft, als sie sich neben die Frau kniete. „Aber jetzt ist es Morgen."

„Ja." Louella blickte ausdruckslos auf das von Sonnenlicht erfüllte Fenster. „Ich bleibe oft nachts wach. Ich mag die Geräusche. Die Wälder machen nachts Musik."

„Kommen Sie oft nachts hierher, Mrs Morgan?", fragte Maggie vorsichtig.

„Manchmal fahre ich", sagte sie verträumt. „Manchmal, wenn die Nacht so klar und warm ist wie heute, gehe ich zu Fuß. Als Mädchen bin ich viel zu Fuß gegangen. Joyce lief schon als Baby auf den Waldwegen."

Maggie befeuchtete ihre Lippen. „Kommen Sie nachts oft hierher zurück, Mrs Morgan?"

„Ich weiß, ich sollte fortbleiben. Joyce hat mir das immer gesagt. Aber ..." Louella seufzte. „Sie hat Stan. Er ist so ein guter Mann. Das ist Ehe, wissen Sie. Liebe und Sorge füreinander."

„Ja." Hilflos sah Maggie zu, wie Louellas Hände unruhig wurden.

„William war kein liebevoller Mann. Ich wollte, dass Joyce einen liebevollen Mann hat, einen wie Stan." Sie schloss die Augen und atmete flach.

Maggie wollte die Agees anrufen und versuchte aufzustehen, als sich Louellas Hand um ihre legte.

„Ich bin ihm in jener Nacht hierher gefolgt", flüsterte sie. Jetzt waren ihre Augen voll auf sie gerichtet.

Maggies Mund wurde trocken. „Sie sind ihm gefolgt?"

„Ich wollte nicht, dass etwas passiert. Joyce liebte ihn so."

Maggie bemühte sich, ihre Stimme leise zu halten. „Sie sind Ihrem Mann hierher gefolgt?"

„William war hier", sagte Louella. „Er war hier, und er hatte das Geld. Ich wusste, dass er etwas Schreckliches tun würde, etwas, mit dem er durchgekommen wäre, weil er eben so war. Damit musste Schluss sein." Ihre Finger spannten sich krampfhaft um Maggies Hand und entspannten sich genauso abrupt, als ihr Kopf zurücksackte. „Natürlich konnte das Geld nicht mit ihm begraben werden. Ich dachte, nein, wenn sie ihn finden, sollten sie nicht das Geld finden. Also habe ich es versteckt."

„Hier", brachte Maggie hervor. „Auf dem Dachboden."

„In dem Schrankkoffer. Ich habe es völlig vergessen." Müdigkeit durchzog Louellas Stimme. „Ich habe es vergessen, bis vor ein paar Wochen die Erde aus dem Graben ausgehoben wurde. Ich kam her und nahm das Geld heraus und habe es verbrannt, wie ich es schon vor zehn Jahren hätte verbrennen sollen."

Maggie blickte auf die zierliche Hand hinunter. Konnte diese Hand den Abzug betätigen? Eine Kugel in einen Menschen abfeuern? Maggie richtete den Blick auf Louellas Gesicht und sah, dass es jetzt im Schlaf ruhig wirkte.

Was mache ich bloß, fragte sich Maggie. Die Polizei rufen? Nein, das konnte sie nicht. Sie musste Joyce anrufen.

Sie ging ans Telefon und ließ sich von der Vermittlung Joyces Nummer geben. Es meldete sich niemand. Seufzend blickte Maggie über ihre Schulter ins Wohnzimmer auf die schlafende Louella. So sehr sie es hasste, aber sie musste Lieutenant Reiker anrufen. Als sie ihn auch nicht erreichte, hinterließ sie eine Nachricht in seinem Büro.

Als sie in das Wohnzimmer zurückkam, rang Maggie nach Luft, als sich ihr eine Gestalt näherte. „Oh, Sie haben mich erschreckt."

„Tut mir leid." Stan blickte besorgt von Maggie zu seiner Schwiegermutter. „Ich bin durch die Hintertür hereingekommen. Der Hund schläft fest in der Küche. Könnte sein, dass Louella ihm eine halbe Schlaftablette gegeben hat, um ihn stillzuhalten."

„Oh." Maggie tat instinktiv einen Schritt Richtung Küche.

„Es geht ihm gut", versicherte Stan.

„Sheriff – Stan, ich wollte Sie gerade anrufen. Ich glaube, Louella war den Großteil der Nacht hier."

„Tut mir leid." Er rieb sich die müden Augen. „Seit diese Sache angefangen hat, ist es ihr immer schlechter gegangen. Joyce und ich, wir wollen sie nicht in ein Heim geben."

„Nein." Besorgt berührte sie seinen Arm. „Aber sie hat mir erzählt, dass sie nachts herumwandert und ..." Konnte sie es ihm erzählen? Er war ihr Schwiegersohn, aber er war auch der Sheriff. Sein Stern und sein Revolver erinnerten sie daran.

„Ich habe gehört, was sie Ihnen erzählt hat, Maggie."

Ihre Augen füllten sich mit Mitgefühl. „Was sollen wir machen? Sie ist so zerbrechlich. Aber wenn sie geschossen hat ..."

„Ich weiß nicht." Stan betrachtete Louella. „Was sie Ihnen erzählt hat, braucht nicht wahr zu sein."

„Aber es ergibt einen Sinn", erklärte Maggie. „Sie wusste von dem Geld. Sie hatte es im Schrankkoffer versteckt, vergaß es, löschte die Erinnerung, weil es sie erinnerte, wie ..." Maggie schüttelte den Kopf. „Stan, das ist die einzige Erklärung für den Einbruch hier." Sie bedeckte ihr Gesicht mit ihren Händen. „Sie braucht Hilfe. Sie braucht keine Polizei und keine Anwälte. Sie braucht einen Arzt."

Erleichterung breitete sich auf Stans Gesicht aus. „Sie wird einen bekommen. Den besten, den Joyce und ich finden können."

Unsicher stützte Maggie eine Hand auf den Tisch. „Sie spricht immer so gut von Ihnen", murmelte sie. „Davon, wie sehr Sie Joyce lieben. Ich glaube, sie würde alles tun, um Sie beide glücklich zu machen."

Maggies Blick fiel auf das Farbfoto von Morgan und Stan an dem Graben. Jetzt wird alles abgeschlossen, dachte sie, während sie auf das Foto starrte. Louella hatte genug gelitten, war genug bestraft worden für …

Sie kniff die Augen zusammen und sah genauer hin. Sie erinnerte sich an Reikers Worte: „Wir haben auch einen Ring gefunden, einen alten Ring mit Gravierungen und drei kleinen Diamantsplittern. Joyce Agee hat den Ring als ihrem Vater gehörend identifiziert."

Aber auf dem Foto trug nicht William Morgan den Ring. Sondern Stan Agee.

Sie blickte mit wissenden Augen auf.

Er brauchte nicht auf das Foto unter ihrer Hand zu blicken. Er hatte es bereits gesehen. „Sie sollten die Finger davon lassen, Maggie."

Sie reagierte. Blitzartig rannte sie zur Haustür. Ihre Reaktion war so unerwartet, dass sie schon in der Diele mit einer Hand am Türknauf war, bevor er den ersten Schritt getan hatte. Als die Tür klemmte, fluchte sie. Als sie zum zweiten Mal daran zerrte, schloss sich Stans Hand um ihren Arm.

„Nicht." Seine Stimme klang leise und gepresst. „Ich will Ihnen nichts tun. Ich muss das alles erst durchdenken."

Mit dem Rücken zur Tür, starrte sie ihn an. Sie war allein im Haus mit einem Mörder. Allein, dachte sie verzweifelt, abgesehen von einer zerbrechlichen alten Frau, die ihn genug liebte, um ihn zehn Jahre lang gedeckt zu haben. Maggie sah, wie er die Hand auf den Griff seines Revolvers legte.

„Wir sollten uns lieber hinsetzen."

Cliff hatte seine Entscheidung getroffen und war pfeifend mit seinem Pick-up unterwegs, um Maggie einen richtigen Heiratsantrag zu machen. Er pfiff auch noch, als er durch die Stadt fuhr, bis Joyce auf die Straße stürzte und ihn hektisch anhielt.

Er stoppte mitten auf der Straße. „Was ist? Etwas mit den Kindern?"

„Nein, nein." Joyce packte seinen Arm. „Meine Mutter. Sie war die ganze Nacht nicht im Bett … und Stan, ich kann Stan einfach nirgendwo finden."

„Wir finden Louella." Cliff strich ihr das Haar aus dem Gesicht. „Vielleicht ist sie spazieren gegangen."

„Cliff." Sie packte seinen Arm fester. „Ich bin ganz sicher, dass sie zu dem alten Haus hinaus ist. Es wäre nicht das erste Mal. Es wird schlimmer mit ihr."

„Wovon sprichst du?" Er dachte mit Unbehagen an Maggie.

„Ich habe die Polizei belogen. Ich habe sie belogen, bevor ich alles überdenken konnte, aber ich würde es wieder tun." Als sie Cliff jetzt ansah, tat sie es mit einer eisernen Ruhe. „Ich weiß, wer meinen Vater getötet hat. Ich weiß es seit Wochen. Mutter ... sie scheint es seit zehn Jahren zu wissen."

„Steig ein", befahl er und dachte jetzt nur noch an Maggie, die allein in dem von Wäldern umgebenen Haus war. „Erzähl es mir während der Fahrt."

Maggie saß kerzengerade auf der niedrigen Bank, während Stan auf und ab ging. Sie wollte glauben, dass er ihr nichts tun wollte. Aber er hatte vor zehn Jahren getötet. Jetzt musste er sie ausschalten oder bezahlen.

„Ich wollte nicht, dass Joyce das Haus verkauft." Er trat an das Fenster und kam wieder in die Mitte des Raums. „Ich wollte es nicht. Das Geld bedeutete mir nichts. Ihr Geld, das Geld ihres Vaters. Woher sollte ich wissen, dass sie es verkauft, wenn ich nicht in der Stadt bin?"

Maggie sah, dass er schwitzte. Es half ihren Nerven nicht. „Sie hat bei der Polizei wegen des Rings gelogen." Maggie befeuchtete ihre Lippen. „Sie liebt Sie."

„Sie hatte keine Ahnung. Ich habe es ihr nie erzählt. Als ich es endlich tun musste, hielt sie zu mir. Ein Mann kann nicht mehr verlangen." Er ging wieder unruhig hin und her. „Ich habe ihn nicht ermordet", sagte Stan tonlos. „Es war ein Unfall ..."

„Wenn Sie zur Polizei gehen und das erklären ..."

„Erklären?", unterbrach er sie. „Erklären, dass ich einen Mann tötete, ihn vergrub und seinen Wagen in den Fluss fuhr?

Ich war erst zwanzig. Joyce und ich liebten uns da seit zwei Jahren. Morgan hatte klargemacht, dass zwischen uns nichts sein durfte. Also haben wir uns heimlich getroffen. Als Joyce herausfand, dass sie schwanger war, konnte es keine Geheimnisse mehr geben.“ Er lehnte sich gegen das Fenster und starrte in den Raum. „Wir hätten wissen sollen, dass etwas nicht stimmt, als er es so gut aufnahm, aber wir waren beide so erleichtert und begeistert über die Vorstellung zu heiraten, dass wir es nicht begriffen. Er sagte uns, wir sollten uns ein paar Wochen still verhalten, während er die Hochzeit vorbereitet.“

Maggie erinnerte sich an das finstere Gesicht auf dem Foto. „Aber er meinte es nicht ehrlich.“

„Nein. Er sagte, er habe Ärger mit Murmeltieren auf seinem alten Besitz. Ich war jung und begierig, mich mit ihm gut zu stellen. Ich sagte ihm, ich würde mit meinem Gewehr abends nach der Arbeit hinauskommen und mich darum kümmern.“

Er sah, wie Maggie schaudernd auf den Revolver an seiner Hüfte blickte.

„Ich fuhr in der Abenddämmerung hinaus. Ich hatte ihn nicht erwartet. Als ich aus dem Wagen stieg, dachte ich, er sieht aus wie ein Leichenbestatter, ganz in Schwarz und mit blank polierten Schuhen. Er stellte eine kleine Metallschatulle auf einen Baumstumpf neben dem Graben. Er verlor keine Zeit. Er sagte mir ins Gesicht, ein Niemand aus einer Kleinstadt dürfe nie seine Tochter heiraten. Er würde sie wegschicken. Schweden oder sonst wohin. Sie sollte das Baby bekommen und weggehen. Er erwartete nicht, dass ich umsonst stillhalte. In der Schatulle waren fünfundzwanzigtausend Dollar. Ich sollte sie nehmen und verschwinden.“

Ja, Maggie konnte glauben, dass der Mann auf dem Foto gedacht hatte, mit Geld alles regeln zu können.

„Ich war außer mir. Ich konnte nicht glauben, dass er mir alles nehmen wollte, was ich mir je gewünscht hatte. Er durfte das nicht tun.“ Stan wischte sich den Schweiß von der Stirn. „Aber er hätte es bedenkenlos getan. Ich habe ihn angeschrien.

Ich habe ihm gesagt, dass er mir Joyce und unser Baby nicht wegnehmen könne. Ich habe ihm gesagt, wir würden weggehen und sein dreckiges Geld nicht brauchen. Er öffnete die Schatulle und zeigte mir die Geldscheine. Ich schlug sie ihm aus den Händen."

Sein Atem kam stoßweise, als würde er den Moment noch einmal durchleben – den Zorn, die Verzweiflung. Maggie fühlte, wie Mitleid sich in ihre Angst mischte.

„Er verlor nicht einmal die Beherrschung. Er bückte sich nur und tat das Geld wieder in die Schatulle. Er dachte, ich wollte mehr. Er verstand es nicht, konnte es nicht verstehen. Als er erkannte, dass ich das Geld nicht nahm, sondern weggehen wollte, nahm er mein Gewehr so ruhig, wie er die Schatulle genommen hatte. Ich wusste, dass er mich auf der Stelle umbringen wollte und damit irgendwie auch durchkommen würde. Ich konnte nur daran denken, dass ich Joyce nie wieder sehen, unser Baby nie in den Armen halten würde. Ich warf mich auf das Gewehr. Es ging über meine Schulter hinweg los. Wir kämpften miteinander."

Er keuchte jetzt. Seine Augen waren glasig. Maggie schloss die Augen und sah es so klar, als würde es jetzt geschehen.

„Er war stark – der alte Mann war stark. Ich wusste, ich würde tot sein, wenn ich nicht an das Gewehr kam. Irgendwie … ich hatte es auf einmal in meinen Händen und fiel nach hinten. Ich werde es nie vergessen … es war wie im Traum – ein Albtraum. Ich fiel nach hinten, und das Gewehr ging los."

Sie sah es allzu klar vor sich. Mitfühlend und ängstlich zugleich, wagte Maggie zu sprechen. „Aber es war ein Unfall. Notwehr."

Er schüttelte den Kopf, und seine Hände sanken an seine Seiten – an die Waffe an seiner Hüfte. „Ich war zwanzig und musste jeden Penny zusammenkratzen. Ich hatte gerade den wichtigsten Mann der Stadt getötet, und neben der Leiche befanden sich fünfundzwanzigtausend Dollar in einer Schatulle. Wer hätte mir geglaubt? Vielleicht war es Panik, vielleicht war es Vernunft, aber ich vergrub ihn und sein Geld in dem Graben und fuhr seinen Wagen in den Fluss."

„Louella ...", setzte Maggie an.

„Ich wusste nicht, dass sie mir gefolgt war. Wahrscheinlich kannte sie Morgan besser als jeder andere Mensch und wusste, dass er mich Joyce nicht heiraten lassen würde. Ich wusste nicht, dass sie vom Wald her alles gesehen hatte. Hätte ich es gewusst, wäre vielleicht alles anders gelaufen. Sie hat sich nie ganz von dem Schock über den Verlust ihres Mannes erholt. Jetzt verstehe ich sie besser. Sie hat alles beobachtet. Damals grub sie aus ihren eigenen Gründen das Geld aus und versteckte es im Haus. Sie hat mich all die Jahre über gedeckt."

„Und Joyce?"

„Sie hat es nicht gewusst." Stan zerrte an seinem Kragen. „Ich habe es ihr nicht erzählt. Ich liebe Joyce, seit sie ein Mädchen war. Hätte ich ihr erzählt, was ihr Vater angedroht hat, hätte sie vielleicht nicht geglaubt, dass es ein Unfall war. Damit hätte ich nicht leben können. Die ganzen Jahre über habe ich versucht, wieder gutzumachen, was an diesem Graben passiert ist. Ich habe mich dem Gesetz und dieser Stadt verschrieben. Ich war der beste Vater und Ehemann, der ich überhaupt sein konnte." Er griff nach dem Foto und zerknüllte es in seiner Faust. „Dieses verdammte Foto. Verdammter Ring! Ich habe erst Tage danach bemerkt, dass ich ihn verloren hatte. Der Ring meines Großvaters. Zehn Jahre später wird er zusammen mit Morgan ausgegraben! Wissen Sie, wie ich mich gefühlt habe, als ich hörte, dass Joyce ihn als den Ring ihres Vaters identifiziert hatte? Sie wusste Bescheid. Sie wusste, dass er mir gehört, aber sie stand hinter mir. Sie hat nicht an mir gezweifelt, als ich ihr alles erzählte. All diese Jahre über ... ich habe all diese Jahre über damit gelebt."

„Jetzt brauchen Sie nicht mehr damit zu leben." Maggie sprach ruhig, obwohl ihr das Herz bis zum Hals schlug. Er war so angespannt, dass sie nicht abschätzen konnte, ob er durchdrehen und was er tun würde. „Die Leute respektieren Sie.

Louella hat alles gesehen. Sie wird aussagen."

„Louella steht unmittelbar vor einem völligen Zusammenbruch. Wer weiß, ob sie noch eine Aussage machen kann, wenn alles auffliegt. Ich muss an Joyce denken, an meine Familie, meinen Ruf." Ein Muskel begann in seiner Wange zu zucken, während er Maggie anstarrte. „Es steht so viel auf dem Spiel", flüsterte er. „So viel muss beschützt werden."

Sie sah seine Hand über dem Revolvergriff schweben.

Cliff musste in der letzten Kurve voll bremsen, weil ein Mann auf die Straße trat. Fluchend sprang Cliff aus dem Wagen.

„Mr Delaney", sagte Reiker ruhig. „Mrs Agee."

„Wo ist Maggie?", fragte Cliff und wurde von Reiker mit einem überraschend festen Griff festgehalten.

„Sie ist im Haus. Im Moment geht es ihr gut. Dabei wollen wir es belassen."

„Ich gehe hinauf."

„Noch nicht." Er wandte sich an Joyce. „Ihre Mutter ist auch drinnen, Mrs Agee. Sie schläft. Ihr Mann ist auch da."

„Stan." Joyce tat instinktiv einen Schritt auf das Haus zu.

„Ich habe alles beobachtet. Ihr Mann hat Miss Fitzgerald die ganze Geschichte erzählt."

Cliffs Blut erstarrte. „Verdammt, warum haben Sie sie nicht herausgeholt?"

„Das werden wir. Alle. Ganz ruhig. Mrs Agee, ich brauche Ihre Hilfe. Wenn Ihr Mann Sie so sehr liebt, wie er sagt, sind Sie der Schlüssel." Reiker blickte zu dem Haus. „Er wird den Wagen gehört haben. Lassen Sie ihn wissen, dass Sie hier sind."

Im Haus hielt Stan Maggie am Arm und stand mit ihr am Fenster. Sie hörte seinen Atem pfeifen. Als Entsetzen sie packte, schloss sie die Augen und dachte an Cliff. Wenn er zurückgekommen war, würde der Albtraum enden.

„Jemand ist da draußen." Stans freie Hand schloss sich um den Revolvergriff, öffnete sich wieder. „Ich kann Sie mit niemandem sprechen lassen. Das müssen Sie verstehen."

„Ich werde nichts sagen.“ Seine Finger gruben sich in ihren Arm. Der Schmerz hielt ihren Kopf klar. „Stan, ich will Ihnen helfen. Ich schwöre es. Wenn Sie mir etwas antun, wird es nie vorbei sein.“

„Zehn Jahre“, murmelte er. „Zehn Jahre, und er versucht noch immer, mein Leben zu zerstören. Ich kann es nicht zulassen.“

„Ihr Leben wird zerstört, wenn Sie mir etwas antun.“ Bleib logisch und ruhig, mahnte Maggie sich, als Panik sie zu überwältigen drohte. „Diesmal wäre es kein Unfall, Stan. Diesmal wären Sie ein Mörder. Das würde Joyce nie verstehen.“

Seine Finger drückten zu, bis Maggie sich auf die Unterlippe beißen musste, um nicht aufzuschreien. „Joyce steht zu mir.“

„Sie liebt Sie und glaubt an Sie, aber wenn Sie mir etwas antun, wird sich alles ändern.“

Sie fühlte ihn zittern. Der Griff an ihrem Arm löste sich langsam, während Maggie Joyce zu dem Haus heraufkommen sah. Zuerst dachte sie an eine Einbildung. Dann hörte sie Stan den Atem anhalten. Er hatte sie auch entdeckt.

„Stan! Stan, bitte, komm heraus!“

„Ich will dich nicht da hineinziehen!“ Stans Finger lagen wieder wie Eisenklammern an Maggies Arm.

„Ich war schon immer da hineingezogen. Ich weiß, dass du alles nur für mich getan hast.“

„Verdammt.“ Er presste das Gesicht gegen die Scheibe und schlug mit einer Faust immer wieder gegen den Rahmen. „Er kann nicht alles zerstören, was wir uns aufgebaut haben.“

„Nein, das kann er nicht.“ Joyce kam ihm Schritt um Schritt näher. In all den Jahren hatte sie noch nie Verzweiflung in der Stimme ihres Mannes gehört. „Stan, er erreicht uns nicht mehr. Wir sind zusammen. Wir werden immer zusammen sein.“

„Sie werden mich von dir wegnehmen. Das Gesetz.“ Er presste seine Augen fester zu. „Ich habe mein Bestes für das Gesetz getan.“

„Alle wissen das, Stan. Ich stehe zu dir. Ich liebe dich. Du bist für mich alles, mein ganzes Leben. Bitte, tu nichts, wofür ich mich schämen müsste!“

Maggie fühlte, wie er sich anspannte. Der Muskel zuckte noch immer in seiner Wange. Schweißtropfen standen auf seiner Lippe, aber er wischte sie nicht mehr fort. Er starrte aus dem Fenster, auf Joyce, dann über den Graben.

„Zehn Jahre“, flüsterte er. „Und es ist noch immer nicht vorbei.“

Seine Finger zuckten an Maggies Arm. Wie betäubt vor Angst sah sie zu, wie er den Revolver aus seinem Halfter zog. Seine Augen richteten sich auf sie, kühl, klar, blau, ausdruckslos. Vielleicht hätte sie um ihr Leben gefleht, aber sie wusste wie jedes Opfer, dass Gnade von der Laune des Jägers abhing.

Sein Gesichtsausdruck veränderte sich nicht, als er den Revolver auf das Fensterbrett legte und ihren Arm losließ. Maggie fühlte, wie ihr Blut wieder zu strömen begann.

„Ich gehe hinaus“, sagte Stan tonlos. „Zu meiner Frau.“

Schwach vor Erleichterung sank Maggie auf den Klavierhocker. Ohne Kraft für Tränen, vergrub sie ihr Gesicht in den Händen.

„Oh, Maggie.“ Cliffs Arme schlangen sich plötzlich um sie, und sie fühlte seinen schnellen Herzschlag. „Das waren die längsten zehn Minuten meines Lebens“, murmelte er, während er ihr Gesicht mit wilden Küssen bedeckte. „Die längsten.“

Sie wollte keine Erklärungen. Er war hier. Das genügte. „Ich habe mir ständig gesagt, dass du zu mir kommst. Das hat mich am Durchdrehen gehindert.“

„Ich hätte dich nicht allein lassen sollen!“ Er vergrub sein Gesicht in ihren Haaren und atmete den Duft ein.

Sie hielt ihn fester. „Ich habe dir gesagt, dass ich auf mich selbst aufpassen kann.“

Er lachte, weil sie in seinen Armen war und sich nichts geändert hatte. „Ja, das hast du gesagt. Es ist jetzt vorbei.“ Er umfasste ihr Gesicht mit seinen Händen und betrachtete es. Blass, stellte er fest. Ihre Augen waren dunkel, aber ruhig. Seine Maggie war eine Frau, die auf sich selbst aufpassen konnte. „Reiker war lange genug draußen, um in groben Zügen mitzukriegen, was los ist. Er spricht jetzt mit allen dreien."

Sie dachte an Louellas bleiches Gesicht, Stans gepeinigte Augen, Joyces zitternde Stimme. „Sie sind genug bestraft worden."

„Vielleicht." Er strich über ihre Arme, um sich davon zu überzeugen, dass sie unversehrt war. „Hätte er dir etwas angetan ..."

Sie schüttelte den Kopf und klammerte sich wieder an ihn. „Das hätte er nicht gekonnt. Ich will den Teich, Cliff", sagte sie heftig. „Ich will, dass du den Teich schnell anlegst, und ich will sehen, wie sich die Weide darüber neigt."

„Du kriegst den Teich." Er zog sie an sich. „Was ist mit mir, Maggie? Willst du mich auch?"

Sie holte tief Luft und ließ seine Finger an ihrer Wange liegen. Noch einmal, dachte sie. Sie wollte es noch einmal versuchen und sehen, ob er verstand. „Warum sollte ich?"

Er zog die Augenbrauen zusammen, schluckte jedoch den Fluch, der ihm auf der Zunge lag. Stattdessen küsste er sie. Hart und lang. „Weil ich dich liebe."

Sie stieß bebend den Atem aus. Sie war tatsächlich daheim. „Das war die richtige Antwort."

– ENDE –

# MIRA IST ONLINE FÜR SIE!

www.mira-taschenbuch.de

Immer aktuell:
**News** und **Neuerscheinungen**
direkt auf der Startseite!

Das gesamte
**Taschenbuchprogramm**
übersichtlich nach Kategorien!

MIRA TASCHENBUCH

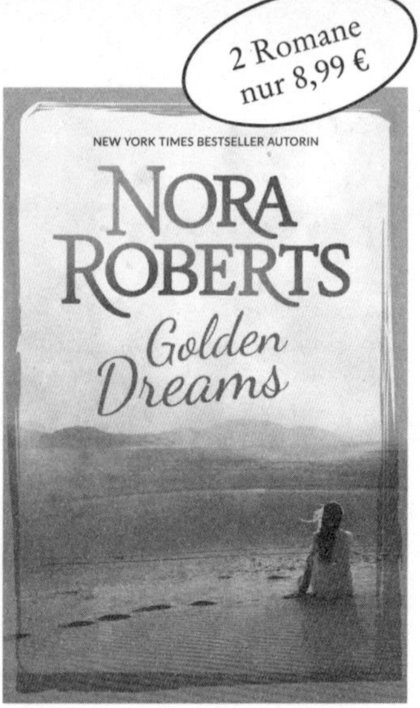


*Nora Roberts*
Golden Dreams

**Die Tochter des Goldsuchers**
Der Wilde Westen ruft: Mutig reist Sarah nach Arizona, wo ihr Vater nach Gold sucht. Doch statt ihren Vater trifft sie auf den verwegenen Revolverhelden Jake, der ihr in letzter Sekunde das Leben rettet …

**Trau keinem Playboy**
Als der Regisseur Phil sich weigert, den Strafzettel zu zahlen, verfrachtet Vicky den Verkehrssünder kurzerhand für eine Nacht ins Gefängnis. Was für ein unverschämten Mann – unverschämt sexy dazu …

Band-Nr. 25629
8,99 € (D)
ISBN: 978-3-86278-476-9
448 Seiten

*Nora Roberts*
Glamour & Love

**In der Glamourwelt von Manhattan**
Drehbuchautor Fabian DeWitt ist begeistert von Alana. Die junge Schauspielerin soll in seinem neuesten Film eine gnadenlose Femme fatale spielen. Als die Arbeit beginnt, wird er unwiderstehlich von ihr angezogen …

**Wilde Flammen**
Der Circus Colossus in Florida ist Jos Leben, seit sie denken kann. Doch dann stirbt der alte Zirkusdirektor, und sein Sohn Keane reist an. Hals über Kopf verliebt sie sich in den nüchternen Anwalt …

Band-Nr. 25609
8,99 € (D)
ISBN: 978-3-86278-343-4
368 Seiten

*Suzanne Brockmann*

## Nicht ohne Risiko

Seit Emily beim Yachtausflug ein Gespräch mitangehört hat, weiß sie, dass ihr Freund Alex mit Drogen handelt! Damit die Polizei ihn auf frischer Tat ertappen und überführen kann, muss Emily die Ahnungslose spielen. Zu ihrem Schutz zieht ausgerechnet der sexy Undercover-Cop Jim bei ihr ein …

Band-Nr. 25646

8,99 € (D)

ISBN: 978-3-86278-501-8

304 Seiten

*Suzanne Brockmann*

## Gefährliche Enthüllung

Energisch lehnt die schöne Kunstexpertin Annie das Angebot ab: Sie braucht keinen Bodyguard wie diesen Pete Taylor! Zwar hat sie mehrere Morddrohungen erhalten, seit sie an einem historischen Fundstück arbeitet, aber das sind sicher nur leere Drohungen eines Verrückten. Doch einen Mordanschlag später ist Annie mehr als froh, dass Pete ihr Nein ignoriert hat …

Band-Nr. 25604

8,99 € (D)

ISBN: 978-3-86278-338-0

304 Seiten

8,99 € (D)
ISBN: 978-3-86278-499-8
432 Seiten

*Danielle Stevens*
Das Geheimnis der Maori-Frau

Auf der Flucht vor der Vergangenheit zieht die Tierärztin Shelly Makepeace mit ihren beiden Kindern nach Neuseeland, wo sie hofft ein neues Leben anfangen zu können. Doch weder ihre Tochter noch ihr Sohn sind glücklich über den Wegzug aus den USA. Außerdem ist ihr auch in der neuen Heimat nicht jeder wohl gesonnen: Zwischen ihrer Familie und der Nachbarfamilie scheint seit Jahrzehnten ein mysteriöser Streit zu bestehen; die Ursache kennt sie nicht. Einzig der Farmer Josh Wood bleibt ihr zugetan … Wird sie es, allen Widerständen zum Trotz, doch noch schaffen, in der neuen Heimat Fuß zu fassen?